샐비어 향기 가득한 언덕

샐비어 향기 가득한 언덕

자넷 데일리 / 나채성 옮김

큰나무

나 채 성

이화여자대학교 사회사업학과 졸업
역서로『너무도 아름다운 사랑』,『크리스마스 이브의 천사』,
『지니아의 사랑』,『오키드의 운명』,
『베르사유의 전설』,『꽃을 보내지 마세요』외 다수

샐비어 향기 가득한 언덕

초판 인쇄 / 1999년 6월 5일
초판 발행 / 1999년 6월 10일

지은이 / 자넷 데일리
옮긴이 / 나채성
펴낸이 / 한익수
펴낸곳 / 도서출판 큰나무

등록 / 1993년 11월 30일(제5-396호)
주소 / 120-090 서울시 서대문구 홍제동 215
전화 / 736-9653 · 736-6960 팩스 / 732-8694
통신 / 천리안 큰나무북 E-MAIL / 큰나무북@Chollian.net

값 8,500원

ISBN 89-7891-075-0 03840

언제나처럼 자넷 데일리는 이 91번째의 소설도 재미있게 엮었다.
화려한 해돋이와 캠프파이어 위로 커피향이 배어나는
샐비어 덮인 언덕, 메마르고 뜨거운 기후 속에서의
사랑과 열정이 흥미롭게 녹아 있다.

　이 소설은 강인한 삶의 의지와 함께 미스터리가 얽혀 있다. 에덴 로시터의 살인에 관련된 미스터리. 과연 그녀가 진짜로 강간을 당할 위험에 처했던 것일까, 아니면 떠도는 소문대로 질투에 눈이 멀어 사람을 죽여버린 것일까.

　아무도 진실을 알아주지 않는 가운데 그녀는 말 그대로 혼자만의 고립된 투쟁을 이어가야만 한다. '상황이 불리해지면 피하여 떠나라'는 것이 일반적인 사람들의 선택이라면, 그녀는 모험과 저항정신을 믿는 강한 여성이다. 누구도 감히 견뎌내지 못할 상황에서도 끝까지 굴하지 않고서 견디어 나가는 여성이었다.

　인생은 원래 고독한 것, 고독과 타협하지 않더라도 그 자체로 고독한 것이라 했다. 그러므로 굳이 자진하여 고독을 택할 필요는 없다는 말이다. 그렇지 않아도 고독한 것이 인생 아닌가. 그러므로 단 한 명의 친구라도, 단 한 명의 말벗이라도 만드는 것이 그나마 인생의 고독을 피해가는 방법일 것이다.

　이것 말고도 이 책 속에는 주옥 같은 내용들이 가끔씩 등장한다. '사랑은 껐다 켰다 할 수 있는 스위치 같은 것이 아니라 바람 같은 것이다.

느끼지도 못할 정도의 산들바람일 수도 있고, 살랑살랑 옷깃을 스쳐가는 바람일 수도 있고, 어떤 경우는 모든 것을 뒤엎어버리는 회오리바람일 수도 있다.'

마음대로 껐다 켰다 할 수 있는 게 사랑이라면 얼마나 쉽겠는가. 굳이 고민할 필요도 없고 간단하기만 하다. 하지만 그것은 알 수 없는 자연의 힘, 바람과 같은 것. 자신이 느끼지 못하는 사이에 지나가 버릴 수도 있고, 편안하게 느끼는 기분 좋은 것일 수도 있고, 어쩔 때는 자신과 주위 사람들마저 모조리 엉망으로 만들어 버리는 거칠고 잔인한 것일 수도 있다.

어떤 것이든, 단순한 스위치가 아닌 것만은 분명하니 저항할 수도 없지 않겠는가, 받아들일 수밖에. 다만 어찌할 수 없는 것이라 하여 자기 감정이 흐르는 대로, 자기 멋대로 행동하는 짓만은 되도록 피해야 한다. 그래서 인간에게 이성이 있다 하지 않는가.

나 채 성

1

8월 오후의 뜨거운 열기 속에서 희미하게 빛나는 네바다 주의 프렌들리 마을. 그 뿌연 열기가 마을 대로에 늘어선 퇴색한 건물들에게는 오히려 다행이었다. 오랜 세월의 흔적과 스산함을 감추어 주기 때문이었다. 마을 외곽에 세워진 낡고 총탄 구멍 투성이의 표지판에는 이곳 인구가 72명이라고 쓰여 있었지만, 가게 앞 판자 현판과 버려진 건물들은 그 숫자를 의심하게 만들었다.

텍사스 번호판의 트럭 한 대가 주유소 겸 창고 겸 수리소로 느릿하게 굴러 들어왔다. 트럭의 까만 외부는 먼지로 뒤덮였고 후드 밑에서 김이 새어나는 중이었다.

주유소 안에서 눈 덮인 봉우리가 비치는 호수 그림의 달력을 물끄러미 쳐다보던 호그 밀러가 댕그렁대는 벨소리에 정신을 차렸다. 그는 밖을 쳐다보기 위해 낡은 사무실 의자에서 몸을 앞으로 내밀었다. 거의 130킬로그램을 육박하는 자신의 무게에 삐걱대는 의자의 비명소리 따위는 상관없었다.

키가 크고 균형 잡힌 몸매의 낯선 사내 한 명이 트럭에서 내렸다.

밀짚 카우보이 모자가 야윈 얼굴과 각진 윤곽에 그림자를 드리우며 오후 5시의 어두움을 드러냈다. 그 이방인은 용광로 같은 더위 속에서 잠시 멈췄다가, 느리고 구르는 듯한 카우보이 걸음걸이로 트럭 앞을 향했다.

프렌들리에서 이방인은 드물었다. 제대로 된 도로에서 워낙 멀리 떨어진데다가 정부의 고속도로부에서 몇 년에 한 번이나 기름칠하는 걸 기억할까 말까 하는 자갈길로만 들어올 수 있기 때문이었다. 새로 만드는 대부분의 지도에서는 더 이상 이 마을을 표시해 넣는 일 따위로 골치를 썩이지 않았다.

호기심이 생긴 호그 밀러는 육중한 몸을 의자에서 일으켰다.

키 큰 이방인이 트럭의 후드를 들어올리자 더 많은 김이 뿜어져 나왔다. 마을을 나른하게 둘러보는 그에게서, 양쪽 볼에 늘어진 살을 흔들며 다가오는 호그 밀러를 알아차린 듯한 기색은 나타나지 않았다.

작은 회오리바람이 일어나 빈 맥주캔을 금속성의 소음과 함께 마을의 대로로 날려 버렸다. 이방인은 그걸 쳐다보며 호그의 귀에만 들릴 정도로 낮게 중얼거렸다.

"운명의 변환이 복수를 가져오다."

호그는 당혹스럽게 인상을 쓰며 머리를 갸우뚱했다.

"그게 무슨 말이오?"

남자가 몸을 돌려 권태롭고 졸린 듯한 시선을 보냈다. 딱딱하고 차가운 파란 눈동자를 교묘하게 숨긴 것이었다.

"그냥 셰익스피어의 말을 인용한 거요."

그가 아무렇지도 않게 어깨를 들썩거렸다.

"셰익스피어?"

호그는 불만스레 중얼거리며 그 이방인을 더 유심히 쳐다보았다.

"당신도 시 쓰는 카우보이들 중 하나인가?"

30을 넘어선 듯한 이방인은 날렵한 엉덩이와 넓은 어깨의 소유자였다.

콧대에 약간의 흠집이 보였고, 오른쪽 관자놀이에 오래된 상처자국이 눈에 띄었다. 야생 고양이를 닮은 황갈색 머리카락을 한 그 남자는 야생 고양이같이 위험해 보였다. 게으른 미소로 호그의 긴장을 풀어 주기 전까지는.

"그렇다고 말할 수는 없을 것 같소."

이방인이 말하며 한 걸음 나서 트럭의 후드 밑을 살펴보았다.

"셰익스피어 나부랭이를 아는 걸 보니 그런 것 같은걸."

호그는 주머니에서 손수건을 꺼내 샘솟듯 흘러내리는 땀을 훔쳐내었다.

"매년 일 월이면 그런 카우보이 시인들이 엘코에 모여 자기가 쓴 시를 낭송하곤 하지. 그걸 들으려고 몇 킬로미터나 떨어진 곳에서 오는 사람도 있소."

"그런 얘긴 나도 들었소."

손수건을 둘둘 말아, 이방인이 느슨한 라디에이터 뚜껑을 연 다음, 기름 펌프 옆의 초록색 플라스틱 병을 들어올려 그 안으로 물을 쏟아 부었다. 금세 지글지글 쉭쉭소리가 나며 새로운 김이 뿜어져 나왔다. 호그가 그 안을 들여다보았다.

"라디에이터 호스가 터진 것 같군."

"그런 것 같소."

이방인이 고개를 끄덕였다.

"고치려면 얼마나 걸리겠소?"

"글쎄……."

호그는 턱을 만지작거리며 생각해 보았다.

"트럭의 열이 식으려면 한 시간은 걸릴 거요. 그리고 난 먼저 해야 할 일이 두 가지 있으니 두세 시간쯤 걸린다고 말할 수 있겠군."

이방인이 얼마나 오래 머물 수 있을지 가늠하며 그가 반응을 살폈다. 서두른다는 말은 호그 밀러의 사전에 없었다.

"급할 거 없소."

낯선 사내가 다시 마을을 둘러보았다. 거리를 따라 여섯 대의 차가 주차되어 있었지만, 인도는 텅 비어 있었다. 무엇 하나 자극적인 건 없었다. 움직이는 것도 전혀 없었다.

그는 마을을 둘러싼 높은 지대의 사막으로 시선을 돌렸다. 이곳은 광활함 속에 두려움, 장엄함을 지닌 전설의 서부였다. 넓은 대지에 샐비어(향료로 쓰이는 들풀, 화려한 자주색 꽃을 피운다)들만 자란 불모지의 굽이치는 계곡, 메마른 협곡으로 갈라지고 괴상하게 들쭉날쭉한 산들이 벽처럼 둘러쳐진 곳이었다.

그는 굽이치는 샐비어와 척박한 토지를 넘어 남서쪽을 쳐다보았다. 나무도 없이 울퉁불퉁한 화강암의 산들이 뿌연 유리잔 같은 뜨거운 공기층 뒤로 흐릿하게 놓여 있었다. 낯선 사내는 잠시 주위를 둘러보다 다시 트럭으로 얼굴을 돌렸다.

"뭔가 먹을 만한 곳이 있소?"

"저 바로 아래 럭키 스타가 있소."

호그는 구석진 곳의 2층짜리 건물을 가리켰다.

"맥주는 차갑고, 음식은 뜨겁고, 커피는 진하지."

"맘에 드는군."

살짝 고갯짓을 하고 그 사내는 길 건너 구석진 건물 쪽으로 움직였다.

머리 위로 새파란 하늘을 깨뜨리거나 작열하는 태양빛을 여과시킬 만한 구름은 없었다. 그 햇빛의 눈부심에 눈을 가늘게 뜨며 그는 눈썹 바로 위까지 모자의 챙을 끌어내렸다.

구석진 건물 위의 바랜 표지판이 럭키 스타가 호텔이자 카지노임을 알려주었다. 두 번째의 더 작은 표지판에는 '24시간 영업'이라고 적혀 있었다. 두 개의 인접한 양쪽 건물은 낡은 널빤지 길로 이어졌고, 그 위로 지붕이 그늘을 만들었다.

그 약속된 그늘로부터 그는 1미터 이상 떨어져 있었다. 땀이 목으로 흘러내렸다. 마침내 그 널빤지 길로 들어섰을 때 이미 그의 셔츠는 흠뻑 젖어 축축했다. 그는 멈춰 서서 다시 마을을 훑어보았다. 어디선가 에어컨이 덜그럭덜그럭 요란한 소리를 내며 뜨거운 기온에 힘겹게 대항하고 있었다. 태양에 달구어진 대지에서 피어오르는 알칼리성 먼지 내음이 공기중에 짙게 배어났다.

늙은 개 한 마리가 길 가장자리에 큰 대자로 누워 햇빛 아래서 헐떡여 댔다. 개는 앞발을 잠깐 들어올리다가 도로 주저앉고 있었다. 태양 아래 있는 것이 너무나 힘겨우면서도 움직이기에는 너무나 피로하고 게으른 듯했다.

길 건너, 우체국 겸 식료품 가게에서 걸어나오는 여자 한 명이 낯선 사내의 시선을 끌어당겼다.

긴 다리와 늘씬한 몸배, 그녀가 멈춰 서더니 성마르게 어깨를 흔들어 대며 이쪽저쪽을 쳐다보았다. 남자용 하얀 셔츠에 동그란 엉덩이의 곡선 은 낡아빠진 청바지가 감싸고 있었다. 평평한 챙의 모자가 그녀의 머리 위에 얹어 있고, 값비싼 스위스 초콜릿 같은 짙고 고급스런 색채의 머리 카락이 등뒤로 빛나는 장식처럼 느슨하게 묶여 흘러내렸다. 그녀는 쥐고 있던 승마용 채찍을 다리에 두들겨대며 한층 더 다급해 했다.

불안하고 거친 그 몸짓에서 누구에게도 굴하지 않을 것 같은 자존심 이 뿜어져 나왔다. 낯선 사내는 자동적으로 흥미가 이는 걸 느꼈지만 금 세 사그라들었다. 그가 호텔 카지노의 입구로 몸을 돌리는 순간, 그 짙은 머리채의 여인도 발길을 돌려 반대 방향으로 움직여 갔다.

가게 안으로 들어서는 순간 시원한 공기가 속삭이듯 전달되었다. 케 케묵은 담배 연기와 엎질러진 술의 시큼한 냄새가 스며나는 곳, 그는 잠 시 그대로 서서 다소 어두운 실내를 응시했다.

왼쪽으로 난 계단은 층계참으로 이어졌다가 2층까지의 나머지 길을 가파르게 연결시켰다. 계단 옆에는 수년간의 기름때로 인해 까맣게 변색 된 낡은 나무 탁자가 놓여 있었고, 오른쪽 아치형 입구는 라운지와 카지 노 구역으로 연결되었다. 그는 그쪽으로 향했다.

태양빛을 막기 위해 초록칠을 한 정면의 창유리들과 함께 그 앞에 쌓 인 슬롯머신들이 바깥의 빛을 대부분 차단시켰다. 한쪽 구석에 높이 솟은 단 위에는 앰프와 마이크, 드럼이 자리를 잡았다. 그 앞의 공간은 작은 댄스홀로 이용되는 것이 분명했다. 멀리 구석 쪽에는 블랙잭 테이블 두 개와 룰렛대 하나, 포커 테이블 몇 개가 있고, 그 사이에 드문드문 흠집난 바 테이블과 의자들이 자리를 잡았다.

한때는 인상적이었을 듯싶은 마호가니 바가 긴 방의 한쪽 면 전체를 차지하였다. 하얀 레깅스 바지와 실크 블라우스 차림의 한 여자가 바 의자 위에 앉아 현금 계산기의 돈을 세고 있었다. 어깨까지 닿는 머리는 물들인 금발이었다. 그가 안으로 들어서자, 그녀가 고개를 들어 아몬드 같은 눈동자로 천천히 철저하게 그를 탐색하였다.

"들어와서 짐을 푸세요, 카우보이. 보시는 바와 같이 당신을 위한 장소랍니다."

낮고 탁한 목소리, 목을 울려대는 고양이 비슷한 그 소리가 넓고 날카로운 광대뼈와 뾰족한 턱선의 이국적인 외모와 아주 잘 어울렸다.

"고맙소."

그는 모자에 손을 갖다 대 인사를 하고 바로 향했다.

그녀가 머리를 약간 들어올리며 소리를 질렀다.

"이봐, 로이! 손님 오셨어."

뒤쪽 바의 선반들 사이에 정성 들여 금박 입힌 사진 하나가 걸려 있는 것이 보였다. 몸에 꼭 맞는 금빛 드레스 차림의 관능적인 금발의 여자가 노래하는 모습, 바 의자에 앉은 여자보다 훨씬 더 젊고 부드러운 인상이었다.

"그게 저랍니다, 스타 데이비스."

그녀의 허스키한 목소리가 그의 시선을 끌어당겼다.

"르노와 타호에서 노래하던 가수 시절 찍은 거지요."

"르노의 클럽들은 이곳에서 아주 먼데?"

이방인이 무뚝뚝하게 한마디했다.

그녀가 미소지었다.

"잘 아시는군요, 카우보이."

스타 데이비스는 지폐더미를 모아 봉투 안으로 집어넣었다.

"하지만 옛날 일이죠. 전 아비 없이 자식을 기르는 몸이 되었어요. 쇼단에 있는 건 안정된 직업이라 할 수 없잖아요. 그래서 뭔가 다른 일을 찾던 중에 이곳을 발견했지요."

한 손을 흔들어 주위를 가리키는 그녀의 팔목에서 금팔찌가 짤랑거렸다.

"난 노래를 위해 이곳을 샀어요."

그의 시선이 텅 빈 테이블을 천천히 훑은 다음 다시 그녀에게 돌아갔다.

"슬픈 노래로군."

그녀는 별로 기분 상하지 않은 듯 웃음을 터트렸다.

"그 당시는 여기서 북쪽 오레곤까지 고속도로가 뚫릴 거라는 말이 있었죠. 하지만 그냥 소문일 뿐이었다는 게 판명되었어요."

그녀가 몸을 돌려 다시 한 번 소리를 질렀다.

"로이!"

비쩍 마르고 시들시들한 남자 한 명이 바 한쪽 끝의 문을 밀고 걸어 들어왔다. 라디오에서 흘러나오는 친절한 여자들에 대한 노래와 기름내가 그와 같이 홀 안으로 밀려 들어왔다. 양쪽 문이 천천히 그의 뒤로 흔들거렸다.

남자는 완전히 무관심한 표정이었다.

"마실 걸 찾는 모양이군."

"물 한 통과 커피 한 잔."

로이는 카운터 위에 얼음조각 세 개를 띄운 물 주전자를 놓고 여기저기 긁혀서 뿌연 잔 하나와 진한 블랙 커피 한 잔을 건넸다. 물 한 잔을 다 비우고 다시 잔에 물을 붓는 낯선 사내를 그가 말없이 지켜보았다.

"먹을 것도 원하는 모양이군."

로이가 낮게 중얼거렸다.

"뭐가 있소?"

남자가 카운터 위로 플라스틱 표지의 메뉴판을 탁 떨어뜨렸다.

"여긴 언제라도 아침식사가 된다고 쓰여 있지만, 그렇지가 않아. 난 벌써 세 시간 전에 그릴을 닫아 버렸고, 다시 열 생각도 없어."

낯선 사내는 티-본 스테이크와 함께 샐러드와 감자 따위를 주문하였다. 로이는 투덜거리며 부엌으로 사라졌고, 그 뒤로 회전문이 공기를 흔들어댔다.

"로이는 대단히 쾌활한 성격인가 보군요?"

남자가 흐릿하게 미소를 지었다.

"주위 고객들을 끌어당기죠."

스타 데이비스의 풍만한 입술이 작은 미소로 휘어졌다. 그와 동시에 의자에서 일어나 돈서랍을 집어들고는 바 뒤에 놓인 현금 계산기에 다시 끼워넣었다.

이방인은 두 잔째 물을 들이키고 다시 채운 다음, 바 테이블 중 하나로 커피와 같이 들고 자리를 옮겼다.

다시 부엌문이 쾅 열리며 로이가 여러 개의 병들을 한아름 안고 들어왔다. 그가 곧장 낯선 사내의 테이블로 걸어와 술로 얼룩진 테이블 위에 소금과 후추병, 케첩과 스테이크 소스병들을 재빨리 늘어놓았다. 병들을 다 내려놓은 로이는 초록색 창문을 따라 놓여진 슬롯머신들 쪽으로 느릿느릿 향했다. 한구석의 페인트가 벗겨진 지점에서 멈춰 그가 밖을 내다보았다.

바 뒤에서, 스타 데이비스는 커피 한 잔을 따르며 어깨 너머로 낯선 사내를 쳐다보았다.

"이 마을에 처음 오셨지요?"

"그냥 차가 굴러 들어온 거요."

그는 수면 부족으로 뻑뻑한 눈을 비벼댔다.

"그런 줄 알았어요."

그녀가 컵을 들고 바 뒤에서 걸어나오자, 사내는 테이블의 의자를 하나 내주었다.

"난 항상 얼굴을 잘 기억하는 편이지요. 전에 왔었다면 당신 얼굴을 기억 못할 리가 없어요."

그는 여자가 잊을 만한 얼굴이 아니었다. 잘생긴 것은 아니지만, 여자를 끌어당기며 가슴 아프게 할 만한 멋지고 터프한 외모였다.

30대 후반의 스타는 인생이나 남자에 대한 환상을 버린 지 오래였다. 인생에서 잡은 것을 놓아주는 법도 배웠고, 이제는 받는 자가 되었다. 하지만 이 남자를 보니 훨씬 젊었을 때 이 사람을 만났더라면 좋았을 거라는 생각이 들었다.

"어디서 왔어요?"

그녀의 질문에 그는 어깨만 으쓱 올렸다.

"아무 데나 말해 보시오, 거기서 지냈으니까."

로이가 창문에서 반쯤 몸을 돌렸다.

"트럭에 텍사스 번호판을 붙였는걸."

낯선 사내에게서 아무 대꾸도 들리지 않자, 로이는 다시 부엌으로 들어갔다. 스타는 잠시 기다렸다가 물었다.

"어떻게 이런 프렌들리 같은 잊혀진 마을에 오게 되었죠?"

"녹슨 라디에이터 호스 때문에."

또다시 그는 설명해 주지 않았다. 로이가 기름기 많은 감자 튀김과 접시 바깥까지 늘어진 티-본 스테이크 접시를 들고 부엌에서 나왔다.

"이 마을은 꽤 조용하군요."

로이가 그의 앞에 음식을 밀어냈다. 스테이크의 구운 부분에서 피가 새어나오고 있었다. 약간 덜 익히라는 것이 낯선 사내의 주문이었다.

"럭키 스타가 이 마을에서 유일하게 생기 있는 장소일 거예요."

여자가 말을 이었다.

"금요일과 토요일 밤에 떠들어댈 장소는 여기뿐이죠. 사중주 악단이 와서 연주를 하는데 사람들은 춤도 추고, 술 마시고 도박하고, 무엇이든 하고 싶은 일을 할 수가 있죠. 당신도 한 번 즐겨 보세요."

"당신이 밴드와 같이 노래를 하오?"

그가 음식을 씹으며 물었다.

"난 한두 번쯤 마이크를 잡는 걸로 되어 있지요."

"그렇다면 생각해 봐야겠는걸."

그녀의 몸매를 평가하듯 훑으며 그가 씨익 웃었다.

스타는 그다지 기분이 나쁘지 않았다. 그녀가 아는 한, 아무런 음탕한 생각 없이 여자를 보는 남자란 없었다. 그것이 남자라는 동물의 본성이었다. 독신이든 결혼한 남자이든 말이다. 그리고 그녀 자신도 현명치 못한 반응이겠지만 그녀 안의 여성이 그의 눈길에 응답을 보이고 있었다.

"이 근처에 목장이 많소?"

그가 물었다.

"이 지역에서 다이아몬드 디가 가장 크죠, 아마 주 전체에서 가장 클 거예요. 일을 찾고 있나요?"

"당장은 이 스테이크하고 뜨거운 목욕 그리고 한달치의 잠 말고는 원하는 게 없소."

그의 입가에 미소가 서리며 눈에는 유머의 번득임이 지나갔다.

그가 또 하나의 스테이크 조각을 잘라내는 사이, 그의 왼쪽 소맷단이 올라가며 최근에 생긴 듯한 빨간 상처가 드러났다. 그걸 알아챈 스타가 입을 열었다.

"새로 생긴 상처 같군요. 무슨 일 있었나요?"

낯선 사내는 그걸 슬쩍 쳐다보고는 말했다.

"한달 전 브롱코(북미 서부산 야생마)에서 떨어져 손목을 부러뜨렸소. 그걸 하나로 모으는 퍼즐 재능이 있는 외과의사를 만난 게 다행이었지."

"한동안 꼼짝 못했겠군요."

"잠깐 동안."

그가 고개를 끄덕이며 식사를 계속했다.

식사를 다 끝내자, 로이가 커피 주전자를 들고 와 잔을 채워 주었다. 사내는 의자를 뒤로 젖히고는 길고 가는 시가에 불을 붙였다. 시가를 반쯤 태우고 있는데 밖에서 무엇인지 알 수 없는 소음이 들려 왔다. 낮은 덜그럭거림과 우르릉소리들이 점점 느릿하고 확실하게 커지고 있었다. 낯선 사내가 의자를 제대로 고쳐 앉으며 귀를 기울였다.

스타는 빈 접시와 은식기들을 갖고 부엌으로 향하다가 어깨 너머로 지시를 내렸다.

"로이, 무슨 일인지 좀 내다봐."

로이는 페인트가 벗겨진 구석 유리로 걸어가 밖을 살짝 보았다.

"다이아몬드 디의 소떼로군. 이제 일주일간 똥냄새가 진동을 하겠어."

이방인이 벌떡 일어섰다.

"나도 좀 봐야겠군."

잇사이에 시가를 문 채, 그가 주머니에서 꼬깃한 지폐 몇 장을 꺼내 음식값으로 충분할 정도의 돈을 세어 테이블에 던진 다음, 모자를 쓰고 급할 것 없는 걸음걸이로 밖으로 나섰다.

먼저 뜨거운 열기가 그를 덮쳤고, 그 뒤로 사막에서 나와 마을 한가운데로 밀려드는 소떼의 아우성과 숨막힐 듯한 먼지가 소용돌이쳤다. 이방인은 널빤지를 댄 길가로 움직여 한쪽 어깨를 기둥에 기댄 채 바라보았다.

호텔 쪽으로 밤색말을 탄 사내가 위치를 잡았다. 다른 두 명의 기수들은 반대쪽에서 소를 몰았다. 호리호리한 팔다리에 겨우 십대나 됐을 듯싶은 아이 하나, 그리고 회색말을 탄 넓은 어깨의 사내. 그 체격 좋은 사내가 이방인의 관심을 끌었다. 어떤 위엄 있는 분위기가 그 사람이 무리의 대장임을 말해 주고 있었다. 주인이 아니라 해도 대장 정도는 될 듯싶었다. 손에 들린 가죽 채찍이 지금은 땅바닥까지 길게 풀어져 있었다.

소떼의 행렬이 마을로 들어서면서 먼지 구름은 더 짙어지고 말발굽소리도 더욱 커졌다. 몇몇의 사내들이 시원한 건물 안에서 그 광경을 지켜보기 위해 과감히 밖으로 나섰다. 가축떼 주위로 일어난 먼지 구름으로 인해 거리 맞은편의 사내들이 흐릿해 보였지만, 이방인이 있는 쪽으로 내려오는 키 크고 거무스름한 피부의 여자는 확실히 보였다. 아까 보았던 바로 그 여자였다.

그녀는 미끈하고 가벼운 걸음걸이로 엉덩이를 살짝살짝 흔들며 걷고 있었다. 그녀가 그의 바로 맞은편에 멈춰 서더니 소떼의 다른 쪽에 있는 무언가, 아니면 누군가에게 관심을 쏟는 것 같았다. 이방인은 그녀의 시선을 따라가 보았다. 그가 다이아몬드 디의 대장으로 짐작했던 사내를 바라보고 있었다.

그 순간 그녀의 자세가 돌연 도전적이고 다소 반항적이다 싶을 정도로 변하더니, 그녀는 인도를 벗어나 지저분한 길로 들어섰다. 호텔 카지노와는 좁은 골목으로 분리된 작은 건물 쪽으로 비스듬히 나아가는 것이었다.

갑자기 날카롭고 폭발적인 소리가 소떼 뒤에서 터져나왔다. 이방인은 그쪽으로 고개를 돌렸다. 회색말에 탄 남자가 팔을 움직이자 또 다른 거친 소리가 폭발하였다. 채찍을 휘두른 것이었다.

소들의 흐름이 한가운데서 굽어지더니 방향을 바꾸었다. 그 순간 이방인은 밤색말 탄 카우보이가 자리에서 이탈하는 것을 보았다. 북쪽으로 향하는 길이 그대로 열려 버렸다.

열두 마리의 암소들이 열린 길로 머리를 휘두르며 즉시 돌진해 나갔다. 나머지도 그 뒤를 따랐다.

거기서 3미터도 안 되는 곳에 여인이 있었다. 그녀는 길 한가운데서 길 쪽으로는 등을 돌린 채 있었기 때문에 자신을 향해 돌진하는 소떼를 전혀 의식하지 못하고 있었다.

"조심해!"

이방인이 소리를 질렀다.

그 여자가 힐끗 뒤돌아보았을 때, 그는 이미 그녀 쪽으로 한 걸음 내딛는 중이었다. 하지만 이미 갈색의 장애물들로 그의 길은 막혀 버렸다.

여자가 가까운 건물로 달리려 하다가 그럴 수 없다는 걸 알아챘는지, 멈춰 서 방향을 돌리고는 돌격하는 소떼를 마주 보았다. 크고 날씬한 체격의 그녀는 왼손에 든 채찍으로 가장 가까운 수송아지의 코를 날쌔게 내리쳤다. 그것이 약간의 공간을 만들어 냈다. 허공을 가르는 검처럼 채찍을 휘둘러 그녀는 자신의 주위로 안전한 지역이 생기도록 소떼를 몰아대었다. 시간이 있었다면 아마 그녀의 침착함에 이방인은 박수갈채를 보냈을 것이다.

하지만 시간이 없었다. 어떤 소가 그녀를 짓뭉개 버릴지 알 수 없었다. 여자는 그 사실을 모른다 해도 그는 알 수 있었다.

그는 무언가 도움이 될 만한 것을 찾아 둘러보았다. 제일 가까운 곳의 사내는 밤색말을 탄 카우보이였으나, 그는 여자에게 등을 돌리고 있어 이런 위험한 지경을 알아채지 못했다. 순간적으로 이방인은 말고삐를 낚아채 카우보이가 저항을 하기도 전에, 그의 셔츠를 움켜쥐고 안장에서 끌어내렸다. 이방인은 바로 고집 센 말을 돌려 여자 쪽으로 몰아갔다.

한순간 여자의 모습이 보이지 않았다. 그 다음 순간 그의 오른쪽 먼지 구름 속에서 여전히 용감하게 공간을 확보하기 위해 채찍을 휘두르는 여자의 모습을 발견했다.

그녀가 만들어 놓은 공간으로 들어가 낮게 몸을 구부려, 그는 여자를 안아 들어올렸다. 그녀의 격분한 외침소리가 들렸지만 신경 쓰지 않았다. 그녀가 즉시 채찍으로 그를 내리쳤다.

"이 나쁜 자식아, 이거 놔!"

말을 조종하려 애쓰며 슬쩍 그녀를 본 것만으로도 그 검은 눈동자의 번득임을 알아챌 수 있었다. 하지만 무엇보다도 휘갈기는 채찍을 피하는 게 가장 급했다.

"붙잡으라구, 제기랄!"

여자가 순간적으로 멈칫하더니, 이윽고 꽉 움켜쥐었다. 그가 여자를 완전히 안장으로 끌어올렸다. 밤색말이 네 다리로 발버둥치며 비틀거리더니 거의 넘어질 뻔했고 이방인도 고삐를 뒤로 잡아채다가 왼쪽 손목과 팔을 찢는 듯한 고통에 움찔했다. 하지만 어떻게든 길 옆으로 말을 인도해 낼 수 있었다.

몇 마리의 소떼가 빠르게 지나갔다. 카우보이 두 명이 소떼의 무리를 통제하기 위해 말에 박차를 가하며 질풍처럼 달려왔다.

위험이 지나갔다는 안도감을 느끼며, 이방인은 여자를 땅으로 내려놓고 자신도 안장에서 내렸다. 여자가 괜찮은지 보려고 머리를 돌린 순간 그녀가 처음 생각했던 것만큼 키가 크지 않다는 걸 알았다. 꼿꼿이 세운 머리와 쭉 편 어깨, 군인처럼 등을 똑바로 세운 자세 때문에 생긴 착각이었다.

그녀의 얼굴은 그에게 향해 있지 않았고, 모자는 끈에 매달려 목 뒤로 젖혀져 있었다. 두터운 먼지더미가 그녀의 옷과 피부를 뒤덮었지만, 별다른 상처는 입지 않았다.

"괜찮소?"

그의 물음에 그녀가 고개를 돌렸다. 그녀의 눈 속에 불 같은 분노가 번득이고 있었다.

"감히 날 걱정하는 척 마! 일부러 소들을 나한테 몰아댄 거야. 채찍소리를 다 들었다구. 그건 소들을 멈추려는 게 아니었어. 이게 새로운 전략이라면, 효과가 없다구. 알아듣겠어? 나에겐 효과가 없다구!"

그녀는 떨고 있었다. 분노 때문인지 두려움 때문인지는 알 수 없었지만 분노에 가득 찬 그녀의 얼굴은 생생하고 아름다웠다. 그녀에게는 뭐라 규정지을 수 없는 힘이 존재하였다. 그는 최고급 위스키의 폭발적인 열기처럼 자신을 내지르는 관능적인 감각을 느끼며 그녀를 찬찬히 살폈다.

"오, 호랑이의 심장이 여인의 장막에 갇혔도다."

그가 <헨리 6세>의 문구를 인용하여 중얼거렸다.

"뭐라구요?"

여자가 인상을 찌푸리더니 순간적인 당혹감을 떨쳐내었다.

"가서 디파드에게 실패했다고 말해요."

그의 눈썹이 나른한 호기심으로 올라갔다.

"디파드가 누구요?"

그 말이 그녀의 추궁을 중지시켰다. 엉덩이에 다이아몬드 디의 낙인이 찍힌 밤색말을 힐끗 보고 그를 되돌아보는 그녀의 표정은 신중했다.

"디파드 밑에서 일하지 않나요?"

"그게 저 말의 주인인가? 저걸 빌릴 때 미처 물어 볼 시간이 없었거든."

그는 말목으로 고삐를 두른 다음 엉덩이를 탁 때려 떠나 보냈다.

"여기 처음 온 사람인 것 같군요."

그녀의 시선이 날카로운 탐색으로 가늘어졌다.

"난 한 시간 전에 이 마을에 도착했소."

"그렇다면 설명이 되는군요."

여자가 시선을 돌리다가 이내 몸을 경직시켰다. 넓은 어깨의 사내를 포함해 세 명의 사내들이 그녀 앞에 말을 세웠던 것이다.

먼지와 땀으로 뒤덮인 소년 같은 외모의 젊은 녀석이 그 남자의 오른쪽에서, 커다란 사내의 근엄하고 험상궂은 표정을 흉내내려고 애쓰고 있었다.

두 번째의 남자는 왼쪽 얼굴 전체가 자주색 점으로 뒤덮인 자였는데, 그리 큰 체격은 아니지만 꽤나 교활한 인상이었다. 그의 관심이 이방인에게 머물며, 차가운 경고와 의심 섞인 눈으로 평가하듯 쳐다보았다.

하지만 그룹의 리더는 회색말에 탄 남자였다. 안장에 넓고 무겁게 앉아 있는 그는 넓은 어깨에 목과 가슴까지 근육이 잘 발달되어 있었다. 중년은 지난 듯한 나이, 모자테 아래로 회색 머리가 보이는 그 남자는 거대한 소떼의 주인이라는 모든 표식이 다 나타나 있었다. 권위와 힘에 익숙해진 남자의 모습, 커다란 체구에 회색이 섞인 숱 많은 콧수염을 달고 있었다.

그의 눈 속에 증오의 불길이 역력히 드러났고 그 모든 것이 여자에게로 쏟아지고 있었다.

"빌어먹게 운 좋은 년이군."

그가 악의에 찬 목소리로 한 마디 한 마디를 내뱉었다.

"그게 더 화가 나겠죠, 디파드?"

그녀는 겁도 없이 도전적으로 되받아쳤다.

"날 없애고 싶다면, 거친 소매로 짓뭉개는 것보다는 더 나은 방법이
있어야 할 거예요."

두 번째 사내가 앞으로 나섰다.

"건방지게 입을 놀리는군, 이 조그만 암캐……."

이방인이 앞으로 나섬과 동시에, 디파드의 한 손이 올라가며 조용히
하라는 낮은 명령이 떨어졌다. 사내는 대단히 머뭇거리며 자신의 말을
몇 걸음 뒤로 물러나게 했다. 그의 녹색 눈동자가 이방인에게로 번득이
며 기억 속에 새기는 듯했다.

"짧은 개끈으로 시한을 요리하다니 대단하군요, 디파드."

여자가 말했다.

"입 닥쳐."

디파드는 한 마디 내뱉은 다음 이방인에게로 불타는 듯한 시선을 던
졌다.

"젠킨스의 말을 가져간 자가 바로 당신이군."

"그때는 그럴 수밖에 없는 것 같았소."

이방인이 모자를 뒤로 밀어내며 무관심하게 사내를 올려보았다.

"이곳에 새로 온 모양이군."

"그게 문제가 됩니까?"

그의 입가에 재미있다는 표정이 서렸다.

"별로. 다만 자네가 어떤 일에 코를 들이밀었는지 모른다는 걸 의미할
뿐이지."

"당신 얼굴에 들이밀었다고 생각했는데."

이번에는 이방인의 얼굴에 미소가 아닌 차갑고 단호한 도전만이 담겨
있었다. 디파드는 순간적인 충격과 놀라움으로 할 말을 잃어버렸고, 젊
은 녀석이 분연히 앞으로 나섰다.

"이봐, 말조심하는 게 좋을걸. 넌 지금 듀크 디파드 씨와 얘기하는 중
이야. 이분은 다이아몬드 디와 이 마을의 반을 소유하신 분이라구."

"그게 정말인가?"

이방인이 놀라지도 않으며 느릿하게 말을 끝었다.

"다이아몬드 디에 대해서는 잘 모르지만, 이 마을을 봐서는 반쯤 갖고 있는 게 자랑도 아닐 것 같은데."

"이곳 일에 끼어들지 말고 꺼져!"

디파드는 경고를 으르렁대고 나서, 회색말을 돌렸다. 세 명의 사내들이 소떼들을 향해 달려갔다.

잠시 그들을 지켜본 후 고개를 돌린 이방인은 여자가 자신을 유심히 살피는 걸 알았다. 그녀는 새롭게 흥미를 느끼는 듯 그를 쳐다보는 중이었다.

"자진해서 적이 되셨군요. 디파드는 이 일을 잊지 않을 거예요. 내가 장담하건대, 아주 오랫동안 기억할 거라구요."

"나도 그렇소."

그녀의 매끈한 이마가 살짝 찌푸려졌다.

"당신은 누구죠?"

"킹케이드요."

잠깐 머뭇거린 후 그가 대답했다.

"일을 찾고 있나요?"

그가 씨익 웃으며 고개를 저었다.

"아직 돈이 떨어지지 않았소."

그녀는 유감스런 표정으로 고개를 끄덕였다.

"일하고 싶으면, 스퍼 목장을 찾아오세요. 마을에서 사십오 킬로미터쯤 북쪽에 있어요."

"누굴 찾아야 하지?"

킹케이드는 갑자기 이 여자의 이름이 알고 싶어졌다. 이 여자를 구출했기 때문일지도 모르고, 아니면 그녀의 용기에 감탄해서인지도 모르고…… 또 아니면 단지 품안에서 느꼈던 그 감각을 이 순간 기억하고 있기 때문인지도 모른다.

그녀의 시선에 자신의 생각이 읽히고 있다는 느낌을 받았지만, 얼른 그런 환상을 지워 버렸다. 그녀는 자신이 아름답다는 걸 알고 있다, 침착함과 자신만만한 태도가 그걸 말해 주고 있었다. 다른 남자들 또한 굶주린 눈으로 그녀를 보았다는 것을 그녀의 모습이 말해 주고 있었다.

귀찮은 듯한 표정이 그녀의 얼굴에 떠올랐다.

"주인을 찾으면 돼요."

"그게 당신이오, 아니면 당신 남편이오?"

그녀의 손가락에 결혼반지는 없었지만, 그것이 미혼이라는 의미는 아니었다.

"난 남편이 없어요."

대부분 여자 목장주들은 남편의 죽음으로 목장을 인계받았다. 당연히 미망인일 것이라 짐작하며 킹케이드는 말했다.

"유감이군."

"별 말씀을."

그 대답은 확고하고 대단히 명료했다. 더 이상 다른 말 없이, 그녀는 몸을 돌려 걸어가 버렸다.

그는 어쩔 수 없는 호기심으로 그 여자를 잠시 쳐다보았다. 몸을 돌리니 스타 데이비스가 럭키 스타의 입구에 서 있었다. 그녀의 약간은 재미있는 듯하면서도 냉소적인 시선이 그와 마주쳤다. 한참 동안 거기 서 있었던 듯했다. 킹케이드는 태평스레 그녀에게로 걸어갔다.

"영리한 행동은 아니었어요."

말은 이렇게 하면서도, 그녀의 시선 속에는 감탄의 번득임이 담겨 있었다.

"그런 것 같소."

그가 고개를 끄덕이며 짙은 머리칼의 여자를 힐끗 쳐다보았다.

"저 여자는 누구요?"

스타가 거리를 쳐다보았을 때 그녀는 막 승마용 부츠와 마구 가게로 발을 들여놓고 있었다.

"한마디로 골칫덩이죠, 디파드에 대항해서 그녀의 편을 드는 건 바보나 하는 짓이에요.”

“왜? 그 여자가 무슨 짓을 했는데?”

그녀의 입술이 고양이 같은 흥미로움으로 미소지었다.

“그의 동생을 죽였어요.”

“뭐라구?”

그의 시선이 여자에게로 홱 돌아가며, 이마의 주름이 더 짙어졌다.

“사고였소?”

“사고가 아니었어요. 고의적인 행동이었죠. 디파드는 그녀가 제프를 피도 눈물도 없이 쏴버린 거라고 확신하지요. 당연히 그녀는 정당방위였다고 주장했고요.”

“진짜는 어느 쪽이오?”

스타가 목에서 울리는 낄낄거림으로 나지막이 웃었다.

“주위를 한 번 더 둘러보는 게 좋겠군요. 이 마을은 디파드가 던져주는 일감으로 간신히 먹고살아요. 옛말에 손님은 언제나 옳다는 말이 있잖아요. 그의 입에서 무슨 말이 나오든 축복의 말씀이죠. 당신이 똑똑한 사람이라면 그 말에 충분히 공감할 거예요.”

그의 입이 비틀렸다.

“당신은 아주 영리한 여자라는 생각이 드는군.”

“날 먹여 주는 손을 깨물지 않고 핥을 정도로는 영리하지요.”

그의 시선이 육감적으로 풍만한 그녀의 입술을 슬쩍 스쳤다. 에로틱한 꿈을 꾸게 만드는 입술이었다.

“당신이 핥아 줄 때 디파드는 꽤나 즐거워하겠군.”

“그렇다고 생각하고 있죠.”

그녀가 잠시나마 그의 상상력을 자극시키는 관능적인 목소리로 대답했다.

“당신은 그의 여자인 거요?”

스타는 재미있다는 듯 또 한 번 목 깊은 웃음을 터트렸다.

“그는 그렇다고 생각하겠죠. 하지만 난 어떤 남자의 여자도 아니랍니다, 카우보이.”

여자가 어떤 종류의 구속도 거부한 것이 잠깐만에 벌써 두 번째였다. 킹케이드는 다시 그 짙은 머리칼의 여자를 생각했다. 아름답고 용감하며 자존심과 강인함의 매혹적인 조화에 대해 생각했다. 그것은 남자의 상상력, 그의 흥미를 자극하는 결합이었다. 킹케이드는 자신의 흥미가 활활 타오르는 것을 알았다.

잠시 디파드 동생의 죽음 뒤에 숨은 진짜 이야기는 무엇일지 궁금했다. 강간이었을까? 셰익스피어의 글처럼, 짙은 머리칼의 여자가 ‘저지른 죄 이상으로 비난받는’ 경우일까? 그는 후자를 믿는 쪽이었다.

그것은 얼마전의 사건으로 인해 생겨난 견해였다.

2

찰싹이는 채찍소리에 킹케이드는 다시 거리 쪽을 쳐다보았다. 디파드가 커다란 회색말을 타고 달리며 남은 가축 무리를 교차로 쪽으로 몰아가고 있었다. 그의 옆에서 달리는 어린 녀석이 스타에게 살짝 손을 흔들자, 그녀도 손을 흔들어 준 다음 그를 물끄러미 쳐다보았다. 그녀의 얼굴에 냉소적인 표정은 사라지고 부드러움만이 남아 있었다.

"저 애가 내 아들 릭이에요."

그녀가 킹케이드에게 말했다.

"먼지와 땀을 뒤집어쓰며 카우보이가 되기 위해 열심이죠. 저 애는 카우보이를 대단히 멋지게 생각해요."

"나쁠 수도 있는 직업인데."

그가 어깨를 으쓱였다.

"진흙과 황소와 피투성이 속으로 들어가는 것일 수도 있거든."

스타는 몸서리를 쳤다.

"그런 생각은 하고 싶지도 않아요."

　가축떼가 마을 밖으로 이동하면서 아우성거림은 점점 낮아졌지만, 여전히 공기중에는 먼지가 맴을 돌았다. 길고 야윈 팔다리의 카우보이 한 명이 길을 건너 그들에게 다가왔다. 먼저 그는 스타에게 모자를 만져 인사한 다음, 킹케이드를 보고 씨익 웃었다. 짙은 주근깨가 온통 얼굴에 흩뿌려져 있었다.

　"흥밋거리를 놓치지 않을 딱 좋은 시점에 이 마을에 들어선 모양이군. 그 소떼 밖으로 여자를 끌어내다니 대단한 일이었소."

　"고맙소."

　킹케이드가 건조하게 대꾸한 후 한 손을 내밀었다.

　"내 이름은 킹케이드요."

　그 카우보이도 손을 내밀어 악수에 응했다.

　"난 스미스, 하지만 보통들 러스티(다루기 힘든 사람)라고 부르오."

　"그렇게 부를 만도 하군."

　모자 테두리 아래로 드러난 카우보이의 벽돌색 머리카락을 힐끗 쳐다본 다음, 킹케이드가 스타에게로 몸을 돌렸다.

　"이쪽은 스타 데이비스, 럭키 스타 호텔 겸 카지노의 주인이오."

　"만나게 되어 정말 기쁩니다, 마담. 한 삼백 킬로미터 전부터 내 트럭의 에어컨이 고장났지 뭡니까. 그리고 보시는 바와 같이……."

　러스티는 땀으로 얼룩진 셔츠를 한심한 듯이 쳐다보았다.

　"뜨거운 샤워와 시원한 맥주가 절실하답니다. 호텔에 빈 방이 있으면, 하나 주시오."

　"방은 죄다 비어 있어요. 마음대로 고르세요."

　그녀의 말에 그가 크게 외쳤다.

　"사인할 곳만 보여 주시오."

　"나도 방 하나 주시오."

　킹케이드가 말했다.

　"그렇다면 두 분 다 절 따라오시지요."

　스타가 몸을 돌려 안내했다.

킹케이드는 마지막으로 짙은 머리칼의 여자가 들어간 가게를 힐끗 보았다. 아무 움직임도 없었다.

카운터 위의 구석진 곳에서 선풍기가 돌아가며, 새 가죽과 오래된 광택제 냄새를 공기중으로 날려보냈다. 에덴 로시터는 선풍기에 얼굴을 들이대고 바람을 흠뻑 받아들였다.

손으로 세공한 새 안장이 카운터 근처의 나무 선반 위에 올려져 있었고 많은 중고 안장들이 줄에 연결돼 천장에 매달려 있었다. 가게의 한쪽 벽에는 납작못들이, 다른 쪽 벽에는 수선된 부츠와 카우보이 가죽 바지, 조끼, 권총집과 안장 주머니를 매단 고리들이 공간을 차지하였다. 밝은 색의 안장 담요와 두꺼운 방석들은 멀리 구석진 곳의 가죽 의자에 쌓여 있었다.

가게의 창문을 통해 쏟아지는 햇살 속에서 먼지들이 반짝이며 춤을 추었다. 에덴은 때 긴 창유리 너머로 지저분한 거리를 힐끗 내다보았다. 소떼가 그녀의 작은 안전 공간을 죄어들며 주위로 몰려들던 순간이 뇌리를 스쳤다.

킹케이드라는 낯선 사내가 손을 뻗지 않았더라면…….

에덴은 진짜 위험한 상황이었음을 깨달으며 몸서리를 쳤다. 불현듯 배에서 올라오는 메스꺼움을 진정시키려 깊이 숨을 들이쉬며 자신을 구해 준 사람에게 신경을 집중시켰다.

수염이 거뭇하던 강인한 얼굴과 짙게 그을린 피부가 떠올랐다. 그의 손에는 밧줄로 인해 생겨난 듯한 굳은살이 박혔고, 말 위에서 태어난 사람처럼 능숙하게 말을 다루었다.

킹케이드라는 이방인은 그야말로 카우보이의 모든 특징을 지니고 있었다. 이 목장에서 저 목장으로, 네바다 북부와 오레곤 동부를 이어 애리조나, 몬태나, 와이오밍 지역까지 휘감아 도는 떠돌이들의 항로를 따라 일당을 받으며 생활하는 그런 족속 말이다.

에덴은 그런 유형의 사내들을 잘 알고 있었다. 하지만 그가 다른 사람들보다는 한 수 위라는 느낌이 떠나지 않았다. 디파드도 그를 위축시키지 못했다. 아니, 오히려 킹케이드는 디파드의 공격을 나른한 조소로 받으며, 그가 누구인지에 대해 일말의 관심도 보이지 않았다.

어떤 것에도 관심이 없는 사내라고 결론을 내리려던 찰나, 자신을 쳐다보던 그의 시선이 떠올랐다. 똑바로 응시하던 그 강렬함에 마음이 혼란스러웠다. 전에도 여자에 굶주린 듯한 눈빛으로 쳐다보던 남자들은 많았지만 이번에는 느릿한 열기가 온몸으로 번져 가는 느낌이 들었던 것이다. 오래 전에 면역되었다고 생각했던 그 열기, 자신에게도 그것이 살아 있었다는 사실을 깨달은 게 몹시도 짜증스러웠다.

뒷방에서 가까이 다가오는 발소리가 들렸다. 카운터로 시선을 돌리자 중년의 땅딸막한 바스크 계통(스페인 서부 피레네 산맥에 사는 사람)의 여인이 반짝반짝 광을 낸 낡은 부츠 한 켤레를 들고서 커튼 친 문가에 나타났다.

"막 생각이 났던 참이었어. 뒷방에 두었다가 이제 끝냈다구."

로자 윈터스가 어수선한 카운터 위로 부츠를 올렸다.

"말굴레만 가져오면 다 되는 거야."

그녀가 벽의 선반 쪽으로 한 걸음 나섰다가, 창문을 통해 넘쳐드는 햇살을 보고는 머리를 젓고 혀를 차며 방향을 돌렸다.

"이놈의 햇빛, 오후만 되면 오븐 속에 있는 것 같다니까."

"여긴 아주 덥네요."

에덴이 동의했다.

"그리고 먼지투성이야."

로자 윈터스는 짙은 초록색의 차양을 끌어내린 다음, 다른 창문의 차양도 내리기 위해 옮겨갔다.

"디파드 말이야, 굳이 마을로 소떼를 통과시킬 필요는 없다구. 마을을 돌아서 갈 수도 있는데 모든 사람들에게 자기가 얼마나 대단한지, 얼마나 많이 갖고 있는지 알리고 싶은 거야."

마지막 블라인드를 풀어내자, 가게는 짙은 어둠 속으로 잠겨들었다.

그녀가 몸을 돌리며 짙은 눈동자를 에덴에게 고정시켰다.

"저기서 있었던 일 봤어. 널 구해 준 남자, 누구야?"

"킹케이드라는 이름의 이방인."

"디파드의 부하는 아닐 거라고 생각했지, 직장을 때려치우고 싶지 않다면 말이야."

여자가 벽 선반으로 다시 걸음을 옮겨 새 가죽끈을 단 굴레를 하나 내렸다.

"이방인이 마을에 있다니 운이 좋았어."

"나도 알아요."

너무나 잘 알고 있지.

"우리 중 누구도 감히 널 도울 수 없다고 말하는 게 정말 부끄러워."

로자는 카운터 위 부츠 옆에 굴레를 놓고 나서, 길고 무거운 절망의 한숨을 내쉬었다.

"증오란 정말 지독한 병이야. 암처럼 조그만 것 하나로 시작해서 천천히 온몸으로 번져 가거든. 제프가 죽은 지 거의 십사 년이나 지났는데, 너에 대한 디파드의 증오는 날이 갈수록 더 심해지는 것 같아. 네가 제프의 죽음에 대한 처벌을 받을 때까지 그는 절대 멈추지 않을 거야."

그녀가 간청하듯 에덴을 향해 한 손을 올렸다.

"떠나, 에덴. 그가 널 파멸시키기 전에 목장을 팔고 여기서 떠나라구."

"난 팔지 않을 거예요."

그런 일은 상상할 수도 없었다. 스퍼 목장은 4대째 내려오는 로시터 가의 터전이었다. 지금 살고 있는 집은 그녀의 증조모님이 지으신 것이고, 그녀의 근본은 사막의 토양에 깊이 뿌리내려져 있었다. 결코 호락호락 목장을 포기하지는 않을 것이다.

"넌 바보야, 에덴 로시터."

로자가 머리를 설레설레 저었다.

"디파드는 너무나 거대하고, 손길이 닿는 곳도 광범위해. 친구들 또한 막강하구. 아무도 그에게 대항할 수 없어."

"사람들은 몇 년만에 내가 몰락할 거라고 예상했지만 난 아직까지 건재해요."

7년 전 할아버지가 돌아가신 후, 모든 사람들은 에덴이 목장을 팔고 이곳을 떠날 거라고 확신했다. 그녀가 그렇게 하지 않자, 머리를 저으며 목장을 유지할 수 없을 거라 단언했었다. 여자 혼자서는 안 된다, 특히나 그녀처럼 젊은 여자 힘으로는. 하지만 그녀는 해냈다. 지금까지 해내고 있었다.

"내가 얼마 드리면 되죠?"

에덴은 바지 주머니에서 지폐 몇 장을 꺼내들었다.

"십이 달러 오십 센트."

로자는 두 손을 카운터 위에 댄 채 찌푸린 표정을 지어 보였다.

"네 소가 정부 토지 풀을 뜯을 수 없도록 재계약을 방해한 자가 디파드라는 건 알지?"

"짐작은 했어요."

에덴은 13달러를 카운터에 놓고 거스름돈을 기다렸다.

"이제 네 땅만 가지고는 그 소를 다 먹일 수 없게 되었어. 그리고 남는 소들을 시장에 갖다 팔 일꾼도 구할 수 없단 말이야."

"아직은 구하지 못했죠."

"앞으로도 그럴 거야. 디파드가 다 손을 썼다구. 그는 모든 지방 회사들에게 만약 네 소를 운반해 주면, 다시는 자기 일을 맡기지 않을 거라고 말해 두었어."

"그런 일이 생길 거라고 생각은 했어요."

하지만 그것이 자제하기 힘든 분노의 파도를 억제시키지는 못했다.

"그들은 일을 잃고 싶어하지 않아. 그리고 어쨌든 대부분이 네가 오래 견딜 거라고 생각지 않는다구."

"그 사람들이 틀렸어요."

로자는 카운터 밑의 금고에 돈을 넣었다.

"디파드는 아무도 널 위해 일하지 않을 거라는 말을 하고 다닌대. 일꾼들 없이는 목장을 유지할 수 없을 거야.”

그녀가 에덴에게 25센트 동전 두 개를 건넸다.

“사람을 구할 수 없으면, 나 혼자 운영할 수 있을 정도까지 축소할 거예요. 그런 식으로 운영하는 작은 농장들도 많이 있으니까요.”

“이 다음에는 너한테 아무것도 팔지 말라는 명령이 떨어질 거야. 그는 너에게 올가미를 던져놓고 꼼짝 못할 지경까지 계속해서 조일 거라구.”

“시도할 수는 있겠죠.”

에덴은 굴레와 부츠로 손을 뻗었다.

“소떼를 시장에 팔지 못하면, 네 땅의 풀이 이 개월 안에 뿌리까지 뽑힐 거라고 사람들은 말하고 있어.”

“나한테 저장해 놓은 게 있다는 건 계산하지 않았군요.”

저장품과 함께 정상적으로 가을쯤 시장에 내놓을 소를 먹일 만한 양을 계산하면, 일주일 정도 차이나는 3개월쯤 견딜 거라고 그녀는 생각했다. 그 후에는…… . 일종의 절망어린 긴장감이 목 뒤를 할퀴어댔다. 그녀는 마지막이 닥치기 전에 해결책을 찾아내리라 다짐하며 애써 그 느낌과 싸웠다.

로자가 어깨 너머를 힐끗 훔쳐보았다. 휠체어에 탄 젊은 남자가 낮은 작업대를 마주한 채 뒷방에 앉아 있었다. 땀으로 얼룩진 티셔츠는 꼬챙이처럼 가는 다리와는 대조적인 어깨와 팔의 울퉁불퉁한 근육의 윤곽을 그려냈다. 그가 그들에게 관심을 두지 않는 것에 안심하며, 로자가 고개를 돌려 에덴에게 입을 가까이 댔다.

“네 소를 몰아 줄 만한 사람을 알고 있어.”

그녀가 낮은 목소리로 속삭였다.

“누구?”

“내 여동생 안나의 시동생이 오레곤 주의 경계선 지역 목장들을 위해 가축을 운반해 주고 있어. 내일 위네무카에 있는 가게에 이 주문품들을 갖다줄 건대 그 사람을 만날 거야.”

로자는 허리띠와 가죽 장식들이 쌓인 상자를 가리켜 보였다. 위네무카에서 르노 사이에 있는 관광객 상대 가게들에 그녀가 만들어서 파는 품목들이었다.

"그는 마을 동쪽의 양치는 사람을 위해 양떼를 운반해 주는 중인데 안나가 같이 올 거라서 점심 때쯤 나와 만나기로 했거든. 그 사람에게 너에 대해 말해 줄 수 있어."

"그 사람이 내 소떼를 운반해 주려고 할까요?"

"그에게 돈이 필요하다는 건 알지."

에덴은 곰곰이 생각에 빠졌다.

"디파드는 조만간 내가 이 구역 밖에서 가축 운반자를 구하려 할 거라는 것까지 생각했을 거예요. 그가 그 사람에 대해 알까요?"

"그렇지는 않을걸. 제리는 사람들이 알 정도로 오래 하지 않았거든. 이 일을 시작한 지 얼마 안 돼."

로자가 근심어린 표정으로 멈칫거렸다.

"제리에 대해서 어떻게 알게 되었는지 누구에게도 말하면 안 돼. 내가 도와준 걸 디파드가 알게 되는 날에는……."

로자의 눈이 에덴의 얼굴로 튕겨 올라갔다.

"그는 이 일에 대해 아무것도 몰라야 해. 절대 알면 안 돼. 내가 이 일과 관련 있다는 걸 누구에게도 말하지 않겠다고 맹세해. 디파드가 이 건물하고 이 장비 대부분의 소유자란 말이야."

"이 일은 당신하고 나 둘만의 비밀이에요."

에덴이 약속하였다.

"내일 그 사람을 만나면, 내가 표준 가격을 지불할 것이고 여기 빨리 도착할수록 좋다고 말해 주세요. 난 소떼를 우리에 넣어 두고 날짜에 맞춰 실을 수 있도록 준비할 테니까요."

"금요일 아침에 전화해서 그 사람 대답을 알려줄게."

에덴은 가게를 나와 곧장 마을 대로에 주차해 놓은 트럭으로 향했다. 럭키 스타를 지나면서, 킹케이드라는 그 낯선 사내의 모습을 보았다. 먼지 투성이 까만 트럭 뒤쪽에서 배낭을 꺼내는 중이었다.

그를 보는 순간 그녀를 감쌌던 그 강인한 팔의 압력이 떠올랐다. 그가 너무나 꽉 껴안고 있어서 그녀는 그의 몸 움직임, 근육의 꿈틀거림 하나하나까지 느낄 정도였다. 담배 내음이 그의 셔츠에 매달려 있었고, 구레나룻은 그녀의 얼굴에서 아주 약간만 떨어져 있었을 뿐이었다.

몇 년 동안 남자에게 그렇게 안겨 본 적이 없었다. 그러길 바라지도 않았다.

심란한 감각들을 차단해 버린 채, 에덴은 부츠와 굴레를 트럭 앞좌석으로 던진 다음 트럭에 올라타 시동을 걸었다.

마을 북쪽으로 연결된 길은 얼마간 쭉 뻗어 있다가, 서쪽의 험한 산자락 협곡을 향해 물결치는 평원으로 비스듬하게 이어졌다. 길이 좁아들고 험해지자 에덴은 속도를 줄이며 그 길을 따라 운전해 들어갔다.

트럭의 창문을 내리자 뜨거운 바람이 운전석으로 밀려들었다. 언제나 그렇듯이, 다른 자동차나 지나는 사람은 전혀 없었다. 이 길은 고속도로 지도에도 표시되어 있지 않은 네바다 주의 수많은 뒷길 중 하나였다. 이 근처에 긴급 구조 시설 따위는 없었다. 사고라도 난다면 도움을 받기까지 몇 분이 아닌 몇 시간이 걸리기 마련이었다. 그 사실을 에덴은 너무나도 잘 알고 있었다.

그녀의 시선이 은초록빛 산을 지나 긴 상처와도 같이 그려진 깊은 바퀴자국으로 옮겨갔다. 그 흔적은 초록의 넓은 화산 분지에서 사라졌다. 보이지 않는 그 뒤쪽에 작은 바위들로 이루어져 거품이 부글거리는 뜨거운 샘이 있었다. 그 지역은 십대 아이들이 친구들과 맥주를 들이키고 연인들과 은밀하게 즐길 수도 있는 소굴로 알려져 있었다.

바퀴자국이 길과 합류된 지점을 지나며, 에덴은 손마디가 하얗게 질리도록 운전대를 꽉 움켜쥐었다. 이곳에서 목장까지는 정확히 10킬로미터가 떨어져 있었고, 마을까지는 30킬로미터도 더 떨어져 있었다. 그 거리는 그녀의 기억 속에 영원히 각인 찍혀 있을 것이다.

오래 전, 14년 전의 그날 밤 그녀가 집에서 몰래 빠져 나오지만 않았더라면……. 제프 디파드를 만나기로 허락하지만 않았더라면……. 그녀가 목장 대신 마을로 가기만 했더라면……. 어쩌면 모든 것이 달라졌을 것이다.

만약에 말이다…….

그녀는 가능한 한 빠르게 험난한 길 위로 차를 몰았다. 내뱉는 숨결이 거의 공포에 가까운 흐느낌이 되고 있었다. 페달을 밟기 위해 애를 쓰는 다리가 쉴새없이 떨렸으며, 피로 젖은 두 손은 운전대에서 자꾸만 미끄러졌다.

블라우스 앞자락에는 더 많은 피가, 시트 위에도 더 많은 피가 있었다. 제프 디파드는 괴상한 자세로 쭉 뻗은 채 그녀의 옆에 누워 있었다. 한 다리는 조수석 문에 접혀지고, 다른 다리는 시트 가장자리에 힘없이 매달렸다. 그의 셔츠 앞자락과 가슴의 흉측한 총구멍을 싸맨 압박붕대 모두 피범벅이었다. 숨을 내쉴 때마다 그녀의 위장은 메스꺼움과 기괴하고 달콤한 피내음으로 뒤집어질 지경이었다.

"목장으로 들어가는 길이 대체 어디야?"

그녀의 중얼거림은 거의 애원에 가까웠다. 공포에 질린 채 온몸을 떨며, 에덴은 앞쪽의 길을 훑어보았다. 트럭의 헤드라이트 빛 너머의 어둠 속을 샅샅이 뒤졌다. 이보다 더 칠흑 같았던 밤은 없었던 것 같았다.

"제발, 하나님, 그 길을 지나치지 않게 해주세요."

흐느낌이 새어나오며 순간적으로 눈물이 시야를 가렸다. 그녀는 얼른 손등으로 눈물을 닦아내며 더욱 힘껏 액셀러레이터를 밟았다. 당장에 트럭이 앞으로 내달리다가 작은 구멍에 빠져 옆으로 기울어지고 말았다. 손에서 운전대가 뒤틀리려 했다.

제프의 무기력한 몸뚱이가 앞으로 튕겼고, 에덴은 한 손으로 그를 붙든 채 어떻게든 트럭을 조정해 보려 애썼다. 목에서 작고 난폭한 신음이 흘러나왔다. 어찌 되었든 그녀는 다시 차를 앞으로 향하게 만들었다.

그녀는 걱정스레 제프를 살펴보았다. 차 안의 어둡고 음침한 불빛 아래서, 눈을 꽉 감은 그의 얼굴은 창백해 보였고 입술에서는 어떤 소리도 흘러나오지 않았다. 두려움에 찬 울음을 삼키며, 에덴은 다시 한 번 길을 살폈다.

목장, 그녀는 목장에 도착해야만 했다. 거기에는 전화가 있다. 도움을 받을 수도 있다. 할아버지에게 무슨 일이 있었는지 어떻게 말할지에 대해서는 생각지 않기로 했다. 할아버지께서 총 맞은 상처를 어떻게 하면 되는지 알고 있을 거라는 한 가지 생각에만 필사적으로 매달렸다.

눈물이 또다시 그득 고였다. 그녀는 제프를 내려다보며, 열심히 중얼거렸다.

"죽으면 안 돼, 빌어먹을. 죽으면 안 된다구."

하지만 그는 죽었다.

그리고 그 밤이 지나기 전, 그녀는 일급 살인죄로 체포되었다. 디파드는 그녀에게 죄가 있다는 것을 확신하였다.

그에게 있어 그녀는 아들처럼 키웠던 동생의 죽음에 직접적인 원인 제공자였으며 처벌받아 마땅한 인간이었다. 아주 혹독한 처벌을.

재판이 진행되는 3년 동안, 디파드는 자기 동생이 다른 여자와 같이 있는 걸 보고 나서 그녀가 질투심으로 죽여 버린 거라는 악독한 이야기를 퍼뜨리고 다녔다. 어떤 사람들은 그의 말을 믿었고, 어떤 사람들은 믿지 않았다. 하지만 그의 면전에서 믿지 않는다고 말하는 사람은 한 명도 없었다.

판사가 무죄 판결을 내렸을 때, 디파드는 뻔뻔스런 오판이라고 분노에 온몸을 떨었다. 에덴은 그가 결국에는 그 결정을 받아들일 걸로 생각했지만, 그렇지가 않았다. 그는 그걸 가슴 깊이 새기고, 자신이 느꼈던 비통과 슬픔을 극도의 증오와 사나운 복수의 열망으로 곪아 문드러지게 만들었다.

도대체 언제나 끝날 것인가?

에덴은 스퍼 목장으로 들어섰다.

목장 뒤로는 사막의 언덕이 솟아 매서운 겨울 바람을 막아 주었고 물줄기가 굽이쳐 흘러내렸다. 한여름에는 물살이 졸졸 흐르는 시내로 변할 때도 있지만, 지금까지 로시터 가문 사람들은 그곳이 마른 것을 본 적이 없었다. 지속적인 물공급은 사막 지대에서는 매우 가치 있는 일이었다.

가축 우리와 낮은 건물들을 돌아, 에덴은 목장식으로 지은 집을 향해 곧장 나아갔다. 지붕은 이제 불그스름한 갈색으로 녹슬어 버렸고, 수세기 동안 자란 사시나무가 그늘을 드리운 2층짜리 건물이었다. 층마다 나무로 만든 베란다가 정면에 도드라져 보였고 사막 특유의 암갈색이 계단 전체를 뒤덮고 있었다.

솔직히 거대하거나 인상적인 집은 아니었다. 오래 견딜 수 있도록 지어진 단순하고 견고한 건물이었다. 하지만 에덴에게 있어 이 집은 스퍼 목장의 심장이었다. 그리고 이 집처럼 그녀의 뿌리도 이 대지에 깊이 박혀 있었다. 그녀는 이곳을 떠난다는 걸 상상할 수 없었다. 자진해서 떠나는 일은 절대 없을 것이다.

카시우스라는 이름의 늙은 개 한 마리가 베란다 그늘에서 나타나더니 트럭을 맞이하기 위해 달려나왔다. 운전석 옆에서 그녀가 내리길 기다리며 꼬리를 흔드는 그 개의 입은 환영의 미소로 벌어져 있었다. 녀석의 털가죽은 자신의 영토를 감히 침입하는 코요테와 다른 여우들과의 싸움으로 인한 상처 투성이였다. 20킬로그램 남짓 나가는 크지 않은 몸집이지만, 그 녀석은 어떤 골리앗이라도 맞이할 준비가 된 다윗 같은 놈이었다.

"안녕, 카시우스, 어때?"

에덴은 트럭에서 내려 부츠와 굴레 쪽으로 팔을 뻗었다.

"요새를 지키느라 바쁜 하루였니?"

개는 흥분 섞인 깽깽거림으로 대답한 다음 스크린 도어를 바라보며 경계태세를 취했다. 그 문이 홱 열리며 에덴의 오빠 빈스가 집에서 달려나왔다. 잘생긴 얼굴에 근심이 서려 있었다.

"제기랄, 널 보니 마음이 놓인다. 괜찮은 거냐?"

그가 그녀의 팔을 붙잡고는 성급히 걱정스레 살펴보았다.

“괜찮아.”
“하마터면 그 소떼에 짓밟힐 뻔했다는 거 알고 있냐?”
그가 성난 목소리로 다그쳤다.
“맙소사, 넌 죽을 수도 있었어.”
“어떻게 알았어?”
“몇 분 전에 전화가 와서 죄다 들었다.”
그는 동생을 놓아 주며 한 걸음 물러서 모자를 젖히고 숱 많은 짙은 머리카락을 손으로 긁어댔다.
“빌어먹을, 난 걱정이 돼서 죽는 줄 알았어. 어쩌자고 그런 일이 생기게 내버려 둔 거냐?”
“내가 그런 게 아니야. 모두 디파드의 짓이었다구.”
에덴은 책임 소재를 명확히 한 다음 말했다.
“어쩌면 내가 더 조심했어야 했는지도 몰라, 하지만 난 다른 생각을 하고 있었거든. 발전기 부품이 아직 들어오질 않았는데, 그거 없이 얼마나 오래 견딜 수 있을지 걱정하던 참이었어. 디파드가 대낮에 그런 짓을 할 줄은 꿈에도 생각 못했던 거야.”
“그는 널 잡아먹으려고 벼르는 놈이라구, 에덴.”
빈스가 중얼거렸다.
“그리고 목적을 이룰 때까지 그만 두지 않을 거야. 언제쯤에나 그걸 깨달을 거냐?”
“그럼 오빠는 내가 어떻게 해야 된다고 생각하는 거야?”
에덴이 볼멘소리를 냈다.
“그의 발 아래 엎드려 애원이라도 하라는 거야?”
“아니, 아직 온전할 때 네가 이 빌어먹을 곳을 떠났으면 좋겠어!”
“난 절대 이 목장을 포기하지 않아.”
“너한테는 이성이란 게 없어.”
그가 성큼성큼 발길을 돌렸다.
그가 성급한 성질을 아는 에덴이 의심스레 물었다.

“빈스, 어디 가는 거야?”

“플랫 록의 물탱크나 살펴보려고.”

어깨 너머로 그가 쏘아붙였다.

“점심 먹은 후에나 갈 생각이었잖아.”

그는 반짝이는 푸른색의 새 트럭 문을 활짝 열어젖히고 나서 잠시 멈췄다.

“벨러가 고장나서 손을 써야 했다구. 다시 돌아가게는 해놓았지만, 얼마나 갈지 누가 알겠어?”

에덴은 창고 너머의 넓은 목초지를 재빨리 훑어보았다. 오래된 건초 기계의 덜커덩, 우르르소리가 들판의 먼 쪽에서 들려 왔다. 그 소리가 아직까지는 기계가 돌아가고 있다는 걸 알리며, 말리기 위해 널어놓았던 건초를 가마니 속으로 퍼담고 있었다.

빈스의 차가 집에서 빠져 나가며 에덴의 시야를 가로막았다. 플랫 록 지역의 물탱크는 샐비어 평원 너머 동쪽이었다.

목장을 팔고 떠나라는 얘기는 벌써 오래 전부터 들어 왔던 말이었다. 빈스가 가끔 나타날 때마다 있어 왔던 싸움이었다. 만약 할아버지가 돌아가시며 빈스에게 스퍼 목장을 맡겼다면, 그는 즉시 목장을 팔아 버렸을 것이다. 빈스는 그녀처럼 목장에 애착을 가져 본 적이 없었다. 오빠에게 있어 목장은 현금이 될 만한 수단 이상이 아니었다.

터지려는 한숨을 애써 억누르며, 에덴은 집으로 향했다.

두꺼운 벽은 내부의 온도를 바깥에 비해 몇 도쯤 시원하게 유지해 주었다. 에덴은 문 옆에 굴레를 놓고 2층으로 올라가는 첫번째 계단 위에 부츠를 놓은 다음, 마루를 가로질러 가장 큰 방으로 들어갔다.

머리 위로 커다란 선풍기가 천천히 회전하며 공기를 순환시켰다. 수송아지 한 마리는 너끈히 구울 수 있을 정도로 넓은 아치형 벽난로에서 오래된 연기 내음이 아련히 풍겨 나왔다. 벽난로 앞에 놓여 있는 안락의자의 쿠션들은 올이 다 드러날 정도로 낡아 있었다. 박차로 인해 생긴 자국들이 딱딱한 마룻바닥에 홈집을 내었고, 깔아놓은 러그도 낡아빠졌다. 하지만 그 낡은 흔적들에도 불구하고, 이 방은 이곳에 들어오는 모든 사람을 어루만지는 편안함과 안락함을 간직하고 있었다.

에덴은 긴장을 풀며 커다란 안락 의자의 말없는 초대를 무시한 채, 목장의 사무실로 쓰이는 구석진 곳의 책상으로 다가갔다.

그날의 우편물이 어수선한 가운데 깔끔하게 쌓여 있었다. 에덴은 책상 끝에 엉덩이를 기대고 여섯 통의 편지를 훑어보았다. 영수증과 광고지 따위들로 급한 건 없었으므로, 그녀는 우편물을 다시 책상에 내려놓았다.

막 몸을 돌리려는 찰나, 그녀의 시선이 벽에 걸린 계란형 틀의 사진에 가서 멈췄다. 구식의 기포난 유리가 40대의 여자 사진을 보호하고 있었다. 길게 찢어진 승마용 치마와 모직 재킷, 납작한 모자와 먼지 낀 부츠 차림의 여자. 날씬한 엉덩이에는 권총이 든 혁대를 차고 커다란 말의 고삐를 움켜쥐고 있었다. 다년간 햇볕과 바람에 노출되어 단련된 검게 그을린 얼굴이었다. 강인한 인상이 좀 덜 보였다면 아름답다고도 말할 수 있었으리라.

뒷배경은 스퍼 목장의 집 벽돌과 나무로 만든 베란다였다.

에덴은 자신의 증조모인 케이트 로시터의 사진을 살펴보았다. 틈만 나면 사라지던 남편의 열다섯 살짜리 신부로 서부에 와서, 어떤 도움도 없이 성공적으로 이 목장을 일구어 낸 장본인이었다.

"빈스가 다니엘 증조부님을 닮았나 봐요, 항상 큰 건에 대한 환상만 쫓는다니까요."

지치고 포기한 듯한 목소리로 에덴이 중얼거렸다.

금이든 은이든 구리든, 다니엘 로시터에게는 중요치 않았다. 뭐가 발견됐다는 소문이 들리기만 하면 그는 그걸 쫓아 사라졌다.

빈스가 돌아왔다. 하지만 케이트 증조모처럼 에덴도 그가 계속 머물 거라고 믿을 정도로 어리석지 않았다. 어차피 디파드에게 대항할 사람은 자신뿐이었다.

3

자갈길 위로 포드 브롱코가 맨 앞에서 달리며 트레일러를 매단 작은 호송용 트럭들을 이끌었다. 광대한 다이아몬드 디 목장의 입구 중 하나에 가까워지자 자동차와 트럭들은 속도를 줄였다. 트레일러 안에는, 안장을 한 말들이 움직이지 못하도록 다리가 묶인 채 그날의 작업으로 인한 땀을 천천히 말리는 중이었다.

듀크 디파드는 브롱코의 조수석에 앉아 무심한 시선을 창 밖에 고정시키고 있었다. 지난 15년간 다이아몬드 디의 두 번째 실력자이자 카우보이 대장인 마흔 살의 매트 시한이 운전대를 잡고 있었다.

이제 곧 열네 살이 되는 릭 데이비스는 소를 몰아 이동시키기 위해 긴 시간 익숙지도 않은 안장에 앉아 있어서 지치고 땀에 젖었으며 온몸이 근육통으로 비명을 질러대는 가운데 뒤쪽에 앉아 있었다. 하지만 그와 동시에 어떤 신체적인 불편도 사소한 것으로 치부할 만한 일종의 흥분으로 가득 차 있었다.

릭은 뜨거웠던 열기와 먼지, 힘들었던 것은 전부 잊어버리고 흥분으로 가득 찼던 때만을 회상하였다. 엉뚱한 곳으로 돌진하던 어린 수송아지, 뒤를 최대 속도로 말을 몰아 쫓던 순간, 샐비어가 무성한 불모지를 넘어 협곡으로 돌진할 때 한 발만 잘못 디뎌도 불행을 가져올 수 있었던 순간, 그때마다 그의 심장은 목까지 올라올 정도였다. 불쑥 튀어나온 송아지에 말이 놀라 거의 그를 나동그라뜨릴 뻔한 적도 있지만 그는 그대로 말 위에 앉아 균형을 유지했다.

릭은 그 흥분의 순간들을 떠들어대고 싶어서 좀이 쑤실 지경이었다. 그러지 못하는 단 한 가지 이유는 디파드가 멍청한 촌놈이라고 그의 입을 막아 버릴까 봐서였다. 듀크 디파드의 견해는 다른 어떤 것보다도 더 릭에게 중요하였다. 디파드는 이 근처에서 가장 거대하고, 부유하며 똑똑한 남자인 것이다.

포드 브롱코가 목장 입구에서 부르릉대자, 디파드는 마침내 몇 킬로미터나 지속시켰던 침묵을 깨뜨렸다.

"우리가 들어간다고 알려. 전갈이 있으면 집으로 가져오라고 하고."

"네."

시한은 마이크를 들어 메시지를 전달했다.

그를 지켜보면서, 릭은 다이아몬드 디의 조직적으로 연결된 통신탑에 대해 생각했다. 그것은 250만 에이커에 달하여 펼쳐진 다이아몬드 디 목장에 있어서 꽤나 효율적인 통신수단이었다.

릭이 그를 우러러보는 이유 중 하나가 이런 앞을 내다보는 능력이었다. 듀크 디파드는 궁극적으로 이득을 증대시킬 만한 현대적인 기술과 새로운 방법들을 받아들이는 데 아주 빨랐다. 컴퓨터는 매주 사육장의 소 몸무게가 얼마나 늘었는지와 목장의 수입과 지출을 일목요연하게 정리해 보여 주었다. 봄과 가을의 가축몰이를 위해 필요한 목동의 수를 헬리콥터와 비행기들이 줄여 주었고, 또한 목장 구석구석의 상태를 어느 정도나마 알 수 있게 해주었다. 위성 안테나를 이용해 목장을 떠나지 않고도 얼마든지 가축 경매에 참여할 수도 있었다.

그는 목장 설비를 최첨단으로 바꾸었지만 정신적으로는 옛날의 서부

관습을 그대로 따랐다. 자기 주위의 사람들에게 절대적인 충성을 요구하며 그에 걸맞은 대우를 해주었다. 일단 약속을 하면 꼭 실천했고, 다른 사람들에게도 똑같은 것을 기대하였다. 약속을 저버린 사람과는 다시는 상종하지 않았다. 또 디파드는 명예는 어떻게든 지켜져야 하고 가족을 잘 보호해야 한다는 옛날 믿음을 신봉했다. 비록 드러내 놓고 인정하지는 않는다 해도, 릭은 그의 그런 면에 감탄하고 있었다.

다이아몬드 디 목장의 중심지는 잘 지어진 헛간과 외양간들, 창고들, 식당 그리고 이 거대한 목장을 유지하기 위한 피고용인들이 머무는 숙소들이 들어차 있었다.

다른 트럭들이 외양간 한쪽으로 사라지는 동안 시한은 헬리콥터 착륙장 앞쪽의 삼면으로 복도를 만들어 단 긴 단층짜리 구불구불한 건물로 나아갔다. 나무와 유리, 돌로 건축한 농장의 주저택이었다. 시한은 브롱코를 서서히 정지시켰다.

릭은 되도록 천천히 자동차에서 내려서 비명을 질러대는 엉덩이와 허벅지의 쓰라린 근육들을 애써 내색하지 않으려 애쓰며 디파드의 곁으로 다가섰다. 그러나 디파드는 릭의 사정을 잘 아는 듯 쳐다보았다.

"좀 뻐근하지?"

입가의 딱딱한 선을 무뚝뚝한 미소로 무너뜨리며 디파드가 말했다.

"아뇨."

릭은 사나이답게 어깨를 으쓱해 보였지만, 정문으로 향하는 디파드와 시한의 뒤를 따라 자연스레 걷는 것은 정말 끔찍한 일이었다.

"오늘 잘 해냈다."

문득 생각난 듯이 디파드가 한마디 더 건넸다. 무심코 개의 머리를 쓰다듬는 식이라고나 할까.

하지만 칭찬 같지도 않은 그 말에 릭 데이비스는 얼굴을 붉히며 기뻐 날뛰기 직전이었다. 아버지가 없는 그에게 남자의 칭찬, 특히나 디파드의 칭찬은 무엇보다 더 의미 있었다. 그는 황홀한 기분으로 두 남자를 따라 들어갔다.

디파드는 안으로 들어서서 돌 벽난로 옆으로 곧장 나아갔다.

"콜라 어떠냐, 릭?"

그가 그곳의 작은 냉장고를 열었다.

"감사합니다, 사장님."

디파드는 카운터 위에 시원한 콜라캔 하나를 놓은 다음 뒷선반에서 두 개의 잔을 내려 얼음을 가득 채웠다. 바에 기대 있던 시한은, 릭에게는 조금도 관심을 두지 않고 벽 위에 걸린 일련의 사진들을 힐끔 보았다.

모든 사진이 오래 전 죽은 디파드의 동생, 제프의 건방지고 잘생긴 얼굴을 담고 있었다. 강하게 각진 턱과 넓은 얼굴이 디파드 가의 혈통임을 입증해 주었다. 그의 눈동자는 거칠고 교활한 번득임을 지녔으며 미소는 무모하고 참을성이 없어 보였다. 제프 디파드가 대단한 운동 선수이자 모범 학생이었을 뿐만 아니라 말썽꾼이자 매력적인 인간이었다는 것에는 의심의 여지가 없었다. 항간에는 듀크 디파드가 자기의 어린 동생을 정치인으로 훈련시키고 있었다는 소문이 돌고 있었다. 혹자는 제프 디파드가 언젠가 네바다의 가장 젊은 주지사가 될 거라고 내기를 걸 정도였다.

시한은 하릴없이 벽의 사진들을 살폈다. 교회에 가본 지 아주 오래되었지만, 자신이 종교적인 성소를 보고 있다는 느낌을 떨쳐낼 수가 없었다. 기원의 촛불만 없을 뿐이었다.

디파드는 시한에게 위스키가 든 잔을 건네고 자신도 잔을 집어들었다. 시한은 건배하듯이 위스키 잔을 들어올린 다음 짧게 한 모금 들이켰다. 그 액체 방울이 불의 혓바닥처럼 목을 타고 내려갔다.

"화끈하군요."

시한이 입을 열었다.

"그럴 줄 알았어."

디파드는 잔을 들고서 바 뒤쪽에서 걸어나왔다.

릭이 자신도 재빨리 음료수를 들이켰다.

수년 동안 그가 제프의 사생아라는 소문이 떠돌았다. 듀크 디파드가 그 소년과 그의 어머니 스타 데이비스를 거두어 주는 것으로 그 소문은 불에 기름을 부은 듯 퍼져나갔다.

그녀에 대한 디파드의 관심은 더 간단하게 설명될 수도 있었다. 어찌 되었든, 디파드는 독신이었고 스타 데이비스는 이브의 간계를 지닌 예쁜 여자였으니까. 하지만 그녀는 소년의 아버지에 대해서는 입을 꼭 다물고, 그가 누군지 어디 출신인지 한 마디도 하지 않았다. 시한은 릭조차 알지 못할 거라는 생각이었다.

릭에게서 디파드 가의 신체적 특징을 발견할 수는 없었다. 그 소년은 자기 어머니의 각진 얼굴 모양과 뾰족한 턱을 갖고 있었다. 그것이 제프의 사생아가 아니라는 의미는 아니겠지만 말이다.

디파드가 소년의 어깨에 한 손을 올려놓았다.

"난 시한과 몇 가지 정리할 일이 있다. 샤워하고 옷을 갈아입는 게 어떠냐? 그 모습 그대로 널 데리고 간다면 네 어머니가 좋아하지 않을 거다."

"그렇겠지요."

소년은 재빨리 미소를 보였지만, 아무래도 이 방을 떠나고 싶지 않은 모양새로 미적미적 걸음을 옮겼다. 디파드는 방을 나서는 릭을 쳐다보았다.

"오늘 잘 하더군."

소년에게 들리지 않을 정도가 되자 그가 입을 열었다.

로시터 여자와 그 구출자와의 대결이 있었을 때 소년이 자신을 변호하기 위해 뛰어들었던 일을 가리키는 것임을 시한은 바로 알아챘다.

"낯선 자가 나타나다니 유감입니다. 녀석이 끼어들지 않았더라면, 그 로시터 여자를 영원히 제거할 수 있었을 텐데요."

"알아."

쓸쓸함과 분노 때문에 디파드의 입술 끝이 팽팽해졌다.

"녀석을 너무 쉽게 놓아주셨습니다, 디파드 씨."

시한은 언제나 존칭을 사용했다. 디파드가 그걸 원했기 때문이었다. 시한은 그의 엄청난 자존심을 절대 상하게 하지 않으려고 신경을 썼다. 디파드가 자신의 영토를 다스리고 싶어한다면, 그대로 되기를 바랐다. 부사령관으로서 그는 일정 정도의 힘을 부여받았고 그것이 마음에 들었다.

"마을 주민 반이 보고 있었어. 선택의 여지가 없었지."

디파드는 입안의 쓴맛을 없애려는 듯 위스키를 한 번에 털어넣었다.

"당신이 그렇게 물러선 것을 보고 어떤 자들은 로시터 여자를 도와줘도 무사할 수 있다고 생각할지 모릅니다."

디파드의 표정은 차갑고 부시무시했다.

"빌어먹을, 그러지 않는 게 좋을걸!"

디파드가 성질을 폭발시키며 고함을 쳤다.

"도와주려는 사람이 있다면, 결단코 후회하게 될 거야."

시한은 고개를 끄덕이며 자신의 술을 한 모금 홀짝였다. 그는 디파드의 분노가 끓어오르도록 내버려 두었다.

"제 생각에는 계속해서 겁을 주어야 할 것 같습니다. 지금까지는 사람들이 당신에게로 모여들었죠, 그 녀석에게 겁을 좀 주면 조만간 그 녀석도 당신 밑으로 들어오고 싶어할 겁니다. 제 일 중 하나가 사람들을 겸손하게 유지시키는 일이죠. 사람들은 이 일을 잊지 않습니다. 당신이 압력을 증가시켜야 할 때라는 생각이 드는군요."

"그럴 생각이야."

디파드가 입을 열었다.

"언제 어디서인가가 중요하지. 지금은 어리석은 행동을 할 때가 아니야. 값비싼 희생을 치를 수도 있으니까."

"당신이 제일 잘 아시겠지요."

시한은 전적으로 동의하지는 않았지만, 일단 그 문제에 관하여 자신의 의견을 제시한 것으로 일단락지었다. 디파드가 그걸 듣고 독자적인 결정을 내린 만큼 받아들여야 했다. 시한은 이내 내일 작업에 관한 얘기로 주제를 돌렸다.

욕실에 가득 피어오른 증기가 거울 끝에 매달렸다가 작은 물방울로 맺혀 매끄러운 표면을 미끄러져 내려갔다. 릭 데이비스는 거울로 다가가 거기에 비친 자신의 얼굴을 잠깐 들여다보았다. 하루의 먼지와 땀을 말끔히 씻어 버리고 나니, 햇볕 때문에 빨갛게 되어 버린 코와 뺨이 보였다. 한 손으로 턱수염이 났는지 흔적을 찾아보았다. 아무것도 발견하지 못하자 실망스레 한숨을 내쉰 다음, 빗을 집어들고 젖은 머리카락을 단정하게 빗어내렸다.

그리고는 어깨를 으쓱이다가 티셔츠의 소매를 말아 올리고는 주먹을 쥐고서 근육을 만들어 보았다. 최대한 이두박근이 튀어나오게 했지만, 아직 빈약했다. 듀크 디파드의 것과는 비교도 할 수 없었다.

아직은 안 되는 거야, 릭은 자신에게 속삭이며 거울에서 몸을 돌리고는 지저분한 옷가지를 모아 목장에서 밤을 지낼 때면 언제나 사용하는 손님용 방으로 갖고 들어갔다. 그는 이 방을 자기 방으로 생각하고 싶었다.

어머니가 듀크 디파드와 결혼하여 밤이고 낮이고 여기서 사는 것이 그의 은밀한 환상이었다. 하지만 그런 일은 절대 일어날 것 같지 않았다. 그래도 두 사람이 같이 있는 모습을 볼 때마다 그는 끈질기게 그 희망을 키웠다.

자신의 친아버지에 대해 질문하는 것을 그만 둔 지는 벌써 오래 전 일이었다. 어머니는 전혀 대답해 주지 않았다. 그는 아버지에 대해 아는 것이 전혀 없었다, 이름조차도.

자신이 제프 디파드의 사생아라는 소문을 들은 적이 있었다. 하지만 그것에 대해 질문하기가 두려웠다. 그게 사실이 아니라는 걸 알게 될까 봐 겁이 났던 것이다. 그는 디파드 가의 사람이 되고 싶었다.

다른 소지품들과 같이 더러운 옷가지를 가방 속에 쑤셔넣은 다음, 지퍼를 잠그고 문 옆에 갖다 놓았다. 모든 걸 정리하고 떠날 준비가 되자,

듀크가 여전히 바쁜지 알아보기 위해 방을 나섰다.

그가 홀을 반쯤 걸어갔을 때, 벨소리가 울리며 성급한 손이 문을 두드려댔다. 서둘러 걷는 가정부의 신발 끄는 소리가 들리고 육중한 마호가니 현관문이 가정부의 손에 의해 열렸다. 릭의 눈이 놀라움으로 휘둥그래졌다. 빈스 로시터가 가정부를 지나 돌진하며 고함을 질러댔던 것이다.

"빌어먹을, 디파드 어딨어? 그자와 애기 좀 해야겠어."

대답을 기다리지도 않고, 빈스 로시터는 서재를 향해 곧장 달려들었다. 릭도 더 가까이 움직였다. 걱정이라기보다는 호기심에서였다. 아직껏 같이 있는 시힌이 빈스를 가로막는 모습이 살짝 엿보였다. 사람들은 시힌이 교활한 사람이라고 말을 했다. 그리고 릭은 그 말을 믿었다. 얼굴에 크고 흉하게 번져 있는 점만으로도 충분히 그런 믿음을 갖게 해주었다.

빈스 로시터는 다른 자의 존재를 무시한 채 디파드를 정면으로 노려보았다. 온몸이 분노로 경직되어 있었다.

"도가 지나쳤어요, 디파드. 당신 때문에 내 동생이 오늘 거의 죽을 뻔했다구요."

"무슨 애긴지 모르겠는걸."

듀크 디파드는 거의 즐거운 듯한 침착한 태도로 대꾸하였다.

"집어치워요!"

빈스 로시터가 고래고래 소리를 질렀다.

"경고하겠는데 디파드, 만약 내 동생을 다치게 하는 날에는 뒤를 조심하는 게 좋을 거요. 내가 끝까지 쫓아갈 테니까."

디파드의 신호를 받고 시힌이 걸어나오며 서재문을 닫았다. 릭은 더 이상 말하는 내용을 들을 수 없었다. 단지 중얼거리는 목소리가 빈스 로시터의 분노한 소리에 의해 중단되어지는 것밖에는. 그리고 금세 그것마저도 들리지 않게 되었다.

어떻게 되었을까?

4

세 시간 동안의 낮잠과 뜨거운 샤워, 옷을 갈아입은 것으로 다시 원기가 살아난 킹케이드는 가볍게 계단을 내려왔다. 계단 밑에서 그는 카지노 라운지로 방향을 틀었다.

바 위의 텔레비전에서는 오래된 쇼가 재방영중이었는데, 화면이 세월로 인해 얼룩덜룩하여 제대로 보이지 않을 정도였다. 그곳에 있는 여섯 명의 손님들 중 어느 누구도 쇼를 보고 있지 않았다. 킹케이드가 들어서자 몇 사람이 힐끗 고개를 들었다가 재빨리 시선을 돌리며 지금까지의 애기에 열중하는 척했다.

스타 데이비스만이 그를 보고서 미소를 보냈다. 그녀는 몸에 착 달라붙는 단순한 드레스를 입고 있었는데, 까만 꽃무늬가 그에게로 걸어오는 매끈한 걸음걸이와 함께 너울거렸다.

"밤새 방에서 지내는 줄 알았는데…… 혼자서요."

그녀가 인사말을 건넸다.

"그럴 리는 없지."

킹케이드는 약간 조롱기가 담긴 미소로 대꾸를 했다. 그의 시선은 V형으로 깊게 파진 목선과 드레스 앞면을 장식한 단추와 고리들을 훑었다.

"면도하셨군요."

스타가 그의 매끄러운 뺨으로 욕망어린 손가락을 갖다 댔다. 그의 피부는 따뜻했고 대지의 향기와 완전한 남성의 향내를 맡을 수 있었다.

"그게 필요했지."

샤워와 낮잠도 함께 즐겼다는 말을 덧붙일 수도 있었겠지만, 그러지는 않았다.

"트럭이 다 고쳐졌는지 알아볼 생각이었는데, 창문으로 보니 가게문이 닫힌 것 같은걸."

"놀랄 일도 아니죠. 호그는 다섯 시쯤이면 문을 닫아요. 앉아서 술이나 드시는 게 나을 거예요."

그녀가 몸을 돌려 그의 팔에 팔짱을 끼고 빈 테이블로 그를 안내했다.

"호그는 조금 있다가 올 거예요. 항상 그렇지요."

"주인께 같이 한잔하자고 청할 수 있을까?"

그가 초대의 뜻으로 의자를 하나 빼내며 눈썹을 치켜 떴다.

"언제든지."

스타는 즐겁고 허스키한 웃음으로 대답했다.

"하지만 오늘은 다른 일이 있답니다."

"안됐군."

"그래요."

그녀의 눈 속에 담긴 유감의 빛은 진심이었다.

"마실 건 뭘로 갖다 드릴까요?"

"맥주 한 잔."

킹케이드는 문이 마주 보이는 자리에 위치를 잡았다.

스타가 맥주를 갖고 돌아왔을 때, 빨간 머리의 카우보이 러스티가 라운지를 어슬렁거리다가 킹케이드를 발견하고 다가왔다.

"합석해도 되겠소?"

"물론."

킹케이드는 빈 의자로 고갯짓을 했다.

"고맙소. 나도 맥주 한 잔."

그가 스타에게 주문한 다음 의자를 빼내어 앉았다.

"마을을 둘러보러 나갔었지. 별로 오래 걸리지도 않았소. 그런데 이곳 사람들은 낯선 사람이 나타나는 것에 익숙지 않은 모양이오. 말이 많지 않더라구."

"작은 마을에 사는 사람들은 입을 꽉 다물고 있는 경향이 있지. 특히나 누군가 직선적인 질문을 하기 시작하면 말이오."

킹케이드는 고개를 끄덕여 보이며 말했다. 러스티는 말이 많은 자였다. 두 잔째 맥주를 받고도 계속해서 잡담을 지껄여댔다. 킹케이드는 반쯤 흘려들으며 의자에 느슨하게 기대어 있었다. 하지만 그의 눈은 빈틈이 없었다. 정문으로 들락거리는 손님들을 관찰하는 것이 일종의 경계 자세랄까.

카우보이 하나가 라운지로 천천히 들어오자, 킹케이드의 관심이 금세 그에게 집중되었다. 그는 앞쪽이 젖혀진 평평한 테의 모자를 썼고, 커다란 하얀 스카프를 목 뒤로 둘러 셔츠 앞으로 내려뜨렸다. 빳빳한 리바이스 바지 위로 칭스라 불리는 짧은 카우보이용 가죽 바지를 겹쳐 입은데다가, 커다란 멕시코식 작은 박차 위에 짤랑거리는 고리를 달아 걸을 때마다 리드미컬하게 소리가 났다.

"진짜 버커루(카우보이 혹은 목동)로 불릴 만하군."

킹케이드는 스페인어에서 유래한 은어를 사용해 말했다.

러스티가 심술궂게 눈을 반짝이며 그 사내를 훑어보았다.

"깜박 잊고 박차 위에 쪼그리고 앉지 않길 바랄 뿐이오."

"좋은 지적이군."

입술 한쪽을 미소로 팽팽히 잡아당기며 킹케이드가 무미건조하게 대꾸하였다.

러스티가 낄낄거렸다.

"오디 헤이스, 날씬한 엉덩이의 작은 악마 양반."

스타 데이비스가 새로 들어온 사내를 발견하고는 소리쳤다.

"오늘은 토요일 밤도 아닌데, 마을에서 뭐하는 거죠?"

"지금 그걸 말하려던 참이야."

그가 그녀의 앞에 멈춰 서 뒤통수로 모자를 밀어내고는 진지한 표정을 지어 보였다.

"지난 달에 위네무카에 있었는데 아이오와 표딱지를 단 캠프 트레일러를 봤다구. 뒤에는 이런 스티커가 붙어 있었어. '오늘 당신의 아이들을 안아주셨습니까?' 난 그 점에 대해서 생각해 봤지. 생각하면 할수록 다른 사람한테 안긴 지가 얼마나 오래 됐는지가 생각나더라구. 그래서 차가운 맥주 한 잔과 따뜻한 포옹을 받으러 여기 온 거야."

그가 씨익 웃으며 두 팔을 벌렸다. 스타는 그 팔을 보더니 수작이 재미있다는 듯 웃으며 고개를 저었다.

"차가운 맥주 한 잔은 해결해 드릴 수 있죠."

그녀가 로이에게 맥주 한 잔 따르라는 신호를 보냈다.

"하지만 다른 건에 대해서는 혼자 하셔야겠는 걸요."

낮은 웃음의 물결이 듣고 있던 손님들 사이에서 번져나갔다. 그들은 스타의 반응이 정확히 그들이 기대했던 대로라는 뜻의 시선과 고갯짓을 교환하였다.

"당신도 알겠지만, 저 여자는 이 마을에서 어떤 남자라도 골라잡을 수 있지."

러스티가 은근하게 말을 건넸을 때, 킹케이드는 아까 디파드와의 논쟁 후에 스타와 나누었던 대화가 떠올랐다.

"이미 골라잡은 것 같던데."

"당연하겠지."

러스티가 또 한 모금의 맥주를 들이키며 말하는데 스타가 그들의 테이블로 다가왔다.

"맥주가 어떻게 돼 가나요?"

그녀의 시선이 거의 비어 있는 잔으로 향했다.

"한 잔 더 주문하시겠어요?"

"난 아니오."

러스티가 의자를 뒤로 기울이며 손으로 배를 문질렀다.

"한 잔 더 들이붓기 전에 이 뱃속에 음식을 좀 넣어야겠소."

"나도 마찬가지."

킹케이드도 거들었다.

"그렇다면……."

그녀가 바를 향해 반쯤 몸을 돌렸다.

"로이, 이분들께 메뉴판 갖다드려."

그녀는 킹케이드에게 살짝 미소를 보낸 다음 테이블에서 떠나갔다. 그의 어깨 뒤를 한 손으로 매만지면서.

로이가 바 뒤에서 나와 플라스틱 메뉴판 두 개를 들고 그들의 테이블로 걸어왔다. 그는 계속 낮게 불만을 투덜대다가 예의도 없이 테이블 위에 메뉴판을 던졌다.

"아침식사는 벌써 끝났다구."

그 말만 던지고는 걸어가 버렸다.

"즐거운 친구로군."

킹케이드가 중얼거리는데 그때, 앞문이 열리며 호그 밀러가 육중한 몸집을 밀고 안으로 들어왔다. 하지만 킹케이드를 보는 순간 얼굴의 미소가 사라져 버렸다.

"내 트럭 라디에이터 호스는 고쳤소?"

"고쳤소."

호그의 표정은 차갑고 무표정했다.

"하지만 가게는 벌써 문을 닫았고 내일 아침 일곱 시까지 열지 않을 거요. 당신이 그때 와서 돈을 내면 그 다음에 트럭을 가져갈 수 있지."

남자의 몸에서 풍겨나는 무언가가 킹케이드의 항의를 기대하는 듯했다. 하지만 킹케이드는 별 반대 없이 무뚝뚝하게 대꾸하였다.

"당신을 귀찮게 하고 싶지는 않소. 내일 아침 일곱 시쯤 들르도록 하겠소."

바를 가로질러 친구들이 모인 곳으로 다가가는 호그 밀러의 육중한 걸음걸이에는 우쭐함이 서려 있었다. 모든 사람이 호그 밀러가 이방인을 처리한 방식에 찬성의 미소를 보내며, 킹케이드 쪽으로는 슬쩍슬쩍 곁눈질로 능글거렸다. 하지만 킹케이드는 그들에게 전혀 관심을 보이지 않고 메뉴판을 집어들었다.

한 시간 후, 식사를 다 마친 킹케이드는 의자를 뒤로 젖히며 셔츠 주미니에서 길고 가는 시가를 한 개비 꺼내 물었다.

앞의 입구에서 나는 부산한 일련의 부츠소리가 또 다른 손님들이 도착했음을 알렸다. 킹케이드는 들어오는 세 사람을 바라보았다. 먼저 십대의 소년 하나가 재빨리 다른 사람들에게서 떨어져 나오는 모습이 눈에 들어왔다.

"안녕, 엄마. 저 왔어요."

"드디어 왔구나."

그녀는 어머니로서의 자부심과 사랑을 담아 아들을 쳐다보았다. 건장한 젊은이가 되어 가는 아들은 그녀보다 약간 더 커졌다. 스타는 손을 올려 아이의 관자놀이에서 있지도 않은 머리카락을 떼어내는 척했다. 아들을 만져 보고 싶은 핑계에 불과했다. 이 애가 그녀의 아들이었다. 그녀의 인생에서 단 한 가지 흡족한 것. 그녀는 얼마의 값을 치르든, 이 애를 위해 최고의 것을 해주고 싶었다.

"어디 있는지 궁금해 하던 참이었단다."

"음……."

소년이 다른 두 명의 남자를 돌아보고 나서 다시 엄마를 마주 보았다. 필사적으로 사나이다운 무관심을 가장하려 애쓰고 있음에도 그날 있었던 일에 대해 말하고 싶어서 미칠 지경이었다.

"더 일찍 올 수 있었는데, 우린 아주 많이 더러워졌거든요. 듀크가 먼저 깨끗이 씻어야 한다고 했어요."

"그런 것 같구나."

스타는 그 결과에 만족한 듯 미소를 지어 보이고, 그들에게 다가오는 듀크 디파드에게도 미소를 보냈다.

까만 모자 아래로 가지런히 정돈된 짙은 은발, 그리고 서부식으로 재단한 정장차림의 듀크 디파드는 모든 면에서 대토지의 소유주 같아 보였다.

"당신 아들이 사나이의 욕구를 잘 처리해 냈소, 스타."

"당신도?"

그 아련한 목소리와 눈 속의 불길은 그 말에 전적으로 새로운 의미를 주입시켰다.

디파드는 성적인 흥미를 자극하려는 그녀의 계산된 시도에 즐거워하며 낮게 웃음을 터트렸다. 그는 그녀의 곁에 있으면 언제나 지금의 나이에도 불구하고 한창 시절 종마처럼 힘이 넘치는 느낌이었다.

"내 욕구가 건강치 못했던 적은 기억나지 않는걸."

그의 목소리에 은근한 자부심이 배어 있었다.

"좋군요."

암묵적인 약속의 미소를 지어 보인 후, 스타가 아들에게로 방향을 돌려 들고 있는 배낭을 가리켰다.

"네 방에다 짐을 갖다놓지 그러니, 릭? 그 다음에 테이블에 합석하자구나."

"그러죠."

그들에게서 떨어져 계단을 향하는 소년은 분명 가기 싫은 듯했다. 하지만 일단 걸음이 빨라지자, 한 번에 두 계단씩 뛰어 올라갔다.

"이리 오세요."

스타가 연인들이 하는 식으로 디파드의 팔짱을 꼈다.

"테이블을 다 준비해 놓았답니다."

스타는 일부러 심술궂은 그림자처럼 옆에 붙어 있는 다이아몬드 디의 부두목에게는 눈길이나 손짓 하나 보내지 않았다. 하지만 디파드는 생각이 다른 듯 뒤를 돌아보았다.

"자네도 합석하지, 시한."

선택의 여지도 없게끔 그가 말했다.

하지만 시한은 이방인에게 시선을 집중시켰다. 고갯짓으로 디파드에게 킹케이드를 가리키는 그의 눈 속엔 사악함이 깃들어 있었다. 디파드가 몸을 돌렸다. 킹케이드를 보자 표정이 경직되었다. 그리고는 비난하는 듯한 시선을 스타에게 던졌다.

"손님에 대해서 좀더 신경 써야겠어."

그녀가 재빨리 그를 달랬다.

"어서 가요, 듀크."

하지만 그는 팔을 뿌리치며 이방인의 테이블로 곧장 걸어갔다. 순간 침묵이 방안을 감싸며 다른 사람들의 눈이 일종의 긴장된 기대감으로 모아졌다.

"어째서 아직 마을에 있지?"

디파드의 도전에, 킹케이드는 머리를 들고 아무렇지도 않게 허공으로 담배 연기를 한 모금 내뿜었다.

"내 트럭의 라디에이터 호스가 녹이 슬었소. 그걸 고쳐야 했지."

그가 재미있다는 듯이 디파드를 쳐다보았다.

"그게 내일 아침에나 된다는군요."

디파드가 휙 몸을 돌렸다. 시선이 호그 밀러에게 닿기도 전에, 호그가 벌떡 일어나 뚱뚱한 남자로서는 놀라울 정도로 빠르게 앞으로 뛰쳐나왔다. 그가 디파드를 불안하게 쳐다보며 열심히 작업복 주머니를 뒤져댔다.

"아까 오후에 다 고쳤습니다, 디파드 씨. 여기 열쇠가 있죠."

그가 주머니에서 열쇠를 꺼내 킹케이드 앞으로 던졌다.

"당신 트럭은 차고 앞에 주차돼 있으니 아무 때나 가져가게나."

디파드가 다시 적대적인 시선을 이방인에게 고정시켰다.

"됐군. 이제 더 이상 머물 이유는 없겠지."

여전히 재미있다는 표정으로 킹케이드가 열쇠를 집어들고는 손에서 딸랑거렸다.

"벌써 오늘밤 숙박료를 지불했으니, 난 그걸 사용할 생각이오."

방안에 놀라움을 담은 웅성거림이 번졌다. 아무도 디파드에게 이런 식으로 도전한 사람은 없었다. 그건 그를 성나게 하면서 또 그만큼 놀라게 했다. 그로서는 견딜 수 없는, 권위에 대한 도전이었지만 주위를 의식하여 엄격한 침착을 유지하였다.

"나라면 환영받지 않는 곳에 머물지 않지."

디파드가 경고의 말을 내뱉었다.

"당신이라면 아마 그렇겠죠."

킹케이드의 나른한 동의는 더 놀란 표정들을 이끌어냈을 뿐이었다.

디파드는 분노가 맹렬하게 불타올랐다. 그걸 가라앉히는 데는 모든 의지력이 필요하였다. 입을 열 때마다 한 대 얻어맞았다는 걸 깨닫고 있었다. 그걸 만회하기 위해, 디파드는 같은 테이블에 앉은 빨간 머리의 카우보이를 쏘아보았다.

"당신은 이자와 동행인가?"

러스티가 놀란 표정으로 움찔했다.

"저 말입니까?"

"러스티는 불행히도 나와 똑같은 시기에 마을에 도착했을 뿐이오. 몇 잔의 맥주와 쓸데없는 잡담으로 저녁 시간을 보내는 두 명의 이방인이라고나 할까."

스타가 다가와서 디파드의 팔에 부드럽게 손을 올렸다. 그의 근육이 딱딱하게 경직된 것을 느끼며 킹케이드에게 더 이상 디파드를 자극하지 말라는 재빠른 눈짓을 보냈다. 그녀는 디파드의 자존심이 얼마나 강한지 지나치리만큼 잘 알고 있었다. 상처받으면 절대 견딜 수 없는 자존심이었다.

"불행이란 말이 이 모든 걸 묘사하는 완벽한 단어군요, 듀크."

허스키하고 따뜻한 목소리로 그녀는 분위기를 가볍게 만들어 보려 노력했다.

"킹케이드는 당신의 소떼가 마을을 통과하기 한 시간 전에야 이곳에 도착했어요. 상황을 알 리가 없었지요."

다행히도 디파드가 그녀의 말을 들어 주었다.

"무지가 변명이 될 수 있겠군."

"그렇답니다."

스타의 입술이 칭찬하는 듯이 미소로 굽어졌다.

"대단하군요."

킹케이드는 진지한 척 중얼거리며 시가를 올려 잇사이에 물었다.

디파드가 날카로운 눈으로 그를 살폈다.

"바보처럼 보이지는 않는데 진짜 어리석게 말하는군, 킹케이드. 지금은 너그럽게 봐주지."

디파드가 다시 자제하며 약간 몸을 움직였다.

"일을 찾고 있다면 내일 다이아몬드 디로 오라구. 우리가 고용할 테니까."

킹케이드가 시가를 내렸다.

"정말 이상하지 않소? 오늘 하루만에 벌써 두 번이나 일자리를 제안 받았으니 말이오. 네바다 주에서 이렇게 일손이 부족할 줄은 짐작도 못했소이다."

"어디서 제안했지?"

이미 대답을 알고 있는 그가 분노로 눈살을 찌푸렸다.

"스퍼 목장."

킹케이드는 느릿한 미소로 대답했다.

"다이아몬드 디에서 일하든가, 일하지 말든가 해야 할 거야. 그 점에 있어서 실수하지 말라구."

디파드의 위협적인 경고에 킹케이드는 시가에 붙은 재를 털어내며 말했다.

"당신 말은 알아들었소."

디파드가 한참 동안 그를 쳐다보다가 이윽고 고개를 끄덕였다.

"그래야지."

그 말을 끝으로 그는 발길을 돌렸다.

스타가 반쯤은 짜증스러운 듯, 반쯤은 걱정되는 듯 킹케이드를 쳐다 보고 나서 재빨리 디파드를 따라나섰다. 더 느린 걸음으로 킹케이드 곁을 지나치며 시한이 교활하게 쳐다보았다.

"간신히 위험을 모면했군 그래."

그들이 듣지 않을 정도가 되자 러스티가 낮게 속삭였다.

"모면한 쪽은 그자야. 그자가 너무 거칠게 구는 거 아닌가?"

"그 정도쯤은 아무것도 아닐 정도로 대단한 인물이라는 느낌이 들어."

러스티는 킹케이드를 힐끗 보며 거칠게 머리를 흔들었다.

"그런 식으로 자극하다니 영리하지 못했던 것 같아."

킹케이드는 별로 개의치 않는 표정이었다.

"내 속에 아일랜드 피가 흘러서 그런가 봐. 이래라 저래라 하는 것보다 날 더 화나게 하는 건 없거든."

"그런 식은 곤란한 일을 많이 만들지."

러스티가 의자를 뒤로 밀쳤다.

"자동 전축이 작동하는지 보러 가야겠는걸. 이곳에 좀더 생기를 불러 일으킬 필요가 있거든."

"자네 잔을 가져가서 다른 자리를 찾아보고 싶겠지. 내 주위에 있으면 아무도 자네와 상대하지 않을 테니까."

러스티는 방을 둘러본 다음 어깨를 으쓱 올렸다.

"그들은 이미 날 똑같은 족속으로 낙인 찍은 것 같은걸."

하지만 그는 자동 전축으로 향하면서 자신의 잔을 들고 떠났다.

디파드는 항상 자신이 사용하는 자리로 곧장 걸어갔다. 아무도 아는 체하지 않았고, 고갯짓이나 인사말로 그의 주의를 끌려고 시도하는 사람도 없었다. 언제나 그의 기분에 민감한 이곳 사람들은 그를 다루는 일을 스타에게 맡겨 버렸다. 달래든지 살랑이는 말로 녹이든지 필요한 것은 무엇이든 하도록 말이다.

스타는 디파드가 자리에 앉길 기다렸다가 만면에 미소를 띠우며 물었다.

"마실 건 뭘로 갖다 드릴까요, 듀크? 위스키?"

"커피."

퉁명스럽고 냉담하게 대답하고 나서 자신의 뒤로 따라온 부하를 힐끗 보았다.

"자넨 뭘 마실 텐가?"

고개를 돌리며 스타는 그 남자에 대한 혐오감을 신중히 숨겼다. 그녀의 시선이 제일 먼저 뺨에 번져 있는 커다란 점으로 향했다. 하지만 반감을 느끼는 건 그 점 때문이 아니었다. 그에게서 감지되는 잔인함의 흔적 때문이었다. 그는 그 긴 팔로 마치 언제든 무언가를 때려칠 것처럼 주먹을 꼭 쥐고 다녔다.

"난 맥주로 하겠소."

시한은 주문한 다음 곧바로 말을 이었다.

"킹케이드라는 녀석을 얼마나 잘 알고 있소?"

"전혀 아는 바 없어요. 그건 왜 묻죠?"

"당신이 아주 재빨리 그자를 변호하는 것 같아서 말이오. 르노에 있을 때 알고 지냈던 거라 생각했소."

시한이 경멸적으로 그녀를 쳐다보았다.

그녀는 미소로 경멸을 가렸다.

"오늘 그 남자를 처음 보았죠. 그를 변호했다는 말 말인데요."

그녀의 미소가 당당하게 바뀌었다.

"내가 이 가게 안에서 어떤 문제도 일어나지 않도록 한다는 걸 잘 알 거예요. 누가 시작하든, 이유가 뭐든 말이에요."

스타는 매끄럽게 시선을 디파드에게 되돌렸다.

"그건 그렇고, 오늘밤 당신을 위해 특별한 걸 준비했답니다, 듀크. 윈스턴 찰리가 송어 한 꾸러미를 갖고 왔지 뭐예요. 당신이 얼마나 좋아하는지 알고 있는지라, 저녁 식사로 그걸 준비했어요."

"좋군."

그는 찬성의 뜻으로 무심히 고개를 끄덕였다.

"마실 걸 갖고 금방 돌아올게요."

스타가 그의 어깨를 매만진 다음 바로 향했다.

디파드는 그녀를 쳐다보다가 흩어져 앉은 이 지역 사람들을 훑어보았다. 그들 모두가 신중히 그의 시선을 피하고 있었다. 방안의 분위기는 미묘하게 변화되었다. 더 이상 긴장감이 불꽃을 튀기지는 않았지만, 일종의 팽팽한 기대감이 남아 있었다. 이걸로 두 번째, 그 킹케이드라는 작자가 사람들이 보는 앞에서 그에게 맞섰다. 디파드는 모든 사람이 그가 그 일에 대해 어떻게 대응할지 기다리고 있다는 것을 알았다.

시한이 그의 옆으로 의자를 끌어 앉으며 담배에 불을 붙였다. 몇 번을 뻐끔대다가 입술 근처에서 손을 멈췄다.

"그 녀석의 주둥이에 대해 어떤 조치를 취할까요, 디파드 씨?"

그의 목소리는 아주 낮았고, 그의 손이 입술의 작은 움직임을 가려 주었다.

디파드의 모든 것이 아니라고, 그를 내버려 두라고 말하고 있었다. 뭐가 문제란 말인가? 그 남자는 중요치도 않은 이방인일 뿐, 별 것도 아니었다. 내일이면 그는 사라질 것이다.

하지만 디파드는 아까 목장에서 했던 시한의 말을 되새겨 보았다. 그가 만약 이방인의 작은 도전을 엄격히 처리하지 않는다면, 지역 주민들이 그걸 약한 일면으로 보지 않을까? 자신의 바람에 어긋나는 행동을 해도 괜찮다는 생각을 할 수 있지 않을까? 몇 명쯤은 그렇게 생각할 정도로 충분히 멍청하다. 만약 그런 자가 있다면, 그는 혹독하게 다룰 수밖에 없을 것이다. 그것은 나머지 사람들에게 악감정을 불러일으킬 뿐이다.

하지만 킹케이드라는 자를 본보기로 삼는다면, 대개 고개를 끄덕이며

'그런 일이 생길 거라는 얘길 해줄 걸 그랬어'라는 반응을 보일 것이다.

여러 가지를 고려해 본 후, 디파드는 논리적인 쪽으로 선택하였다.

"킹케이드는 자신이 실수했다는 걸 알 필요가 있어."

옆으로 슬쩍 쳐다보며, 그는 전보다 더 신중하게 부하에 대해 생각해 보았다. 시한은 너무 난폭하게 일을 처리하는 결점이 있었다.

"어느 정도 거칠게, 하지만 여행할 수 있을 정도로 해야 해. 난 그자가 내일 아침 마을에서 떠나길 바라니까. 그리고 밖에서 하라구, 여기서 말고."

디파드가 덧붙였다.

"두 명쯤 애들이 필요하겠는 걸요."

시한은 담배에서 뿜어나오는 연기 너머로 이방인을 쳐다보았다.

"알아서 해."

언제나 그렇듯이 디파드는 세세한 부분들을 시한에게 일임하였다.

"알겠습니다."

그가 기대에 찬 표정으로 테이블에서 일어나 화장실과 공중전화가 있는 뒤쪽 복도로 향했다.

바에서 커피 한 잔을 쟁반에 놓던 스타의 귀가 엄마로서 계단을 뛰어 내려오는 아들의 소리를 가려냈다. 라운지에 도착하자마자, 릭은 서두르지 않은 척 느긋한 걸음걸이로 들어섰다. 맥주 꼭지에 잔을 기울이던 스타는 카우보이 걸음걸이를 흉내내는 아들에게 웃음을 보이지 않으려 애를 써야 했다.

라운지를 둘러보며 들어서던 릭의 시선이 킹케이드에게 가서 멈추었다. 깜짝 놀라 다시 한 번 보고 디파드를 걱정스레 쳐다본 그는 즉시 바 쪽으로 방향을 바꾸어 다가왔다.

"엄마, 저 사람……."

그가 비난하는 투의 낮은 목소리로 입을 열었다.

"그래. 난 테이블에 마실 걸 내가는 참이었다. 넌 뭐 마실래?"

그녀가 맥주 거품이 가득 찬 잔을 쟁반에 내려놓았다.

"네? 아, 콜라가 좋겠어요. 듀크가 저 남자 봤어요?"

"그래."

분명 그런 대답을 기대하지 않았던 듯, 릭이 놀라움으로 고개를 젖혔다. 스타는 듀크와 킹케이드 간의 대결과 그 사이에서 행한 그녀의 역할에 대해 릭에게는 말하지 않기로 했다. 지금 그녀는 끼어들었던 자신에게 화가 나 있었다. 그것은 어리석은 행동이었다, 그때도 물론 알고 있었지만.

릭의 콜라를 준비하기 위해 몸을 돌리다가, 그녀는 디파드와 시한이 낮은 목소리로 애기하고 있는 모습을 보았다. 그 순간 시한이 벌떡 일어서며 킹케이드를 조롱하는 듯 슬쩍 본 다음 뒤쪽의 복도를 향해 성큼성큼 걸어갔다.

불현듯 불안한 마음이 들었다. 시한은 화장실로 들어가지 않고 곧장 공중전화로 향했다. 시한의 전화가 킹케이드와 관련된 것임을 직감적으로 알아차렸다. 디파드는 여기서 끝낸 것이 아니었다. 일을 벌이려는 것이다. 무슨 일인지는 모르지만, 금세 일어날 것이다.

하지만 킹케이드에게 오늘밤 주의하라고 경고할 생각은 아예 싹부터 잘라 버렸다. 어리석게도 이미 한 번 자기 건물 안에서의 평화 유지라는 구실로 그를 도왔다. 다시 간섭해 그녀의 위치나 계획을 위험에 빠뜨리지는 않을 것이다. 그녀가 킹케이드에게 끌린 건 사실이지만, 더 이상 희생할 만한 가치는 없었다. 어떤 남자도 그럴 가치는 없었다.

그 생각을 굳히며 스타는 한 손으로 쟁반을 들고 균형을 잡은 후, 아들에게 관대한 미소를 지어 보였다.

"듀크에게 가보자."

열심히 걸어가는 릭의 얼굴에서 이미 이방인의 문제는 잊혀져 있었다.

"오늘 저녁 식사로 뭐가 나오나요?"

"신선한 송어 요리."

"송어요?"

그다지 열성적이지 않은 아들의 반응에 스타가 웃음을 터트렸다.

“걱정하지 마. 네 거로는 스테이크를 구우라고 이미 로이한테 말해 두었단다.”

릭이 감사의 뜻으로 씨익 웃었다. 그것은 스타에게 있어 고맙다는 말 이상의 표현이었다. 테이블에 도착하자, 릭은 시한이 방금 전까지 앉아 있던 듀크의 옆자리 의자를 빼내 앉았고 스타는 잔을 내려놓고 나서 듀크의 다른 편에 자리를 잡았다.

“이번 주말쯤 비올 확률이 칠십 퍼센트라는 일기예보가 있던데요.”

안전한 주제로 스타가 대화를 시작했다.

“너무 일찍 소들을 이동시킨 거나 아닌지 모르겠네요.”

“그건 의심스러운걸. 이런 메마른 지역에서는 하늘에서 빗방울이 떨어져야 일기예보를 믿을 수 있는 거야, 특히나 일년 중 지금 시기에는.”

“그래요.”

디파드의 대꾸에 이어 릭이 맞장구를 쳤다.

“보통은 여기 도착하기 전에 벌써 산맥들이 구름의 습기를 죄다 가져간다구요.”

“맞았어.”

디파드가 동의한 다음 테이블로 돌아오는 시한에게 눈길을 들었다.

그들의 눈이 잠깐 마주치며 시한이 질문에 답하기라도 하듯 고개를 살짝 끄덕였다. 스타는 그 암묵적인 시선 교환을 보며 즉시 어떤 계획이 시작되었음을 눈치챘다. 킹케이드가 목표라는 것은 의심의 여지가 없었다.

그녀 쪽으로 등을 돌린 채 혼자 앉아 있는 킹케이드의 모자 위로 시가의 푸른 잿빛 연기가 모락모락 피어오르고 있었다. 빨간 머리의 러스티는 자동 전축 앞에서 노래를 선곡하는 중이었다. 스피커에서 가볍고 경쾌한 곡이 흘러나왔다. 그 스윙 템포가 방안을 떠도는 긴장감 밑으로 위선적인 쾌활함을 불어넣고 있었다.

킹케이드를 보며, 스타는 경고를 해주고 싶은 욱신거림을 느꼈지만 즉시 무시해 버렸다. 디파드가 그를 요주의 인물로 점찍었다. 그녀는 그를 도울 수 없었다. 시도조차 하지 않을 것이다.

9시가 다 되었을 무렵, 다이아몬드 디의 일꾼 두 명이 럭키 스타로 들어와서는 잠시 머뭇거리며 주위를 둘러보았다. 이내 그들의 시선이 시한에게 가 멎었다. 스타는 그들이 온 것이나 마호가니 바의 텅 빈 자리를 가리키는 시한의 고갯짓을 눈치채지 못한 척했다. 일단 두 남자가 자리를 잡자, 시한이 의자를 밀치며 일어났다.

"젠킨스와 포스터가 도착했습니다."

그가 디파드에게 말했다.

"원하신다면 제가 같이 마무리짓겠습니다."

디파드는 고개를 끄덕인 다음, 릭 쪽으로 시선을 돌렸다. 마침 하품을 하던 릭이 빨개진 얼굴로 열심히 아닌 척을 했다.

"피곤하지?"

"조금요."

릭이 수줍게 말했다.

"긴 하루였어요."

"그리고 힘든 하루였지."

디파드가 동의하고 나서 스타를 쳐다보았다.

"오늘 당신 아들이 무리에서 뛰쳐나간 수송아지를 쫓아 달리던 모습을 보았어야 했소."

"보셨어요?"

릭이 놀라며, 또 한 편으론 그걸 알아준 걸 기뻐하며 말했다.

"그래."

디파드의 표정이 잦아들었다.

"그렇게 제멋대로 달리던 녀석을 딱 한 명 더 알고 있지."

이름은 말하지 않았지만, 죽은 동생 제프를 가리키는 것임이 분명했다.

"그 일에 대해 어머니에게 말씀드렸냐?"

그가 물었다.

"아직요."

릭이 머뭇거리다가 바로 그 일을 설명하기 시작했다.

스타는 아들의 말에 정신을 집중시키려 애썼지만, 자신의 앞에 펼쳐지는 광경에 자꾸만 신경이 분산되었다. 시한이 다이아몬드 디의 다른 일꾼들과 합류하였다. 그들은 낮은 소리로 대화했는데, 대부분은 시한이 말하는 쪽이었다. 이따금씩 그들 중 하나가 킹케이드를 슬쩍슬쩍 훔쳐보았다.

얼마 후 시한이 맥주를 들고 일어나, 로이의 귀에 허풍을 떨어대고 있는 오디 헤이스가 있는 쪽으로 어슬렁 걸어갔다. 시한을 보더니, 로이가 얼른 다른 할 일을 찾았다. 오디도 일어서려다가, 시한이 무슨 말인가 하자 도로 주저앉았다. 대화가 오고갔고, 날씨 얘기가 아닌 것은 분명하였다. 마침내 오디가 시계를 보며 고개를 끄덕였다. 시한은 자신의 잔을 들어올려 단번에 털어넣고는 바 위에다 빈 잔을 밀어냈다.

바에서 물러나기 전, 그는 다이아몬드 디의 두 사내를 쳐다보았다. 그들 사이에 보이지 않는 신호가 오갔고, 두 사내는 맥주값을 지불하고 요란하게 떠나는 쇼를 연출했다. 시한이 밖으로 나가는 뒷문을 향해 부엌으로 들어가는 것을 눈치챈 사람은 스타뿐이었다.

러스티가 동전을 더 넣자 다시 자동 전축에서 음악이 흘러나왔다. 몇 곡을 더 선곡해 놓은 후에, 그가 킹케이드의 테이블로 어슬렁 걸어왔다.

"내 생각이 맞았어."

의자 하나를 빼서 털썩 주저앉으며 그가 말했다.

"이곳 사람과 대화를 시도해 볼 때마다, 냉대만 받았다구. 그들은 내가 당신과 같은 편이라고 생각하는 것 같아. 그러니 이게 낫겠다는 생각이 들 수밖에."

킹케이드가 미소에 가까운 표정을 지었다.

"고맙군. 이곳은 주말 밤인데도 꽤나 조용하지 않나?"

"작은 마을이니까."

러스티가 코웃음을 쳤다.

"그리고 비열한 인간들로 가득 찼지."

"그들을 위해 축배."

킹케이드가 잔을 들어올렸다.

"좋은 생각이야."

러스티도 따라서 잔을 들어 두 모금만에 남은 맥주를 다 마셔 버렸다. 그리고는 기운차게 숨을 내쉬며 빈 잔을 테이블에 내려놓았다.

"한 잔 더 해야겠는걸. 당신은 어때?"

킹케이드가 고개를 저었다.

"난 오랫동안 참았던 걸 해결해야겠는걸. 하지만 당신이 여기 있으니, 화장실에서 곧장 돌아오도록 하지. 로이가 내 잔을 치우지 못하도록 해 주게."

"물론."

킹케이드가 테이블을 떠나자, 러스티는 열심히 바텐더의 시선을 잡으려고 애썼지만 성공하지 못했다.

"이봐, 로이."

그가 마침내 소리를 쳤다.

"맥주 한 잔 더 주시오, 알겠소?"

하지만 로이는 계속해서 그를 무시했고, 결국 맥주를 갖다준 사람은 스타였다. 그녀는 사과하는 표정으로 그의 앞에 잔을 내려놓았다.

"정말 친절하시군요, 당신을 귀찮게 할 생각은 아니었는데."

러스티가 맥주값을 내기 위해 주머니를 뒤졌다.

"별말씀을요. 전 손님들이 행복해 하는 걸 좋아한답니다."

스타가 큰 소리로 대답한 다음 재빨리 낮은 목소리로 덧붙였다.

"아무 말 말고 듣기만 해요. 킹케이드에게 조심하라고 하세요. 시한이 노리고 있어요."

그녀는 남자의 손가락에서 지폐를 받으며 다시 약간 큰 소리로 말했다.

"고마워요."

러스티는 놀란 표정으로 그녀를 쳐다보다가 얼른 정신을 차리며 감사의 말을 던졌다.

킹케이드는 화장실에서 나오며 스타가 디파드의 테이블에 다시 앉는 모습을 보았다. 다음 순간 그녀의 모습이 다가오는 오디 헤이스에 의해 가려졌다. 지나갈 수 있도록 좁은 길 한쪽으로 움직였지만, 그는 킹케이드 앞을 막아섰다.

"당신이 킹케이드라는 자인가?"

"그렇소."

킹케이드가 약간 눈살을 찌푸리며 인정했다.

"당신을 만나고 싶어하는 친구가 있어, 조용하게. 밖에서 기다리고 있다구. 당신과 얘기하는 모습을 보이고 싶지 않은 모양이야."

"무슨 일이지?"

"이봐, 난 전달만 할 뿐이야."

그 카우보이가 관심 없다는 듯 씨익 웃으며 킹케이드를 지나 화장실로 들어갔다.

킹케이드는 잠시 서서 방을 둘러보았다. 그를 보는 사람은 한 명도 없었지만, 방안에 무언가 심상치 않은 분위기가 있었다. 약간의 전율이 신경을 타고 흘렀다. 문제가 생긴다는 걸 느낄 때면 항상 이랬다. 하지만 호기심이 더 컸다. 그는 앞문을 향해 힘차게 나아갔다.

"어디 가는 거지?"

테이블을 지나치자 러스티가 소리쳐 물었다.

"금방 올 거야."

킹케이드는 어깨 너머로 한 마디 던지며 계속 걸어나갔다.

일단 밖으로 나서자, 경계심이 생겨나 그는 발을 멈췄다. 길을 훑어보았다. 여기저기 켜진 가로등들이 거리의 위아래에 빛의 웅덩이를 쏟아내었다. 드문드문 상점 창문에서 빛이 새어나올 뿐, 나머지 건물들은 어둠 속에 잠겨 있었다. 모든 지역에 빛이 닿는 것이 아니어서 어둠이 까만 벨벳처럼 두껍게 깔려 있었다.

공기가 살을 에일 듯이 쌀쌀했다. 이런 지대에서는 태양이 지기만 하면 곧바로 기온이 떨어진다. 높은 사막지대에 부드럽게 바람이 불며, 샐비어와 달구어진 대지의 내음, 그리고 야생의 체취를 몰아 왔다.

마을에는 정적이 감돌았다. 움직이는 것은 하나도 없었다.

"킹케이드, 이쪽이다."

은밀한 속삭임이 오른쪽에서 들려 왔다. 몸을 돌리며 킹케이드는 어둠 속을 살펴보았다.

"내가 볼 수 있는 곳으로 나오시지."

판자가 삐그덕 소리를 내며 둥글게 말린 모자를 쓴 남자의 형체가 어둠 속에서 나타났다.

"여기다."

똑같은 목소리, 여전히 낮은 속삭임이었다.

남자의 얼굴도 보이지 않고 목소리도 알아채지 못한 킹케이드가 멈칫했다.

"당신은 누구지?"

"큰 소리로 떠들지 마."

남자가 거친 소리를 내며 더 가까이 오라고 손짓을 했다. 그 자신은 짙은 어둠 속으로 다시 물러났다.

신중함보다는 호기심이 더 일어난 킹케이드가 그 사내를 따라갔다.

"나한테 뭘 바라는 거지?"

그 말이 입에서 나오기가 무섭게 두 사람의 형체가 어둠 속에서부터 그를 향해 달려들었다. 킹케이드는 그들을 막기 위해 몸을 돌렸지만, 간발의 차이로 늦어 버렸다. 그들이 순식간에 그의 두 팔을 잡아 뒤로 돌리고, 그가 대처하기도 전에 주먹이 복부를 강타해 그의 몸이 반으로 접히고 말았다.

계속해서 주먹세례가 얼굴, 갈비뼈와 배에 들이닥쳤다. 급기야 그는 비틀거릴 수밖에 없었다. 하지만 꽉 틀어쥔 손들이 그를 더 뒤로 끌어당기며 놓아 주지 않았다. 모든 감각이 고통으로 무디어지며 귀에서 윙윙 소리가 들렸다. 마침내 그의 다리가 꺾이고 무릎을 꿇으며 무너져 내렸다.

"일으켜 세워."

한 목소리가 말했다.

다시 손들이 그를 일으켜 건물 벽에 밀어붙였다. 킹케이드는 마비된 몸으로 다음 주먹에 대비해 버티어 보려 했다. 하지만 더 이상의 행동은 없자, 간신히 뜬 눈 사이로 바로 앞에 있는 흐릿한 모습을 노려보았다.

"더 이상은 터프 가이로 남을 수 없겠지?"

반쯤 그로기 상태에 빠진 킹케이드는 그 조소하는 목소리를 간신히 분간해 낼 수 있었다. 디파드의 부하, 얼굴에 커다란 점이 있던 사내.

그 남자가 가까이 다가왔지만, 여전히 모습은 어둠 속에서 흐릿하고 불분명했다.

"로시터 여자한테서 떨어져, 알아듣겠어?"

"로시터?"

킹케이드는 그 이름을 되풀이하며, 정신을 집중해 보려 안간힘을 썼다.

"그게……."

맹수의 발톱 같은 손이 그의 턱과 뺨을 잡아 건물에 머리를 찧어댔다. 눈 속에서 불꽃이 튀었다.

"나한테 헛수작 부리지 마, 소용없으니까."

사내가 으르렁거렸다.

"이제 내 말 잘 들어, 잘 들으라구. 아침이 되면, 마을에서 멀리 사라지는 게 좋을 거야."

갑자기 열린 문 사이로 빛이 쏟아졌다. 남자 한 명이 문을 밀고 나섰고, 한눈에 상황을 알아챈 그가 날카롭게 소리를 질렀다.

"이봐, 거기서 뭐하는 거야? 그 사람을 놔줘."

그가 달려나왔다. 잡고 있던 킹케이드의 턱에서 손을 내리며 사내가 빨간 머리의 카우보이를 가로막았다.

"잘못 아셨군 그래. 당신 친구는 술을 너무 많이 마신 모양이야. 넘어진 걸 우리가 일으켜 세우는 중이었다구. 그렇지 않은가, 친구들?"

두 명의 목동들이 그의 말을 지지했다.

"맞습니다."

"네, 그럼요."

"그래, 늑대가 양을 지키겠지."

러스티는 흥분하여 코웃음을 쳤다.

"당신들은 그를 충분히 도와준 것 같군. 이젠 내가 하겠어."

"너희도 이 말 들었지. 친구에게 넘겨주라구."

시한은 경멸적으로 미소지었다.

손들에 힘이 들어가더니, 킹케이드를 힘껏 떼어내 곧장 러스티에게 밀어 버렸다. 러스티는 그 무게에 잠시 뒤로 비틀거리다가 겨우 균형을 잡았다. 시한이 유쾌하게 웃으며 걸어갔고, 그 뒤로 두 사내가 낄낄거리며 따라갔다.

킹케이드는 다리에 힘을 주면서 몸을 세웠다. 진탕 두들겨맞아 멍한 상태를 벗어나려고 머리를 흔들어 보고 깊이 숨을 들이마시자, 난타당한 갈비뼈가 즉각적인 반응을 보였다. 어쩔 수 없는 고통의 신음이 흘러나왔다.

"괜찮은가?"

러스티가 자세히 들여다보았다.

"더 심하게도 다쳐 봤는걸."

그는 낮고 쉰 목소리로 대답했다.

"안으로 들어가게 부축만 좀 해줘."

5

킹케이드가 럭키 스타로 다시 들어섰을 무렵에는 마비된 듯했던 몸이 풀리기 시작하며 몸 이곳저곳에서 고통을 호소해 왔다. 한 팔은 심하게 얻어맞은 복부를 움켜쥔 채 다른 손은 러스티의 어깨에 올리고 그는 약간 웅크린 자세로 걸었다. 걸음을 걸을 때마다 온 뼈마디가 삐걱거렸다.

떠들어대던 목소리와 유리잔 부딪히던 소리들이 그가 나타난 순간 완전히 정지되었다. 그 다음에는 새로운 소란이 일어났다. 하지만 킹케이드는 계단에 도달하려는 생각뿐이었으므로, 스타가 나타나는 것도 알지 못했다. 계단까지의 길목에 아무도 없었는데, 다음 순간 그녀가 그의 앞에 있었다.

그녀는 입술을 꽉 다문 채 재빨리 그를 살펴보았다. 겉으로 드러난 그녀의 반응은 이것뿐이었다.

"무슨 일인지 물을 필요도 없군요."

그녀가 퉁명스레 말했다.

킹케이드는 미소를 지으려다가 입안의 상처 때문에 움찔하고 말았다.

눈꼬리로 어떤 움직임이 들어왔다. 떵한 머리를 억지로 돌려 그 움직임을 바라보았다. 바의 손님 몇 명이 더 가까이 다가왔다. 그들 중에 충격받은 얼굴로 그를 노려보는 스타의 아들 릭이 있었고, 디파드가 차가운 만족감을 나타내며 맨 앞에 위치해 있었다.

둘러보는 킹케이드의 눈에 디파드의 뒤쪽에 신중하게 서 있는 아까 그 사내가 들어왔다.

"아마 두 가지 다른 애기가 있을 수 있겠지."

아까의 힘은 사라져 버린 목소리로 그가 스타를 향해 말했다.

"내가 너무 과음해서 넘어진 거라고 디파드의 부하가 말했을 거야."

"정말인가?"

디파드는 지독히도 부드러운 도전을 해 왔다.

킹케이드는 대꾸를 하려고 입을 열었지만, 너무 힘들었다. 그의 몸이 흔들리는 걸 본 스타가 끼어들었다.

"그건 상관없어요."

그녀가 한쪽으로 비켜서며 러스티에게 손짓을 했다.

"방으로 데려가세요."

치마를 휘날리며 몸을 돌리고는 그녀가 목소리를 높였다.

"로이, 거기서 구급약통 좀 갖다 줘. 여러분은 하던 일이나 계속하세요. 오락은 끝났어요."

두 팔을 활짝 벌려, 스타가 작은 무리들을 라운지로 몰아넣었다. 디파드만 빼고. 그는 그 자리에 그대로 남아 있었다. 그녀가 냉정하고 비판적인 시선을 던졌다.

"이럴 필요까지 있었나요?"

"그렇소."

로이가 구급약통을 갖고 왔다.

"길은 떠날 수 있도록 하시오."

"그럴 거예요."

약통을 들고서, 그녀가 계단으로 걸어갔다.

릭이 계단 밑에서 어머니를 잡아 세웠다.

"괜찮겠어요, 엄마? 내가 같이 갈까요?"

스타는 미소지으며 아들의 뺨을 애정어린 손길로 감쌌다.

"괜찮을 거야. 넌 여기서 듀크와 같이 있으렴."

릭은 마지못해 뒤로 물러서며 계단을 오르는 엄마를 지켜보았다.

2층 방은 낡은 철제 침대가 대부분의 공간을 차지한 협소한 곳이었다. 작은 방에 어울리지 않을 만큼 커다란 서랍장 위에 구급약통이 펼쳐졌다. 킹케이드가 축 처진 몸을 침대에 앉히고 고개를 숙이자, 스타는 그의 뒤통수에서 계란 크기 정도의 혹을 발견하였다.

"살은 찢어지지 않았네요."

스타가 살펴보고 나서 말했다.

킹케이드는 손을 올려 직접 만져 보다가 움찔하는 신음을 토해냈다. 러스티가 그 모습에 똑같이 인상을 찡그렸다.

"전혀 시간낭비하지 않았군. 자넨 몇 분 이상 더 견디지 못했을 거야."

"그자가 이름을 말했었는데……. 로시터라는 것 같았어."

"로시터?"

킹케이드의 말에 러스티가 반복해서 중얼거렸고, 스타가 그 나머지를 보충해 주었다.

"에덴 로시터, 당신이 바보같이 오늘 구해 주었던 그 여자예요."

"디파드의 동생을 죽였다는 스퍼 목장의 악명 높은 주인이지."

킹케이드가 아무 감정도 없이 내뱉었다.

"디파드의 동생을 죽였다고? 농담이겠지, 설마?"

"전혀."

스타가 재미있다는 듯 러스티를 쳐다보았다.

"그녀는 제프가 다른 여자와 같이 있는 걸 보고는 질투심에 불타 총을 쏘았어요."

"그녀가 냉혹한 살인자라는 듯이 들리는구만."

러스티가 인상을 찌푸렸다.

"살인을 저질렀다면 어째서 아직까지 자유롭게 걸어다니는 거지? 왜 감옥에 들어가지 않았냐구?"

"그녀의 할아버지 제드 로시터 덕분이지요. 잘 한 짓인지 비난받을 짓인지는 받아들이기 나름이지만. 하여튼 제드 로시터는 그 일에 대해 제일 먼저 안 사람이었어요. 보안관이 도착하기 전에, 손녀를 때리고 옷을 찢어서 마치 제프가 강간한 것처럼 꾸몄죠. 그런 다음에는 네바다에서 최고라는 변호사 중 하나를 고용했어요. 그녀의 변호사는 삼 년 동안이나 재판을 질질 끌었을 뿐만 아니라, 이곳에서는 공평하고 편견 없는 배심원을 기대하는 것이 불가능하다는 것을 판사에게 확신시켰죠. 재판은 토노파로 옮겨갔어요. 그때쯤 그녀는 할 이야기를 완전히 외워 버렸지요. 그녀가 증언대에 섰을 때 정말 놀랄 만한 연기를 보였다는 소문이 들리더군요."

"목격자는 전혀 없었소?"

킹케이드의 호기심이 머리를 들었다.

"전혀."

스타가 약간 머리를 저었다.

"배심원들이 원래 그렇잖아요. 디파드가 네바다에서 가장 커다란 목장 중 하나의 소유주이며, 제프 또한 대단히 잘생기고 인기 있는 운동선수라는 점이 역효과를 일으킨 거죠. 옛말에도 있듯이, 배심원들은 모든 걸 소유한 사람에 대해 나쁜 쪽을 믿고 싶어하죠. 제프가 굳이 강요할 필요도 없이, 어떤 여자라도 고를 수 있었다는 점 따위는 문제가 아니었어요. 그들의 판결은 정당방위로 무죄라는 거였죠. 그 결정이 이 마을을 얼마나 뒤집어 놓았는지는 상상할 수 있을 거예요. 한 마디로 말해서, 분노 자체였죠."

"그녀가 친구를 만들 수 없었을 거라는 건 확실하군."

러스티가 매듭을 지었다.

"그녀의 할아버지는 지금 어디 있소?"

킹케이드의 질문에 스타는 말을 이으며 다시 구급약통으로 손을 뻗었다.

"에덴에게 목장을 남겨준 채 몇 년 전에 세상을 떴어요. 뺨에 난 상처는 밴드를 붙이면 되겠어요."

"그만 두라구."

킹케이드는 그 제안을 물리치고 침대에서 몸을 움직여 보았다. 하지만 심하게 얻어맞은 갈비뼈에서 외쳐대는 즉각적인 비명에 그만 두고 말았다.

"그 약통에 고통을 줄일 만한 게 있다면, 그거나 주시오."

"그런 거에는 위스키가 최고죠."

스타가 미소를 짓더니 러스티에게 얼굴을 돌렸다.

"아래층에 가서 한 병 가져오세요. 로이에게 내가 보냈다고 하고요."

"바람처럼 갔다오겠소."

러스티가 밖으로 나갔다.

그의 뒤로 문이 닫히자마자, 스타는 약통에서 소독솜을 꺼내어 킹케이드 쪽으로 돌아섰다.

"밴드가 싫다면, 뺨에 난 핏자국이나 닦게 해줘요."

그녀가 그의 턱에 손가락을 대고 고개를 들어올렸다. 킹케이드는 순순히 따르며, 그녀의 얼굴을 바라보았다.

"왜 이렇게 해주는 거요? 당신이 여기서 내 상처를 치료하는 걸 디파드가 좋아하지 않을 텐데."

부드럽게 메마른 핏자국을 닦아내며 그녀의 입술선이 길고 아이러닉한 미소를 그렸다.

"날 아름다운 마음씨의 소유자로 생각하지는 않길 바래요. 나한테 그런 마음이 있었다면, 벌써 옛날에 쓸 만한 곳에 팔아 버렸을 거라구요."

킹케이드는 미소를 되돌렸다. 그녀의 솔직함이 마음에 들었다.

"그런 선량한 마음이 아니라면, 왜지?"

"디파드가 보냈을 수도 있죠."

"자기 뜻을 완전히 주입시키기 위해서겠군, 아마도. 그렇다면 이해가 돼."

"그래서 그의 뜻은 완전히 이해하셨나요?"

"대단히 명확하게 전달되었소."

그가 메마르게 대꾸했다.

스타는 그의 뺨에서 마지막 핏자국을 닦은 다음 몸을 세웠다. 그녀의 표정이 어느덧 진지해졌다.

"그는 당신을 본보기로 삼아야 했어요, 다른 사람들과의 형평성을 위해서. 당신은 그에게 대항했고, 그는 그걸 용납할 수 없었던 거예요."

"개인적인 감정이 아니라는 뜻이오?"

그가 조소를 흘렸다.

"그래요."

"그자에게 지옥에나 가라고 말해 주시지. 개인적인 게 아니라고, 나 참."

스타는 미소지으며 피 묻은 소독솜을 서랍장 옆의 쓰레기통에 던져넣었다. 그런 다음 다시 몸을 돌려 그의 얼굴에 난 상처를 살폈다. 높고 완고한 광대뼈를 따라 작게 베인 상처, 그 주위의 부어오른 살과 턱 위로 멍이 들기 시작하였다.

"디파드가 선을 긋지 않았다면 시한이 어떤 짓을 했을지 몰라요. 당신은 운이 좋았던 거예요."

"러스티가 나타나지 않았더라면, 아마 달랐을 거요."

그때 러스티가 옆구리에 위스키 병을 끼고 손가락에는 세 개의 잔을 든 채 돌아왔다.

"우리 모두에게 이게 필요할 것 같더라구."

그는 서랍장 위에 잔을 턱 내려놓고, 위스키 병을 따서 각각의 잔에 적당히 따른 다음 건네주었다. 그리고 킹케이드에게 자기 잔을 들어 보였다.

"멍이고 통증이고, 이게 모두 다 씻어내릴 것이라."

"좋아, 좋아."

킹케이드의 입이 잠시 미소로 뒤틀리더니 목 안의 뜨거운 기운을 환영하며 위스키를 꿀꺽꿀꺽 넘겼다. 그 불길이 효력을 발휘하기도 전에, 그는 멍든 배를 한 팔로 감고 철제 침대의 머리맡으로 움직였다. 위스키를 한 잔 더 들이부은 다음, 서랍장 위에 잔을 내려놓고 베개에 머리를 묻었다. 고통 때문에 이를 악물어야만 했다.

"기분은 어떤가?"

러스티가 근심스러운 표정으로 쳐다보자, 킹케이드는 짧은 숨을 토해 내었다. 그로서는 웃음 비슷한 것으로 할 수 있는 최대한의 표현이었다.

"황소가 배 위에서 춤추는 것 같은데."

"갈비뼈는 어때? 부러지지 않았나?"

킹케이드는 안에서 뼈와 뼈가 맞부딪히지는 않는지 귀를 기울였다. 아무 소리도 없고 뜨겁게 찌르는 듯한 고통도 없었다. 그가 살짝 고개를 흔들었다.

"아니, 멍뿐인 것 같은데."

그가 스타에게 시선을 돌렸다.

"디파드가 왜 이렇게 오래 걸리는지 궁금해 하겠군. 내려가서 보고하는 게 좋을 거요."

"그에게 뭐라고 하죠?"

입술 위의 나른한 미소에도 불구하고, 그녀의 눈동자는 빈틈없고 조심스러웠다.

"뜻은 알아들었다고 말하시오, 아침이 되는 대로 프렌들리를 뒤로 하고 떠날 거라고."

스타는 그의 말을 곰곰이 생각해 본 다음, 만족스레 고개를 끄덕였다.

"그러죠."

그녀가 입도 대지 않은 술잔을 내려놓았다.

"당신이 떠나는 것이 나로서는 사실 무척 유감이지만, 그게 최선이에요."

그녀의 눈동자가 부드러워졌다.

"몸조심하세요, 킹케이드."

"그럽시다."

러스티가 그녀를 위해 문을 열어주었다. 그녀가 떠나자, 러스티는 놀리는 듯한 표정을 킹케이드에게 돌렸다.

"그래서 아침에 떠날 작정이신가?"

전혀 믿을 수 없다는 표정이었다.

"아침에 일어나자마자."

킹케이드가 미소지으며 고개를 끄덕였다.

"에덴 로시터가 일자리를 갖고 기다리는 중이지."

2층 창문을 통해 흘러드는 아침 햇살 속에서 먼지들이 반짝이며 춤을 추었다. 아래쪽 길에서, 트럭의 엔진소리가 이른 아침의 조용함을 깨뜨렸다. 실크 실내복 차림의 스타는 창문으로 다가가 창틀에 어깨를 기댔다. 손에는 커피잔이 들려 있었다.

트럭이 럭키 스타에서 방향을 돌려 거리로 나서는 중이었다. 지금 위치에서는 운전자가 보이지 않았지만 그녀는 그 트럭을 알아보았다. 이방인 킹케이드의 트럭이었다.

그가 떠나고 있었다. 마음속에서 생겨나는 후회와 갈망의 감정들이 뿌리내리기도 전에 얼른 짓뭉개 버렸다. 하지만 그녀는 그대로 창가에 서서 킹케이드의 트럭이 교차로로 다가가 속도를 늦추고 오른쪽으로 방향을 바꾼 다음 마을 북쪽 길로 접어드는 모습을 지켜보았다. 로시터네 농장으로 가는 길.

'바보 멍청이.' 그렇게 생각하면서도 그녀의 얼굴에는 아주 희미한 미소가 떠올라 있었다.

"트럭소리였나?"

샤워를 마치고 옷까지 완전히 갖춰 입은 디파드가 욕실에서 걸어나왔다.

"누군지 봤어?"

무심하게 지나듯이 질문을 던졌다.

"킹케이드였어요."

스타가 창문에서 떨어져 나오며 그에게 다가갔다. 몸의 일부만 덮은
실크 날개가 사각사각거렸다.

소파 테이블 위에는 갓 뽑은 신선한 커피를 가득 채운 주전자가 놓여
있었다. 디파드는 그곳으로 걸어가 자신의 잔에 커피를 채웠다.

"마을을 떠나는 걸로 생각해도 되나?"

"그에게 다른 선택의 여지가 있겠어요?"

스타는 일부러 정확한 대답을 회피했다. 디파드가 밤새 머무는 일은
아주 드물었고, 함께 하는 시간을 그런 불쾌한 일로 망치지는 않을 생각
이었다.

"없지."

대단히 만족한 디파드의 목소리였다.

그리고 스타는 굳이 토를 달지 않았다.

"아침 식사로 뭘 드시겠어요?"

속력을 올리는 트럭 주위로 길다란 황갈색 깃털처럼 먼지가 번져나갔
다. 사방을 둘러보아도 몇 킬로미터 안에는 넓게 트인 황야뿐이었다. 샐
비어 뭉치들이 점점이 박히고 거친 잡초밖에 없는 광야. 황량한 언덕들
이 지평선에 모습을 보일 때 그 위로 매 한 마리가 뜨거운 아침 하늘을
가로지르고 있었다.

20분 동안 킹케이드는 다른 차나 사람이 살고 있는 듯한 흔적을 전혀
보지 못하였다. 트럭 옆으로 통과하는 전봇대와 이따금 목장들 간의 경
계를 나타내는 십자형 울타리만이 보일 뿐이었다.

지금쯤 목장으로 진입하는 곁길이 나올 법도 한데…… 마지막 십자
형 울타리 위에 나무로 만들어진 작은 표지판이 있었다. '제드 로시터의
스퍼 목장'이라는 흐릿한 글씨가 겨우 눈에 들어왔다.

열심히 표지를 쳐다보고 있었음에도, 오른편으로 낮게 언덕을 이루는
전봇대들과 전화선으로 인하여 거의 지나칠 뻔하였다. 킹케이드는 브레
이크를 밟으며 운전대를 돌려 좁은 길로 덜컹거리며 미끄러져 들어갔다.

길인지 확실치 않을 정도로 잡초들만 무성한 길이 이어졌다. 거기서
부터 또다시 5킬로미터를 더 나아갔다. 붕대가 죄고 있음에도 가끔 차가
튕겨오를 때마다 얻어터진 갈비뼈에서 울리는 통증이 몸을 움찔거리게
만들었다.

길은 구불구불 산기슭을 감아 돌다가, 길고 완만한 언덕들이 삼면을
벽으로 둘러친 넓고 낮은 협곡으로 접어들었다.

왼쪽으로 꺾어지자, 낮은 건물들이 눈에 들어왔다. 여섯 마리의 말들
이 우리 안에 서 있고, 더 많은 말들이 울타리 친 초원에서 풀을 뜯으며
꼬리로는 연신 파리를 쫓는 중이었다. 그가 목장 안으로 차를 몰아 들어
가자, 그 중 몇 마리가 고개를 쳐들었다.

킹케이드는 별채들을 지나 2층짜리 벽돌집으로 향했다. 갑자기 늙은
개 한 마리가 그늘에서 튀어나와 트럭을 가로막았다. 짖어대는 그 녀석
의 목털이 빳빳하게 곤두서 있었다.

킹케이드는 집 앞에 천천히 차를 정지시키고 나서 운전석에서 내렸다.
즉시 그 개가 킹케이드와 집 사이로 움직이며 경고의 뜻으로 으르렁댔
다. 그 녀석의 상처들을 알아본 킹케이드는 이 늙은 개의 성미를 굳이
시험하지 않기로 했다.

"안녕하시오! 누구 없소?"

그가 집을 향해 소리쳤다.

대답은 없었고, 문도 열리지 않았다. 그다지 놀랄 일도 아니었다. 이런
아침 시간이면, 대부분 일을 시작했을 테니까.

근처 어딘가에서 씩씩거리는 트랙터의 소리가 들렸다. 늙은 개가 동
쪽으로 머리를 돌렸다가 다시 킹케이드를 쳐다보았다. 개는 길고 노란
이를 드러내며 근심스레 킹킹거렸다.

"사람들이 저기 있는 거냐, 친구?"

킹케이드도 개가 쳐다보았던 방향으로 고개를 돌렸다.

축사들 너머로, 목장을 둘러싼 협곡 기슭에 의해 반쯤 가려진 황금빛 풀밭이 아침 햇살 속에서 반짝거렸다. 털털거리는 트랙터가 열두 개의 네모난 가마니를 실은 판판한 대를 끌며 다가오는 게 시야에 들어왔다.

킹케이드는 다시 트럭에 올라 목초지로 향했다. 늙은 개가 그 뒤를 따라왔다. 트랙터가 속도를 늦추자 두 명의 사내가 뛰어내려 건초 가마니를 위로 집어던졌고 다른 사람이 그걸 쌓기 시작했다. 킹케이드는 풀밭 한쪽에 차를 주차시키고 트랙터가 자신에게로 다가오길 기다렸다. 햇볕이 얼굴에 닿으며 먼지와 샐비어 향이 섞인 건초 내음이 코로 스며들었다.

트랙터 운전사가 제일 먼저 그를 발견하고 다른 사람들에게 무언가 소리를 질렀다. 정확히 뭐라고 했는지는 트랙터의 웅웅거림 때문에 알 수 없었지만 쌓여 가는 가마니들 뒤에서 한 모습이 나타났다. 에덴 로시터였다.

또다시 그녀가 대단히 크다는 착각이 일어났다. 똑바로 세운 어깨와 자존심으로 들어올린 머리 때문이었다. 그녀는 장갑 낀 손에 건초 갈고리를 쥐고서 판판한 대에 발을 버티고 서 있었다. 소매 없는 까만 웃옷을 입고 있는 탓에 어제의 남자용 셔츠에서는 잘 알 수 없었던 풍만함이 확연히 드러났다. 모자가 그녀의 눈에 그늘을 드리웠지만, 킹케이드는 그녀의 시선과 마주치는 순간, 알 수 있었다. 그들 사이에 무언가 불꽃이 튀긴다는 것을.

그녀가 몸을 돌림과 동시에 그 결합은 깨어졌다. 그녀는 운전사에게 멈추라는 신호를 보내고 나서 남자 한 명에게 가마니를 쌓으라고 지시했다. 그가 고개를 끄덕이며 바닥에 가마니 하나를 밀어붙이고 나서 껑충 뛰어올랐다. 그녀는 건초 갈고리를 그에게 건넨 다음 땅으로 내려 킹케이드에게 다가왔다.

그녀는 둘 사이에 적당한 간격을 유지하는 곳에서 멈춰 섰다. 그녀의 살갗 위로 땀방울이 빛났다. 작은 땀방울이 미끄러져 까만 웃옷 속으로 사라지는 모양을 그의 시선이 따라갔다. 고개를 들자, 에덴 로시터가 차가운 비난의 시선으로 그를 쳐다보고 있었다.

그는 자신을 관통하는 성적인 흥분을 충분히 인식하며, 모자 테두리에 손가락을 갖다 댔다.

"난 사장을 찾고 있소."

"나예요."

그녀는 그의 멍든 턱과 찢어진 광대뼈, 그리고 그 주위의 시퍼런 살을 눈여겨보았다.

"어젯밤에 싸움판이 있었나 보군요. 물론 당신도 몇 대 날리셨겠죠."

그녀가 작업용 가죽 장갑을 벗으며 말했다.

"한 대도 못 쳤다오."

킹케이드의 미소 띤 대꾸에 그녀의 눈이 의심과 놀라움으로 가늘어졌다.

"두 녀석이 잡고 있을 때는 받아치기가 힘들지."

"디파드."

불현듯 험악하게 그녀가 내뱉었다.

"그의 심복 부하요."

"그거나 그거나죠."

그녀는 어깨를 으쓱였다.

"당신의 일자리 제안은 아직 유효한 거요?"

"지금 와서 왜 그걸 원하는 거죠?"

"왜냐하면 디파드가 스퍼에서 일하지 말라고 명령했기 때문이오. 당연히 난 그 일을 하고 싶소. 성격적 결함이라고나 할까."

이번에는 킹케이드가 어깨를 으쓱일 차례였다.

"일자리가 있소?"

"당신을 고용하겠어요."

에덴이 앞으로 나서며 악수를 청했다. 그의 굳은살 박힌 손이 거칠면서도 강인하고, 그러면서도 따뜻하게 그녀의 손을 감싸쥐었다. 무엇인지 알 수 없는 어떤 반응이 무의식적으로 솟아나자 그녀는 그의 얼굴을 올려다보았다. 햇살의 각도 변화로 그림자가 장난을 치며 그의 얼굴 위로 번지는 나른한 미소를 보여 주었다. 그의 머리카락이 반짝거렸다. 야생 고양이 같은 황갈색이었다. '위험'이라는 단어가 뇌리를 스쳤다.

에덴은 얼른 손을 빼내며 목초지를 가리켰다.

"가마니 던지는 일부터 시작하죠."

그녀는 몸을 돌려 트랙터가 있는 곳으로 되돌아갔고, 킹케이드도 성큼성큼 같이 걸었다. 에덴은 자신의 결심을 후회하지 않았다. 건초 만드는 계절에는, 두 발 달린 거라면 무엇이든 고용할 판이었다. 그런 면에서 이 킹케이드란 사내가 디파드에게 대항하겠다는 뜻을 보인 것은 그녀에게 있어 보너스였다. 그를 고용하게 된 자신이 행운이라고 생각했다. 하지만 그것이 그에 대해서 연기처럼 온몸을 헤매고 다니는 이 혼란스런 느낌에 편안하다는 의미는 아니었다.

일행과 다시 합류한 에덴은 굳이 소개하는 데 시간을 낭비하지 않고 킹케이드에게 일감을 할당했다. 가마니를 집어던지는 일이었다. 그녀는 아까 일하던 자리에서 가마니 쌓는 일에 곧바로 몰두했다.

13 내지 18킬로그램짜리 가마니를 던져 올리는 일은 킹케이드의 모든 근육에 쓰라림을 불러일으켰다. 정오쯤 휴식이 알려졌을 때는 이미 쉴 준비가 되어 있고도 남았다. 트랙터를 타고 자신의 트럭에 도착했을 때, 에덴 로시터가 다른 일꾼 중 한 명에게 손짓을 했다.

"킹케이드에게 잠잘 곳을 보여 주세요, 알."

전성기를 몇 년 전에 지난 듯한 키가 작고 탄탄한 카우보이 한 명이 트랙터에서 껑충 뛰어내렸다. 그의 불그스름한 얼굴에 깊은 주름이 생기며 피곤한 미소가 그려졌다.

"자네 트럭이 이 트랙터보다는 내 늙은 뼈에 더 부드럽겠지."

나이 든 카우보이가 말했다.

"아마도요."

킹케이드는 통증을 무시하려 안간힘을 쓰며 트럭으로 올라섰다. 그 카우보이도 조수석에 올라앉고는 만족스런 한숨을 내쉬었다.

"새벽부터 밤까지 쉬지 않고 일할 수 있었던 때가 기억나. 이제는 그런 날이 올 것 같지 않아. 점점 나이가 드니 말이야."

그가 약간 얼굴을 찡그리고 나서 킹케이드를 쳐다보았다.

"내 이름은 알 벤더네."

"킹케이드입니다."

킹케이드는 트럭에 시동을 걸었다.

"이곳에서 오래 일했나요?"

"이번에는 일곱여덟 달쯤, 몇 년 동안 들락날락했지."

알이 대꾸하며 그를 찬찬히 살펴보았다.

"이런 일은 해보지 않은 것 같은데, 킹케이드?"

"처음입니다."

"그런 줄 알았지."

알은 곧장 직진하라고 길을 알려주었다.

"숙소는 이쪽이네."

킹케이드는 트럭을 건물 정면에 주차시킨 다음 내렸다. 안채처럼 그곳도 태양에 창백하게 바랜 벽돌집이었다. 두꺼운 벽들이 내부의 시원함과 태양빛으로부터의 피난처를 약속하고 있었다. 킹케이드는 트럭 뒤쪽에서 자기의 물건을 꺼내 알 벤더가 기다리고 있는 집 쪽으로 향했다.

나이 든 카우보이가 그의 손에 들린 배낭을 힐끗 쳐다보았다.

"그것뿐인가?"

킹케이드가 고개를 끄덕였다.

"안장은 빌려야죠."

"현금이 부족해서 팔아야 했나, 응?"

알의 추측에 킹케이드는 아무 대꾸도 하지 않았다.

"마구간에 여분이 있네."

알이 문을 열자 킹케이드는 그를 따라 들어가 잠시 안을 둘러보았다.

응접실에서는 퀴퀴하고 나무 땐 연기 등의 신선하지 않은 냄새가 났다. 중앙에 위치한 구식의 철제 난로가 북부 네바다의 추운 겨울 동안 유일하게 이 방에 열기를 제공하는 듯했다. 방 가운데에 테이블 하나와 어울리지 않는 의자들이 놓여 있었는데, 혼자 하다가 버려 둔 듯한 카드 한 벌이 펼쳐져 있었다. 구석에 위치한 낡은 의자의 팔걸이는 부러졌고 벽에 걸린 사진들은 니코틴과 세월의 흐름으로 인해 노랗게 변색되었으며, 외롭게 걸려 있는 달력은 이미 3년이나 지난 것이었다.

"텔레비전은 없나요?"

킹케이드가 물었다.

"자네한테 위성 안테나가 없는 한 없다고 해야겠지, 사장한테는 없으니까. 텔레비전 방송국에서 전파를 끌어오기엔 너무 멀리 떨어져 있어서 말이야. 제기랄, 라디오도 반쯤은 소리가 나지 않는다구."

알이 어깨를 으쓱거렸다.

"텍사스에서 누렸던 이러저러한 오락거리는 포기해야 할 거야. 이 지역에서 접할 수 있는 거라곤 피골이 상접한 사람뿐이지."

"알 만하군요."

"잠잘 곳은 저쪽이네."

길게 난 복도 쪽을 알이 고개로 가리켰다.

"샤워실과 화장실은 이쪽 끝이고."

배낭을 들고 복도를 내려간 킹케이드는 빈 방 하나를 찾아내 간이침대 위에 배낭을 던져놓고 세면장으로 가 간단히 씻었다.

알이 기다리고 있었다.

"이젠 식사하러 가자구. 식당은 저쪽이네."

알은 건물을 돌아 지저분한 뜰을 가로질러갔다. 질질 끄는 부츠 때문에 걸을 때마다 약간씩 먼지가 일어났다.

순간 날카로운 소리가 대기를 가르더니 말발굽소리가 뒤를 이었다. 킹케이드는 코를 바싹 치켜들고 검은 꼬리를 휘날리며 높은 울타리를 따라 달리는 밤색말 한 마리를 바라다보았다. 그가 발을 멈추자, 알도 걸음을 멈추고 그 말을 지켜보았다. 그 말이 울타리 구석까지 돌진했다가 부르르 몸을 떨며 정지하였다. 녀석의 두 귀가 산 쪽을 향해 쫑긋 솟아올랐다.

킹케이드는 그 종마를 살펴보았다.

"순종처럼 보이는군요."

"거의 그럴걸. 이런 곳에서는 먼 거리를 달릴 수 있는 정력적인 말이 필요하지. 사장은 번식용 암말들을 갖고 있어. 암말의 반쯤은 단거리용 경주마로 등록되어 있고. 그 망아지들은 대부분 목장에서 쓰기 위해 계속 기르고, 나머지는 파는 거야. 요즘은 좋은 목장용 거세말들이 꽤 돈이 되거든."

알이 다시 걸음을 옮겼다.

"이곳에 한 가지 좋은 점이 있다면, 좋은 말을 탄다는 거지."

"그 외에는 뭐가 있죠?"

킹케이드가 호기심어린 표정을 지으며 물었다.

"음식이 괜찮다는 거."

알은 작은 1층짜리 건물을 고갯짓으로 가리키며 말했다.

식당의 스크린 도어에 파리들이 날아와 부딪혔다. 안에서는 라디오에서 노래가 크게 울려퍼지고 있었다. 식당에 들어서자 갓 구운 빵내음이 폐 속으로 밀려 들어왔고 그러자 킹케이드의 위에서 배고픔을 호소해 왔다.

알은 나무 의자들이 늘어선 긴 테이블을 지나 부엌으로 걸어 들어갔다. 등을 돌리고 서 있는 긴 잿빛 머리의 늙은 여자가 힐끗 보였다. 알이 카운터 옆으로 다가가 라디오를 꺼버리자, 늙은 여자가 톱니 모양의 빵 칼을 휘두르며 홱 몸을 돌렸다.

"몰래 들어와서 뭐하는 거야?"

여자 목소리라고 하기엔 너무 거칠었다. 요리사의 옆모습과 회색의 수염자국을 보는 순간, 킹케이드는 얼른 첫인상을 바꾸어야 했다. 이 사람은 여자가 아니라 남자였다.

요리사가 알에게 투덜거렸다.

"빌어먹을, 하마터면 내 칼에 당할 수도 있었다구."

휘두르는 칼날과 위협에도 전혀 개의치 않고 알이 되받아쳤다.

"저 빌어먹을 라디오를 이렇게 크게 틀어놓지 않았더라면, 내가 들어오는 소리를 들었을 거요. 식사를 좀 여유 있게 준비했다면 좋겠는데, 한 사람이 추가되었거든. 사장이 새 일꾼을 고용했소."

그가 킹케이드 쪽을 가리켰다.

늙은 요리사는 몸을 돌려 킹케이드를 노려본 다음, 천장으로 고개를 들고 간청하듯이 두 팔을 올렸다.

"위대한 영이시여, 제 말을 들으소서. 오랫동안 저의 할아버지는 우리 땅을 훔쳐간 백인 군인들에게 대항하여 전쟁을 치렀습니다. 수많은 전쟁터에서 전사들을 이끌었습니다. 수없이 회의석상에 앉아 화친을 나눴습니다……."

"헛소리는 집어치워요."

알이 불쑥 내뱉고는 킹케이드에게 손짓을 했다.

"이쪽이 새로 온 사람이오, 이름은 킹케이드. 그리고 이쪽은 믿거나 말거나 여기 요리사라네. 진짜 이름은 프레드릭 다니엘스지만, 우리는 와일드 잭이라고 부르지."

남자가 알을 노려보고 나서, 썰고 있던 빵덩어리로 몸을 되돌렸다.

"요즘은 연장자에게 존경을 표하는 놈들이 없단 말이야. 슬픈 일이야."

큰 불평소리에 알이 킹케이드에게 씨익 웃어 보였다.

"저 사람은 자기 할아버지가 수족의 추장이었다고 주장하지. 내가 교황의 친척이 되는 것과 똑같은 가능성이라구."

그는 카운터 위에 놓인 작은 나무통으로 걸어갔다.

"아이스 티 어떤가?"

"좋죠."

킹케이드는 고개를 끄덕이며, 다시 빵을 써느라 바쁜 요리사를 슬쩍 쳐다보았다. 그의 시선을 알아채기라도 한 듯, 그 늙은 요리사가 교활한 눈빛을 반짝이며 주름진 얼굴을 돌렸다.

"위스키쯤은 한 병 갖고 왔겠지?"

킹케이드가 머리를 저었다.

"유감이군요."

요리사가 실망스런 한숨을 토해냈다.

"빌어먹게 슬픈 일이야."

요리사는 중얼거리며 카운터로 칼날을 난폭하게 밀어젖혔다.

그리고는 옆의 찬장으로 가더니 문을 열었다. 양념과 조미료들이 보였다. 마디진 손가락이 반쯤 남은 길고 가는 바닐라 병을 잡아 선반에서 꺼내더니 재빠른 동작으로 뚜껑을 열어 세 모금만에 모조리 마셔 버렸다. 얼굴을 찌푸리며 몸을 부르르 떨고 나서 그가 만족스런 한숨을 토해 냈다.

"훨씬 낫군."

그가 텅 빈 바닐라 병을 킹케이드 옆의 움푹한 철제 쓰레기통에 던져 버렸다. 유리 부딪히는 쨍강소리가 들렸다. 쓰레기통 안을 들여다보니, 와일드 잭이 방금 던진 병 옆에, 빈 바닐라 병 두 개가 더 들어 있었다. 알이 아이스 티 잔을 건네주었을 때, 킹케이드는 쓰레기통 쪽으로 고갯 짓을 했다.

"당신네 요리사는 바닐라를 엄청 먹어치우는군요."

알의 몸짓은 그게 뭐 새로울 게 있냐는 식이었다.

"미치도록 술이 먹고 싶을 때는, 어떤 거라도 마셔 버릴걸. 적어도 바닐라를 마셔서 아직까지 제정신인 거라구. 만약에 와일드 잭 손에 위스키 병이 들렸다면, 며칠 동안이고 술판을 벌였을 거네."

요리사가 오븐에서 갓 꺼내 아직까지 따뜻한 두꺼운 빵 조각들을 산처럼 쌓아 들고 왔다. 알은 한 조각을 집어 냉큼 베어 물었다.

"미친 늙은이긴 해도, 요리는 할 줄 안다니까."

그가 우물거리며 말했다.

　스크린 도어의 문이 열리는 삐그덕소리가 다른 일꾼들의 도착을 알렸다. 머리에는 사료가게 모자를 쓰고 입술 위에 이제 막 콧수염이 생기기 시작한 키 크고 마른 녀석 하나가 킹케이드를 보더니 말했다.
　"사장이 식사하고 나서 안채로 오래요. 급료 받을 생각이면 작성할 서류가 있으니, 잊어버리지 않는 게 좋을 거래요."
　"그러지."
　킹케이드는 피식 웃으며 다른 사람들과 합류하였다.

6

사시나무가 늘어선 길을 통해 난 좁은 길이 안채와 다른 건물들을 연결시켜 놓았다. 킹케이드는 급할 것 없는 걸음걸이로 좁은 길을 따라 움직였다. 육즙 속에 둥둥 떠 있는 스테이크와 으깬 감자, 옥수수와 강낭콩을 섞은 음식을 배부르게 먹고 난 후, 잇사이에 이쑤시개를 물고 있었다.

안채가 눈앞에 나타났다. 유리창이 햇살에 번득이는 모습을 보았다고 생각하는 찰나, 집 앞쪽에서 들려 오는 목소리들이 있었다. 분노에 찬 목소리. 에덴 로시터의 목소리는 어려움 없이 알아낼 수 있었지만 두 번째는 남자의 목소리였다. 그는 정신을 바짝 차리며, 빠른 걸음걸이로 급하게 다가갔다.

길은 나무로 된 베란다 구석에서 끝나 있었다. 에덴 로시터가 베란다의 짙은 그늘 속에 서서 밝은 포도주색 셔츠를 입은 사내와 언쟁을 벌이는 중이었다. 늙은 개가 그녀의 발치에 앉아 있다가 킹케이드의 접근에 으르렁거렸지만, 그녀는 신경도 쓰지 않았다.

"싫다는 게 내 대답이야."

에덴 로시터의 목소리가 분노로 떨리고 있었다.

"항상 그래 왔고, 앞으로도 언제나 그럴 거야."

"바보같이 굴지 마."

그 남자도 똑같이 화를 냈다. 집안으로 들어가려는 그녀의 팔을 그가 잡아 돌려 세웠다.

"넌 이길 수 없어. 넌……."

킹케이드가 그의 말을 가로챘다.

"여기 무슨 문제가 있소?"

질문은 에덴 로시터에게 향한 것이었지만, 그의 눈길은 포도주색 셔츠의 사내에게 꽂혀 있었다.

넓은 어깨가 가는 허리와 엉덩이로 좁아들고, 모자테 아래로 짙은 머리칼이 곱슬거리며 왼쪽 뺨에는 검은 점이 찍혀 있는 사내였다. 어떤 여자들은 좋아할 법도 한 매끈하고 예쁘장한 소년처럼 보였지만, 킹케이드에게 돌린 시선은 심술난 분노로 흔들거렸고 어떤 상냥한 미소도 나타나 있지 않았다.

"이건 사적인 일이야. 꺼어들지 말라구, 알아듣겠어?"

그가 차갑게 쏘아붙였다.

"어머니께서 말씀하시길 난 한 번도 말을 들은 적이 없다고 하셨지. 지금부터 그걸 시작한다면 좀 늦은 것 같군."

킹케이드가 대꾸했다. 이 남자에 대한 혐오감은 거의 본능에 가까운 것이었다. 전에 그를 본 적이 있었는지는 상관없었다.

도움 따윈 필요 없다고 말하려던 에덴은 킹케이드의 얼굴에 나타난 표정을 보는 순간 할 말을 잊고 말았다. 얼굴의 모든 표정은 사라지고 감정들이 오직 눈에 집중된 듯이, 그 파란 색채가 차갑고 무시무시히게 변해 있었다.

"아가씨를 놓아주는 게 좋을 거야."

"맙소사."

빈스는 넌더리가 나는 듯 실소를 토해내었지만, 그녀의 팔을 풀어 주었다.

"이 녀석은 누구지, 에덴?"

"새로 고용한 사람."

"이 녀석한테 잘못 짚었다고 말해 줘."

"당신이 직접 말하지 그래?"

부드러운 도전이었지만, 간과할 수 없는 위협이 담겨 있었다.

빈스가 뒤로 물러서며 가느다란 눈으로 유심히 킹케이드를 쳐다보았다.

"우리가 어디서 만난 적이 있던가?"

킹케이드는 약간만 머리를 흔들었다.

"당신이 아는 자와 내가 비슷해 보일지는 모르겠군."

"그럴 수도 있지."

빈스는 여전히 당혹스러운 듯했다. 그는 킹케이드를 좀더 노려본 다음 불현듯 몸을 돌렸다.

"난 마을에 갈 거다."

에덴이 그를 불렀다.

"빈스, 언제 올 건데?"

"나중에."

그는 성큼성큼 반짝반짝 닦인 파랗고 하얀색의 트럭으로 향했다. 그리고 잠시 후, 트럭이 집에서 빠져 나갔을 때에야, 킹케이드의 굳었던 근육이 서서히 풀리기 시작하였다. 그는 에덴의 시선을 알아채고 그녀를 마주 보았다. 똑바로 쳐다보는 그녀의 시선에 약간의 호기심어린 관심이 담겨 있었다.

"설마 저 녀석이 여기서 일하는 건 아니겠지?"

킹케이드는 은연중에 그녀의 얼굴을 살피고 있었다. 섬세한 골격과 단단한 근육의 조화, 매끄러운 표면과 그 아래의 멋진 윤곽을 자세히 보았다. 의심할 나위 없이, 그녀는 아름다운 여자였다.

"빈스 말인가요?"

그녀의 어깨가 약간 으쓱거렸다.

"그는 기분 내킬 때마다 왔다 가죠."

"빈스…… 그게 저 녀석의 이름이오?"

"그래요, 빈스 로시터. 나의 오빠죠."

에덴은 분명 놀라운 듯이 움찔하는 그를 쳐다보았다. 킹케이드가 재빨리 천진난만한 웃음으로 표정을 대치하였다.

"내가 가족 문제에 끼어든 모양이군."

"그랬어요."

에덴이 미소를 되돌렸다. 그럴 의도는 아니었는데.

"실수했군."

그의 눈동자가 남자다운 관심을 담고 입술로 향했다.

"그랬어요."

에덴의 미소는 사라지고 표정이 굳어졌다.

"심각한 싸움이 아니었다면 좋겠소."

에덴은 빈스의 트럭이 남긴 먼지가 천천히 내려앉는 모습을 슬쩍 바라보았다.

"오빠는 목장을 팔라고 하죠."

그 말을 한 순간 다시 주워담고 싶었다. 아무 상관도 없는 이방인에게 이런 말을 한 자신에게 짜증이 났다.

"당신은 바라지 않고."

"그래요."

"이 목장은 당신과 오빠의 공동 소유인 거요?"

"어느 정도는 그렇죠. 하지만 확실히 기억해 두세요, 킹케이드. 여기의 모든 일에 관해서는 내가 유일한 책임자라는 걸요."

그 말을 끝으로, 그녀는 몸을 돌려 현관으로 나아갔다.

"안에 들어와서 급료 서류를 작성하세요."

킹케이드는 아직껏 가라앉지 않은 먼지구름을 잠시 쳐다보고 나서, 에덴을 따라 집으로 들어갔다. 그녀는 빠른 걸음걸이로 입구를 통과하였고, 한 걸음 늦게 거실로 따라 들어서던 킹케이드는 2층으로 이어진 거무스름한 계단을 눈여겨보았다.

거실 안에는 거대한 돌 벽난로가 자리를 잡고 있었는데, 그 검댕 묻은 돌들이 수십 년간 사용했던 것임을 알려주었다. 그 앞에 배치된 가구들은 장식적이기보다 무게 있고 실리적인 것이었다. 딱딱한 나무 마룻바닥에 깔린 러그는 나바호(미국 뉴멕시코, 애리조나, 유타에 사는 토착민)식 디자인으로 그것 역시 수십 년간 밟혀 왔음을 드러내고 있었다.

에덴 로시터는 곧장 구석진 곳의 책상으로 나아갔다. 킹케이드는 그녀가 모자를 벗고 머리를 묶었던 고무줄을 풀어 기계적으로 몇 번 매만지는 모습을 지켜보았다. 그녀의 짙은 머리칼이 윤기 있는 웨이브를 그리며 등으로 떨어져 내렸다. 그 모습을 지켜보며, 킹케이드는 그것이 보이는 것처럼 부드러울지 알고 싶어 견딜 수가 없었다.

"작성할 서류는 여기 있어요."

그녀가 어수선한 책상에서 몇 장의 종이들을 집어낸 다음, 정리함에서 쓸 만한 펜을 찾았다.

킹케이드는 느긋하게 움직여 방을 반쯤 걸어가다가 게임을 하던 중인 듯 체스말들이 놓여진 체스판을 발견했다.

"오빠와 체스를 하는 모양이군."

그가 체스판을 유심히 쳐다보았다.

"저녁 때 가끔."

"당신이 하얀 말이오?"

이미 게임판에서 치워진 밝은 색의 체스말을 그가 집어들었다.

"그래요."

"세 번만에 저쪽 왕을 접수할 수 있겠어. 왕을 구하려면 당신 오빠는 여왕을 희생해야만 할 거요."

"나도 알아요."

"당신 오빠도 알까?"

희미하게 미소지으며 킹케이드가 슬쩍 그녀를 보았다.

"아닐걸요."

그녀는 볼펜 하나를 꺼냈다.

"빈스는 상대의 움직임을 멀리까지 내다보는 타입이 아니거든요. 그래서 언제나 어려움에 처하곤 하죠."

그녀의 목소리에는 그가 주의 깊게 들을 만한 어떤 것이 있었다.

"체스 게임 이상의 것을 말하는 것 같군."

"빈스가 어려움과 친하게 지낸다는 건 비밀도 아니죠."

그녀가 서류를 내밀며 사업 얘기로 돌아가자는 뜻을 전했다.

"여기 있어요."

"거기 놔두시오."

그는 계속 테이블 옆에서, 검고 흰 체스줄을 새겨 넣은 게임판을 쳐다보기만 했다.

"아주 멋진 체스판이오. 이런 것은 본 적이 별로 없는걸."

"할아버지께서 만드셨어요. 그분은 여가 시간에는 목수이자 나무 세공가였거든요."

"이 체스말들은?"

그가 말들을 손가락으로 가리켰다.

"손으로 만든 것 같은데. 이것들도 할아버지께서 만드셨소?"

"까만 쪽은요."

"그럼 하얀 쪽은? 당신 오빠가?"

"아뇨, 내가 만들었어요."

"당신이?"

그의 눈썹이 놀라움으로 치솟았다.

"당신이 나무를 세공했다고?"

"취미예요, 할 시간은 별로 없지만요."

그녀가 성마르게 대꾸한 다음 서류를 흔들어댔다.

"이거 쓰세요, 킹케이드 씨."

"그냥 킹케이드라고 부르시오."

그는 그녀가 선 책상으로 걸어왔다.

"내 말이 무례하게 들렸다면 미안하오. 하지만 나무 세공은 보통 여자들이 즐겨 하는 취미가 아니라서 말이오."

그의 입술이 미소로 굽어지며, 양쪽 끝에 깊은 주름을 만들었다.

또다시 에덴은 도저히 화낼 수 없게 하는 그의 미소의 힘을 느꼈다. 그리고 다시 한 번 그 매력에 저항이 솟았다. 남자의 미소는 그녀가 믿지 말아야 한다고 배운 몇 가지 중 하나였다.

"사과는 받아들이겠어요, 킹케이드."

그녀는 쌀쌀맞게 말한 다음 서류를 그에게로 밀었다.

그가 펜과 서류를 받아 가지고 커다란 안락의자로 가 앉았다. 그는 첫 장을 훑어본 후, 커피 탁자에 놓여 있는 시집 한 권을 들어올렸다.

"이 책을 받치고 써도 괜찮겠소?"

"물론이에요."

에덴도 책상 앞에 앉았다. 며칠 동안 미루고 미뤄 왔던 장부정리를 할 생각이었다.

"로버트 프로스트."

킹케이드가 손때 묻은 책의 작가를 소리내어 말했다.

"내 여동생도 제일 좋아하는 시인이었지."

에덴은 뜻도 없는 소리를 한 번 내고 나서, 즉시 어제의 우편물을 분류하기 시작했다. 지금 가장 원하지 않는 게 있다면 바로 그의 여동생에 대해, 아니면 로버트 프로스트의 작품에 대해 그와 토론하는 것이었다. 다행히도 킹케이드는 그 주제를 더 이상 언급하지 않았다. 그리고 얼마 있어 종이 위에서 움직이는 펜소리를 들을 수 있었다.

킹케이드는 금세 서류 작성을 끝내고 책상으로 다가왔다.

"여기 있소."

그가 서류들을 내려놓고 나서 바로 질문했다.

"사진 속의 여자는 누구요?"

그의 시선은 벽에 걸린 케이트 로시터의 사진에 꽂혀 있었다. 에덴도 자동적으로 그 사진을 들여다보았고, 언제나 그렇듯이 케이트 로시터와 그녀가 이룩한 것들에 대한 자부심과 감탄이 느껴졌다. 순간적으로 그녀의 경계심이 누그러졌다.

"증조모이신 케이트 로시터예요. 그녀가 혼자 힘으로 스퍼 목장을 일구어 냈죠."

그녀의 목소리에서 킹케이드는 자부심 이상의 따뜻한 애정을 눈치챌 수 있었다. 그리고 전에는 보지 못했던 그녀의 부드러운 표정도 알아챘다. 지금까지 보여 주었던 거칠고 사업가적인 외면 그 이상의 것이 에덴 로시터에게 있음이 분명했다.

"남편은 뭐하고? 미망인이었소?"

"아뇨, 남편이란 사람은 대부분 이곳을 떠나 있었죠. 큰 건수에 대한 환상을 쫓으면서요."

비난의 흔적이 담긴 목소리였다.

"셰익스피어는 그걸 '성인까지 유혹하는 금'이라 불렀지. 황금에 대한 집념이 옛날 서부에 많은 희생자를 만들어 냈소."

"오늘날도 그건 여전해요, 방법만 다를 뿐이지."

그녀가 오빠를 가리키고 있다는 강한 확신이 들었다.

"당신 말이 맞소. 어떤 사람들은 일확천금의 유혹에 저항할 수가 없지."

그의 관심이 흐릿한 사진으로 돌아갔다.

"당신 증조모는 총 쏘는 법을 잘 아는 듯이 권총을 찼구만."

"그랬다고 하더군요."

그의 시선이 사진 속의 여자를 자세히 바라보았다.

"당신은 정말 증조모를 닮았군."

에덴이 도전적으로 벌떡 일어섰다.

"왜요? 내가 사람을 쐈기 때문에?"

킹케이드는 입가에 유감스런 미소를 지으며, 머리 뒤로 모자를 젖혔다.

"사실 모습이 많이 닮았다는 뜻이었소. 짙은 머리칼과 눈동자, 멋진 골격과 자신을 지탱하는 자존심 같은 것들 말이오."

그의 대답에 주춤한 에덴이 뺨을 붉게 물들이며 시선을 피했다.

"내가 실수했군요."

그녀가 다시 자리에 앉았다.

"난 당신이…… 다른 일에 대해서 말하는 줄 알았어요."

"그 사건에 대해서는 들었소."

킹케이드가 인정했다.

"십년이 넘은 일이지만, 그게 아직까지 당신에게 민감한 주제라는 건 놀랄 일도 아니지. 이 동네 사람들도 그렇고."

"그런 건 상관없어요."

그녀는 그가 작성한 서류를 집어 훑어보기 시작했다.

"배심원이 당신의 행동에 대해 무죄판결을 내렸다는 얘기도 들었소."

"맞아요. 그랬지요."

그녀의 시선은 차가웠다.

"그게 당신한테 문제가 되나요?"

"전혀."

그의 입술에 미소가 스치는 듯하더니 시선을 두 번째 사진으로 돌렸다. 엄격한 선을 가진 딱딱한 모습의 50대 남자 사진이었다.

"이 사진 속의 남자는 케이트 로시터의 남편이오?"

"그녀의 아들이자 내 할아버지신 제드 로시터죠."

"오빠 대신 당신에게 목장 통솔권을 남긴 분."

"그래요."

"당신 부모님은 두 분 다 돌아가신 모양이군."

"어머니는 내가 네 살 때 돌아가셨어요. 거의 기억나는 게 없지요."

에덴은 필요한 내용이 다 적혔는지 확인하기 위해 한 줄 한 줄 서류를 읽어 내려갔다.

"어머니의 장례식 후에, 아버지는 빈스와 날 이 목장으로 데리고 왔어요. 그분은 여기저기 돌아다니는 직업이었거든요.”

그녀는 아버지가 그 후 다시는 돌아오지 않았다는 사실을 말하지 않았다. 착한 소녀가 되어 할아버지 말씀을 잘 들으면 아버지가 돌아오실 거라고 믿었음에도, 아버지는 끝내 돌아오지 않았다.

“그분은 내가 열여섯 살이 되자마자 네브라스카 어딘가에서 교통 사고로 돌아가셨어요.”

“그래서 할아버지가 기르셨던 거군?”

에덴은 두 번째 장을 넘기며 고개를 끄덕였다.

“좋은 분이셨어요.”

“약간 엄해 보이는걸.”

에덴은 대답하지 않기로 했다. 어떤 면에서는 그렇다는 걸 잘 알고 있었지만 말이다. 할아버지는 엄격한 감독관과 같았다. 일과 훈련에 대해 강한 믿음을 가지신 분이었다. 빈스가 그런 면 때문에 많이 힘들어했던 반면, 그녀는 언제나 그분의 거친 내면에 애정어린 마음이 있다는 것을 알고 있었다. 하지만 그건 킹케이드와 나눌 만한 대화가 아니었다. 그는 이방인이자, 고용된 일꾼에 불과한걸.

그녀는 그의 시선이 자신을 훑어보는 걸 의식하며, 계속 침묵을 유지했다.

“당신은 아름다운 머리카락을 가졌소.”

그가 갑자기 중얼거렸다.

어느 순간엔가 그의 손이 거의 만질 듯이 머리카락을 훑어 내려갔다. 에덴은 꼼짝도 하지 못했다. 수많은 감정들이 폭풍 속에 흩날리는 낙엽처럼 온몸을 찢어대며, 모든 신경들이 생생하게 곤두섰다.

“난 긴 머리칼을 가진 여자에게는 저항할 수 없었지.”

억지로 자제력을 되찾은 에덴이 매몰찬 시선을 던졌다.

“그래요? 개인적으로 난 남자에게서 매력을 느꼈던 적이 없답니다.”

기분 나쁘게도, 그는 재미있어하는 듯했다.

“킹케이드, 당신이 현명한 사람이라면 내가 사장이라는 걸 기억해 두는 게 좋을 거예요. 여자라는 건 잊어버리고요.”

“로시터 양, 그건 불가능하지.”

그의 시선이 즐거운 듯 반짝였다.

“노력하세요.”

그녀는 딱 잘라 말하며 그의 서류를 들여다보았다.

“급료는 숙식 제공하고 한달에 육백 달러예요. 일년 후에도 계속 일한다면 보너스가 있구요.”

그런 일은 지극히 의심스러웠다, 목장의 일꾼들은 좀처럼 오래 견디는 법이 없으니까.

“급료 지급일은 일 일과 십오 일이에요.”

그녀는 서류를 넘기다가 빈 칸으로 남겨져 있는 부분을 발견하고, 즉시 그걸 지적했다.

“사고시나 위급한 경우에 대비해서 연락할 만한 친척의 이름과 전화번호가 필요해요.”

“난 가족이 없소.”

에덴이 놀라며 고개를 들었다. 셔터가 내려진 듯, 그의 모든 표정은 사라지고 차갑고 경계하는 시선만이 남아 있었다.

“부모님이 돌아가셨군요.”

그렇게 추측하다가 문득 기억이 났다.

“여동생이 있다고 했잖아요. 그녀는 어때요? 그녀도 죽었나요?”

그가 고개를 끄덕였다.

“얼마 전에.”

“그럼 친구……?”

“아무도 없다고 했잖소. 거기에 당신 이름이나 쓰면 될 거요.”

“좋아요.”

여전히 의심스럽긴 했지만, 에덴은 서류를 한쪽으로 내려놓고 벽시계를 쳐다보았다.

“지금쯤 다른 사람들은 마구간에서 건초를 내리고 있을 거예요. 우리도 합류할 시간이에요.”

에덴은 의자를 밀치고 일어나 책상에서 모자와 작업용 장갑을 들었다.
킹케이드는 그녀를 기다리지도 않고 문으로 향했다.

그들은 나무들 사잇길을 따라 마구간으로 걸었다. 베란다 그늘에서
늙은 개가 몸을 일으켜 에덴을 따라나섰다.

“보통 이 정도 건초를 저장해 놓소?”

킹케이드가 물었다.

“그래요. 날씨가 특별히 지독하지 않는 한 난 소떼에게 사료를 먹이지
않아요. 웬만하면 한 해에 우리 땅에서 먹일 수 있는 양보다 많은 소떼
를 보유하지 않으려 노력하죠.”

“땅이 얼마나 되오?”

“대략 칠만 에이커쯤.”

“그 중에 정부 땅은?”

“없어요. 우린 방목 허가권을 얻지 못했어요.”

그녀가 뒤틀린 비아냥거림으로 덧붙였다.

“디파드는 높은 자리에 질 낮은 친구들을 갖고 있더군요.”

그녀의 예기치 못했던 유머감각에 킹케이드가 낄낄거렸다. 하지만 디
파드에 대한 그녀의 평가는 자신이 그에게 가졌던 첫인상과도 들어맞는
것이었다.

“별로 놀랍지도 않군.”

“나도 그래요.”

“내가 본 바로는, 그자가 당신을 잡아먹지 못해 안달인 것 같았소.”

그녀의 반응을 살피려 그가 슬쩍 곁눈질을 했다.

“나도 알아요.”

그녀는 침착하게 대꾸하였다.

“그래서 당신 오빠가 목장을 팔고 싶어하는 거요?”

“그런 이유도 있겠죠.”

“다른 이유는?”

"돈. 유언장에 따르면, 빈스는 이득에 관해 얼마간 권리가 있어요. 하지만 난 팔지 않을 거예요."

마구간에 도착하자, 그녀는 장갑을 끼고 건초대 주위에 모인 남자들에게 지시를 내리기 시작했다.

"잭슨과 하트는 그 가마니들을 내려서 쌓아요. 데크도 가마니 쌓는 일을 돕고요. 알은 킹케이드와 같이 들로 돌아가서 나머지 가마니들을 싣도록 해요."

가마니가 다 내려지자, 알은 트랙터에 올라탔다. 킹케이드도 올라타자 알은 들판을 향해 트랙터를 출발시켰다.

"사장에 대해 한 가지 말할 게 있다면,"

윙윙대는 엔진소리 너머로 알이 큰 소리를 질렀다.

"거의 남자처럼 일한다는 거야."

"그녀의 오빠에 대해서는 그렇게 말할 수 없겠던데요."

알이 경멸적으로 코웃음을 쳤다.

"빈스를 만났나?"

"아까 안채에서."

"멧돼지에 달린 가슴처럼, 쓸모 없는 사람을 말하라면 그건 바로 빈스라구."

알이 선언하듯 말했다.

"그는 뭘 하는 거죠?"

"별로 하는 일이 없어. 돈이 필요할 때면 이 근처에 나타날 뿐이야."

"그 돈으로 뭘 하는데요?"

"대부분은 도박으로 날려 버리지."

"카지노에서요?"

"카지노건 경마장이건, 아무 데서나. 승산이 있고 판돈이 크기만 하다면, 어떤 것에도 내기를 건다구."

길이 험해지자 알은 트랙터의 속도를 늦췄다.

"빈스를 오빠로, 디파드를 적으로 삼은 사장은 내 장담하지만 성공할 가망이 없어."
　"그렇게 생각한다면, 당신은 왜 여기서 일하는 거죠?"
　"직장이니까. 내 나이쯤 되면, 일자리 구하기가 힘들거든."
　알이 살피는 듯한 시선을 그에게 던졌다.
　"당신은 왜 여기 왔지?"
　킹케이드가 미소를 지었다.
　"아마도 불평등을 평등하게 하고 싶어서랄까요."
　알이 미친 사람이라도 되는 듯 그를 쳐다보았다.

7

　금요일 아침해가 떠올랐을 때, 서쪽 하늘에 일련의 낮은 구름들이 하늘을 검게 물들이고 있었다. 구름이 비를 약속하듯이 두껍고 무겁게 스퍼 목장 쪽으로 천천히 흘러들었다. 아침 일이 끝났을 무렵엔, 하늘에 잿빛 얼룩이 형성되며 비를 예고하는 바람이 사시나무 아래의 낙엽들과 먼지를 횡횡 몰아갔다.

　에덴은 그녀를 따르는 늙은 개와 같이 집으로 돌아왔다.

　"비가 올 모양이야. 그러길 바라자구나, 카시우스."

　그녀가 개에게 말을 걸었다.

　열심히 찬성이라도 하듯 꼬리를 흔들어대는 개의 모습에 그녀가 웃음을 터트렸다.

　"가끔 난 네가 내 말을 죄다 알아듣는 것만 같아, 카시우스."

　개는 헐떡이는 미소를 보이며 계속해서 집 쪽으로 나아갔다. 그녀는 다시 웃으며 고개를 설레설레 젓고 말았다.

　현관을 열자, 개는 그녀보다 먼저 들어가 딱딱한 마룻바닥에 발톱을 긁어대며 곧장 부엌으로 향했다. 일단 원하는 곳에 도착하자 싱크대 앞의 러그에 털썩 주저앉아 커피를 따르는 에덴의 모습을 지켜보았다.

그녀는 커피잔을 들고 열린 창문으로 다가가 어두운 구름덩이를 바라보았다. 바람이 잦아들고 갑작스런 고요 속에서 천둥이 울려퍼졌다. 대기중에는 신선하고 활력 있는 비내음이 명백히 감돌고 있었다.

마침내 첫번째 통통한 빗방울이 먼지투성이 땅에 내던져졌다. 또 한 방울, 또 한 방울. 그런 다음 구름이 자신들의 짐을 풀어 버리며 영롱한 크리스털 섬유처럼 비가 내리퍼붓기 시작했다.

마음이 놓였다. 이 비가 쏟아지는 한, 밖에서 할 일은 없었다. 그것은 그녀가 로자 윈터스의 전화를 기다리기 위해 집에 머무는 이유를 둘러대지 않아도 된다는 뜻이었다. 에덴은 로자가 말한 그 사람이 그녀의 소떼를 시장까지 운반해 주길 말없이 기도하였다.

그 대답으로 벨이 울리지 않을까 기대하며 힐끗 벽에 걸린 전화를 쳐다보았다. 하지만 그 대신 계단을 내려오는 빈스의 발소리가 메아리쳤다. 에덴은 몸을 굳히며, 무의식적으로 턱을 바짝 치켜들었다. 어제 오고 갔던 그 성난 외침들을 기억하며 싸울 태세를 취하는 것이었다.

그가 부엌 안으로 들어섰다.

"밖에 비가 오는 거냐?"

"그래."

그녀는 커피를 한 모금 마시며 창 밖만 쳐다보았다.

"적어도 먼지는 가라앉힐 수 있겠구나."

그가 불평을 늘어놓았다.

"뭐가 더 나쁜지는 모르겠지만…… 이 빌어먹을 장소에 먼지인지 비인지."

에덴은 그 말을 무시하기로 결정했다.

"커피 마시고 싶으면 주전자에 있어."

"사양하겠어. 넌 부엌에 틀어박혀서 후드득 내리는 빗소리나 감상하는 게 재미있을지 모르겠지만, 난 아니야."

그의 비웃음에 그녀는 이를 악물고는 마음속으로 열까지 센 후, 창문에서 돌아섰다.

"오빠는 또 마을에 갈 건가 보지."

"글쎄, 여기 틀어박혀 있지 않을 건 확실하지."

잠시 빈스가 머뭇거렸다.

"나랑 같이 갈래? 이런 날씨에는 어차피 일할 수도 없잖아. 위네무카로 드라이브 가서 점심을 먹을 수도 있고 말이야."

그녀는 머리를 흔들었다.

"이런 빗속에서는 샤워하는 것밖에 안 될걸. 게다가 장부 정리할 게 산더미 같아."

빈스가 또다시 성질을 끓이며 노려보았다.

"항상 그런 식이지, 그렇지? 이 빌어먹을 곳에는……."

"그만해, 빈스."

그녀의 성질 또한 확 불타올랐다.

"오빠하고 또 싸움을 벌이고 싶지 않아. 오늘은 싫다구. 가고 싶으면 오빠나 가. 하지만 목장 파는 일에 대해서는 더 이상 말하지 마. 더 이상은 말하지 말라구."

"넌 늙은이처럼 고집불통이야. 아무도 너랑 이성적으로 대화할 수가 없어."

그가 되받아쳤다.

"이건 시간낭비야. 넌 그걸 잊어버리고 있다구. 난 나갈 거야."

그가 몸을 돌리는 순간 전화벨이 울렸고, 그 찢어질 듯한 소리에 에덴은 얼어붙었다. 로자라고 생각하자, 갑작스런 긴장이 신경을 옭아맸다. 빈스가 얼른 되돌아섰다.

"아마 내 전화일 거야."

전화로 성큼성큼 걸어가는 그를 막기 위해 에덴은 재빨리 행동해야 했다.

"내가 받을게."

그녀가 먼저 전화기를 움켜쥐었다.

"스퍼 목장입니다."

빈스가 분노를 드러낸 채 턱을 앙 다물고서 그녀의 앞에 서 있었다. 수화기를 통해 남자의 목소리가 들리자, 에덴은 약간 긴장을 풀었다. 빈스 앞에서 로자와 애기하지 않아도 되어 다행이었다.

"공업사의 에드 전화야. 발전기 부품이 들어왔대. 오빠가 들러서 받아올래?"

"그럴 수밖에 없겠지."

그가 지겹다는 듯 중얼거리며 몸을 돌렸다.

"빈스가 이따가 들를 거예요, 에드."

수화기에 대고 말하며, 그녀의 시선은 부엌을 나서는 오빠를 뒤따라갔다.

"전화 주셔서 고맙습니다."

전화기를 내려놓는 소리가 세차게 닫히는 현관소리에 묻혀 버렸다. 빈스가 떠난 것이다.

그가 떠나자마자 또다시 전화벨이 울렸다. 이번에야말로 로자 윈터스였다.

"내가 말해 봤는데……."

수화기를 잡은 손에 힘이 들어갔다.

"너희 소떼를 몰아주겠대. 화요일 아침 아홉 시에 그쪽에 트럭을 갖고 갈 수 있다고 하던데. 그쪽 사정만 괜찮다면."

"아주 좋아요."

"그럼 그렇게 전할게. 그리고 명심하라구 어머나, 가게에 손님이 왔어. 가봐야겠다."

전화가 끊겼다.

수화기를 걸자마자 에덴은 온몸을 휘감는 안도감에 무릎이 꺾일 지경이었다. 부엌 의자에 무너지듯 내려앉아 울다가 웃다가를 반복하였다. 늙은 개가 다가와 그녀의 손 밑에 주둥이를 밀어넣었다.

에덴은 웃으며 개의 머리를 마구 쓰다듬었다.

"우린 해냈어, 카시우스."

승리에 찬 목소리였다.

"디파드에게 한 방 먹였다구. 이번에는 우릴 이기지 못할 거야."

늙은 개가 한 번 소리내어 짖으며 꼬리로 바닥을 친 다음, 껑충 뛰어올라 그녀의 얼굴을 핥았다. 에덴은 또다시 웃음을 터트리며 녀석을 무릎에 올려 힘껏 끌어안았다. 늙은 개가 빠져 나가려고 꿈틀댈 정도까지.

그녀가 감았던 팔을 풀어 주자, 개는 즉시 바닥으로 뛰어내려 러그로 돌아갔다.

"이제 난 일할 시간이야, 그렇지?"

에덴은 미소지으며 서류더미가 기다리고 있는 거실로 발길을 옮겼다.

하루 종일 비가 오락가락했다. 처음에만 무섭게 쏟아지고 나서는, 가벼운 빗줄기였다. 두 시쯤, 에덴은 마침내 마지막 장부까지 끝낼 수 있었다.

그녀가 뒷베란다의 구식 세탁기 속으로 때묻은 옷가지들을 던져넣고 나서 부엌으로 돌아왔을 때, 빈스가 팔 한 가득 상자를 안고 휘파람을 불며 들어왔다. 아까의 불쾌한 성질은 흔적도 없었다. 에덴은 기분 좋은 오빠를 보면 안심해야 마땅했지만, 수년간의 경험으로 그런 갑작스런 변화를 경계해야 한다는 걸 잘 알고 있었다.

"안녕, 동생아. 빨래하나 보지."

부엌 테이블 위에 상자를 내려놓는 그의 만면에 미소가 가득했다.

"그래. 상자 속에는 뭐가 들었어?"

에덴이 가까이 다가갔다.

"레몬."

그가 한 개를 꺼내 그녀에게 보여 주었다.

"어떤 녀석이 감귤류를 싣고 호그네 가게에 왔지 뭐야. 싸게 파는 게 농산물 트럭에서 흘러나온 것 같더라구. 하여튼 이 레몬을 보는 순간 너

에게 맛 좋은 로시터 가문의 레모네이드를 만들어 달라고 해야겠다는
생각이 들었어."

씨익 웃는 그의 눈 속에는 따뜻함과 웃음이 담겨 있었다. 그것은 저항
하기 어려운 결합이었다. 그리고 빈스도 그걸 알고 있었다.

"물론이지, 나중에."

에덴은 자신이 조종당하고 있다는 걸 알면서도 동의했다.

"그래야 내 동생이지."

그가 레몬을 도로 상자에 넣었다.

"여기는 비가 꽤 내린 것 같구나. 마을에는 먼지를 가라앉힐 만큼도
안 뇌넌데."

"보통 그런 식이잖아. 발전기 부품은 받아 갖고 왔어?"

빈스가 고개를 끄덕였다.

"내 트럭에 있어."

"데크나 하트에게 발전기 부속 좀 갈라고 말해 줄래? 하트는 아마 헛
간에서 일하는 중일 거야. 데크는 다른 사람들과 같이 마구간에서 축사
의 썩은 먹이와 사료들을 갈아주는 중일 테고."

"그 사람들이 하던 일을 멈출 거 뭐 있겠니. 내가 하면 되지. 네가 날
위해 레모네이드를 만들어 주기로 했으니 그래야 공평하잖아."

그가 부엌에서 걸어나갔다.

에덴은 그런 오빠를 쳐다보았다. 앞으로의 일은 잘 알고 있었다. 목장
을 파는 일에 대해서는 일단 더 이상 언급하지 않을 거고, 빈스는 가장
유쾌하고 매력적인 사람이 될 것이다. 나중에는 사과를 한 다음 그녀를
격정한다는 교묘한 표정들이 신중하게 뒤따를 것이다. 에덴은 한숨을 내
쉬었다. 그녀의 오빠는 지극히 예측하기 쉬웠다.

한 시간 후, 에덴은 원하는 것을 찾을 때까지 찬장 아랫선반을 뒤졌
다. 마침내 적당한 냄비를 찾아, 속을 비워 낸 여섯 개의 레몬 옆에 놓았
다. 싱크대 위의 열린 창문 사이로 산들바람이 불어들어, 레몬향과 함께

비내음이 섞여 났다.

구식의 장작 때는 레인지 대신, 에덴은 벽에 걸린 요리용 철판을 내려 플러그를 꽂았다. 그때 스크린 도어가 쾅 하고 닫혔다. 그 소리에 이어 빈스의 익숙한 두 박자 걸음소리가 뒤따랐다. .

"발전기는 어때?"

들어서는 오빠를 향해 그녀가 물었다.

"고양이 새끼처럼 기분 좋은 소리를 내지."

"잘됐네."

그녀는 갓 짜낸 주스와 적당량의 설탕을 냄비에 부어 휘휘 저었다.

그 속 안에 껍질을 약간 넣고 소금을 첨가하는 동안 빈스가 어슬렁 다가왔다.

"밖에서 일하는 그 새로 온 녀석은 어때?"

싱크대 작업대에 팔꿈치를 기대고 그가 한쪽으로 몸을 기울였다.

"킹케이드 말이야? 괜찮아."

"그 녀석에 대해 뭘 아는데?"

"일하고 싶어한다는 것."

"그게 다야?"

"그걸로 충분해."

"솔직히 말해서, 난 그 녀석 모양새가 마음에 들지 않아."

"그리고 난 당장 한 사람의 일손이라도 아쉬워."

소몰이꾼이 도착하기로 한 시간, 화요일 아침 9시에 350마리의 소떼를 모아 우리까지 몰고 와야 하는 지금은 더욱 그러했다. 하지만 에덴은 그런 얘기를 굳이 할 생각이 없었다. 어차피 그날 아침이면 다른 사람들과 같이 알게 될 것이니까.

"그 녀석은 이방인이야."

그가 지적했다.

"그 녀석에겐 뭔가 석연치 않은 면이 있어. 딱 꼬집어 말할 수는 없지만……."

빈스가 미소지으며 그녀의 머리카락을 아이처럼 살짝 잡아당겼다.

"넌 사업을 꾸려나가고 있어. 대단히 잘 해내고 있다고 덧붙여야겠지."

"고마워."

에덴은 오빠의 찬사에 흔들리지 않았다. 그것은 오빠가 그녀에게 영향을 미치기 위해 너무나 자주 사용하는 전략이었다.

열을 가하며 설탕이 모두 녹을 때까지 스푼으로 젓는 동안, 주스는 걸쭉하고 새콤달콤한 시럽으로 변해 갔다. 빈스는 손가락으로 찍어 맛을 본 다음, 짐짓 생각에 잠긴 듯 인상을 찡그렸다가 이윽고 찬성의 미소를 지어 보였다.

"언제나처럼 완벽한 맛이야."

그가 윙크를 곁들였다.

"다 식으면, 내가 커다란 잔에다 잭 다니엘스를 섞어 해질녘의 한잔 술을 준비할게."

"식을 동안, 그릴에 불이나 지펴 줘. 비가 그쳤으니 오늘밤에는 밖에서 요리할까 해."

"그대가 원하는 거라면 무엇이든."

그가 절하는 시늉을 해보이고 나서 뒷문으로 빠져 나갔다.

어느 면에서, 빈스는 그들의 아버지와 똑같이 무책임했다. 둘 사이에 유일하게 다른 점이 있다면, 빈스는 항상 돌아온다는 것이었다. 물론 돈이 다 떨어졌을 때, 아니면 카지노에 빚을 져서 차용증서를 돌려 받기 위해 목장 이익 지분을 미리 원할 때 말이다.

그가 돌아오는 이유는 돈이었다. 그리고 목장을 팔고 싶어하는 이유도 돈이었다. 오빠가 목장을 증오하는 것도 또 하나의 이유가 될 수 있었다. 그는 언제나 목장을 증오했다.

액체 가장자리에서 거품이 일기 시작했다. 에덴은 스위치를 끄고 냄비가 식도록 한쪽에 내려놓았다.

한 시간 후에 빈스가 숯이 뜨거워졌다고 소리를 질렀고, 에덴은 스테이크를 담은 그릇을 들고 나갔다. 그 위에 호일로 싼 야채덩이를 두개 올려놓았다. 빨갛게 달아오른 숯불 위에서 금세 스테이크가 지글거렸고 야채는 호일 안으로 천천히 김이 들어가도록 그릴 바깥쪽에 놓아졌다.

에덴은 한때 그런 대로 쓸 만했던 그물망 의자에 자리를 잡고, 빈스가 만들어 준 술을 탄 레모네이드를 홀짝였다. 얼굴 옆에서 파리 한 마리가 윙윙거리자 그녀는 무심코 손을 내저었다.

사시나무 쪽 지평선 너머로 태양이 질까 말까 망설이는 사이, 머리 위로는 살랑이는 바람이 나뭇잎 사이로 속삭여댔다. 주위는 모든 것이 고요했다.

이럴 때가 에덴이 가장 좋아하는 순간이었다. 하루를 끝낼 때나 하루를 시작할 때, 이런 사막 지대에서 대지와 하늘의 미묘하면서도 때로는 엄청나기도 한 아름다움을 느끼고 맛보는 순간이었다. 그 사이의 시간들은 단조롭고 지칠 때까지 몰아대는 목장 일로 가득 차 있었다. 내리쬐이는 열기에서 살을 에일 듯한 냉기까지 느껴야 하는 조건 속에서, 먼지에 숨이 막히고 발은 진흙 속으로 푹푹 빠지는 일상이었다.

하지만 이 순간의 단순한 평화는…… 목을 탁 내려치며 중얼대는 빈스의 목소리에 의해 산산조각났다.

"뙤약볕이 미치게 하지 않으면, 빌어먹을 파리가 난리라니까."

"오빠 화장수가 마음에 드나 보지."

향료와 백단이 섞인 남성적인 냄새를 알아챈 에덴이 한마디했다.

"향기 좋지, 그렇지?"

빈스가 기쁜 표정으로 말했다.

에덴은 찬성의 뜻을 표하고 나서, 그릴 쪽을 가리켰다.

"스테이크 뒤집는 게 낫지 않겠어?"

빈스는 일어서서 긴 집게로 스테이크를 뒤집었다. 육즙이 불길에 떨어지며 쉿쉿쉿 지글거리며 연기가 일어나자, 빈스가 한 걸음 뒤로 물러났다.

"이제 금방 익을 거야."

의자에 다시 앉으며 그가 말했다.

에덴은 오빠에게 잔을 들어 보인 다음 한 모금 더 들이켰다. 우리의 말들이 울타리 가까이까지 몰려들었다가 머리를 올리고 인사하듯 킬킬거렸다. 그에 답하는 다른 말울음소리가 그녀의 뒤편 어딘가에서 들려왔다. 의자를 돌려 보니 말을 타고 가까이 오는 사람의 모습이 보였다. 축 처진 어깨의 사내가 안장 위에 느슨하고 편안히 앉아 있었다. 높이 솟은 모자는 머리 위로 푹 내려쓰고 있었다.

햇빛에 둥근 철테 안경이 반짝였다. 이 목장에서 7개월 간 일한 베테랑이자 순수 파이우테족인 밥 워터스였다. 그녀의 일꾼들 중 대장이라고 힐 수 있었나. 그는 나무 아래 에덴을 발견하고 그녀를 향해 말고삐를 움직였다.

에덴도 일어나서 그를 맞이했다. 그가 말을 옆으로 멈춰 세우자, 말은 거친 숨을 토해내고 나서 우리 안의 친구들을 향해 귀를 쫑긋 세웠다.

"플랫 록의 풍차가 박살났소."

그는 아무 표정도 없이 단숨에 소식을 전했다. 칠흑 같은 머리는 먼지로 뒤덮였고 얼굴도 땀으로 뒤범벅이었다.

"탱크 안의 물이 십오 센티미터나 남았을지 모르겠소."

예전에 광산 캠프가 있던 플랫 록은 폐허가 된 지 이미 오래였고, 에덴이 태어나기도 전에 제드 로시터가 그곳에 우물을 파 가축들의 물을 대는 데 사용하였다. 그 지역에는 좋은 풀들이 많았는데 그 물의 근원이 좋은 목초지를 만든 것이었다. 하지만 그보다 우선, 다음 주에 실어갈 소떼를 모아 두기로 생각했던 곳이 바로 플랫 록이었다.

"박살나다니요?"

더 분명한 설명이 필요했다.

"통로가 깨졌소."

에덴은 의자에 쭉 뻗어 있는 빈스를 돌아보았다.

"이번 주 초에 오빠가 점검했잖아?"

"그랬지."

빈스가 확실히 대답했다.

"그때는 다 괜찮았어."

에덴은 돌아서며 이미 마음먹었던 명령을 하달했다.

"와일드 잭한테 취사용 마차를 채워 두라고 하고, 데크에게 그걸 지키도록 하세요. 우리는 플랫 록에 있는 소떼를 모아서 이곳 목초지로 데려올 겁니다."

무언가를 위한 집합 장소라는 말은 하지 않았다.

"우린 날이 밝는 대로 출발할 거예요."

"알겠소."

밥이 고삐를 쥐고 말을 이끌었다. 말이 앞으로 걷기 시작했다.

"플랫 록은 다이아몬드 디의 서쪽 경계선에서 이 킬로미터 정도 떨어져 있지."

그녀가 가까이 갔을 때 빈스가 말했다.

"나도 알아."

그녀는 생각에 잠긴 채 잔 속의 얼음덩이를 쳐다보았다.

"그자가 풍차를 망가뜨렸다고 생각하니?"

"그가 할 만한 일이라고 생각해."

에덴이 대답했다.

"내 생각도 그래."

그녀는 연기나는 그릴을 힐끗 쳐다보았다.

"스테이크가 다 된 것 같아."

그녀가 의자를 밀치며 일어섰다.

"식탁을 준비해야겠어."

식사를 마치고 나서, 에덴은 기계적으로 은식기와 접시들을 모아들였다. 빈스가 일어서서 그들의 잔을 집었다.

"채워 줄까?"

그가 얼음을 더 꺼내기 위해 냉장고로 걸어갔다.

“레모네이드만, 술은 말고.”

그녀는 접시와 식기들을 안으로 가져가 싱크대에 집어넣었다.

“그러지 말라구. 위스키 좀 마신다고 해될 건 없어.”

얼음을 한 움큼 집어 잔 속으로 빠뜨리자 경쾌한 소리가 울려퍼졌다.

“좀 느슨하게 굴라구.”

“난 내가 의도한 만큼 느슨해진걸. 하여튼 고마워.”

에덴은 무미건조하게 대꾸하면서 테이블의 빵과 버터와 양념들을 치우기 위해 돌아갔다.

빈스가 냉장고를 열어 레모네이드 주전자를 꺼냈고, 에덴은 가지고 들어온 버터와 케첩을 선반에 올렸다. 돌아서려다가, 머리에 빈스의 손이 살짝 닿는 것 같아 멈춰 섰다.

“에덴.”

그의 목소리는 부드럽고 따뜻했다.

“조금이라도 명랑해져 봐.”

시선을 올리니 많은 여자들이 섹시하다고 생각하는 그 미소가 눈에 들어왔다. 하지만 오빠가 자신의 뜻을 관철시키기 위해 그 미소를 얼마나 많이 사용했는지 그녀는 너무도 잘 알고 있었다. 그렇다 해도 그녀는 마지못해 순응하며 미소를 되돌렸다.

“노력할게.”

“좋아.”

빈스가 주전자에서 두 잔의 레모네이드를 부어 그녀에게 하나 건넸다.

“그걸 위해 건배하자.”

그를 쳐다보며 에덴은 애정과 분노를 섞어 머리를 저었다.

“오빠는 정말 어쩔 수가 없어.”

“나도 안다구.”

그가 씨익 웃어 보이고는 자신의 잔을 그녀의 잔에 짤랑 부딪히게 했다.

“마셔.”

그녀가 잔을 입으로 올리지 않자 그가 재촉을 했다. 다시 어찌할 수 없이 에덴은 한 모금 마시고 나서 잔을 내려놓으려 했다.

"뭐하는 거야?"

빈스가 가로막았다.

"설거지하려고."

"그런 건 나중에 해도 돼. 식탁에서 일어나자마자 접시를 닦을 필요는 없다구. 잠시 그대로 놔둬. 식탁 치우는 것에 대해서도 잊어버려. 빵 부스러기 몇 개 놔둔다고 뭐 손해날 거 있어? 우리 대신 파리들이 파티를 즐길 거야."

또다시 빈스가 씨익 웃어 보였다.

"어서. 조금이라도 인생을 즐겨 봐. 한 번 해보라구."

너무나 말도 안 되는 소리에 에덴은 어이없는 웃음을 터트렸다. 그의 미소가 더욱 크게 번졌다. 그녀의 어깨를 감아쥐며, 그가 식탁으로 이끌었다.

"그러니까 더 낫다."

그는 그녀를 위해 의자를 하나 끌어내 주었다.

"네 웃음소리를 들은 지 정말 오래 되었어. 네가 잊어버린 거나 아닌지 걱정하던 참이었다니까."

"그렇지 않아."

솔직히 말하면 최근에는 웃을 만한 일이 거의 없었다.

"다행이야."

그가 의자를 빙 돌려 그녀를 마주 보며 걸터앉았다.

"목장을 팔라고 너무 심하게 얘기한 건 내가 사과할게."

사과로군. 이렇게 될 줄은 알고 있었지만, 오빠의 행동은 너무나 똑같았다. 마음속의 좋은 감정들이 약간 사라지려 했다.

"알아."

그녀는 한 번만이라도 오빠를 예측할 수 없다면 얼마나 좋을까 생각하며 술잔을 바라보았다.

"넌 내 동생이야."

그는 최대한 진지한 목소리로 말했다.

"내가 너에 대해 걱정하는 건 당연한 거야. 난 네가 행복했으면 좋겠어, 에덴."

"난 행복해."

그가 믿지 못하겠다는 듯 그녀를 쳐다보았다.

"마지막으로 영화 보러 간 때가 언제야? 그냥 즐기기 위해 외식이나 쇼핑을 하러 간 적이 언제지? 다른 이유가 아니라 그저 마음이 끌려서 무슨 일인가를 한 적이 도대체 언제냐구?"

"난 바빴어. 목장에는 할 일이 많다구. 일은 기다려 주지 않아."

"그리고 난 네 짐을 약간이라도 덜어 주기 위해 여기서 좀더 많은 시간을 보냈어야 했지."

빈스는 인정한 다음 인상을 찡그렸다.

"하지만 난 너무나 오랫동안 이곳을 지옥 같은 곳으로 여겨 왔어. 난 나가야만, 도망가야만 한다구. 네가 어떻게 하루하루, 한 해 두 해를 견디는지 알 수가 없어."

"그건 간단해. 여긴 내 집이니까. 내가 있고 싶은 곳이니까. 그게 내가 원하는 삶이니까. 난 도전을 좋아해. 오빠가 믿건 말건, 난 힘든 하루를 끝냈을 때의 그 땀과 더러움과 뼈가 아플 정도의 피곤함을 즐기기조차 한다구. 거기에서 난 일종의 만족을 느껴."

하지만 오빠가 이해했다고는 말할 수 없었다.

"이 목장은 내가 아는 유일한 집이야. 난 절대 포기하지 않아. 자진해서 그런 일은 없을 거야."

"아니, 넌 싸움에서 지고 말 거야."

그의 표정이 우울해졌다.

"그게 날 괴롭혀. 디파드는 널 파괴시키려고 안달이고, 넌 그에게 대항해서 이길 수가 없어. 오래 견디지 못해. 그리고 난 네가 모든 걸 잃고 절망하는 걸 보고 싶지 않아. 그게 바로 내가 목장을 팔자고 하는 이유야. 지금, 네가 약간의 현금이라도 거머쥘 수 있을 때.”

“오빠가 현금을 거머쥘 수 있다는 뜻이겠지?”

씁쓸함이 스며들었다. 오빠가 돈만을 원하고 있다는 것을 아는 데서 오는 씁쓸함이었다.

빈스는 그 말에 별로 흔들리지 않았다.

“내 몫을 원하지 않는다고 하면 그건 거짓말이겠지. 그 점에 대해선 날 비난할 수 없어.”

그가 태평스런 미소를 지었다.

“한 번 내 입장에서 생각해 봐. 우리가 물려받은 돈을 내가 분명 모조리 잃어버릴 곳에 투자하려 한다면 넌 어떻겠니? 넌 끊임없이 그 일로 날 괴롭히겠지.”

“아마 그렇겠지.”

에덴은 오빠가 그녀에게 애써 짊어지우려는 죄의식을 떨쳐내며 인정했다.

“넌 디파드에게 이길 수 없어. 그는 너무 거대하고 강하다구. 난 네 마음이 찢어지는 걸 보고 싶지 않은 거야.”

유리잔의 겉에 물방울이 맺혔다. 에덴은 그 시원한 습기 위로 손을 갖다 댔다. 점점 자라나는 긴장감이 온 신경을 팽팽하게 했다.

“난 그렇게 생각지 않아, 빈스.”

“그러니까 내 말을 듣지 않으려고 완고하게 구는 거겠지.”

그다지 짜증내는 목소리는 아니었다.

“아니, 난 단지 목장 파는 걸 거부할 뿐이야.”

빈스가 재빨리 말했다.

“목장을 판 돈으로 네가 할 수 있는 모든 것들을 생각해 봐. 어렸을 때 아빠가 우릴 여기 던져 버린 후로, 넌 토노파에 재판받으러 갈 때 말고는 이곳에서 떠나 본 적이 없어. 이걸 판 돈으로 넌 여행을 할 수도, 이 나라의 무엇이라도 볼 수가 있다구. 여기보다 더 마음에 드는 곳을 찾아낼 수 있을지도 몰라.”

"난 관심 없어."

에덴이 잔을 들어 한 모금 홀짝였다.

"어디에도 가본 적이 없으면서 어떻게 알아? 그것에 대해 생각해 보라구. 넌 새로 시작할 수 있고, 너 자신을 위해 새로운 삶을 만들 수가 있어."

"난 도망치지 않을 거야, 빈스."

그녀는 잔을 내려놓고 두 손으로 감쌌다.

"그건 도망치는 게 아니야. 아무도 널 모르는 곳에서 새로운 시작을 하는 거라구. 악랄한 혀만 가진 이런 속 좁은 인간들에게서 멀리 떨어지는 거라구."

"그 얘기는 내가 어디에 가든 따라다닐 거야. 여기에 내가 원하는 모든 것이 있어. 그러니 난 여기 남을 거야."

빈스는 고개를 한쪽으로 기울이며 약간 슬프게 미소지었다.

"지금 얘기하는 건 네 자존심이야. 넌 여기서 행복해질 수 없어. 이런 식으로 혼자 살면서, 매일매일 지칠 때까지 일을 하고 디파드가 다음에는 어떤 짓을 저지를지 걱정하면서는 행복할 수가 없다구. 어떤 여자라도 이렇게 살면 안 돼, 특히 내 동생은 더더욱 안 돼. 넌 그보다 더 가치 있는 여자라구. 너 같은 여자는 널 사랑해 주고 보살펴 주는 남자를 만나야 해. 착하고 친절한 사람, 이 근처에서는 그런 남자를 절대 만나지 못해."

그녀는 덧없이 웃어 버렸다.

"맙소사, 나한테 할 일이 그렇게 없는 것 같아? 이것저것 주워 들면서 그 사람 뒤를 쫓아다니고 옷가지를 빨아 주고, 문에 들어서면 차가운 맥주와 뜨거운 식사기 준비되었기를 기대하는 그린 남자를 찾으란 말이야?"

그녀는 진저리를 치며 의자에서 일어섰다.

"고맙지만 사양할래. 그러지 않아도 난 할 일이 쌓여 있어. 더 많은 일거리를 안겨 줄 남자 따위는 필요 없다구."

"그런 뜻이 아니라는 거 알잖아."

그도 의자에서 일어나 술잔을 들고서 그녀의 뒤를 따랐다.

"일과 조용한 시간들을 함께 나눌 만한 사람, 네가 얘기할 수 있고……."

"됐어, 빈스."

그녀는 싱크대에 서서 세제를 풀어 넣은 다음 수도꼭지를 끝까지 돌렸다.

"그렇게 고집 부리지 마, 에덴."

"난 분별력이 있는 거야. 이 땅은 나에게 필요한 모든 만족과 모든 슬픔까지 안겨 주고 있어. 거기다 더 보태 줄 남자는 필요 없다구."

"땅이란 차가운 애인이야, 에덴."

"하지만 충실하지."

"지금 넌 아빠 때문에 그러는 거야. 모든 남자가 아빠와 똑같지는 않아. 더 심하게는 제프 같지도 않다구."

"사실 아무 관심도 없어."

그녀의 말은 진심이었다.

"네가 그렇게 말한다면야."

그는 테이블에 엉덩이를 기대고 수도꼭지를 잠그는 그녀를 쳐다보았다.

"내가 없는 동안 널 지켜 줄 만한 사람이 있기를 바라는 날 비난할 수는 없을 거야. 그 점에 대해서는 화내지 말아야 해."

"화나지 않았어."

"난 너를 걱정할 뿐이라구."

또다시 그의 잘생긴 얼굴에 부드러운 근심의 표정이 떠올랐다.

"넌 너무 열심히, 너무 오랫동안 일해. 네가 좀더 인생을 즐겼으면 좋겠어. 긴장을 풀고 재미있게 보내는 걸 보고 싶다구. 그게 바로 목장을 팔라고 들볶는 이유야."

그리고 그는 여전히 들볶고 있었다.

"생각 좀 해봐, 빈스. 내가 목장을 팔려고 내놓으면, 살 사람은 한 사람뿐이라는 걸 우리 둘다 알고 있어. 바로 디파드지."

에덴은 비눗물 속으로 두 손을 담갔다.

"확신할 수는 없어."

"확신할 수 없다고?"

그녀가 냉큼 소리를 높였다.

"나에 대한 증오심은 무시한다 쳐도, 다이아몬드 디는 이미 남쪽과 동쪽의 우리 경계선에 다다랐어. 그리고 두 지역의 수원지는 우리 쪽에 있다구. 지금 당장은 그 땅이 그에게 아무 소용이 없지만, 우리 물만 갖게 되면 그리로 얼마나 많은 소떼를 몰아 갈 수 있는지 누가 알겠냐구?"

"알았어, 디파드가 이 목장을 사는 게 사업상 좋을지도 모르지."

빈스가 인정을 했다.

"하지만 그게 뭐 그리 나쁘겠어?"

"뭐가 나쁘냐구? 이 목장을 손에 넣으면 그가 무슨 짓을 할지, 오빠도 나만큼이나 잘 알고 있어. 그는 이 집을 불도저로 밀어 버리고 모든 건물을 뒤엎어 버려 여기에 로시터 가가 살았던 흔적을 싸그리 없애버릴 거야. 그는 모든 걸 파괴할 거라구."

"적당한 값만 지불한다면, 그 후에 무얼 하든 네가 무슨 상관이냐?"

"그런 말을 하다니 믿을 수가 없군."

에덴이 오빠를 노려보았다.

"그럼 디파드에게 팔지 마. 다른 사람에게 팔라구."

"다른 사람 누구? 작은 목장들은 더 이상 큰 투자를 하지 않아. 이걸 사려고 줄서는 사람은 없을 거라구."

"네가 어떻게 파느냐에 달려 있지."

빈스가 주장했다.

"이 목장은 역사로 가득 차 있어. 할리우드나 사회단체는 이런 일에 열중하잖아. 목장을 소유하는 건 그들에게 신분을 나타내는 상징이 되고 있다구. 넌 그들에게 팔 수 있고 그들은 이 목장을 수영장과 테니스 코트, 개인용 활주로가 있는 완벽한 구경거리로 만들 거야.”

에덴은 가망 없다는 듯 머리를 내저었다.

“오빠는 어떻게 디파드가 그런 판매를 방해하지 않을 거라고 생각할 수 있어? 다른 모든 것들을 방해했던 것처럼 말이야.”

“왜냐하면 그는 네가 여기서 사라지길 바라고 있고, 그게 어떤 수단이 되든 관심이 없거든. 그는 네가 완전히 빈털터리로 파멸되는 걸 보고 싶어하겠지만 그렇게 하지 못한다면, 네가 목장을 내놓았을 때 자기가 그렇게 만든 걸로 믿고 만족할 거야. 그자 마음대로 생각하도록 내버려 두면 돼.”

에덴은 이 생각이 순간적인 것이 아니라는 걸 눈치챘다. 빈스는 대단히 자신 있게 말하고 있었다.

“오빠 이 일에 대해서 그와 얘기한 적 있지, 그렇지?”

발끈한 그녀의 비난에 빈스가 웃음을 터트렸지만, 그건 억지웃음이었다.

“그런 미친 생각을 어떻게 하게 된 거냐?”

그를 쳐다보며, 에덴은 분노보다 상처가 더 깊어지는 걸 느꼈다.

“난 누구도 믿을 수 없어, 오빠라 해도.”

“그렇지 않아.”

빈스는 전략을 바꾸었다.

“내가 잘못 행동했다면, 미안하다.”

“오빠는 항상 미안하다고만 해.”

“이런.”

그녀의 손목을 물 속에서 잡아 꺼내며 빈스는 부드럽게 달래는 목소리를 냈다. 그가 자신을 쳐다보도록 돌려세웠을 때 에덴은 거부하지 못했다.

“디파드가 소떼를 몰았던 그날 일 때문에 그래. 상황이 변했어. 디파드는 거칠게 굴기 시작했단 말이야, 정말 거칠게.”

빈스는 한 손으로 동생의 얼굴에서 머리를 쓸어넘겨 주었다.

"넌 내 동생이야, 에덴. 나에게 가족이라곤 너뿐이야. 너에게 무슨 일이 생기지 않았으면 좋겠다. 디파드와 얘기하는 것이, 자존심을 삼키고 목장을 팔아 위험에서 벗어나야 한다는 걸 너에게 확신시키는 게 너를 위한 일이라면 난 기꺼이 그 일을 하겠어. 내 말 이해할 수 있겠니?"

"응."

그 말은 그녀도 이해를 했고, 또한 믿었다. 여러 가지 면에서 빈스는 이기적이고 욕심이 많았지만, 오빠가 자신을 사랑하며 보호하기 위해 무슨 일이든 하리라는 것을 의심해 본 적은 없었다. 디파드에게 달려가는 일조차도.

"좋아."

빈스가 두 팔로 그녀를 안아 머리 위에 턱을 문질렀다. 그리고는 그녀를 쳐다보았다.

"적어도 목장을 파는 일이 지금으로서는 실행 가능해. 너, 아직까지 나한테 화난 건 아니겠지?"

그녀는 한숨을 쉬었다. 오빠에게 화를 낸다고 이득될 것은 전혀 없었다.

"그래."

"그래야 내 동생이지."

그는 동생의 코를 비틀고 나서 싱크대로 돌려세우며 장난스레 한 번 엉덩이를 쳤다.

"빈둥거리지 말고 접시를 닦아."

돌아가신 할아버지의 퉁명스런 목소리를 흉내내며 그가 명령했다.

"넌 일을 해야 해. 그 일을 끝내."

8

저물어 가는 태양이 사막의 전형적인 밤의 서막을 알리며 또 하나의 생생하고 드라마틱한 속박을 푸는 동안 첫번째 진홍빛 빛줄기들이 하늘에 점점 번져 갔다. 킹케이드는 안채 근처의 사시나무 아래 서서 앞에 펼쳐진 광대한 풍경을 바라보았다. 비로 씻겨진 공기는 그 광경에 선명함을 주었고, 풀의 초록빛 또한 더욱 진해졌으며, 대지의 황금빛 호박색과 멀리 자줏빛 산들도 또렷해 보였다.

주위로 어둠이 짙어지고 고지대 사막의 차가운 밤공기가 한낮의 열기를 몰아내며 기어들었다. 그는 나무 몸통에 어깨를 기대고 주머니에서 시가를 꺼내 불을 붙였다.

우리 안에서 말 울음소리와 한바탕의 말발굽소리들이 들려 왔다. 먹이 먹는 서열이 진행중인 모양이다. 그런 다음 모든 것이 또다시 조용해졌다. 조용하고 또한 고요했다.

킹케이드는 시가를 한 모금 더 빨아들이며 가늘게 뜬 눈을 안채 쪽으로 돌렸다. 그의 관심은 그 앞에 주차된 빈스의 파랗고 하얀 트럭에 집중되었다.

앞문이 열리자, 그는 순간적인 경계심으로 고개를 들었다. 하지만 모자를 쓰지 않은 에덴 로시터가 걸어나오자 긴장을 풀었다.

그녀는 베란다 끝까지 걸어갔다가 다시 이리저리 거닐었다. 늙은 개가 그녀의 옆에 나란히 서서 낯선 냄새가 없는지 여기저기를 점검하거나 자신의 영역을 표시하기 위해 잔디 위로 다리를 들어올리곤 하였다. 에덴은 그가 선 곳에서 10미터쯤 되는 곳에 멈추었다. 그에게 옆모습을 드러내며 광활하게 트인 대지를 마치 왕국을 둘러보는 여왕과도 같이 내다보았다. 자신이 본 것에 만족했는지, 그녀는 약하게 미소를 지으며 머리를 묶었던 고무줄을 풀어내고 머리를 흔들어 등까지 자연스럽게 떨어지도록 하였다.

긴장을 풀어 버린 그녀는 바지 뒷주머니에 손끝을 넣고는 머리를 위로 들어올렸다. 밤의 산들바람에게 연인의 놀음을 하며 얼굴을 애무해 달라고 초대하는 듯이. 그녀는 깊이 숨을 들이마셔 비로 상쾌해진 공기를 폐 속 깊이 가득 채웠다. 샐비어의 향기와 젖은 대지의 내음이 전해져 들어왔다.

그 행동은 킹케이드의 시선을 불룩 솟은 그녀의 젖가슴으로 이끌었다. 남자용 셔츠로도 숨길 수 없는 그곳, 그것은 어떤 남자의 욕망도 일으킬 만한 풍경이었고, 킹케이드도 예외는 아니었다.

그는 일부러 자신의 존재를 드러내지 않았다. 목장 여주인이라는 망토를 입지 않았을 때의 에덴 로시터를 관찰한다는 것이 마음에 들었다. 사장이라는 직함 아래 감춰진 여자의 모습을 보도록 허락받은 남자가 과연 얼마나 있었을지 그는 의심스러웠다.

하지만 늙은 개가 킹케이드의 냄새를 알아채고 즉시 그의 쪽으로 머리를 돌렸다. 목털을 곤두세우고 시선을 고정시킨 개가 주인에게 낯선 존재를 알리며 으르렁댔다.

"왜 그래, 카시우스?"

에덴 로시터가 나른하게 개를 쳐다보았다.

그 대답으로, 개는 킹케이드를 향해 한 걸음 다가서며 또다시 으르렁거렸다. 몸을 반쯤 돌린 그녀는 사시나무 아래의 두터운 어둠 속을 들여다보다가 눈에 띄게 몸을 굳혔다.

"거기 누구야?"

위엄 있는 질문이 터져나왔다.

"킹케이드요."

그는 시가를 던져 버리고 어둠 속에서 걸어나왔다.

"아름다운 밤이오, 그렇지 않소?"

"그래요."

그녀는 킹케이드와 개를 번갈아 보았다. 예상대로 킹케이드가 주인에게 너무 가까이 다가서기 전에 앞길을 가로막으러 달려나오는 개를 보며 그녀는 애써 미소를 감추었다.

그 개가 다시 한 번 경고의 울림을 발하며 이번에는 이까지 드러내었다. 걸음을 멈춘 킹케이드는 두렵다기보다 오히려 재미있는 듯한 표정이었다. 그것이 에덴에게서 재빠른 명령을 이끌어냈다.

"그만 됐어, 카시우스."

"카시우스?"

킹케이드는 그 개의 이름을 되뇌어 보고 나서, 호기심어린 시선을 들어올렸다.

"로마 장군에게서 딴 거요, 아니면 권투선수 카시우스 클레이의 이름을 딴 거요?"

"권투선수예요."

킹케이드는 개가 냄새를 맡도록 손등을 내밀어 주었다.

"넌 무하마드 알리 같은 헤비급은 아니지만, 온몸의 상처로 보아 싸움꾼인 것만은 확실하구나."

"카시우스는 어떤 것에라도 달려들 거예요. 늑대, 방울뱀, 덩치 큰 황소라도요. 나이 때문에 느려지긴 했지만, 여전히 사자의 심장을 가졌죠."

"거친 노병처럼 보이오."

개가 그의 손냄새를 킁킁대고 나서 두 걸음 뒤로 물러나자 킹케이드는 미소를 지으며 몸을 세웠다.

놀랍게도, 개는 더 이상 그녀와 킹케이드 사이에 머물지 않고 밤산책을 하기 위해 종종걸음치고 있었다. 그녀가 오랫동안 알고 지낸 사람과 같이 있지 않는 한 절대 하지 않던 행동이었다. 그 행동이 신뢰의 표현인지 나이가 들었기 때문인지 확신할 수가 없었다.

어찌되었든, 그녀는 여전히 신중하게 킹케이드에게 시선을 고정시켰다. 해질녘의 희미한 빛이 그의 얼굴 아래쪽에 머물며 그의 나른한 입술 곡선과 광대뼈의 희미해진 멍 부분을 보여 주었다.

모사챙 때문에 그의 눈은 그늘에 가려 있었지만 그녀는 그 시선이 자신을 향하고 있음을 느꼈다. 그것이 왠지 불편했다.

"벌써 추워지기 시작하는군."

그가 입을 열었다.

"해가 지면 보통 이렇죠."

그는 밝은 광채를 남긴 채 지평선 아래로 미끄러지는 태양을 쳐다보았다. 그런 다음 다가오는 밤의 연보라빛 색조로 물들어 있는 남쪽의 대지를 훑어보았다. 그의 표정이 진지해졌다.

"당신도 알겠지만, 이곳은 사람들이 아름답다고 부를 수 있는 그런 땅은 아니오. 사실, 며칠 전만 해도 난 이곳이 내가 본 중에서 가장 메마르고 고립된 땅이라고 생각했었소. 하지만 이 거대하고 텅 빈 지역에는 무언가가 있소. 그 힘과 거대함이 당신을 마력 속으로 끌어당기는 것 같소."

에덴은 고개를 끄덕였다.

"그래요. 많은 사람들에게 이곳은 아무것도 없는 땅에 불과하죠. 하지만 나에게는 모든 것이 있는 땅이에요. 난 다른 곳에서 살고 싶은 생각이 없어요."

킹케이드는 그녀의 생동감 있는 표정과 검은 눈동자 속의 자부심을 들여다보며, 섬세하면서도 강인하게 미묘한 조화를 이룬 그녀의 고전적인 외모에 시선을 쏟았다.

화장을 하지 않았음에도, 에덴 로시터는 아름다웠다. 두 눈썹이 자연스레 아치를 그렸고 눈동자는 숱 많은 속눈썹에 둘러싸여 있었다.

다른 장소, 다른 환경이었다면 킹케이드는 그녀를 유혹하기 위해 온갖 수단을 다 동원했을 것이다. 그녀의 풍만한 곡선 위로 손을 댈 만한 핑계를 만들어 내며 그 간단한 포장을 풀어 그녀의 여성 안으로 들어갈 수 있을지 알아냈을 것이다.

그렇게 하고픈 욕망이 솟았지만, 킹케이드는 억지로 억눌렀다.

"여기서 살아남으려면 뿌리를 깊이 내려야 할 것 같소."

그의 말에 그녀가 동의했다.

"아마 그럴 거예요. 나도 그렇구요."

"이 목장의 안채도 그렇다는 생각이 드오."

그가 집 쪽을 손짓했다.

"당신이 나오기 전에 아까부터 이 집을 보고 있었는데 집이 여기서 자라난 것 같다는 생각이 들더군."

"어떤 면에서는 그 말이 맞아요."

에덴이 뒤를 돌아보며 미소지었다.

"어떻게?"

그의 한쪽 눈썹이 호기심으로 올라갔다.

"저 집을 세운 모든 재료들은 바로 여기서 나온 것이니까요."

집의 강한 이끌림이었을까, 에덴은 설명을 계속하며 집 쪽으로 걸어갔다.

"벽돌을 만들려고, 케이트 로시터는 집 뒤의 산비탈에서 흙을 파냈죠. 짚은 지금 목초지가 있는 곳에 무성하게 자랐던 키 큰 잡초들을 잘랐구요. 물론 물도 집 뒤에서 나는 자연 샘의 물이었어요. 그리고 나무는 이 주위에서 자란 사시나무구요."

그녀는 베란다 끝에서 멈추어 세월과 자연에 의해 반들반들해진 위쪽 나무를 쓰다듬었다.

"내가 어린 소녀였을 때, 할아버지는 이 집이 로시터 나무, 로시터 풀,

로시터 물, 로시터 흙으로 만들어진 거라고 말씀하곤 하셨어요.”

에덴은 집에 대한 이야기를 해서인지 경계심이 다소 사그라들었다.

에덴은 미소를 지었다.

“할아버지는 이 집이 절대 무너지지 않을 거라고 주장하셨어요. 로시터의 피가 섞여 있기 때문이래요.”

“설마?”

재미있어하는 듯한 목소리였지만, 따뜻하기도 했다.

“설마가 아니에요.”

여전히 미소를 띄운 채 그녀가 말했다.

“들리는 애기에 의하면, 벽놀을 만들다가 사고가 일어났대요. 케이트는 아주 심하게 상처를 입고 피를 많이 흘렸지요. 너무나 피를 많이 흘려서 어떤 특별한 흙에 빨간 기운이 들어간 것 같아요. 케이트는 그 흙으로 만든 벽돌들을 집의 초석으로 삼으라고 일꾼들에게 명령했다고 해요.”

“대단한 이야기군. 사실이든 아니든 당신이 믿고 싶어하는 것일 테고.”

“정확히 말하면 자라면서 내가 제일 좋아했던 이야기였죠. 아무리 들어도 싫증나지 않았어요.”

에덴이 인정했다.

“케이트 로시터는 굉장한 여자였음이 틀림없소.”

“그랬어요. 예전에는 이 베란다 끝에 격자 울타리가 있었다고 해요.”

집 이야기에 열중하며 그녀가 말을 이었다.

“케이트는 매년 스위트피를 심고 격자 울타리를 따라 덩굴이 올라가도록 만들었대요. 할아버지는 뜨거운 여름밤에 맡는 스위트피의 향기만큼 향기로운 것은 없다고 말씀하셨어요. 나도 한 번 심어 보려고 시도한 적이 있었는데 이 근처 땅은 콘크리트처럼 딱딱하더라구요. 내가 열 살이나 열한 살쯤 되었을 때였죠.”

“오빠에게 도와달라고 부탁하지 그랬소.”

“결국엔 그렇게 했죠. 하지만 허락도 받지 않고 몰래 마을로 빠져 나

가는 걸 할아버지께 이르겠다고 위협해야 했어요. 그런데 불행히도 가느
다란 작은 묘목 하나만 고개를 내밀다가 며칠만에 죽어 버렸어요. 그 후
로는 절대 심어 보려고 애쓰지 않았죠. 언젠가는 또다시 시도할지 모르
지만요."

"당신 오빠는 자주 그랬소? 몰래 빠져 나가는 것 말이오."

"언제나였어요."

그녀의 얼굴에 미소가 떠올랐다가 사라졌다.

"할아버지는 항상 오빠에게 엄격하셨어요. 어쩌면 너무 엄격했는지
몰라요. 오빠가 우리 아빠처럼 쓸모 없고 무책임한 인간이 될까 봐 두려
워하신 것 같아요. 그래서 오빠에게는 모질게 구셨고, 도가 지나치셨던
것 같아요."

"당신 오빠가 할아버지의 교육에 잘 따랐을 타입으로는 보이지 않던
걸."

"맞아요. 그건 오빠가 이곳을 더 증오하도록 만들었을 뿐이에요, 진심
으로 좋아해 본 적도 없지만요. 여기 왔을 때 오빠는 나보다 더 나이가
많았어요. 세크라멘토에서 생활한 후에 이런 삶에 적응하는 것이 오빠에
겐 더 힘들었던 거예요. 텔레비전도 없고, 세서미 스트리트도 볼 수 없
고……."

"거기 나오는 커다란 새도 없고?"

킹케이드가 짐짓 슬픈 듯이 끼어들었다.

그의 미소를 보며, 에덴은 오빠 외의 다른 사람과 이렇게 편안히 얘기
해 본 지가 - 권총 사건 이래로 - 정말 오랜만이라는 걸 깨달았다. 기분
좋은 느낌이었다.

"커다란 새도 없고, 같이 놀 만한 동네 친구도 없고, 라디오에서는 거
의 아무 소리도 나지 않고……. 도시 아이에게는 낯설고 두려운 장소였
지요. 가까운 곳에 우리가 갈 만한 학교도 없었어요. 그건 우리가 집에서
교육을 받아야 한다는 의미였죠. 진짜 학교에 가게 된 건 내가 열세 살
때였어요. 그때쯤, 빈스한테 운전면허증이 생겼기 때문에 트럭으로 왔다

갔다할 수 있었죠. 할아버지는 당연히 여기와 학교 사이의 거리를 정확히 계산해 놓았어요. 매일 주행기를 점검했죠. 불쌍한 오빠, 할아버지가 생각한 것보다 몇 미터라도 더 나오는 날엔 심한 대가를 치러야 했죠. 마침내 오빠의 친구 한 명이 주행기 되감는 법을 가르쳐 주었답니다."

"당신 오빠가 도망가지 않은 게 오히려 놀랍군. 그런 상황의 십대라면 대부분 그럴 텐데."

"그런 얘기도 했었어요."

하지만 그것은 자신에 대해 홀로 책임져야 한다는 의미였고, 오빠는 지금까지도 그런 일을 피하고 있었다. 그보다 더 큰 이유는, 할아버지의 코앞에서 들키지 않고 일을 저지른다는 것, 몰래 빠져 나가는 행위의 위험과 흥분적인 요소 때문이었을 것이다.

"오빠는 나더러 같이 가자고 했어요. 하지만 그때 난 벌써 이곳이 날 위한 장소라고 느끼고 말았죠. 어느 때인가 난 증오하는 것을 멈추고 이곳을 사랑하게 되어 버린 거예요."

그녀는 어두워진 황혼으로 얼굴을 들어 밤의 향기를 들이키며 고요함을 음미하였다.

"마을의 소음과 혼잡을 난 몇 시간 이상 견딜 수가 없어요. 한꺼번에 몇 명씩 떠들어대는 수다보다는 풀을 헤쳐나가는 바람의 속삭임을 듣는 게 더 좋아요. 샐비어의 향기가 좋고, 장작 위에서 끓여낸 커피의 맛이 좋아요. 늑대의 울음소리는 나에게 음악과 마찬가지죠. 방울뱀은 땅을 기어가는 귀찮은 해충에 지나지 않아요, 도시의 쥐나 바퀴벌레들처럼요."

그녀가 잠시 말을 멈췄다가 부드럽게 계속했다.

"난 이 목장을 팔 수 없어요. 그건 내 영혼을 찢어 버리는 거와 같아요."

그 말을 한 순간, 에덴은 재빨리 킹케이드를 쳐다보았다. 자신의 감정이나 삶에 대해 한 마디라도 언급한 자신에게 화가 났다.

이 남자는 카우보이였다, 몇 주 혹은 몇 달간만 머물렀다가 다른 일자리로 떠나 버리는 방랑자였다.

"오빠가 이곳을 증오하며 팔자고 했을 때는 견디기 힘들었겠군."

"약간요."

"당신 오빠가 계속 압력을 가하는 거요?"

'당신 오빠' 그 자주 사용되는 상투어가 마침내 귀에 거슬렸다. 갑자기 그가 얼마나 많이 빈스를 언급했는지 알아차리며 에덴은 몸을 돌려 의심스러운 듯 그를 마주 보았다.

"내 오빠에 대해 왜 그렇게 많은 질문을 하는 건가요?"

그는 대답을 늦추며 천천히 미소를 지었다. 하지만 죄책감이나 후회의 표정은 아니었다.

"당신에 대해 묻는다면, 한 마디도 대답을 얻지 못할 걸 알기 때문이겠지."

그건 사실이었다. 그녀는 그에게 어떤 것도 말하지 않았을 것이다. 솔직히 세 마디 질문이 나오기도 전에 떠나 버리고 말았을 것이다.

"당신도 다른 남자들과 똑같다는 걸 알았어야 했어요."

그녀의 성미가 끓어올랐다.

"말해 보세요, 뭘 알아내고 싶었죠? 에덴 로시터가 진짜 어떤 인물인가? 사람들이 말하는 것처럼 차갑고 계산적이며 냉혹하기 그지없는 여자라는 걸 알고 싶었나요? 지금쯤이면 벌써 결론을 내리셨을 텐데 어떤 결론인지 알고 싶군요."

"이렇게 남자를 증오하는 여자를 만나 본 적이 없기 때문에, 말하긴 약간 이른 것 같소."

"난 남자를 증오하지 않아요. 증오란 강한 감정들이 필요하죠. 난 어떤 감정도 갖고 있지 않아요."

그건 거짓말이었다. 그녀는 많은 것들에 대하여 정열적이었다. 킹케이드는 간파할 수 있었다.

"남자를 증오하지 않을지도 모르지. 하지만 당신은 남자를 대단히 믿지 않는다구."

"당신이 틀렸어요. 난 그들이 마음 내키는 대로 왔다가 가고 지키지도 않을 약속을 한다는 걸 알지요. 이기적이고 자기 중심적이며 자기가 원하는 것에만 신경 쓴다는 것도 알아요. 그리고 잔인하며 복수심이 강하다는 것도요.”

그녀가 잠시 말을 멈췄다. 입가에는 격렬한 말만큼이나 차갑고 도전적인 미소를 띠웠다.

“물론 어떤 상황에서는 그런 남자도 있지. 여자도 마찬가지고.”

하지만 그가 지금 생각하는 것은 그게 아니었다. 분노로 검어진 눈동자를 빛내는 이 여자가 얼마나 아름다워 보이는지에 대해 생각하고 있었다. 그녀의 입술이 그의 대답에 놀라움으로 벌어졌다가 닫히는 모습을 지켜보았다.

“당신을 과소평가했군요.”

그것은 에덴이 다시 되풀이하지 않으려던 실수였다.

“왜? 내가 당신 말을 인정했기 때문에? 아니면 내가 그러지 않을 거라 예상했기 때문인가?”

“그게 문제가 되나요?”

“별로.”

에덴은 그의 얼굴을 보느라, 그의 손이 올라오는 것을 미처 보지 못했다. 어느 순간엔가, 그의 손이 그녀의 목덜미에 따뜻하게 닿았다. 그녀는 본능적으로 몸을 굳히며 거리를 유지하려고 그의 가슴에 손을 댔지만, 그의 입술이 이미 그녀의 입술 위에 있었다.

가볍고 호기심어리면서도 위협적이지 않은 접촉.

킹케이드를 자극한 것은 호기심이었다. 그녀가 자신의 주장처럼 남자에게 무감각한지 알고 싶었다. 그는 그녀 입술의 그 부드러움과 침묵을 탐험하며 입술을 부벼 보았다. 그 여학생 같은 뻣뻣한 자세에서 어떤 반응을 불러일으켜 보려 했다. 하다못해 반발이라도.

그녀의 목덜미에서 당황하여 느리게 펄떡이는 맥박이 느껴졌다. 그는 더 깊이 파고 들어가 무언가를 찾아보았지만, 그녀의 순수함만을 맛볼 수 있을 뿐이었다. 킹케이드는 놀라며 뒤로 물러섰다. 자신의 앞에 선 이 성숙한 여인에 대하여 새롭게 발견해 낸 사실을 이해할 시간이 필요했다.

그녀의 눈 속에 분노가 번득였다. 전처럼 격렬하고 경계하면서도, 뭔가 새로운 느낌이 첨가되었다……. 공포가 아닐까 생각하게 만드는 그 어떤 느낌이. 그녀는 입술로 손등을 가져가며 자존심으로 머리를 높이 쳐들었다. 하지만 그는 그녀가 키스의 감각을 지워 버리려 하지 않는다는 점을 알아챘다. 그 순간 킹케이드는 그녀를 가질 수 있으리라는 걸 알았다. 그 생각이 사뭇 유혹적이었다.

"사람을 믿지 말아야 한다는 당신 말은 옳소."

그가 말하며 그녀를 놓아주었다.

"그리고 날 믿지 말았어야 했지."

"그럴 거예요."

그녀는 맹세하며 집을 향해 성큼성큼 걸어가 버렸다.

한 시간 후 킹케이드는 자신의 숙소에서 두 손을 베개삼아 베고 천장을 바라보며 누워 있었다. 그의 생각은 여전히 에덴 로시터에게 향해 있었다. 사람들의 말에 의하면 피도 눈물도 없는 살인자이지만, 그는 그녀가 당혹스러웠다. 그리고 그녀에게 매력을 느꼈다.

과거에 다른 여자들을 원한 적도 많았다. 때로는 그 욕구들이 만족을 얻었고, 때로는 그렇지 못하였다. 욕망이란 왔다가 사라지는 법, 순간적인 열기로 피어올랐다가 이성 속에서 사라진다는 것을 그는 알고 있었다. 그리고 그녀 때문에 마음이 산란해지는 것은 현명치 못하다는 것도 알았다.

그는 옆으로 몸을 굴리며 눈을 감았다. 그리고 결국은 잠 속으로 빠져들었다.

한밤중의 어느 때인가, 비명소리가 그의 잠을 깨웠다. 그는 눈을 번쩍 뜨고서 귀를 기울였다. 또다시 들려 왔다. 공포감으로 찢어지는 듯한 여자의 비명소리. 킹케이드는 담요를 젖히고 침대에서 빠져 나와 속옷만 입은 채로 열린 창문가로 걸어가 안채 쪽을 쳐다보았다.

모든 것이 캄캄하기만 했다. 그때 2층 창문에서 흘러나오는 노란 불빛이 나뭇가지 사이로 내비쳤다. 더 이상의 비명소리도 없고, 더 이상의 움직임도 없었다. 킹케이드는 몸을 돌려 다시 침대로 돌아갔다.

그녀의 어깨를 누군가의 손이 움켜쥐었다. 에덴은 뿌리쳐 보았지만, 더 힘껏 흔들어댈 뿐이었다.

"에덴, 일어나."

그녀는 한 대 맞기라도 한 듯이 베개 속으로 몸을 움츠리며 방어하듯 한 손을 들어올렸다. 두려움에 찬 두 눈이 한참 동안이나 자신의 오빠를 노려보았다.

"나야, 오빠야."

빈스가 부드럽게 속삭였다.

"다 괜찮아, 괜찮아."

천천히 그녀의 눈에서 불길이 사라졌다. 그녀는 고개를 끄덕이고 나서, 몸서리를 쳤다. 빈스가 손을 잡아 주자, 그녀의 손가락이 더 힘껏 그의 손을 움켜쥐었다.

"이제 괜찮니?"

빈스가 침대가에 몸을 앉혔다. 바지의 단추도 잠그지 못하고 그의 검은 머리는 헝클어진 채였다.

"응."

하지만 떨리는 목소리였다. 사실은 괜찮지가 않았다.

식은땀으로 온몸이 끈적끈적했다. 눈을 감기가 두려웠다. 그 영상과 느낌들이 너무나 가깝게 느껴졌고 진짜 같았다. 그녀는 몸을 일으켜 앉으며 무릎을 올리고 그 위에 이마를 갖다 댔다. 역겨움이 올라오자 깊이 숨을 들이마시며 현실로 돌아오려고 안간힘을 썼다.

"뭐 좀 갖다줄까? 위스키? 물?"

"아니."

그녀는 고개를 들며, 얼굴에 흘러내린 머리채를 두 손으로 잡아 뒤로 넘겼다.

"괜찮아질 거야."

"언제 악몽이 다시 시작된 거냐?"

빈스가 조용히 물었다.

"오랫동안 이런 일이 없었는데……."

최소한 2년이나 3년쯤 됐을 것이다. 그녀는 여전히 차갑고 축축한 팔 뚝을 문질러댔다.

"잠깐 같이 있어 줄까?"

"아니."

그녀가 머리를 흔들었다.

"깨워서 미안해."

일어서는 그의 무게로 인해 매트리스가 튕겨 올라갔다. 그는 동생의 뺨을 감싸쥐었다.

"언제라도 이 오빠를 부르렴. 불은 켜둘까?"

"그래 줘."

에덴은 힘없는 미소를 지어 보였다. 하지만 빈스가 침실을 나가는 순간 미소는 사라졌다.

그녀는 베개를 가슴에 끌어안으며 단풍나무 침대 머리맡에 등을 기댔다. 메스껍고 두려웠던 느낌이 천천히 잦아들었다. 침실 창문의 방충망 사이로 차가운 밤바람이 불어 들며 커튼을 살살 흔들어대는 동안, 에덴은 창문 너머의 어둠을 응시하였다.

이렇게 오랜 시간이 흐른 후에 왜 또다시 악몽이 시작되었을까? 무엇이 그 악몽을 이끌어 낸 것일까? 이미 그 대답을 알고 있다는 느낌에 마음이 불안했다. 그 키스, 그녀는 그 키스를 좋아했다. 그 온기와 자극적인 느낌을.

전에도 키스받는 걸 좋아했다. 아주아주 좋아했었다, 처음에는……. 이불 속으로 기어들어가 그녀는 공처럼 몸을 말고는 어렸을 적 그랬던 것처럼 이리 뒤척 저리 뒤척 몸을 흔들어 가며 애써 잠을 청했다.

9

지평선 위로 태양이 얼굴을 내밀며 회색의 형체 없는 빛이 번져 가고, 수탉 한 마리가 홰를 치며 울어댔다. 녀석은 자신의 소리에 만족한 듯, 마당을 뽐내며 걸어다녔다.

킹케이드는 와일드 잭의 쓰디쓴 블랙 커피를 마지막으로 넘기고 우리 기둥 위에 잔을 놓았다. 목에는 색바랜 노란 스카프를 느슨하게 묶고, 소가죽 장갑 한 벌이 허리띠에 끼어 있었다. 부츠의 박차를 짤랑거리며, 그는 우리 입구로 걸어갔다. 한쪽 어깨에는 말목에 매는 굴레와 밧줄을 걸쳐매고 있었다.

그날 아침 탈 말들은 어젯밤 이미 따로 모아져 지금은 자신들을 타줄 카우보이를 기다리고 있었다. 킹케이드가 입구에 들어서는 걸 보고 젊고 마른 체격의 데크가 밧줄을 휘둘러댔다.

"텍스 탈 거죠, 그렇죠?"

"별모양 있는 커다란 적갈색 말."

말의 이름은 모르니까.

"그 녀석이 텍스예요."

그는 이미 밧줄을 흔들고 있었다.

"아마 좀 날뛸 겁니다."

킹케이드는 아무 대꾸 없이 커다란 고리가 하늘을 날아 적갈색 말의 목에 걸리는 모습을 지켜보았다. 말이 머리를 치켜들었지만, 다음 순간 코를 쿵쿵대며 더 이상의 저항은 하지 않았다. 킹케이드는 녀석에게 굴레를 씌워, 우리 밖으로 끌어냈다. 다음 사람이 말을 고르려고 들어갔다.

우리 밖에다 말을 묶고 우선 꼬챙이로 말발굽을 깨끗이 해주었다. 그 후에 대충 한 번 말을 빗겨 주며 주위를 획 둘러보았다. 밥 워터스가 취사용 마차를 연결시키는 동안 팀의 선두에 서 있는 에덴이 눈에 띄었다.

킹케이드가 커피에 대한 절실한 욕구로 부엌에 비틀거리며 들어섰을 때 그녀는 이미 깨어나 바빴다. 그가 뱃속에 아침을 가득 넣고 네 잔째의 커피를 들고 나왔을 때, 그녀의 잘생긴 황금빛 밤색말은 이미 안장이 올려져 난간에 묶인 상태였다.

취침용 마차에 장비를 실으려 그녀를 지나칠 때, 그녀는 그를 거리낌 없이 쳐다보았다. 하지만 그들 사이에는 키스의 기억이 존재하였다. 일단 남자와 여자 사이에 단계가 진행되면 돌이킬 수 없으며 잊을 수도 없다. 그녀는 그를 볼 때마다 그 키스를 기억할 것이다, 그와 마찬가지로.

안채의 문이 쾅 닫혔다. 킹케이드는 안장 담요를 적당한 자리에 놓으며 나무 사이를 힐끗 쳐다보았다. 빈스가 겨드랑이에 휴대용 침구를 끼고 걸어오는 중이었다. 그가 취침용 마차에 다가와 다른 것들과 같이 침구를 던져넣었다. 킹케이드는 말에 안장을 올렸다.

"이런 새벽에 일을 해야 하다니 한탄스런 일이야."

마당의 일행과 합류하며 누구에게랄 것도 없이 빈스가 한마디 내뱉었다. 여전히 잠으로 무거운 눈을 하고 험상궂게 얼굴을 찌푸린 채였다.

"이런 시간에 일어나다니 다들 미쳤어."

몇 명이 미소로 고개를 끄덕였지만 이번에도 대꾸는 없었다.

"이봐, 데크."

빈스가 소리쳐 불렀다.

"내가 안장을 가져올 동안 조스한테 밧줄을 걸어 줘."

"알겠어요."

데크가 자신의 말을 난간에 묶어 놓고 밧줄을 들었다.

킹케이드는 말등의 안장을 제대로 조정한 다음 마구간을 쳐다보았다.

빈스가 자기 장비를 갖고 돌아왔고, 데크도 우리에서 근육질의 커다란 이빨을 한 밤색말을 이끌고 왔다. 빈스는 킹케이드 옆의 바닥에 장비를 내던지고 말머리에 묶기 위한 굴레를 어깨에서 내렸다.

"잠이 깨려면 커피 한 주전자는 마셔야 할 거야."

빈스가 투덜거렸다. 데크가 씨익 웃으며 밧줄을 도로 감았다.

"와일드 잭의 커피라면 한 잔만 마셔도 될 걸요. 한 주전자에 들어갈 정도의 카페인을 졸여 한 잔으로 만들 거든요. 그건 누구의 눈이라도 번쩍 뜨게 만들 거예요."

"위장도 박살내겠지."

빈스가 덧붙였다.

"그건 뉴올리언스의 프랑스 지역에서 나오는 커피만큼이나 고약한 맛이 나."

빈스가 고개를 흔들며 미소지었다.

"버번가 말이야."

그는 말등을 빗질하지도 않고 안장 담요를 얹었다.

"지금은 탁 트인 야생의 장소지. 나도 언젠가는 거기 가야 돼."

그가 킹케이드를 쳐다보았다.

"거기 가본 적 있소?"

"옙."

킹케이드는 안장을 편하게 조정했다.

"난 이 년쯤 전에 거기 있었소. 파티 타운에 대해서 들어 봤겠지, 바로 거기요."

빈스는 안장을 올리고 흔들어 보았다.

“최근에 거기 있었소?”

“아니오.”

킹케이드는 말머리 쪽으로 걸어가 굴레를 감아 이빨 사이로 재갈을 물렸다.

“거기서는 도박이 합법화된다고 들었는데 진짜인지 확인하러 가야지, 이번 겨울쯤.”

“당신은 항상 그렇게 말이 많소?”

킹케이드의 말에 몇 사람이 낄낄거렸고 빈스는 얼굴을 붉혔다. 그의 눈동자가 분노로 짙어졌다가 킹케이드의 밤색말을 보더니 입가에 역겨운 미소가 그려졌다.

“오늘 텍스를 타는군. 좋은 말이지.”

아무 대꾸도 없이 킹케이드는 안장띠를 더 팽팽하게 당긴 다음 고삐를 잡아 말을 난간에서 이끌어 냈다.

킹케이드가 마당 한가운데 멈춰 서 등자를 떨구기 전에 다시 한 번 안장띠를 점검하는 동안, 그의 주위로는 침묵이 감돌며 다른 사람들 사이에 은밀한 시선이 오고갔다.

그가 말목으로 고삐를 걸자, 말은 눈을 굴리며 귀를 뒤로 눕혔다.

“네가 좀 날뛸 것 같구나.”

킹케이드는 중얼거리며 씨익 웃었다.

“두고 보자구.”

그는 짧게 고삐를 쥐고서 말에 올라탔다. 녀석이 등을 구부리며 즉시 머리를 밑으로 처박았다. 킹케이드는 등자에 단단히 발을 걸었다. 말이 앞으로 쏜살같이 돌진하자, 킹케이드는 습관적으로 오른손을 올릴 뻔하다가 여기서는 모양새나 맵시가 아무 상관 없다는 것을 기억해 내고는 다시 내렸다.

처음의 뒤틀린 점프와 뻣뻣한 착지 후, 고삐를 잡아챌 때마다 왼쪽 팔에 바늘로 찌르는 듯한 고통이 느껴졌다. 킹케이드는 오른손으로 고삐를 바꿔 쥐며 간신히 치료된 왼팔의 뼈에 무리가 가지 않도록 했다.

에덴은 그 밤색말이 마당을 가로질러 하늘까지 발굽을 치켜드는 모습을 다른 사람들과 같이 지켜보았다. 자기 할 일을 하러 가고 싶었지만, 흔들의자에 앉아 있는 듯이 말 위에서 자연스럽게 흔들리는 킹케이드의 모습이 시선을 묶어 놓았다. 괜찮군. 괜찮은 것 이상이라고, 그녀는 마지 못해 인정해야 했다.

어젯밤 이후로, 그녀는 그를 싫어할 만한 결점을 찾으려 노력했다. 그에게 자신이나 오빠에 대해 무엇이든 말해 버린 것은 실수였다. 그녀는 그걸 알고 있었다.

밤색말이 점프를 몇 번쯤 더 해본 다음 마음 내키지 않는 듯 멈춰 서며 크게 숨을 몰아쉬었다. 킹케이드는 잠시 기다렸다가 고삐를 풀고 우리가 있는 울타리 쪽으로 이끌었다. 이윽고 그가 말에서 내려 다시 한 번 안장띠를 점검했다.

"잘 타는데요."

데크가 약간 경외감이 섞인 목소리로 말했다.

킹케이드는 고개를 끄덕였다.

"녀석이 꽤 까다롭군."

하지만 사실 그가 과거에 탔던 야생마와 같이 난폭하지는 않았다.

"내가 그렇게 탈 때는, 아무도 봐주는 사람이 없었어."

그가 지나갈 때 알이 불평을 했다.

"로데오해 본 적 있어요?"

데크가 물었다.

"해본 적은 있지."

그것은 그가 지난 10년간 전문적인 로데오 순회에서 계속 말 탄 것을 완곡하게 표현한 것이었다. 킹케이드는 안장 반대쪽에 올가미를 고정시켰다.

"우리 모두 한 번쯤은 그랬을 걸요. 하지만 로데오는 핏속에 흐르는 열병과 같아요. 완전히 거기 미친 아저씨가 있었지요."

데크는 슬프게 머리를 저으며 회상했다.

"그분이 출전료와 기름값, 병원비로 지불한 돈만 모았어도 괜찮은 크기의 목장 하나쯤은 살 수 있었을 거예요. 아저씨는 이십 년 이상 로데오를 했지요. 하지만 다 끝났을 때, 아저씨한테 남은 거라곤 몇 개의 혁대 고리하고 이혼장과 수없이 부러진 뼈뿐이었어요."

"살아가는 건 쉽지 않지."

킹케이드는 안장 머리에 올가미 끝을 묶고 질질 끌리는 고삐를 모아 쥐며 안장에 올랐다.

"그 말이 맞아요."

데크가 움직였고 에덴도 말에 올라탔다.

"다 됐나요?"

그녀를 볼 때, 킹케이드의 시선은 자연히 입술로 향했다. 그 입술이 순간적으로 팽팽한 선을 그리며 닫히는 걸 보고 그녀도 자신처럼 어제의 일을 기억한다는 걸 알았다.

"모두 다."

그녀가 그의 안장 머리에 묶인 밧줄을 쳐다보았다.

"확실한 기수로군요."

"맞았소. 내가 무언가에 밧줄을 걸 때는 절대 놓치지 않지."

그의 입가에 미소가 그려지며 깊은 주름을 만들었다.

"물론, 가끔 내가 그걸 잡은 건지 그게 날 잡은 건지 알 수 없지만 말이오."

"힘의 강약을 조정하는 게 더 안전해요."

"아마도."

기수들이 묶는 대신 안장 머리에 밧줄을 걸어놓는 것은 만약의 경우 잘못되었을 때 풀어 버릴 수 있기 때문이었다.

"옛말처럼 밧줄을 버리거나 목장을 버리거나겠지. 하지만 난 안전하게 노는 습관이 없거든."

"언젠가는 후회할 수도 있어요."

"그럴 수도 있지."

에덴이 다른 사람들을 둘러보았다.

"준비됐나요?"

"네."

빈스가 비꼬는 투로 말했다.

"우린 한낮을 태우는 쓸데없는 짓을 하는 거야."

"놀랍군, 빈스."

킹케이드가 말했다.

"당신이 셰익스피어를 공부한 줄은 몰랐는걸."

"셰익스피어? 무슨 말을 하는 건지 모르겠군."

빈스가 인상을 씨푸렸다.

"방금 로미오와 줄리엣에서 존 웨인이 제일 좋아하는 구절을 인용했잖아, '한낮을 태우다.'"

"미친 놈."

빈스가 중얼거리며 말머리를 돌렸다.

"그게 정말 셰익스피어에 나오는 말인가요?"

데크가 당황스러운 듯 눈을 크게 뜨고 물었다.

"그래."

킹케이드가 말고삐를 움직이자 데크는 앞 쪽으로 돌아섰다.

"농담이겠죠, 그렇죠?"

"내가 알 게 뭐야."

에덴이 그 토론을 중단시켰다.

"출발합시다."

그리고 휘파람을 불어 말 옆으로 개를 불러들였다.

몇 분 후 그들은 들판을 가로지르고 있었다. 커다란 주황색 해가 지평선 위로 떠올라, 그 빛을 땅에 펼치며 그들을 쳐다보았다. 취사용 마차에 올라앉은 요리사는 머리에 높이 솟은 모자를 쓰고 긴 회색 머리가 어깨 위로 흘러내린 모습이었다. 그 마차가 행렬을 이끌고, 취침용 마차가 그 뒤를 따랐다.

목장 중심부 너머의 가축을 가둬 두는 우리를 지나자, 커다란 접시 모양의 우묵한 분지가 거의 일 킬로미터나 펼쳐져 있었다. 빈스가 에덴의 옆으로 말을 대더니 음울한 표정을 지었다.

"새로 온 녀석 이름이 뭐라고 했지?"

잠시 후 그가 물었다.

"킹케이드."

그녀는 그에 대해 말하는 게 불편했지만 내색하지는 않았다.

"그 녀석 마음에 안 들어."

그의 어조는 보기 드물게 단호하고 거칠었다.

"전에도 그렇게 말했었잖아."

그녀는 느릿한 열기가 스멀스멀 기어드는 걸 느끼며 똑바로 앞만 노려보았다. 얼굴 위의 따뜻한 태양과는 아무 상관이 없는 열기였다.

"알아."

빈스가 입을 다물었다.

"이곳은 우리가 가진 최고의 목초지야."

그녀가 주제를 바꾸었다.

"이리로 소떼를 이동시키는 건 실수하는 거야. 이곳의 풀은 올 겨울에 남김없이 필요하다구."

"오래 있지는 않아."

그들 앞에서 취사용 마차가 완만한 경사의 분지에서 빠져 나가기 시작했다.

"꿈꾸고 있구나, 너."

빈스가 비판적으로 대꾸했다.

"디파드는 자기 뒷주머니에 이 근처 소몰이꾼들을 죄다 넣어 가지고 있어. 그들은 널 위해 소떼를 운반해 주지 않을 거야, 절대."

"나도 알아. 그러니까 오레곤 사람하고 계약을 했지."

"뭐라고?"

빈스가 말을 멈춰 세웠다.

"그들은 화요일 아침 아홉 시에 여기 올 거야."

에덴은 계속해서 말을 앞으로 움직였다.

빈스는 그녀와 나란히 서게 될 때까지 박차를 가해 그녀의 옆에서 말고삐를 거칠게 잡아당겼다.

"언제 그런 일이 있었던 거야?"

"어제."

"왜 어젯밤에 나한테 말하지 않았지? 나도 알 권리가 있어."

그가 화난 목소리로 다그쳤다.

"어젯밤에는 내가 한 마디라도 끼어들기 어려웠잖아."

에덴은 별 짜증 없이 받아쳤다.

"오빠가 나한테 목장을 팔라고 설득하는 데 너무 바빴으니까. 기억나?"

그녀는 말에 박차를 가해 언덕을 올라가게 했다. 빈스는 그녀를 따라오지 않았다.

그들이 플랫 록이라 불리는 폐허지에 도착했을 때는 정오가 지난 시간이었다. 수십 년 전에 버려진 광산에서 흘러나온 광석 부스러기가 주위의 언덕 비탈에 아무렇게나 흩어져 있는 것이 여전히 오래된 상처처럼 눈에 띄었다.

몇몇 잔해가 예전의 건물 위치를 알려주었고 오래된 돌건물 앞면만이 아직까지 쓰러지지 않고 서 있었다. 썩은 나무틀과 녹슨 경첩들이 한때 문이 매달렸던 입구라는 걸 알 수 있게 했다. 나머지 벽들은 부분부분 잡초와 덤불로 무성한 바윗덩이 속에 무너져 내린 지 오래였다.

그 모든 것을 지키고 선 풍차 하나, 그 날개들이 아침 바람에 하릴없이 빙글빙글 돌아갔다. 작은 소떼의 무리가 금속 탱크 둘레에 시시 바닥을 덮은 얼마 남지 않은 물을 들이키고 있었다.

캠프를 설치할 시간은 없었다. 취사용 마차에서 말들을 풀어 주자마자, 요리사는 프로판 스토브에 불을 붙이고 커피 주전자를 올려놓은 다음 점심 식사를 준비하기 시작했다. 말들은 천연적으로 만들어진 우리로 몰아넣어 풀을 뜯도록 했다. 취사용 마차 옆으로 식사할 텐트가 세워지고, 마차 뒤쪽으로 천막을 늘어뜨렸다.

기수들은 각자 개인용 천막집을 세우고 그 안에 장비를 몰아넣었다. 그런 다음 오후에 일할 새 말을 고르기 위해 밧줄과 굴레를 들고 말들이 있는 곳으로 돌아갔다.

각각의 기수가 원하는 말의 이름을 호명하자, 데크는 밧줄을 휘둘러 선택된 동물의 목에 올가미를 걸었다. 킹케이드는 마음속으로 칠흑 같은 갈기와 꼬리, 그리고 다리에 짧게 까만 부분이 올라온 가늘고 긴 다리의 반 야생마를 선택했다. 크림색의 말이었다.

빈스가 수통의 미지근한 물을 마셔대며 그의 앞 얼마쯤 떨어진 곳에 서 있었다. 킹케이드가 자신의 말을 호명하러 앞으로 나설 때, 빈스의 팔을 쳐서 셔츠 앞자락에 물이 흐르고 말았다.

"이봐, 조심하라구!"

빈스가 성난 시선을 던졌다.

"너나 조심해."

그는 등에 노려보는 시선을 느꼈지만 신경 쓰지 않았다. 킹케이드는 밧줄로 감긴 말에게 걸어가 굴레를 씌웠다.

빈스를 무시한 채, 그는 나중에 쉽게 잡을 수 있도록 철사로 엮어진 작은 우리 안에 말을 풀어놓은 다음 캠프로 발길을 돌렸다.

점심 식사는 양파와 칠리로 풍성한 맛을 낸 쇠고기 범벅이었고, 갓 구워낸 비스킷과 자연산 꿀이 같이 제공되었다. 쇠고기 범벅은 보이는 것보다 맛이 좋았다.

킹케이드는 머그잔에 다시 커피를 채워 빈스의 바로 맞은편에 자리를 잡았다. 시가를 한 모금 빨며 그 굽이치는 연기 사이로 빈스를 지켜보았다. 잠시 후 빈스가 그를 알아챘다. 그가 즉시 털을 곤두세웠다.

"뭘 보는 거야?"

"아무것도."

킹케이드는 입에서 시가를 떼어내며 천천히 말했다.

"전혀 아무것도."

빈스의 눈이 가늘어졌다. 그 대답이 마음에 들지 않지만 어떻게 받아들일지 결정하지 못한 듯했다.

"다른 곳을 봐."

그가 한마디 던진 다음 관심을 돌렸다.

"이봐요, 와일드 잭."

그가 잔을 들어올리며 소리쳤다.

"커피 좀 따라 줘요."

요리사가 스토브에서 주전자를 들어올리기도 전에, 킹케이드의 입이 먼저 떨어졌다.

"직접 따라 마시지 그래?"

천막 안이 조용해졌다. 이제껏 모두 관심을 집중하고 있던 접시에서도 긁히는 소리 하나 나지 않았다. 컵을 내려놓고 미칠 듯이 킹케이드를 노려보는 빈스의 턱을 따라 근육이 팽팽하게 뭉쳤다.

"너, 입조심하는 게 좋을 거야. 언젠가 그 주둥이 속으로 주먹을 때려넣는 자가 있을 테니까."

킹케이드는 빨갛게 타들어가는 시가 끝을 쳐다보고 나서 빈스에게 시선을 들어올렸다. 입술 가에 작은 미소가 서렸다.

"그럴 수도 있겠지."

"문제를 일으키고 싶은가 보지. 이유가 뭐야?"

빈스가 다그쳤다.

"누가? 내가?"

킹케이드가 되받아쳤다.

"그래, 너."

빈스는 요리사의 찌그러진 양철 대야로 걸어가 자기 접시들을 던져넣고는 걸어가 버렸다. 킹케이드는 또 한 모금의 시가를 빨며 그를 지켜보았다.

식사 천막으로 오는 길에 에덴이 빈스와 마주쳤다. 그의 무시무시한 표정을 보자마자 화가 나 있다는 걸 알았다.

"무슨 일 있어, 빈스?"

그가 한참 분을 삭이고 나서 쏘아붙였다.

"네가 고용한 그 새로 온 녀석이 싫어."

그녀가 의미를 묻기도 전에, 빈스는 우리 쪽으로 사라져 버렸다. 에덴은 무슨 문제가 기다리고 있을지 알 수 없어하며 멈칫거렸다. 하지만 텐트에 도착했을 때는 모든 것이 정상적인 듯이 보였다.

에덴은 마차 옆에 쭈그리고 앉아 바퀴에 등을 기댄 킹케이드를 발견했다. 그의 시선과 마주친 순간 재빨리 시선을 돌렸지만, 그 짧은 연결에도 불구하고 뜨거운 기운이 화끈거렸다.

그녀는 서둘러 마차로 가서 음식이 담긴 접시를 집어들었다. 다른 손에는 커피잔을 들고 텐트를 빠져 나와 자신이 항상 사용하는 마차 뒤의 높은 자리로 가서 앉았다. 남자들과 같이 식사하지 않는 습관을 만들어 놓은 것이 다행이었다. 그 즉시 개가 마차 밑의 그늘을 찾아 들어갔다.

그녀는 뜨거운 커피를 몇 모금 마시고 나서 컵을 내려놓았다. 남자들의 잡담을 들으며 식사를 하다가, 어느 순간엔가 자신이 킹케이드의 낮은 목소리에 귀를 기울인다는 사실을 깨닫고는 화가 치밀었다.

다 먹은 접시를 내려놓고 컵을 들어 커피를 반쯤 들이켰다. 그리고는 앞으로 몸을 기울여 다리 위에 팔꿈치를 기대고 두 손으로 컵을 감아쥐었다. 그녀는 황량하고 텅 빈 대지로 시선을 돌렸다. 평상시 같으면 마음을 달래 주며 새로 기운을 북돋아 주었을 풍경이었지만, 이번에는 그 고독함에 가슴이 저렸다, 그 광대한 외로움에 가슴이 아플 지경이었다.

돌 위를 밟는 발소리가 들리자, 그녀는 시선을 돌렸다. 술 달린 가죽 바지를 딱 맞게 입은 긴 남자의 다리가 자신의 앞에 서 있었다. 장갑 낀 손이 커다란 커피 주전자를 그러쥐고 있었다.

"더 마시겠소?"

킹케이드였다. 컵을 내밀면서도 그녀는 그의 엉덩이보다 더 높이 시선을 들지 않았다.

"고마워요."

짧은 가죽바지의 갈라진 부분에 관심이 집중되며, 먼저 그의 엉덩이 둘레로 죄어든 혁대고리가 눈에 띄고 바랜 청바지 속의 불룩한 부분의 곡선이 눈에 들어왔다.

"더 이상 채울 수 없을 정도요."

에덴은 그 말에 격렬한 반박을 하려다가, 그가 말한 것은 청바지가 아니라 자신의 커피잔에 대한 것임을 깨닫고는 얼른 말을 삼켰다.

"됐어요."

그녀는 컵을 잡아채듯 받아들다가 하마터면 커피를 쏟을 뻔했다. 자신의 당혹스러움을 감추기 위해 얼른 한 모금을 입에 댔다.

"뜨겁소."

그가 경고했다.

고개만 한 번 끄덕여 보이며 에덴은 성적인 생각에 빠져든 자신을 마음속으로 호되게 비난했다. 그가 더 이상 말을 걸지 않고 멀어져 가자 진심으로 마음이 놓였다.

오후의 지시사항은 간단한 것이었다. 각자 구역을 할당받고 그곳을 철저히 수색하여 임시 우리로 모든 소떼를 몰고 돌아오는 것이었다.

캠프에 홀로 남은 와일드 잭은 점심식사 접시를 닦고, 바닐라 엑기스 반병을 마시고 나서는 저녁을 준비하기 시작했다. 태양이 서쪽 지평선으로 천천히 스러질 무렵, 그는 낡은 트럭의 시트 위로 올라갔다. 높은 자리에서 첫번째 기수가 돌아오는 기색이 있는지 먼지의 흔적을 살피며 주위를 둘러보았다. 식사 텐트의 천막이 뜨거운 바람에 펄럭이는 동안, 그는 꼼짝도 않고 앉아 있었다.

멀리서 흐릿한 먼지구름이 일어나자, 그는 더 자세히 살펴보고 나서 투덜거리며 땅으로 내려섰다. 그는 취사용 마차로 돌아가 바닐라를 조금 더 마신 다음, 저녁 식사거리에 마무리를 하기 시작했다.

에덴은 세 번째로 돌아와, 개의 도움을 받으며 우리 속으로 스무 마리의 소떼를 몰아넣었다. 입구가 닫힌 후, 그녀는 말에서 내렸다. 자신의 말과 똑같이 땀과 먼지로 뒤범벅이 되어 있었다. 카시우스는 땅 위에 털썩 쓰러지며 거칠게 숨을 몰아쉬었다. 그녀는 안장을 벗기고 땀으로 젖은 담요를 이용하여 말등의 축축한 기운을 대충 닦고는 말을 풀어 주었다.

고된 하루의 끝에는 항상 그렇듯이 뼛속 깊이 피로감이 스며들었다. 그녀는 자신의 도구들을 모아들이려다가, 열두 마리도 안 되는 소에 둘러싸여 다가오는 기수 한 명이 보이자 손길을 멈췄다. 빈스, 그가 몰고 오는 적은 소떼에 그녀가 인상을 찌푸렸다. 우리 속으로 무리를 이끌어 넣을 때까지 기다렸다가 그에게 물었다.

"그것밖에 못 찾았어?"

"그래."

안장머리에 고삐 잡은 손을 기대고 얼굴의 땀을 목수건으로 닦아내는 그는 무언가에 정신이 팔린 듯 피로하고 짜증스런 모습이었다.

"하지만 오빠 구역은 커다란 초원이었잖아."

그녀의 찌푸림이 더 짙어졌다.

"그 세 배는 찾았어야 했다구."

그가 화난 눈동자를 홱 돌렸다.

"내가 일을 잘 못 한다는 말이냐?"

하루 종일 지속된 오빠의 불쾌함에 에덴도 지쳐 버렸다.

"아니, 더 많은 소떼를 찾았어야 했다고 말하는 거야."

"넌 모르는 게 없으니, 네가 가서 찾아봐."

그가 빈정거렸다.

"그래야 할 것 같아."

얼마간 발끈하여 동생을 노려보던 빈스가 말고삐를 돌렸다.

"빌어먹을."

그리고는 말을 몰아 달리려 했다. 에덴이 고삐를 움켜쥐었다.

"어디 가는 거야?"

"마을에."

그가 딱 잘라 말했다.

"오늘은 토요일 밤이야. 그러니 몇 잔의 맥주와 웃음거리를 찾으러 갈 거야, 스타네 가게로."

그가 말 옆구리에 박차를 찔러넣었다. 빈스는 힘껏 채찍질을 하여 전 속력으로 질주해 넓은 계곡을 지나 마을이 있는 남서쪽으로 향하였다.

데크가 우리에 서서 생각에 잠긴 표정으로 빈스의 뒷모습을 쳐다보았다. 그리고는 에덴을 돌아보았지만 아무 말도 하지는 않았다. 이 목장에 서 웬만큼 일한 사람이면 빈스의 이런 갑작스런 행동에 익숙했다.

그 뿌연 먼지 앞으로 킹케이드가 몰아오는 사십 마리의 소떼가 모습을 드러냈다. 그는 캠프로 다가오면서 누군가 질풍같이 멀어져 가는 모습을 힐끗 보았지만, 확실히 누구인지는 먼지 때문에 분간하지 못하였다.

물 냄새를 맡은 소떼가 열린 입구로 서둘러 들어갔다. 킹케이드는 고삐를 당기며 오후의 일을 잘 해낸 말의 목을 쓸어 주었다. 그 녀석이 다시 달리고 싶은 것처럼 재빨리 고개를 흔들어댔다.

"오늘 일은 끝났다구, 친구."

킹케이드는 잠시 이 짐승의 넘치는 활력이 부러워졌다. 너무 오랜만에 하루 종일 말등에서 보낸지라 킹케이드는 온몸의 근육이란 근육이 다 쑤시는 느낌이었다.

말을 몰아갔을 때, 안장과 장비를 정리하느라 바쁜 에덴의 모습이 보였다. 지나칠 정도로 완벽하게 그를 무시하고 있었다. 그의 시선이 대기 중에 매달린 먼지로 향했지만, 기수는 벌써 시야에서 사라져 버린 후였다.

"누구지?"

그가 데크에게 물었다.

"빈스."

"빈스?"

킹케이드는 땅으로 내려앉는 먼지 구름을 쳐다보며 인상을 찌푸렸다.

"어디 가는 거야?"

"스타네 가게에 맥주 마시러요."

"맥주라? 여기서 마을이 어느 쪽이지?"

"우후, 남서쪽으로 이십오에서 삼십 킬로미터쯤."

킹케이드는 잠시 머뭇거리다가 등자에 발을 올려 말을 재촉했다.

"어디 가는 거죠?"

데크가 인상을 찡그리자 킹케이드는 한마디만 남기고 느린 구보로 말을 출발시켰다.

"맥주 마시러."

데크는 잠시 그를 쳐다보다가 에덴에게 시선을 돌렸다.

"어떻게 생각하세요, 대장? 내일 아침에 저 사람 말을 잡아 줘야 할까요?"

데크의 진짜 질문이 무엇인지 그녀가 모를 리 없었다. 킹케이드가 돌아올 것인가? 아니면 그만 두겠다는 표현을 간단히 맥주로 핑계를 댄 것일까? 그보다 더 애매모호한 통고도 받은 적이 있었다.

그런 생각이 들자, 그녀는 갑작스레 답답함을 느꼈다.

"잡아 줘."

그가 고개를 끄덕였다.

빈스의 말이 남긴 먼지더미가 킹케이드를 안내하는 표지판 역할을 해 주었다. 하지만 낮은 언덕들이 이어진 지역에 가까워졌을 때, 흔적을 놓치고 말았다. 그는 언덕으로 올라가 아래로 펼쳐진 넓은 길을 반쯤 가로지른 말 한 마리와 사람의 검은 점을 발견하였다.

그 먼 형체를 지켜보는 잠깐 동안, 킹케이드는 고삐를 놓아 주고 말이 숨쉴 틈을 주었다. 거의 식별할 수도 없는 움직임이었지만, 빈스가 말의 속도를 구보로 늦추었다는 걸 알 수 있었다. 킹케이드는 저무는 태양을 보며, 목적지가 여전히 남서쪽이라는 걸 확신했다.

잠시 더 기다렸다가 아까와 마찬가지로, 말이 마음 내키는 걸음걸이로 비탈을 내려가도록 두었다. 서둘지도 일부러 늦추지도 않았다.

하늘에 진홍색의 길다란 줄을 그리며 태양이 사라졌다. 금세 황혼이 하늘을 자줏빛으로 물들이며 최초의 별이 머리 위에서 반짝거렸다.

밤의 어둠이 재빨리 찾아들며 주변의 대지를 공허함 속으로 삼켜 버렸다. 더 많은 별들이 달과 친구하자며 모습을 나타냈고 킹케이드는 그것으로 자신의 위치를 파악하였다. 이따금 차가운 밤공기에 먼지가 한바탕씩 날아들었다. 그것만이 빈스가 여전히 그의 앞 어딘가에 있다는 걸 알려주는 유일한 표시가 되었다.

멀리서 불빛이 반짝거렸다. 한참 동안이나 킹케이드는 그것이 지평선 위로 낮게 뜬 별들이라 여겼지만, 이윽고 마을의 불빛이라는 걸 깨달았다. 그는 느리게 구보하는 말을 재촉해 빠르게 달리기 시작했다.

10

빈스는 럭키 스타로 말을 몰아갔다. 건물 내부에서 떠들썩한 소음들이 흘러나왔다. 그 소리에 미소지으며, 빈스는 서둘러 말고삐를 기둥에 묶었다. 걸으면서 모자를 벗어 모자와 옷가지의 먼지를 탁탁 털어냈다. 재빠른 손놀림으로 머리를 빗어넘기고 다시 모자를 쓴 다음, 그는 정문을 향해 나아갔다.

그가 들어섰을 때, 스타 데이비스는 커다란 마호가니 바에 앉아 있었다. 그녀는 그를 보며 순간적으로 머뭇거렸지만 이윽고 애교 있는 미소를 띄우며 그를 맞이하러 다가왔다.

"천하에 유명하신 불운아께서 오셨군요."

그녀의 농담에 빈스가 웃어젖혔다.

"내가 오랫동안 떠나 있을 수 없다는 거 알잖아."

"불행히도요."

그녀의 미소는 따뜻했지만, 눈동자는 차갑고 주의 깊었다.

"이번에는 나한테 뭘 요구하실 셈이죠?"

“말할 만한 건 없어.”

빈스가 씨익 웃으며 맞장구쳤다.

“내가 언제나 일을 제대로 만든다는 거 알잖아.”

“보통은 그렇죠, 어떤 방법으로든요.”

“그거면 되지 않겠어? 어때, 이 불운아에게 술 한 잔 사주실 의향은?”

“언제는 안 그랬던가요?”

스타가 그의 팔을 잡아 바로 이끌었다.

“로이.”

그녀가 카운터 위를 톡톡 두드렸다. 아무 표정 없이 바텐더는 고개를 끄덕인 후, 기다리는 손님들에게 맥주 두 잔을 밀어놓고 카운터에서 돈을 낚아챈 다음, 바 끝으로 걸어왔다.

“이분께 술 한 잔 드려, 내 앞으로 달고.”

“차가운 걸로, 로이.”

빈스가 주머니에서 꼬깃꼬깃한 20달러짜리 지폐 한 장을 꺼냈다.

“그리고 내가 그만 두랄 때까지 이걸로 계속 나르라구.”

로이에게 돈을 밀어 준 다음 그가 스타를 마주 보았다.

“말해 봐, 나의 럭키 스타는 요즘 어떤가?”

“전보다 나아요.”

그녀는 대답하며 평가하듯이 그를 훑어보았다.

“당신한테는 똑같이 말할 수 없을 것 같네요. 힘들게 말을 타셨나, 흠뻑 젖은 모습인 걸요.”

“바로 맞췄어.”

로이가 앞에 갖다 놓은 서리 낀 머그잔을 집어, 그가 스타에게 인사를 하듯 들어올렸다.

“여기 관대하신 여자들을 위해.”

꿀꺽꿀꺽 한 모금만에 반을 마셔 버린 다음 그가 잔을 내려놓고 로이를 불렀다.

“내 걸로 제일 두껍고 맛 좋은 스테이크를 구우라고.”

“하나 구워.”

로이가 부엌 안으로 소리를 질렀다.

“오늘밤은 대단히 좋을 거예요, 새로운 요리사를 고용했거든요.”

스타의 말에 그가 눈동자를 반짝이며 물었다.

“그 여자 예쁜가?”

“그 여자는 남자예요.”

“이런.”

그는 입술을 비틀어 보인 후 잔을 들어 나머지 맥주를 들이켰다.

빈스가 빈 머그잔을 내려놓자 로이가 또 한 잔을 내어놓았다. 재빨리 한 모금 마시고 나서, 그는 바 위에 팔꿈치를 대고 방안을 슬쩍 둘러보았다.

“애는 어디 있지? 안 보이는걸.”

“친구네 집에서 공포 영화를 한아름 빌려다 본대요.”

“별로 재미있을 것 같지 않아.”

“그 애는 당신과 같지 않으니까요, 감사하게도.”

스타가 중얼거렸다.

“잘된 일이야. 요즘의 나처럼 운이 따르지 않는 사람이 있다는 건 생각하기도 싫어. 운이라는 녀석, 나한테 너무 오랫동안 빠져 나가 있단 말이야. 돌아올 때도 됐는데.”

그가 사람들을 살펴보았다.

“다이아몬드 디에게 점령당한 것 같군. 디파드도 근처에 있나?”

“저 구석에서 포커하고 있어요.”

금발머리를 뒤쪽으로 흔들어, 스타가 남자들이 앉은 구석 쪽 테이블을 가리켰다.

“당신과 디파드 사이는 어떻게 돼 가?”

“해결할 일이 생길 때마다 만나죠.”

스타는 일부러 아무렇지도 않게 대꾸하였다. 듀크 디파드가 자신의 사생활이 대중적 주제가 되는 걸 싫어한다는 사실을 안 지가 벌써 오래

되었다.

"그 사람, 릭을 아주 좋아하게 됐어요."

빈스는 바 쪽으로 고쳐 앉으며 팔꿈치를 기댔다.

"아이들한테는 남자가 필요해, 존경하고 감탄할 수 있는 누군가가. 일종의 이상형이지. 나의 할아버지와는 다른 타입 말이야."

약간 씁쓸한 어조였다.

"그 인간은 노예 감독이었어."

그가 구석 테이블을 힐끗 돌아보았다.

"가능하면 디파드를 잡는 게 좋을 거야."

"그럴 생각이에요."

"당신도 노력하겠지."

물끄러미 그녀를 쳐다보던 그의 입가에 잠시 미소가 어리는 듯하더니, 그는 맥주잔으로 시선을 돌렸다.

"아버지에 대해 물어 보지 않나?"

"더 이상은 안 물어요."

빈스는 고개를 끄덕인 다음, 몸을 세우고 그만의 독특한 미소를 환하게 내보였다. 많은 비판적인 이들의 가슴을 녹였던 미소였다.

"저 사람들 포커한다고 했지, 응?"

그가 자신의 매력을 한층 더 드러내 보이며 말했다.

"나한테 오십 달러 칩 걸 생각 없어? 잘 할 자신 있는데."

"걱정 말아요, 내가 대줄 테니까."

"이봐, 스타!"

누군가가 소리쳤다.

"여기 와서 블랙잭 좀 돌려 줘."

"금방 갈게요."

그녀가 대답하고는 자리를 떴다.

빈스는 그녀를 쳐다보고 나서, 포커 테이블로 시선을 돌렸다가 듀크 디파드를 발견해 내자 미소가 흐릿해졌다. 그가 또 한 번 길게 맥주를 들이켰다.
"속도가 떨어지는군."
로이가 세 번째 잔을 쿵 하고 내어놓았다.
빈스가 씨익 웃었다.
"그럴 리가 있나, 로이. 금방이라구."

럭키 스타에서 흘러나온 불빛에 빈스의 땀투성이 말이 축축하게 반짝거렸다. 킹케이드가 자신의 말을 끌고 다가갔을 때, 그 말은 거의 땅바닥까지 고개를 늘어뜨리고 서 있었다.

그는 경직되고 쓰린 몸뚱이를 안장에서 천천히 내렸다. 일단 두 발이 땅에 닿자, 어깨와 등의 근육을 구부려 보았다. 근육들이 비명을 질러대는 것 같았다. 등자를 올려 안장띠를 느슨하게 풀어 준 다음, 목에서 스카프를 풀어 수통의 물을 흠뻑 적셨다. 그것으로 말의 콧구멍에서 먼지를 닦아 주고 입 위로 물을 짜내 준 후 입도 닦아냈다.

그 일이 끝나자, 기둥에 고삐를 묶고는 빈스의 말을 살펴보았다. 녀석의 가슴에 손을 대보니 젖은 가죽 아래로 아직까지 뜨거운 땀이 만져졌다. 빈스의 안장에 있는 수통은 비어 있었다.

"한 방울도 얻어 마시지 못한 모양이구나."

킹케이드가 말에게 중얼거리며, 자신의 수통에서 물을 적셔 아까와 똑같은 절차를 반복하였다.

안장띠를 고쳐 매 준 다음 킹케이드는 카지노 안으로 들어섰다. 자동전축에서 노래가 울려퍼지고, 불빛이 반짝이며 당첨되었음을 알리는 벨이 딸랑거리자 슬롯머신 앞의 카우보이 한 명이 승리의 함성을 외쳐댔다. 킹케이드는 문 안에서 잠시 멈춰 떠들썩한 무리들을 둘러보았다. 사막의 적막한 밤을 가로질러 온 후라 그 소음에 귀가 멍멍할 지경이었다. 킹케이드는 눈길을 돌려 바 테이블에서 커다란 스테이크를 자르고 있는 빈스를 찾아냈다. 그 모습을 보자 킹케이드의 배 안에서도 굶주린 꼬르륵 소리가 울렸다.

그는 바 쪽으로 가려다가, 방향을 바꿔 좁은 홀을 가로질러 갔다. 카우보이 한 명이 화장실에서 지퍼를 올리며 걸어나왔다. 킹케이드는 그가 지나가도록 한쪽으로 비켜섰다가 화장실로 들어갔다. 그날의 더러움과 땀을 약간이라도 씻어 볼 생각이었다.

거울 속에 비친 모습을 들여다보니, 몸은 먼지로 뒤덮이고 낮 동안 자란 짧은 수염이 그의 가느다란 얼굴을 더 뚜렷하게 만들었으며 두 뺨도 야위어 보였다. 그는 말없이 동정하듯 거울 속의 사내에게 미소를 지어 보였다. 그리고는 수도꼭지를 끝까지 한껏 돌렸다.

흐르는 물소리에 갈증이 되살아났다. 킹케이드는 모자를 벗고 수도꼭지에 머리를 숙이고는 메마른 입 속으로 물을 흘려넣었다. 배가 부를 때까지 들이마셨다. 만족스러워지자, 물을 받아 얼굴을 적시고 비누로 거품을 내어 문질렀다. 먼지가 만들어 놓은 가면이 떨어져 나가는 느낌이었다. 비눗기를 씻어 없애고 두 번쯤 물을 더 들이켰다.

다시 인간이 된 듯한 기분이었다. 모자로 손을 뻗는데, 화장실 문이 열리며 러스티가 들어왔다. 아니, 적어도 킹케이드는 그가 러스티라고 생각했다. 그의 벽돌 같은 빨간 머리카락은 한쪽으로 기울어진 높은 요리사 모자에 끼워 넣어져 있었다. 짙은 갈색으로 나기 시작한 턱수염이 주근깨 덮인 얼굴을 반쯤 가려 주었고, 음식과 기름때로 얼룩진 긴 앞치마를 둘러맨 모습이었다.

"자네가 들어온 걸 봤지. 잠깐 인사나 하려고 들렀어."

"그런 차림으로 뭐하는 거야?"

킹케이드가 눈살을 찌푸렸다.

"내가 새로운 요리사야."

러스티가 씨익 웃었다.

"어젯밤에 식사하러 왔을 때, 난 언제나처럼 스테이크와 해시 브라운스(삶은 감자를 썰어 프라이팬에 넣어 양면을 알맞게 구운 요리)를 주문했어. 하지만 이번에는 감자에다 후추와 양파를 썰어 넣으라고 했지. 그랬더니 로이가 자기 요리가 마음에 안 들면, 직접 만들라는 거야. 그래서 난 부엌으로 들어가 그렇게 했지. 그러자 스타가 일자리를 제안했어, 요리사 말이야. 할 일 없이 빈둥대는 것보다는 나을 것 같아서, 그러자고 했지."

킹케이드는 모자를 다시 뒤집어썼다.

"문 앞에 말 두 마리가 묶여 있어. 시간 나면 물이나 좀 갖다주라구."

모래 빛깔의 눈썹이 획 올라갔다.

"말 타고 왔어?"

"그래."

"배고파?"

"아사 직전이야."

"그럼 내가 스테이크 하나 구워 줄게."

러스티가 말하며 문을 빠져 나갔다.

킹케이드도 화장실을 나섰다. 빈스는 여전히 자기 음식에 열중하여, 킹케이드가 방을 가로질러 바 끝에 자리잡을 때에도 그를 알아차리지 못했다.

음식을 다 먹은 빈스는 의자 뒤로 몸을 기대 맥주를 조금씩 홀짝여대며 옆 테이블에 있는 입버릇 사나운 젊은 여자와 노닥거리며 시간을 죽였다. 외모는 20대처럼 보이는데 행동은 40대 같은 여자였다. 매력적이지만 그의 취향에는 너무 벅차다 싶었다.

로이가 그에게 새 맥주를 갖다 주었다. 빈스는 맥주를 들고 일어나, 한 손가락으로 여자의 뺨을 어루만지며 지킬 생각도 없는 약속을 몇 마디 지껄인 다음, 스타가 딜러를 하는 블랙잭 테이블로 어슬렁거리며 걸어갔다. 그녀가 그를 보더니 종이 한 장을 내밀었다.

"합법적으로 하자구요."

그렇게 말하면서 리듬을 전혀 깨지 않은 채로 다시 게임을 이어나갔다. 빈스는 차용증서에 서명을 하고 돌려주었다. 그녀가 한 손으로 50달러어치 칩을 계산하며 다른 손으로는 자신의 카드를 뒤집어 보였다. 크로버 9와 하트 퀸이었다.

"이십 내세요."

그녀가 앞의 사람에게 말했다.

스타의 말에 이어 터져나온 상스런 중얼거림에 미소지으며, 빈스는 포커 테이블로 다가갔다. 언제나처럼 듀크 디파드는 등을 벽 쪽으로 향하고 방을 마주 본 자리였다. 빈스는 게임이 진행되는 동안 한쪽 옆에 서 있었다. 굳이 그 테이블의 다른 세 사람을 살펴볼 필요도 없었다. 그가 관심을 가진 사람은 디파드뿐이었다. 그가 돈을 가진 자였으니까.

디파드의 표정은 대단히 집중해 있는 상태로, 숱 많은 양쪽 눈썹이 한데 모아져 눈을 내리덮었다. 평소처럼 곧고 엄한 선으로 다물어진 입은 윗입술 대부분을 덮은 묵직한 콧수염에 의해 가려졌다. 포커를 할 때의 그는 신중하고 보수적이었다. 일단 한 번 자신의 카드를 보고 외운 후에는 내려놓았다. 그리고 다른 상대들이 카드를 뒤집으며 패를 볼 때까지 다시는 보지 않았다. 언제나 게임에만 온 정신을 쏟았다. 승리자가 판돈을 거둬 가기 전까지는 절대 한눈을 팔지 않았다.

빈스는 손 안에서 잘랑대는 소리가 마음에 드는 듯, 칩을 계속 짤랑거리고 있었다. 오늘밤이 가기 전에, 그는 이 작은 돈을 이용해 더 많은 판돈을 만들 계획이었다. 대단히 많은 돈을, 그는 이렇게 생각하며 미소지었다.

승자가 두 손으로 판돈을 긁어 자기 앞으로 끌어들였다. 디파드는 테이블로 한 손을 올리고 의자를 뒤로 기울여, 사람들을 훑어보기 위해 시선을 들었다. 빈스를 발견하자, 시선이 멈추며 그에게 날카롭게 초점을 맞췄다.

"합석해도 될까요?"

빈스는 허락을 기다리지도 않고 빈 의자를 하나 꺼내 앉았다.

"기본이 오십 달러야."

디파드가 말했다.

"규칙은 알고 있소."

빈스는 자리에 앉으며 자신의 칩을 시끄럽게 짤랑거렸다.

"경고하겠는데 친구들, 난 오늘밤 운이 좋을 것 같아."

"두고 보지."

디파드는 한 사람을 손가락으로 가리켰다.

"자네가 딜러할 차례야, 어니."

어니가 카드를 모아 섞기 시작했다.

"돈 걸라구, 친구들. 돈 걸라구."

빈스가 칩 하나를 던지며 모자를 뒤로 젖혔다. 곱슬곱슬한 검은 머리가 이마로 떨어져 내렸다.

바에 앉은 킹케이드는 빈스가 포커 테이블로 걸어가는 것을 보았지만, 그가 앉을 때까지는 듀크 디파드가 그 자리에 있는 것을 알지 못했다. 빈스가 자기 여동생의 적과 카드 게임을 한다는 것이 이상하여, 그는 마지막 스테이크 조각을 남기고는 맥주잔을 들고 걸어갔다.

두 명의 카우보이들이 벽에 기대어 게임을 지켜보고 있었다. 킹케이드도 그들과 합류하였다.

"힘든 하루를 보낸 모습이군, 빈스."

디파드가 말했다.

"정직한 수고의 땀을 보고 있는 거요."

태평한 미소를 지어 보이며 빈스는 자기에게 배당된 카드를 펼쳐 보았다.

"그게 정말인가?"

디파드는 그다지 감동한 것 같지 않았다.

"그럼요."

빈스가 두 개의 카드를 버리고 나서, 교활한 시선을 디파드에게 던졌다.

"우린 플랫 록에 소떼를 모아 두었거든요."

디파드가 날카로운 관심을 보였다.

"왜?"

"당연히 소를 시장으로 운반하기 위해서지요."

그는 딜러에게 두 손가락을 들어 전달되는 카드를 잡았다.

“그렇군.”

비록 표정은 변하지 않았지만, 디파드의 목소리는 재미있다는 식이었
다.

“누가 운반해 주지?”

빈스는 가지고 있을 카드를 나누며 잠시 뜸을 들였다.

“오레곤에서 오는 일행이라던데.”

그가 디파드의 반응을 곁눈질로 살폈다. 디파드는 입을 다물며 조용
해졌다.

“그녀가 당신을 속여넘긴 거요.”

“그게 사실이라면 말이지.”

침착을 되찾은 디파드가 새로 나뉘어진 카드를 본 다음 내려놓고는
칩을 몇 개 가운데로 내던졌다.

“십 걸지.”

“오, 사실이구말구요.”

빈스가 고개를 끄덕였다.

“트럭들이 화요일 아침 아홉 시에 소떼를 실으러 올 거요.”

그의 오른편 두 사람이 카드를 접었다. 빈스는 쌓여 있는 칩을 세어
보고 판돈을 더 걸었다.

“십 걸고 십 더.”

“나는 못 받겠어.”

다른 사람이 포기했다. 디파드는 더 많은 칩을 걸었다.

“난 콜이야.”

빈스가 테이블에 카드를 펼쳐 보이며 얼굴을 들었다.

“에이스하고 십 트리플. 눈물이나 흘리시라구요.”

디파드가 채 손을 들기도 전에 빈스는 판돈을 긁어들였다.

다음 다섯 번의 판에서 빈스가 세 번을 이겼다. 모두 판돈이 큰 판이
었다. 킹케이드는 빈스가 세 번째로 이겨 칩들을 쌓아놓으며 테이블을
톡톡 두들기는 모습을 지켜보았다.

"어서, 어서, 머피. 자네가 딜러를 할 차례야."

"난 빼라구."

디파드가 얼마 남지 않은 칩을 모으며 일어섰다.

놀란 빈스가 고개를 들며 인상을 찌푸렸다.

"벌써 그만 두려고요?"

"자네 운이 너무 좋아서 말이야."

디파드의 입가가 미소처럼 끌어당겨졌지만 결코 눈까지 이르지는 못했다. 그의 눈동자는 딱딱했다.

넓은 어깨를 돌려, 디파드는 느릿한 걸음걸이로 테이블을 떠났다. 킹케이드 쪽은 쳐다보지도 않았다. 그가 그쪽을 보았다 해도, 알아보지 못했을 게 틀림없었다.

디파드는 아무에게도 말을 건네지 않고 방을 가로질러 바 테이블에 앉은 얼룩덜룩한 가죽 조끼를 입은 카우보이에게 걸어갔다. 킹케이드는 그를 지켜보았다. 디파드가 그와 무슨 말인가를 나누고, 그 남자가 몸을 돌렸을 때 그 얼굴의 커다란 자줏빛 점을 알아보았다. 디파드의 심복 시한, 킹케이드의 문제를 처리했던 사내였다.

시한은 일어서서 디파드를 따라 라운지에서 나갔다. 킹케이드는 다시 포커 테이블로 관심을 돌렸다. 이번에는 빈스가 잃었다. 맥주잔을 들다가 비어 있다는 걸 알자, 빈스가 벽 쪽에 늘어선 카우보이들을 힐끗 보았다.

"누구 로이한테 맥주 하나 갖다 달라고 말해 줘."

"직접 말씀하시지."

아까 점심식사 때 킹케이드에게 들었던 그 똑같은 말에, 빈스의 시선이 그에게로 날아와 꽂혔다. 불쾌감이 즉시 그의 얼굴을 뒤덮었다.

"여기서 뭐하는 거야?"

"맥주 마시는 중이지."

킹케이드가 거의 빈 머그잔을 들어올렸다.

"다른 곳에서 마셔."

빈스가 잘라 말했다.

"난 여기가 좋은걸."

빈스는 그를 무시하고 다음 판에 정신을 집중시키려 노력했다. 하지만 이번에도 역시 칩을 잃자, 지겹다는 듯이 카드를 던져 버리고는 고개를 들어 킹케이드의 눈을 마주 보았다.

"밤새도록 거기 서 있을 셈인가, 아니면 앉지 그래?"

킹케이드가 고개를 저었다.

"포커는 내 게임이 아니라서 말이야."

"자네 게임이 뭔지 알고 싶군."

빈스는 그를 한 번 노려보고 나서 자기 앞에 놓인 카드를 집어들었다.

"언젠가 알게 되겠지."

킹케이드의 입가에 작은 미소가 스치며 잔을 들어 이미 미지근해진 맥주를 들이켰다. 빈스의 반응은 경멸적인 코웃음뿐이었다.

다음 한 시간 동안, 빈스의 앞에 놓였던 칩들은 거의 바닥이 나고 말았다. 칩을 잃을 때마다, 그는 점점 더 얼굴을 찌푸리며 짜증스러워져 갔다. 배팅이 시작되자 빈스는 콜을 부르며 나머지 칩들을 모조리 던져 넣었다. 그러나 이번에도 지고 말았다.

"당신 행운이 도망간 것 같군."

킹케이드가 한마디했다.

빈스는 손바닥을 테이블에 대고는 의자를 밀어젖혔다. 그의 눈동자가 부글부글 끓는 분노로 검어져 있었다.

"자네 의견을 알고 싶으면, 내가 물어 보겠어."

그는 일어서서 테이블의 다른 사람들을 한 번 훑어보며 억지 웃음을 지었다.

"다음 기회에 또 하지, 친구들."

그는 바 쪽을 향해 걸어갔다. 킹케이드는 잠시 그를 쳐다보다가 같은 방향으로 걸음을 옮겼다. 빈스는 맥주를 한 잔 시켜 두 번쯤 들이키다가 바의 저쪽 끝에 기댄 킹케이드를 알아보았다. 그의 얼굴에 짜증이 번득이더니 재빨리 남은 맥주를 한꺼번에 들이마셨다. 그리고는 머그잔으로 카운터를 한 번 내리쳐 그만 마시겠다는 뜻을 표한 다음 몸을 돌렸다. 빈스는 문으로 향하며 스타에게 아는 체를 했다. 그녀는 한 손을 흔들어 답해 주었다.

문이 빈스의 뒤로 닫힌 후, 킹케이드도 계산을 마치고 잔돈을 받아 일어섰다. 카지노 밖에서, 그는 잠시 멈춰 마을의 어두워진 건물들 너머를 살펴보았다. 두 마리의 말이 여전히 기둥에 묶인 채 가볍게 졸고 있었다. 그들의 발치에는 플라스틱 물통이 하나 놓여 있었다.

근처에 빈스는 보이지 않았다. 귀를 기울여 보았지만 발자국소리도 들리지 않았다. 그는 잠시 주저하다가 말이 있는 쪽으로 움직여 갔다. 나무를 깐 길 위로 그의 부츠가 묵직한 소리를 내며, 박차가 짤랑거렸다.

그의 말이 고개를 들고 귀를 킹케이드 쪽으로 쫑긋 세웠다. 그 다음에 건물의 구석 쪽으로 코를 돌렸다. 빈스가 어두운 그늘에서 걸어나왔을 때 킹케이드는 별로 놀라지 않았다.

"왜 날 따라다니는 거야?"

"'의심은 항상 죄의식에 쫓겨다닌다'는 말이 있지."

킹케이드가 다시 셰익스피어의 말을 인용하였다.

"그래서 그런가, 빈스? 죄책감 느끼는 거라도 있나?"

"아니."

대답이 빨랐다, 너무 빠르다 싶을 정도로.

"왜 그렇게 생각하지?"

"이봐, 숨길 게 있는 것처럼 행동하는 사람은 바로 자네라구."

빈스가 눈살을 찌푸렸다.

"어디선가 만난 적 있지, 그렇지?"

"전에도 말했다시피, 우린 만난 적이 없어."

당황한 빈스는 머리를 젓고 나서 자신의 말로 가 기둥에서 고삐를 풀어냈다. 그리고는 안장에 올라 마지막으로 한 번 킹케이드를 쳐다보더니 마을 밖으로 말을 몰아나갔다. 그 뒤로 킹케이드의 말이 친구를 부르는 듯이 나지막이 울었다.

"이제 돌아가는 건가?"

러스티가 건물 옆의 어둠 속에서 걸어나왔다.

킹케이드는 고개를 끄덕였다.

"캠프로 가는 길이 멀어. 여기 더 있을 일이 없지."

"나한테 말 싣는 트레일러가 없어 유감이군. 그게 있다면 자네 말을 실어 태워다 줄 수 있을 텐데."

"유감이야."

킹케이드도 동의를 표하고 안장띠를 조인 다음 안장에 올라탔다.

"몸조심하게, 러스티."

"자네도."

러스티는 킹케이드가 사라진 후에도, 희미해지는 말발굽소리를 들으며 한참 동안 그곳에 서 있었다. 마침내 그는 물통의 물을 쏟아 버리고 텅 빈 양동이를 흔들며 부엌으로 향하는 뒷문 쪽으로 걸었다.

자정이 지나서도 에덴은 몸을 뒤척이고 있었다. 적어도 백 번은 넘게 이랬을 것이다. 잠자리에 들고 나서부터, 그녀는 설핏설핏 잠에서 깨어났다. 또다시 반쯤 깨어 말들의 소리에 귀를 기울이는 자신을 발견하였다. 말들의 콧김소리와 부드러운 킬킬소리들. 점점 확실한 말발굽소리가 들려 오기 시작하였다. 텐트 밖에서 늙은 개가 목 깊게 으르렁소리를 냈다. 캠프로 돌아오는 사람이 있는 것이다.

에덴은 일어나 부츠를 신고 작은 천막에서 빠져 나왔다. 다른 사람들과 마찬가지로, 그녀도 하루 종일 입었던 지저분하고 땀에 젖은 옷가지를 입은 채 잠자리에 들었다. 이런 캠프에서는 목욕이나 잠옷, 깨끗한 옷 같은 것들은 없었다. 그녀는 얼굴과 손을 씻고 머리에서 최악의 더러운 것들만 털어낸 것으로 만족해야 했다. 그것만 해도 다른 사람들보다는 나은 편이었다.

그녀는 잠시 멈춰 섰다. 주위를 둘러싼 언덕들의 윤곽이 밤을 배경으로 까맣게 놓여 있었다. 우리를 마주 보며, 에덴은 움직이는 검은 형체를 살폈다. 말발굽소리가 멎고, 가죽의 마찰음, 굴레 사슬의 짤랑거리는 소리가 나더니 마침내 캠프 쪽으로 걸어오는 형체가 눈에 드러났다.

"누굴까, 카시우스?"

그녀는 개에게 속삭였다.

"오빠일까, 킹케이드일까?"

개는 대답으로 낑낑거렸고 에덴은 텐트로 다가가는 사람을 가로막았다. 피로감으로 인해 질질 끌리는 발소리에도 불구하고, 에덴은 빈스가 앞에 서기도 전에 누군지 알아차렸다. 그녀는 청바지 뒷주머니에 엄지를 걸고 갑자기 김이 빠지는 듯한 느낌을 애써 억눌렀다.

텐트의 노란 천막에 등을 대고 선 그림자를 보고 빈스가 놀라 중얼거렸다.

"에덴, 왜 아직 안 자고 있어?"

"잠이 오지 않아서."

거짓말은 아니었다.

"나하곤 반대군."

그는 동생의 어깨를 한 팔로 안아 자신과 같이 걷도록 이끌었다.

"나는 일주일이라도 잘 수 있을 만큼 피곤해."

그녀는 어깨 너머 우리 쪽을 힐끗 쳐다보았다.

"킹케이드는 같이 오지 않았어?"

"아니."

그의 목소리에서 쾌활함이 사라졌다.

"마을에서 만나긴 했어?"

"그래. 왜?"

빈스가 취사용 마차 근처에서 멈춰 돌아섰다.

"아무것도 아냐."

그녀는 살짝 머리를 저었다.

"그냥 그가 돌아올지 궁금해서."

"무슨 상관이야."

"일손이 딸리는 게 싫어서 그래."

"넌 해낼 수 있잖아."

"아마도. 하지만 그 얘기가 아니라구."

"그 녀석 때문에 잠을 못 자는 건 너나 하라구. 난 싫어. 잘 자라."

그가 텐트 쪽으로 걸음을 옮겼다.

에덴은 오빠를 따라가지 않았다. 너무나 불안하고 날카로워져서 잠을 이룰 수가 없어 마차 바퀴에 몸을 축 늘어뜨린 채 사막을 둘러싼 깊은 어둠을 응시하였다. 한낮의 열기는 사라지고 언덕에서 불어오는 매서운 바람이 차가웠다.

머리를 뒤로 젖혀, 에덴은 조각난 크리스털처럼 밤하늘을 가로질러 흩뿌려진 별들을 올려다보았다. 달은 아주 낮고 창백하게 매달려 있어, 까만 밤하늘에서 화려하게 돋보였다. 이 밤에는 고통을 느끼게 하는 어떤 외로운 분위기가 배어 있었다, 뭐라 말할 수는 없지만 무언가를 원하는 듯한 감각.

그녀는 깊이 숨을 들이쉬고는 부드러운 한숨으로 내쉬며 고개를 숙였다. 고요함 속에서 날카로워진 청각이 밤의 속삭임들을 가려내었다. 흐릿한 메아리소리들, 어둠 속에서 움직이는 생명체들의 소리, 천막 위로 가볍게 부벼대는 바람의 한숨소리와 자갈길 위로 다가오는 발자국소리. 에덴은 오빠일 거라고 예상하며 고개를 들었다. 하지만 그 소리는 반대쪽에서 들렸다.

몸을 똑바로 세우며, 에덴은 방향을 돌렸다. 킹케이드가 앞에 있었다. 이전에는 거부했던 어떤 느낌, 숨이 넘어갈 듯한 감각이 느껴졌다.

"돌아왔군요."

"그러지 않을 줄 알았소?"

미소로 그의 눈가에 주름이 잡혔다.

"그랬다 해도 놀라지 않았을 거예요."

에덴은 무관심을 가장하며 애써 침착한 목소리를 냈다.

"전에도 일하던 사람들이 아무 통고도 없이 사라져 버렸거든요."

"내 경우에는 단지 맥주를 마시러 갔던 것뿐이오. 맥주를 마셨으니 돌아온 거고."

그녀의 긴 까만 머리가 한쪽 어깨 앞에서 넘실거렸다. 킹케이드는 그 위에서 빛나는 달빛의 광채에 이끌려 그녀의 머리에 손을 뻗었다.

"날 기다렸다니 아주 사려가 깊으시군."

그가 너무 가까이 있었다. 한 걸음 물러나자 다시 바퀴에 몸이 닿았다.

"당신을 기다린 게 아니에요."

그녀의 말에 그의 손이 옆으로 떨어졌다.

"오빠가 오는 소리에 깼던 거죠."

"아, 우리에서 그의 말을 봤지."

그의 시선이 빈스의 텐트 쪽으로 향했다가 다시 그녀의 얼굴로 돌아왔다.

달빛이 그녀의 얼굴을 조각하며 풍성한 육체의 곡선으로 흘러내렸다. 그녀의 뺨에 홍조가 떠올랐고 눈동자는 짙어져 있었다. 그 모습이 그의 무모함을 일깨우며 그를 잡아끌었다. 그는 그녀의 얼굴을 한 손으로 감싸며 그녀의 뺨을 쓰다듬었다. 그녀의 몸이 굳어지며 고개가 들렸다. 모순되는 신호들이 전해져 왔다.

"남자가 당신을 보며 원하지 않는다는 건 불가능하오, 에덴."

"이러면 안 돼요."

그녀는 자신이 무엇에 반항하는 건지 정확히 알 수 없었다. 그의 애무하는 손길인지, 그의 말인지, 아니면 그 모든 것에 대한 자신의 반응인지. 다만 이러면 안 된다는 것만 알 뿐이었다. 그의 손길이 숨결을 앗아가면 안 된다. 그걸 원해서도 안 된다. 그런 것 없이도 그녀는 아주 잘 살아왔다.

"그래, 안 돼지. 이것도 안 되는 거요."

그는 입술을 내리며 중얼거렸다.

전처럼, 그의 입술은 따뜻하고 설득적이었다. 그녀는 그를 밀어 버리려 두 손을 올렸지만, 그 대신 그의 셔츠를 움켜쥐고 말았다. 그가 끈기 있게 그녀의 입술 위로 자신의 입술을 부며, 더 이상 저항할 수 없을 때까지, 그녀의 몸이 부드럽게 풀릴 때까지 장난질을 치며 깨물었다. 그에게서 가죽, 말과 땀의 내음이 전해졌다. 거친 사내의 냄새, 그가 더욱 가까이 끌어안으며 입술을 벌리라고 달랠 때 그녀는 그 내음을 깊이 들이마셨다.

불가능할 정도로 모든 것이 또렷하게 느껴졌다. 거의 몸이 아플 정도로 내부 깊숙이에서 느껴지는 굶주림, 옆으로 올라와 그녀의 등을 감싸 안는 그의 손, 딱딱한 남성의 형태와 자신이 그에 맞도록 움직이는 은밀한 방식까지.

그는 이런 욕구를 느낄 걸 알고 있었다. 하지만 고통까지는 미처 예상하지 못했다. 이럴 계획도 아니었다. 하지만 멈출 수가 없었다. 그녀가 그의 마음을 가득 채워 버렸고, 그 실크 같은 머리카락의 느낌, 그녀의 피부에 매달린 비누 향기와 그를 더욱 갈증나게 만드는 입술이 그의 감각을 온통 지배하였다.

킹케이드는 여기서 멈춰 물러나야 한다는 걸 알고 있었다. 하지만 한 번만 더 그 맛을 느끼고, 풍만한 육체를 한 번 더 쓰다듬고 나서야 간신히 자신을 떼어낼 수 있었다.

에덴은 떨리는 무릎을 안간힘을 써서 똑바로 세우고는 모을 수 있는 모든 침착함을 동원하여 입을 열었다.

"끝났나요?"

"그렇소."

그의 시선이 그녀에게 고정되었다. 그 흔들리지 않는 시선이 그녀의 용기를 앗아갔다.

"좋아요."

그녀는 냉담한 목소리로 말했다.

"일어날 시간까지는 네 시간이 남았죠. 그 시간을 이용해서 잠 좀 자

두라고 충고하고 싶군요.”
그녀는 돌아서서 자신의 침구로 향했다.

다이아몬드 디의 저택으로 들어선 디파드는 음침한 분노로 딱딱해져
있었다. 그의 뒤에 바로 시한이 따라 들어섰다.
“빌어먹을 일이야, 시한. 누군지 알 수가 없어.”
디파드가 짜증 섞인 불만을 토해내었다.
“빈스는 그녀가 오레곤 출신의 운반업자를 고용했다고 했지. 내가 아
는 건 그뿐이라구.”
“하지만 오레곤 어디일까요?”
시한이 인상을 찡그렸다.
“아주 넓은 지역이라서 말입니다.”
“내가 그걸 알면 이러겠어?”
디파드가 사무실 벽의 스위치를 내려치자 방안으로 불빛이 쏟아졌다.
“빌어먹을 계집, 그 계집을 꼼짝 못하도록 묶어 놨다고 생각했는데.”
“빈스가 진실을 말했다고 생각하십니까?”
“그자가 거짓말해 봤자 얻을 게 하나도 없어.”
디파드가 바 쪽으로 걸어갔다.
시한은 여전히 의심스러운 듯했다.
“전 확신이 서지 않는데요. 언젠가 정보를 주면 그에게 돈을 주기로
약속하셨잖습니까. 돈을 얻어내기 위해 꾸며낸 말일 수도 있습니다.”
디파드는 고개를 저었다.
“빈스 로시터가 돈이 급할 수는 있지만, 멍청이는 아니야. 거짓말이
얼마나 쉽게 탄로날지 알고 있다구. 그런 위험은 감수하지 않을 거야. 목
장을 팔아 돈을 얻어내려고 그렇게 필사적인 지금은 아닐 거라구.”
디파드는 잔에 브랜디를 따른 다음, 시한을 향해 묻듯이 병을 올려 보
였다.
“저도 한 잔 주십시오.”

시한이 바로 걸어와 모자를 한쪽 옆에 놓으며 의자에 앉았다.

"그 녀석 말은 진짜야. 자기 동생이 소떼를 시장에 내놓으면 절대 목장을 팔지 않을 거라는 걸 빈스는 알고 있어. 그리고 모든 권리를 상실하거나 파산할 지경까지 내가 쥐어짜리라는 것도 알고 있다구."

"목장을 팔게 놔두실 겁니까?"

"그걸로 그 계집이 무얼 얻을 수 있을지에 달렸지. 아무것도 없이 걸어나가게 된다면, 생각해 볼 만한 일이야. 하지만 지금은 그게 문제가 아니라구, 그 빌어먹을 운송업자를 찾아야 해."

디파드는 성마르게 브랜디를 홀짝였다.

"자네가 내일 아침 전화해서 누군지 알아내."

"내일은 일요일입니다. 다들 통화할 수 없을 거예요."

"그럼 집으로 전화해. 내일 연락이 안 되는 놈들은 월요일에 전화하라구."

"시간이 너무 없는데요. 트럭들이 화요일 아침 아홉 시에 소떼를 실으러 도착한다고 하셨죠. 그 전까지 누군지 찾아내지 못한다면 어쩝니까?"

"막아야지."

"제가 어떻게 하길 바라십니까?"

디파드는 입술 한쪽을 기울이며 차갑게 미소지어 보였다.

"자네는 사격술이 뛰어나지, 시한. 권총과 망원경을 가져가서 실습하는 게 나을 수도 있을 거야."

11

　멀리 어딘가에서 디젤 엔진의 굉음이 들려 왔다. 발꿈치를 중간에 걸치고 울타리 난간에 앉아 있던 킹케이드는 고개를 들었다. 서쪽에서 먼지의 소용돌이가 일어나고 있었다. 그의 시선은 에덴에게로 향했다. 그녀도 먼지 구름을 바라보고 있었다. 킹케이드 뒤쪽의 우리 안에서 350여 마리의 소떼가 불안한 듯 울어댔다.

　디젤의 굉음이 점점 커지며 삐그덕거리는 기어소리가 들려 왔다. 에덴은 얼굴 가득 미소를 머금은 채 오빠를 쳐다보았다.

　"그들이 왔어."

　"그런 것 같구나."

　빈스는 심드렁하게 대꾸했다.

　트럭을 맞이하러 나가는 에덴의 모습이 킹케이드의 주의를 끌었다. 움직일 때마다 그녀의 빛바랜 청바지가 엉덩이에 팽팽하게 죄어들면서 탄탄한 둥근 부분을 드러내었다.

　모습을 드러내는 트레일러 주위로 두꺼운 안개처럼 먼지가 휘몰아쳤다. 그 뒤를 따르는 두 번째 트럭은 앞차의 모래바람으로 인해 뚜렷이 보이지 않았다. 트럭이 날카로운 소리를 내며 에덴 옆에 천천히 정지하였다.

오레곤 제이제이 운송회사라는 이름이 운전석 문에 까만색으로 찍혀 있었다. 깔깔한 먼지에 눈을 깜박이며, 에덴은 트럭 발판으로 올라섰다. 운전석에 앉은 남자는 어깨 근육이 발달한 40대 후반의 닳고닳은 얼굴이었다.

"제리 존스요."

소개식으로 그가 말했다.

"에덴 로시터예요."

"좋소. 늦어서 미안합니다. 이런 자갈길은…… 내 생각보다 오래 걸립디다."

"소떼는 저쪽에 있어요."

에덴이 우리를 가리켰다.

"당신이 자리를 잡기만 하면 실을 수 있어요."

"그거야 금방이죠."

그가 말하며 클러치를 밟았다.

에덴은 땅으로 내려 한 걸음 물러서고는, 두 대의 중장비차가 지날 때까지 기다렸다. 그 사내가 자기 말대로 몇 분만에, 소들을 싣기 좋게 가로대를 걸쳐놓은 곳에 트레일러의 뒤를 갖다 댔다.

밥과 알이 우리들 사이의 통로로 달려갔다. 말은 밖에 묶어 놓은 채, 킹케이드도 난간에서 내려섰다. 두 명의 기수들이 자리를 잡자, 첫번째 우리 입구의 걸쇠를 풀어 넓게 열어젖혔다. 두 사람이 말을 몰아 소떼를 재촉하기 시작하였다. 기수들의 재촉을 받은 빨간 소들이 혼란스럽게 울부짖으며 금세 통로를 가득 채웠다. 가로대의 나무 발판에 발굽소리가 울리며, 첫번째 소가 올라섰다.

그때 동물과 남자들의 혼란스런 소음 너머로, 커다란 굉음이 울려퍼졌다. 킹케이드는 깜짝 놀라 소가 발판을 부러뜨리지나 않았는지 쳐다보았다. 즉시 또 한 번의 굉음이 들려 왔다. 이번에는 그것이 고성능 장총의 폭발음이라는 걸 분명히 알 수 있었다.

"도대체 무슨……."

알의 중얼거림이 세 번째 총성으로 중단되었다. 트럭 타이어의 철 테두리를 총알 하나가 스치며 쇠된 금속음이 이어졌다.

"빌어먹을."

다른 기수가 외쳤다.

"어떤 멍청이가 우리에게 총을 쏘고 있어."

총알을 피하기 위해 두 명의 기수가 서둘러 말에서 내렸고 가로대 근처의 두 남자는 몸을 날려 소떼와 같이 우리 안으로 숨었다. 또 다른 총성이 들리더니 총탄 하나가 고무 타이어를 관통했다.

킹케이드는 낮게 몸을 숙이고 당황하여 뱅글뱅글 도는 소떼를 뚫고 나아갔다. 그가 밥에게 도착했을 때 또 하나의 타이어가 구멍났다. 그리고 킹케이드가 숨을 들이쉬기도 전에, 총알이 트럭의 몸체를 적중시켰다.

"저 개자식이 내 차에 구멍을 내고 있어."

운전사가 거칠게 소리질렀다.

"그자는 어디 있지? 봤어요?"

킹케이드가 밥의 말 뒤로 숨었다.

밥은 안경을 콧대로 밀어올리며 슬쩍 곁눈질을 했다. 땀이 흘러 들어가 눈이 아려 왔다.

"저 산등성이일 거야. 그게 이 근처에서 유일하게 높은 지대니까."

그가 우리에서 그리 멀지 않은 곳의 자갈로 뒤덮인 산비탈을 가리켰다.

킹케이드는 말의 목 아래로 고개를 숙여 내다보았다. 장총의 총신이 햇빛에 번득이는 걸 본 것 같았다. 그의 뒤에서 빈스가 소리를 질렀다.

"에덴, 맙소사. 돌아와!"

몸을 돌리니 우리 밖에 선 말들 쪽으로 다가가는 에덴의 모습이 보였다.

"대체 뭐하는 거야?"

빈스가 또다시 고함을 쳤을 때 에덴은 이미 장총을 하나 빼어들고 고삐를 풀어낸 다음 안장머리를 쥐고서 말에 휙 올라타고 있었다.

"어디 가는 거야?"

대답도 없이, 그녀는 말을 전속력으로 몰아갔다. 킹케이드는 그녀가 어디로 향하는지, 이유가 무언인지 충분히 알 만했다.

"저런 멍청이."

그는 중얼거리며 재빨리 울타리로 달려가 자기 말을 풀어 올라탄 다음, 전속력으로 말을 질주시켰다. 비탈길의 먼 쪽으로 돌아가는 에덴을 보며 곧장 언덕에 달려들지 않는 감각은 있다는 사실에 다소 안도했다. 그녀를 붙잡기 위해 그는 직선코스를 택했다.

언덕 어딘가에 있을 총잡이한테 정신을 집중하느라, 그녀는 킹케이드가 거의 따라잡을 때까지도 그의 소리를 듣지 못했다. 그녀는 더욱 빨리 박차를 가하려 했지만, 너무 늦어 버렸다. 낮게 몸을 숙인 킹케이드가 그녀의 고삐를 잡아 말을 정지시킨 것이다.

"도대체 뭐하는 거요?"

또 한 발의 총성이 울리자 그의 말이 불안하게 주춤거렸다.

에덴은 킹케이드를 노려보았다. 그녀의 서슬 퍼런 분노 뒤에는 거칠고 절망적인 무언가가 엿보였다.

"내 말 놔요."

그녀는 그의 손에게 고삐를 휙 낚아챘다.

두 마리 말이 불안하게 움직였지만 킹케이드는 그녀의 고삐를 꽉 붙들고 있었다.

"당신 머리가 정상으로 돌아올 때까지는 안 돼. 당신은 저 위로 갈 수 없소."

갑자기 그녀의 장총 구멍이 바로 코앞에 있다는 걸 알았다. 그녀가 총에 탄환을 넣었다. 그 모습과 소리가 그를 얼어붙게 했다.

"내 앞에서 비켜."

그녀의 목소리는 차갑고 단호하며 또한 무시무시했다.

킹케이드는 거의 고삐를 놓을 뻔하다가 그녀에 대한 믿음에 모험을 걸었다.

"그러지 않겠다면?"

그가 그녀의 시선을 붙잡았다.

"당신은 날 쏘겠지. 그리 어렵지도 않을 거요, 전에도 쏜 적이 있으니. 두 번째는 항상 더 쉬운 법이거든."

그녀의 얼굴이 창백해지며 눈동자가 고통으로 일그러졌다. 그의 조롱하는 말이 예상했던 것보다 더 깊이 상처를 입힌 것이다. 하지만 그것을 기회삼아 킹케이드는 총신을 잡아 그녀에게서 떼어냈다.

고삐가 풀어지자, 그녀는 말을 돌려 언덕으로 질주하기 시작했다. 킹케이드도 그 뒤를 쫓았다.

그는 말이 멈춰 서기 전에 안장에서 뛰어내렸다. 하지만 언덕의 산등성이에는 에덴 말고는 아무도 없었다. 그녀도 땅에 내려선 채 주위를 살피고 있었다. 얼핏, 옆의 언덕으로 질주하는 말 탄 사내의 모습이 킹케이드의 눈에 들어왔다. 에덴도 거의 동시에 그 모습을 발견하고 다시 말에 타려고 고삐를 붙잡았다.

"저자가 도망치고 있어요."

"당신이 추적에 대해 아는 바가 없는 한, 그는 곧 도망쳐 버릴 거요."

킹케이드는 그 남자가 언덕 뒤로 사라지기 전에 하얗고 까만 어떤 모습을 보았다. 조끼 같았다. 디파드의 심복이 어젯밤 스타네 가게에서 저런 얼룩덜룩한 조끼를 입고 있었지. 우연의 일치일까? 킹케이드는 그렇지 않다고 거의 확신했다.

몸을 돌리며 그는 산을 훑어보았다.

"탄피도 없군. 그가 가져간 모양이오."

아무 대꾸가 없자, 킹케이드는 그녀를 돌아보았다. 그녀의 경직된 자세에서 분노가 발산되고 있었다. 그는 자신의 손에 들린 장총을 힐끗 보왔다, 그녀의 총을.

"여기 있소."

그가 그것을 내밀었다. 그녀는 한 마디도 없이 총을 받아 안장에 매달았다. 그는 그녀가 화난 이유를 알 것 같았다.

"아까 사람을 쏘았다는 말은, 당신을 저지하기 위해서 한 말일 뿐이었소. 미안하오."

그녀가 빙글 돌아섰다. 그녀의 눈동자는 뜨겁고 까만 얼음 조각 같았다.

"당신은 해고야."

충격을 받은 킹케이드가 얼른 되받아쳤다.

"말도 안 돼!"

"내 말 들었죠, 당신은 해고라구. 짐을 꾸려서 떠나도록 하세요."

"난 어디에도 가지 않을 거요."

그녀와 똑같이 그가 거칠게 말했다.

"난 스퍼 목장에 있을 거요."

"아니, 안 되겠어요."

그녀는 성미를 한껏 폭발시켰다.

"당신은 해고야! 알아듣겠어요? 난 당신을 필요로 하지 않아요. 당신이 여기 있는 게 싫다구요!"

"왜? 당신은 여자고 내가 그런 느낌을 일으키기 때문인가? 여자처럼 되고 싶도록 만들어서인가?"

"아니야!"

"거짓말쟁이."

그는 그녀의 어깨를 거칠게 잡아끌며, 입술을 내렸다.

그녀는 있는 힘껏 발로 차고 손으로 때리며 온몸을 비틀었다. 하지만 그녀의 분노가 뜨겁고 변덕스런 어떤 다른 감각으로 전환되었을 때 그녀의 투쟁은 끝이 났다. 욕구, 갈망들이 지독할 정도로 강하게 치솟아 올랐다. 그녀는 그것들에 항복하고 싶었고 느끼고 싶었다. 단지 느끼고 싶었다.

그의 파고드는 입술의 열기에서 벗어나, 에덴은 고개를 숙였다. 떨리는 몸을 지탱하며 야만적인 손가락이 그녀의 머리채를 감아 난폭하게 들어올리리라 예상하였다. 하지만 그런 일은 일어나지 않았다. 그녀가 느낀 것은 등을 따뜻하게 어루만지는 손길과 그녀의 이름을 중얼거리며 머리에 닿는 그의 입술뿐이었다. 그녀는 몸을 떼어내며 재빨리 자신의 말로 걸어갔다.

아직 힘이 생기지 않은 다리로 에덴은 간신히 말등에 올라 고삐를 잡고, 비탈로 향했다. 그녀는 킹케이드를 바라보지 않기 위해 신중을 기했다. 그녀가 언덕 아래에 도착했을 때쯤에는 간신히 생생한 고통이 잦아들며 산산이 흩어진 평정을 하나하나 모아들일 수 있었다.

그녀의 뒤로 또 다른 말굽소리가 돌길 위에 덜그럭거렸다. 그 소리를 무시하며 에덴은 두 번째 트럭 주위에 몰려 있는 사람들에게로 향했다.

"너 괜찮은 거냐?"

빈스가 다가와 에덴이 말에서 내리는 동안 말머리와 굴레를 잡아 주었다.

"물론이야."

"그렇게 달려 올라가서 뭘 어쩌겠다는 거냐?"

그녀가 다치지 않았다는 걸 확인한 빈스가 화를 내며 다그쳤다.

"총 쏘는 걸 멈췄잖아, 그렇지 않아?"

그녀는 트레일러의 손상 정도를 살펴보았다. 왼쪽 앞 타이어에서 바람이 빠지고 있었다.

"누구였니? 누군지 봤어?"

빈스가 물었다.

"남자가 도망치는 것만."

안장 가죽이 쓸리는 소리가 나고 그 뒤로 자갈길에 부츠가 닿는 소리가 이어졌다. 킹케이드가 그녀의 뒤에 와 있었다. 에덴은 자신을 향해 걸어오는 험상궂은 얼굴의 운송업자에게 시선을 고정시켰다.

"전화 좀 씁시다. 보안관에게 연락해야겠소. 당장 사람을 보낼 거요."

보안관을 아는 에덴으로서는 롯 윌리엄스가 그렇게 서둘러 나타날지 의심스러웠다. 그와 듀크 디파드는 육촌 간이었다. 그는 그녀와 마찬가지로 이 일의 뒤에 디파드가 있다고 생각할 것이다. 그리고 그가 디파드를 지지할 거라는 것은 불을 보듯 뻔했다.

"손해는 어느 정도인가요?"

눈앞에 닥친 문제가 더 중요했다.

"두 대 중 여섯 개의 타이어가 나가 버렸소. 그리고 이건 라디에이터에 구멍이 나서 끌고 갈 수밖에 없소."

그는 가까이 있는 한 내도 씁쓸한 눈길을 놀렸다.

"다른 건 어때요?"

"여기서 타이어만 바꿔 끼우면 되오."

"얼마나 오래 걸리나요?"

"두 시간쯤."

"우리도 도와드리겠어요. 일이 빨리 끝날수록 빨리 소떼를 실을 수 있을 테니까요."

"내 트레일러에는 안 되겠소, 당신 건 안 되오. 또다시 총알 세례를 받고 싶지는 않소."

"그자는 가버렸어요. 내가 직접 도망치는 걸 봤다구요."

"그렇겠지. 하지만 그가 길 어딘가에서 기다리고 있을 수도 있소. 당신의 소떼를 운반하느라 내 장비나 목숨까지 걸지는 않을 거요. 당신에 대한 원한으로 어떤 녀석이 장총을 갖고 기다리고 있을 때는 절대 못하오."

공포가 표면까지 위협을 하며 올라왔다. 에덴은 간신히 그 느낌을 억제하고 침착을 유지하려 안간힘을 썼다.

"당신도 동의했잖아요."

겉으로는 침착하게 굴었지만 그녀는 금방이라도 쓰러질 것 같았다.

"그건 당신한테 적이 있다는 걸 알지 못했을 때지."

그가 분개한 목소리로 대꾸했다.

"당신은 그 조그만 정보를 알려주지 않았지만, 당신 일꾼들이 죄다 말해 주었소. 총격이 멈추었을 때."

뒤쪽에서 일꾼들이 발길질을 해대고 침 뱉는 소리가 들렸다. 에덴은 이 운송업자에게 다시 한 번 생각해 달라고 애원하고 싶지만 자존심이 그걸 막았다.

"당신이 이렇게 쉽게 겁먹을 줄은 몰랐군요, 존스 씨."

수치심을 이용해 마음을 바꾸어 보려는 시도였다.

그의 얼굴이 빨개졌지만, 전혀 흔들리지 않았다.

"무슨 말이든 하시오, 하지만 그 총알은 연료 탱크라도 쉽게 구멍낼 수 있었소. 내가 아주 똑똑한 건 아니지만 그 정도도 모를 바보는 아니오. 다른 사람을 고용해 보시오."

"잘 알겠어요."

뻣뻣한 자세로 에덴은 몸을 돌렸다.

"데크, 알, 밥을 뺀 나머지 사람들은 존스 씨의 타이어 교환을 도와주세요. 빨리 길을 떠나실 수 있도록요."

시선을 회피하며 뭐라고 중얼대고는 일꾼들은 천천히 흩어졌다.

빈스가 그녀의 어깨에 손을 올렸다.

"유감이구나, 에덴."

그 부드러운 목소리에 그녀는 거의 무너지기 직전이었다. 너무나 힘든 일을 겪었고, 너무 오랫동안 일했으며, 성공에 너무 가까이 다가서서 있었던 것이다. 즉시 눈물이 눈앞을 가려 왔다.

"이번에는 진짜로 네가 디파드를 작살낸 줄 알았다."

빈스가 말했다.

디파드, 그 이름을 듣는 것만으로도 눈물이 사라지고 분노가 솟구쳤다. 그녀는 몸을 획 돌렸다.

"내가 오늘 아침 소떼를 싣는다는 건 아무도 몰라. 그가 어떻게 알아낸 거지?"

킹케이드가 거기 서 있다는 것을 너무 늦게 발견하였다.

"누군가 말했을 수 있지."

킹케이드는 일부러 빈스를 쳐다보고 나서 몸을 돌려 자신의 말을 우리로 몰아갔다.

팽팽하게 긴장되고 화난 빈스의 표정이 오히려 에덴의 의심을 불러일으켰다.

"저 말이 무슨 뜻이야?"

"저자는 말썽꾼이야. 신경 쓰지 마."

하지만 빈스는 그녀의 눈을 제대로 쳐다보지 못했다.

"오빠는 토요일 밤에 마을에 갔었어."

그녀가 기억해 냈다.

"디파드도 거기 있었던 거야?"

"있었을 수도 있지. 그게 뭐 어때서?"

그 목소리의 성마름을 눈치챘지만 그녀는 무시했다.

"오빠가 그자에게 말했어? 우리가 오늘 소떼를 싣는다는 걸 누구에게라도 말한 거야?"

"그래, 내가 말했을 수도 있겠지."

빈스가 발끈 화를 냈다.

"네가 디파드를 속여넘긴 게 자랑스러워서 그의 코를 납작하게 만들고 싶어서 그랬다구."

"자랑은 일이 끝난 후까지 기다렸어야 했어."

그녀가 화를 터트렸다.

"그가 이런 짓을 하리라고 내가 어떻게 예상이나 했겠어?"

그의 목소리도 한 단계 높아졌다.

"생각했어야 했어. 그가 날 막을 방법을 찾아내리라는 걸 알았어야 했다구."

에덴은 소리를 질러댔다. 그 목소리에는 절망이 깃들어 있었다.

"맙소사, 다른 사람을 구하기가 얼마나 힘든지 알기나 해? 오늘 이런 일이 생겼다는 말이 퍼지고 나면 특히나 더 하다는 거?"

"내가 모를 것 같냐? 내가 미안하지 않은 것 같냐구? 언덕 위의 멍청이가 우리에게 총을 쏘아댔을 때부터 난 내 엉덩이를 걷어차 버리고 싶었어."

그의 눈동자 속에 고통이 배어났다.

"네가 언덕으로 달려들었을 때 내가 얼마나 겁났는 줄 알아? 너에게 무슨 일이라도 생겼다면, 난 절대 내 자신을 용서할 수 없었을 거야. 이건 모두 내 잘못이야. 그리고 나도 알고 있단 말이야."

"됐어."

그녀는 오빠의 죄책감을 달래 줄 수 없었다. 지금은 안 되었다. 다른 문제들이 산더미처럼 쌓여 있는 지금은 안 되었다.

빈스가 갑자기 손을 내리더니 걸어가 버렸다. 그녀는 그를 불러 세우려다가, 그 충동을 억눌렀다. 늙은 개가 그녀의 팔에 코를 부벼댔다. 그녀는 손을 내려 무심하게 녀석의 귀 뒤를 긁어 주고는 몸을 세웠다.

총격이 있고 나서 한 시간이 되었을 때쯤, 보안관의 차가 목장의 마당으로 굴러 들어왔다. 에덴은 구멍난 마지막 타이어가 교체되는 것을 지켜보고 있었다.

에덴은 보안관인 롯 윌리엄스의 키 크고 말라빠진 형체를 알아보았다. 하지만 꿈쩍도 하지 않았다. 그가 날카롭게 주름 잡힌 바지를 잡아 올리며 태평스레 훑어보았다. 다 둘러본 그는 트레일러 쪽으로 걸음을 떼어 놓았다. 느리고 자로 잰 듯한 걸음걸이가 냉혹하게 느껴졌다. 보안관 모자 밑으로 단정하게 정돈된 철회색 머리는 그가 30줄에 접어 든 이래로 언제나 변함이 없었다. 롯 윌리엄스는 마음처럼 좁다란 얼굴과 자신의 편견처럼 깊게 뿌리 박힌 주름살을 지닌 50대 후반쯤 된 사내였다.

존스가 그를 맞이하기 위해 앞으로 나섰다. 에덴은 있던 자리에 그대로 서서 대화하는 두 사람을 지켜보았다. 대부분은 존스가 얘기하는 쪽으로, 팔을 흔들어대며 자신의 트레일러와 구멍난 타이어, 산등성이를 손가락질해 가며 말을 보충하고 있었다.

보안관은 대단히 냉담한 표정으로 귀를 기울였다. 오래 전 그날 밤, 제프의 시체를 보고 나서 부엌으로 들어섰을 때 에덴에게 보여 주었던 그 분노와는 대조적이었다. 그녀는 그때 테이블에 앉아 있었다. 두려움에 떨며 반쯤은 넋이 나간 채로, 사라지지 않는 끔찍한 영상에 쫓기고 있었다. 수분 간격으로 앰뷸런스와 경찰차의 불빛이 부엌 창문 너머로 번쩍거리며 그 순간의 악몽을 증가시켰다.

그녀가 이미 한 번 진술했음에도 불구하고, 롯 윌리엄스는 다시 말하라고 다그쳐댔다. 처음에도 쉽지 않았지만, 두 번째는 더욱 어려웠다. 그는 끈질기게 말을 가로막으며, 모든 세세한 부분을 계속해서 물고 늘어졌다.

그를 위해 몇 번이나 그 얘기를 되풀이했었는지 더 이상 기억나지 않았다. 단지 그가 그녀의 모든 말을 비꼬며, 조롱하고 사실이 아니라는 뜻을 내비쳤던 것만이 기억에 남았다. 찢어진 블라우스와 피부에 난 긁힌 자국과 멍들은 그에게 아무 의미도 없었다. 마침내 그녀는 울어 버리고 말았다.

그는 경멸로 가득 찬 거친 목소리로 우는 그녀에게 비아냥거렸다.

그녀의 할아버지는 몸을 굳히고 아무 말도 없이 창가에 서 있었고 빈스는 거실에 있었다. 두려움에 가득 찬 열일곱 살의 그녀는 혼자서 롯 윌리엄스를 감당해야 했었다.

앰뷸런스가 제프의 시체를 싣고 떠난 지 얼마 후, 보안관이 그녀를 이끌어냈다. 찢어진 블라우스를 갈아입는 것도 허락하지 않은 채, 그녀를 일으켜 세우고 뒤로 두 팔을 비틀어 그녀의 손목에 수갑을 채웠다.

에덴은 오래 전 그날 밤 차가운 쇠수갑이 채워졌던 손목 부분을 문질렀다. 그 느낌이 여전히 생생하기만 했다. 찢어진 블라우스의 앞자락을 여밀 수도 없고 노려보는 시선들로부터 자신을 가릴 수도 없게 그녀의 손을 뒤로 묶고 밖으로 끌고 나갔을 때 느꼈던 그 뜨거운 수치심도 여전히 생생하였다. 빈스가 달려나와 자신의 데님 재킷을 둘러 주며 서둘러 단추 두 개를 잠가 준 것이 그나마 다행이었다.

보안관이 그녀를 경찰차 속으로 밀어넣었을 때 그는 금방 나올 거라고 그녀를 안심시키려 했다. 하지만 그 금방이란 시간이 거의 48시간이나 흐르고 말았다.

롯 윌리엄스를 볼 때마다, 그녀는 그날 밤의 사건들이 되살아났다. 하지만 더 이상 그녀는 열일곱 살이 아니었다. 두려움에 떨며 혼란에 빠진 소녀가 아니었다. 보안관이 그녀에게 걸어오자, 에덴은 꿈쩍도 않고 그의 찌르는 듯한 시선을 받아냈다.

"존스 말로는 누군가 오늘 아침 자기 트럭에 사격 연습을 했다는군."

"맞아요."

그가 언덕을 힐끗 보았다.

"저쪽에서 총을 쐈다지?"

"네."

에덴은 롯의 손에 기록할 만한 것이 들려 있지 않다는 걸 알았다. 그는 아무것도 기록하지 않고 있었다.

그의 시선이 그녀에게 돌아왔다.

"자네가 장총을 들고 그자를 쫓아 올라갔다고 들었는데."

"장총은 제가 들고 있었죠."

킹케이드가 손에 묻은 기름때를 손수건에 닦으며 그녀의 옆으로 다가왔다.

"이 숙녀분은 무장하지 않았습니다."

그의 시선이 킹케이드에게로 향하며 오랫동안 철저하게 살펴보았다.

"당신은 누구지?"

"킹케이드요."

그가 머리 뒤로 모자를 젖혔다.

"로시터 양 밑에서 일하고 있지요."

"이 근처에서 본 적이 없는데."

"아마 이 근처에 없었던 모양이죠."

"언덕 정상에 도착했을 때 무슨 일이 있었지?"

그가 두 사람을 번갈아 쳐다보았다.

"한 남자가 도망가는 걸 봤어요."

에덴이 대답했다.

"어떻게 생겼던가? 설명할 수 있나?"

"보통 체격에 검은 모자 아니면 갈색 모자를 쓰고, 검은 체크무늬 셔츠와 그런 종류의 조끼를 입고 가죽 바지를 입었소. 밤색말을 타고 있었고."

킹케이드가 입을 열었다. 롯 윌리엄스는 더 유심히 그를 살폈다.

"다시 보다면 그자를 알아낼 수 있겠나?"

킹케이드는 고개를 저었다.

"얼굴은 보지 못했소."

보안관이 고개를 끄덕이며 산등성을 쳐다보았다.

"흔적이 남은 건 있나?"

"약간 있긴 하지만, 탄피 같은 건 없소."

"내가 둘러보는 게 좋겠군."

롯은 그다지 열성적이지 않은 음성으로 말한 다음 에덴을 쳐다보았다.

"말을 빌려야겠군."

"저쪽 말을 타세요."

그녀가 울타리 난간에 매여 있는 하얀 종아리의 말을 가리켰다.

그가 고개를 끄덕이고 말 쪽으로 다가갔다. 그녀는 보안관이 조사하는 시늉만 할 뿐이라는 걸 알고 있었다.

"저 훌륭한 보안관이 아무것도 찾아내지 못할 것 같다는 생각이 드는군."

킹케이드가 나른하게 입을 열었다.

에덴이 성난 눈으로 그를 노려보았다.

"당신이 간섭하지만 않았더라면, 시한이 도망가기 전에 내가 저기 닿았을 거예요."

그의 눈동자가 가늘어졌다.

"누구였는지 알고 있소?"

"누구일 수밖에 없는지 알고 있죠, 보안관도 알고 있고. 하지만 당신 덕분에 난 그걸 입증할 수가 없어요."

그녀가 날카롭게 말하고 발꿈치를 돌려 걸어가 버렸다.

밥은 트레일러 뒤쪽에 서서 마지막 타이어가 제자리로 들어가는 모습을 지켜보고 있었다. 그의 곁으로 가서 킹케이드가 얇은 시가를 하나 꺼내 불을 붙였다.

"보안관이 별로 적극적이지 않은 것 같은 걸요?"

킹케이드가 엄지와 집게손가락 사이로 시가를 굴리며 쳐다보았다.

"물론. 별로 놀라운 일도 아니야. 보안관은 디파드의 친척이거든."

킹케이드의 눈썹이 올라갔다.

"농간 부리는 거군요."

"그래."

밥의 입술은 우울한 곡선을 그렸다.

존스가 운전석에 오르고 디젤 엔진이 가동되었을 때는 거의 정오가 가까운 시간이었다. 그는 좁은 길로 접어들었다.

그때 목장의 부엌에서, 요리사가 요란하게 트라이앵글을 울려댔다. 에덴은 보안관과 마지막 몇 마디 말을 교환하며 경찰차 옆에 서 있었다.

현관에서 기다리고 선 그녀의 오빠가 킹케이드의 관심을 끌었다. 빈스 특유의 긴장감과 함께, 불안하게 한쪽 발에서 다른 쪽으로 번갈아 옮기는 것이 성마르게 보였다. 보안관의 차가 천천히 멀어져 가자 에덴은 차가 시야에서 사라지는 것을 확인하고 현관으로 걸어왔다.

"그자가 뭐라고 하든?"

그녀의 표정을 읽을 수 없자 빈스가 물어 왔다.

"자기가 조사해 보겠다고."

에덴의 어조에는 믿지도 않는다는 투가 역력했다.

"또 다른 문제가 생기면 전화하라고도 했어."

"그게 다야?"

“그게 다야.”

“이 일의 뒤에는 디파드가 있다는 말은 안 했어?”

그녀는 냉소적인 미소를 지어 보였다.

“그럴 필요는 없었어. 그도 여기 오기 전부터 짐작하고 있었을 테니까. 부하를 보내지 않고 자신이 직접 온 이유는, 디파드를 지적할 만한 증거가 있을 경우에 대비해서였을 거야.”

“그가 디파드에게 얘기하겠지, 그렇지?”

빈스는 분명히 당황한 듯 인상을 찌푸렸다.

“만약 얘기한다면, 그와 연결시킬 만한 게 아무것도 없다는 걸 알리는 거겠지.”

“하지만 보안관은 디파드가 이번엔 너무 지나쳤다는 걸 알아야 해. 그 총알 중 하나라도 누군가를 관통할 수 있었다구. 누군가를 죽일 수도 있었어.”

“보안관은 아마 그걸 가장 불행한 사건으로 무시해 버릴걸.”

씁쓸함이 억제할 수 없이 밀고 올라왔다. 에덴은 그것이 실패의 뒤틀린 감각으로 인한 것임을 알았다. 굴복할 수는 없다, 그러지 않을 것이다. 그녀는 스크린 도어로 다가갔다.

“점심에 먹을 스튜를 좀 데워야겠어.”

문을 열고 힐끗 돌아보니 오빠의 발소리가 들리지 않았다. 빈스는 현관 가장자리에 그대로 서서 경찰차가 일으킨 먼지를 험상궂게 노려보고 있었다.

“괜찮아, 오빠?”

“뭐?”

그가 반쯤 돌아서서 멍하니 고개를 끄덕였다.

“그래, 물론이지. 난 괜찮아.”

혼자 생각하라고 내버려 둔 채, 에덴은 집안으로 들어섰다. 부엌에 도착하자, 모자를 벗어 의자에 던졌다. 잠시 멈춰 서서 피곤한 듯 머리를 쓸어올리고 머리와 어깨를 축 늘어뜨렸다. 그리고 다시 고개를 들며 깊은 숨을 들이마셨다.

밖에서 트럭이 출발하는 소리가 났다. 부엌 창문으로 내다보니 빈스의 트럭이 자갈과 먼지더미를 뿌리며 집에서 멀어져 가고 있었다. 한순간, 그녀는 분노를 마음껏 토해 낼 수 있는 오빠가 부러웠다. 하지만 문제가 그런 식으로 해결된 적은 한 번도 없었다.

의자에 주저앉으며, 에덴은 탁자에 팔꿈치를 기대고 이마를 문질렀다. 빈스의 트럭소리가 흐릿해지기도 전에, 현관 마룻바닥을 울리는 발소리가 들렸다. 스크린 도어가 노크로 딸랑거리자 에덴은 대답하기 위해 의자에서 일어났다.

킹케이드는 숙소에서 손을 씻은 후, 식당으로 직행했다. 그가 들어섰을 때 밥과 알, 데크가 긴 테이블에 앉아 음식을 먹는 중이었다. 나무 의자를 넘어 밥 옆에 자리를 잡으며 그는 스파게티와 기름진 미트 소스를 접시에 한껏 퍼담았다.

"하트와 잭슨은 어디 있어요?"

그가 텅 빈 두 자리를 힐끗 쳐다보았다.

"아마 안채에 급료 받으러 갔겠지."

밥이 스파게티를 한 입 퍼넣고는 빵조각으로 기름기를 문질렀다.

"그만 두는 겁니까?"

킹케이드가 놀라서 고개를 쳐들었다.

"그렇지."

알이 테이블 너머로 씨익 웃었다.

"오늘 아침 그렇게 총알이 날아다녔으니, 이 일이 너무 위험하다고 생각한 거야."

목장 마당에서 트럭 한 대가 빠져 나갔다.

"하트가 떠나는 모양이군."

밥이 또다시 스파게티 속으로 포크를 찔러넣었다.

"당신들은 계속 있을 생각인 것 같군요."

킹케이드가 그들을 멍하니 쳐다보았다.

"왜 아니겠어? 음식이 마음에 드는걸."

알의 눈동자가 반짝거렸다. 밥은 커피잔으로 손을 뻗었다.

"난 가망도 없는 운동을 위해 싸운 사람들의 후손이지. 그게 핏속에 흐르거든."

"난 아직 경력이 안 돼서 다른 데 갈 수도 없는 걸요. 그리고 사장이 마음에 들고요."

데크도 한마디 끼어들었다.

"자네는 어때?"

알이 물었다.

킹케이드는 셰익스피어의 한 구절을 인용했다.

"난 귀찮은 종류이니, 달라붙을 것이라."

12

킹케이드는 스크린 도어를 가볍게 두드린 다음 대답을 기다렸다. 다가오는 발소리도, 들어오라는 대꾸소리도 없었다. 그는 이상하게 여기며 다시 한 번 노크를 하고 귀를 기울였다. 하지만 안에서는 흐릿하게 페이지 넘기는 소리만 들릴 뿐이었다.

그는 다시 노크를 하려다가 마음을 바꿔 그냥 안으로 들어갔다. 거실은 비어 있었다. 무거운 한숨소리가 정적을 깨뜨렸다. 부엌에서 들려 오는 소리, 킹케이드는 굳이 발소리를 죽이지 않은 채 성큼 문틀을 넘어섰다.

에덴이 테이블에 앉아 전화번호부의 업종별 안내란을 훑어보는 중이었다. 그 옆에 놓인 종이 한 장에는 세 명의 이름과 전화번호가 휘갈겨져 있었고, 한쪽의 냅킨 위에는 차가운 치즈 샌드위치가 반쯤 먹다가 잊혀진 채 놓여 있었다. 그 옆의 우유잔은 손도 대지 않았다.

그녀는 일에 너무 신경을 쓰고 있어서 그의 존재를 전혀 눈치채지 못했다. 무언가가 그를 침묵하도록 만들었다. 그녀는 당황하고 근심에 싸인 표정이었다. 고통스런 눈동자와 긴장하여 꽉 다문 입술선에 나타나 있었다.

이것은 킹케이드가 보지 못했던 에덴 로시터였다. 이따금씩 나타나던 불 같은 기질의 흔적이라곤 어디에도 없었다. 그 대신 그녀는 필사적으로 생존하기 위해 투쟁하는 여인의 모습이었다, 혼자서 투쟁하는 여인 말이다.

그녀를 안 지는 얼마 되지 않았지만, 그녀는 그의 호기심과 관심, 그리고 그의 욕망만을 불러일으켰다. 그런데 지금 이런 그녀의 모습이 그의 모든 보호본능을 일깨웠다. 그것은 그에게 새로운 느낌이었으며, 또한 전혀 편하지 않은 느낌이다.

그녀는 긴 한숨을 토해내며 얼굴을 들다가 킹케이드를 발견하고는 얼어붙었다. 그녀가 연필을 내던지고 의자를 밀쳐 전화번호부책을 닫으며 일어서는 데에는 불과 몇 분밖에 걸리지 않았다.

"무슨 일이에요?"

킹케이드는 그녀가 재빠르게 침착한 모습을 되찾은 게 거의 기적처럼 느껴졌다. 그녀의 자존심은 사람들로부터 거리를 유지하는 무기로, 그리고 자신의 감정을 숨기는 방패로 사용되는 단련된 강철과도 같았다.

"잭슨과 하트가 그만 두었더군."

그는 부엌 안으로 걸어 들어와 그녀의 바로 앞에서 멈췄다.

"아직도 날 해고할 참이오?"

그녀는 말을 돌려 답했다.

"아직 여기서 일하고 싶다는 게 확실한가요?"

그가 대답하기도 전에, 그녀가 말을 이었다.

"난 오늘 아침의 총격사건이 단 한 번의 우연한 일이라고 보장해 줄 수 없어요. 사실, 또다시 그런 일이 생기기가 쉽죠. 다음에는 누군가 다칠 수도 있어요. 그 누군가가 당신일 수도 있구요."

"당신이 건강해질 때까지 날 돌봐주겠지?"

그의 눈동자가 웃음을 머금었다.

그녀는 그의 강한 매력에 이끌렸다. 그걸 깨닫고 애써 물리치면서, 그와 자기 자신에게 짜증이 났다.

"농담할 일이 아니에요."

"당신은 내가 어떻게 했으면 좋겠소?"

그가 나른하게 되물었다.

"하트와 잭슨처럼 도망갈까?"

"난 당신이 지금의 상황을 이해했길 바래요."

"그건 우리가 처음 만났을 때 벌써 명백하게 알았다고 생각하는데."

킹케이드는 우스운 듯 말했다.

"디파드는 당신을 잡아먹지 못해 안달이지. 어디까지 진행된 거요?"

그 질문은 정직한 답변을 요구했다.

"소떼를 시장에 내놓지 못한다면…… 아주 가까이 왔죠."

"언제라도 목장을 팔아 다른 곳에서 새 삶을 시작할 수 있소."

그녀가 지긋지긋하다는 듯 한숨을 토해 냈다.

"그게 모든 사람들의 대답인 모양이군요."

냉소적인 표정에, 눈동자는 감춰진 분노로 인해 빛이 났다.

"누군가 당신을 괴롭히고 일에 지장을 준다면, 그냥 그만 두고 다른 일을 찾아보라. 이웃 사람들이 못살게 굴고, 욕설을 퍼부으며, 달갑지 않다는 느낌을 갖는다면, 떠나면 그만이다. 하지만 안타깝게도 그건 내 식이 아니거든요. 난 저항 정신을 믿어요."

"디파드도 그걸 계산에 넣었을 거요."

킹케이드는 느릿하게 말했다.

"그는 당신의 영혼을 파괴하는 걸 더 좋아할 거요."

그녀는 오랫동안 그를 주시하다 고개를 끄덕였다.

"그리고 그는 정확히 그 일을 해야 할 거예요. 왜냐하면 난 포기하지 않을 거니까요."

킹케이드는 그녀가 무릎을 꿇는 모습을 떠올리는 것만으로도 마음속에 분노가 치밀었다.

순간 째질 듯이 날카롭게 전화벨이 울려 두 사람 모두를 놀라게 했다. 에덴이 전화를 받기 위해 몸을 돌렸다.

"스퍼 목장입니다."

그녀가 킹케이드를 돌아보았다.

"네……."

그녀의 얼굴에 다소 당황한 표정이 떠올랐다. 그리고는 무슨 말인가 더 하려다가 전화를 보더니 그냥 끊어 버렸다. 이상한 듯한 표정으로 그녀가 킹케이드를 쳐다보았다.

"당신한테 온 거예요."

"나?"

"그래요. 럭키 스타의 요리사예요. 당신에게 말 좀 전해 달라는군요. 당신이 잃어버리고 간 게 있는데 얼마나 오래 갖고 있을지 확신할 수 없으니까 당장 와서 가져가는 게 좋을 거라는 거예요. 그가 무슨 애길 하는 거죠?"

그녀의 호기심어린 눈동자가 그에게 꽂혔다.

"아마 내 주머니칼일 거요."

그는 허벅지에 닿는 칼의 무게를 느끼며 거짓말을 했다.

"손잡이에 내 이름이 새겨져 있지, 아버지의 선물이었소. 며칠 전에 잃어버린 걸 알았는데, 가서 가져오는 게 좋겠군."

그 말과 함께 그는 몸을 돌렸다.

그의 존재가 없으니, 부엌 안이 얼마나 텅 빈 것 같은지 에덴은 깨닫고 있었다. 그건 물론 마음의 착각이다. 그 이상은 아무것도 아니다.

"드디어 나타나셨군요, 디파드."

빈스의 목소리를 들으며, 러스티는 부엌에서 카지노 라운지 쪽 문으로 서둘러 다가갔다. 그는 모자를 벗어 던지고 문틈을 살짝 열어 빈스가 보일 때까지 각도를 조정하며 틈 사이로 들여다보았다.

디파드가 그와 같이 있었다. 그가 빈스에게 무슨 말인가 했지만, 너무

낮아서 자동 전축에서 울려나오는 노랫소리에 묻혀 버렸다.

"수작 부리지 말라구요."

빈스가 어깨에 놓인 디파드의 손을 떨쳐냈다.

"내가 왜 이렇게 화났는지 잘 알고 있잖아요."

디파드는 고개를 끄덕이며 달래는 듯 몇 마디를 하면서, 방 멀리 쪽으로 손짓을 했다. 빈스가 잠시 주저하더니 그와 같이 걸어갔다. 부엌 안에서 러스티는 그들을 볼 수 있는 자리로 몸을 옮겼다.

몇 분 후, 어깨에 놓이는 손의 무게에 그는 거의 펄쩍 뛸 뻔했다. 몸을 돌리니 뒤에 킹케이드가 서 있었다.

"놀랐잖아."

그가 거칠게 속삭였다.

"밖에서 빈스의 트럭을 봤어."

킹케이드가 조용한 목소리로 말하며 문 쪽을 힐끗 보았다.

"무슨 일이야?"

"빈스가 한 시간쯤 전에 여기 미친 듯이 달려와서는 스타에게 재촉을 해대는 거야. 디파드에게 전화해서 오라고 하라고. 디파드는 방금 들어왔어."

러스티가 다시 한 번 문 밖을 내다보았다.

"지금 그들은 구석 테이블에 앉아 있어. 빈스가 약간 성질난 것 같은걸."

"이유가 있지."

킹케이드는 직접 두 사람을 볼 수 있는 자리로 움직이며 오늘 아침에 있었던 총격 사건에 대해 간략하게 설명했다.

두 사람은 여전히 얘기중이었다. 디파드는 침착하게, 빈스는 훨씬 더 화난 몸짓으로. 자동 전축 소리 너머로 이따금씩 들리는 단어 정도로는, 대화가 어떤 내용인지 이해하기 힘들었다.

"어떻게 돼 가?"

러스티가 내다보려고 발끝을 올렸고, 킹케이드는 고개를 저었다.

“나도 모르겠어.”

잠시 후 자동 전축이 조용해지자 빈스의 목소리가 좀더 또렷해졌다.

“… 이번에는 너무 지나쳤다구요. 당신이 뒤로 물러섰으면 좋겠어요.”

“목장이 팔리는 날, 그렇게 하지.”

디파드가 대답했다.

“그건 시간이 걸릴 거요.”

“그건 내 알 바 아니지.”

“제기랄, 디파드! 경고하겠는데, 만약 내 동생이 다치기라도 한다면, 흠집 하나라도 난다면 절대 가만 있지 않겠어요!”

니파드는 재미있다는 듯한 표정으로 일어서서 넓은 어깨를 쭉 폈다.

“충고 한마디하지, 빈스. 지킬 수도 없는 협박은 하지 않는 게 좋아.”

빈스가 재빨리 후퇴했다.

“제프와 내가 얼마나 친했는지 알고 있잖아요. 그 녀석은…….”

디파드가 그의 말을 잘랐다.

“그 말은 너무 여러 번 써먹었어. 너무 낡았다구, 빈스. 너무 낡아빠졌어.”

그 말에 빈스의 얼굴이 창백해지며 디파드가 일어나 나간 후에도 의자에 앉아만 있었다. 그는 오랫동안 머리를 숙이고 주먹을 쥔 채 거의 아픈 사람처럼 앉아 있었다. 마침내 그가 몸을 세우고 한 손으로 얼굴을 쓸었다. 킹케이드는 그에게서 땀이 반짝이는 걸 보았다고 생각했다. 에어컨이 가동되는 카지노 안의 기온은 21도가 채 안 되기 때문에, 그런 상황에서 땀이 나는 유일한 이유는 필시 공포이리라.

킹케이드는 빈스가 위스키 한 잔을 주문하는 소리를 들었다. 그는 뒤로 물러서며 문을 닫았다.

“디파드는 그를 별로 쓸모 있게 여기는 것 같지 않군.”

러스티가 한마디했다.

“당연히 그는 쓸모가 있지. 빈스가 자기 여동생의 계획에 대해 정보를 알려주거든. 오늘 아침 소떼가 어디서 몇 시에 실릴지 말한 사람도 빈스였어."

러스티는 당황한 듯 인상을 찡그렸다.

"빈스 자신이 말해 놓고 여기 와서는 자기 여동생이 다치면 안 된다고 헛소리를 하며 디파드에게 화를 냈다는 말이야? 그건 정말 이해가 안 돼. 그는 자기 동생 편인 거야, 아니면 그 반대야?"

"양쪽 다 약간씩일 수도 있지."

킹케이드도 러스티보다 더 잘 이해가 된다고는 할 수 없었다.

"언젠가 그녀는 자기 오빠가 목장을 팔라고 설득한다는 애길 하더군. 그자의 반쪽은 아마 자기가 받을 돈에 가 있겠지."

러스티도 그 점을 생각해 보았다.

"디파드가 불편하게 만들면, 동생이 목장을 쉽게 팔아 버릴 거라고 생각할 수도 있겠군. 그런데 디파드가 자기 생각보다 더 심하게 구는 거겠지."

"그럴 수도 있겠지."

하지만 킹케이드는 그것이 다가 아니라는 느낌이 들었다.

"내가 등장할 시간인 것 같은데."

그가 주머니에서 칼을 꺼냈다.

"여기. 자네는 토요일 밤 화장실에서 이걸 찾아냈어. 내 이름이 새겨져 있었으니 다행이지 그렇지 않았다면 주인을 알아낼 수 없었을 거야."

러스티가 칼을 받으며 씨익 웃었다.

"오는 동안 내내 그 애기를 만들어 냈겠군, 그렇지?"

"이편이 나아. 난 연락을 받았으니까."

"난 그 보상을 받게 되나?"

"기회가 생기는 대로, 맥주를 한 잔 살 거야."

"암소에 날개가 달리면 말이지."

킹케이드가 낄낄거리며 뒷문으로 나섰다. 골목은 비어 있었다. 거리도 마찬가지였다. 그는 길을 돌아 앞쪽 정문으로 들어섰다.

빈스가 바 위로 몸을 수그린 채 맥주잔을 만지작거리고 있었다. 불안하고 쓰디쓴 얼굴이었다. 킹케이드가 들어섰을 때 그가 문 쪽으로 고개를 돌렸다가는 뻣뻣하게 몸을 똑바로 세웠다.

"여기서 뭐하는 거야?"

퉁명스레 빈스가 다그쳤다.

"당신한테도 똑같은 질문을 해야겠는걸."

킹케이드는 바로 곧장 걸어가 로이에게 말했다.

"내 주머니 칼을 찾으러 왔소."

바텐더는 바싹 마른 어깨를 으쓱 올렸다.

"그런 거 몰라."

부엌에서 냄비들의 달그럭소리가 늘려 왔다.

"당신네 요리사가 목장에 전화해서 찾았다고 했소. 그에게 확인해 보는 게 좋을 거요."

"나한테 그런 애기는 없었다구."

로이는 투덜대며 주방문으로 향했다.

킹케이드는 홈집난 마호가니 바 위에 팔꿈치를 기대고서 빈스를 마주보았다. 그는 또다시 맥주잔 위로 몸을 숙인 자세였다.

"들어올 때 디파드가 떠나는 걸 봤지."

사실 보지는 못했지만, 빈스는 모를 것이다.

"그와 애기했나?"

"했다 해도, 네가 상관할 바 아니야."

빈스가 맥주를 들이켰다.

"또 슬쩍 빠져 나갈 셈인가?"

"무슨 애긴지 모르겠군."

빈스는 잔 속의 맥주를 휘저어 거품이 흔들리는 모습을 지켜보았다

"잭슨과 하트가 그만 두었지. 오늘 아침 날아다니던 총알세례 때문에 편치 않았던 모양이야. 난 당신도 빠져 나갈 거라 생각했는데."

"내 동생 혼자 디파드를 상대하도록 내버려 두고?"

빈스는 마음 상한 듯한 표정을 짓는 데 아주 능숙한 것 같았다.

“이번이 처음은 아닐 텐데, 그렇지 않나?”

빈스의 얼굴이 창백해지며 즉시 맥주잔으로 시선이 떨어졌다. 킹케이드는 자신이 정곡을 찔렀다고 짐작했다.

그래도 빈스는 짐짓 허세를 부리려 했다.

“자네가 날 어떤 사람으로 생각하는지 모르겠지만…….”

부엌문이 활짝 열리고 로이가 발을 끌며 나타났다. 빈스는 그를 슬쩍 쳐다보고는 입을 다물었다.

“이건가?”

로이가 바 위에 주머니 칼을 놓았다.

“맞았소.”

킹케이드가 그걸 집으려 하자, 로이는 그 위로 손을 덮었다.

“보상은 있나?”

킹케이드는 머리를 흔들며 지폐 몇 장을 꺼내 카운터에 탁 내밀었다.

“맥주 두 잔 받아서 하나는 요리사에게 주라구. 요리사에게 그걸 마시면서 성서의 말씀을 기억하라고 전해 주게. ‘미덕이 그 스스로의 보상이라.’”

로이가 코웃음을 치며 맥주 꼭지 아래로 머그잔을 밀어넣었다. 하나를 채워 킹케이드에게 밀고는 두 번째 잔은 부엌으로 가지고 갔다.

빈스가 차갑게 잠깐 그를 쳐다보았다.

“여긴 빈 자리가 많아. 다른 곳에 가서 마시라구.”

“사양하겠어.”

킹케이드는 관심 없는 듯 바에 기대며 자신의 잔을 들이켰다.

“왜 날 따라다니는 거야? 대체 넌 누구야?”

빈스의 말에 킹케이드는 미소지으며 다시 자신의 잔을 들었다. 빈스에게는 시선 한 번 돌리지 않았다.

“당신의 양심이랄까.”

“수수께끼 같은 말 따윈 집어치우고 확실히 해보라구. 내가 당신한테 무슨 짓을 했나?”

“아무것도, 전혀 아무것도.”

“그럼 나한테서 떨어져. 잭슨과 하트를 본받아 떠나는 게 더 좋겠군. 당신 같은 말썽꾼이 나서지 않더라도 우리한테는 충분히 문제가 많아.”

빈스가 이를 악물고 정문으로 걸어가 버렸다.

킹케이드는 그의 뒤로 닫히는 문을 지켜보았다. 그는 마지막으로 맥주를 쓸어넣고 빈스의 뒤를 따라나섰다.

그는 목장으로 돌아오는 동안 줄곧 빈스의 뒤를 따랐다. 목장에 도착하자, 식당 옆에 차를 주차시킨 다음 뛰어내렸다.

“마을에 갔었나?”

안쌍나리의 요리사가 통나무집 구석에 서 있었다. 손에는 베이컨 기름이 담긴 그릇을 들고 있었다.

“그렇소.”

그의 눈이 희망을 담아 가늘어졌다.

“위스키라도 갖고 왔겠지?”

“아니, 미안하오.”

와일드 잭은 불쾌하게 투덜거렸다.

“빌어먹게 슬픈 일이야.”

그렇게 중얼거리며 땅으로 기름을 쏟아 버렸다.

디파드가 다이아몬드 디의 사령부에 도착했을 때 시한도 트레일러를 끌고 막 들어오는 참이었다. 디파드는 경적을 울리고는 차창 밖으로 시한에게 소리를 질렀다.

“여기 일 끝나는 대로 집으로 오게.”

시한이 알았다는 뜻으로 손을 흔들었다.

시한이 서재에 들어섰을 때 그는 술을 한 잔 하는 중이었다.

“잘 처리된 일을 위하여.”

디파드가 시한의 위스키 잔에 자신의 잔을 갖다 댔다.

“어떻게 됐는지 벌써 들으셨군요.”

자신의 잔을 들어올리며 시한이 말했다.

"롯 윌리엄스가 전화했어."

그는 잠시 시계를 쳐다보았다.

"한 시간쯤 전에. 트럭 두 대가 심각한 손상을 입었다더군 운송업자는 소떼를 운반하지 않겠다고 거절했다고 했네. 오늘 후로, 그녀는 그 일을 맡으려는 사람을 절대 찾아내지 못할 거야, 얼마의 돈을 지불하든지 간에 말이야."

"총알이라는 게 메시지를 명확히 전달하는 경향이 있지요."

시한은 단번에 위스키를 쓸어넘겼다.

"확실히 그래."

그 사실에 즐거워하며 디파드가 미소를 지었다.

"그게 빈스도 흔들어 놓았어. 방금 스타네 가게에서 그를 만나고 오는 길이네."

"무얼 원하던가요?"

"사실은 아무것도 없어. 자기 동생의 안전이 걱정된다고 소란만 피워댔지."

디파드가 어깨를 으쓱거렸다.

"그렇다면 동생더러 떠나라고 설득하는 게 낫지요."

"나도 그렇게 말했지. 이런 생각이 들더군, 자기가 우리에게 정보를 제공했다는 걸 동생이 알아 버릴까 봐 걱정하고 있구나 하는. 하여튼 금요일 오후 우리 서쪽 울타리 경계에 접해 있는 새들트리 크릭에서 그를 만나 보게. 내가 약속을 정해 놓았어."

"알겠습니다."

시한이 대답했다.

13

태양이 하늘에서 활활 타오르며 대지를 달구고 그 위의 모든 것까지 달구어댔다. 바람이 있다고 해도 느낄 수가 없었다. 풍차의 나무탑 옆에 드리워진 성냥개비만한 가는 그늘은 전혀 도움이 되지 못하였다.

웃옷을 벗어 던진 킹케이드는 물탱크를 고치느라 애쓰는 중이었다. 몸에 있는 구멍이란 구멍에서 땀이 비오듯 쏟아져 내렸다. 그가 마지막 볼트를 죄는 동안 빨간 얼굴의 알이 흔들리지 않도록 잡아 주었다.

총격 사건이 있은 지 3일이 지났다. 그 동안 그는 목장 일꾼들이 흔히 하는 수만 가지 일들을 처리해 냈다. 용접공에서 기술자, 그리고 평범한 노동자까지 모든 역할을 했다.

일을 마친 킹케이드는 등을 펴며 장갑 낀 손등으로 땀을 닦아 냈다.

"제대로 됐어야 하는데."

그가 자리에서 일어섰다. 뜨거운 열기가 기력을 앗아가는 것 같았다.

"그 빌어먹을 게 작동하길 바랄 뿐이지."

알도 목수건으로 얼굴을 닦았다.

킹케이드는 미소짓고는 장비 상자에 렌치를 던져넣고 가죽 장갑도 벗어 그곳에 던졌다. 물탱크 옆의 가느다란 그늘 속에 물 주전자가 하나 놓여 있었다. 킹케이드는 그걸 들어 얼마나 남았는지 흔들어 본 다음 반쯤을 벌컥벌컥 마시고 나서 알에게 건네주었다.

"지옥이라도 이렇게 뜨겁지는 않을 거야."

알이 주전자를 들어 물을 입 속으로 쏟아붓고 나머지는 얼굴로 흘려 보냈다.

"아멘."

킹케이드는 나무에 걸쳐 두었던 셔츠를 걷어냈다.

그걸 수건으로 이용해, 얼굴과 목의 땀을 닦고 가슴과 배 위로 쓸어내며 겨드랑이도 몇 번쯤 닦아낸 다음 다시 던져 걸었다. 뒤로 돌아섰을 때, 알이 그의 갈비뼈 옆으로 길게 부푼 상처를 노려보고 있었다.

"끔찍한 상처로군. 어떻게 생긴 건가?"

"황소."

킹케이드는 모자를 다시 써서 그 챙으로 햇빛을 차단하였다.

"뿔로?"

찔렸다고 짐작하며 알이 물었다.

"발굽으로죠. 내가 몇 초 늦게 굴렀거든요."

킹케이드는 그 6년 된 상처를 손으로 문질렀다.

911이라는 이름의 황소 위에 잠깐 탔던 것에 대해서는 그다지 기억이 나지 않았다. 황소가 뛰어든 것이 오른쪽인지 왼쪽인지조차도.

하지만 황소가 그를 어깨 너머로 들어올린 것은 기억이 났다. 그는 땅바닥에 심하게 등을 부딪히며 그 충격으로 정신이 혼미해졌다. 그리고 그의 기억 속에 스틸 사진처럼 또렷이 남아 있는 것은 눈을 떴던 그 순간이었다.

그 순간이 여전히 잊혀지지 않았다, 모든 세세한 부분까지. 일요일 오후 관람석에 있던 군중들, 그들의 표정 속에 나타나기 시작한 공포, 카우보이들이 울타리에 매달리고, 사람들이 황소를 몰아내기 위해 재빠르게 달려오고, 회색 황소의 뒤틀린 몸이 그의 바로 위에 있었다. 그 처든 머리에서 흘러내리는 침과 갈라진 앞발굽이 그를 죽음의 표적으로 삼고 있었다.

반사신경이 길 밖으로 몸을 움직이라고 촉구하였다. 그는 간신히 그렇게 해냈다.

"녀석이 덮쳤을 때 무딘 칼로 베이는 것 같더군요."

킹케이드가 회상을 했다.

"난 새로 산 셔츠를 입고 있었는데 말할 필요도 없이 그건 엉망이 되었죠. 그때 갈비뼈가 두 개쯤 나갔을 거예요."

"그때라니?"

알이 주머니에서 입담배를 꺼내며 새로운 관심을 갖고 킹케이드를 쳐다보았다.

"로데오를 아주 많이 한 것처럼 들리는군. 다른 상처들은 그래서 생기게 되었나?"

킹케이드는 머뭇거리다가 인정했다.

"대부분은요. 그 사건 이후 머리보다는 뚝심이 더 많은 이들에게 황소 타기를 남겨놓았죠."

알은 입 속으로 담배 뭉치를 쑤셔넣었다.

"르노의 로데오 경기에도 출전한 적이 있나?"

알이 더 유심히 그를 쳐다보았고 킹케이드는 욕설을 퍼붓고 싶어졌다.

"몇 번쯤요."

"그건 진짜 대단한 잔치야. 나도 두 번쯤 가봤었지."

그가 생각에 잠겨 말했다.

"사실 한 번 황소 맨등타기에서 이긴 사내를 보았지. 그 사람도 텍사스 출신이었어, 자네처럼. 내가 기억하기로는, 그의 이름이 케이 시……케이 시 해리스였지 아마. 짙은 금발머리에 키 크고 마른 사내였어."

"내가 그 사람을 안다고는 못하겠는 걸요."

자신의 정체가 들통났음을 인식하며 그가 알의 시선을 붙잡았다.

"당신은 아나요?"

알이 한참 동안 생각하고 나서 내뱉었다.

"아니."

그가 다른 쪽 뺨으로 담배를 굴렸다.

"안다고 말할 순 없겠지."

킹케이드는 약간 안심을 했다.

"고맙군요."

"자네 나름의 이유가 있겠지."

알이 대답을 들으려 기다렸지만, 킹케이드는 말할 생각이 없었다. 그 대신 버팀목 아래로 고개를 숙여 사다리로 다가갔다.

"이걸 작동시켜 볼게요."

"조심하라구."

킹케이드가 풍차의 탑으로 오르기 시작하자 알이 충고했다.

"나무가 썩었을지도 몰라."

"이 골동품을 왜 바꾸지 않는지 놀라울 뿐이에요."

그는 계속해서 올라갔다. 못이 삐그덕거리는 것만 제외하면, 꽤 단단한 것 같았다.

"대부분의 목장주들이 개선을 생각지 않는 이유랑 같은 거겠지. 현금 부족."

알이 소리를 쳤다.

"소시장은 칠십 년대에 완전히 바닥으로 떨어졌고, 그 후로는 소를 길러서 큰 돈을 번 사람이 아무도 없거든."

땅에서 15미터 위에, 2미터 정도의 날개 아래를 둘러싼 나무판으로 킹케이드가 훌쩍 뛰었다. 황량한 사막의 풍경이 피어오르는 열기의 아지랑이 속에 펼쳐져 있었다. 이런 높이에 있으니, 뜨거운 바람이 불어 킹케이드의 모자를 잡아당겼다. 그는 그나마 공기가 흐르는 것을 환영하며 더 깊이 모자를 눌러 썼다.

안전줄들 때문에 바람의 흐름에 따라 날개를 움직이지 못하는 풍차가 신음을 쏟아냈다. 킹케이드는 하나씩 그 줄들을 풀어 날개가 움직이도록 했다. 바람이 불더니 날개들이 돌아가며, 천천히 속력을 더하기 시작했다.

그가 알을 내려다보며 소리쳤다.

"풀어졌어요."

알이 손을 흔들었다. 킹케이드는 가장자리에 긴 다리를 매달고 앉아, 사막의 들판 위를 훑어보았다. 대지는 남쪽으로 끝없이 몇 킬로미터나 뻗어 있고, 많은 협곡과 메마른 여울로 주름이 잡혔다.

잠시 후 알이 소리를 쳤다.

"시금까지는 괜찮은 것 같아."

"탱크 속으로 물이 들어가나요?"

"조금씩."

"여기서 보니 경치가 굉장하군요."

킹케이드는 다시 한 번 광활한 대지를 천천히 둘러보았다.

알이 밑에서 소리질렀다.

"신께서 남자가 그렇게 높이 있기를 원하셨다면, 다리를 더 길게 만드셨을 거네."

킹케이드의 낄낄거림이 한 움직임을 잡아내고는 잦아들었다. 안정된 걸음으로 다가오는 말과 기수에게 초점을 맞추었다. 가까운 곳에서 말발굽이 작은 먼지를 일으키고 있었다.

"이젠 파이프로 잘 흘러드는걸. 우리가 해낸 것 같아."

알이 단정을 내렸다.

"서쪽에 다가오는 사람이 있어요."

킹케이드는 기수의 꼿꼿한 자세를 살피다가, 누군지 알아보고는 입가에 미소를 띄웠다. 땅에서 알도 같은 결론에 도달한 모양이었다.

"사장 같군."

"네."

킹케이드는 천천히 일어서서 땅으로 내려가기 위해 사다리에 몸을 실었다.

높이 솟은 풍차가 몇 킬로미터 밖에서도 눈에 띄었다. 두 사람에게 가까이 다가가며, 에덴은 말을 느리게 몰았다. 혈통 좋은 그 말은 이미 수 킬로미터를 달려왔음에도 불구하고 더 달리고 싶어했다. 하지만 에덴이 느리게 잡아끌자 반항하지는 않았다.

풍차 가까운 곳에서 에덴은 고삐를 잡고 말이 숨을 돌리도록 해주었다. 그녀의 시선이 뜨거운 태양볕 아래 셔츠도 입지 않고 선 킹케이드에게 이끌렸다. 번들거리는 땀이 그의 검게 그을린 피부를 더욱 윤기나는 구릿빛으로 만들며, 근육 위를 매끄럽게 흘러내렸다. 그 노동으로 단련된 몸에 자신도 모르게 매혹된 에덴은 슬쩍 그의 가슴 위로 시선을 내렸다. 숱 많은 가슴털이 배꼽을 지나 아래쪽으로 뒤얽히고는 낮게 걸친 청바지 허리선 속으로 사라졌다. 내부에서 어떤 감각들이 일렁이기 시작했다. 에덴은 자신이 몇 년만에 처음으로 남자의 몸을 느끼는 중이라는 걸 깨달았다. 그 반응이 천천히 그녀의 속으로 스며들었다. 그 느낌을 얼른 중지시키고는 에덴은 시선을 알에게로 옮겼다.

"풍차는 어때요?"

그녀가 말에서 내렸다. 나무에서 셔츠를 빼서 걸치는 킹케이드의 물결치는 근육이 눈꼬리를 통해 들어왔다.

"거의 새것처럼 말짱하죠."

알이 대답했다.

그녀는 자신의 말을 물탱크로 이끌었다. 그녀는 킹케이드의 시선이 자신에게 머무는 것을 느끼며 눈길을 피했다.

"목장으로 돌아가는 길에 시너바 지역을 지나잖아요."

말이 물에 코를 킁킁거렸다.

"철사가 좀 내려앉았어요. 내가 대충 손을 봐놓긴 했지만, 언제까지 유지될지 확실치가 않아요."

"알겠습니다."

알이 열기로 인해 빨개진 얼굴을 손수건으로 닦았다.

말이 갈증을 느끼는 것 같지 않자, 에덴은 탱크에서 방향을 틀어 탈 준비를 했다.

"거기서 돌아다니는 소들이 있는지도 살펴보세요."

알을 보고 한 말이었지만, 천천히 청바지 속으로 셔츠자락을 집어넣는 킹케이드를 너무도 또렷이 의식하고 있었다.

"한 살배기 소 여섯 마리를 울타리 안으로 몰아오긴 했는데, 나간 녀석이 있을 수도 있거든요."

"열심히 쳐다보고 있습지요."

알이 대꾸를 했다. 그 순간 킹케이드는 에덴의 높이 솟은 가슴 곡선에서 시선을 떼지 못하고 있었다. 욕망. 더워 미칠 지경에 피곤한 중에도, 그는 사타구니에서 깊은 고통을 느꼈다. 그녀도 그런 느낌일까, 알고 싶어 얼굴을 살펴보았을 때 그는 그녀의 표면 바로 아래 그런 느낌들이 존재한다는 걸 알았다. 또한 그녀의 입과 눈가에 나타난 긴장의 흔적도 알아보았다. 빈스가 또다시 목장을 팔라고 압력을 가하고 있다는 의심이 들었다. 아마도 그럴 것이다.

그녀가 말에 올라타 발꿈치로 배를 건드리자, 말은 자갈과 먼지의 소용돌이를 남긴 채 앞으로 달려나갔다.

알이 잠시 그녀를 쳐다보고 있다가 담배 찌꺼기를 바닥으로 뱉어냈다.

"인간의 정신을 자유롭게 하는 최선의 방법이 바로 헤매다니는 거지. 말을 타고 돌아보기만 해도 많은 문제들이 풀린다니까. 디파드가 사장에게 무거운 문제들을 주었잖아."

"오빠도 일을 더 쉽게 만들어 주지 않고요."

목에서 흐르는 땀을 닦으며 킹케이드가 한마디하지, 알은 혐오하는 듯한 표정을 지었다.

"빈스는 귀찮고 성가신 말파리와 같아. 문제보다도 더 짜증나는 존재라구. 짐 챙겨서 떠나는 게 좋겠어."

킹케이드는 빈스에 대해 많은 별명을 붙였지만 그 중에 귀찮은 존재라는 건 없었다. 그는 그 말을 마음속에 새기며 빈 물주전자를 채웠다.
알은 그 동안 장비 상자를 모아 트럭 뒷좌석에 던져넣었다.

킹케이드가 차에 오르자마자, 그들은 출발하였다. 거칠고 길도 없는
지역을 덜컹거리며 가로질렀다.

"그래, 디파드가 이번에는 사장을 꼼짝 못하게 만들었어."

그가 무미건조하게 입을 열었다.

"이런 곤경에서 어떻게 빠져 나갈지 알 수가 없어."

그가 고개를 갸우뚱했다.

"사장이 마지막 올가미에서 빠져 나갈 수 있을 거라고는 아무도 생각
지 않지."

그가 킹케이드를 슬쩍 쳐다보았다.

"지금쯤 자네도 그녀가 제프를 쏜 사건에 대해 들었겠지."

"무슨 얘기요?"

킹케이드의 반문에 알이 잠시 낄낄거렸다.

"알고 있으면서."

트럭이 덜컹거리며 제방을 내려가 자갈 가득한 여울로 들어섰다.

"어느 쪽 말을 믿나? 그녀가 질투심으로 그를 죽였다는 쪽? 아니면 자
신의 순결을 보호하기 위해 쏘았다는 쪽?"

"당신은 어느 쪽을 믿죠?"

킹케이드가 호기심어린 표정으로 그를 쳐다보았다.

알은 반대쪽 제방으로 올라가기 위해 기어를 바꿨다.

"그때 난 첫번째 쪽으로 거의 기울었지. 모두가 그랬어. 내 말은, 제프
가 그녀에게 상처를 입히지 않았다는 사실을 안다는 뜻이야."

그가 재빨리 설명을 덧붙였다.

"난 그 당시 디파드 밑에서 일했지만, 내 술친구 샘이 늙은 로시터 밑
에서 일하고 있었어. 그 늙은이는 자기 손녀가 사람을 죽인 걸 알고 무
지막지하게 두들겨 팼대. 내 친구가 그걸 봤지."

한참 동안 거친 대지를 가로지르는 사이 차 안에는 침묵만이 감돌았

다.

"그 늙은이는 성질이 불 같았는데, 샘이 본 그날 밤도 거의 제정신을 잃었다는 거야."

"디파드 밑에서 일했다니, 그 동생을 잘 알고 있겠군요. 어떤 녀석이었죠?"

"제프? 열심히 일하고 절대 꾀부리지 않는 녀석이었어. 키도 크고 잘생기고 자기만 아는 녀석이기도 했지. 하지만 열아홉 나이의 아이들이 누가 그렇지 않겠어? 그리고 아주 영리했지. 녀석은 성공을 했을 거고 모두가 그걸 알고 있었어. 우리 모두 그 사실을 자랑스러워했지."

"여자들과는 어땠나요?"

알이 킥킥거렸다.

"온갖 여자들을 만나고 다니는 다른 젊은 녀석들과 똑같았어."

"진짜 그랬나요?"

그 대답을 하기까지는 시간이 걸렸다. 알의 표정이 다소 혼란스러워졌다.

"마음에 걸리는 게 바로 그 부분이야. 제프가 어떤 여자들하고 잤고, 숫처녀를 따먹었다고 얼마나 자랑하고 다녔는지 기억난다구……. 일꾼들 숙소에서 나도는 얘기가 때로는 꽤나 추잡스러워지기도 하지만……. 잘 모르겠어."

그가 인상을 찌푸리며 창 밖에 스치는 들판을 노려보았다.

"그의 말을 들어 보면, 여자들을 그다지 존중하는 것 같지는 않았어."

"그럼 그가 사장을 강간하려 했을 가능성도 있나요?"

알은 직접적인 질문을 좋아하지 않는 게 분명했다. 그가 짜증스레 말했다.

"무슨 일이든 가능하지. 제기랄, 인간은 알 수 없는 존재야, 그렇지 않나?"

그의 태도는 제프가 에덴을 성적으로 희롱했다는 걸 믿고 싶지 않아 한다는 것을 뚜렷이 표현하고 있었다. 앞으로 자자하게 명성을 떨칠 똑똑한 젊은이가 그럴 리 없다는 것 같았다.

킹케이드는 그 점을 생각해 보고, 알에 대해서 생각해 보았다. 그의 믿음과 행동 사이에 모순이 있었다. 마침내 그가 머리를 흔들었다.

"뭐가 잘못됐나?"

알이 눈살을 찌푸렸다.

"당신이 왜 그녀를 위해 일하는지 알 수가 없어요. 그녀가 한 짓에 대해 말하는 거나 느끼는 것을 생각해 볼 때, 음식이 좋다는 이유만으로는 부족하다구요."

알의 눈썹이 가운데로 모아졌다.

"그녀가 한 짓은 옳지 않았을지도 몰라. 하지만 디파드가 하는 짓도 옳은 일은 아니야."

그가 마침내 결론을 내렸다.

"제기랄, 어쨌든 그녀는 여자라구."

그것은 대단히 성차별적인 대답이었다. 이런 지역에서는 좀처럼 없어지지 않는 낡은 사고방식이었다. 그리고 그것은 충분히 이해가 되는 이유였다.

"자네는 왜 떠나지 않지?"

알이 그에게 질문을 돌렸다.

"당신처럼 여자를 괴롭히지 말라고 배웠던 거죠."

시너바 지역은 목장의 북서쪽에 위치해 있으면서, 바위와 가시 철조망으로 구분되어 있었다. 알이 울타리를 따라 차를 몰다가 어느 순간 정지시켰다.

트럭이 자신들 옆에 정지하자 새끼를 밴 두 마리 암소가 재빨리 걸음을 재촉하였다. 토실토실한 엉덩이를 가진 작은 체격의 소들이었다. 킹케이드가 흔히 목장에서 보아 왔던 헤리퍼드 종의 붉은 털이 아니라, 황갈색을 띠고 있었다.

그가 차에서 내려섰다. 안전할 듯한 거리에서 암소들이 멈추더니 자동차와 둘을 보기 위해 뒤로 돌았다. 킹케이드는 단박에 그 소가 멕시코

산임을 알아보았다.

"코리엔테스로군요."

그는 놀랍다는 듯이 알에게 시선을 돌렸다.

"맞아."

알이 암소들을 쳐다보며 트럭 뒤에서 집게를 움켜쥐었다.

"녀석들은 로데오에서 많이 쓰이지. 밧줄로 걸고 끈덕지게 물고 늘어지고 뭐 그런……. 자네가 더 잘 알겠지만."

"잘 알긴 하죠. 단지 이 근처에서 보리라곤 생각지 못했거든요."

"사장은 사오 년 전에 황소 한 마리와 암소 열 마리를 사서 키우기 시작했어. 그때부터 어린 암소는 챙기고 가끔씩 암소와 황소를 사면서 무리를 만들어 왔지."

그가 내려앉은 철조망으로 다가갔다.

"전에도 말했다시피, 식용 소값은 완전 똥값이야. 하지만 이런 로데오 소들은 꽤 돈이 붙거든."

"그 말은 맞아요."

그건 단순한 동의가 아니라 엄밀한 사실을 말하는 것이었다. 로데오용 가축을 공급하는 사람들은 끊임없이 소를 찾고 있었다. 수요는 많은데 공급은 딸리는 그런 시장이었다. 그걸 아는 킹케이드로서는 에덴의 사업가적인 기질과 목장주로서의 평가를 몇 단계 높이 보지 않을 수 없었다.

"이 년만 더 이대로 유지한다면 이 목장은 쉽게 이득을 내게 될 거야."

알이 어깨를 으쓱했다.

"물론, 그렇게 오래 견딜 수 있다면 말이지만."

그 일은 그리 쉬울 것 같지 않았다. 그녀가 목장을 잃어버리든 말든 자신은 알 바 아니라고 킹케이드는 속으로 중얼거렸다. 하지만 생각대로 무관심해지지 않는 자신에게 짜증이 났다.

"하루 종일 거기 서 있을 텐가, 아니면 울타리 고치는 걸 도와줄 텐가?"

알이 소리를 쳤다.

"갑니다."

킹케이드는 장갑을 끼고서 그쪽으로 향했다.

한 시간 후 내려앉은 철조망은 제대로 이어졌고, 그들은 트럭으로 돌아와 어둡고 거친 길을 달려나갔다. 멀리서 건물의 낮은 형체가 드러났을 때 킹케이드는 그들 쪽으로 달리는 밝은 파란색 셔츠를 입은 사람을 발견하였다. 킹케이드는 똑바로 일어나 앉았다.

"빈스 같은 걸요."

"맞아."

알이 킹케이드의 마음에 스친 질문을 소리내어 말했다.

"어디 가는 걸까?"

"알아보자구요."

킹케이드는 손을 내밀어 경적을 두 번 울렸다.

빈스가 말을 세우고 트럭이 옆에 오기를 기다렸다. 알이 운전석 창문으로 머리를 내밀었다.

"어디 가는 건가?"

"좀 둘러볼까 하고요."

빈스는 안장머리에 한 팔을 기대고 손가락으로 모자를 젖혔다.

"동쪽 울타리를 점검할 수도 있겠죠. 왜, 뭐 필요한 거라도 있나요?"

알을 거쳐 킹케이드와 눈이 마주쳤을 때, 빈스의 표정이 신중해졌다. 신중함과 죄책감이라고 의심할 만한 어떤 표정도 스쳤다. 그는 재빨리 고개를 돌려 시선을 피했다.

"아니, 별 거 없네. 그냥 목장으로 가다가 자넬 본 거지."

"그럼, 나중에 보자구요."

빈스가 말을 트럭에서 몇 걸음 물러 세우고 동쪽으로 방향을 틀었다. 날카롭게 박차를 가하자 그 밤색말은 꼬리를 흔들며 앞으로 달려나갔다.

알은 잠시 그를 지켜보다가 고개를 저었다.

"아직까지 여기 있을 줄은 몰랐어."

브레이크를 풀고 액셀러레이터를 밟아 트럭을 진행시켰다.

"무슨 뜻이죠?"

킹케이드는 묻는 듯한 시선을 던지고 달려나가는 말로 시선을 돌렸다.

"그가 목장에 돌아온 지 벌써 두 달 가까이 됐어. 보통은 발바닥이 근질근질해서 벌써 오래 전에 떠났을 거라구. 물론 목장이 이번처럼 어려움에 처한 적은 없었다는 건 인정해. 하지만 궁지에서 끌어내는 건 보통 사장 쪽이었다구."

"어떤 종류의 궁지 말이죠?"

"딸랑딸랑 그런 거 있잖아. 저자는 도박을 좋아하지. 그리고 감이 나쁠 때라도 그만 둔다는 걸 몰라. 누군가 그러더군, 주 전체에 걸쳐 수많은 다른 이름으로 빚이 있다고."

"그녀도 알고 있나요?"

킹케이드는 에덴에 대해서 생각했다. 알은 코웃음으로 웃어넘겼다.

"난 소리치고 싶었다니까, 사장이 상당액을 갚았다고 말이야. 그럴 수밖에 없었지."

"저자가 이 근처에서 왜 이리 오랫동안 서성이는지 모르겠군요."

킹케이드가 중얼거렸다.

"글쎄 말이야."

목장 마당으로 들어서며 알이 속도를 줄였다.

"늙은이가 죽은 후로 그가 목장 일에 손댄 적은 없었지. 아무리 그를 믿으려 해도, 자진해서 울타리까지 고치려 한다는 걸 믿을 수가 없네."

킹케이드도 빈스가 마음을 고쳐먹었다고 믿기가 힘들었다. 그는 목장으로 돌아와 얼른 식사를 마친 다음, 밤색말에 안장을 놓고는 달려나갔다. 빈스가 간 그 길로 똑같이 뒤따라갔다.

킹케이드는 낮은 언덕의 산등성에 올라 말을 세웠다. 태양 광선이 등에 내리쬐이며 목과 얼굴로 땀이 쏟아졌다. 그는 말이 지나간 먼지구름이 있는지 살피며 아래쪽의 고요하고 텅 빈 평원을 훑어보았다.

동남쪽 갈라진 곳에서 말이 만들어 놓은 검은 흔적을 발견하였다. 빈스가 간 방향을 가늠하며, 그는 지름길을 선택하여 비탈길을 내려왔다.

얼마쯤 나아가니, 400미터 앞쪽에 협곡을 가로질러 만들어진 울타리가 보였다.

협곡을 벗어나는 순간, 킹케이드는 빈스를 발견했다. 경계선 울타리 옆에 선 그와 다른 말을 탄 사내가 보였다. 이런 먼 거리에서는 다른 남자가 누군지 똑똑히 볼 수 없었지만, 흑백의 얼룩덜룩한 가죽 조끼는 놓칠 리가 없었다. 킹케이드는 두 사람을 목표로 빠르게 말을 몰았다.

빈스가 울타리 너머로 시한을 쳐다보았다.

"디파드에게 내 말을 전해 주세요, 시한."

목소리에 위엄을 담아 보려고 애를 썼다.

"알겠네."

시한이 고개를 끄덕였다.

"제기랄, 내 동생은 바퀴 네 개짜리 차를 가진 사람이면 죄다 전화를 했어요. 그리고 매번 퇴짜를 맞았지. 그가 내 동생을 꼼짝 못하게 묶어 버렸어요."

"조일 만한 때라고 생각하신 모양이네."

그 말의 불길한 느낌에 빈스는 식은땀을 흘렸다.

"내 동생은 건드리지 말아요. 개한테 손대는 날에는 거래고 뭐고 죄다 끝이니까. 내가 장담해요."

시한은 그 위협에 별로 개의치 않았다.

"자네 돈은 이미 게임에 들어가 있어, 빈스. 손에 쥔 카드가 마음에 들지 않는다고 그냥 물릴 수는 없는 일이지."

그의 시선이 빈스를 지나다가, 갑자기 눈이 가늘어졌다.

"저건 누구지?"

빈스의 머리가 돌아갔을 때, 킹케이드는 이미 50미터 이내로 달려와 있었다. 그는 말머리를 돌려 킹케이드에게 달려갔다. 다른 사내는 태평스레 울타리 반대편으로 말을 돌려 빠르게 달려나갔다.

빈스가 말을 세우며 킹케이드의 길을 막았다.

"여기서 뭐하는 거지?"

그의 목소리는 분노로 격렬했다.

킹케이드가 천천히 사라지는 말 탄 사람을 슬쩍 보았다.

"당신한테도 같은 질문을 해야겠는걸."

어깨 너머로 쳐다보는 재빠른 시선 속에 죄의식 같은 것이 서렸지만, 다시 킹케이드를 돌아보았을 때 빈스는 분노를 드러냈다.

"울타리를 달리는 중이지. 그리고 누군가 내 뒤를 쫓아다니며 확인하는 걸 난 좋아하지 않아."

킹케이드는 일부러 빈스의 뒤쪽을 계속 쳐다보았다.

"당신 친구는 누구지?"

"저 사람 말인가?"

또 한 번 뒤를 돌아보는 빈스의 표정에 불안이 스쳐 지났다.

"다이아몬드 디에서 일하는 사람이지. 울타리를 점검하는 거야, 나처럼."

"저자가 입고 있는 조끼는 아주 멋지군. 본 것 같아."

"그럴 수도 있겠지."

빈스가 뻣뻣하게 방어하였다.

땀 젖은 어깨 위로 파리 한 마리가 귀찮게 날아들자 킹케이드의 말이 코를 휘휘 돌렸다. 파리가 다른 자리를 찾아 떠났다.

"당신 동생은 소떼를 운반해 줄 사람을 찾았나?"

그 질문이 빈스를 놀라게 만든 모양이었다.

"아니, 왜?"

"디파드 부하에게 그 말을 한 거겠지?"

빈스가 흥분하여 킹케이드를 노려보았다.

"난 널 떨어뜨리려고 모든 노력을 다했어. 이제 한 번만 더 고개를 돌렸을 때 내 뒤에 있는 날에는, 후회하게 될 줄 알아. 내 장담하겠어."

그는 킹케이드를 한 손가락으로 찔러 보이고는 박차를 가하며 사라졌다.

킹케이드는 그의 뒤로 말을 몰았다. 목장으로 돌아오는 내내, 빈스의 먼지가 보이는 시야 내에서였다. 킹케이드가 도착했을 때 밤색말은 우리 안에서 안장이 벗겨진 채였다. 빈스는 어디에도 보이지 않았다. 집으로 들어갔나보다 생각하며, 킹케이드는 말에서 내려 젖은 말등에서 안장을 내려 주고는 우리 안으로 데리고 들어가 풀어 주었다.

손에 안장과 장비를 들고서, 그는 마구간으로 향했다. 태양의 밝은 햇살에 있다 들어온 뒤라 그런지, 내부의 어둠이 더 짙게 느껴졌다. 발밑에서 건초가 바스락거렸다.

킹케이드가 몇 걸음 나아가기도 전에 빈스의 목소리가 날카롭게 터져 나왔다.

"네가 내 뒤를 쫓아다니는 것은 이번이 마지막이다."

킹케이드는 멈칫하며 빈스의 형체가 보일 때까지 짙은 어둠 속을 살폈다. 그는 다리를 넓게 벌리고 두 손은 엉덩이에 갖다 댄 자세로 서 있었다.

"이제 이게 다 무슨 짓이며 네가 도대체 누구인지 알아내야겠어. 대답을 듣기 위해 널 두들겨 패야 할지라도 말이야."

빈스가 선언했다.

"당신은 너무 말이 많아, 빈스."

킹케이드는 다시 평소의 걸음걸이로 곧장 상대방에게 걸어갔다. 혈관 속에서 뜨거운 피가 용솟음치며 이 예기치 않은 싸움을 환영하고 있었다.

"넌 말이 너무 없지. 하지만 내가 그걸 바꿔 주겠어."

"정말인가?"

킹케이드는 부드럽게 조롱을 했다. 그의 눈이 마구간의 어둠에 적응되어 갔다.

"말 많은 게 어떤 건지 알게 될 거야."

킹케이드는 빈스의 위협이 끝나기도 전에 무거운 안장을 그에게 집어

던졌다. 그것이 빈스의 가슴에 닿으며 놀람과 고통의 신음을 이끌어 냈다. 그는 그 무게로 인해 몇 발짝 뒷걸음질쳤다. 그 순간 킹케이드는 주먹을 날리며 맹렬히 공격했다.

야만스런 욕설과 함께 빈스도 안장을 한쪽으로 던지고 그에게 달려들었다. 킹케이드의 주먹 아래로 낮게 수그려 그의 배를 감아 안고는 딱딱한 땅으로 넘어뜨렸다. 그들은 팔꿈치와 무릎과 주먹을 얽은 자세로 굴러다니며 건초 속에서 격투를 벌였다.

오른쪽 턱이 얻어맞았다. 킹케이드는 몸을 굴려 빼내며 일어섰다. 입 속의 찢어진 곳에서 피맛이 났다. 걷어 차여진 건초들이 공중에 날아다녔다. 킹케이드는 모든 감각을 빈스에게 집중했다.

일어서서 이를 드러내고 있는 빈스에게 킹케이드가 왼손으로 잽싸게 잽을 찔러넣었다. 빈스가 몸을 움직이자 주먹이 빗나갔다. 빈스의 오른손이 교차되며 내리박혔다. 킹케이드는 그 주먹을 보지 못했고, 뒤이어 왼손이 훅으로 갈기는 것조차 보지 못했다. 무언가가 그의 턱을 후려갈겼다. 말 뒷발에 걷어채인 것처럼 강력했다. 그는 마룻바닥으로 쿵 나동그라지고 말았다. 머리 속에서 천둥 번개가 왔다갔다했다.

두개골이 윙 울리는 중에도 정신을 차리려 안간힘을 썼다. 고통으로 인해 현기증이 일어났지만, 고통은 오랜 친구였다. 정신을 차리려고 머리를 흔들며, 킹케이드는 두 손을 짚고 몸을 일으켰다. 격투중에 그의 모자는 어디론가 날아가고 없었다.

자신의 앞에서 입술을 삐죽거리는 빈스의 검은 얼굴이 어렴풋이 보였다. 그가 재빨리 킹케이드의 배에 주먹을 찔러넣었다. 막으려 했지만 실패했다. 또다시 성난 빈스의 몸이 움직였다.

킹케이드는 달려드는 빈스를 두 팔로 끌어안고 뒤꿈치로 발을 걸었다. 함께 바닥으로 넘어져 구르면서 그는 빈스를 한 대 갈겼다.

천천히 빈스가 일어났고, 킹케이드는 그가 손을 올리기도 전에 두 번째 일격을 가했다. 빈스가 강타를 얻어맞고도 또다시 다가왔다. 마음 한 구석으로, 킹케이드는 이자에게 생각보다 더한 싸움꾼 기질이 있다고 생각했다. 한순간 킹케이드는 턱에 강한 일격을 얻어맞고는 무릎이 꺾일 정도로 비틀거렸다. 끝장내기 위해 다가드는 대신, 빈스가 뒤로 물러서며 거친 숨을 몰아쉬었다.

"이젠 충분하겠지?"

킹케이드는 눈가에 맺힌 땀 사이로 그를 올려다보았다. 턱을 한 번 움직여 보며 정신을 차리려 했다. 빈스의 가장 강한 일격을 맞았다는 생각이 들었지만, 그것이 그를 멈추게 하지는 못했다.

"그 정도는 아니지."

킹케이드는 힘겹게 대꾸하였다.

밖에서 말 한 마리가 울어댔다. 하지만 킹케이드는 그런 소리 따윈 들리지 않았고, 눈앞에 있는 빈스 말고는 아무것도 보이지 않았다. 그는 머리를 숙이고 빈스의 배를 향해 짧고 강한 잽들을 날리며 달려들었다.

그는 쉴새없이 전후좌우로 움직이며 주먹을 휘둘러댔다. 갑자기 피하는 척하다가 오른손으로 강타를 날렸다. 빈스가 그 주먹에 얻어맞았다. 그의 얼굴을 보며, 킹케이드는 그 한 방이 제대로 맞았다는 걸 알았다. 하지만 멈출 수 없다.

그는 얻어맞으면서도 그보다 더 많은 강타를 퍼부으며 철저하게 상대를 후려갈겼다. 눈 위의 찢어진 곳에서 피가 배어났다. 싸움에의 욕구에 미쳐 버린 그는 더 힘껏 밀어붙였다. 빈스가 재빠른 왼쪽 주먹을 날렸다. 킹케이드는 그걸 피하며 빈스의 턱을 어퍼컷으로 올려붙였다.

빈스가 피를 뿜으며 무너져 내렸다. 자신도 온전하다고 할 수 없는 상태에서 킹케이드는 뒤로 물러섰다. 갑작스레 두 팔이 무거워지며 폐 속으로 공기를 끌어들이기도 힘이 들었다.

기절 직전까지 얻어맞은 빈스는 바닥에 앉아 일어설 생각도 못하고 있었다. 뺨에 깊게 베인 자국에 손을 올렸다가 손가락에 묻어나는 피를 믿을 수 없다는 듯이 노려보았다. 그가 멍하니 킹케이드를 쳐다보았다.

"무슨 일이에요?"

에덴의 목소리가 날카롭게 둘 사이에 끼어들었다.

14

돌아보니, 마구간 입구에 에덴이 서 있었다. 눈부신 태양빛을 뒤로 하고 실루엣만이 눈에 들어왔다. 그 순간 킹케이드는 에덴이 마구간 바닥에 앉아 뺨을 붙잡고 있는 빈스를 보고 있다는 걸 깨달았다. 그녀의 온몸이 한순간 긴장하더니, 재빠르게 달려 들어왔다.

"빈스, 무슨 일이야?"

그녀가 오빠 옆에 무릎을 꿇었다.

"어머나, 다쳤잖아."

주머니에서 손수건을 꺼내 흐르는 피를 멎게 하려고 오빠의 뺨에 갖다 댔다.

킹케이드도 이젠 기력이 탈진되어 양쪽으로 주먹을 내리며 천천히 손가락을 풀었다. 왼쪽 팔이 파닥파닥 떨려 오자 손을 올려 주물렀다.

"괜찮아."

반쯤 짜증 섞인 목소리로 빈스가 그녀의 손을 밀어내고는 직접 손수건을 잡았다. 하지만 오빠가 일어서려 하자 그녀는 옆에서 부축했다.

에덴은 험상궂고 차가운 눈으로 킹케이드를 돌아보았다.

"당신이 이랬군요."

"빌어먹을, 맞소."

후회는 없었다. 다만 그녀가 이 사건을 알아 버렸다는 것이 유감스러울 뿐이었다. 그녀를 볼 때마다 느껴지는 욕망이 다시 치솟았다. 그것은 새로운 전쟁일지도 몰랐다.

그녀의 표정이 좀더 차가워졌다.

"당신은 해고예요."

이번에는 킹케이드도 이의를 달려고 하지 않았다.

"안 돼."

빈스의 외침에 둘다 어안이 벙벙해졌다.

"뭐라구?"

그녀의 말을 그가 가로챘다.

"저자가 왜 나한테 악감정을 갖는지는 모르겠어. 하지만 내가 지켜볼 수 있는 곳에 저 녀석을 놔둘 거야. 저 녀석이 어디 있는지, 언제 나타날지 고민하고 싶지 않아."

빈스는 모자를 들고 걸어가 버렸다. 그의 뒷모습을 쳐다보는 에덴의 이마에 가는 주름이 생겼다.

킹케이드는 안도했다기보다, 피곤할 뿐이었다. 온몸이 욱신거렸다. 그는 지친 손을 올려 소맷단으로 눈 위의 찢진 부분에서 흐르는 피를 닦아냈다. 건초 덤불 속에 모자가 떨어져 있는 것을 보고 그리로 걸어가 집어들고는 먼지와 건초 덤불을 떨어뜨리려 다리에 탁탁 몇 번쯤 털어냈다.

그가 그곳을 빠져 나가려 하는데 에덴이 손을 내밀어 그의 팔을 붙잡았다.

"무엇 때문에 싸웠나요?"

자존심으로 똘똘 뭉친 경직된 목소리였다.

"오빠가 당신 돈을 빌렸죠, 그렇죠? 얼마나 돼죠?"

킹케이드는 자신의 팔 위에 놓인 손을 보았다. 검게 그을린 강인한 손이었지만 우아하고 섬세했다.

"당신 오빠는 나한테 돈을 빌리지 않았소, 단 일 센트도."

"그럼 오빠한테 뭘 원하는 거예요?"

그녀의 다그침에 그는 시선을 들어올렸다. 하지만 그의 관심은 부드럽고 풍만한 그녀의 입술이 살짝 열려 있는 것에 집중되었다. 모든 갈망과 욕구가 되돌아왔다, 전보다 더욱 강하게. 그녀가 이미 그를 증오하고 있지 않다면, 머지않아 그렇게 되리라는 걸 알고 있었다. 그것이 지금 가질 수 있는 것을 취하라고 그를 밀어붙였다.

그는 불현듯 그녀를 마주 보며 한 걸음 가까이 다가갔다. 그 갑작스런 동작에 놀란 그녀가 뒤로 물러서자 축사의 나무 분리대에 등이 닿았다. 한 번의 동작으로, 킹케이드는 그녀의 머리 양쪽에 두 손을 대고 그녀를 꼼짝없이 가두어 놓았다. 그녀의 심장 고동이 점점 빨라졌다. 그것이 기대감 때문인지, 아니면 두려움 때문이지 에덴 자신도 알 수 없었다.

"내가 원하는 게 당신이 아니라 당신 오빠라는 걸 어떻게 확신하지?"

그가 중얼거렸다.

"맙소사, 당신한테 떨어져 있을 수 없을 것 같소."

에덴은 그의 표정 변화를 알아차렸다. 그의 눈동자는 욕망으로 더 짙어지는 것이 아니라, 그녀의 숨을 멎게 할 정도의 색채로 강해지며 여름날의 높은 네바다 하늘처럼 뜨겁고 파랗게 변해 있었다. 느린 온기가 그녀의 온몸으로 번져 갔다.

"안 돼요."

하지만 그것은 확신어린 목소리가 아니었다.

그는 무언가 강력하고 원초적인 것에 사로잡힌 남자의 표정이었다. 암컷의 냄새를 맡은 수컷, 교미를 졸라대는 야생 고양이.

그는 더 가까이 다가가 자신의 입술을 그녀에게 문질러 보고는 그에 반응하는 떨림을 느꼈다. 그녀의 숨결이 한숨으로 흘러나왔다. 그것은 그가 필요로 했던 초대였다. 그는 입술을 내려 그녀의 입술을 탐닉하였다. 더한 것을 원하고, 더한 것을 필요로 하며, 그녀를 더 가까이 꼭 끌어안았다.

하지만 그걸로는 충분치 않았다. 더 이상을 원했다. 그녀의 몸이 정열에 대항하여 주저하고 있었다. 하지만 그녀의 손가락은 그를 밀쳐내는 대신 셔츠 속으로 파고 들었다.

그녀는 스스로에게 이런 걸 원하면 안 돼, 이런 건 아무 소용도 없어 하고 말하고 있었다. 하지만 그건 거짓말이었다. 그녀는 그를 만지고 싶었고, 아까 풍차 앞에서 보았던 그 단단한 근육을 느끼고 싶었다. 그 충동에 굴복을 하니, 또 다른 즐거움이 발견되었다.

그녀의 손이 주저하며 어루만지는 것이 그를 미치게 만들었다. 이토록 지독하게 그녀를 원하는지 미처 자신도 알지 못했다. 그의 손이 쉬임 없이 무모하게 그녀를 어루만지고 자신의 몸에 딱 달라붙게 하며, 그녀의 곡선을 더욱 가까이 느끼도록 했다. 그녀의 살갗에서 뿜어져 나오는 열기 속에서 숨을 들이마셨다. 남자의 모든 것을 잊게 할 수 있고, 마음을 달뜨게 하는 여성적인 내음을.

그는 그녀의 셔츠 자락을 잡아당겨 바지에서 끌어내고는 갈비뼈까지 밀어올렸다. 하얀 면 속으로 한 손이 들어가 부드럽고 풍만한 젖가슴을 찾아냈다. 그의 손바닥 밑에서 그녀의 심장이 두근거리고 있었다.

그녀의 몸이 쓰러질 듯하자, 킹케이드는 그녀와 같이 축사의 건초더미 위로 무너져 내렸다. 욕구의 폭발 속에서 기교 따위는 모조리 잊어버리고 말았다.

한 번도 이런 적이 없었다. 수개월, 수년간 에덴은 자신은 이런 정열을 느낄 수 없다고 스스로에게 확신을 시켰다. 그런 사건이 일어난 후에는 불가능하다고. 그런데 처음으로 그녀는 한 남자를 완벽하게 원하고 있었다, 여자로서.

그녀의 육체가 그의 거칠고 강렬한 키스에 반응을 하며 해방을 갈구하자, 갑자기 두려움이 밀려들었다. 그녀의 마음이 과거로 되돌아갔다. 다른 영상, 다른 소리들과 다른 감각들이 홍수처럼 밀려들었다. 거친 손길, 고르지 못한 숨소리, 그녀를 꼼짝 못하게 내리누르던 남자의 몸.

"안 돼!"

에덴은 공포로 몸부림을 쳤다.

"나한테 손대지 마, 손대지 마!"

그녀가 주먹질을 해대자, 킹케이드는 반사적으로 그녀의 손목을 움켜잡았다.

"제기랄, 에덴."

그녀를 다시 끌어당겼다. 하지만 그녀의 창백한 얼굴을 본 순간 온갖 비난의 말들이 입 속에서 사라졌다. 그녀의 눈은 진짜 공포를 드러내고 있었으며, 그 속에 남긴 눈물과 분노 또한 진실이었다.

"진정하시오."

그가 약간 손 힘을 늦추자 그녀는 다시 주먹을 휘두르려 했다.

"그만, 당신을 해치지 않아."

"놓아줘요."

그녀는 목이 메어 쉰 목소리로 말했다.

"날 만지지 말아요."

발끈 성질이 났지만 그는 애써 억눌러 참았다.

"난 여자한테 강요하지 않소, 자진해서 뛰어든 여자라 해도."

그가 말했지만 그녀는 확신이 안 서는 듯했다.

"당신을 놓아주겠소, 됐지?"

말없이 그녀는 그를 지켜보았다. 그가 손목을 풀어 주는 순간, 그녀는 건초가 쌓인 뒤쪽으로 뛰어 달아났다. 그는 천천히 일어나 앞으로 두 손을 모아 보이며 해칠 의사가 없다는 증거로 손가락을 폈다. 그리고는 서서히 구석으로 움직여 축사 입구에 도착하자 몸을 똑바로 세우고는 또 한 발자국 뒤로 물러섰다.

여전히 그를 보며 그녀는 비틀비틀 일어나 서둘러 바지 속으로 셔츠 자락을 끼워 넣었다. 눈에 띌 정도로 손이 떨리고 있었다. 그녀는 나무 칸막이에 몸을 찰싹 갖다붙이고 조금씩 나아갔다. 시선은 절대 그에게서 떨어지지 않으면서였다.

칸막이 끝에 도달했을 때, 그녀의 시선이 벽에 기대어진 갈퀴로 가 꽂혔다가 다시 그에게 향했다. 그가 손을 대면 저 갈퀴를 무기로 써야겠다는 그녀의 생각을 그는 알 수가 있었다. 갑자기 킹케이드는 남자의 손길에 왜 그녀가 이토록 공포를 느꼈는지 이해가 되었다.

"당신이 한 얘기는 사실이었군, 그렇지?"

그가 부드럽게 물었다.

"디파드의 동생이 강간하려 했다는 거."

그의 말에 그녀는 날카롭게 반응했다. 머리를 치켜들고, 자존심으로 등을 곧추세우며 어깨를 쭉 폈다.

"당신이 내 말을 믿든 말든 신경이나 쓸 줄 알아요?"

그녀의 목소리에 쓸쓸함이 배어났다.

"당신이나 다른 누구의 동정도 필요 없어요."

"그렇겠지."

그가 동의했다.

"하지만 당신은 존중받을 자격이 있소."

그녀의 눈에 놀라움이 번득였다가 당혹감과 불신이 뒤따랐다. 놀랄 만한 자제력을 보이며, 그녀는 몸을 돌려 재빨리 밖으로 걸어나갔다.

그녀가 시야에서 사라질 때까지 킹케이드는 전혀 자세를 바꾸지 않았다. 이윽고 그도 밖으로 나왔다. 그의 마음속에 또다시 분노가 치밀어올랐다. 격렬하고 쓸쓸한 역겨움도 함께. 그리고 그 모든 것은 죽은 한 남자에게로 곧장 쏟아졌다.

에덴은 현관문 앞에 잠시 멈춰 바지의 건초를 털어냈다. 뱃속의 뒤틀림이나 끊어질 듯 팽팽한 신경 따위는 무시하려고 안간힘을 썼다.

가능한 한 모든 침착성을 끌어모아, 집안으로 들어섰다. 그녀의 뒤로 스크린 도어가 둔탁한 소리를 내며 쾅 닫혔다.

"에덴, 너냐?"

빈스가 소리쳤다.

“그래.”

그녀의 목소리는 놀라우리만치 침착했다. 그것이 다행스러웠다.

“이리 와서 좀 도와줄래?”

욕실에서 물 흐르는 소리가 들렸다. 거기서 상처를 살피는 중인 모양이었다. 그녀는 잠시라도 혼자 있고 싶었지만, 지금은 그럴 때가 아니었다.

“알았어.”

빈스는 의약품 찬장의 거울 달린 문에 얼굴을 들이대고 뺨의 상처를 살피고 있었다. 그녀가 문가에서 걸음을 멈추자, 그는 돌아보지도 않고 말했다.

“드디어 왔구나. 난 이 빌어먹을 피가 절대 멈추지 않는 줄 알았다구.”

그가 거울에서 몸을 돌리며 그녀에게 몇 센티미터 갈라진 틈을 보여 주었다.

“꿰매야 할 것 같으니?”

보기에는 흉하고 아플 것 같았지만, 그 정도는 아니었다.

“밴드 하나만 붙이면 될 거야.”

그녀가 재빨리 그의 얼굴을 살펴보았다. 몇 군데 살갗이 이미 부어오르며 핏기가 사라졌지만, 입술 근처의 작은 상처 말고는 크게 다친 곳은 없었다.

“왜 이렇게 늦었어? 바로 뒤따라올 줄 알았는데.”

그녀는 찬장에서 필요한 물건들을 꺼내며 반쯤만 진실을 말하였다.

“오빠가 그에게 돈을 빌렸는지 알고 싶었어.”

“그가 뭐라고 하든?”

“일 센트도 빌리지 않았다고 했어. 앉아.”

그녀는 빈스를 변기 위로 밀어 앉혔다.

“가만히 있어. 약간 아플 거야.”

“지난 번 구해 주었을 때 도박은 끝낼 거라고 내가 말했잖아.”

그 말을 하다가, 그녀가 상처에 소독약을 바르자 빈스는 숨을 커다랗게 몰아 쉬며 움찔했다.

"오빠가 한 말은 알고 있어."

"그런데도 그런 생각을 했어?"

"며칠 전에도 디파드와 포커를 했잖아."

그녀가 되새겨 주고는 항생 연고를 짜내어 신중하게 펴 발랐다.

"친한 녀석들뿐이었어. 판돈이 큰 게임도 아니었다구."

"때때로 오빠는 그만 둘 때를 모르잖아."

"난 약속을 했고……."

그가 화를 내기 시작하였다.

"알아. 그대로 있어."

갈라진 살갗을 모아, 그녀가 단단히 밴드를 눌렀다.

"됐어."

빈스가 거울을 보려고 일어서자, 그녀는 연고와 소독약, 남은 밴드들을 모아들였다. 여전히 내부에서는 되살아난 공포로 인한 혼란과 역겨움이 소용돌이치고 있었다.

"왜 그러니? 창백해 보인다."

그녀는 잠시 주저하다가 말했다.

"아무렇지도 않아."

하지만 찬장을 열기 전 거울 속에 비친 모습을 힐끗 보았을 때, 그녀는 자신의 말이 거짓임을 명백히 알 수 있었다.

킹케이드는 아직도 떨리는 왼팔을 감싼 채 식당으로 들어섰다. 손과 주먹이 눈에 띄게 부어올랐지만, 손가락은 모두 움직일 수 있었고 손목도 돌릴 수 있었다. 단지 끔찍하게 아플 뿐이었다.

요리사가 뒤돌아서서 바닐라 한 병을 들이키고 있었다.

"얼음 좀 주세요."

왼팔 아래로 서둘러 병을 숨기며 요리사가 무안한 듯 돌아섰다. 그가 킹케이드의 얼굴을 쳐다보았다.

"누구 주먹이 갈긴 거야?"

킹케이드는 테이블에 앉아 소매의 단추를 풀었다.

"수건 몇 장하고 비닐 팩도 좀 주세요."

"위스키가 없어."

와일드 잭은 얼음을 꺼내려 냉장고로 향하며 투덜거렸다.

"빌어먹게 슬픈 일이야."

알과 밥이 들어오며 그들 뒤로 스크린 도어가 쾅 닫혔다. 킹케이드를 보고는 알의 눈이 휘둥그래졌다.

"도대체 어떻게 된 거야?"

"팔을 못 움직이겠어요."

킹케이드는 굳어지기 시작하는 손가락들을 구부려 보다가 험상궂은 표정으로 입을 앙 다물었다. 냉장고에서 꺼내져 철제 그릇 속으로 떨어지는 얼음덩이들이 요란한 소리를 냈다.

"팔뿐이 아닌걸. 누구하고 붙은 거야?"

알이 호기심어린 시선을 던졌다.

킹케이드는 들은 척도 하지 않았다.

"이 팔을 얼음으로 감싸야겠어요. 좀 도와주겠어요?"

와일드 잭이 테이블 위에 얼음 그릇을 놓고 비닐 팩을 가지러 갔다.

"내 방에 상처에 도움될 만한 것들이 있어."

밥은 빠른 걸음으로 그곳을 나섰다.

킹케이드의 눈 속에 남아 있는 분노의 불씨를 보고, 알은 더 이상 질문하지 않기로 했다. 상대편 녀석은 아마도 더 심할 것이고, 그것은 머지않아 대답을 알아낼 수 있다는 의미였다.

요리사가 비닐 팩 두 개를 찾아가지고 왔다. 킹케이드는 부운 팔과 손목 아래에 하나를 대고, 그 위에 두 번째 팩을 올려놓았다. 알이 낡은 면 행주를 길게 찢어내어 그것들을 고정시켰다. 와일드 잭은 뒤로 물러선 채 바라보고만 있었다

알이 짜증 섞인 시선을 그에게 던졌다.

"도와주지 않을 거면, 커피라도 좀 따라 달라구요."

요리사는 경멸적으로 툴툴거렸다.

"내 할아버지는 많은 위대한 주술사들의 불길 앞에 앉아서, 치료약과 강력한 물약을 제조하는 걸 지켜보았어. 그들 말을 들으면서 말이야. 당신은 주술사도 아니잖아. 우둔한 카우보이에 불과해."

하지만 그는 커피 주전자로 걸어가 뜨거운 블랙 커피를 두 잔 따라 가지고 돌아왔다.

알이 그걸 보더니 투덜거렸다.

"무식하게 까맣군. 틀림없이 하루 종일 끓여댔을 거야."

와일드 잭은 알아들을 수 없는 대답을 중얼거리고는 싱크대로 돌아가 버렸다. 문이 삐그덕거리며 밥이 팔꿈치로 문을 열고 들어왔다. 그의 팔에는 다양한 병들, 연고와 밴드들이 안겨 있었다. 그는 테이블로 걸어와 하나씩 들고 온 물건들을 내려놓기 시작했다.

"이 연고를 바르면 멍들어서 쓰라린 건 금방 나을 거야."

그가 킹케이드 쪽으로 병 하나를 밀었다. 뚜껑 가장자리로 투명한 초록색의 연고가 새어나와 있었다.

"근육이 굳기 시작하면 바르는 약도 여기 있어. 냄새는 고약하지만 효과는 있다구. 그리고 눈 위의 베인 상처에 바를 연고도 있어."

바르는 약 다음에는 소독약, 붕대와 반창고가 따라 나왔다.

"여기 스프레이 종류도 있어."

그가 계속해서 말했다.

알은 테이블에 놓인 약들에는 관심도 없었다. 그의 시선이 겨드랑이에 끼인 네모난 병에 고정되었다. 위스키가 아닌지 의심스러운 병, 그가 밥의 팔에서 그걸 빼 들어올렸다.

"이게 우리한테 필요한 거야."

알이 뚜껑을 비틀어 열고는 킹케이드의 커피에 두 번쯤 콸콸 따른 다음, 자신의 잔에도 똑같은 양을 들이부었다.

"최고의 진통제라구."

돌아서던 와일드 잭의 시선이 위스키 병에 가 꽂혔다. 그는 밥을 불이 나도록 노려보았다.

"그 위스키 어디서 났지?"

"숨겨 두는 곳을 말해 줄 생각은 없소."

여전히 그를 노려보며, 와일드 잭이 테이블로 성큼성큼 걸어와서는 병을 낚아챘다.

"빌어먹게 슬픈 일이야."

그가 위스키의 반을 꿀꺽꿀꺽 목구멍으로 넘겼다.

그러는 동안에도, 킹케이드는 아무 말이 없었다. 그의 마음은 크고 작은 고통들에 집중되어 있었다. 커피를 한 모금 마셨다. 목을 태울 듯한 위스키의 뜨거움과 얼음으로 싼 팔의 마비될 듯한 차가움이 모두 반가웠다.

미봉책으로 만든 얼음 팩이 요술을 부렸다. 저녁 때쯤 되니, 붓기가 가라앉으며 고통이 둔탁한 고동 정도로 희미해졌다. 하지만 다른 많은 부분에서는 여전히 쓰라림을 호소하는 가운데, 킹케이드는 식당으로 향했다.

마당을 반쯤 가로질렀을 때 그는 나무 건물 구석에 한쪽 어깨를 기대고 선 빈스를 발견하였다. 왼쪽 뺨의 상처에는 십자형으로 밴드를 붙여 놓았고 한쪽 눈은 거의 부어서 감길 지경이었다. 얼굴의 다른 부분들도 붉은 자줏빛으로 물들어 있었다. 그는 차갑게 노려보며 킹케이드 쪽으로 다가왔다.

"나를 본 게 놀라운가?"

빈스가 나지막이 말했다.

"약간."

킹케이드는 그의 상처를 살펴보았다.

"지금부터는 내가 널 지켜보겠다고 했었지. 거기 익숙해지라구."

자신의 말이 진실임을 증명하려는 듯, 빈스는 킹케이드가 저녁 식사를 마치고 나왔을 때도 그 자리에 서 있었다. 다른 일꾼들이 궁금한 듯이 두 사람을 쳐다보았지만, 아무 말도 하지 않았다.

다음날 아침, 빈스는 이른 새벽의 회색빛 그림자 속에 검은 형체로 드러나 있었다. 나중에, 킹케이드가 낮 동안 할 일을 하기 위해 나갔을 때도, 뒤를 돌아보면 100미터쯤 떨어진 뒤쪽에 빈스가 있었다.

이튿날도 마찬가지였다. 빈스는 항상 킹케이드의 근처 어딘가에 있었다. 셋째 날 아침, 킹케이드는 일상을 좀 바꿀 때라고 결심했다.

목장 북서쪽으로 말을 달리며, 그는 거칠고 메마른 땅을 가로지르는 색채들을 지켜보았다. 이런 아침의 변화에는 언제나 활력이 있었다. 한순간 별들이 검은 하늘에서 반짝이는 듯싶더니, 다음 순간 검은 동쪽 지평선에 균열이 생기며 희뿌연 보라색 틈이 대지와 하늘을 둘로 갈랐다. 어느새 빛의 길다란 곡선이 동쪽에서 굴러나오다가 땅 위로 더 긴 그림자를 쏟아내었다.

태양이 떠오르자, 한낮의 열기가 시작되어 말의 속력을 올리는 킹케이드의 등을 뜨겁게 했다. 그와 목장 건물과의 사이가 점점 벌어졌다. 은밀한 시선으로 빈스가 따라오는 것을 확인하였다.

목장의 서쪽 경계선은 사막의 산들 속으로 깊이 뻗어 있었다. 거칠고 험한 지형으로 인해 속력을 늦출 수밖에 없자, 킹케이드는 그걸 이용하여 자신의 목적에 어울릴 만한 장소를 쉬임없이 찾아보았다. 해가 중천에 떠올랐을 때쯤 그는 적당한 곳을 발견하였다.

돌들과 쓰러진 재목이 안장 모양의 산비탈 아래에 은신처를 제공하였다. 그 위로는 드문드문 세워진 나무들로 가려진 풀 덮인 지역이었다.

킹케이드는 드러나지 않게 숨어, 빈스가 지나가길 기다렸다. 한참 동안, 들리는 소리라곤 나무 사이를 통과하는 약한 바람소리와 그의 말이 발 구르는 소리뿐이었다.

말이 어떤 움직임을 알아차리고 머리를 들며 귀를 쫑긋 세워 신호를 보냈다. 잠시 후 자갈길 위로 쇠징을 박은 발굽소리가 멀리서 들려 왔다.

킹케이드는 귀를 기울였다. 말 앞의 비탈을 따라 작은 자갈들이 굴러 떨어졌다. 킹케이드는 말고삐를 모아 쥐며, 근육을 긴장시켰다.

한 마리 말의 코가 시야로 들어왔다. 킹케이드는 말에 박차를 가해 은 신처에서 달려나왔다. 하지만 말에 탄 사람은 빈스가 아니라 에덴이었다.

놀란 그녀가 고삐를 뒤로 잡아당겼다. 킹케이드도 고삐를 잡아당기며, 그녀의 눈 속에 나타난 놀라움을 보고는 말없이 속으로 욕설을 퍼부었 다. 그 눈 속의 놀라움은 그를 알아챈 즉시 사라지고, 그녀의 표정은 불 안한 경계심으로 변했다.

"미안하오. 당신을 놀라게 할 생각은 아니었소."

그녀의 얼굴에 다시 강인함과 상처받기 쉬운 연약함의 보기 드문 조 화가 나타났다. 지난 3일 동안 그는 그녀에 대해 생각하지 않기 위해 별 별 짓을 다 동원해 보았다. 하지만 지금, 그녀가 항상 자신의 마음속에 있었다는 것을 깨달았다.

"당신은 레드 부트의 탱크를 점검하기로 되어 있어요. 그곳은 여기서 거의 일 킬로미터 이상 떨어져 있는 걸로 아는데요."

그녀의 말이 주인의 긴장을 알아채며 불안한 듯 옆걸음질을 쳤다.

"이 구역은 새로운 곳이라, 익숙해지기 위해 둘러보고 있었소."

그럴 듯한 설명이었지만 그녀가 믿을지는 확실치 않았다.

"당신은 어디 가는 거요?"

그녀는 잠시 주저했다. 그는 그녀의 재빠른 표정 변화와 눈 속의 명암 이 바뀌는 걸 지켜보았다. 그녀의 입술이 열렸다가 다시 닫혔다. 그리고 는 그녀의 시선이 올라와 그의 눈과 마주치자, 그가 그렇게도 주의 깊게 떨쳐내려 했던 굶주림이 깨어나며 충격이 그를 관통했다.

"난 번식용 암말들을 살피러 왔어요."

에덴은 그의 뺨을 따라 이어지는 근육의 뭉침과, 굶주린 욕망을 숨기 려고 애쓰는 기색을 알아챘다.

그 열띤 시선을 느끼며, 그것이 그녀 내부에도 똑같은 혼란을 일으켰 다. 두려움이 닥치기를, 지난번 마구간에서 느꼈던 격렬한 반발감이 솟 구치기를 기다렸지만, 떨리는 욕구만이 전달되었다.

"암말들은 어디 있는 거요?"

그의 시선이 그녀가 향하던 곳을 스쳤다.

"여기서 팔백 미터쯤 떨어진 계곡에 있어요. 보통 거기서 발견할 수가 있죠."

그 순간 그녀의 말이 멀리 산등성을 향하여 동료를 부르는 울음소리를 냈다. 뒤돌아보자 200미터쯤 떨어진 산자락 위에 말 탄 사람이 한 명 있었다. 그가 말을 돌려 시야에서 사라졌지만, 이미 빈스임을 알아본 후였다. 그녀는 알겠다는 표정으로 킹케이드를 쳐다보았다.

"내가 빈스인 줄 알았던 거군요."

방금 전, 그녀는 킹케이드가 그녀를 일부러 쫓아온 거라고 생각했었다. 자신의 오해를 숨기기 위해 그녀는 분노를 사용했다.

"오빠를 기다리고 있었던 거군요, 그렇죠? 왜요? 오빠가 당신에게 무슨 짓을 했나요?"

킹케이드는 멍든 오른쪽 턱을 손가락으로 매만졌다.

"이건 내가 시작한 게 아니오."

"하지만 당신이 끝낼 거잖아요, 그렇죠?"

그녀가 씁쓸하게 말했다.

"어쨌든 당신은 반격을 할 거고 계속 기회를 노리고 있어요. 오빠를 억누르기 전까지는 만족하지 않을 거예요."

"나에 대해서 말하는 거요, 아니면 디파드요?"

자존심이 고개를 쳐들며 딱딱한 껍질처럼 그녀를 뒤덮었다. 아무 감정도 드러나지 않았다, 사무치는 분노의 파편조차도. 채찍을 휘둘러 그녀는 말이 힘차게 달려나가게 했다. 킹케이드도 그녀의 말 옆으로 자신의 말을 몰았다.

두 사람은 한 마디도 나누지 않고 달렸다. 앞쪽 길이 좁아들자 킹케이드는 에덴의 말 뒤로 물러섰다. 앞뒤로 험한 골짜기를 오르는 사이, 그들 사이의 침묵이 좀더 편안하고 단순한 것으로 변해 갔다.

그것은 대지의 영향력이었다, 분노와 같은 인간적 감정들에는 완전히 무관심한 대지. 톱날 같은 산세와 모난 언덕들, 동요 하나 없는 자줏빛 협곡들은 사람들에게 침묵과 평온을 전달했고 멀리까지 시야를 탁 펼쳐놓았다.

킹케이드는 대지의 광대함을 느꼈다. 그의 시선은 울퉁불퉁한 산들의 정상을 배회하며 그 밑바닥 사막의 드넓은 지대를 보고 나서 에덴에게서 멈췄다.

앞에서 달리는 그녀는 어깨를 똑바로 세우고 말이 흔들릴 때마다 엉덩이가 가볍게 살랑거렸다. 킹케이드는 그녀를 사심 없이 쳐다보았다. 많은 면에서, 그녀는 이 대지와 비슷했다. 강인하고 단호했다. 이 대지처럼 한순간 뜨거웠다가 다음 순간 차가울 수도 있었다. 그리고 이 대지처럼, 쉽게 알아볼 수 없는 연약함도 간직하고 있었다.

하지만 그녀에게는 그보다 더한 것이 있다. 숨길 수 없는 삶에의 열정과 억누를 수 없는 자존심 말이다.

길이 넓어지자, 킹케이드는 자연스레 에덴의 옆으로 말을 몰았다. 동쪽 하늘 높이 솟은 태양이 강렬한 빛을 발산했고 건조한 바람이 울창한 수목의 향긋한 내음을 전달하였다.

그들은 앞에 펼쳐진 계곡을 돌아갔다.

거기에 말들이 있었다. 거의 새끼를 배고 있는 듯한 아홉 마리의 암말들이 짧게 자란 풀 위에 흩어져 있었다.

에덴의 말이 킬킬거리며 인사를 했고, 4개월쯤 된 어린 망아지 한 마리가 그들을 맞이하려는 듯 달려나왔다. 그 망아지는 멈춰 서더니 앞다리를 들고는 귀를 뒤로 세우고 머리를 흔들어대며 자기 무리를 방어하는 과격한 종마 흉내를 냈다.

그 모습을 재미있어하며 킹케이드가 에덴을 쳐다보았다.

"우리가 경고받는 것 같은데."

그녀의 입술 끝이 미소를 그렸다.

"그 말이 맞는 것 같아요."

에덴은 수년간 잊고 있던 풍성한 만족감을 느끼고 있었다. 함께 나누는 순간의 즐거움이 그녀의 눈 속에 담겨 있었다. 그녀는 천천히 흩어진 말 무리 속으로 자신의 말을 몰아갔고, 킹케이드도 그 옆에 따랐다.

커다란 말 한 마리가 그들을 지켜보았다. 엉덩이와 목에 갈색띠가 둘러진 하얀 그 암말은 탄탄하고 강인한 근육을 갖고 있었다. 머리를 흔들고 콧김을 뿜어대며, 두 귀를 뒤로 젖힌 채 점점 가까이 다가오는 킹케이드에게 경고를 발했다. 그는 그 말을 돌아가려다가 그 암말의 양쪽이 다른 눈 색깔을 보고는 고삐를 잡아당겼다. 한쪽은 푸르고 한쪽은 갈색인 눈동자, 그는 이 말을 알고 있었다…….

좁은 칸막이 안에 있는 커다란 암말이 두 귀를 뒤로 흔들어대며 한시도 가만히 있지 않고 성마르게 움직였다. 한 마부가 그 말의 굴레를 꼭 움켜쥐고 있었다. 안장은 단단하게 조여맸고, 가죽끈은 미끄러지지 않을 만큼 넉넉했다. 모든 것이 준비가 되었다.

킹케이드는 난간 위에 올라 안장을 맨 말 바로 위에 섰다. 아드레날린이 온몸으로 용솟음치며, 그의 관심은 바로 앞의 말에게만 집중되었다. 아나운서의 목소리를 포함한 주위의 풍경과 소리 따위는 모조리 차단되었다.

"이 번 칸막이, 다음 선수는 텍사스의 빅 스프링스에서 온 케이 시 해리스. 케이 시는 요즘 안장 매달리기에서 우승하고 있지만, 엄청나게 날뛰는 암말 행운 양에게 걸리고 말았군요. 이 말은 올해의 사나운 말에 두 번이나 선정되었습니다. 여러분도 아시겠지만, 이 말에 탄 많은 선수들이 불행을 겪고 말았습니다. 오늘 케이 시가 이 말을 어떻게 요리할지 두고 보겠습니다."

칸막이 안에 긴장이 감돌았다. 킹케이드는 경계하며 그 암말 위로 몸을 내렸다. 그의 무게가 안장에 닿자 말이 순간 근육을 응축시켰다.

모든 정신을 집중하며, 킹케이드는 등자에 발을 끼고 밧줄을 두 번 휘감아 자신이 원하는 만큼 쥐었는지 확인하였다. 암말은 고개를 옆으로 돌리며 파란 눈동자를 내보였다. 목의 갈색 띠는 정확히 아이들의 벙어리 장갑 모양이었다.

맥박이 격렬하고 묵직하게 귓속에서 쿵쿵거리며, 송진과 말의 땀 냄새가 강하게 그를 휘감았다. 모든 신경이란 신경들은 극도로 긴장을 했다. 언제나 그렇듯이, 이런 급박한 순간 기이한 침착함이 그에게 찾아들었다. 그는 안장에서 뒤로 몸을 젖히고 한쪽 팔을 높이 들었다. 시간의 흐름은 느려지고 초마저도 더욱 세분되었다. 그는 이 암말의 명성을 알고 있었고, 이 녀석을 탈 수 있다는 걸 직감적으로 느꼈다. 또한 한순간의 실수도 큰 재앙을 부를 수 있다는 것을 알고 있었다. 로데오의 스릴은 도전과 위험이 결합된 데 있었다.

킹케이드는 입구를 열라고 고갯짓을 했다.

거친 말이 하늘로 솟아오르며 로켓처럼 칸막이 밖으로 돌진해 나갔다. 응축되어 있던 에너지를 거칠게 발산하며 자기 등에 탄 사내를 떨어뜨리려 했다. 그 암말은 세 번을 높이 날뛰었고, 다음 순간 갑자기 정지하더니 킹케이드를 안장머리까지 들쳐냈다. 그리고 고양이처럼 옆으로 껑충 뛰어오르며 중간에서 몸을 비틀었다.

일순간 그의 균형감각이 무너졌다. 안장에서 떨어지지 않기 위해 정신이 없었다. 말이 한쪽 어깨를 웅크리자 그는 등자 하나를 놓쳐 버렸다. 다음 번의 격렬한 점프로, 킹케이드는 말의 목 위로 날아올랐다. 낙마를 피하기 위해 두 팔을 뻗었다가 잘못 착지하고 말았다. 그의 왼손이 밑에 깔리면서, 무언가 우지끈하더니 새하얀 고통이 그를 관통했다.

그는 고통스럽게 이를 악물고 왼팔을 감싸안은 채 일어서서 커다란 말을 찾아 시선을 돌렸다. 자유로워진 그 말은 전속력으로 달려나가고 있었다.

말 탄 이 하나가 그 암말 옆으로 가서 고삐를 잡기 위해 손을 뻗었다. 즉시 그 거친 암말은 미끄러지듯 빠져 나가 마치 승리를 외치듯이 경기장을 한 바퀴 커다랗게 돌았다. 말의 파란 눈동자가 번득이는 것을 보며 킹케이드는 그 속에 비웃음이 있다고 확신하였다.

그 말이 지금 눈앞에 있었다. 목덜미의 벙어리 장갑 모양 갈색털도 틀림없었다.

"왜 그래요?"

여전히 5년 전 그날의 기억에 사로잡혀 있던 킹케이드는 무심코 입을
열었다.

"저 말을 알고 있소. 최고로 잘 날뛰는 말이었지, 행운 양이라고."

"전문적으로 로데오를 했나요?"

그녀에게 과거를 드러낼 생각은 아니었는데 이미 그렇게 되고 말았다.

"사실 거의 평생 동안이오."

킹케이드는 계속해서 암말을 쳐다보았다.

"내가 처음 리틀 브리치 로데오에 출전했을 때가 네 살이었소. 그 후
로는 그것이 내가 하고 싶어했던 모든 것이었고 결국 내가 한 모든 것이
되었소. 오 년 전에 난 이 행운 양 등에 올라탔소. 녀석은 아주 쉽사리
날 내던져 버렸지. 떨어지면서 팔이 부러졌고."

지난 날을 회상하면서, 킹케이드는 로데오 순회를 다니던 그 시절이
얼마나 오래 전처럼 느껴지는지 깨달았다. 다른 생애 속에서 벌어졌던
일처럼 느껴졌다.

"왜 로데오를 그만 두었나요?"

에덴이 호기심과 관심어린 표정으로 그를 쳐다보았다.

"선택의 여지가 없었소. 너무 여러 번 고삐 쥐는 팔을 부러뜨렸지."

왼손을 구부려 보자 빈스와의 싸움으로 인해 계속되는 욱신거림이 느
껴졌다.

"더 이상 벌줄 수는 없지."

"그래서 로데오 순회를 목장 순회로 바꾸셨군요."

그러면서도 에덴은 그 말에 믿음이 가지 않았다.

"뭐 그런 거지."

"당신은 이런 생활에 오랫동안 만족하지 못할 거예요."

"그럴지도 모르지."

그는 어깨만 으쓱여 보였다.

계속해서 그를 살피며 또다시 새로운 의심이 들었다. 그는 목적을 가진 남자처럼 보였다. 에덴은 그가 벌였던 오빠와의 싸움과, 오빠가 그에게 퍼부었던 비난들을 기억해 냈다. 그게 사실일까? 그게 진실이 아니라고, 마음 깊이 이 남자를 믿고 싶어하는 자신의 감정을 깨닫고 그녀는 어이가 없어졌다.

그가 돌아서며 묻는 듯이 한쪽 눈썹을 들어올렸다.

"트레일러 사고로 다쳐서 없애야만 했다고 들었는데, 어떻게 당신한테 이 말이 와 있는 거요?"

"사고 후에 전주인에게 연락이 왔어요. 상처가 경기장에서는 뛸 수 없을 정도로 심각했지만, 없애버릴 정도는 아니었죠. 그래서 내가 샀어요."

"당신이 그 말에 관심 있다는 걸 그가 어떻게 알았소?"

에덴은 잠시 머뭇거린 후 대답했다.

"난 로데오용 말을 대는 공급업자에게 편지를 썼어요. 사육 프로그램을 시작했으니 나이가 들었거나 팔고 싶을 만큼 다친 암말이 있으면 연락해 달라고 했죠."

"사육 프로그램이라."

그는 높은 계곡에 흩어져 있는 말들을 다시 한 번 쳐다보았다.

"그러니까 이 모든 번식용 말들이……."

"이전에 로데오용 말이었던 거죠."

에덴은 그의 말을 마무리지었다.

"우린 말마다 제각각 어떤 특성이 있다고 생각해요. 어떤 말은 속도가 빠르고, 어떤 말은 끈기나 민첩성을 특색으로 가질 수 있지요."

킹케이드는 고개를 끄덕이며 그녀의 생각을 이어나갔다.

"그리고 당신은 어떤 말들이 달리기 위해 태어난 것처럼, 어떤 말들은 날뛰기 위해 태어났다고 믿는 거로군."

그의 입술이 미소로 굽어졌다.

"안 될 거야 없겠지. 짐 솔더스는 그게 황소에게 가능하다는 걸 입증해 냈고, 몇몇 사람들이 날뛰는 말의 종자를 개발하려고 애쓴다는 얘기를 들은 적도 있소. 당신은 어떤 결과를 얻었소?”

“사 년 된 말 한 마리는 훌륭한 목장용으로 판명이 되었고, 삼 년 된 말 네 마리는 이번 겨울에 시험해 볼 예정이에요.”

에덴은 말고삐를 움직여 걸어나가도록 지시했다. 킹케이드도 그녀를 따랐다.

에덴은 앞에 펼쳐진 대지를 훑어보았다. 이 땅이 그녀의 일부이듯이, 로데오는 그의 일부였다. 거기서 떨어진다는 것은, 억지로 밀려나 멀리서 바라볼 수밖에 없다는 것은 상상하기도 끔찍한 고문일 것이다.

킹케이드가 말을 세웠다.

“저건 무슨 호수요?”

그가 가리킨 방향을 쳐다보았다. 북쪽에서 흐릿하게 반짝이는 물빛에 그녀가 미소를 머금었다.

“저건 신기루예요. 블랙 록 사막의 남쪽 끝이죠, 커다란 불모지인데 묘하게 아름다워요.”

“블랙 록 사막이라.”

그가 인상을 찡그렸다.

“얼마나 크지?”

“전체가 아마 백만 에이커는 될 거예요.”

“그럼 그 반대쪽은?”

킹케이드가 물었다.

“또 다른 산악 지대죠, 그 너머로는 오레곤 서부 평야가 있구요. 황소가 이끄는 마차로 사막을 횡단하는 모습을 상상해 보세요. 산들을 마주보며 그곳을 가로질러 오레곤 평야에 도달하기까지 있었을 투쟁을 말이에요. 오늘날에는 차로 두 시간 정도면 충분하죠. 하지만 황소로는 아마…….”

그녀는 갑자기 마음속에 스친 생각들에 입을 다물고는 사막의 신기루와 지평선의 희미한 그림자로밖에 보이지 않는 먼 산들을 응시하였다. 오레곤 경계선이 그 산들 바로 너머에 있었다.

“왜 그러오? 뭐가 잘못되었소?”

그의 질문을 이해하기까지는 시간이 걸렸다. 에덴이 고개를 돌렸다.

“아뇨, 잘못된 건 없어요. 당신은 탱크를 살피러 가는 게 좋겠어요. 난 따로 살펴볼 게 있으니까요.”

그녀는 말머리를 돌려 목장으로 돌아가기 시작하였다.

15

태양이 지평선 아래로 수그러들었다. 칼날 같은 자줏빛 산등성의 위쪽 하늘이 짙은 보라빛 어스름으로 물들어 갔다. 에덴은 일 킬로미터 전부터 트럭의 헤드라이트를 켰다. 불빛이 어둠 속을 가르며 목장으로 이어진 길을 비췄다.

덜컹이는 트럭 속에서 에덴은 운전대를 꼭 쥐었다. 오랫동안 운전을 한 후라 덥고 피곤했지만, 기분은 한껏 고양되었다.

목장 건물의 불빛이 어둠 속에서 포근하게 빛났다. 에덴은 곧장 집으로 차를 몰았다. 차에서 내리자 근육들이 비명을 지르고 관절도 뻣뻣해졌지만 현관을 가로지르는 그녀의 발걸음은 날아갈 것만 같았다. 양파 튀기는 냄새를 맡자 문득 허기가 몰려들었다. 아침을 먹은 후로 아무것도 먹지 않았다는 사실이 새삼 생각났다.

그녀는 부엌의 맛 좋은 향기를 따라 들어갔다. 감자와 양파가 프라이팬 속에서 지글대는 소리, 그리고 난로 앞에 서서 한 손에는 주걱을 들고 햄버그 스테이크 위로 양파를 담는 빈스의 모습이 보였다.

“두 사람분을 준비했다고 하면 뭐든 용서해 줄게.”

그녀가 모자를 벗으며 머리를 흔들었다.

빈스가 그녀를 노려보았다.

“지금이 얼마나 늦은 시각인 줄 알아? 대체 어디 갔었던 거냐?”

에덴은 오빠에게 말해 주고 싶었다. 모든 계획을 다 말해 주고 싶었다. 하지만 전과 같이 실수할 기회를 줄 수는 없었다.

“내 몫은 요리하지 않았다는 뜻이야?”

“네 것은 벌써 접시에 놓았어. 만족스럽냐?”

빈스가 짜증스레 뚜껑을 열어 그녀의 음식을 보여 주었다.

“좀더 자주 늦어야겠는걸.”

그녀가 싱크대로 가서 손을 씻었다.

“어디 간다는 메모 정도는 남겨 놓을 수 있었잖아. 너한테 무슨 일이라도 생기면, 최소한 어디서부터 찾아야 할지 알 테니까 말이야.”

그가 테이블로 접시를 들고 왔다.

“오빠 말이 맞아. 그랬어야 했어.”

의자를 빼내는 그녀의 손은 아직 젖은 채였다.

“자, 오빠로서의 나머지 강의는 저녁 먹은 후에 하면 안 될까? 나 배고파서 죽을 지경이야.”

빈스는 침묵했고, 그것 자체로 대답이 되었다. 에덴은 탐욕스럽게 요리를 공격해 나갔다.

“아주 맛있었어.”

식사를 마치고 접시를 물리며 그녀는 우유잔을 들었다.

“어디 갔었는지 말하지 않았잖아.”

빈스가 의자 뒤로 몸을 기대며 그녀에게 검은 눈동자를 고정시켰다.

“여기저기.”

에덴은 약간 인상을 찡그리며 꾸며댔다.

“그리고 일할 사람 두 사람 정도 구할 수 있으면, 나한테 말해 줘.”

“누군가 찾을 수 있겠지.”

“더 이상 기다릴 여유가 없어. 난 내일 가축들을 모아들이기 시작할 거야.”

그녀가 지저분한 접시와 식기류를 모아 싱크대로 가지고 갔다.

“너무 이르잖아.”

“우린 도와줄 사람이 별로 없어. 두 배는 더 걸릴 거야.”

정상적으로 완전하게 일할 수만 있다면, 에덴도 그렇게 할 생각은 없었다. 하지만 그녀는 빠르게 움직여 모든 것들을 2주 안에 마무리짓고 싶었다. 디파드는 그녀가 가축을 모아들이는 데 한달이나, 그 이상 걸릴 걸로 예상할 것이다. 그리고 그렇게 생각하기를 원했다.

“모아들인 후에는 소떼를 어쩔려고? 어디에도 내다팔 수가 없잖아. 디파드가 꼼짝 못하게 막아 놓았다구.”

“그때 가서 방법을 생각해 보지.”

그녀가 접시들을 싱크대에 넣고 테이블을 치우기 위해 돌아왔다.

“어떤 방법도 생길 리가 없어. 디파드가 모든 가능성을 막아 놓았다구. 넌 쓸데없는 짓을 하는 거야.”

“그건 오빠 생각이지.”

“그게 사실인걸. 왜 넌 받아들이지 못하는 거냐?”

“왜냐하면 그건 디파드가 이기는 걸 의미하니까. 난 그가 이기게 할 생각이 없어. 그건 공평치 않아. 다른 사람은 몰라도 오빠는 그거 알잖아.”

그녀의 강한 반응에 빈스가 시선을 돌렸다.

“알지.”

“그럼 날 도와줘, 아무 말 말고.”

그가 의자에서 일어나 뻣뻣하고 성난 자세로 동생을 마주 보았다.

“내 나름대로 지금 그러는 중이란 말이야.”

그녀는 오빠를 믿었다. 긴 한숨이 터져나왔다.

“알아. 그런데 우리가 왜 싸우는 거야?”

“네가 내 말을 듣지 않으니까. 이번에는 내가 옳다구.”

그 문제로 논쟁을 계속하는 대신, 그녀는 오빠의 턱에 붙여진 밴드를 쳐다보았다.

"설거지 끝내는 대로, 그 밴드 갈아줄게."

"오늘 아침에 내가 갈았어."

그는 무심코 뺨의 상처로 손을 올렸다.

"어때?"

에덴은 냉장고를 열고 양념통들을 집어넣었다.

"괜찮아."

그녀가 싱크대로 향하자 빈스가 뒤를 따라왔다.

"오늘 아침에 그 녀석과 같이 있는 거 봤다. 꽤나 사이 좋아 보이던 걸."

"그렇지도 않아."

그녀는 즉시 경계심을 발동시켰다. 킹케이드를 향한 자신의 감정과 빈스의 교묘한 추궁 모두에 대해서.

"그냥 번식용 암말들을 살피러 간 거야."

"말할 거리가 많았을 것 같은데. 그 녀석이 나에 대해서 뭐라고 했지?"

"아니."

에덴은 자신이 킹케이드에 대해 생각지 않으려고 얼마나 열심히 노력했는지, 그에 대한 생각을 몰아내려고 얼마나 투쟁했는지 이제서야 깨달았다.

"그는 거의 자기 자신에 대해서 얘기했어. 상처 때문에 어쩔 수 없을 때까지는 전문적인 로데오 선수로 출전했었대. 내가 산 그 커다란 암말 기억나지, 행운 양이라고? 그가 그 말을 타본 적이 있대."

"로데오 선수였다고?"

"맞아."

빈스는 더 이상 아무 말 없이 뱃속에서부터 번져나는 구토감을 억제하려 애쓰는 중이었다. 그는 싱크대에서 떨어져 나왔다. 사정없이 달리는 마음을 거부해 보았지만, 언제나 똑같은 섬칫한 가능성으로 돌아가는 것이었다. 식은땀이 솟아나며, 공포가 분출되었다.

"빈스?"

그가 화들짝 돌아섰다.

"미안해. 뭐라고 했니?"

손바닥이 축축해지자, 그는 허벅지에 두 손을 비벼댔다.

"별다른 말은 아니야."

그녀가 이상한 듯이 그를 쳐다보았다.

빈스는 이제 불안하게 고개를 끄덕였다.

"아, 그래. 여긴 너무 덥구나, 바람 좀 쐬야겠어."

그녀가 더 질문하기도 전에 그가 문을 나섰다.

밖에서 그는 현관 앞에 멈춰 떨리는 숨을 들이마셨다. 트럭이 집의 불빛에 의해 둔탁하게 빛났다. 열쇠를 찾으러 주머니에 손을 넣는데, 한 목소리가 어둠 속에서 들려 왔다.

"어디 갈 셈인가, 빈스?"

그는 얼어붙었다. 시가의 연기와 빨간 눈동자처럼 어둠 속에서 불타는 담배 끄트머리가 보였다. 킹케이드, 일명 케이 시 해리스가 어둠 속에서 걸어나와 집에서 흘러나오는 불빛 속으로 모습을 드러냈다.

빈스는 그의 얼굴을 노려보았다. 높이 솟은 광대뼈, 날카로운 턱, 마르시와 비슷했다. 똑같은 연한 파란색의 눈동자와 황갈색 금발 머리. 전에는 왜 미처 알아채지 못했을까?

"무슨 일이지?"

목 안의 응집된 근육들을 움직여 그가 간신히 질문을 했다.

킹케이드는 시가의 재를 탁탁 털어냈다.

"누군가 따라다니고 있다는 걸 일깨워 줄 시간인 것 같아서."

빈스는 더 이상 듣지 않았다. 방향을 돌려 집안의 어두운 거실로 곧장 들어갔다. 그는 총이 든 진열장 옆 창문으로 가서 밖을 내다보았다. 그늘진 어둠 속에서 킹케이드는 까만 형태로만 보였다. 빈스는 창문에서 떨어지며 입술 안쪽을 잘근잘근 씹어댔다.

그는 손가락으로 머리를 긁어 넘기며 한 손을 총이 든 진열장에 기댔다. 한참 동안 그 안의 총들을 노려보면서도 아무것도 눈에 들어오지 않다가 천천히 그의 시선이 장총 하나에 집중되었다. 에덴이 디파드의 부하를 쫓아갈 때 가지고 갔던 그 총. 그는 오랫동안 그것을 노려보다가, 서서히 표정이 또렷해졌다. 그는 몸을 세우고 방을 나섰다.

"나 스타네 맥주 마시러 간다."

문을 나서면서 그가 에덴에게 소리쳐 말했다.

"일자리 찾는 사람 있으면, 같이 데려와."

"알았어."

손에 열쇠를 든 채, 빈스는 시가의 불빛 쪽으로는 시선 한 번 돌리지 않고서 트럭으로 곧장 나아가 차에 올랐다. 열쇠를 돌리자 모터가 살아났다. 그는 집에서 방향을 돌려 좁은 길로 달려나갔다.

일 킬로미터쯤 달렸을까, 그의 백미러에 헤드라이트 빛이 반사되었다. 빈스는 그걸 보며 씨익 웃었다.

"좋았어. 계속 쫓아오라구."

그가 나지막이 중얼거렸다.

빈스가 들어섰을 때 럭키 스타 안에는 여섯 명쯤의 손님이 앉아 있었다. 모두가 동네 사람들이었다.

바에 있던 로이가 그를 보고 스타에게 무슨 말인가 건넸다. 돌아서는 그녀의 움직임에 초록색 셔츠에 달린 프릴들이 흔들거렸다.

"어머나, 귀하고 자유로우신 분, 자칭 잘생겼다는 분 아니신가요."

그녀가 그를 맞이하러 다가왔다.

"오늘밤 당신을 보다니 놀라운 걸요."

"이곳에 생기를 좀 불어넣어야 할 것 같아서 말이야."

빈스가 미소지었다.

"물론 그럴 수는 있겠지만, 새로울 게 뭐 있겠어요?"

스타가 말하다가 잠시 멈춰 그의 얼굴을 호기심어린 눈길로 훑어보았다.

"무슨 일 있어요?"

빈스는 머뭇거리다가 능숙하게 거짓말로 둘러대었다.

"맨날 그 얘기지, 스타. 질투심 많은 남편과 뒷구멍은 없다는 거."

그녀의 허스키한 웃음은 짧았다.

"당신은 언제나 탁월한 거짓말쟁이죠, 빈스. 진실이 당신한테 들이닥 쳤을 때 당신이 과연 그걸 깨달을지나 모르겠군요. 아니면 그런 일이 생 긴 건가요?"

"상관없어."

그는 어깨 너머를 힐끗 돌아보았다. 또다시 성급함이 솟아올랐다. 킹 케이드가 언제 문으로 들이닥칠지 몰랐다. 시간이 얼마 없다.

"당신한테 부탁이 하나 있어, 스타."

그는 그녀의 어깨에 팔을 두르고 바 쪽으로 이끌었다.

"무슨 부탁인데요?"

신중하게 그녀가 물었다.

"디파드에게 연락 좀 해줘. 내일 모레 이글 지역에서 시한을 만나야겠 다고 말해. 정확히 아침 열 시에 거기 있어야 한다고. 알아듣겠어?"

"알았어요."

고개를 끄덕이는 스타는 더욱 호기심어린 표정이었다.

"하지만 왜 당신이 직접 디파드에게 전화하지 않는 거죠?"

"설명할 시간이 없어. 당신이 해줄 거지? 중요한 일이라구."

"그러죠."

"당신은 믿을 수 있어."

빈스가 윙크를 하며 그녀의 어깨를 한 번 힘주어 안았다. 그리고는 사 무실로 향하는 2층 계단 쪽으로 그녀를 돌려세웠다.

"지금 전화하는 게 좋을 거야."

정문이 열리며 킹케이드가 들어섰다. 스타의 매서운 눈길이 킹케이드의 얼굴에 난 멍을 보고는 빈스에게 알겠다는 듯한 시선을 보냈다.

"몇 방 날리신 모양이군요."

"한두 방."

그가 미소를 지었다.

그녀는 계단으로 향하다 킹케이드를 지나치면서 아는 체를 했다. 자신이 생긴 빈스는 긴장을 풀고 로이에게 맥주 한 잔 달라고 신호했다. 킹케이드가 걸어와 그와 1미터쯤 떨어진 마호가니 바에 몸을 기댔을 때까지도 빈스는 미소짓고 있었다.

"이 친구한테도 맥주 한 잔 따라 줘, 로이. 계산은 내 앞으로 하고."

빈스가 킹케이드에게 손짓하는 순간 부엌의 스크린 도어가 살짝 열리며 러스티가 얼굴을 내밀었다. 그는 킹케이드가 빈스와 같이 있는 걸 보더니 다시 문을 닫았다.

"난 직접 사 마시는 걸 더 좋아해."

킹케이드가 말했다.

"좋을 대로 하시지."

빈스는 짐짓 인사하는 척 머그잔을 들어올렸다. 그의 입가에는 미소가 숨어 있었다.

"마셔 두라구. 이 맛을 다시 보려면 육 주 이상 걸릴 테니까."

"오, 이유가 뭘까?"

"우린 내일 가을철 가축몰이를 나설 거거든."

로이가 그 말을 듣고는 놀랍다는 듯 인상을 찡그렸다.

"이렇게 빨리?"

"우린 일손이 별로 없어서 더 오래 걸릴 테니까."

빈스가 설명했다.

"일자리를 찾는 사람이 있으면, 우리한테 보내라구."

빈스는 방향을 바꿔 바 위에 팔꿈치를 기대고 킹케이드를 마주 보았다.

"솔직히 자네와 동행하는 것에 익숙해진 것 같아. 이젠 자네가 나타나도 별로 귀찮지 않으니 말이야.”

“아까는 귀찮아하는 것 같던데.”

“누가 그렇지 않겠어? 자네 때문에 놀라 죽을 뻔했다구.”

빈스가 태평스레 미소를 지어 보였다.

“정말인가? 그래서 그렇게 뛰쳐 들어가셨나?”

“열쇠를 안에 놔둬서 찾으러 가야 했지.”

빈스는 잠시 말을 멈췄다.

“솔직히 말하지. 에덴이 내 행동에 대해 오늘밤 설교를 좀 늘어놓았거든. 그 애 말대로, 굳이 당신을 적으로 삼지 않더라도 디파드는 우리에게 충분한 슬픔을 안겨 주고 있어. 그 애 말이 옳아.”

그가 밴드가 붙어 있는 뺨의 상처를 만졌다.

“이게 효력을 발휘하는지도 모르지. 어쨌든 자네만 괜찮다면, 난 모든 걸 잊겠어.”

“괜찮지 않다면?”

킹케이드는 그의 말을 어느 정도까지 믿어야 할지 확신이 서지 않았다.

“그렇다고 해도 내가 할 수 있는 일은 별로 없지.”

빈스가 상관없다는 듯 가볍게 어깨를 올렸다.

“복수에 마음이 쏠린 사람과는 이성적으로 대화가 되지 않는다는 걸 이미 오래 전부터 알고 있었어. 디파드를 보라구. 나 자신은 어떤 탐욕도 없지만 말이야. 그건 정력 낭비일 뿐이야.”

“거기서 많은 만족감을 얻을 수가 있지.”

“내 생각은 그렇지 않아.”

빈스가 그의 뒤를 쳐다보며 자세를 바로 세웠다.

“전화는 했어, 스타?”

“네.”

두 사람 사이에 오고간 표정은 무언가가 있다는 의심이 들게 했다. 빈스의 만족스런 미소를 보자 그 의심은 점점 더 강해졌다.

빈스가 테이블에 앉은 사내들을 향해 돌아섰다.

"이봐, 호그. 포커 게임 한 판 어때? 오늘밤은 운이 아주 좋을 것 같거든."

배불뚝이 주유소 주인이 의자에서 묵직한 체구를 일으켜 세웠다.

"토요일 밤처럼만 운이 따른다면, 내 주머니가 두둑해지겠는걸."

그가 다른 사내의 어깨를 툭 찔렀다.

"어때 머피, 적선 좀 하라구."

잠시 후 네 사람이 포커를 치기 시작했고, 킹케이드는 바에 남아 맥주잔만 만지작거렸다. 스타가 빈 술잔을 들고 걸어오자 그의 관심이 그녀에게 쏠렸다. 그녀가 쟁반을 로이에게 건넨 다음 킹케이드를 돌아보았다.

"지루한 밤이군."

그가 한마디 건넸다.

"더한 적도 있었는 걸요."

고양이 같은 걸음걸이로 그녀가 느릿하게 다가왔다.

"스퍼 목장에서 일하신다죠?"

"그런 것 같소."

"실수하는 거예요."

그녀가 경고하는 어조로 말했다.

"난 그렇게 생각지 않아."

킹케이드는 포커 테이블 쪽으로 돌아서며 바에 등을 기대고는 맥주를 홀짝였다.

"그녀는 목장을 유지할 수 없을 거예요. 디파드가 그렇게 만들 테니까요."

"시도는 하겠지."

"성공할 거예요."

"어쩌면."

그가 머그잔 속의 맥주를 빙빙 돌렸다.

"디파드의 계획이 성공할 수 있도록 그녀의 오빠가 정보를 제공한다
는 거 알고 있소. 당신을 연락책으로 쓰고 있나?"

"당신은 영리하신 분이니까, 직접 알아보시죠."

그녀의 입술에 나른한 미소가 떠올랐다.

"자, 용서하신다면 전 할 일이 있어서 말이에요."

카지노 라운지를 떠나 2층 계단으로 향하면서도 그녀의 얼굴에는 여
전히 오만한 미소가 서려 있었다.

두 시간 후, 빈스는 딴 돈들을 모아들이고 킹케이드가 서 있는 바로
어슬렁 걸어왔다.

"난 떠날 준비가 됐어. 자네는?"

그가 윙크를 해보이고는, 나직이 낄낄거리며 킹케이드의 등을 툭 치
고 나서 문으로 향했다. 킹케이드는 서둘지 않고 주머니에서 술값을 꺼
내 지불하였다.

불안한 기분으로 그는 문을 나서자마자 옆으로 비켜섰다. 하지만 빈
스가 기다리고 있지는 않았다. 여전히 조심스럽게 그는 건물에 달라붙은
채 구석으로 나아갔다.

트럭의 시동이 켜지며 윙윙거림이 밤의 적막을 가득 채웠다. 구석을
막 돌아서는 순간 빈스의 트럭이 스타네 가게에서 빠져 나가 마을 북쪽
으로 향하는 것을 보았다. 킹케이드는 그 빨간 미등을 노려보았다.

러스티가 골목의 짙은 어둠 속에서 모습을 드러내자, 음식으로 얼룩
진 하얀 앞치마가 어둠 속에서 날카롭게 도드라져 보였다. 킹케이드처럼
그도 출발하는 트럭의 뒤를 쳐다보았다.

"어떻게 돼 가?"

"잘 모르겠어."

킹케이드는 시가를 꺼내 불을 붙였다.

러스티가 그의 얼굴을 슬쩍 훑었다.

"둘이서 한바탕 한 모양이군."

“약간.”

“그런데 내가 제대로 들은 건가? 그가 술 한잔 산다고 했잖아?”

“그래.”

러스티가 고개를 저었다.

“이해가 안 되는군.”

개인적으로 킹케이드도 동감이었다.

“다 용서하고 잊고 싶대.”

“어쩌면 자네가 그래야 할지도 몰라.”

러스티가 진지하게 대꾸하였다.

“그럴 순 없어.”

“마르시는 이러지 않았을 거야. 그거 알잖아.”

“마르시는 너무 인정이 많았어.”

“그래, 하지만 상황이란 돌고 돈다는 걸 잊지 마, 킹케이드.”

“빈스에게 더 많은 슬픔이 기다리고 있지.”

“그리고 그렇게 되는 모습을 자네는 지켜볼 테고.”

“맞았어.”

“어떻게? 방법은 찾아냈나?”

“아직은 아니야. 하지만 그 녀석을 고통스럽게 만들 만한 게 있을 거야. 내가 그걸 찾아내는 날, 그자는 대가를 치르게 될 거야.”

“누군가에게 고통을 일으키면, 다 끝났을 때 자네도 슬픔을 짊어지게 될 수가 있어.”

“그럴 만한 가치는 있겠지.”

“그럴까? 그걸 확신하나?”

러스티의 도전에 킹케이드는 내뱉듯이 대꾸했다.

“자넨 내 마음을 바꾸지 못해, 러스티. 그러니 그만 두라구. 만약 날 돕고 싶지 않다면, 오클라호마로 돌아가면 그만이야.”

“상대가 틀렸다고 해서 등 돌리고 떠나 버렸다면 나에게 친구가 얼마 남지 않았을걸. 그렇다 해도 자네 생각은 틀렸어, 킹케이드. 인간이 할 수 있는 최대한의 실수라구."

"두고 보지."

"자네 친구가 되는 일은 빌어먹게 힘들군, 킹케이드. 이것만은 말해두지. 이번 한 번만 말하겠어. 자네가 옳든 그르든, 자네가 날 필요로 한다면 난 여기 있을 거야. 내가 필요하면 부르는 게 좋을 거야, 그렇지 않는 날에는 이 빨간 머리가 온통 곤두서는 걸 보게 될 테니까. 알아듣겠어?"

"아주 확실히."

킹케이드는 고개를 끄덕였다. 그의 입가에 아주 작은 미소가 서려 있었다.

"좋았어."

러스티는 성큼성큼 골목으로 사라져 갔다.

16

새벽의 고요함이 목장 마당에서 점점 커지는 소음들로 인해 깨어졌다. 등자에 부츠를 끼어넣는 소리들, 기수의 무게로 인한 안장 가죽의 마찰음, 딱딱한 땅 위로 울리는 말발굽소리, 그리고 마차들이 굴러나오는 덜컹거림 따위였다.

에덴은 한쪽으로 비켜서서 성급한 마음을 내보이지 않도록 주의하며 일행을 지켜보았다. 빈스가 고삐를 쥔 취침용 마차가 무겁게 다가왔다. 그녀를 본 순간, 빈스가 일행을 정지시키고 그녀에게 손짓을 했다. 또다시 지체되는 것에 비명이라도 지르고 싶은 심정으로, 에덴은 그에게 다가갔다. 뒷주머니에 꽂힌 지도들이 서둘러 걷는 걸음걸이에 등까지 올라와 닿았다.

"무슨 일이야? 오빠가 다른 사람들을 막고 있잖아."

마차 뒤에 멈춘 기수들에게 그녀가 힐끗 시선을 보냈다. 알아차리지 않으려 노력했지만, 그 속에 킹케이드도 있다는 걸 모를 리 없었다.

"넌 왜 우리와 같이 가지 않지?"

빈스가 인상을 찡그렸다.

"기억력이 없으시군."

에덴은 짜증을 숨기려 안간힘을 썼다.

"어젯밤에 난 다른 일을 처리해야 한다고 했잖아."

"그랬나? 언제?"

"오빠가 거나하게 마시고 집에 왔을 때. 난 내일 빅 팀버 협곡에서 합류할 거야."

그녀가 마차에서 물러서며 한 손을 들어 작별인사를 했다.

마차가 앞으로 움직였다. 에덴이 뒤돌아 걸어갈 때, 킹케이드는 그녀의 뒷주머니에서 몇 장의 종이가 빠져 나와 땅에 떨어지는 걸 보았다. 그녀가 계속 집 쪽으로 걸어가자, 그는 그것들을 줍기 위해 달려나갔다.

"에덴, 잠깐만."

그가 안장에서 돌아 땅으로 내려섰다.

"무얼 떨어뜨렸는데."

그걸 집어들었을 때, 킹케이드는 그것이 네바다의 지도들이라는 걸 알았다. 하나는 고속도로 지도였고 다른 것은 국도까지 나타난 더 자세한 지도였다. 두 개 다 똑같은 구역으로 펼쳐진 채 다양한 지점에 X자가 그려져 있었다. 둘레에 원을 그린 것 하나와 줄을 그어 지운 커다란 X자 두 개.

"이게 뭐지? 보물 지도요?"

다가오는 에덴에게 그가 농담을 건넸다.

"물론 아니죠."

보기 드물게 동요한 모습으로 그녀가 지도들을 낚아챘다.

"평범한 도로 지도예요."

"당신이 그걸 갖고 있고 말이오."

그녀의 태도가 표시된 지점들에 알려지길 원하지 않는 중대한 의미가 있음을 나타내 주었다.

"마을로 가는 길을 찾기 위해 필요할 수도 있겠군."

가볍고 놀리는 듯한 말투였지만, 그의 호기심은 이미 발동되었다.

"농담 말아요."

그녀의 눈 속에 성마름과 분노의 기미가 어렸다. 그녀는 지도들을 약간 더 힘주어 움켜쥐었다.

"거기 서서 시간 낭비하지 말라구요. 할 일이 있잖아요."

킹케이드는 잠시 주저하다가 고삐를 쥐고는 말등에 올랐다. 그는 에덴을 슬쩍 돌아보았다.

"디파드에게 알리고 싶지 않은 게 있다면, 당신 오빠에게도 말하지 않길 바라오."

"무슨 얘긴지 모르겠군요."

하지만 그녀의 눈 속에서는 은근히 불안감이 묻어났다.

"알아서 하시오."

킹케이드는 말을 달렸다.

일곱 시가 지나자마자 그들은 빅 팀버에 도착하였다. 양쪽으로 높은 절벽이 가로막힌 협곡은 낮은 산의 구불구불한 비탈들로 형성되었다. 킹케이드는 아무리 살펴보아도 샐비어보다 더 큰 것을 전혀 발견하지 못했다. 하다못해 키 작은 나무 한 그루도 찾을 수 없었다.

그가 알을 보며 인상을 찡그렸다.

"여길 빅 팀버 협곡(커다란 나무 협곡)이라고 한다면서, 나무들은 어디 있는 거죠?"

"사람들이 기억할 수 있는 한, 나무란 게 있었던 적은 없지."

"그럼 어떻게 그런 이름이 붙었죠?"

"일종의 네바다식 유머라고 할까, 이런 지역에서는 웃을 일이 별로 없거든."

알은 바위와 샐비어, 모래로 뒤덮인 광활한 풍경을 훑어보았다.

"언제라도 자기 식 농담을 만들어야 하지."

"그리고 그것들은 보통 무미건조한 거겠죠, 이 땅처럼."

알이 킥킥거렸다.

"맞았어."

그들은 협곡 입구에다 캠프를 설치했다. 텐트를 세워 장비를 들여놓자마자, 킹케이드는 식사용 텐트로 들어섰다. 와일드 잭이 이미 끓여 놓은 커피 주전자를 들어 자신의 잔에 한 잔 따랐다. 커피가 보통 때보다 연하긴 했어도, 지옥불같이 뜨거웠다. 식으라고 휘휘 바람을 불어넣으며 그는 마차 후미에 자리를 잡고 다른 일행이 합류하길 기다렸다.

빈스가 맨 마지막으로 도착하였다.

"장비 넣는데 그렇게 오래 걸리는 사람은 본 적이 없어. 텐트 안에서 도대체 뭘 하고 있었지? 아침잠이라도 보충하셨나?"

알이 한마디하자 빈스가 씨익 웃었다.

"내 잠자리 밑에 돌이 없는지 확인했죠. 여러분도 알다시피, 난 편안한 걸 좋아하거든요."

밥이 일어섰다.

"오늘 할 일을 정할 시간이야."

그가 쭈그리고 앉아 손가락으로 땅 위에 조잡한 지도를 그렸다.

"구역을 분할하는데, 우린 물이 있는 곳에서 반나절 정도 떨어진 좋은 목초지 지역에 집중할 거야. 어쨌든 소떼 대부분을 거기서 발견할 테니까. 둘이 한 팀을 짜서……."

킹케이드가 불쑥 나섰다.

"내가 빈스와 같이 가겠소."

"내 생각이 바로 그거야."

빈스가 고개를 한 번 끄덕이며 옅은 미소를 보였다.

두 사람을 번갈아 쳐다보는 밥의 둥근 안경알이 햇빛에 반사되었다.

"그곳에 가는 이유를 기억하기 바래."

그가 말했다.

"알겠습니다."

킹케이드가 고개를 끄덕였다.

"좋아. 당신들은 여기 동쪽 구역을 담당해 주게, 버틀러스까지 모두."

그가 땅 위의 지도에 구역을 표시하였다.

"넓은 지역이지만 대부분 평지니까 가능할 거야. 알과 데크는 테이블탑을 맡도록. 난 윈디 스프링스 지역을 맡을 거야. 질문 있는 사람?"

아무 말도 없자, 그가 일어섰다.

"그럼 움직이자구."

한 명씩 자신들의 말이 있는 곳으로 이동하는 가운데, 빈스가 킹케이드와 보조를 맞추려고 뒤로 처졌다.

"쓰라린 패배자라는 말은 들어 봤어도, 쓰라린 승리자와 만나는 건 처음인데 그래. 잘 모를까 봐 하는 말인데, 그 싸움에서 지독한 꼴을 당한 흔적은 나한테 남아 있다구."

그가 뺨의 밴드를 톡톡 두드렸다.

"알고 있어."

킹케이드는 말목 위로 고삐를 두르고는 등자에 한 발을 끼웠다.

"그 말을 들으니 기쁘군."

빈스가 자기 말의 안장띠를 잡아당기고 배를 한 대 찰싹 때리면서 가죽끈을 또다시 잡아당겼다.

"자네도 안장띠를 죄는 게 좋을걸."

그의 충고에 킹케이드는 말 위로 훌쩍 뛰어올랐다.

"내 건 괜찮아."

"하긴, 자네 목이니까 알아서 하겠지."

빈스가 관심 없는 듯 어깨를 으쓱이며 말에 올랐다.

캠프에서 동쪽으로 그들은 편안하게 흔들리며 달려나갔다. 약 800미터쯤 떨어진 곳에서 풀을 뜯는 열두 마리의 소떼를 발견하였다. 암소와 270킬로그램은 족히 나갈 듯한 묵직한 수소들이 섞인 무리였다. 자신들에게 다가오는 사람들을 발견하는 순간, 소떼가 방향을 틀고 넓은 대지로 움직이기 시작하였다.

빈스가 욕설을 중얼거리며 외쳤다.

"우리가 방향을 돌리지 못하면 저 녀석들은 몇 킬로미터라도 달려갈 거야."

이미 그걸 짐작하고 있었던 터라, 킹케이드는 말에 박차를 가하였다. 빈스의 말이 약간 뒤에서 달려왔다. 말발굽소리와 박차의 짤랑거림, 샐비어가 꺾이는 소리가 아침을 살아나게 했다.

대지는 험하고 고르지 못했다. 샐비어 더미가 군데군데 박혀 있고 몇몇은 1미터가 넘게 솟아 있었다. 낮은 것은 뛰어넘고 높은 덤불들은 돌아갔다.

거의 소떼를 따라잡고 있었다. 20미터도 채 남지 않았다. 위아래로 채찍질을 하며, 킹케이드는 더욱 속력을 내도록 재촉하였다.

그들은 바로 앞에 보이는 높이 솟은 덤불을 뛰어넘었다. 말이 그걸 피하려고 몸을 흔드는 순간 안장이 미끄러지며 킹케이드를 덤불 속으로 넘겨 버렸다. 그는 본능적으로 약한 왼팔을 보호하며 오른쪽으로 떨어지기 위해 몸을 비틀었다. 덤불 속으로 떨어지자, 가지들이 우두둑 꺾였다.

그는 잠시 멍하니 누워 있었다. 아무 데도 쿵쾅거리는 곳은 없다. 타는 듯한 고통이 느껴지는 곳도 없었다. 단지 거칠게 떨어지면서 둔하게 느껴지는 전체적인 통증뿐이었다.

비틀비틀 구르며, 킹케이드는 샐비어 더미에서 몸을 일으켰다. 셔츠가 몇 군데 찢어졌지만, 약간 긁힌 것 외에는 다치지 않은 것 같았다. 말을 찾아 고개를 돌리자 그의 말이 몇 미터쯤 떨어진 곳에 서 있었다. 안장이 한쪽으로 심하게 기울어진 상태였다.

빈스가 달려와 구르듯이 정지하였다. 재빨리 킹케이드를 살펴보는 그의 얼굴에 미소가 서렸다.

"아직 살아 있는지 보러 왔지. 그렇게 떨어진 사람은 목이 부러질 수도 있거든."

"그렇게 쉽게 날 제거하지는 못할걸, 빈스."

킹케이드가 말고삐를 잡았다.

"당신한테 그런 행운은 없을 거야."

"두고 보자구."

씨익 웃으며 빈스가 말을 돌려 소떼 뒤로 달려나갔다.

킹케이드는 잠시 그를 지켜보다가 안장을 제자리에 놓고 그 밑의 담요를 똑바로 폈다. 안장머리에 등자를 걸고 이번에는 안장띠가 꼭 조여졌는지 확인한 다음 말에 올랐다.

빈스가 소떼의 앞으로 나아가 그들의 방향을 돌려놓았다. 그들은 함께 협곡으로 무리를 이끌고 돌아왔다.

그날 밤 식사용 천막에서, 빈스는 킹케이드의 낙마에 대해 다른 사람들에게 얘기하느라 정신이 없었다.

"제대로 붙어 있지 못했다니 안됐군요."

데크가 말했다.

"여자처럼 두 발 모아 타는 새로운 방법을 만들 수도 있었을 텐데요."

"아니면 인디언식으로 말 옆에 매달리는 새로운 방법도 있겠지."

밥이 무표정하게 한마디했다.

"이런 제기랄."

알이 아니라는 듯 손을 흔들어댔다.

"이런 텍사스 사내들은 안장띠 죄는 방법을 모른다니까. 너무 여러 번 머리를 땅에 박아서 그런 거야."

악의 없는 농담은 킹케이드가 잠자러 텐트에 기어드는 순간까지 계속되었다.

"오늘밤 침구에서 잘 텐가, 킹케이드?"

알이 소리쳐 불렀다.

"샐비어가 얼마나 부드러운지 알게 되었으니, 난 거기서 잘 거라 생각했는데."

킹케이드도 그 말이 일으킨 웃음소리에 동참하였다. 하지만 침구로 기어들면서 욱신거리는 통증들을 무시하기란 쉽지 않았다. 피곤하고 쓰라린 몸으로 눈을 감았지만, 잠이 들기까지는 꽤 시간이 걸렸다.

동트기 전의 칠흑 같은 어둠 속에서, 첫번째 움직임이 캠프 안으로 파고들었다. 와일드 잭이 난로에 불을 지피고 커피를 올려놓는 중이었다.

곧이어 밥이 텐트에서 사람들을 끌어낼 때 커피 향기가 차가운 공기와
함께 콧속으로 스며들었다.

평소처럼, 빈스가 식사 텐트에 가장 마지막으로 도착하였다. 손에 커
피를 들고서 그가 다른 사람들과 합류하였고, 밥이 즉시 그날의 일감을
배당하기 시작하였다.

"킹케이드와 난 이글 구역을 맡겠어요."

빈스가 자청하였다.

"그곳에서 소가 숨을 만한 곳은 내가 죄다 알고 있지, 아마 몇 군데쯤
은 아직 다른 사람들이 발견하지 못했을 걸요."

"그렇게 해."

밥이 말했다.

"오늘은 안장띠를 확인하는 게 좋을걸, 킹케이드."

빈스가 씨익 웃었다.

"그 점은 걱정 마."

새벽의 첫기운이 동쪽 지평선에 배어났을 때 일행은 각자의 말을 향
해 가고 있었다. 킹케이드는 말등에 담요를 매끈하게 펴고 안장을 올렸
다. 안장띠를 몇 번쯤 더 점검하고 있는데 그의 오른쪽에서 빈스의 짜증
스런 중얼거림이 들렸다.

"무슨 문제 있나?"

빈스가 말을 이끌고 걸어왔다. 한쪽의 느슨해진 편자로 인해 말발굽
소리가 고르지 못했다.

"내 말의 편자가 떨어지려고 해."

그가 투덜거렸다.

"자네 혼자 출발하는 게 좋겠어."

"어젯밤에 다들 살펴보기로 했잖아요."

데크가 앞으로 나섰다.

"살펴봤지. 어젯밤에는 헐겁지 않았다구."

빈스가 딱 잘라 말하고는 성질을 죽이며 킹케이드에게 고개를 돌렸다.

"자네가 이글 지역을 따라 둘러보고 난 북쪽을 돌아본 다음 템플 부트 아래서 만나기로 하지."

"난 괜찮아. 오래 걸리지나 말라구."

킹케이드가 건조하게 말했다.

"자넬 찾으러 돌아오는 건 싫으니까."

"걱정 마시지. 거기 갈 테니까. 그 점은 믿어도 좋아."

그의 미소 속에 오만한 기색이 엿보였다.

잠시 후 킹케이드가 말을 타고 나갔을 때, 빈스는 취침용 마차에서 편자를 박기 위해 첫번째 못을 두들기고 있었다.

이침 공기는 상쾌하고 크리스털처럼 맑았다. 자연 그대로의 길들여지지 않은 대지가 킹케이드의 앞에 펼쳐져 있었다. 낮은 협곡과 땅딸막한 작은 언덕들이 이어진 웅덩이와 융기들이 굽이굽이 파도를 쳤다. 킹케이드는 천천히 말을 달리며, 그 드넓음의 자유와 와인 같은 공기를 만끽하였다. 템플 부트가 멀리 보였다. 킹케이드는 그 가파르게 경사진 적갈색 벽을 목표로 하여 이글 지역의 메마른 수로에 도착할 때까지 계속해서 달렸다. 정해진 구역 내에서 그는 소떼를 찾기 시작했다.

빈스는 작은 언덕 뒤의 덤불 속에 자신의 말을 숨겼다. 안장 주머니에서 쌍안경을 꺼낸 후 비탈을 올라갔다. 그 꼭대기에는 작은 나선형의 샐비어 덤불이 언덕 위와 모래 더미 옆에 매달려 있어, 그의 존재를 들키지 않을 정도로 두꺼우면서 시야를 방해받지 않을 정도로 적당한 위치를 마련해 주었다.

그는 모자를 벗어 옆의 땅에 내려놓았다. 그런 다음 장총에 탄환을 장전하였다. 그제서야 쌍안경을 들고 협곡 양쪽으로 펼쳐진 평원을 살피기 시작하였다.

거의 원을 한 바퀴 그렸을 때쯤 말 한 마리와 기수가 세 마리 소떼를 이끄는 모습이 시야에 들어왔다. 그는 킹케이드에게 조준을 하고 맨눈으로 보기 위해 쌍안경을 내렸다. 그가 2킬로미터도 떨어지지 않은 곳에서 천천히 움직이고 있었다.

안경을 올려 킹케이드의 위치를 다시 한 번 확인하고 그가 움직일 법한 길을 관찰하였다. 킹케이드는 금세 쌍안경이 필요 없을 정도까지 가까이 왔다. 빈스는 쌍안경을 가죽 케이스 안에 넣고 바싹 말라 버린 입술을 축이며 장총을 들어올렸다. 신경이 널을 뛰며 뒤틀리고 죄어들었다. 장총을 들어올린 지금 그의 이마에서는 땀이 미친 듯이 쏟아져 내렸다.

아침 9시쯤 킹케이드는 세 마리의 암소를 몰아올 수 있었다. 그는 빨간 소들을 앞으로 재촉하였다. 오른쪽으로 깊은 협곡이 그들을 에워싸고 있었고, 샐비어로 뒤덮인 험한 작은 언덕 하나가 시야를 가려 빈스와 만나기로 한 템블 부트가 제대로 보이지 않았다. 킹케이드는 다시 한 번 빈스가 있다는 흔적을 가리키는 먼지 더미를 찾아 북쪽을 쳐다보았다. 아무것도 보이지 않자 불안한 느낌이 들었다.

갑자기 말 발치의 덤불 속에서 토끼 한 마리가 깡총 뛰어나왔다. 놀란 말이 뛰어 일어나며 오른쪽으로 빙글 돌아서는 순간 킹케이드는 방아쇠 당기는 소리를 들음과 동시에 뺨을 스치는 바람을 느꼈다.

본능, 살아남으려는 원초적인 본능이 치솟았다. 그는 머리를 들고 순간적으로 여러 가지를 살펴보았다. 커다란 총성으로 미루어 그것이 가까운 거리에서 발사된 것임을 알 수 있었고, 작은 언덕의 덤불진 꼭대기가 숨을 만한 장소였다. 올려다보는 순간 그는 그에게 겨누어진 장총의 금속성 번득임을 알아차렸다. 가까이 숨을 곳도 없는 트인 지역에서, 킹케이드는 험한 산비탈 쪽으로 말을 몰아갔다. 전속력으로 채찍질하는 가운데 두 번째 총알이 그의 소매를 끌어당겼다. 조준하기 힘들도록 방향을 바꾸어 가며 킹케이드는 곧장 언덕 꼭대기로 돌진하였다.

덤불 속에서 남자 하나가 일어나 더 잘 조준하기 위해 그 밖으로 걸어나왔다. 그 순간 킹케이드는 그자가 디파드의 부하가 아니라 빈스라는 걸 알았다. 그리고 그를 충동질하는 것은 더 이상 생존 본능이 아니라,

분노였다.

킹케이드가 정상에 도달하기 전에 빈스가 한 발을 더 쏘았다. 하지만 너무 급히 쏘는 바람에 총알은 턱도 없이 빗나가고 말았다. 그는 돌진하는 말과 기수에게서 미친 듯이 물러서며 더듬더듬 또 다른 탄환을 장전하였다.

킹케이드는 로데오 시절 이래로 말에 매달려 달려본 적은 없었다. 하지만 그 동작이나 타이밍은 잊지 않고 있었다. 옆으로 매달려 말이 빈스 옆으로 다가들었을 때, 킹케이드는 뛰어내려 빈스의 가슴을 덮쳐 땅에 넘어뜨렸다. 빈스는 둔탁한 소리와 함께 쓰러졌고 총이 휙 날아갔다. 킹게이느는 날렵하게 봄을 굴렸다.

재빨리 정신을 차린 빈스가 그를 향해 돌진했지만, 킹케이드는 한쪽 무릎을 올려 간신히 걸어 차냈다. 비틀비틀 일어서는 가운데 그의 손이 장총의 매끄러운 금속에 닿았다. 그는 그것을 움켜쥐고 빈스를 겨누었다. 그것을 본 빈스가 반쯤 웅크린 채로 얼어붙었다. 그의 시선이 총신에 달라붙었다.

"용서하고 잊어라, 그게 자네 말 아니었던가?"

킹케이드가 간신히 분노를 억제하며 조롱했다.

"그럼 내가 어떻게 하길 기대했나, 해리스? 가만히 자네 행동만 기다릴 줄 알았어?"

해리스, 그 이름의 중대성이 킹케이드에게 달려들었다.

"내가 누군지 알고 있었군."

손에 쥔 장총이 갑자기 만족스런 무게를 전하며 치명적이고 유혹적으로 느껴졌다.

"내가 모를 줄 알았어?"

빈스는 무모하게 도전했다가 즉시 현재의 처지를 생각하고는 필사적으로 변명을 찾았다.

"제길, 난 당신 동생이 죽은 것과 아무 상관도 없어. 내가 모텔을 나섰을 때는 살아 있었다구."

"그리고 넌 떠날 때 그 애가 가진 돈을 싸그리 쓸어갔었지, 그렇지?"

킹케이드는 총을 쥔 손에 더욱 힘을 주었다. 증오가 번지고 있었다.

"네가 원한 건 언제나 돈뿐이었어, 그렇잖아? 절대 마르시가 아니었다구."

"그녀가 준 거야."

빈스가 주장했다.

"내가 가져간 게 아니라, 마르시가 준 거였어. 그건 그녀의 생각이었다구. 그녀는 내가 가져가길 바랐어."

그의 시선이 다시 총으로 쏠아졌다.

"이봐, 할 수만 있다면 그 돈을 돌려주고 싶어. 하지만 지금은 나한테 돈이 없어. 에덴이 필요하다고 해서 주어 버렸다구. 시간을 조금만 주면 돌려줄게, 맹세할 수 있어."

그의 입에서 나온 마르시의 이름, 결백하다는 그 거짓 항의와 허풍, 그리고 마르시가 죽고 없는데 여전히 살아 서 있는 빈스의 모습이 그의 마지막 구속들을 풀어 버렸다. 킹케이드는 어깨로 장총을 올려 방아쇠를 당겼다. 그 폭발음이 빈스의 날카로운 비명소리를 삼켜 버렸다. 그는 뒤로 비틀거리다 쓰러졌다.

분노에 눈이 먼 킹케이드는 또 다른 탄환을 장전하고 다시 계속해서 총을 쏘았다. 총을 쏠 때마다 빈스의 몸이 퍼득이는 것을 어렴풋이 느낄 뿐이었다. 마침내 탄환이 비었다는 찰칵소리가 한 번 두 번 들릴 때까지, 그는 계속해서 총을 쏘았다.

킹케이드는 여전히 솟구치는 폭력에의 욕구로 몸을 떨며 반쯤은 정신이 없는 채로 총을 내렸다. 공기중에 매달린 화약 냄새가 매섭게 코로 파고들었다. 킹케이드는 그 냄새를 깊이 들이쉬면서도, 목과 가슴속의 고통이 여전히 사라지지 않았다는 것을 알았다.

어느 정도 시간이 흐른 후 빈스가 몸을 떨며 얼굴을 가린 손을 내렸을 때에야, 킹케이드는 거기 웅크리고 앉은 사내가 전혀 상처입지 않았다는 걸 알았다. 또다시 역겨움이 밀려들었다.

아직 멍한 상태인 빈스가 먼저 총을 쳐다보고 나서 킹케이드를 보았다.

"이 더러운 개새끼."

그의 목소리는 두려움과 분노가 섞여 떨리고 있었다.

"꺼져. 내 마음이 변해 네 머리통을 박살내기 전에 여기서 사라지라구."

킹케이드가 위협적으로 경고했다.

빈스는 조심스레 몇 걸음 뒤로 물러섰다가 몸을 돌려 비탈을 허둥지둥 내려가기 시작했다. 킹케이드는 언덕 밑에서 가지들이 잘라지며 바스락내는 소리를 들었다. 서둘러 달아나는 빈스가 만들어 내는 소음이었다.

당혹스럽기도 하고 화가 나기도 했다. 킹케이드는 멍하니 발치에 떨어져 내린 탄피들을 쳐다보았다. 마음속 깊이 그는 빈스가 죽길 바랐었다. 눈에는 눈, 이에는 이, 생명에는 생명. 그것이 이상적인 복수였다. 그럴 기회가 있었는데, 빈스를 죽이고 정당방위라는 좋은 구실을 댈 수도 있었는데. 그런데 그 기회가 찾아온 순간 사용할 수가 없었다.

왜일까?

언덕 밑 어디에선가 말 한 마리가 콧김을 뿜어냈다. 그리고 굴레 흔들리는 소리와 채찍의 찰싹거림이 뒤따랐다. 난폭함을 누르며 총을 움켜쥐고 돌아서는 킹케이드의 눈에 말에 채찍질을 하여 전속력으로 질주하는 빈스의 모습이 보였다.

잠시 분노의 시선으로 그를 쳐다보다가 킹케이드는 몸을 돌려 땅에서 모자를 주워 들고는 머리에 눌러썼다. 그리고는 자신의 말이 있는 쪽을 향해 언덕을 내려갔다. 그때 반대쪽에서 들려 오는 말발굽소리에 킹케이드는 문득 멈춰 섰다. 얼룩덜룩한 소가죽 조끼를 입은 사내가 협곡 반대쪽에서 나타나 말을 세웠다. 그 얼굴의 자주색 반점을 보지 않더라고 누구인지 모를 리 없었다.

"그 총소리는 다 뭐지?"

시한이 킹케이드에게 소리를 쳤다.

"뱀을 봤소."

다이아몬드 디의 부두목이 의심스러운 듯 눈살을 찌푸렸다.

"뱀을 죽이려고 그렇게 많이 쏘았다는 건가?"

"내가 좀 요란스런 총잡이라서 말이야."

킹케이드는 불현듯 빈스가 세운 계획을 알아차렸다. 디파드의 부하와 만날 약속을 미리 정해 놓고, 매복해서 킹케이드를 죽인 다음 그 죄를 시한에게 뒤집어씌우는 것이다. 자신을 위해서는 소떼 모는 일을 알리바이로 내세웠을 테고 그것은 아마도 먹혀들었을 것이다.

"빈스는 당신과 만날 수 없을 거요, 시한."

킹케이드가 말했다.

"이번에는 그걸 다행으로 생각해야지."

"무슨 애길 하는지 모르겠군."

시한은 자기 말에 박차를 가해 느린 구보로 사라져 갔다.

언덕 밑에서, 킹케이드는 자신의 말을 잡아 올라탔다. 소떼는 이미 사라진 지 오래였다. 그는 몸을 돌려 캠프로 돌아가려다가 빈스가 만든 먼지 구름을 눈여겨보았다. 그 방향은 캠프가 아니라 곧장 목장으로 향했다.

그가 다시 도망치고 있다.

킹케이드의 한구석에서는 그를 가게 놔두라고 말하고 있었다. 하지만 너무 오랫동안, 너무나 멀리까지 그를 쫓아온 지금 그만 둘 수는 없었다.

킹케이드도 그를 따라 출발하였다. 그가 시작한 일을 끝내고자 하는 욕구에 이끌리면서. 그리고 자신의 마음이 전과 똑같은 분노를 지니고 있지 않다는 것을 우울하게 인식하면서. 하지만 포기할 수는 없었다, 아직은.

17

어제 4시간도 채 자지 못한데 이어 오늘도 육체적으로나 정신적으로 거칠게 자신을 내몰았기에, 에덴은 목장 뜰로 차를 몰아넣으며 온몸의 근육을 끌어당기는 묵직한 피로를 느꼈다. 트럭에는 두꺼운 먼지가 뒤덮여 퇴색한 빨간색조차 분명히 보이지 않았다. 옷가지에는 더 많은 먼지들이 매달려, 피부가 마치 모래투성이인 듯한 느낌이었다. 운전석에서 내리는 에덴의 머리 속에는 뜨겁고 긴 샤워 생각이 간절하였다. 늙은 개가 현관 그늘에 서서 반갑다고 꼬리를 흔들어댔다.

에덴은 미소지으며 트럭의 뒤로 가 침구와 텐트를 꺼냈다. 그것들을 한아름 움켜쥔 채 현관으로 발길을 옮기려던 찰나, 빈스가 사시나무 숲에서 불쑥 튀어나와 집으로 성큼성큼 걷는 것을 발견하였다. 그가 집에 있다는 사실에 놀라며, 에덴은 서둘러 텐트와 침구를 트럭에 다시 처넣었다.

"오빠, 여기서 뭐하는 거야?"

그는 그녀를 한 번 보긴 했지만 속도를 늦추지는 않았다. 일그러진 그

의 얼굴이 창백했다. 무언가에 화가 났으면서 아주 두려워하는 것 같았
다.

"왜 그래? 무슨 일 있어?"

그녀는 즉시 가장 명백한 결론에 도달했다.

"누가 다쳤구나. 누구야? 얼마나 심해?"

"아무도 다치지 않았어……. 불행하게도."

그의 마지막 말은 거의 중얼거림 수준이었다. 그리고 한 걸음만에 현
관에 도착해 문을 열어젖혔다.

에덴이 집안으로 그를 따라가 팔을 잡고는 비틀거릴 정도로 홱 돌려
세웠다.

"잘못된 게 없다면, 오빠는 여기서 뭐하는 거야?"

"사라지려는 거야, 왜?"

그가 팔을 뿌리치며 계단으로 향했다.

에덴은 심하게 한 방 얻어맞은 기분이었다. 바로 눈앞에서 자신이 신
중하게 세워 놓았던 모든 계획이 녹아내리는 게 보였다. 그녀는 그를 쫓
아 계단을 달려 올라갔다.

그녀가 방에 들어섰을 때 빈스는 서랍 속의 옷가지들을 침대 위 펼쳐
진 가방 안으로 쑤셔넣고 있었다.

"아직은 떠날 수 없어, 빈스. 우린 가축을 모아들이는 중이야. 제기랄,
오빠가 있어야 한다구."

"나 없이도 잘 해낼 수 있을 거야."

그는 서랍을 비워내 속옷까지 모두 다 가방 속으로 쓸어넣었다.

"이번에는 안 돼."

에덴은 성질을 억누르려 안간힘을 썼다.

"이 빌어먹을 목장을 팔아!"

"안 돼!"

날카롭고 폭발하는 듯한 대답이 터져나왔다.

"제기랄, 에덴. 그러지 않으면 과거로 인해 저주받은 인생만이 있다는

걸 모르겠냐!"

"지금은 그만 둘 수 없어. 그렇게 하지 않을 거야!"

"예상했던 대답이야."

그가 가방 속으로 마지막 물건들을 던져넣을 때, 에덴은 오빠가 얼마나 교묘하게 초점을 바꾸었는지 알았다. 자신의 행동에서 그녀에게로 말이다. 그는 그 방면의 대가였다.

"빈스, 난 오빠더러 일생 동안 여기 있어 달라는 게 아니야. 단 두 주면 된다구. 그것뿐이야."

"두 주도 너무 길어."

그는 철각소리와 함께 가방을 닫고 침대에서 끌어내렸다.

"왜 이렇게 갑자기 떠나는 거야?"

에덴은 계단을 향하는 그의 뒤를 쫓았다.

"설명할 시간 없어, 설명한다 해도 넌 이해하지 못할 거고."

"그게 무슨 뜻이야?"

에덴도 오빠를 따라 아래층으로 내려왔다. 이제는 오빠가 다시 곤경에 처한 거라는 확신이 들었다. 오빠 문제가 아니더라도 자신의 문제만으로 충분하다고 자신에게 말해 보았지만 전혀 소용이 없었다. 오빠와의 많은 다른 점들에도 불구하고, 그들 사이의 유대감은 무척이나 강했다.

"묻지 말란 말이야."

그의 성마름은 그가 어떤 일에 죄책감을 느끼고 있다는 걸 더욱 확신시킬 뿐이었다.

"빈스, 이번에는 무슨 짓을 저지른 거야?"

그가 문 밖으로 나설 때 그녀는 바로 뒤에 따라붙어 있었다.

"아무것도, 빌어먹게 아무 일도 없었다구."

그 목소리에 담긴 쓸쓸함과 좌절감이 그 말에 진실성을 불어넣었다. 그는 현관을 가로질러 성큼성큼 나아가 운전석 문을 활짝 열고 가방을 던져넣었다.

"난 이해가 안 돼."

에덴은 문 옆에 멈춰 섰다.

"이해할 필요 없어."

"어디로 가는지만 말해 줘."

후진하는 그의 트럭 옆으로 그녀가 따라 달렸다.

빈스는 확실히 정하지 않은 것 같았다.

"일단은 르노에 가서 모든 걸 잊을 거야. 그 후에는…… 나도 모르겠어."

그가 후진 기어를 변화시켰다.

"내가 필요하면 언제나처럼 액셀에게 메모를 남겨."

그가 출발하려다가, 창문 밖으로 고개를 내밀며 소리쳤다.

"그리고 절대, 해리스한테는 한 마디도 하면 안 돼."

"해리스?"

그녀는 그 이름에 대해 아는 바가 없었다. 하지만 그녀의 당황한 반응은 트럭의 엔진소리에 묻혀 버렸다.

킹케이드가 목장 뜰로 질주해 들어왔다. 그는 우리에 말을 세우고는 땀난 말등에서 장비를 벗긴 다음 빈스의 말이 있는 우리 속으로 풀어넣었다. 그리고는 자신의 숙소로 한 걸음 내딛으려는 찰나, 집에서 빠져 나가는 자동차의 엔진소리를 들었다.

빈스. 그자밖에 없다고 생각하며 그는 달려나갔다. 그리고 빈스의 파랗고 하얀 트럭이 막 목장의 좁은 길로 사라지는 모습을 알아보았다. 에덴이 먼지 구름을 피하려고 얼굴을 돌린 채 마당에 서 있었다. 킹케이드는 머뭇머뭇하다가 일단 그녀가 선 곳으로 걸어갔다.

"빈스가 이번에는 어디로 가는 거지?"

평범한 질문처럼 들리도록 무진 애를 써야만 했다.

"르노래요."

무심코 중얼거린 후, 그녀가 몸을 굳히며 날카롭게 그를 쏘아보았다.

"당신은 여기서 뭐하는 거죠?"

하지만 킹케이드는 이미 알아내고자 했던 것보다 더 많은 정보를 알아냈다. 그는 아무 말 없이 자신의 숙소로 향했다.

에덴이 재빨리 움직여 그의 길을 가로막았다.

"당신은 다른 사람들과 같이 소떼를 모으기로 되어 있어요."

그가 차갑게 그녀를 쳐다보았다. 결연하고 냉혹한 표정이었다. 구레나룻이 그의 오목한 뺨을 어둡게 만들고 북극해 같은 파란 눈동자를 강조했다.

"계획이 바뀌었소."

"누구 마음대로요?"

거의 사라져 버린 자제력을 되찾는다는 것은 정말 힘이 들었다.

"내 마음대로."

그가 말하고는 그녀를 돌아나갔다.

에덴은 몸을 돌려, 거침없이 걸어가는 그를 지켜보았다. 그리고 빈스의 트럭이 남긴 먼지가 서서히 사라지는 것을 힐끗 돌아보았다. 뭔가가 있었다. 이전에도 오빠와 킹케이드 사이에는 분명 뭔가가 있었다.

지금 그걸 알아내야만 한다.

그녀가 그의 숙소에 도착했을 때, 킹케이드는 배낭을 들고 방을 나서는 중이었다.

"빈스를 따라갈 셈인가요, 해리스 씨?"

대답은 이미 알고 있었기에, 에덴이 말을 이었다.

"그게 당신 진짜 이름이죠, 해리스?"

"그렇소."

그는 배낭을 고쳐 잡고 자기 트럭을 향해 걸었다.

"오빠에게 뭘 원하는 거죠?"

에덴이 다그쳤다.

"오빠가 당신한테 무슨 짓을 했나요?"

또다시 그를 가로막으려 했지만, 간신히 속도만 늦추었을 뿐이었다.

"그건 내 일이오."

그가 트럭 뒤로 배낭을 던지고는 열쇠를 찾기 위해 주머니를 뒤졌다.

"빈스는 나의 오빠예요. 그러니 내 일도 돼요."

"이번에는 아니오, 에덴."

거칠고 완고한 시선이 그녀에게 내리꽂혔다.

"과거에는 그를 어려움에서 빼낼 수 있었을지 모르지만, 이번에는 도울 수 없소."

그가 운전석 문을 열어 올라탔다.

그의 결연한 말에 소름이 돋았다. 트럭이 굉음을 울리며 후진하기 시작하였다. 오빠에 대하여 느껴지는 강한 경고에, 에덴은 쫓기듯 트럭 반대쪽으로 달려갔다. 빈스와 킹케이드 사이에 무슨 일이 있었는지는 모르지만, 그건 중요하지 않았다. 그녀는 오빠를 도와야 했고, 가능한 한 오빠를 보호해야 했다. 빈스를 해치지 못하도록 킹케이드와 같이 가야만 한다.

트럭이 앞으로 달려나가자, 그녀는 도어의 손잡이를 잡아 차와 같이 몇 걸음 달리다가 간신히 조수석의 문을 열어젖혔다. 그리고 달리는 차 안으로 굴러 들어갔다.

킹케이드가 브레이크를 힘껏 밟았다.

"무슨 짓이오? 내리시오!"

그의 시선은 그녀를 내던지기라도 할 듯이 위협적이었다.

"싫어요."

전혀 물러서지 않고 에덴은 조수석 문을 닫았다.

"당신은 오빠를 따라가려 하죠. 하지만 오빠를 발견한다면, 먼저 나를 거쳐야만 할 거예요."

"미치겠군!"

킹케이드가 기어를 정지로 밀어넣고는 손을 내뻗었다.

에덴은 그의 공격을 막아내기 위해 두 손을 올렸다. 그녀의 저항을 무시하고, 그는 그녀에게 한 팔을 걸어 힘껏 끌어당겼다. 그들의 몸 사이로 그녀의 팔이 꼼짝 못하게 끼워졌다. 그가 문고리를 잡으려 더듬는 동안 그녀는 계속해서 몸부림을 쳤다. 찰칵 고리가 열리는 금속성과 함께 문이 열렸다. 어쩔 수 없다는 걸 깨달은 그녀가 싸움을 포기하고 전술을 바꿨다.

"트럭에서 날 밀어낸다 해도, 완전히 떼어 버릴 수는 없을 걸요. 다시 뒤에 탈 거니까."

그의 얼굴이 바짝 다가와 있었다. 그가 가까이 있으니 그 묵직한 입술을 느꼈던 순간들의 기억이 되살아났다. 그의 눈 속에서도 똑같은 깨달음이 보였지만, 그녀만큼이나 그 사실에 대해 유쾌하지 않은 듯했다.

"날 막을 수 있는 유일한 방법은 꽁꽁 묶어 두는 거예요. 그런 시도를 한다면 난 끝까지 싸울 거구요. 시간이 얼마나 걸릴지 생각해 보세요. 그때쯤이면 빈스는 벌써 르노의 반쯤 가 있을 거예요. 물론, 그게 당신한테 별로 중요하지 않을 수도 있겠지만요."

"그렇지 않다는 거 알잖소."

그의 얼굴에 험상궂은 표정이 내려앉았다.

"하지만 당신이 함께 가서 무언가 변화시킬 수 있다고 생각한다면, 그건 틀렸소."

그의 눈길이 한순간 그녀의 입술을 스쳤다가 불현듯 그녀를 놓아 주고는 자기 자리로 돌아갔다. 그리고는 차를 출발시켰다. 제대로 닫히지 않은 조수석 문이 달그락거리자 에덴은 문고리를 잡아 간신히 문을 닫았다. 그 와중에도 자동차는 계속해서 속력을 올리고 있었다. 그녀는 내심 떨리는 마음을 어쩌지 못한 채 의자로 몸을 기댔다.

"당신은 바보야, 에덴."

그의 관심은 앞에 놓인 거친 길에서 벗어나지 않았다.

"디파드 문제만으로도 충분치 않소?"

"디파드는 내가 돌아올 때까지 기다릴 거예요."

며칠 늦어진다고 큰 일날 것은 없었다. 하지만 빈스에게 닥친 위험은 바로 눈앞의 것이었고 오빠가 홀로 맞서도록 내버려 둘 수 없었다.

"당신 오빠는 당신을 도우려고 모든 위험을 무릅쓰지는 않을 거요. 당신도 알 텐데.”

킹케이드는 그녀가 한 번도 시도해 보지 않았던 속도로 무섭게 달려 나갔다.

“오빠에 대해서는 내가 당신보다 더 잘 알아요.”

확고한 어조로 그녀가 말했다.

“그런가? 그럼 그가 목장을 팔게 하려고 디파드와 내통한 사실도 알겠군?”

“만약 오빠가 그런 일을 했다면, 그게 최선의 길이라고 믿었기 때문이에요.”

“당신의 믿음은 감탄할 만하지만 지독히도 어리석소 그자는 자기 자신과 자기가 원하는 것만 생각하는 인간이오. 그 과정에서 누구에게 상처를 입히는지 따위는 관심도 없지. 당신조차도 말이오.”

“그건 당신 생각이죠.”

“아니, 그게 진실이오.”

킹케이드가 되받아쳤다.

“그리고 당신도 깨닫는 게 좋을 거요. 당신 오빠는 일말의 양심도 갖고 있지 않아.”

그녀의 자제력이 날아가 버렸다.

“왜요? 당신이 그렇게 말했기 때문인가요?”

에덴은 완전히 흥분하여 외쳤다.

“내가 당신 말을 믿을 것 같아요? 일자리를 구한다며 목장에 찾아와 거짓 이름을 댄 완전한 이방인을? 누가 거짓말을 하는 거죠?”

“난 이유가 있었지. 그리고 참고삼아 말하는데 내 이름은 킹케이드요, 킹케이드 해리스.”

“그게 모든 걸 정당화할 거라 생각하나요?”

“아니.”

그의 입이 잠깐 팽팽해지며 더욱 험상궂게 변했다.

“아니, 그렇지는 않겠지.”

“왜 그렇게 오빠를 증오하나요? 무슨 짓을 했길래?”

“그를 따라잡으면 빈스더러 말하게 할 참이오.”

그는 자갈길에서 방향을 바꾸기 위해 속도를 늦췄다가 다시 속력을 올렸다.

그의 말 속에 담긴 불길한 느낌에, 에덴은 입을 다물고 걱정스레 앞길을 훑어보았다. 하지만 멀리에도 먼지 구름은 보이지 않았다. 빈스가 그들을 훨씬 앞지른 모양이었지만, 에덴은 오빠가 킹케이드처럼 무모하게 운전할지는 의심스러웠다. 그들은 조만간 오빠를 따라잡고 말 것이다.

금세 샐비어 평원 밖으로 솟아오른 마을의 낡은 회색 건물들이 모습을 드러냈다. 마을 변두리에 도달할 때까지 속력을 늦추지 않다가 불현듯 킹케이드가 브레이크를 걸고는 트럭을 정지시켰다.

“이게 당신의 마지막 기회요, 에덴.”

킹케이드가 그녀에게 말하며 시동을 끄고는 점화 장치에서 열쇠를 빼냈다.

“이번에는 그를 도울 방법이 없소. 영리한 사람이라면, 내가 돌아올 때 여기 없는 게 좋소.”

반응을 기다리지 않고, 그는 차에서 내려 스타네 가게의 뒷문으로 향했다.

킹케이드가 부엌 뒷문을 열어젖혔을 때 석쇠 위에는 두 개의 햄버거가 지글지글 구워지고 있었다.

그는 안으로 한 걸음 들어서며 소리쳤다.

“러스티?”

“네!”

러스티가 속이 깊은 프라이팬 속으로 감자 한 바구니를 들이부으며 대답했다. 기름이 거품을 내며 부글거렸다.

“빈스가 도망치고 있어, 르노로.”

그의 말이 끝나기도 전에, 러스티는 앞치마를 풀어내고 있었다.

“연락은 하라스 호텔 데스크를 사용할 거야.”

러스티가 알겠다며 고개를 끄덕였다.

"금방 뒤따라갈게."

그것이 킹케이드가 듣고자 했던 대답이었다.

에덴은 럭키 스타 뒷골목으로 사라지는 킹케이드를 지켜보았다. 어디가는 거지? 당혹스럽게 트럭에 앉아, 그녀는 천천히 식어 가는 엔진소리를 듣고 앉아만 있었다.

엔진! 그녀는 트럭에서 뛰어내려 후드 쪽으로 달려갔다. 이런 트럭에는 익숙지 않아 걸쇠를 찾는 데 소중한 몇 초를 낭비하였다. 마침내 걸쇠를 찾아내자 후드가 찰칵소리를 내며 올라갔다. 묶여 있던 열기가 밖으로 뿜어져 나왔다. 그녀는 한 걸음 물러섰다가 다시 다가가 배전기 뚜껑을 비틀어 열기 시작했다. 이것은 빈스에게 더 도망갈 시간을 주기 위한 지연책이었다. 킹케이드를 막을 희망은 없으니까.

자신의 일에 집중한 나머지, 에덴은 킹케이드의 도착을 알리는 박차소리를 듣지 못했다. 손 하나가 팔꿈치를 무지막지하게 잡아 후드 밑에서 끌어냈을 때 그녀는 놀란 비명을 지르고 말았다. 배전기 뚜껑이 비틀렸지만 여전히 그 자리에 있었다. 한 번만 더 돌리면 빼낼 수 있었는데.

"훌륭한 시도였소."

킹케이드가 중얼거리며 뚜껑을 도로 닫았다.

"몇 초만 더 있었어도 할 수 있었는데."

에덴이 잡혔던 팔을 문질렀다. 그에게 억세게 잡혔던 팔이 여전히 얼얼했다.

"하지만 몇 초가 더 없었잖소?"

그는 후드를 쾅 내려 닫고 안전하게 걸렸는지 확인한 다음 운전석으로 향했다. 그가 박차와 짧은 가죽 덧바지를 푸는 동안 에덴은 그보다 더 빨리 차 안에 올라탔다. 그가 시트 위로 그것들을 던지고 시동을 걸었다.

차가 출발하는 동안, 에덴은 골목을 힐끗 돌아보았다.

"저기서 뭐 했어요? 어디 갔었죠?"

그는 대답할까 말까 고민하는 듯 잠시 망설이는 것 같았다.

"내 파트너에게 빈스가 도망쳤다는 걸 알리려고."

"당신 파트너?"

그 말 속에는 에덴이 숨을 죽일 만한 함축된 의미가 들어 있었다.

"경찰과 같이 왔어요?"

그의 입가에 깊은 주름이 패였다.

"그렇지는 않소."

빈스가 정부에 쫓기는 건 아니라는 점에 안도해야 했지만, 킹케이드가 법 밖에서 행동하고 있다는 사실이 그걸 불가능하게 만들었다.

마을을 뒤로 한 채, 긴 자갈길이 그들 앞에 펼쳐졌다. 강한 햇살이 트럭의 후드에 반사되어 운전석까지 들이닥치자 킹케이드는 앞에 있던 선글라스를 집어 썼다. 그들 사이에 침묵이 피어나며 긴장감만이 무겁게 감돌고 있었다.

마을을 출발한 지 한 시간쯤 지났을 때 그들은 러브 록 인터체인지에 도착하여 북서쪽으로 방향을 잡았다. 르노까지는 아직 150킬로미터나 남아 있었다. 에덴은 여전히 무시무시한 속도를 나타내고 있는 속도계를 쳐다보았다.

"르노에 대해서는 잘 알고 있소?"

킹케이드가 고개를 돌리자, 선글라스의 렌즈에 그녀의 모습이 비쳤다.

"아뇨."

포장도로에 닿는 타이어의 신음소리가 마치 겉으로는 침착해 보이려 애쓰면서도 속으로는 비명을 질러대는 그녀의 몸 속 신경조직 같았다.

"변호사를 만나러 두 번쯤 갔을 뿐이에요."

"디파드의 동생이 죽었을 때 말이오?"

"그래요."

"꽤나 오래 전이군."

“재판한 후로 거의 십여 년이 지났죠.”

“그 후로 르노는 많이 변했소.”

“당신도 가본 적이 있어요?”

그녀가 재빨리 그를 쳐다보았다. 이것은 그녀가 미처 예상치 못했던 내용이었다.

킹케이드는 아무렇지도 않게 어깨를 한 번 들어올렸다.

“커다란 로데오장이 있는 곳이면 어디든 가봤지, 아주 여러 번.”

그것은 그가 르노에 낯설지 않다는 의미였지만, 에덴은 그래도 빈스 만큼은 알지 못할 거라고 자신을 달랬다.

“당신 오빠가 갈 만한 데를 알고 있소?”

그녀가 말해 줄 거라고 생각한다는 자체에 분통이 치밀어 올랐다.

“당신도 빈스가 한 짓에 대해 말하지 않는데 내가 왜 대답해야 하죠?”

“아까 말했듯이, 그에게 물어 보시오.”

“난 당신한테 묻고 있어요. 당신 쪽 이야기를 듣고 싶다구요.”

“이건 누구 편이라고 할 얘기가 아니오, 에덴. 차갑고 엄연한 사실에 대한 얘기지.”

“그 사실이란 게 뭔가요? 빈스가 무슨 짓을 했어요? 누구 저금이라도 빼갔나요?”

그녀는 그렇게 추측했다.

“돈에 대한 걸 거예요. 빈스에게는 항상 돈이 문제니까.”

“이번에는 그렇지 않소.”

또다시 그의 목소리가 섬칫해졌다.

한순간 그녀는 의심이 일어났지만, 다시 고개를 흔들었다.

“아뇨, 어딘가 돈이 연결되어 있어요.”

“그가 어디로 갈까, 에덴?”

“말할 생각 없어요.”

“난 그를 찾아낼 거요, 에덴.”

그녀가 대꾸하지 않자 그가 다시 말했다.

"당신이 일을 힘들게도, 쉽게도 만들 수 있지. 선택은 알아서 하라구."

"그렇다면 어려운 쪽이 돼야겠죠. 설사 안다고 해도, 말하지 않을 거예요."

하지만 그녀는 빈스가 제일 먼저 어디로 갈지 잘 알고 있었다. 그는 작업복을 입고 있다. 샤워를 하고 옷을 갈아입기 위해 스파크에 있는 액셀 그레이의 아파트로 갈 것이다.

너깃의 블랙잭 딜러인 액셀 그레이는 에덴에게 목소리만 알려진 인물이었다. 빈스는 그를 7년 전에 만났다. 할아버지가 돌아가시고 얼마 안된 때, 그때부터 액셀의 집은 빈스가 여행 기간을 연장할 때마다 그들의 연락 장소가 되어 왔다. 빈스는 액셀과 연락하고 있는 한 나쁜 일은 아무것도 일어나지 않는다며, 그를 행운의 부적으로 불렀다. 그건 그에게 있어 거의 미신과도 같았다.

"상관없소. 제일 먼저 어디로 갈지 짐작은 가니까."

킹케이드가 말했다.

"당신 오빠는 허영기가 많지. 그는 몸을 씻고 더 좋은 옷으로 갈아입고 싶을 거요."

에덴은 킹케이드가 자신의 마음을 읽은 것 같아 소름이 돋았다.

"작은 모텔에는 머물지 않는 타입이지. 그의 트럭은 아주 쉽게 눈에 띄어. 그는 커다란 호텔 카지노 중 하나에 차를 세울 거요. 어쨌든 그게 그다운 스타일이거든."

"그래도 어느 곳인지는 모르잖아요."

그녀는 그가 얼마나 진실에 가까이 접근했는지 눈치채지 못하도록, 침착한 목소리를 유지하려 애썼다.

"찾아낼 때까지 하나하나 살펴볼 거요."

18

르노는 솟아오른 시에라 네바다 산기슭의 계곡 분지에 위치한 도시이다. 하라, 발리, 플라밍고 등등 각자의 이름을 뽐내는 광고판으로부터 멋들어진 의상의 쇼걸들이 미소짓는 화려한 도시 르노의 도로마다에는 차들이 꽉 들어차 있었다.

킹케이드는 빈스의 트럭을 찾으며, 수많은 자동차와 트럭과 밴들 사이를 천천히 훑어나갔다. 그들이 아무 성과도 없이 살펴본 주차장이 몇 개인지 에덴은 이미 숫자를 잊어버렸다. 카지노 순회를 마치자, 킹케이드는 다시 거리로 차를 돌렸다.

마침내 태양이 시에라 산기슭 뒤로 미끄러지며 첫번째 가로등이 윙크할 때 킹케이드는 주유소의 셀프 서비스 주유기 옆에 차를 세웠다. 그는 한마디도 없이 차에서 내려, 주유 뚜껑을 열고 그 안으로 호스를 집어넣었다. 에덴은 건물 밖에 위치한 화장실을 보고 트럭에서 내려섰다.

그녀는 몇 걸음 나서지도 못한 채 킹케이드의 손에 붙잡혔다.

"어디 가는 거요?"

“화장실에요, 그게 당신이 상관할 일인가요?”

그가 그녀의 팔을 붙든 채 직원에게 소리를 쳤다.

“화장실에 전화가 있소?”

“아뇨, 이 안에는 있지만요.”

“고맙소.”

그가 팔을 풀어 주었다.

“내가 빈스한테 전화해서 우리가 있는 곳을 알릴 거라 생각했나요?”

“그런 생각이 들었지.”

“난 오빠가 어디 있는지 몰라요. 이미 말했잖아요.”

“그를 보호하기 위해 당신이 거짓말을 할 거라는 것도 알지. 그는 그럴 가치가 없소, 에덴.”

“그렇지 않아요. 그리고 오빠가 어디 있는지 모른다고 했잖아요.”

그가 눈살을 찌푸리며 말했다.

“당신 말을 믿을 수 있다면 좋겠소.”

그는 몸을 돌려 주유기로 돌아갔다.

그녀가 화장실에 갔다왔을 때, 킹케이드는 주유소 직원과 안에서 얘기를 나누고 있었다. 트럭 안에서 기다리는 동안, 피곤함이 그녀를 늘어지게 했다. 잠도 못 잔데다가, 긴 시간 긴장된 오후를 보낸 것이 그녀의 기력을 고갈시켜 버렸다.

“이젠 어쩌죠?”

킹케이드가 차에 올랐을 때 그녀가 물었다. 그의 대답이 잠시 후 흘러나왔다.

“내 생각으로는 당신 오빠에게 두 가지 선택이 있을 것 같소. 하나는 드러누워서 텔레비전을 보며 보내는 거고, 그렇지 않다면 사람들 틈에서 자신을 잊어버리는 거지. 난 후자 쪽에 걸겠소.”

“세 번째 선택도 있을 수 있어요. 이 도시를 떠나는 거죠.”

빈스가 그랬기를 바라는 마음이었다.

“그럴 수도 있지.”

킹케이드는 점화 장치에 열쇠를 꽂아 돌렸다. 엔진이 그에 대답하듯이 확고한 소리를 내뱉었다.

"하지만 그는 잠시 네온사인과 밤생활에서 떨어져 있었소. 떠나기 전에 그걸 좀 맛보고 싶을 거요."

길을 따라 현란하게 반짝이는 불빛들을 보자, 에덴도 동의할 수밖에 없었다. 화려한 분홍, 파랑, 빨강, 하양의 네온사인들이 길게 꼬리를 물었다. 모든 네온이 깜박깜박거리고 경련을 일으키다가 번쩍이고 켜졌다 꺼졌다, 위아래로 달려나가는 등 공간을 가로지르며 많은 불빛들 속에서 폭발하고 있었다. 그 모든 것 위로 거리를 연결한 그 유명한 아치가 형성되어 있었다. 도시의 유명한 슬로건이 불빛으로 번쩍거렸다.

'르노' 세상에서 가장 크면서 작은 도시.

킹케이드는 그녀를 힐끗 보다가 그 불빛을 손가락으로 가리켰다.

"'밤의 축복받은 양초들'에 대해 어떻게 생각하오?"

"셰익스피어가 그걸 썼을 때 별들을 가리킨 걸 거예요."

"르노를 보지 못했기 때문이지."

그의 입술이 한쪽으로 미소를 만들었고, 에덴도 미소를 되돌리며 다시 창문을 내다보았다. 트럭을 주차장 안에 주차시킨 후 그들은 함께 걷기 시작했다.

인도는 휘황찬란하게 불이 켜진 이 카지노에서 저 카지노로 헤매다니는 사람들로 북적거렸다. 킹케이드가 그 중 한 카지노로 에덴을 이끌었다. 그녀는 현란한 드레스에 하이힐을 신고 밍크 목도리를 두른 금발의 여자와 부딪히는 걸 피하기 위해 잠시 멈춰 섰다.

"이런, 미안해요."

그 여자도 부딪히지 않으려고 우아하게 옆으로 비켜섰다.

그 금발 여자의 짧지만 평가하는 듯한 시선에 에덴은 몸을 굳혔다. 자신의 더러운 카우보이 부츠와 색바랜 청바지, 그리고 남자용 셔츠를 고통스러울 정도로 의식했다. 또 지난 이틀 동안 옷 속까지 달라붙은 먼지와 모래들까지. 그녀는 모자를 낮게 눌러쓰고 턱을 더 높이 쳐들었다. 그리고는 킹케이드의 잡아끄는 손에 이끌려 카지노로 들어갔다.

제일 먼저 그녀를 공격한 것은 소음이었다. 슬롯머신의 끊임없는 짤랑거림, 땡땡거리는 벨소리, 쉬지도 않고 지껄이는 목소리들, 거기다 돈을 딴 자들의 비명과 환호소리들이 간간이 끼어들었다. 근처 라운지에서 피아노 가락이 들렸지만, 카지노의 소음은 멜로디의 파편만을 전달하며 거의 모두를 삼켜 버렸다.

카지노로 더 깊이 들어서면서, 에덴의 관심은 사람들에게도 쏠렸다. 슬롯머신들 사이 통로를 가득 메운 사람들. 번쩍이는 진주 단추 셔츠에 빳빳한 새 청바지와 뱀가죽 부츠를 신은 카우보이들이 기계에 욕을 해대는 한 친구에게 야유를 퍼붓고 있었다. 그들 옆의 기계에서 게임하던 젊은 일본인 한 쌍은 돈을 딸 수 있는 그림을 당혹스러운 듯 손가락질하며 중얼거리고 있었다.

번쩍번쩍한 금붙이들과 누더기 같은 청바지, 스웨터와 공단, 정장과 버뮤다식 반바지, 진주와 터키옥들. 사람들의 옷차림은 극단적이고 다양했다.

킹케이드가 한쪽 구석에 정지하자, 에덴도 같이 멈춰 서며 테이블들을 살폈다. 거울과 거울로 이어진 천장에서 상들리에가 수정 같은 빛을 떨어뜨렸다. 그것들은 거울일 뿐만 아니라, 하늘에 박힌 눈이었다. 사기치는 걸 막기 위한 일종의 세련된 보호장치이자 게임용 시설이었다.

"당신 오빠가 포커를 좋아한다는 건 알고 있소."

킹케이드가 그녀에게 고개를 돌리며 탐색하는 듯한 시선을 던졌다.

"다른 건 뭘 좋아하지?"

에덴은 블랙잭 테이블, 룰렛 바퀴, 크랩(주사위 놀이) 테이블을 둘러보았다.

"모두 다일 거예요."

그녀의 대답은 진심이었다.

크랩 테이블에서 노란색 골프 셔츠를 입은 사내가 두 손 사이에 주사위 두 개를 비비며 무슨 말인가 중얼거렸다. 그는 주사위를 던지고 그것들이 테이블로 굴러 한쪽에 튕긴 다음 이윽고 정지할 때까지 계속해서 중얼중얼댔다.

그 사내가 의기양양하게 소리를 질렀다.

"팔이다, 와우!"

두 사람 건너 있던 또 다른 남자가 욕설을 퍼부으며 테이블을 떠났다.

머리 위에 두 개의 스카프를 두른 나이 든 여자가 에덴을 스치듯이 지나쳤다. 씻지도 않았는지 고약한 냄새가 풍겼다. 25센트 동전들이 짤랑거리는 플라스틱 통을 들고 있는 그녀는 마치 갖고 있는 옷가지를 죄다 걸친 듯한 모습이었다. 그 늙은 여자가 슬롯머신으로 걸어가 신중하게 동전 하나를 넣고 나서 손잡이를 당겼다. 기계가 회전을 하다가 하나씩 하나씩 멈춰 섰다. 아무것도 아니다. 표정도 없이 그 여자는 천천히, 그리고 신중하게 또 다른 동전을 골라 슬롯머신 안에 넣고는 손잡이를 당겼다.

기회, 모두가 가능성을 담은 게임이었다. 다른 복장, 다른 승산, 다른 규칙이긴 하지만, 모든 것이 가능성이었다. 공기중에 떠도는 일종의 전류, 미묘한 설레임, 핏속에 흐르는 열기. 에덴은 침착하든 격렬하듯, 절망적이든 자신만만하든 거의 모든 게임하는 이들의 눈 속에서 그것이 번득이는 걸 보았다.

자신도 그에 전염이 되며 흥분과 운을 시험해 보고픈 유혹을 느꼈다. 한 번만 더 주사위를 굴리자, 한 번만 더 당겨 보자. 은색 공 하나가 검은 숫자를 피하기 위해 룰렛 바퀴의 솟아오른 바큇살 위로 덜컹거렸다.

여기가 빈스가 있을 만한 곳이었다, 이런 카지노가. 그녀는 마침내 그 유혹을 이해하였다. 빈스가 아직 르노에 있다면 이리로 이끌릴 것이 분명하였다.

또다시 다급한 마음이 들어 에덴은 킹케이드보다 먼저 오빠를 찾아내기 위해 사람들을 훑어보았다.

그들은 카지노에서 카지노로, 이곳에서 저곳으로 눈이 흐릿해질 때까지 살피며 돌아다녔다. 밤을 대낮으로 바꿔 놓은 밝은 불빛들, 계속해서 돌아가는 슬롯머신들의 소리가 모든 시간감각마저 잊게 만들었다.

킹케이드는 하라스 호텔로 돌아가며 자동적으로 에덴이 뒤에 있는지 확인하였다. 그리고는 그런 자신을 속으로 욕했다. 그녀는 정말 정신을 혼란스럽게 했다. 그녀를 확인하는 데 너무 많은 시간을 허비하는 바람에 빈스를 찾을 시간이 충분치 않았다.

하지만 그녀는 그의 바로 뒤에 서 있었다. 앞으로 기울인 모자가 얼굴에 그늘을 드리우며, 그 아래 곡선을 완전히 숨기지 못하는 남자용 셔츠로 검은 머리가 흘러내렸다. 그가 너무나 여러 번 알아챘던 것이었다.

피곤하고 좌절감에 사로잡힌 킹케이드는 한숨을 억누르며 몇 걸음 안으로 들이시시 카지노를 아무렇게나 슬쩍 훑어보았다. 빈스의 모습이 들어오지 않자, 몸을 돌려 호텔 데스크로 발길을 옮겼다.

"어디 가는 거예요?"

에덴이 물었다.

"러스티한테 연락 왔나 보려고."

"러스티, 그 사람이 누구죠?"

"내 파트너."

"그 사람도 르노에 있나요?"

"어딘가에."

그가 고개를 끄덕였다.

에덴이 아무 말도 하지 않았지만, 그는 그녀가 누군가 다른 사람이 자신의 오빠를 찾고 있다는 것을 걱정하고 있다는 걸 알았다.

호텔 데스크에서, 킹케이드는 카운터에 선 낯익은 얼굴을 알아보았다. 다른 직원들은 지나치고 곧장 안경을 쓰고 인상을 찌푸린 중년 사내에게로 걸어갔다.

"안녕하시오, 커크. 다시 만나서 반갑군요."

그 남자가 멍하니 그를 쳐다보다가 활짝 웃었다.

"해리스 씨, 당신인 줄 몰랐어요. 오랜 시간 험한 길을 달려오신 것 같군요. 항상 쓰시던 방을 원하시겠죠."

그가 직원 한 명에게 신호를 보내려 했다.

"아니, 지금은 필요 없소."

킹케이드가 그를 가로막았다.

"나한테 온 연락 없었나요?"

"없는 것 같던데, 확인해 보겠습니다."

그가 뒤쪽 사무실로 들어갔다.

킹케이드는 비스듬히 서서 카운터 위에 팔꿈치를 기댔다. 그리고 주위에 돌아다니는 사람들을 쳐다보았다. 눈 한쪽 끝으로, 에덴이 자신과 비슷한 자세로 카운터에 기대고 있는 걸 보았다.

"여기서 자주 머무는 모양이군요."

그녀가 말을 걸었다.

"르노에 올 때마다."

"많은 사람들이 그렇겠죠. 하지만 직원이 그들 모두를 기억할지는 의심스러운 걸요."

그가 어떻게 킹케이드를 기억하느냐고는 묻지 않았다.

"그에게는 카우보이가 되고 싶어하는 아홉 살짜리 아들이 있지. 일년 간 그의 가족이 로데오 순회에서 맨 앞자리에 앉을 수 있도록 해준 적이 있소."

"친절하군요."

"쉬운 일이었소."

킹케이드는 지배인이 돌아오는 소리를 듣고 카운터로 몸을 돌렸다.

"죄송합니다, 해리스 씨. 연락 온 게 없군요."

"고맙소."

그가 떠나려고 몸을 돌리며 말했다.

"매트에게 안부 전해 주시오."

"그러지요."

지배인이 약속하며 미소를 보냈다.

"그 애가 새 휠체어를 타고 돌아다니는 모습을 보셨어야 하는데. 자기 말 이름을 붙여 그걸 댄디라고 부른답니다.”

킹케이드가 카지노 쪽으로 움직이자, 사내가 웃으며 잘 가라고 손을 들어 보였다. 에덴이 그의 옆으로 따라붙었다.

“휠체어? 아이가 발이 불편하다는 얘긴 안 했잖아요.”

그녀가 속삭였다.

“중요하지 않으니까.”

“당신은 정말 인정이 많군요.”

“당신 오빠에 한해서는 그렇지 않소.”

그가 단호하게 말했다. 그리고 카지노로 이어진 계단을 내려갔다.

두 번째 계단에서 에덴이 비틀거리며 앞으로 쓰러지려 하자, 얼른 킹케이드가 붙잡았다. 그녀가 순간적으로 몸을 기대 오자 그는 부드러운 육체의 탄력을 느꼈다. 그녀에게서 샐비어와 먼지와 여자의 내음이 맡아졌다. 순간 그의 손에 힘이 들어갔다. 그녀가 즉시 뒤로 물러나 그의 손을 밀쳐냈다. 하지만 그는 그녀의 얼굴에 담긴 둔탁한 피로를 알아챘다.

“지금 몇 시지?”

에덴은 벽의 시계를 슬쩍 보았다.

“두 시 조금 넘었네요.”

에덴은 자신도 믿을 수 없다는 듯이 말하고는 킹케이드를 쳐다보았다.

“이렇게 배고픈 게 이상할 게 없군요.”

그건 불평이라기보다 그냥 한 말에 불과했다. 하지만 킹케이드는 그녀를 붙잡았을 때 그녀의 근육이 약하게 떨리던 것을 우울하게 기억해냈다. 그건 그에 대한 반응이 아니라 배고픔으로 인한 떨림이었다. 성마르게 고개를 쳐들고, 그는 혼잡한 카지노를 살펴보았다. 빈스를 찾으러 가야 한다. 그것이 여기 온 이유였다.

하지만 그 대신 그는 그녀의 팔을 잡고 레스토랑 쪽으로 나아갔다.

“이리 오시오. 커피숍에서 뭐 좀 먹지.”

주인이 그들을 자리로 안내하였다. 의자에 앉으며, 에덴은 모자를 벗어 옆좌석에 내려놓았다. 그녀에게서 한숨이 새어나왔다. 그녀는 두 손으로 얼굴의 머리를 뒤로 넘긴 다음 메뉴판을 펼쳤다.
“다 맛있을 것 같은데요.”
킹케이드도 자신의 메뉴판을 힐끗 보았다.
종업원이 다가왔다.
“메뉴 보시는 동안 마실 걸 갖다드릴까요?”
“맥주 두 잔 주시오.”
킹케이드가 말했다.
“난 커피가 좋아요.”
에덴이 말했지만 이미 종업원은 걸어가 버렸다.
“당신은 스프링보다 더 탱탱하게 감겨 있소. 카페인은 지금 당신에게
가장 필요치 않소. 맥주가 긴장을 풀어 줄 거요. 커피는 식사한 다음에
마시면 돼.”
“그럴 필요 없는데요.”
하지만 그녀의 항의는 그것뿐이었다.
종업원이 맥주를 가져다주고, 그들의 주문을 받아 돌아갔다. 갈증이
난 킹케이드는 자신의 맥주를 길게 한 모금 들이켰다. 에덴도 똑같이 마
신 다음 잔을 내려놓고 두 손으로 감싸쥐었다.
그녀가 그를 쳐다보았다. 똑바른 시선이었다.
“오빠를 만나면 어떻게 할 건가요?”
그는 맥주잔을 꽉 움켜쥐고 있는 그녀의 손가락을 쳐다보았다.
“그건 만난 다음 일이지.”
킹케이드가 잔을 올려 또 한 모금 마셨다. 첫번째만큼 맛이 좋지 않았
다.
“설마……?”
그 말을 끝낼 수 없는 것처럼 에덴이 말을 멈췄다.
그의 한쪽 눈썹이 올라가며, 입술 끝이 메마르게 잡아당겨졌다.
“그를 죽일까 봐? 그건 법에 어긋나는 일이오.”
그럴 기회가 있었는데 날려 버렸다는 말은 할 수 없었다.

"수단과 방법은 수도 없이 많지."

"그러지 말아요."

그녀가 그 말만 하고는 턱을 들어 어깨를 쭉 편 채, 오빠를 다치게 할 어떤 시도에도 저항할 준비가 되어 있다는 모습을 보였다.

킹케이드는 말없이 그녀의 오빠에 대한 충실함에 감탄하였다. 그녀는 확고부동한 성격에다가, 완고한 자존심 그리고 강인한 의지력의 소유자였다. 모두 다 빈스에게는 없는 성품이었다.

에덴이 원하는 확답을 줄 수가 없어, 킹케이드는 아무 말도 하지 않았다. 종업원이 그들의 음식을 가져오자 그들은 말없이 식사를 했다. 다 먹은 킹케이드는 접시를 밀어내고 마지막 조각을 입에 넣는 에덴을 지켜보았다. 그리고 그녀의 잔도 자신과 마찬가지로 비어 있는 걸 알았다.

"더 마시겠소?"

그가 물었다.

"배가 불러서 움직이지도 못하겠어요."

'그리고 너무나 피곤해요'라고 에덴은 덧붙일 수도 있었으리라. 식사를 마친 지금 거의 무기력 상태에 가까웠다.

"디저트 드시겠어요?"

종업원이 빈 접시를 모아들였다.

"커피만 부탁해요."

에덴이 말했다.

"두 잔 주시오."

킹케이드는 주머니에서 시가를 꺼냈다.

"커피 두 잔요."

종업원이 쾌활하게 말한 다음, 주인이 반대편 자리로 안내하는 손님 세 명을 피하며 자리를 떠났다.

반대편 자리에서 의자들이 움직이고 휠체어에 탄 카우보이도 자리를 잡아 앉았다. 엉덩이에서 발끝까지 오른쪽 다리에 깁스를 한 그 카우보이의 시선이 그들 쪽으로 옮겨졌다가 킹케이드에게 정지하면서 눈살을 찌푸렸다.

"케이 시?"

확신이 안 서는 듯 중얼거리다가 그의 얼굴에 환한 미소가 번졌다.

"케이 시! 이 나쁜 자식, 자네로군. 어떻게 지내나?"

킹케이드가 자리에서 일어나 그들 테이블로 향했다.

"난 괜찮아, 호크. 하지만 자네는 그렇지 않아 보이는군. 어떻게 된 거야?"

그가 다리를 가리켰다.

"빌어먹을 말이 날 떨어뜨려서 엉망으로 만들어 놨다구."

그가 다친 다리를 한 손으로 문질렀다.

"휴즈 헤이즈렛이 갖고 있는 말인데 정말 멋진 녀석이야. 한동안은 잘하는 것 같더니 아무 이유도 없이 폭발을 하는 거야. 그래서 그 말을 훈련시키라고 내가 고용된 것 같아. 아마 나같이 경력 있는 기수라면 다스릴 수 있다고 생각했나 봐. 틀린 생각이었지만 말이야."

호크라 불린 사내가 잠시 말을 멈췄다.

"자넨 어떻게 된 거야? 마지막으로 들은 소식이, 샌 안토니오에서 나가떨어진 다음에 병원으로 실려갔다던데. 또 왼팔이었나?"

킹케이드가 고개를 끄덕였다.

"의사가 하나하나 끼워 맞추느라 애를 먹었지."

아직 움직인다는 걸 보여 주기라도 하듯 그가 왼손가락을 굽혀 보였다.

"내 장담하는데, 날씨가 변할 때마다 알게 될 거야."

사내가 낄낄거렸다.

"버드 타일러에 대한 소식은 들었나?"

"아니."

그 테이블의 대화가 모르는 사람들에게로 옮겨지자, 에덴은 듣던 걸 그만 두고 종업원이 내려놓은 커피를 한 모금 마셨다. 하지만 너무 뜨거워서 도로 내려놓고 부드럽게 쿠션을 댄 옆자리에 등을 기댔다. 수면부

족으로 인하여 눈이 까칠하고 뻑뻑하기만 했다. 그녀는 눈을 잠깐 쉬게 해주자고 결심했다, 아주 잠깐 동안만.

조금 더 잡담을 나눈 후 자신의 자리로 돌아오던 킹케이드는 커피 주전자를 든 종업원과 마주쳤다. 그녀가 에덴을 힐끗 돌아보며 중얼거렸다.

"가엾어라. 곯아떨어졌네요."

종업원의 말은 금세 확인할 수 있었다. 에덴이 나중에 깨어나면 뻐근할 각도로 머리를 기울인 채 의자에 웅크리고 있었다. 잠으로 인해 표정은 부드럽게 풀려 있었고, 피로감 때문인지 작고 연약해 보였다. 그 모습이 무시할 수 없는 강인한 힘으로 그를 끌어당겼다.

"깨어나면 금방 돌아올 거라고 말해 주시오."

그가 여종업원에게 말했다.

"물론이죠."

하지만 킹케이드가 돌아왔을 때도 그녀는 여전히 잠들어 있었다. 그는 열심히 그녀를 흔들어 깨웠다.

"에덴, 에덴. 일어나 봐요."

"무슨……?"

무기력 상태에 빠진 그녀는 정신을 차리려고 무진 애를 썼지만, 힘에 겹기만 했다. 목이 아팠다. 뻐근한 근육을 문지르려고 손을 들어올리는데 그 손마저 너무나 무거웠다. 자신의 두 손이 누군가에 의해 위로 올려지는 걸 느꼈다. 반쯤 잠들어 있으면서도, 그것이 킹케이드의 손길이라는 걸 알 수 있었다.

"어디 가는 거예요?"

"지금은 밤이잖소."

그의 목소리가 멀리에서 들리는 것 같았다. 들으려고 안간힘을 써보았지만 마지막 몇 마디밖에 듣지 못했다.

"방을 예약했소."

"잘됐군요."

그들은 커피숍 안에 있었다. 그 정도는 알고 있었지만 모든 것이 흐릿하기만 했다. 눈꺼풀이 무거워서 뜰 수가 없었다. 맥주 때문이다. 빈 속에 마시면 안 되는 거였는데. 그것이 그녀가 마지막으로 한 또렷한 생각이었고, 그녀는 입구 쪽으로 비틀비틀 몇 걸음 걷다가 킹케이드에게 안기고 말았다.

"걸을 수 있어요."

그녀가 잠에 빠진 목소리로 중얼거렸다.

"그렇겠지."

엘리베이터에 도착했을 때쯤, 그녀는 그의 목덜미에 머리를 기댄 채 잠들어 있었다. 그녀를 방으로 데리고 가면서 그는 알 수 없는 부드러운 감정을 느꼈다. 무방비 상태란 그녀에게서 한 번도 떠올려 보지 않았던 단어였지만 지금의 그녀가 바로 그랬다.

킹케이드는 응접실을 가로질러 두 번째 침실로 곧장 들어갔다. 팔꿈치를 이용하여 불을 켜자 킹사이즈 침대가 방안을 가득 채우고 있는 게 눈에 들어왔다. 머리맡에는 베개가 두개 놓여 있었다. 에덴을 침대 가장자리에 앉히는데 미처 붙잡기도 전에 그녀가 매트리스로 쓰러져 버렸다.

"앉아 봐, 에덴. 그래야 신발을 벗을 거 아니오."

그녀는 알겠다는 듯이 무슨 말인가 중얼거리며 몸을 일으키려고 두 팔을 뻗었다. 킹케이드는 무릎을 꿇고 그녀의 신발과 양말을 벗겨내기 시작했다. 부드럽고 섬세한 뼈대의 나머지 부분과 마찬가지로 그녀의 발 또한 작았다. 그는 양말을 벗겨내고, 손가락으로 곡선을 훑으며 그녀의 발을 바닥으로 내렸다.

일어서는 순간, 그녀가 셔츠의 단추를 풀어 버린 모습이 눈에 들어왔다. 그는 얼어붙은 듯이 그 밑에 걸친 소박한 하얀 브래지어를 노려보았다. 풍만한 가슴을 가두기 위해 그 천이 팽팽하게 잡아당겨져 있었다. 그는 피가 뜨거워지며 질식할 것 같은 답답함을 느꼈다. 그녀의 손이 자연스럽게 바지의 단추로 움직이자 난폭한 욕설을 퍼붓고 싶은 심정이었다. 하지만 입 밖으로 내뱉지는 않았다. 그녀의 눈이 여전히 감겨 있는 것이나, 깨어 있다기보다 잠들어 있는 상태라는 건 중요치 않았다. 욕망이 그의 내부에서 뜨거운 통증을 만들어 냈다.

"이렇게 피곤한 건 처음이야, 빈스."

그녀의 중얼거림과 동시에, 단추와 지퍼가 속박을 풀어냈다.

'맙소사, 그녀는 나를 오빠라고 생각하고 있어.' 킹케이드는 그 말을 수정해 주고 싶었지만 그 대신 그녀의 바짓자락을 잡고 잡아당겼다. 그녀의 몸이 매트리스로 기울어지며 만족스런 중얼거림이 들려 왔다.

두 번을 잡아당기자 그녀의 지저분한 청바지는 신발과 양말 옆 마루에 놓여졌다. 그는 그녀를 안아 맥없는 팔에서 셔츠를 벗겨내고 이불 밑으로 집어넣었다. 하지만 하얀 면 팬티와 가느다랗고 맵시 있는 다리를 이미 보고 난 후였다. 그녀는 즉시 옆으로 몸을 굴리며 베개 속으로 파고 들었다.

그녀를 보지 않으려 애쓰며, 킹케이드는 긴 유리창으로 걸어가 묵직한 커튼을 닫아 거리의 휘황찬란한 네온 불빛을 가려 주었다. 성큼성큼 방을 걸어나가면서 그의 시선이 마룻바닥에 쌓인 옷가지들을 스쳤다. 그는 문 밖으로 나서며 불을 꺼주었다.

킹케이드가 카지노들을 뒤지다 돌아왔을 때는 동쪽 산마루로 새벽동이 트기 시작하는 시간이었다. 문을 열고 들어오는 그의 손에는 배낭과 쇼핑백이 들려 있었다. 그는 머뭇거리며 에덴의 방문을 슬쩍 보다가, 쇼핑백을 응접실 의자에 내려놓고 곧장 자기 침실로 걸어갔다. 그의 발걸음이 피로로 인해 묵직하였다.

배낭이 두꺼운 회색 양탄자로 떨어졌다. 그 둔탁한 소리에는 신경도 쓰지 않은 채 침대 옆의 램프를 켰다. 멍한 상태로, 욕실에 들어가 샤워기를 틀고 먼지와 땀으로 뒤덮인 옷가지를 벗어던졌다. 그는 물의 온도를 확인한 다음 쏟아지는 물줄기 아래로 들어섰다.

습관적으로 비누를 칠하고 찌를 듯한 물줄기 아래 서서 물줄기가 피부의 비누 거품을 자연스레 씻어내도록 하였다. 근육의 긴장감도 함께 가져가기를 바라며. 수증기가 그의 주위로 두꺼운 안개를 형성하며 피어 올라 그 순간 그를 다른 모든 것으로부터 가둬 버렸다.

샤워기 밖으로 나와 몸의 물기를 털어낸 다음, 일회용 면도기로 이틀 동안 자라난 턱수염을 면도하였다. 그리고는 호텔에서 준비해 놓은 애프터 셰이브 로션을 바르고 침실로 돌아왔다. 새틴 이불의 반짝거림에 눈길이 쏠렸다. 침대 옆의 램프 불빛에 반짝이는 이불의 매끄러운 촉감, 몇 시간의 잠이 그에게는 절실히 필요하였다.

이불 사이로 들어가 몸을 쭉 펴니 피부에 차가운 느낌이 닿았다. 그는 눈을 감고 바로 저 옆방에 에덴이 있다는 사실을 잊으려 애썼다.

하지만 잠 속으로 빠져들면서, 그는 그녀가 이곳에, 그와 같은 침대에 있다고 상상하였다. 그의 손은 그녀의 살결로 미끄러지며 소박한 하얀 브래지어를 벗겨내고 손바닥으로 젖가슴을 감싸쥐는 것이다, 그의 입술이 그녀의 배를 향해 훑어 내려가면서 그녀의 사향 같은 열에 들뜬 냄새를 들이키면, 그녀의 손가락은 그의 머리를 휘감으며 그의 혀의 침입에 작은 비명을 내지르고 몸을 한껏 휘어뎰 것이다. 마침내 그녀의 안으로 돌진하여 해방을 찾아내는 순간, 그녀는 엄청난 쾌감과 고통으로 몸을 굳혔다가 몸서리를 칠 것이다. 그 후에도 그녀를 놓아 주지 않고서 두 사람은 두 팔과 다리를 따뜻하게 얽고 잠이 들 것이었다.

19

그의 눈이 번쩍 뜨였다가, 일부러 치지 않았던 커튼 사이로 들어오는 눈부신 햇살 때문에 다시 눈을 감았다. 그는 옆으로 몸을 굴려 디지털 시계를 들여다보았다. 아침 10시가 조금 못 된 시간이었다.

정신이 바짝 든 그는 일어나 앉으며 다리를 침대 밖으로 뻗었다. 그때 어떤 소리가 들렸다. 에덴의 방에서 들려 오는 일종의 흐느낌 같은 낮은 소리.

그는 눈살을 찌푸리며 재빨리 리바이스 청바지를 걸쳐 입고 알아보러 나섰다. 어두운 방안으로 들어섰을 때, 그는 침대 위에서 이상한 신음소리를 내며 뒹구는 그녀의 흐릿한 형체를 알아보았다.

"에덴?"

아무 대답이 없자, 그는 침대로 가까이 가 램프를 켰다.

그녀가 머리를 휘두르며, 두 팔을 뻣뻣하게 내뻗었다. 헝클어진 이불을 움켜쥔 채 몸이 뒤틀리고 있었다. 꽉 감은 눈에서 흘러내린 젖은 눈물 자국이 램프 불빛으로 인해 반짝거렸다.

"에덴, 일어나시오."

그가 그녀의 어깨에 한 손을 올린 순간, 그녀의 맹렬한 공격이 퍼부어졌다.

간신히 할퀴려는 손을 피하고 나자, 또다시 다른 공격이 닥쳤다. 그녀의 두 팔을 잡아 그가 꼼짝 못하게 눌러놓았다. 이제 눈을 뜬 그녀는 두려움에 가득 차 있었다. 그를 똑바로 보고 있으면서도, 그녀가 그를 보고 있는 게 아니라는 건 분명했다. 그녀는 여전히 악몽 속의 어떤 끔찍한 고통에 사로잡혀 있었다.

"꿈이오, 에덴. 일어나요."

그가 좀더 강하게 명령을 했다. 그 말이 효과를 나타냈는지, 그녀의 눈이 천천히 밝아지며 고통과 두려움이 사라져 갔다. 그 순간, 그녀의 표정은 상처받기 쉬운, 공포에 젖은 어린아이 같았다. 하지만 무언가가 그녀를 끌어당겨 공포를 달래 주고 싶은 본능을 방해하였다. 그는 자기가 원하는 일 대신 손의 힘을 풀고 침대 옆에 일어섰다.

"무서운 꿈이었던 게로군."

그가 중얼거렸다. 그녀는 불빛에서 얼굴을 돌리며 한 손으로 젖은 뺨을 만졌다. 그 떨리는 손과 마른 입술을 무의식적으로 축이는 동작을 보고는, 한마디도 없이 그는 옆에 붙은 욕실로 걸어 들어갔다.

에덴은 말없이 몸을 일으켜 앉아, 자신을 보호하기라도 하듯 이불을 잡아당겨 둘둘 말았다. 여전히 악몽의 여파로 인해 몸이 떨려 왔다. 그녀는 자제하려고, 의식의 가장자리에서 번득이는 영상들을 막아내려고 안간힘을 썼다. 욕실에서 물소리가 나다 멈추더니 침대로 다가오는 부드러운 발소리가 들렸다.

"이게 필요할 것 같군."

그가 물 한 잔을 내밀었다.

그걸 보자 자신의 입이 바싹 말라 있다는 걸 깨달았다. 그녀는 재빨리 한 모금 마시고는 잔을 내리고 그 속을 들여다보았다. 킹케이드를 볼 수가 없었다. 지금은, 아직은 말이다.

“고마워요.”

자신의 목에서 나오는 거슬리는 소리가 싫었다.

“당신 말이 맞았네요. 목이 말랐어요.”

“무슨 꿈이었소?”

그녀의 몸이 본능적으로 굳어지며 경계심이 살아났다.

“당신이 뭐길래요? 고해 신부라도 되나요?”

가벼운 어조로 말하려 했지만, 날카로움이 그녀를 배신하며 기어들었다.

“당신 가톨릭 신자요?”

“아뇨, 아니에요.”

그녀가 침대 옆의 나이트 테이블로 물잔을 밀었다.

“난 이제 완전히 깼어요. 악몽은 끝났다구요. 괜찮아질 거예요.”

“그렇게 들리지 않는걸.”

“어떻게 들리든 상관없어요. 어쨌든 지나갈 거예요. 항상 그랬다구요.”

“그럼 이런 꿈을 전에도 꾸었던 모양이군.”

“꼭 알아야겠다면 말하죠, 그래요!”

그녀는 성마르게 대답하고는 이불을 더 꼭 끌어당겼다. 그가 계속 거기 서 있는 것이, 바지 주머니에 두 손을 끼워 넣고 서 있는 것이 짜증스러웠다.

“빈스에 대한 꿈은 아닌 것 같고.”

그가 추측을 했다.

“그렇다면 죽은 디파드의 동생에 대한 것이겠군.”

그녀의 시선이 그에게 획 돌아와 커다랗게 뜬 눈으로 쳐다보다가 재빨리 시선을 돌렸다. ‘맞았군.’ 그는 새로운 호기심을 느꼈다.

“그날 밤에 대해 얘기할 때인 것 같소.”

그는 그녀 쪽 얘기를 듣고 싶었다.

“그 얘기에 대해서는 벌써 말했어요, 몇 번이나 반복해서요.”

앙 다문 잇사이로 그녀가 내뱉었다.

"처음에는 할아버지한테, 그 다음에는 경찰과 변호사한테, 그리고 재판장에서도 그랬죠. 그걸로 충분해요."

"하지만 악몽은 끝나지 않았잖소. 그날 밤 무슨 일이 있었던 거요?"

"언제요?"

에덴은 자신을 보호하기 위해 분노를 사용하며 격렬하게 되물었다.

"어떤 걸 알고 싶은가요? 그가 날 거칠게 다루었을 때 어떤 느낌이었는지 알고 싶어요? 아니면 총이 발사됐을 때 그 남자의 표정에 대해서? 피가 어떤 식으로 흘러내렸는지 알고 싶은가요?"

"처음부터 시작하면 어떻겠소?"

그는 침대로 걸어가 그 발치에 앉았다. 그녀가 말할 때까지 거기 있을 생각임을 분명히 나타내었다.

"시작이라, 그건 정말 평범한 거예요."

에덴은 신랄하고 경망스러운 어조를 유지하려 애썼다.

"난 열일곱이었고, 제프는 더 나이가 많았어요. 빈스와 같은 나이, 그들은 사실 친구였죠. 졸업한 후에, 제프는 대학으로 떠났어요. 난 그가 집에 들를 때 몇 번 보았을 뿐이죠. 학교 끝난 후 빈스가 날 데리러 올 때 그가 같이 왔으니까."

말이 거침없이 흘러나왔다. 이 부분은 언제나 쉬웠다.

"난 사실 제프를 잘 몰랐어요. 빈스의 어린 여동생일 뿐이었다는 뜻이에요. 제프는 나한테 관심도 두지 않았죠…… 그 해 봄까지는. 그는 나한테 말을 걸고 어깨에 팔을 두르며, 두렵기도 하고 흥분되기도 하는 그런 시선으로 날 보았어요."

에덴은 이제 다시 열일곱의 순진하고 불안한 소녀가 된 느낌이었다.

"모든 여자애들은 그가 나를 쳐다본다는 걸 부러워했어요. 그는 잘생겼고 대학에서 유명한 운동선수였죠. 그보다 우선은 디파드 가 사람이었구요."

킹케이드가 얼굴을 찡그렸다.

"나라면 디파드 가를 특별하다고 말하지 않을 텐데."

에덴은 그의 입가에 숨은 미소를 보았다. 그보다 더 그녀의 기분을 낮게 만들 말은 아마 없을 것이다.

"그때는 그랬어요."

미소를 감추며, 그녀는 그날 밤의 기억에 정신을 집중시켰다.

"어쨌든 어느 목요일 빈스가 말했어요. 제프가 토요일 밤에 나와 같이 외출하고 싶어한다고. 난 데이트를 허락받지 못한 때였어요. 할아버지가 외출을 허락하지 않을 거라고 빈스에게 말하면서 다소 안도를 느끼기도 했구요. 하지만 빈스는 자기가 몰래 빼내 줄 수 있다고, 쉬운 일이라고 말했어요. 내가 제프와 외출한다는 일에 불안해 하는 걸 짐작했는지, 걱정되면 같이 데이트하자고 제안했어요. 자기는 레베카 선더스와 같이 있겠다고. 마침내 난 동의했지요."

"한마디로 빈스가 제프와의 데이트를 주선한 거군."

그것이 더 그자를 싫어하게 만들었지만, 목소리에 그런 느낌을 주지 않기 위해 신중을 기했다.

갑자기 에덴은 어떻게든 움직여야 할 것 같은 느낌이 들었다. 불안감이 그녀를 사로잡아 침대 반대쪽으로 몰아붙였다. 그녀는 시트를 끌어 발치까지 느슨하게 당긴 다음 인디언식으로 몸을 휘감으며 일어섰다.

"집에서 빠져 나와 제프를 만나기로 한 것은 내 선택이었어요. 빈스가 강요한 게 아니었어요. 어쩌면 제프 디파드같이 잘생기고 인기 있는 남자가 나와 데이트하고 싶어한다는 생각 때문이었을지 몰라요."

"어디로 갔소?"

에덴은 창문으로 걸어가, 한 손을 들어 커튼을 열어젖히고는 밖을 내다보았다. 아침의 태양이 파란 하늘 속에서 밝고 높이 떠올라 있었다. 거리에는 차들이, 인도에는 사람들이 있었지만 어젯밤보다는 훨씬 적었다.

"목장에서 마을 쪽으로 십 킬로미터쯤 가면, 뜨거운 샘이 솟는 웅덩이가 몇 군데 있지요. 수년간 많은 이름으로 불려 왔지만, 모두가 그냥 샘이라고만 불렀어요."

그녀는 긴 숨을 들이키며 아무 감정도 없이 계속했다.

“제프가 빈스의 데이트 상대를 태워 오고 우린 아홉 시에 샘에서 만나기로 했죠.”

그녀는 방안의 둔탁한 어둠으로 돌아가지 않으려고 햇살 속을 멍하니 들여다보았다. 어둠은 그 기억을 더욱 현실처럼 만들 것이다.

“우리가 도착했을 때 제프와 레베카는 이미 거기 와 있었어요. 조용하고 아름다운 밤이었던 게 기억나요, 그리 춥지도 않고. 별들은 수천 개나 반짝이고 있었죠……”

은밀하게 헤드라이트를 켜지 않은 빈스의 트럭 위로, 별들이 반짝거렸다. 하늘이라는 벨벳 속에 수많은 다이아몬드 조각들이 흩뿌려진 것 같았다. 사막의 고요함 속에서 가장 작은 소리들도 귓속으로 파고들었다. 샘솟는 웅덩이에서 들리는 약한 거품소리, 장작 타는 부드러운 탁탁거림, 그리고 자신의 무거운 심장 뛰는 소리까지.

“준비됐니?”

빈스가 미소를 지었다.

그녀는 일단 고개를 끄덕이고 나서 흩어진 머리가 없는지 확인하기 위해 머리를 만졌다.

“나 괜찮아 보여?”

그녀는 머리를 뒤로 내려 여러 개의 핀으로 모양을 냈다. 좀더 나이 들고 경험 있는 듯이 보이기 위한 노력이었다. 그녀가 한 번도 데이트해 본 적이 없다는 걸 제프가 알지 못하길 바랐다.

“녀석 거의 넋이 나갈 거야.”

빈스가 윙크를 하며 장담했다.

그녀의 팔을 잡고, 빈스가 위쪽 웅덩이에서 이어진 매끈한 바위까지 그녀를 안내하였다. 그 가운데에서 노란 불길이 유쾌하게 타올랐다가 이내 숯이 되어 주위를 다시 어둡게 만들었다. 그 깜박이는 불길 속에서 평평한 바위 위에 펼쳐진 두 장의 담요를 보았다. 그 옆에 빨갛고 하얀 색의 아이스박스가 놓여 있었고, 담요 위에는 휴대용 라디오가 테이프들에 둘러싸여 놓여 있었다.

에덴은 그 모든 것을 보았다. 불 옆에 비치는 크고 넓은 어깨의 남자만 빼고 모든 것을. 그녀는 제프의 시선을 느낄 수 있었다. 보이지 않는 손이 그녀의 위로 훑고 지나가는 것만 같았다. 그것은 용기를 앗아가며 약간 두렵기도 했지만, 한편으로 흥분되기도 했다.

그녀는 그의 옆에 있는 여자를 힐끗 보았다. 태양빛으로 탈색된 머리를 잡지 광고에 나오는 모델들처럼 신중하게 헝클어 놓은 모습이었다. 에덴보다 두 살 위인 레베카는 일년 정도 르노에서 일했었는데, 그녀의 아버지가 아프시자 아버지와 어린 동생들을 돌보러 집에 돌아왔다.

레베카가 입은 블랙진은 말에 올라타는 게 불가능할 것처럼 꽉 들어맞았다. 티셔츠도 딱 맞기는 마찬가지였고 그 위로 입은 헐렁한 조끼는 브래지어를 하지 않은 사실을 숨기기에는 역부족이었다.

"안녕, 드디어 도착했다."

빈스가 소리쳤다.

"오래 기다렸어?"

"아니, 막 불을 지핀 참이었어."

제프의 낮고 나른한 어조는 에덴의 신경을 또다시 튀게 만들었다. 빈스가 대화를 이끌어 간다는 것이 다행스러웠다. 그녀는 갑자기 무슨 말을 할지, 어떻게 행동해야 할지 알 수가 없어져 버렸다.

"맞아."

레베카가 맞장구를 쳤다.

"제프가 날 일찍 데리러 왔는데 뭘 좀 먹으러 갔다가 너무나 재미있어서 우리도 거의 늦을 뻔했어."

"그래, 형이 저녁 식사에 정치적인 친구들을 한 무더기 초대했지 뭐야. 그래서 난 격렬한 토론이나 선거 전략 같은 건 그들에게 맡기고 일찌감치 빠져 나왔지."

제프가 설명했다.

"레베카에게 전화해서 계획보다 더 일찍 데리러 가겠다고 했어."

그런 다음 그의 시선이 에덴에게 향했다.

"안녕, 에덴."

"제프."

그녀의 목소리는 약간 숨가쁜 듯했다. 그녀는 숨을 제대로 쉴 수가 없었다.

"그래 안녕, 에덴."

레베카도 제프와 똑같이 인사하며 독살스런 미소를 보냈다.

에덴은 레베카가 왜 자신을 싫어하는지 그녀가 무슨 잘못을 한 것인지 알 수 없어 당황스러웠다. 하지만 그 생각을 하기도 전에 제프가 또다시 그녀의 관심을 끌어당겼다.

"아주 멋진데."

"고마워요."

그녀는 약간 자랑스레 하얀 블라우스의 넓은 목깃을 만졌다.

이것은 그녀가 갖고 있는 것 중에 가장 좋은 블라우스였다. 할아버지를 만족시킬 만큼 소박하면서도 그녀에게 어울릴 정도로 여성적이었다.

그녀는 오늘밤 무얼 입을지 무척이나 고민을 했다. 그녀의 옷장에는 학교 다닐 때 입는 옷과 목장용 옷밖에 없었기 때문이었다. 빈스는 청바지를 입으라고 했지만, 매일매일 입는 청바지를 첫번째 데이트에까지 입고 나갈 생각은 없었다. 마침내 그녀는 이 블라우스에 꽃무늬 플레어 스커트와 샌들을 선택하였다.

제프가 손을 내밀자 에덴은 주저하다가 그 안에 자신의 손을 놓았다. 그가 잠시 그 손을 바라보다가 그녀를 올려보았다.

"손이 차갑군."

"네."

그녀의 손을 차갑게 만든 것은 신경과민 때문이라는 걸 알고 있었다. 그녀의 혀를 잡아맨 것과 똑같은 이유일 것이다.

"따뜻하게 계속 잡고 있어야겠군."

"불 옆에서 녹여도 돼요."

그가 킬킬거렸다. 그녀가 무슨 재미있는 말을 한 것일까?

여전히 그녀의 손을 잡고서, 그가 그녀를 불가로 잡아당겼다.

"아이스박스에 맥주가 있어, 빈스. 마음대로 마시라고."

그가 에덴을 쳐다보았다.

"하나 마실래?"

그녀는 고개를 흔들었다.

"지금은 싫어요, 고마워요."

"내가 마신다고 싫어하지는 마."

그는 이미 아이스박스로 움직이고 있었다.

"그럼요."

에덴은 담요 위에 앉아 두 다리를 한쪽으로 모으고 그 위로 가지런히 치마를 펼쳤다.

제프가 다가갔을 때 레베카가 아이스박스의 뚜껑을 들어올리고 있었다. 그녀는 캔 하나를 빈스에게 건넸다.

"운이 좋은 거야. 자기한테까지 갈 맥주가 남았으니 말이야. 여기 오는 동안 내내 우리가 마셔댔거든, 그렇지?"

그녀가 섹시하고 은밀한 미소를 지으며 또 하나의 맥주를 꺼내 제프에게 건넸다.

"남자는 갈증을 만족시켜야 해."

"여자도 마찬가지지."

그 말 속에 어떤 숨겨진 의미가 포함된 것 같았지만, 에덴은 알 수가 없었다. 그녀는 무시된 듯한 느낌으로, 맥주캔이 열리는 톡소리와 김 빠지는 소리를 들었다.

제프가 돌아와 옆에 앉자, 그녀는 무언가 할 말을 생각하려 애썼다.

"대학에는 언제 돌아가나요?"

"화요일쯤."

그가 맥주를 벌컥벌컥 들이켰다.

"상황에 따라 다르지만."

“무슨 상황이요?”

“내가 수업을 빼먹느냐 마느냐를 결정하기에 따라서.”

“음악 좀 들을까.”

레베카가 플레이어에 테이프를 하나 꽂았다.

“난 춤추는 게 좋더라.”

음악이 시작되고 볼륨을 더욱 높이자, 광적인 디스코 리듬이 밤공기를 가득 메웠다. 레베카는 제프를 노골적으로 쳐다보았다. 그러나 그가 움직이지 않아, 빈스의 손을 잡고 춤을 추자며 끌어냈다.

커다란 음악소리 때문에 더 이상의 대화는 불가능했다. 에덴은 불길 바깥쪽에서 춤추는 두 사람을 지켜보았다. 시선이 자꾸만 레베카에게 쏠렸다. 사악하다 싶을 정도로 몸을 비틀어 가며 리듬에 맞춰 움직이는 그녀, 할아버지가 봤다면 방종하면서도 수치스럽다고 말할 만한 몸짓이었다. 에덴도 그것이 방종하다는 건 인정했지만, 아름답기도 하다는 생각이 들었다.

제프를 슬쩍 쳐다보니 그도 역시 레베카를 지켜보고 있었다. 그런 그를 욕할 수는 없었다. 하지만 그와 동시에 속이 상했다.

노래가 끝나고 다음 곡이 시작되기 전, 막간을 이용하여 에덴이 용감하게 미소를 지었다.

“춤을 참 잘 추네요, 그렇죠?”

제프가 짐짓 무관심을 가장하며 어깨를 으쓱 올렸다.

“네가 저런 춤을 좋아한다면.”

에덴은 그가 저런 춤을 좋아한다고 결론을 내렸다. 그는 다음 곡이 끝날 때까지 레베카에게서 시선을 떼지 않았던 것이다. 그가 에덴의 귀에 대고 속삭였다.

“춤추고 싶어?”

그녀는 약간 힘주어 고개를 저었다.

“난 저런 춤 못 춰요.”

그가 씨익 웃으며 더욱 가까이 몸을 기댔다.

"저건 내가 생각하는 게 아니야."

그가 플레이어에 다가가더니 테이프를 바꿔 끼웠다. 느리고 감상적인 발라드가 두 개의 스피커에서 흘러나왔다. 그가 에덴에게 돌아와 손을 내밀었고, 그녀는 수줍게 그의 손을 잡으며 일어섰다.

"정말 못 추는데요."

그의 손이 허리로 움직여 갔다.

"연습할 기회가 없었겠지."

"학교에 갔다가 숙제하고 이런 저런 일까지 하면, 시간이 별로 없거든요."

"그 늙은이가 가만 있게 놔두지 않겠지."

"아니에요."

"상관없어."

그의 손이 허리로 감아들어 그녀를 더 가까이 잡아당겼다.

"그냥 긴장을 풀고 음악에 맞춰 흔들면 되는 거야."

순간 그녀의 발이 그를 밟고 말았다.

"발은 어떻게 해야 되는지 말해 주지 않았잖아요."

"아, 지금은 비밀이야. 그냥 한 곳에 서서 이리 저리 움직이는 척만 해."

"됐어요?"

재미있는 듯 에덴이 그를 쳐다보았다. 이제껏 부려 본 적이 없는 애교를 섞어 가면서.

"됐어."

몇 소절이 지나자, 에덴은 그 방법이 꽤나 먹혀든다는 걸 인정해야 했다. 약간 긴장을 풀고 자신감을 갖으려는 참니, 그기 손을 풀어내디니 그녀의 블라우스 주름을 만지작거렸다.

"이 옷이 마음에 들어."

그의 손가락이 천을 느슨하게 잡아 밑으로 내려갔다 다시 올라오면서 그녀의 젖가슴을 스쳤다.

“이런 천을 뭐라 그러지?”

그의 손가락이 계속해서 위아래로 움직이며, 그때마다 그녀의 젖가슴을 문질러댔다. 그녀의 신경에 유쾌한 얼얼함이 자리를 잡았다. 그녀는 무슨 말을 하기도 두려웠고, 그가 하고 있는 행동을 알아채고 멈출까 봐 또한 두려웠다.

“아이릿.”

간신히 그 말만을 내뱉을 수 있었다.

“아이릿.”

그가 옷에 붙어 있는 작은 장식을 하나 만졌다.

“마음에 들어. 특히 네가 입으니까.”

그의 시선은 블라우스에서 그녀의 얼굴로 올려졌다. 유쾌한 눈동자였다.

“기뻐요.”

그가 다시 그녀의 손을 잡아 자신에게로 꼭 끌어당겼다. 그리고 둘 사이에 어떤 공간도 없을 때까지 그녀의 등에 압력을 가했다.

“이젠 손이 따뜻해졌어.”

그가 중얼거렸다.

그건 그녀의 온몸을 관통하는 열기 때문이었다. 그녀는 얼굴이 달아오르는 걸 느끼며 홍조를 숨기기 위해 고개를 숙였다. 그와 동시에 그의 뺨이 머리에 닿는 걸 느꼈다.

“향기가 좋은데.”

“내가 쓰는 향수예요. 크리스마스 때 오빠가 선물한 거죠.”

“귀 뒤에도 뿌렸나?”

그의 머리가 직접 대답을 얻으려고 파고 들자, 따뜻한 숨결이 그녀의 목과 귀 위로 쏟아졌다. 감미로운 전율이 피부 위에서 춤을 추다가 온몸으로 번져나갔다. 그녀는 무너져 내리려는 팔다리를 버티며 두 눈을 감았다.

“향수 이름이 뭐지?”

그 말을 하면서 그의 입술이 계속해서 그녀의 목에 닿았고, 그 접촉은 더욱 감각을 고조시켰다.

에덴은 지금 생각은커녕 숨조차 쉬지 못할 지경이었다.

"에메라우드."

마침내 그 병이름을 기억해 내고 그녀가 속삭였다.

"남자한테 효과가 있는걸."

그녀의 뺨 위로 그의 입술이 내달렸다.

"그래요?"

그러길 바랐다. 그가 그녀에게 하고 있는 게 바로 그랬으니까.

"음, 이 향기처럼 너도 맛이 좋을지 알고 싶게 만든다구."

그의 입이 그녀의 입술 가장자리로 이동해 왔다. 흥분한 상태로 약간 불안하게 에덴은 고개를 돌렸다. 그가 지체없이 그녀의 입술을 요구해 왔다.

이번이 첫번째 키스는 아니었다. 열다섯 살 때, 버디라는 사내애가 그녀와 같이 수업을 들으러 다니곤 했는데, 언젠가 아무도 없는 계단 중간에서 멈춰 서더니 키스를 해 왔던 것이다. 사실 그것은 단순히 입술을 누른 것 이상의 느낌이었다. 하지만 이번처럼 뜨겁고 축축하며 두려우면서도 동시에 짜릿한 느낌은 없었다. 그녀는 그 입술의 구르는 듯 비비는 행동을 배우려고 애를 썼고, 숨결이 점점 빨라졌다.

제프가 계속해서 키스를 퍼부었다. 잠시 숨을 쉬러 물러났다가 되돌아와 탐욕스레 그녀의 입술을 탐닉하였고, 그것은 전염적이고 중독적인 효과를 나타내었다. 에덴은 갑자기 음악이 멈추었다는 사실과 그들이 이미 춤추는 척하는 걸 포기한 지 오래라는 걸 깨달았다.

당황스레 몸을 떼어내며 빈스 쪽으로 걱정스런 시선을 옮겼다. 제프가 그녀의 턱을 잡아 다시 자신에게로 돌렸다.

"걱정하지 마. 네 오빠는 너무 바빠서 우릴 볼 수 없다구."

그건 사실이었다. 힐끗 본 것만으로도, 레베카가 빈스의 몸을 온통 휘감고 오빠는 그녀의 목에 코를 비비고 있는 것을 보았던 것이다. 하지만 에덴은 아까와 똑같은 열정으로 제프의 키스에 반응하기에는 자의식이 너무 강했다. 그의 입술이 다시 압력을 가해 오자, 그녀는 입술을 옆으로 비틀어 버렸다.

또 다른 느리고 꿈결 같은 발라드가 밤하늘에 울려퍼지고, 제프는 춤추듯이 몸을 흔들며 관심을 그녀의 얼굴로 바꾸었다. 눈과 코와 관자놀이로 키스가 훑으며 지나갔다. 에덴은 그를 멈추게 하려 했지만, 그 감각들은 너무나 새롭고 또한 기분 좋았다.

노래가 끝나자, 이번에는 과격하고 미친 듯한 리듬이 튀어나왔다. 제프가 화난 욕설을 중얼거리며 재빨리 꺼버렸고, 레베카는 부드럽게 웃어젖혔다.

"맙소사, 잘못된 음악처럼 분위기를 깨는 건 없지."

여전히 재미있는 듯한 목소리로 그녀가 말했다.

"아이스박스에서 맥주 하나 꺼내 줘, 제프."

제프의 열기가 떨어져 나가자, 에덴은 밤공기가 더욱 춥게 느껴졌다. 그녀는 부르르 떨며 두 팔로 몸을 감싸안았다. 어느 정도는 추워서였고 어느 정도는 공허한 느낌을 지우기 위해서였다.

빈스가 그녀를 쳐다보았다.

"추워?"

"약간."

"불 옆으로 와서 녹이는 게 좋겠어."

그가 죽은 가지 하나를 집어들고 타다 남은 재 속을 휘저었다.

에덴은 불 옆으로 움직여 두 손을 불 위로 올렸다. 제프가 다가왔을 때 아까보다 더 초조하고 불안한 느낌이 드는 건 왜일까.

"추워진 것 같아요."

자신의 행동을 설명하고자 그녀가 말했다.

"따뜻해지는 또 다른 방법을 알고 있지."

그녀는 거의 묻기가 두려웠다.

"뭔데요?"

"뜨거운 물 속에 오랫동안 들어가 있는 거야."

"정말 좋은 생각이야, 제프."

레베카의 눈동자가 밝아졌다.

"그러자구."

"난 안 돼요. 수영복도 가져오지 않았어요."

수영복 하나 없다는 건 인정하기 싫었다.

"촌스럽게 굴지 마."

레베카가 놀려댔다.

"수영복은 필요 없다구. 맨몸으로 들어갈 건데 뭐."

그녀가 조끼를 벗어 장난스레 던졌다. 그것이 제프의 발치에 떨어졌다.

"같이 갈래요, 제프? 마지막으로 오는 사람이 지는 거예요."

그녀는 벌써 티셔츠를 벗으며 웅덩이로 향하고 있었다. 불길이 그녀의 완전히 벗어던진 맨등을 황금빛으로 비추어 주었다.

빈스가 제프를 보며 씨익 웃었다.

"같이 가야겠는걸."

그리고는 레베카의 뒤를 쫓아갔다.

에덴은 얼어붙은 채 그들을 지켜보고 있다가, 레베카가 바지 벗는 걸 보고는 얼른 시선을 돌렸다. 제프가 아닌 다른 것을 쳐다보아야 했다. 첨벙대는 물소리, 빈스와 레베카의 목쉰 웃음소리에 귀를 막아 버리고 싶었다.

"당신이 뭘 놓치고 있는지 모르는군요, 제프."

레베카가 소리를 질러 왔다.

에덴이 그의 얼굴로 튕기듯 시선을 들었다.

"원하시면 같이 가세요."

그녀가 딱딱하게 말했다.

"별로."

그는 그녀의 손을 잡아 불 옆에서 이끌어냈다.

"이리 와서 앉으라구."

그가 자신의 옆으로 그녀를 끌어당기고 자신은 아이스박스에 등을 기댔다. 그리고는 그녀를 비스듬히 자신의 팔 속에 기대도록 돌렸다. 그녀는 긴장을 풀고 그 접촉을 즐기려 했지만 마음대로 되지 않았다. 그녀가 머뭇거리며 웅덩이 쪽을 쳐다보았다.

"그들은 우릴 볼 수 없어, 그게 네가 걱정하는 거라면 말이야."

"걱정하지 않아요."

"아닐걸."

그의 한 손이 그녀의 머리를 쓰다듬다가 그녀가 의도를 깨닫기도 전에, 거기서 핀을 하나 빼냈다. 그녀의 손이 올라가 가로막았다.

"안 돼. 난 머리 푼 모습이 좋아."

그가 다른 핀을 마저 꺼내 한쪽으로 던졌다.

"자, 훨씬 낫군."

그는 머리카락 사이로 손가락을 넣었다. 다른 손은 턱의 곡선을 둥글게 쓰다듬다가 입술로 올라왔다.

그 손가락의 압력으로 그녀의 입술이 벌어졌다. 에덴은 이에 닿는 그의 손 끝을 느끼고는 부드럽게 긁듯이 깨물어 보았다. 하지만 그의 목에서 새어나는 신음에 가까운 소리나 갑작스레 짙어지는 눈동자를 알아채지는 못하였다. 그의 손이 떨어져 나가며 입술이 내려와 그녀의 입술을 뭉갤 듯이 눌렀다.

그 키스에는 그녀가 좋아할 것 같지 않은 일종의 조잡한 쾌감과 고통이 동반되었다. 그의 입술이 떨어져 나가 목덜미에 닿았을 때는 오히려 안심이 되면서, 또다시 약간의 흥분 섞인 떨림이 생겨났다.

그의 축축한 입술이 쉬지 않고 그녀를 탐닉하다가, 목덜미로 내려와 깨물며 간지럽혔다. 그의 손은 등과 어깨 위로 움직이다가 허리와 엉덩이까지 흘러 내려갔다. 가끔은 거칠게 요구하는 듯이, 가끔은 부드럽고 자극적이었다. 그녀가 자신의 역할을 발견하려 애쓸 때마다, 그는 다른 곳으로 껑충 옮겨갔다.

하지만 상관없었다. 에덴은 키스하는 것이 좋았다. 밤새도록이라도 계속할 수 있었고 더욱더 원하는 마음이기도 했다. 무얼 해야 할지, 어떻게 할지 알지 못한다는 좌절감과 함께 알고 싶은 갈망을 느꼈다.

"혀를 내밀어 봐."

제프가 그녀의 입술에 대고 중얼거렸다. 그녀가 주저하자 그는 다시 재촉해 왔다.

"내밀어 보라구."

그녀는 시험삼아 혀를 내밀어 보았다. 그의 혀가 축축하게 핥아대자, 얼른 그의 셔츠에 얼굴을 파묻어 버렸다. 그가 그녀의 귀를 깨물며 그 안으로 혀를 들이밀자 그녀에게서 또 다른 떨림이 생겨났다. 그녀의 허리에 있던 손이 앞으로 움직여 젖가슴 바로 아래로 올라왔다.

"안 돼요."

바위 웅덩이에서 들려 오는 웃음소리에 그녀가 얼른 그 손을 밀쳐냈다.

"저쪽은 잊어버려."

그가 속삭였다.

"그럴 수 없어요."

그는 욕설을 중얼거리며 그녀의 머리채를 잡아 강제로 벌주는 듯한 키스로 입술을 짓이겨댔다. 그러다 그녀가 저항하자 약간 느슨해졌다.

얼마 지나지 않아 중얼거리는 목소리와 돌 위에 닿는 맨발소리가 들렸다. 에덴은 얼른 그의 품에서 빠져 나왔다.

"지금 돌아오는가 봐요."

그녀는 똑바로 앉으며, 허둥지둥 빠져 나온 블라우스 자락을 치마 속으로 밀어넣고 치마의 구김살을 펴려고 노력했다. 소리가 더 가까워지자, 머리를 다듬어 정돈된 형태로 만들려 애썼지만 별 효과가 없었다.

먼저 불가로 다가온 사람은 레베카였다. 그녀의 티셔츠가 젖은 살갗에 딱 달라붙어 있었다. 그녀는 신발을 신기 위해 따뜻한 불가로 가까이 앉았다.

"정말 굉장했어."

그녀가 머리를 한 번 흔들자, 물방울이 공기중으로 원을 그리며 날았다.

"두 사람이 얼마나 재미있는 걸 놓친 줄 알아?"

하지만 에덴을 쳐다보면서 그녀의 조롱하는 듯한 시선이 흐릿해졌다.

"그렇지 않을지도 모르겠군."

그녀의 중얼거림 속에 씁쓸함과 분노가 기어들었다.

빈스가 완전히 옷을 입은 채 불가로 다가왔다.

"네가 나가 버리니까 약간 싸늘하던걸. 이리 와, 레베카. 날 녹여 달라구. 맥주 다 마셨냐, 제프?"

"아이스박스에 몇 개 남았어."

"난 싫어."

신발을 다 신은 레베카가 조끼를 움켜쥐고 일어섰다.

"늦었어. 집에 가서 아빠가 괜찮은지 확인해 봐야겠어. 준비됐어, 제프?"

그녀가 도전적인 자세로 어깨 위에 조끼를 걸치며 제프를 쳐다보았다.

"이봐, 무슨 소리야?"

빈스가 인상을 썼다.

"네가 간다면, 내가 바래다 줘야지."

"그럴 필요 없어. 우리 집은 다이아몬드 디에서 가까운 거리야. 제프와 방향이 같아."

빈스가 그녀의 뒤로 걸어가 두 손으로 어깨를 문질렀다.

"허니, 널 위해서라면 난 언제라도 돌아갈 수 있다구."

"빈스가 널 바래다 줄 거야."

제프가 입을 열었다.

"에덴과 난 짐도 싣고 불을 꺼야 하니까 좀더 있다 갈게."

그가 나른한 시선을 에덴에게 돌렸다가 빈스를 쳐다보았다.

"에덴은 내가 바래다 줄게. 길은 에덴이 가르쳐 주면 돼."

“그럼 됐어. 이제 가자.”

빈스가 레베카를 트럭 방향으로 돌려세웠다. 그녀는 제프와 에덴을 화난 듯 노려보고 나서 딱딱하게 걸어가 버렸다.

트럭이 험한 산길 밑으로 사라지자, 제프는 일어나서 아이스박스로 걸어갔다.

“이젠 맥주 한 잔 하지 않겠어? 오빠도 가고 없는데.”

“아뇨, 정말 마시고 싶지 않아요.”

그들도 곧 떠날 걸로 생각한 에덴은 일어서려 했다. 하지만 제프가 캔을 따고는 담요로 돌아와 쭉 드러눕는 것이었다.

그녀는 그의 시선이 자신에게 고정된 걸 느끼며 불안해졌다. 침묵이 불편할 정도로 길게 이어졌다.

“레베카는 별로 기분이 좋은 것 같지 않더군요.”

“신경 쓸 것 없어. 그녀는 오늘밤이 다르게 변하기를 바랐지만 그 생각이 틀렸던 거지.”

“당신이 집에 데려다 주길 원했던 거죠, 그렇죠?”

“그런 것도 있겠지.”

그는 길게 설명하지 않았다. 다른 할 말이 생각나지 않아 에덴은 빈스의 트럭이 발산하는 불빛만을 노려보았다. 한참을 지켜보는 사이 그 불빛은 멀리 떨어진 마을의 불빛들 속으로 사라져 갔다.

“이상하게 조용하군요.”

더 이상 침묵을 견딜 수가 없어 그녀가 과감히 입을 열었다.

“무슨 생각을 하세요?”

“너.”

그가 손을 뻗어 그녀의 팔로 손가락을 미끄러뜨렸다.

“재미없어라.”

그녀가 불안한 미소를 보였다.

“당신이 잠들지 않았다는 게 놀라운 걸요.”

“내가 생각한 건 잠자는 게 아니지만, 그와 비슷하지.”

그녀는 갑자기 아주 마음이 불편해졌다. 빈스가 떠나지 않았다면 좋았을 텐데. 오빠가 있을 때가 더 안전했던 것 같았다. 말도 안 되는 소리라고 에덴은 속으로 중얼거렸다. 지금도 완벽하게 안전한걸.

그런 생각을 하면서 그녀는 일어섰다.

"맥주 마시는 동안 난 담요를 개고 있을게요."

그녀는 천천히 담요를 개면서도 계속해서 떨어지지 않는 그의 시선을 의식하고 있었다. 담요를 네모 반듯하게 접고 나자, 아이스박스로 가져가 그 위에 올려놓았다. 제프가 자리에서 꿈쩍도 하지 않자, 그녀는 주위에 흩어진 맥주캔들을 집어들기 시작했다.

"이걸 담을 만한 봉투가 있을까요?"

팔에 여섯 개쯤 빈 맥주캔들을 안고서 그녀가 물었다.

"저쪽으로 갖고 와."

그가 벌떡 일어섰다.

에덴은 그에게로 걸어갔다. 그가 두 개를 받아 비탈 아래로 던져 버렸고 미처 막기도 전에 나머지 것들까지 던져 버렸다.

"왜 그런 짓을 했죠?"

"치워 버렸잖아."

그녀는 짜증스럽게 몸을 돌렸다.

"담요하고 카세트를 트럭에 갖다 놓을게요."

"왜?"

그녀가 인상을 찡그리며 돌아보았다.

"출발하기 전에 짐을 실어야 할 거 아니에요."

"뭐 그리 급해? 네 오빠는 곧장 집으로 돌아가지 않을 거야."

그녀가 대답하지 않자, 그는 그녀의 턱에 손을 대고 들어올렸다.

"왜 그래? 맥주캔 때문에 화난 거야? 그런 일로 기분을 망쳐 버리진 않겠지, 그렇지?"

그가 그런 식으로 나오자, 그녀는 자신이 너무 지나치게 생각한 거라고 결론을 내렸다. 오늘은 특별한 밤이었다. 그의 생각 없는 행동 때문에 짜증을 내어 망치기엔 너무나 특별한 밤이었다.

"물론 아니에요."

그녀가 사과의 미소를 지어 보이며 대꾸하였다.

"좋아."

그의 입술도 미소로 대답했지만 계속해서 그녀를 살피는 그 강렬한 눈길만은 사라지지 않았다.

"춤출 만한 곡을 틀어야겠어."

그녀가 당연히 동의한 걸로 생각하며 그는 원하는 곡을 찾을 때까지 테이프들을 뒤졌다. 그리고 그 중 하나를 카세트에 꽂았다. 금세 스피커를 통해 느린 곡이 흘러나왔다.

에덴은 이상하게도 그의 품속으로 이끌려 몸이 닿는다는 게 주저되었다. 그의 입술은 그녀의 머리 위에서 뺨까지 헤매다녔다. 그의 숨결에서 맥주 맛이 났다. 아까 춤출 때도 알고 있었지만 이번에는 그게 신경에 거슬렸다. 그녀는 계속 얼굴을 돌린 채였고, 그가 목덜미에 코를 비벼댔을 때는 두 눈을 감고 그 감각에서 즐거움을 찾아보려 노력했다. 하지만 아까만큼 느껴지질 않았다.

수십 번이나 그의 요구하는 입술이 그녀의 입술을 찾았다. 돌아설 기회를 주지 않는 그 열띠고 강압적인 키스를 받아들일 수밖에 없었지만 좋으면서도 좋지가 않았다. 원하면서도 원치 않았다. 무엇이 잘못된 걸까? 그녀는 노래 하나가 다른 곡으로 이어지는 걸 들으며 그에게 더 몸을 밀착시켰다.

그가 몸을 떼어내며 그녀의 얼굴을 감싸 들어올렸다.

"우리 불길을 끄는 게 어때?"

그녀가 점점 작아지는 모닥불을 힐끗 쳐다보았다.

"장난치지 마."

그가 성마르게 말했다.

"내가 말한 불길은 그게 아니라는 거 알잖아."

그가 두 걸음만에 그녀를 담요 위로 잡아내렸을 때, 그녀는 거절하고 싶었다. 그런데 말이 나오질 않았다. 깊은 구렁에 빠진 걸 알면서도 어떻게 해야 할지 알 수가 없었다.

다가오는 그의 입술을 밀어내려 했지만, 그의 몸은 이미 그녀를 내리누르고 있었다. 그는 너무나 무겁고 또한 강했다. 두려움의 씨앗이 뿌리를 내리기 시작했다.

"제프……."

그녀가 숨막힌 항의를 토하려 했지만, 입을 여는 순간 그의 혀가 안으로 밀고 들어왔다.

격한 거부반응으로 몸이 떨렸다. 그 침입에 저항해 보려 애쓸수록 그녀의 저항은 더욱 그를 부추기고 더 깊이 혀를 들이밀도록 할 뿐이었다. 그의 숨결은 점점 더 커지고 거칠어졌으며, 그의 몸이 무겁게 그녀의 폐를 짓눌렀다. 질식할 것만 같았다.

그때 그의 입술이 떨어져 나가고, 그가 약간 몸을 움직이는 사이 숨통이 트였다. 그녀는 흐느낌을 삼키며 짧게 숨을 들이켰다. 몸의 떨림을 막을 수가 없었다.

그의 손이 그녀의 젖가슴을 덮었다.

"가슴이 큰걸."

그걸 내려다보려고 머리를 기울이며 그가 중얼거렸다.

"젖꼭지가 바위처럼 단단해졌어."

블라우스 위로 그의 엄지와 집게손가락이 그 하나를 움켜잡아 꼬집는 걸 느꼈다.

"이러지 말아요."

에덴이 그의 팔을 잡아 밀쳐내려 했다. 하지만 그의 근육에 힘이 더해지며 그녀의 시도를 쉽사리 물리쳐 버렸다.

"걱정하지 마."

그의 얼굴이 다시 그녀의 위로 올라왔다. 그의 검고 갈망어린 눈동자가 번득였다.

"아무도 보는 사람 없어. 이 근처에는 아무도 없다구."

그의 말이 싸늘한 냉기를 불러일으켰다. 그의 말이 옳았다. 이 근처에는 아무도 없었다. 도와줄 사람 하나 없었다. 새로운 두려움이 번져 오자, 에덴은 재빠르고 힘차게 그를 밀쳐내고 그의 밑에서 빠져 나오려 몸을 굴렸다.

그 갑작스러움이 그를 놀라게 한 모양이었다. 거의 성공할 뻔했는데 그녀의 가슴을 잡고 있던 손이 블라우스를 그러쥐었다. 그녀가 몸을 빼내려 하자 천 찢어지는 소리가 들렸다. 그녀는 미친 듯이 되돌아왔다.

"내 블라우스."

그녀의 목소리가 분노로 떨렸다.

"당신이 찢어 버렸어요."

이것은 그녀가 가장 좋아하는 옷이었고, 또한 가장 비싼 옷이었다.

"어쨌든 필요 없어."

그의 손가락이 단추를 잡는 것을 그녀는 너무 늦게 보고 말았다.

"벗어 버려."

이미 맨 위의 단추 두 개가 풀렸고 그의 손이 세 번째를 푸는 중이었다. 그녀는 그걸 막으려고 두 손을 올렸다.

"안 돼요!"

그 말은 재빠르고 격렬했다.

그는 블라우스의 앞단을 잡더니 활짝 벌려 버렸다. 단추들이 떨어져 나가며 옷이 더욱 찢어졌다. 그녀의 놀라고 경악에 찬 비명소리에도 아랑곳없이 그가 브래지어 밑으로 손을 집어넣었다. 에덴이 뒤쪽으로 몸을 웅크리며 물러나자 그는 그 행동을 다시 담요로 눕히는 데 이용했다. 그녀를 꼼짝 못하도록 한 다리로 얽어매면서 입술을 왼쪽 젖가슴 위로 내리덮었다.

그녀는 미친 듯이 그의 얼굴을 밀어냈다. 그게 실패하자, 그의 머리를 움켜잡고 잡아당겼다. 그가 땀을 흘리기 시작하였다.

"이것이!"

그는 그녀의 팔을 잡고 머리 위로 높이 올려, 두 손목을 자신의 난폭한 손아귀에 잡았다.

"원하지 않는 척 말라구."

그녀에게 더욱더 얼굴을 들이대며, 자유로운 한 손으로 거칠게 가슴을 주무를 때의 그 표정은 흉측하기 짝이 없었다. 그의 손이 더 밑으로, 배 위로 내려갔다.

"네 몸을 나한테 들이댔었잖아. 넌 이 동네에서 제일 뜨거운 거길 가졌어, 그렇지?"

그의 손이 다리 사이의 가랑이를 찾았다. 그녀가 열심히 가랑이를 붙이고 있었음에도 그의 손가락이 치마를 통하여 그 위를 감쌌다. 그의 손이 그녀의 뼈 위를 문질러대는 동안 그녀는 계속해서 몸을 웅크렸다. 하지만 그녀의 밑에 있는 바위턱 때문에 제대로 되지가 않았다. 다시 한번 그의 입과 이가 젖가슴을 소유해, 그 느낌만큼이나 혐오스러운 소리를 내며 시끄럽게 빨아댔다.

"싫어, 싫어, 싫어."

그의 몸 아래서 몸을 비틀어대며 그녀는 이 말만을 되풀이하였다. 그녀의 몸이 휘었다가 날뛰기도 하면서 그를 떨어뜨리기 위해 안간힘을 썼다.

귓속에서 피가 솟구치고 공포로 가득 찬 낮은 흐느낌이 새어나왔다. 공포감이 필사적인 절망감으로 더욱 증가되었다.

뜨거운 눈물 사이로 그의 팔이 보였다. 그녀의 머리 위로 손목을 움켜쥐고 있는 팔. 그녀는 거기에 닿으려고 목의 근육을 최대한으로 긴장시켰다. 팔뚝이 느껴지는 순간, 에덴은 그 살 속으로 이를 들이밀어 힘껏 깨물었다.

고통스런 비명소리와 함께 팔이 풀렸다.

"날 물었어, 이 못된 년."

그의 으르렁거림이 들리며 그녀의 턱에 폭발적인 고통이 번져 갔다. 제프의 주먹이 그녀의 입술을 찢어 버리며 머리를 한쪽 담요 덮인 바위 위로 밀어 버린 것이다. 귀가 윙윙거리며 혀에서는 피맛이 났다. 그녀의 피, 너무나 놀라 반응하지도 못하고 있는 그녀에게 그는 계속해서 주먹을 휘둘러댔다. 무지막지하게. 욕설과 외설스런 말을 퍼부어대는 그의 목소리도 들려 왔다.

어느 순간 그녀를 때리다가, 다음 순간 그의 손이 치마를 잡아 끌어올렸다. 살갗에 차가운 밤공기가 닿는다고 생각한 순간 그의 손가락이 속옷을 움켜쥐고 손톱으로 그녀의 살을 긁어댔다.

"안 돼!"

두려움으로 찢어질 듯한 비명이었다. 에덴은 미친 듯이 발버둥을 쳤지만, 너무나도 무기력하기만 했다.

그녀의 첫번째 주먹은 그의 어깨에 힘없이 내려앉았다. 제프가 욕설을 퍼부으며 거칠게 움직이는 손목을 움켜잡으려 했다. 하지만 그 중 하나가 그의 코를 정면으로 내리쳤고 그는 날카롭게 전달되는 고통에 눈을 감았다. 그의 밑에서 굴러나와 거의 일어서려는 찰나 그가 다시 블라우스를 홱 잡아당겼다. 이번에는 옷이 찢어지는 소리 따위에는 상관않고 그냥 뿌리쳐 버렸다.

일어서려 애쓰는 발밑에서 담요가 미끄러져 갔다. 힐끗 돌아보니 제프가 코피를 쏟으며 일어나고 있었다.

"이 나쁜 년, 잡히기만 하면 죽여 버릴 테다."

그의 말은 진심일 것이다. 새어나오려는 울음을 삼키며, 에덴은 달리기 시작했다. 도망쳐야만 한다. 그것만이 유일한 생각이었다. 트럭, 제프의 트럭에 닿을 수만 있다면 도망칠 수 있을 것이다.

20

킹케이드는 에덴 쪽으로 몸을 향한 채 침대가에 그대로 앉아 있었다. 그녀는 창가에 서서 밖의 먼 지점 어딘가에 시선을 고정시켰다. 그녀의 표정에는 아무것도 드러나지 않았고, 낮은 목소리에도 아무 감정이 느껴지지 않았다. 하지만 시트에 감겨 있는 그녀의 몸뚱이는 뻣뻣하다 못해 거의 경직된 상태였고, 무거운 커튼을 움켜쥔 손가락도 하얗게 질려 있었다.

"그건 악몽과 같았어요."

에덴이 중얼거렸다.

"제프는 날 따라잡고 있었어요. 내가 더 열심히 달릴수록, 다리는 더 느리게 움직이고 트럭은 더 이상 가까워지지 않는 것 같았죠. 마침내 트럭에 도달했을 때, 난 너무나 무섭고 떨려서 문을 열지도 못하다가 간신히 안에 들어갈 수 있었어요. 얼른 문을 잠갔죠. 그가 손잡이를 잡아당기는 소리를 듣고 난 다른 쪽도 마저 잠그고는 열쇠를 찾기 시작했어요. 백미러 뒤, 매트 아래, 재떨이 속까지. 갑자기 창문 두들기는 소리가 들렸어요. 그쪽을 쳐다보았을 때 제프는 열쇠를 딸랑거리며 웃고 있었어요. 끔찍한 악마의 웃음이었죠."

그녀의 몸이 어찌할 수 없이 부들거리는 걸 보며 킹케이드는 또다시 치솟는 분노를 애써 억눌러야 했다.

"그가 열쇠를 끼워 넣는 걸 보고, 난 미친 듯이 조수석 쪽으로 옮겨갔죠. 문이 열리기 전에 다른 쪽으로 나갈 수만 있다면……. 하지만 그가 내 발을 움켜잡았어요. 발을 있는 힘껏 차보았지만, 그는 놓아 주지 않았죠. 그는 날 시트로 끌어당기며 나에게 하려는 그 고약하고 음탕한 일들을 모조리 지껄여댔어요. 그런데 그때……."

그녀의 목소리가 흔들리더니 말을 멈추고 두 눈을 감아 버렸다. 마치 다음에 일어난 모든 기억을 닫아 버리려는 듯이. 그녀의 손가락이 움켜쥐고 있던 무거운 커튼을 더욱 힘껏 죄었다.

킹케이드는 그녀에게 시간을 주며 기다렸다. 하지만 눈을 뜨고 난 후에도 침묵이 계속되자, 킹케이드가 조용히 질문을 던졌다.

"제프가 트럭에 총을 갖고 있었던 거군, 그렇지? 권총이었나 장총이었나?"

그의 목소리에 그녀의 머리가 확 들렸다. 에덴은 잠시 그를 쳐다보다가 다시 창문으로 고개를 돌렸다.

"장총."

마침내 그녀가 대답했다.

"뒷창문 가로대에 두 개가 걸려 있었죠."

그녀는 커튼을 놓아 버리고서 창문에서 떨어져 나왔다. 다시 방안이 어두워지며 그녀의 얼굴을 가려 주었다. 다시 이어가는 그녀의 말은 수없이 반복했던 것인 듯한 느낌이 들었다.

"그걸 어떻게 잡았는지는 기억나지 않아요. 방아쇠를 당긴 것도 기억나지 않고 그냥 그걸 보고 제프가 웃었던 것…… 그 다음에 폭발음이 나고 제프의 충격적인 표정만."

"당신은 어쩔 수 없었소, 에덴."

"그래요, 어쩔 수 없었지요."

그녀는 혼란스러운 듯 머리를 흔들며 동의했다.

"총알이 그의 가슴을 꿰뚫었어요. 죽지는 않았지만…… 도움이 필요했죠. 한시가 급했어요. 난 피를 멈추게 하려고 노력했어요."

에덴이 자신의 두 손을 내려다보았다. 그 위로 덮쳤던 따뜻하고 축축했던 피의 느낌, 그 독특한 냄새, 막아 보려는 그녀의 모든 노력을 거부하고서 그의 생명이 빠져 나가고 있다는 당혹스런 느낌들이 모두 기억나는 듯했다. 그녀는 길게 한숨을 토해내었다.

"어쨌든 난 제프를 트럭에 태울 수 있었어요. 사람이 극한 상황에 처하면, 정상적으로는 불가능한 힘이 나더군요. 마을까지는 너무 멀었지만, 스퍼 목장까지는 그리 멀지 않은 거리였죠. 하지만 내가 운전해 본 중에서 가장 긴 거리였어요……."

그녀는 킹케이드에게서 돌아서 창문에 쳐진 커튼만 바라보았다.

"목장에 도착해 할아버지를 불렀죠. 할아버지는 제프의 상태를 보고는 그가 죽었다고 나에게 말했어요. 그때 난 거의 미친 사람 같았어요. 울부짖고 비명을 질러댔죠. 할아버지가 몇 번인가 날 때렸어요. 내가 워낙 히스테릭 증상을 보였기 때문이었죠."

할아버지의 행동을 변호하기 위해 그녀가 설명했다.

"그리고 그 장면을 본 사람이 있었지."

킹케이드는 머리를 흔들었다. 결백한 하나의 행동이 얼마나 사악하게 뒤틀릴 수 있단 말인가.

"할아버지가 당신이 성폭행당한 것처럼 보이게 하려고 거칠게 다뤘다는 말이 그래서 나오게 된 거였군."

"그래요."

에덴이 고개를 끄덕였다.

"내가 진정이 되자, 할아버지는 무슨 일인지 물었어요. 난 제프가 날 강간하려 했다고 말했죠. 할아버지는 어떻게 내가 제프와 같이 있게 되었는지 알고 싶어했어요……. 그때 빈스가 집에서 나왔죠. 할아버지는 날 안으로 데리고 들어가라고 했어요."

"빈스는 이미 집에 와 있었군."

그녀는 순간적으로 멈칫하다가 고개를 끄덕였다.

"빈스는 나보다 약간 먼저 도착했어요. 그는 레베카와 다투었기 때문에 곧장 집에 데려다 주고 돌아왔던 거예요. 나중에 보안관과 그의 부하가 도착했죠, 앰뷸런스도. 롯이 나에게 질문하기 시작했어요……."

"그때도 롯 윌리엄스가 보안관이었나?"

"그래요. 그는 무슨 일이 있었는지 계속해서 말하도록 했어요."

그는 일어났던 사건을 다른 식으로 풀어 가려 했다. 모두 그녀의 잘못처럼 들리도록 만들기 위해 애를 썼다. 그녀가 제프를 꾀어내서 그걸 원한다고 생각하게끔 만들었다는 것이었다.

"그 당시에 당신 변호사는 없었나? 그가 당신에게 권리를 말해 주었소?"

"그랬죠. 하지만 난 변호사가 필요하다고 생각지 않았어요. 할아버지가 질문에 대답하라고 해서 대답한 거예요. 그건 살인이 아니었고, 살인으로 몰아세울 수 있다는 걸 몰랐던 거예요."

"그런데 그렇지 않았군."

"모두가 살인이라고 했어요. 듀크 디파드는 더욱 확신했구요."

"모두는 아니었소. 판사가 당신을 믿었잖소."

"그랬죠."

그녀의 미소는 길고 슬퍼 보였다.

"다 끝난 일이오, 에덴."

"아뇨."

그녀가 한숨을 쉬었다.

"디파드가 그렇게 내버려 두지 않을 거예요. 그는 내가 대가를 치르고 또 치르길 바래요."

그녀는 시트에 감긴 팔을 문질러댔다. 제프의 손이 닿았던 기억이 되살아나는 것 같았다. 또다시 그날 밤처럼 불결하고 더러운 느낌이 들었다. 그 감각을 씻어 없애고 싶은 생각밖에 들지 않았다.

"실례하겠어요."

그녀가 옆의 욕실로 걸어갔다.

킹케이드는 그녀의 뒤로 닫히는 문을 지켜보고 자물쇠 걸리는 소리를 들으며 잠시 더 서 있었다. 에덴이 말한 것 이상의 이야기가 있다는 걸 감지했지만 기다리기로 했다. 그는 창문으로 가서 커튼을 열어젖혀 아침 햇살이 방안으로 흘러들도록 했다.

아래의 차들을 내려다보았다. 빈스가 저기 어딘가에 있을 터였지만, 오랜만에 처음으로 빈스가 그의 생각에서 중요한 자리를 차지하지 못했다. 에덴, 그녀에게 일어났던 일 따위는 신경 쓰지 말아야 한다고 되뇌어 보았지만, 때는 늦어 버렸다. 이미 그는 대단히 신경이 쓰였다.

욕실문으로 인해 샤워기에서 쏟아지는 물소리가 작게 들리고, 또한 작지만 확실한 중얼거림을 다소 가려 주었다. 그 소리를 들으며, 에덴이 물줄기 아래 서서 두 손으로 얼굴을 가리고 물을 맞는 영상이 순간적으로 떠올랐다.

그의 입술이 완고하게 경직된 선을 그리며, 턱과 뺨의 근육이 긴장되었다. 그는 창문에서 몸을 돌려 문으로 향했다. 바닥에 떨어져 있는 지저분한 옷가지들을 집어들기 위해서만 잠깐 멈췄을 뿐이었다.

10분 후 더 이상 물소리는 들리지 않았다. 이제 청바지와 깨끗한 셔츠로 갈아입은 킹케이드는 시가를 입술 사이에 물고 굴렸다. 그 끝에서 연기가 기어나왔다.

전화벨이 울렸다. 성큼성큼 두 걸음만에 킹케이드는 수화기를 집어들었다.

"안녕, 킹케이드. 나야."

러스티의 목소리가 선을 타고 전해졌다.

"소득은 있어?"

"아니, 자네는?"

"약간. 난 질문부터 하기 시작했어. 그 녀석이 이곳에 정기적으로 드나들었다면, 누군가 아는 자가 있을 거라고 생각했는데 내 생각이 맞았어.”

다소 의기양양해 하리라 예상했지만, 전혀 그런 낌새는 없었다.

“그게 누구지? 어디서 그를 찾을 수 있대?”

“너깃에서 블랙잭 딜러를 하는 녀석인데 저녁 근무지. 이름은 액셀, 아니면 그 비슷한 거야. 백팔십 정도의 키에 말랐고, 몸무게는 칠십이 좀 넘는다는대. 머리는 검은색이고 양끝이 아래로 처진 긴 콧수염을 하고 있지.”

“쉬울 것 같군. 너무 쉬울 것 같아.”

킹케이드가 재떨이에 시가를 내려놓고 호텔에 구비된 메모지에 내용을 적었다.

“그래, 나도 알아. 하지만 빈스가 이곳에 와서 그 녀석과 연락했다는 보장은 없어. 제기랄, 빈스가 아직 르노에 있다는 보장도 없지.”

“그자는 여기 있을 거야.”

“두고 보자구. 내가 호텔과 모텔에서부터 싸구려 여관까지 죄다 전화를 걸었으니까, 자네 동전은 아껴 두라구. 그는 그 중 어느 곳에도 들지 않았어. 최소한 자기 본명으로는.”

“놀랄 일도 아니지.”

“그래. 어쨌든 난 저녁 근무 시간에 맞춰 너깃에 갈 생각이야. 빈스가 그 액셀이라는 녀석과 함께 나타날지 모르니까.”

“거기서 만나도록 하세.”

“나라면 그렇게 하지 않겠어. 빈스가 자네는 신경 쓰고 있지만, 나에 대해서는 그렇지 않거든. 만약에 그가 너깃에 나타나지 않으면, 그 친구에게 있을 만한 곳을 알아낼 수도 있을 거야. 운이 좋다면, 의심을 사지 않고 말이야.”

킹케이드도 동의할 수밖에 없었다.

“그게 최선의 방법일 것 같군.”

“그럴 거야. 무언가 알아내면 연락할 수 있도록 호텔 근처에나 있으라구.”

“알았어.”

“난 한두 시간 잠이나 자두어야겠어.”

러스티가 자신이 묵는 모텔 전화 번호를 알려주었다.

“나중에 얘기하자구. 조심하고.”

“자네도.”

킹케이드가 전화를 끊었다.

“당신 파트너죠?”

돌아보니 에덴이 방문 앞에 서 있었다. 샤워로 젖어 있는 머리카락, 목욕 가운을 둘렀으며 얼굴은 박박 문질러 닦은 듯이 윤이 났다.

“러스티였소.”

킹케이드는 메모지를 찢어 셔츠 주머니에 넣었다.

“빈스를 찾아냈나요?”

미동도 없이 철저하게 긴장한 모습이었다. 그것은 그녀도 빈스가 아직 르노에 있다고 생각한다는 뜻이었다.

“아직은 아니오.”

그가 오랫동안 생각에 잠겨 그녀를 쳐다보았다.

“액셀이라는 이름에 대해 아는 바가 있소?”

“액셀?”

그의 말을 정확히 이해하는 것이 중요한 것처럼 그녀가 되풀이했다.

“그렇소, 액셀.”

“아뇨, 전혀 몰라요. 빈스가 그 사람을 아는 건가요?”

그녀는 머리를 한쪽으로 갸우뚱했다.

킹케이드가 미소를 지었다.

“당신과 포커 게임하기는 싫군, 에덴. 때때로 당신 표정은 아무것도 드러내지 않으니 말이오.”

하지만 그녀가 얼굴에 아무 반응도 나타내지 않았다는 사실이 그에게 의심을 불러일으켰다. 그녀가 액셀을 모른다면, 왜 굳이 숨기겠는가?

“무슨 애길 하는지 모르겠군요.”

“모른다고?”

즐거운 듯 그의 한쪽 눈썹이 올라갔다.

“몰라요, 난…….”

노크소리가 그녀의 말을 가로막았다.

“룸 서비스입니다.”

“내가 아침을 주문했소. 당신도 배가 고플 것 같아서.”

킹케이드가 문을 열어 주자, 하얀 재킷 차림의 웨이터가 서빙 카트를 굴리며 들어왔다.

“안녕하십니까, 해리스 씨. 다시 모시게 되어 기쁩니다. 멋진 하루 보내십시오.”

그가 문가에 선 에덴을 보고 미소를 지었다.

“안녕하십니까, 마담.”

그녀는 고개를 끄덕이며 목 가까이까지 가운 앞자락을 움켜잡았다.

“어디에 놓아 드릴까요, 해리스 씨?”

“저쪽이 좋을 것 같군.”

킹케이드가 책상 근처의 한 곳을 가리켰다.

“알겠습니다.”

웨이터는 그곳으로 카트를 밀고 가 능숙하게 테이블을 펴고 세팅한 다음 뜨거운 음식을 꺼냈다. 바싹 구운 베이컨, 갓 끓여낸 커피와 발효시킨 빵의 감미로운 향기가 응접실 안을 가득 채웠다.

“커피를 따라 드릴까요, 해리스 씨?”

“우리가 알아서 하겠소.”

그는 계산서에 사인을 하고 돌려주었다.

“고맙소.”

“별말씀을요. 다 드시면 전화해 주십시오. 저희가 치워 드리겠습니다. 맛있게 드십시오.”

웨이터가 문으로 걸어갔다.

킹케이드가 문을 닫고 돌아섰을 때도 에덴은 여전히 침실 문가에 서 있었다.

"식기 전에 먹는 게 좋을 거요."

그가 의자 하나를 빼내어 앉았다.

에덴도 자리를 잡으며 테이블 위를 훑어보았다. 하얀 테이블보, 양주용 유리잔, 두 사람분의 후추와 소금병, 그리고 한 송이 분홍색 장미와 안개꽃 다발로 장식한 크리스털 꽃병까지.

"당신이 룸 서비스를 주문하면 항상 이런 식인가요?"

그녀는 공단 같은 장미 꽃봉오리를 만져 보았다.

"좋은 호텔들은 그렇지."

그가 그녀의 눈을 통해 보려는 듯이, 테이블 위를 나른하게 살폈다. 너무나 많은 세월 호텔에서 살아 왔기 때문에 이러한 장식에 감명을 받지 않게 된 지 오래였다.

"멋지네요."

그녀는 연자주빛 냅킨을 펼쳐 무릎 위에 놓았다.

"그렇군."

킹케이드는 반숙한 계란을 잘라 소금 절인 쇠고기 요리와 함께 섞었다.

"맛이 어떻소?"

그녀가 한 입 먹고 났을 때 그가 물었다.

"아주 좋아요. 당신 말이 맞았어요, 배가 고프다는 거 말예요."

"그럴 줄 알았지."

킹케이드는 더 이상 말을 잇지 않고 식사에 전념하였다.

"그 나머지 얘기도 말해 주겠소?"

"나머지?"

그의 질문에 놀란 에덴이 고개를 들었다.

"그렇소, 나머지. 당신 말만으로는, 살인죄로 고소당할 충분한 근거가 없소. 의심만으로는 충분치 않지. 뭔가 더 있어야만 하오."

킹케이드는 토스트 한 조각에 버터를 바르면서도 그녀에게서 시선을 떼지 않았다.

"레베카 선더스."

그녀가 뒤이어 설명을 했다.

"그날 밤 제프와 같이 있는 그녀를 본 경관이 있었어요. 레베카는 그 날 밤 아버지를 포함해서 모든 사람에게 자기가 제프와 데이트한 것으로 믿게 만들었죠, 빈스가 아니라 말이에요. 그리고 보안관이 물었을 때도 그렇게 말했어요. 제프가 죽은 걸 알고 나서, 그녀는 빈스와 내가 그들 사이에 끼어들었다는 얘기를 꾸며냈어요. 제프와 같이 있는 그녀를 보고 내가 얼마나 화를 내며 질투했었는지도요. 그리고 제프가 빈스더러 그녀를 데려다 주라고 말하면서 날 진정시켜서 보내야겠다고 했다는 말도 지어냈죠."

"빈스가 다른 식으로 말하자, 보안관은 당신을 보호하기 위해 거짓말한다고 결론을 내렸겠군."

킹케이드가 짐작을 했다.

"레베카는 대단히 설득력이 있었지요."

에덴이 토스트 한 조각을 들었다.

"어쨌든 사람들은 그녀를 믿고 싶어했던 것 같아요."

"그래서 어떻게 되었소? 레베카가 결국은 말을 바꾸었나?"

"농담하는 거예요?"

에덴이 처음으로 씁쓸함을 드러냈다.

"그녀는 그 얘기를 고수하는 게 얼마나 이익이 되는지 알았는 걸요."

킹케이드가 눈살을 찌푸렸다.

"그게 무슨 말이오?"

"제프가 죽은 지 한달도 안 되어, 레베카의 아버지는 필요로 하던 수술을 받았어요. 디파드가 돈을 지불했지요. 얼마 있다가 그들의 집은 페인트를 새로 칠하고 수리를 하고, 아이들은 학교 갈 때 새 옷을 입을 수 있었죠. 레베카는 아버지의 정기검진과 치료를 위해 병원에 다닐 수 있는 커다란 새 차를 뽑았구요. 그 모든 게 디파드 덕분이었죠. 그녀는 자신의 노다지 은광을 찾아냈고 얻을 수 있는 모든 걸 파냈던 거예요.”

에덴이 포크로 계란을 찍어 들어올렸다.

“그녀가 원했다 해도, 진실을 말할 수는 없었죠. 너무 멀리 가버렸으니까요.”

그 기억에 머리를 저으며 그녀는 몸서리쳐지는 걸 애써 억눌렀다.

“재판정에서 그녀가 그런 진술을 했으면, 아마 난 지금까지도 감옥에 있을 거예요.”

“그럼 진술하지 않았단 말이오?”

“그래요. 그녀는 내 사건이 법정에 서기 두 달 전에 교통사고로 죽었어요.”

“디파드와 단둘이 만났을 때는 무슨 일이 있었소?”

그녀의 포크가 떨어지며 접시 위에서 쨍그랑소리가 크게 울렸다.

“그걸 어떻게 알았죠?”

“당연한 이론이지.”

킹케이드는 커피 주전자를 들어 두 잔을 따랐다.

“내가 디파드고 당신은 내 동생을 죽인 살인자로 고소되었으며 보안관이 내 사촌이라면, 난 당신을 직접 대면하려고 했을 거요.”

“그랬어요.”

에덴이 인정했다.

“제프가 죽은 바로 다음날 아침, 내가 감옥에 있을 때…….”

철망으로 감싸인 단 하나의 전구가 작은 감방 위에서 불빛을 뿌려냈다. 에덴은 그 안에 갇힌 이래로 끊임없이 좁은 감방 안을 걸어다녔다……. 그리고 거의 제정신을 잃을 지경까지 위험스레 도달하기도 했다. 이제 그녀는 침대 중간에 다리를 꼬고 앉아, 두 손으로는 허리를 꽉 움켜안고 있었다.

옆 감방의 여자가 큰 소리로 신음을 했다, 거의 밤새도록 그랬던 것처럼. 토하거나 근무중인 경관에게 욕설을 퍼붓지 않을 때는 계속 그랬다.

감옥의 낯선 환경과 소음들, 여기까지 이끌어 낸 그 악몽 같은 사건 속에서 잠들기란 거의 불가능했다. 에덴은 지쳤고 두려웠으며, 모든 신경이 끊어져 버릴 것처럼 팽팽해진 상태였다. 이제 처음으로 눈물이 고여들자, 그녀는 애써 눈을 깜박여 보았다.

빗장이 덜컹이는 날카로운 소리가 들렸다. 그 소리가 고압전류처럼 그녀를 관통했다. 반쯤은 기대감으로 반쯤은 두려움으로, 그녀는 감옥의 나머지 시설과 감방들을 분리시킨 빗장 지른 문을 쳐다보았다. 묵직한 철문이 휙 열렸다. 롯 윌리엄스가 그녀의 감방으로 걸어오는 동안, 그의 발자국소리가 불길하게 울려퍼졌다. 한 마디도 없이, 그는 그녀의 감방에 열쇠를 꽂았다.

즉시 그녀가 침대에서 튕겨 일어났다.

"풀려나는 건가요? 이제 집에 갈 수 있나요?"

"그대로 있어."

에덴은 그 거친 명령에 순간적으로 얼어붙었다. 이윽고 그가 감방문을 열며 앞으로 나오라고 손짓했다.

"방문객이 있다."

안도의 미소가 그녀의 얼굴로 번졌다.

"할아버지죠, 그렇죠? 날 데리러 오신 거예요."

그는 말없이 차갑게 쳐다보기만 했다.

"이리 와."

그녀의 팔꿈치 위를 잡아 그가 사정없이 앞으로 밀어붙였다.

그는 복도를 따라 내려간 다음 아무 표시도 없는 문 앞에서 그녀를 멈춰 세웠다. 여전히 한 손으로는 그녀의 팔뚝을 움켜잡은 채로, 그가 문고리를 돌려 안쪽으로 밀었다.

"여기다."

그 안으로 그녀를 들이밀었다.

햇살이 방안에 흘러넘쳤다. 몇 시간이나 어두운 감방에 있었던 터라 그 눈부심에 눈이 아플 지경이었다. 그녀는 움찔하며 그 눈부심을 막기 위해 한 손을 올렸다. 언뜻 커다란 나무 책상과 그 뒤의 텅 빈 의자가 보였다.

"난 밖에서 기다리겠소. 끝나면 알려주시오."

보안관이 말했다.

문을 닫는 그를 돌아보며, 에덴은 그가 자기에게 말하는 거라고 생각했다. 그때 값비싼 남성용 화장수 냄새를 알아채고 그녀는 몸을 돌렸다. 그리고 앞에 선 듀크 디파드를 멍하니 쳐다보았다.

듀크 디파드의 얼굴 주름에는 온통 고통이 아로새겨져 있었다. 그의 눈은 그 고통으로 인해 음울한 폭풍우가 몰아치는 듯했다. 에덴은 책상 구석 쪽에 딱딱하게 서 있는 그에게서 물결처럼 밀려오는 증오를 충분히 느낄 수 있었다.

"앉지, 로시터 양."

그가 한 손을 내밀어 빈 나무의자를 가리켰다.

그녀는 그를 보고 싶지 않았다. 몸을 돌려 달려나가고 싶었다. 하지만 그 대신 멍하니 의자로 걸어가 무릎 위로 두 손을 힘껏 깍지 낀 채 자리를 잡았다.

제프의 죽음에 대해 느꼈을 디파드의 비통함을 알기에 에덴은 무슨 말이든 해야 한다고 느꼈다.

"전…… 전, 너무나 죄송……."

그녀가 입을 열었다.

"그 따위 수작 그만 둬. 넌 내 기분을 반도 모를 테니까!"

디파드가 말을 잘랐다. 슬픔으로 가득 찬 분노가 그의 깊은 곳에서부터 흘러나왔다. 그는 애써 그녀의 관심을 책상 위의 종이더미로 이끌었다.

"윌리엄스 보안관이 어젯밤 사건에 대한 너의 대단한 진술서를 보여주었다."

그가 손에 들린 종이를 보고 나서 에덴을 쳐다보았다.

그녀는 아주아주 작아져서 이 모든 게 끝나 버릴 때까지 구석진 곳에 숨어 버렸으면 좋겠다고 생각했다. 제발요, 하나님. 이런 질문들에 답할 필요가 없으면 얼마나 좋을까요.

디파드가 종이를 들어올렸다.

"이것들은 대단히 그럴 듯하더군. 네가 얼마나 두렵고 공포에 떨었길래 이런 식으로 잘못된 진술을 했는지 알 만해. 로시터 양, 난 이미 네가 진실을 말하지 않았다는 걸 알고 있다."

그녀의 목으로 공포가 기어올랐다.

"무슨 뜻이에요? 누가 그러던가요?"

"보안관이 레베카 선더스와 애기를 했어. 어젯밤 제프와 데이트한 사람은 그녀였어, 네가 아니라."

"아니에요. 그녀는 오빠의 상대였어요. 제프가 그녀를 태워 온 건 사실이지만……."

"그녀는 거짓말할 이유가 없다, 넌 아주 많지만 말이야. 내 동생이 널 강제로 범하려 했다는 끔찍한 이야기를 꾸며낸 것도 바로 그런 이유지."

"하지만 정말이에요. 그가 날 때리고 짓뭉개면서……."

"말도 안 되는 거짓말이야!"

듀크는 분노로 부들거리며, 커다란 두 손을 힘껏 움켜쥐었다.

"제프는 절대 여자를 해치지 않아. 모두가 그걸 알고 있어."

그는 다시 자제력을 찾으려고 안간힘을 썼다.

"많은 여자들이 그 애한테 다리를 벌리는 데 적극적이었다구. 제프도 그걸 알고 있었어. 절대 힘으로 강간하지 않아."

"하지만 그랬다구요."

에덴은 완전한 무력감을 느꼈고, 목에서 새어나오려는 흐느낌을 삼키려 애를 썼다.

"모르시겠어요? 난 절대 그가 죽길 바라지 않았어요. 그를 구하려고 노력했다구요. 도움을 받으려고 노력했어요."

"하지만 실패했지. 제프는 죽었어."

디파드는 퉁명스럽고 딱딱하게 말했다.

"세상의 어떤 후회와 자책도 그 애를 다시 데려올 순 없어. 하지만 네가 진실로 자기가 한 짓을 미안하게 생각한다면, 이런 거짓말로 그 애 이름을 욕되게 하지 말아야 해."

"거짓말이 아니에요!"

"거짓말이야. 그리고 난 그걸 증명할 수 있어. 네가 이 끔찍한 이야기를 계속 고집한다면 망가지는 건 네가 될 거야. 내 말 알아듣겠어?"

에덴은 멍하니 입을 다물었다. 디파드의 위협 때문이 아니라 그의 표정에 담긴 증오, 원한 때문이었다.

디파드가 더 이성적인 어조로 말을 이었다.

"다행히도 윌리엄스 보안관과 나를 뺀 어느 누구도 네 진술에 대해 아직 모르고 있어. 네 말을 취소할 시간은 있어."

"취소한다구요?"

에덴은 얼굴의 눈물 자국을 닦으며, 무심코 제프에게 얻어맞아 멍들고 부어오른 곳을 문질렀다.

"맞았어."

디파드가 책상 위에 메모지를 던지고 의자에 앉았다.

"제프가 총을 아주 좋아했다는 건 다들 알고 있어. 그 애는 사냥을 하고 목표를 맞추는 걸 좋아했지. 어젯밤 너에게 그 애가 지난 크리스마스 선물로 받은 새 장총을 보여 주었다 해도 이상할 게 없어. 어쩌면 맥주 캔 몇 개를 세워 놓고 얼마나 능숙한 사수인지 보여 주려고 했을 수도 있지. 너에게 해보라고 권하고 어느 순간엔가 일이 잘못됐을 수도 있어. 총이 실수로 발사되었을 때, 넌 총이 장전되지 않았다고 생각했거나 안전장치가 돼 있다고 생각했을 거야."

에덴은 그를 쳐다보았다.

"총을 쏜 게 실수였다고 말하라는 건가요?"

디파드가 고개를 끄덕였다.

"너무나 자주 일어나는 끔찍하고 비극적인 불상사지, 총을 잘 다루는 사람이라 할지라도. 윌리엄스 보안관이 조사를 마치고 난 후, 제프의 죽음은 어쩔 수 없는 사고였으며 너에게 책임지울 수 없다는 걸 확신하겠지. 물론 우선적으로 네가 보안관에게 정확한 이야기를 해주어야 하고 말이야."

"레베카가 한 말은 어쩌구요?"

"난 레베카 선더스가 협조하도록 설득할 자신이 있어. 네 진술을 변경할 텐가?"

"난…… 모르겠어요."

피곤하고 당혹스럽기만 한 에덴은 할아버지나 빈스, 적어도 그녀에게 충고해 줄 수 있는 누군가와 얘기를 해보고 싶었다.

"생각 좀 해봐야겠어요."

"생각할 시간 따위는 없어."

디파드가 성마르고 짜증스럽게 의자에서 벌떡 일어났다.

"당장 네 결정을 들어야겠어. 이미 바깥에는 모든 신문사와 방송국 기자들이 진을 치고 있다구, 네바다의 유명한 쿼터백이 죽게 된 상황을 세세하게 알려달라고 아우성치고 있어. 난 더 이상 입을 다물고 있을 수 없다. 그러니 마음을 정해, 지금 당장!"

그녀가 머뭇거리자 그는 또다시 경고했다.

"시간을 끈다고 너한테 이득될 건 하나도 없어. 맹세하지만, 제프가 강간하려 했다는 그런 말들이 한 마디라도 새어나가는 날에는, 거래는 끝이야."

그의 손이 절대적인 종결을 뜻하며 허공을 갈랐다. 그러다가 그녀를 비난하듯이 손가락으로 가리켰다.

"아니면 그게 네 계획인가? 녀석들에게 이야기를 파는 게?"

에덴은 깜짝 놀라며 부인했다.

"아니에요!"

"나하고 게임하려 들지 마."

디파드는 에덴의 의자로 더 가까이 다가왔다.

"얼마나 원하지? 만 달러? 이만?"

"한푼도 원하지 않아요."

그런 생각을 할 수 있다는 것조차 그녀는 분했다.

갑자기 그가 불쑥 그녀의 위로 일어섰다.

"오만, 이게 내 마지막 제안이야. 받아들이고 애기를 바꿔. 그렇지 않으면 장담하건대, 넌 후회하게 될 거야. 이곳에서 친구 하나 없는 신세가 될 거라구. 그리고 틀림없이 재판에 져 나머지 인생을 감옥에서 보내게 될 거야!"

에덴은 과거로 향했던 멍한 상태에서 벗어나 킹케이드를 보았다. 그리고 즉시 시선을 떨어뜨렸다.

"그의 목소리는 점점 더 커졌고 얼굴은 분노로 가득 찼어요. 그 비난과 모욕과 협박…… 이미 모든 걸 충분히 겪고 난 나에게도 감당하기 어려운 것들이었죠. 난 힘으로 침묵하라고 협박하거나 돈으로 날 살 수는 없는 거라고 고래고래 소리를 질러댔어요. 다른 많은 일들도 마찬가지라고 했어요. 난 열일곱이었고 두려웠어요……. 그리고 지독히도 이상적이었던 것 같아요. 진실이 내 정당함을 입증해 줄 걸로 믿었으니까요."

"이상적인 세상에서는 그렇겠지."

킹케이드가 커피잔 너머로 말했다.

"하지만 이곳은 이상적인 세상이 아니에요, 그렇죠?"

에덴이 냉소적으로 받아치며 한숨을 쉬었다.

"어쨌든 보안관이 날 감방으로 다시 밀어넣은 후에도 난 완전히 흥분해서 울다가 잠이 들고 말았어요. 몇 시간 후 내가 깨어났을 때, 이미 애기는 퍼져 버렸죠."

"말할 필요도 없이, 디파드는 자기 제안을 철회했겠군."

"그래요. 되돌아보면, 내가 그 거래를 받아들였어야 했다는 거 알아요. 그랬다면 재판중에 받았던 모든 비난과 악명을 감수할 필요도 없었겠죠.

디파드에게 짓밟히지 않고 인생을 살 수도 있었을 거구요……."

그녀가 말꼬리를 흐렸다.

"당신이 진실로 유감스러워하는 것 같지는 않아, 마음 속 깊이는 말이오."

"그럴지도 몰라요. 거짓말과 함께 살아가기란 쉽지 않거든요."

그녀는 테이블 위에 냅킨을 올려놓았다.

"맛있었어요. 괜찮으시다면, 난 머리를 말리고 옷도 입어야겠어요."

그녀가 일어나자 킹케이드도 따라 일어났다. 그리고 그녀가 방에 들어설 때까지 그대로 서 있다가 의자에 놓아 두었던 쇼핑백을 들고 그녀의 방문으로 걸어갔다.

그가 문 앞에 도착함과 동시에 방문이 열렸다.

"내 옷들은 어디 있죠?"

"더러워서 세탁실로 보냈소. 오늘밤 여섯 시쯤이면 배달될 거요. 그동안에는 이걸 입으시오."

그가 쇼핑백을 건넸다.

"사이즈는 짐작하는 수밖에 없었지만, 웬만하면 대충 맞을 것 같소. 만약 맞지 않는 게 있으면, 바꿔다 주겠소."

"당신이 내 옷을 샀다구요?"

그녀는 놀란 모양이었다.

"그 가운 차림으로 오후 내내 앉아 있는 건 원치 않을 것 같아서."

그가 장난스런 미소로 대꾸했다.

"가서 입어 보시오, 맞는지 보라구."

15분 후, 에덴은 완전히 여성적인 모습으로 욕실에서 나왔다. 킹케이드가 선택한 옷은 단순한 면니트로, 짙은 보라색에 허리 부분에는 벨트가 있고 넓은 플레어 치마였다.

"어때 보여요?"

그녀가 그의 앞에 섰다.

킹케이드는 감탄의 눈길로 쳐다보았다.

“드레스도 멋지고 당신도 아름다워 보여. 당신은 어떤 것 같소?”

“좀 이상해요.”

이런 옷을 입으니 에덴은 연약한 여자가 된 기분이었다. 그런 건 마음에 들지 않았다.

“사실 이런 높은 구두와 드레스는 입어 본 적이 없거든요, 그때 이후로…….”

그녀는 일부러 말을 끝내지 않았다.

“재판 이후로 말이겠지?”

“그래요.”

그녀는 수줍은 손짓으로 앞자락을 쓰다듬어 보았다.

“왜 드레스를 샀지요? 청바지나 티셔츠를 사지 않고?”

“세 가지 이유가 있소. 드레스를 사면 길이를 걱정하지 않아도 되고, 약간 맞지 않는 경우 허리띠로 실수를 덮을 수 있지. 마지막으로는 순전히 이기적인 이유 때문이었소. 당신처럼 아름다운 다리를 갖고 있는 여자는 그걸 청바지 속에 숨기는 게 죄악이거든.”

에덴이 얼굴을 붉히는 타입이었다면, 킹케이드는 그녀의 뺨이 붉어졌다고 생각했을 것이다. 지금 그녀는 불편하면서도 신중해 보였다.

킹케이드가 모자를 집어들었다.

“나갈 준비됐소?”

에덴은 고개를 끄덕이고는 그와 같이 걸었다.

“또다시 빈스를 찾기 위해 카지노를 여행하는 거겠군요.”

“그건 러스티가 알아서 할 거요. 당신 오빠는 날 조심하고 있지만, 그는 아니거든. 우린 바람이나 쐬러 가지.”

21

그들은 나란히 호텔에서 나와 곧장 몰아치는 바람 속으로 걸어 들어 갔다. 바람이 에덴의 드레스를 잡아채며 얼굴까지 날아오르려 했다. 에 덴은 서둘러 치마를 붙잡았고, 그 바람은 거리를 훑고 지나가며 여전히 장난질을 쳐댔다.

에덴은 킹케이드를 힐끗 보고는 그 눈 속의 나른하면서도 심술궂은 번득임을 알아챘다.

"청바지를 입었으면 이런 일은 없었을 거예요."

그의 선택을 비난하며 그녀가 말했다.

"그건 더 슬픈 일이지."

그가 느릿느릿 대꾸하면서 트럭의 조수석 문을 열어 주었다.

그녀는 웃음을 터트리다가 자신의 모습에 놀라워했다. 경계심이 약해 져 버렸던 것이다. 아마도 그에게 많은 말을 했기 때문인지 몰랐다. 빈스 에게조차 고백하지 않았던 일들까지. 그게 잘못일 수도 있고 현명치 못 했을 수도 있지만, 지금 이 순간은 신경이 쓰이지 않았다. 어차피 오래 지속되지도 않을 텐데, 이 순간만큼은 즐겨 보고 싶었다.

킹케이드는 르노 시내에서 가까운 공원으로 차를 몰아 놀이공원으로 곧장 들어갔다. 그리고 티켓을 끊어 제일 먼저 회전목마로 다가갔다.

치맛단 때문에 고생하던 에덴은 그가 회전목마 등에 한쪽으로 앉혀 주었을 때 별달리 거부하지 않았다. 회전목마가 빙글빙글 돌아가는 동안, 테이프에 녹음된 음악이 행복하게 대기를 가득 채웠다.

그 후에는 솜사탕을 먹고 서로의 손과 얼굴에 묻은 분홍빛 설탕의 끈적거림에 웃음을 터트렸다. 그들은 아이들의 익살스런 몸짓을 쳐다보았고 특히나 작은 청룡열차에 처음 타보는 동그란 눈의 아이를 오랫동안 바라다보았다. 그러고 나서, 팝콘을 한아름 안고 오리들에게 먹이를 주기 위해 연못을 찾아갔다.

킹케이드는 거의 대부분 시간을 에덴을 쳐다보는 일로 소모했다. 오리들이 그녀의 주위로 몰려들어 날개를 퍼득이며 꽥꽥 굶주린 항의를 해대자, 에덴은 웃으며 그들에게 팝콘을 던져주었다. 뒤쪽에 있는 소심한 녀석들에게도 나누어 주고, 더 대담하게 앞으로 나선 녀석들에게는 웅크리고 앉아 손 위에 얹어 주었다.

그는 그녀의 입술에 어린 미소와 평안한 표정을 살펴보았다. 그 모습이 마음에 새겨지며, 자부심과 부드러움과 동시에 욕망이 새록새록 부풀어올랐다.

에덴이 마지막으로 봉지 밑바닥의 팝콘을 퍼냈을 때는 킹케이드의 봉지도 이미 비어 있었다.

"미안하구나, 애들아. 이젠 없어."

그녀가 웅크렸던 몸을 쭉 펴며 빈 봉지를 둘둘 뭉쳤다.

"마음씨 좋은 다른 사람들을 찾으렴."

오리들은 즉시 미처 발견하지 못한 조각이라도 있는지 살피러 땅을 내려다보았다. 에덴이 킹케이드를 향해 돌아섰다. 그녀의 뒤에 있는 연못의 매끈한 표면에서 햇살이 반짝거렸다.

"욕심꾸러기들이죠?"

"시끄럽기도 하군."

오리들은 팝콘 봉지를 가진 금발의 네 살배기 꼬마를 향해 어기적어기적 꽥꽥거리며 걸어가고 있었다.

"대단히. 하지만 재미있잖아요."

"그랬소."

하지만 킹케이드는 그녀와 똑같은 이유로 즐긴 것은 아니었다. 연못가에서 걸어나오다가, 그녀의 샌들굽이 부드러운 땅 속에 박히며 한쪽으로 몸이 기울었다. 그녀가 균형을 잡기도 전에, 그의 손이 바싹 잡아당겼다.

그의 어깨를 잡으며, 에덴은 그를 올려다보았다. 하지만 그의 시선을 보는 순간 웃음 머금은 말이 입 속으로 사그라들었다. 심장이 갑자기 쿵 떨어지는 느낌이었다. 그의 손이 더 편안하게, 강하면서도 따뜻하게 허리 쪽으로 옮겨갔다. 천천히 피할 만한 기회를 허락하며 그가 입술을 내렸다. 그의 뜨거운 숨결을 느꼈을 때, 거의 피할 뻔했지만 그러지는 않았다.

"당신 입술이 아직도 끈적거린다는 거 알고 있소?"

입술에 대고 그가 중얼거렸다.

솜사탕을 먹다가 같이 웃어 버렸던 그 순간을 기억하며, 에덴도 미소를 지었다.

"당연하겠죠."

그녀의 목소리는 그에게 삼켜져 버렸다.

"마음에 들어."

그가 씨익 웃었다. 그녀는 이것이 완전히 순수한 것이며 아무 걱정할 필요가 없다는 걸 필사적으로 믿고 싶었다. 다시 한 번 믿음을 가진 순진한 처녀가 되고 싶었다, 제프와의 그날 밤 이전처럼 말이다. 지금 이 순간만큼은, 이 순간만이라도.

그의 입술 압력이 증가되며 옆으로 비스듬히 기울자, 그녀는 반응을 보였다. 욕망이 전율을 일으키며 불안하게 퍼덕거렸다. 앞에 선 남자보다 그것이 더욱 두려웠다. 그것이 어디로 이끌어갈지, 무엇을 파멸시킬지가 더욱 두려웠다.

그녀가 반응을 보인 데 킹케이드도 놀랐다. 강요하지도 않았는데 그녀는 자신의 의지로 행동하였던 것이다. 더 이상 과거로 돌아가지 않도록 해야 한다. 그는 주위의 사람들을 의식하며 뒤로 물러났다. 그리고는 그녀의 허리에 힘을 가했다.

"이제 갈까?"

그녀가 멍하니 쳐다보았다.

"네?"

그의 입술이 사려 깊은 미소로 굽어졌다.

"당신이 떠날 준비가 되었는지 알고 싶어서 말이오, 다른 곳으로."

그의 말을 이해하기까지 시간이 좀 걸렸다. 그녀의 생각은 키스에 너무나 집중되어 있었던 것이다. 아주 즐거웠었다, 어쩌면 너무 지나치리만큼.

"어디든 갈 준비가 됐어요."

그녀가 어깨를 으쓱 올렸다.

"그럼 가자구."

그녀를 풀어 주고는, 그가 손을 가볍게 잡아 트럭으로 이끌었다.

태양이 산 너머로 천천히 미끄러드는 동안, 킹케이드는 뒷길을 따라 산기슭을 돌아갔다.

그들 사이에 편안한 침묵이 감돌았다. 킹케이드는 빈스 로시터 문제도, 다른 어떤 의문도 제기하지 않았다.

그들은 도시의 멋진 풍경을 볼 수 있는 마을 외곽의 또 다른 공원으로 가 주차장에 차를 세운 후, 산비탈을 몇 미터쯤 내려갔다. 트럭 뒤에 있던 인디언식 담요를 탁탁 털어 편 다음, 그녀를 앉히고 킹케이드 자신은 그녀의 옆에 드러누워 풀 포기 하나를 뽑아 그 끝을 질경질경 씹었다.

"멋진 풍경이에요."

에덴이 고층 건물과 집들로 펼쳐진 도시의 풍경을 응시했다.

"르노가 당신 발 아래 있소."

한순간 에덴은 말없이 그를 살필 수 있었다. 그는 팔꿈치를 기대고 비스듬히 누워 있었다. 긴 다리가 그의 앞으로 쭉 뻗었고, 구릿빛 살결과는 대조적인 창백한 상처자국이 그의 관자놀이에서 하얗게 눈에 띄었다.

그는 그녀가 그를 보았던 그 조용한 강렬함으로 도시를 내려다보고 있었다. 가끔 이 남자가 두 명의 다른 남자인 듯한 느낌이 들었다. 한순간은 부드럽고 장난치기 좋아하는 듯하다가, 다음 순간은 차갑고 쇳덩이처럼 딱딱해질 수 있다니. 그에 대해서 더 알고 싶었다. 그것은 위험한 호기심이었지만, 막을 수가 없었다.

"어디 출신이에요, 킹케이드?"

"텍사스."

그가 입가로 풀포기를 굴렸다. 그 간단한 대꾸에 그녀가 웃어 버렸다.

"텍사스 어디요?"

"한 여섯 군데쯤 될까. 셀 시간이 있었다면 아마 더 될지도 모르지."

그의 입술이 약간 미소를 띠었다.

"와코에서 태어났고, 아마릴로에서 유치원을 다녔지. 그 후로는 스윗워터로 이사를 한 것 같소. 아버지는 참으로 많은 목장에서 일을 했지, 가끔은 일꾼으로 가끔은 가축 관리인으로. 더 나은 급료를 주는 곳이 있으면 그곳으로 떠나고, 더 나은 시간이나 이득이 있는 곳으로 옮겨다녔소. 오해는 하지 말라구."

그가 재빠른 시선을 던졌다.

"난 전혀 이사하는 걸 싫어하지 않았소. 오히려 새로운 말을 탈 수 있고, 새로운 지역을 탐험할 수 있으며 새로운 친구를 만나는 걸 좋아했지. 우리가 고등학교에 들어가자 아버지는 그 학교를 다닐 수 있는 지역 밖으로는 이사하지 않겠다고 확실히 했소. 대부분은 마르시 때문이었지만."

"마르시가 당신 동생이군요."

에덴이 추측하였다.

"아마도 미친 듯이 달리는 타입이었겠죠. 그녀도 당신과 같이 로데오
에 출전했나요?"

"마르시는 말을 좋아하지 않았소."

킹케이드가 입에서 풀포기를 빼내며 일어나 앉았다. 무릎을 굽히고
그 위에 팔을 얹으며 줄기 하나를 뜯어 조각조각 찢어 버렸다.

"어렸을 때부터 언제나 말을 무서워했지. 선택의 여지만 있다면 걸어
가거나 자전거를 타고 가는 편이었소. 동생은 말 가까이 가는 것조차 좋
아하지 않았지. 특히 그 사건 후로는……."

입술 양끝이 우울하게 처지며, 그는 입을 다물어 버렸다.

"어떤 사건 후로요?"

그가 험악하게 그녀를 쳐다보고 나서 고개를 돌리더니 줄기를 집어던
졌다.

"그 애는 여덟 살 때 심하게 낙마해서 왼쪽 다리를 절게 되었소. 내
잘못이었지."

"무슨 일이 있었는데요?"

그는 꽤 오랜 시간 동안 대답하지 않았다.

"우린 빅 스프링스 교외의 낡은 집에서 살고 있었소, 아버지가 일하던
바 식스라는 곳이었지. 몹시도 더운 구 월의 어느 날, 학교에서 돌아온
후 마르시와 난 집에서 삼 킬로미터 정도 떨어진 개울로 갔소. 물장구도
치고 더위도 식힐 겸. 동생은 자전거를 탔고 난 허락받은 밤색말을 탔소.
그 녀석 이름이 록키였지. 어쨌든 우린 하릴없이 장난을 치다가 시간이
흐른 걸 잊어버렸고 갑자기 해가 지기 시작했소. 우린 어둡기 전에 집에
가야만 했소. 그건 부모님이 엄격하게 요구한 규칙이었지. 마르시와 난
제 시간 내에 돌아가지 못하면 크게 혼날 걸 알고 있었소. 그렇게 빠르
게 움직이는 아이들은 보지 못했을 거요, 신발을 신고 옷을 움켜쥐었지.
그제서야 동생의 자전거 타이어가 주저앉았다는 걸 발견했소. 그녀는 집
으로 끌고 가고 싶어했지만, 난 같이 말에 타자고 했지. 우린 싸우기 시
작했소. 난 동생한테 겁쟁이, 말도 무서워하는 촌닭이라고 퍼부었지. 그

건 전혀 도움이 되지 않았소. 그녀는 자기를 놔두고 혼자 집으로 가라고 설득했지만, 이렇게 어두워지는데 내가 혼자 돌아가면 더 크게 혼날 걸 알고 있었지. 마침내 난 마르시에게 같이 말을 타자고 설득할 수 있었소. 하지만 동생은 빨리 달리지 않겠다고 약속해야 한다고 말했지."

후회를 담은 씁쓸한 목소리로 그가 그 말을 반복하였다.

"빨리 달리지 않겠다는 약속, 그 말은 하나의 도전과도 같았지."

그의 입술이 무뚝뚝하게 뒤틀렸다.

"어린 동생을 괴롭히는 걸 재미있어하는 형이나 오빠에 대해 어떻게 생각하오?"

"잘은 모르겠지만, 그렇더군요."

에덴도 경험이 있었다. 빈스도 그런 적이 한두 번이 아니었다.

"그들에게는 거의 게임 같은 건가 봐요. 일부러 잔인하게 구는 건 아니고, 그냥 재미삼아 그러죠."

킹케이드가 고개를 끄덕였다.

"난 마르시를 약간 겁주고 싶었소. 그것뿐이었지. 그녀가 멈추라고 비명을 질러댔을 때, 난 록키를 더욱 빨리 몰아갔소. 마르시가 감히 안장을 놓고 고삐를 쥘 줄은 생각도 못했지. 그 애는 고삐를 잡고는 말머리를 끌어당겼소. 너무나 빨리, 너무나 힘껏 잡아당겨서 내가 그 행동을 깨닫기도 전에 우리는 쓰러졌지. 땅에 부딪히기 전에 난 간신히 빠져 나올 수 있었소. 하지만 마르시는 말과 함께 무너져 버렸소."

"그때 다리를 다쳤군요."

"산산조각났지, 말 그대로."

그가 담요 옆의 거친 모래를 한 줌 퍼올렸다.

"목장의 흙은 거의가 이런 식이지. 그랬다면 떨어질 때의 충격을 덜어 주었을 거요. 하지만 우리는 험한 길 위로 떨어졌소. 그 애의 다리는 오백 킬로그램짜리 말과 단단한 바위 사이에 짓뭉개졌던 거요."

모래를 힘껏 움켜쥔 채 그가 하늘을 올려다보았다. 그의 눈 속에 축축한 기운이 반짝거렸다.

"그날 이전까지 난 두렵다는 게 뭔지 몰랐소, 진정으로 온몸을 뒤흔드는 두려움 같은 건. 난 굴러 일어난 후 동생이 괜찮은지 보러 갔소. 말은 이미 일어나 있었지만, 마르시는 거기 꼼짝도 못하고 누워 있었지. 그 애의 다리를 보는 순간 난 토해 버렸소. 꽤나 터프하지 않소?"

그가 자조적으로 말했다.

"킹케이드."

그녀는 고통을 덜어 주고 싶어서 그의 팔에 한 손을 올려놓았다.

"그 애한테 도움이 필요하다는 건 알았지만, 곁을 떠날 수는 없었소. 난 여러 군데 긁히고 피부가 벗겨진 상태였지. 그래서 손수건을 꺼내 피를 묻힌 다음 안장머리에 묶어 말을 집으로 보냈소."

"현명한 행동이었어요."

킹케이드는 짜증스레 어깨를 들어올렸을 뿐이었다.

"사람들에게 발견되었을 때는 주위가 완전히 어두워졌소. 앰뷸런스가 오기까지는 얼마나 더 오래 걸렸는지 모르겠소. 마르시가 얼마나 많은 수술을 받았는지도. 그녀는 삼 년 동안 병원을 들락날락했소. 그들은 동생이 심각한 절름발이 정도로 마무리된 게 행운이라고 말했소."

"당신은 어렸어요."

"맞소, 그게 모든 걸 변명해 주었지."

킹케이드는 모래를 땅으로 던져 버리고 손을 털었다. 그리고 벌떡 일어서서 그녀에게 한 손을 내밀었다.

"저녁 먹으러 가는 게 어때? 솜사탕으로는 배가 차지 않는군."

"좋아요."

그 메시지는 확실했다. 동생에 대한 얘기는 이걸로 끝이며 다시 꺼내지 않겠다는 것, 적어도 당분간은.

옛날 샌프란시스코를 기억나게 하는 분위기였다. 묵직한 나무와 반짝이는 샹들리에, 그리고 분리되어 있는 테이블. 그 안에서 에덴과 킹케이드는 사랑과 열정에 관한 하프 연주를 들으며 스테이크를 먹었다. 그들은 많은 얘기를 나누었지만 아무 얘기도 하지 않은 거나 마찬가지였다. 빈스처럼 민감한 주제나 진지한 대화는 멀리 떼어놓았던 것이다.

접시가 깨끗해지자, 웨이터가 다가와 거의 빈 와인병을 집어들고 에덴에게로 향했다.

"난 됐어요, 고마워요."

그녀가 여전히 반쯤 차 있는 루비빛 적포도주 잔 위로 손을 올려놓았다. 그가 킹케이드의 잔에 나머지 포도주를 따랐다.

"다른 걸 갖다드릴까요? 코냑은 어떻습니까?"

킹케이드가 고개를 저었다.

"계산서나 주시오."

"알겠습니다."

약간 고개를 숙여 절하고 웨이터가 돌아갔다.

킹케이드는 시가 하나를 꺼냈다가 멈칫하며 에덴을 쳐다보았다.

"괜찮을까?"

"그럼요."

그녀가 미소를 지으며 잔을 들었다.

그는 입술 사이에 시가를 물고 성냥을 그어 불을 붙였다. 고요한 대기 속으로 연기가 향기롭게 꼬리를 무는 사이 그는 에덴을 쳐다보았다. 두 사람 사이에 침묵이 형성되고 있음을 인식하면서.

그녀의 얼굴 위로 촛불이 깜박거려 양 볼의 움푹한 부분을 도드라져 보이게 했다. 그녀는 두 손으로 와인잔을 들고 무언가에 정신이 팔린 듯이 들여다보았다.

"갑자기 아주 조용해졌군."

킹케이드가 말을 걸었다.

"뭐가 잘못됐소?"

다소 놀란 듯 고개를 들며 그녀는 애써 미소를 지어 보였다.

"그냥 생각 좀 하느라고요."

"무슨 생각?"

"난 어제 빅 팀버 협곡에서 다른 일행과 합류할 예정이었어요. 그들은 나에게 무슨 일이 생겼는지 궁금해 할 거예요."

에덴은 일부러 빈스와 킹케이드를 언급하지 않았다.

"그들에게 모든 게 잘 될 거라는 확신을 주고 싶었는데."

킹케이드는 자신과 같이 오지 말았어야 했다고 말할 뻔했다. 하지만 간접적으로라도 빈스를 언급하고 싶지는 않았다.

"디파드를 속여넘길 방법을 찾아냈군, 그렇지?"

그가 물었다.

"무슨 뜻인지 모르겠군요."

하지만 말과는 달리 그녀의 몸이 경직되는 걸 보며 그가 미소를 지었다.

"그런 것 같은데."

"음, 틀렸어요. 당신이 무슨 말을 하는지 모르겠어요."

"그 지도들. 당신은 아무 이유 없이 지도를 갖고 있었던 게 아니오. 이봐, 당신 생각이 뭐지?"

그녀가 머뭇거리는 것을 보고, 그는 이유를 짐작하였다.

"내가 디파드에게 한 마디라도 할까 봐 걱정할 필요는 없소, 에덴. 소떼를 시장에 몰아가지 않길 바라는 건 당신 오빠요, 내가 아니라. 그는 소떼를 시장에 내놓지 못하면, 당신이 어쩔 수 없이 목장을 팔 걸로 생각한 거지. 그리고 그게 빈스가 원하는 거라면, 난 어떻게든지 막아 볼 작정이오."

"알겠어요."

그녀는 잠시 더 머뭇거리다가 인정을 했다.

"계획이 있었어요."

과거 시제를 강조했다.

"하지만 당신과 빈스가 떠난 지금은 그걸 실천할 수 없게 되었어요. 일꾼을 더 고용할 수 있다면 모르지만."

"계획이 무엇이었소?"

그도 이제 호기심을 나타내었다.

그녀는 와인잔 테두리를 쓰다듬으며, 입술 끝에 미소를 그렸다.

"내가 직접 시장에 몰고 가는 것."

"운반할 트럭은 어디서 빌리지?"

"트럭을 이용할 생각이 아니었어요."

앞으로 몸을 기울이자 그녀의 눈 속에 촛불이 담겼다.

"오레곤 경계선을 가로질러 몰고 갈 생각이었다구요."

"몰고 간다구."

킹케이드는 상황을 이해하며 시가를 밑으로 내렸다.

"그 지도, 당신은 길을 점검하고 있었군."

"물이 가장 중요한 문제였죠. 매일매일의 진행 끝에 물이 있을지 확인해야 했어요. 가능하더군요."

"왜 하필 오레곤이오? 위네무카가 더 가까운데."

"하지만 그러려면 다이아몬드 디를 지나가야 해요. 디파드는 결코 통과하지 못하게 할 거구요. 그와 비슷한 이유로 캘리포니아 경매 시장과 르노, 러브 록을 삭제했어요. 그 말이 디파드 귀에 들어가면 그가 날 막기 위해 무슨 짓이라도 할 거 아닌가요, 너무 위험했지요. 하지만 북쪽 길은 비어 있는 지역이에요. 사람도 살지 않고 마을도 없고, 두 개의 목장이 있을 뿐이죠. 그리고 내가 계획한 길은 그 어떤 목장의 십오 킬로미터 안에도 들어가지 않아요. 고속도로가 딱 하나 있지만 거의 차가 다니지 않지요. 한 시간 동안 있어 봤는데 트럭 한 대만 지나갔을 뿐이에요. 누군가 우릴 본다면 그건 순전히 우연인 거죠."

킹케이드가 고개를 끄덕였다.

"가능하겠소."

"나도 그렇게 생각해요."

에덴은 한숨을 쉬며 살짝 인상을 찡그렸다.

"그 일에는 여섯 명의 기수들이 필요해요. 하지만 지금 네 명 가지고는, 나까지 포함해서 말이에요, 실행에 옮길 수가 없어요."

“잠깐 일할 사람은 구할 수 있겠지.”

“희망사항이죠.”

“얼마나 걸리겠소?”

킹케이드가 물었을 때 웨이터가 영수증을 갖고 돌아왔다.

“열흘 정도, 약간 차이는 있겠지만.”

“당신이나 일꾼들이 오랫동안 보이지 않으면 디파드가 의심할 거요.”

그가 계산서를 확인하고 가죽 폴더 안에 지폐 몇 장을 넣었다.

“그럴 리 없어요. 그게 이 계획의 묘미죠. 가을 가축몰이를 하는 동안은 육 주 이상 나가 있는 게 보통이에요. 이번엔 난 되는 대로 끌어넣을 계획이었어요, 물과 목초지가 좋은 지역을 찾아다니며 최고의 소떼만 모으고 나머지는 놔두는 거죠. 그런 식으로 하면 백 마리 이상을 놓칠 수 있지만 삼 주 안에 해내야만 해요. 마지막 집합 장소로 블랙 록 사막 끝에 있는 세이어 웰즈를 이용한다면, 우린 하루를 쉬고 그날 밤에 블랙 록 사막을 가로질러 갈 수 있어요. 그렇게만 하면 우리가 처음 북쪽으로 출발할 때 아무도 눈치채지 못할 거예요.”

“아주 많은 생각을 한 것 같군.”

킹케이드가 시가를 끄고 일어서서 그녀의 의자를 빼주기 위해 돌아왔다.

“노력했죠.”

그녀는 일어서며 출입구를 향해 인도하는 킹케이드의 손길을 받아들였다.

“모든 게 내 계획대로 진행된다면, 우린 디파드가 떠난 걸 알아채기도 전에 돌아올 거예요. 내가 해냈다는 걸 알았을 때의 그 표정을 보고 싶어요.”

“복수는 달콤한 거야, 그렇지?”

킹케이드의 미소에 에덴은 고개를 저었다.

“복수가 인간의 심장을 돌로 변하게 한다면 어떻게 달콤할 수 있겠어요?”

그가 묻는 듯이 쳐다보았다.
"셰익스피어인가?"
"아뇨, 에덴 로시터예요."
그녀는 미소나 약간의 재미난 논평을 기대하였다. 하지만 침묵만이
있을 뿐이었다. 거기에는 한 가지 설명밖에 있을 수 없었다, 빈스.

22

킹케이드가 호텔문을 열고 그녀 뒤로 한 걸음 물러났을 때 에덴은 다시 긴장을 풀었다. 안으로 들어서며 그와 같이 한 순수한 시간이 끝나가고 있다는 것이 유감스러웠다. 그들이 또다시 빈스 문제로 인해 적이 되리라는 걸 알고 있었다. 너무나 금세 말이다.

금방 세탁한 셔츠와 날카롭게 주름 잡힌 청바지를 건 옷걸이 두 개가 그녀의 침실 문고리에 매달려 있었다. 그걸 보며 에덴은 그가 사준 부드러운 드레스를 만져 보았다. 뒤로 돌아서서 그녀는 인사를 했다.

"저녁 식사 즐거웠어요, 오후 시간도요."

그녀가 기분 좋게 미소를 지었다. 그 모든 것을 더욱 음미하면서.

"다행이군. 나도 즐거웠으니까."

그가 그녀의 뺨을 감싸고는 그 곡선 위로 엄지를 내달렸다.

에덴은 몸이 떨려 오는 것을 느꼈다. 이러면 안 된다는 걸 알면서도, 움직일 수가 없었다.

"연락 온 게 있는지 확인해 보셔야죠?"

"필요 없소. 전화 메시지 불이 켜지지 않았잖소. 아무 연락도 없었다는 거지."

"고장난 건지도 모르잖아요."

숨이 막히려는 걸 억지로 감추며 말했다.

"아니, 내가 확인해 봤소."

한 걸음 더 가까이 다가와 그의 머리가 그녀에게로 내려왔다.

"안 돼요."

에덴은 자신이 누구에게 안 된다고 말하는 건지 알 수가 없었다, 자기 자신에게인지 그에게인지.

"뭐가 안 되지?"

그의 입술이 그녀의 입술 위에서 속삭이자, 그녀는 심장이 목까지 튀어올랐다. 에덴은 아무 소용 없는 짓이라는 걸 알면서도 고개를 돌렸다.

"이건 실수하는 거예요, 킹케이드."

"왜?"

그의 엄지는 계속해서 그녀의 뺨을 가볍게 쓰다듬고 있었다.

"왜냐하면 난 남자의 손이 닿는 걸 좋아하지 않으니까요."

"과거의 접촉이 좋지 않았다는 이유만으로?"

그가 머리를 뒤로 빼며 부드럽게 놀리듯 쳐다보았다.

"내가 기억하기로는, 아까 오후에 키스했을 때는 어떤 문제도 없는 것 같던데."

"그건 달라요."

그녀의 주장에 그가 장난을 치듯 가볍게 물었다.

"그래? 어떻게 다르지?"

에덴은 비난의 눈길로 그를 바라보았다.

"오늘 오후에 당신은 키스로만 만족했어요. 하지만 지금은 그 이상을 원하잖아요."

"당신 말이 맞아. 그 이상을 원하지."

그의 표정이 진지해졌다.

“하지만 억지로 하진 않을 거요, 에덴. 난 제프가 아니거든.”

그래, 그는 제프가 아니었다. 그 자체가 더욱 두려웠다. 그를 믿고 싶기 때문에.

“그런 이유만으로 당신을 믿을 수 있단 말인가요?”

그녀가 빈정거렸다.

“믿든 안 믿든 당신은 할 수 있소.”

그의 시선은 흔들림 없이 확고했다.

“당신은 말등에서 내팽개쳐졌소, 에덴. 험악한 소나기 속에서 상처를 입었소. 그렇다고 다른 말까지 타지 않을 셈인가? 길들여진 것이라도?”

“당신은 길들여진 말이 아니에요.”

그녀가 남자에 대해 경험이 없을지는 몰라도, 킹케이드에 대해 그 정도는 알 수 있었다.

“아니, 난 탈 수 있도록 길들여졌소, 에덴. 약간만 고삐를 잡아당겨도 반응을 하지. 시험해 보시오.”

작은 미소를 보이며 그가 충동질을 했다. 그녀가 머뭇거리자 킹케이드가 덧붙였다.

“당신도 언젠가는 익숙해질 테니, 지금 시도해 보는 게 나을 거요.”

“할 수 있을지 모르겠어요.”

그녀는 솔직하게 대답하였다.

“당신이 시도해 보지 않으면 우리 중 누구도 알 수가 없지.”

그는 이 일을 용기의 문제, 도전의 문제로 만들었다. 그녀의 자존심이 한 번 부딪혀 보라고 고집을 부렸다.

그의 입술이 또다시 스치며 따뜻하고 설득적으로 입술을 덮었을 때, 이번에는 그녀도 피하지 않았다. 그의 감싸안은 팔이 더욱 그녀를 끌어당겼다.

어느 정도 갇힌 듯한 느낌이 들 거라 예상했는데, 그의 손 힘은 느슨하고 가볍기만 했다. 금세 그녀의 관심은 달래는 듯한 그의 입술의 압력에 쏠렸다.

그가 접촉을 풀어내며 약간 머리를 들었다. 그의 축축한 숨결이 피부를 간지럽혔다.

"거리에서 당신을 처음 본 순간부터 이 일은 피할 수 없는 운명이었소."

처음부터 피할 수 없는 일이었을지 모른다. 수년간 에덴은 자신이 인생에서 어떤 것을 놓치고 있다는 것, 남자로부터 원하는 것이 있다는 걸 거부하려 애를 써 왔다. 킹케이드가 나타나 모든 감정들을 다시 불러일으키기 전까지.

그의 입술이 돌아왔을 때, 그 굶주린 감정들은 그녀의 구속을 풀고 반응을 불러냈다. 그녀는 더욱 그에게 몸을 밀착시켰다. 부드러운 니트천을 사이에 두고 그의 단단한 허벅지가 스치듯 닿는 걸 느꼈다.

그녀는 이 예기치 못한 벼랑의 끝에서 돌아가고 싶어 몸을 흔들었다. 하지만 킹케이드가 그 순간 깊은 키스를 하며 다음 단계로 이끌어 갔다. 새로운 갈망어린 열정 아래서 그녀의 우유부단함은 사라져 버렸다. 그의 가슴에 손을 대고 손가락을 단단한 근육 위로 펼쳤다. 그리고 그의 맛과 감촉과 냄새를 흠뻑 들이마셨다.

킹케이드의 손이 자신의 셔츠 단추를 잡아 풀어헤쳤다. 그리고는 어깨를 움직여 벗어던지고는 자신의 벌거벗은 가슴에 그녀의 손을 잡아끌었다.

그와 동시에 그의 입술이 또 다른 격정으로 혼을 빼앗아 갈 듯한 키스를 해왔다.

그녀는 이제 그의 품안으로 더 깊이깊이 파고들게 하는 황홀한 감각 속에서 정신을 잃어버렸다. 끊임없이 움직이는 그녀의 손길은 그의 단단한 어깨 근육과 뼈대에 매혹되었고, 그녀의 손에 닿는 그의 살갗우 따뜻한 생기가 넘쳐흐르는 듯했다. 그의 체취와 혀의 맛은 그녀를 새롭게 홍분시켰으며, 거의 중독될 지경이었다.

그의 손이 등으로 미끄러지며 척추를 타고 흐르자, 그녀의 신경 하나하나가 물결치듯 일어났다. 드레스 지퍼가 열린 곳에 차가운 공기가 와 닿았다.

"킹케이드……."

자동적으로 보호본능이 일어나 저항의 외침을 만들어 냈지만, 약하기 그지없었다.

"이젠 내 차례요."

그의 이가 부드럽게 귓불을 잡아당겼지만, 그의 손은 움직이지 않고 있었다.

"괜찮겠소?"

그녀에게서 약하게 허락의 속삭임이 흘러나왔다.

"네."

그의 손이 어깨에서 드레스를 벗겨내자 그녀는 숨을 삼켰다.

그녀에게 반나체 상태를 의식할 기회도 주지 않고, 킹케이드는 그녀를 두 팔로 안아들었다. 오래 전 그날 밤의 악몽을 말했던 그녀의 침실로 옮길 생각은 없었다. 그는 그녀를 그 악몽과는 전혀 상관 없는 자신의 침실로 데리고 가 그녀를 침대에 눕히고 나머지 옷가지를 벗어던진 다음 그녀의 옆에 몸을 뉘였다.

그녀의 긴장과 불안을 눈치챈 그가 자신의 위로 그녀를 굴려 올렸다, 지배적인 통제권을 의미하는 자리로. 그는 되도록 자연스럽고 강압적이지 않은 손길을 유지하며, 그녀의 머리를 빗어 얼굴 뒤로 넘겨주었다.

"만약 당신이 싫어하는 행동을 하면 말하시오. 그만 둘 테니까."

그가 중얼거렸다.

"하지만 원하는 게 있으면, 그것도 말하라구. 알겠소?"

"알았어요."

하지만 그녀는 믿어도 될지 알아보려 애쓰며 그의 얼굴을 살피고 있었다.

"그렇다면 나한테 키스해 보시오."

킹케이드의 제안에, 그녀는 조심스럽고 신중하게 입술을 내렸다. 킹케이드가 그 자리에서 입술을 맞이하며 그녀의 시험적인 머뭇거림을 불태

위 버렸다. 전혀 거칠지 않았고, 단지 공단 같은 애무의 손길과 편안한
입술의 감촉만이 그녀를 잡아당겼다.

언제 어떻게 속옷을 벗어 버렸는지 알 수 없었다. 다만 그녀는 육체와
육체의 감각을 만끽하느라 너무나 바빴다. 그의 따뜻한 입술이 젖가슴
사이의 계곡을 비벼대다가, 그 꼭대기를 감싸기 위해 비탈을 올라갈 때
는 맥박이 하늘로 날아오르는 듯했다. 그녀의 마음 한구석에서 킹케이드
가 그 순간 그녀의 몸 한 부분을 정복하고 있다는 걸 깨달았다.

아무것도 할 수 없을 것 같은 느낌. 다시는 느끼지 말자고 맹세했던,
남자의 손길에 의해 절대 느끼지 말자던 어떤 느낌. 하지만 열기가 달아
오르며 몸 속 깊은 곳의 압력이 증가되면서 그녀는 모든 걸 잊고 싶어
미칠 지경이었다. 그 달콤한 강렬함은 흡사 고통과 비슷하였다.

그가 최초로 그녀의 안으로 들어왔을 때, 그녀의 몸은 경직되었다가
곧바로 그 쾌감에 숨을 들이켰다. 그의 몸에 자신을 감아 더한 것을 기
다리며 긴장하였다. 모든 것이 탐욕스럽기만 했다, 폭발적인 순간으로
끝나길 원하는 탐욕.

에덴은 그의 품안에 조용히 누워 있었다. 사랑 행위로 인해 여전히 몸
이 얼얼하고 따끔거렸다. 영혼이 날아갈 것만 같이 온통 따뜻하고 기분
좋은 느낌이었다.

마음속에 부드러움이 샘솟는 것을 알면서도, 에덴은 거기에 너무 많
은 의미를 두는 것은 실수라고 엄하게 되뇌었다.

킹케이드는 지금 그녀의 모습이 어때 보이는지 에덴 스스로 알고 있
을지 궁금했다. 다리 하나를 그의 위에 올리고 벌거벗은 채, 만족스런 섹
스의 여파로 인해 달아오른 피부와 베개 위로 흩어진 머리카락의 모습
이. 또한 그녀가 무슨 생각을 하는지, 무얼 느끼고 있는지 알고 싶었다.
하지만 그 말 대신 이렇게 물었다.

"당신 괜찮소?"

"괜찮아요."

너무 빠른 대답이 그녀가 불편해 한다는 것을 드러내었다.

그는 그녀가 점점 당황스러워한다는 걸 감지했다. 그녀가 불편해지도록 놔두지는 않을 것이다. 그가 그녀 쪽으로 얼굴을 돌렸다. 즉시 그녀는 몸을 떼어내려 했다.

"아니, 안 되지."

킹케이드가 그녀를 다시 끌어당겨 머리 위에 입술을 눌렀다.

"여긴 남자와 여자가 대단히 만족스럽게 서로에게 몸을 엮고 누워 있을 곳이지. 그리고 여자는 남자에게 얼마나 멋진 연인인지 말해 주는 거요."

그녀가 아무 말도 하지 않자, 그는 고개를 돌려 그녀를 쳐다보았다.

"응?"

오만함이 아닌 유머를 담고 그가 재촉하였다.

그의 눈 속에 담긴 장난끼를 보고 그녀는 그가 그녀의 어색함을 풀어 주려 한다는 걸 알아차렸다.

"당신은 멋진 연인이에요."

자신의 어색함을 덮어 주길 바라며 일부러 예의바른 어조로 말했다.

킹케이드가 킥키거리고는 옆으로 몸을 굴려 그녀를 마주 보았다.

"엎드려서 절 받기군."

그가 미소를 지으며 그녀의 머리카락 한 올을 귀 뒤로 넘겨주고는 턱을 쓰다듬었다. 그리고 손을 내려 아랫입술을 엄지로 문질러 보았다. 그의 미소가 흐릿해지며 눈 속의 빛은 더 강렬하게 변화했다.

"당신은 멋진 연인이오, 에덴."

그의 중얼거림을 들으며, 에덴은 불현듯 가슴이 미어지는 것 같았다. 그녀가 얼마나 필사적으로 그를 믿고 싶어하는지 깨달은 것이다.

"대담하고 욕심 많고 흥분되면서도 아름답지. 믿을 수 없을 만큼 아름다워."

말도 안 돼라고 생각하면서도 그녀는 그의 놀림에 더 편안해진 느낌이었다.

"이제 내가 당신의 에고를 달래 줄 차례인가요?"

"내 에고가 아니오."

그가 씨익 웃으며 몸을 더 가까이 밀착시켰다.

"불가능해, 그렇지?"

입술을 부벼대며 그가 말했다.

"이렇게 금방 다시 원한다는 건."

"그래요."

또다시 열정이 휘몰아치는 걸 느끼며 그녀가 속삭였다.

"사랑이란 언제나 점잖지가 못해, 에덴."

그녀는 그의 키스에 뜨겁게 반응했다. 거칠지도, 다그치지도 않지만 뜨거웠다. 불에 데일 듯이 뜨겁고 관능적이었다. 그 열기가 그녀를 휘감는 순간 킹케이드의 손길이 곧바로 이어졌다. 그녀는 그 손길에, 그리고 그에게 자신을 모두 맡겨 버렸다.

한참이 지난 후, 서로의 팔다리를 만족스레 얽은 채 킹케이드는 그녀를 안고 있는 것이 너무나 완벽하다고 생각했다. 견고하고 심오한 느낌, 폭풍우치는 밤에 창문가에서 비치는 황금빛 램프 불빛처럼 따뜻한 느낌. 그는 그런 것을 추구해 본 적이 없었다. 원한다는 것조차 인식한 적이 없었다.

그녀와의 관계가 오늘밤으로 끝나는 건 원치 않았다. 그러나 어떻게 지속시킬 수 있을지 알 수가 없었다.

"난 많은 여자들을 알아 왔소, 에덴."

그가 그녀의 머리를 쓰다듬었다.

"하지만 절대 이런 적은 없었다는 걸 알아줘. 한 번도 이런 적은 없었소."

"그런 말 할 필요 없어요."

그녀는 그의 품안에서 너무나 안락해 꼼짝도 하고 싶지 않았다.

"필요 없다는 건 알아, 내 사랑. 하지만 말하고 싶어. 이해할 수 있겠소?”

그녀의 머리 위에 턱을 문질렀다.

“당신이 지금 이 순간을 그저 그런 시간으로 생각하는 건 바라지 않거든.”

“이게 여자를 점잖게 실망시키는 방법인가요?”

에덴은 농담조로 말했다. 가슴이 아파 오며 그가 아무 말도 하지 않았더라면 좋았을 거라 생각했다.

다음 순간 그녀는 매트리스에 두 팔이 고정된 채 눕혀졌고, 킹케이드가 위에서 그녀를 내려다보고 있었다. 그의 얼굴은 분노와 성마름으로 어두웠다.

“제기랄, 난 진지하다구!”

순간 전화벨이 울리자, 그는 또다시 욕설을 중얼거리고는 그녀를 풀어 주며 침대에 일어나 앉았다. 수화기를 들기 전부터, 이것이 무의식적으로 두려워하던 그 전화라는 걸 알고 있었다.

에덴은 그의 등과 그 강인하고 날렵한 근육을 쳐다보았다. 그녀의 마음 한구석에서 그 넓은 어깨를 쓰다듬어 보고, 또 그에 기대어 매달리고 싶다고 외쳐댔다.

“잠깐 기다려.”

킹케이드가 전화에다 말하고는 침대 램프를 켰다.

“종이를 찾아야 해.”

에덴은 이 전화가 오빠에 대한 것이라는 걸 직감적으로 느끼며 침대의 다른 쪽으로 빠져 나와 욕실로 걸어갔다.

“됐어. 계속해.”

그녀는 재빨리 씻은 다음, 문에 매달려 있던 목욕 가운을 걸치고서 걸어나왔다.

“천천히 하라구, 러스티. 너무 빨라.”

에덴은 자신의 방으로 들어가 옷을 입었다. 부츠를 신는 동안 저쪽 방에서 움직이는 킹케이드의 소리를 들었다. 일어서서 헝클어진 머리를 대충 다듬은 후 모자를 푹 눌러썼다.

그녀는 피부에 닿는 빳빳한 데님의 감촉을 의식하며 응접실로 돌아나왔다. 잠깐 동안만 드레스를 입었지만 다리에 닿는 청바지의 감촉이 낯설게 느껴졌다. 서성대고 싶은 충동을 애써 억누른 채, 그녀는 킹케이드가 방에서 나오기를 긴장하며 기다렸다.

그가 허리 속으로 셔츠 자락을 집어넣으며 걸어나왔다. 그녀를 보자 멈춰 서서, 하얀 셔츠와 청바지를 훑어보았다. 그 안의 피부 하나하나를 만졌던 감촉을 일깨우는 눈길이었다.

"빈스가 어디 있는지 알아냈군요, 그렇죠?"

제발 아니라고 해줘요.

그의 얼굴은 딱딱했다. 부드러움이나 온기라고는 어디에서도 찾을 수 없었다.

"그렇소."

그는 오랫동안 평가하듯 쳐다보았다.

"액셀 그레이라는 이름 알고 있소?"

"네."

그녀는 빈스에게 욕이라도 퍼붓고 싶었다. 르노에서 헤매다니고 있었다는 게 화가 났다. 그는 벌써 떠났어야만 했다.

"빌어먹을."

킹케이드가 분통을 터트렸다.

"왜 말하지 않았소? 그랬다면 우리 둘다……."

그가 말을 멈추고 그녀에게서 몸을 돌려 버렸다.

우리 둘다 뭐란 말인가? 상처를 받지 않았을 거라고?

"빈스는 내 오빠예요, 킹케이드."

그가 또다시 그녀를 노려보았다.

"내가 그 점을 유감스럽게 생각하지 않는 줄 아오?"

그는 모자를 낚아채 머리에 쓴 다음, 주머니에서 열쇠를 찾으며 문으로 향했다.

에덴이 얼른 따라가 그의 팔을 잡아 세웠다.

"오빠를 쫓지 말아요, 킹케이드."

그것은 애원이 아니라 요청이었다.

"그럴 수밖에 없소."

그녀의 눈에 담긴 말없는 애원에 버텨야만 한다. 그녀가 오빠에 대해 갖고 있는 감정만큼이나, 그도 동생에 대해 지켜야 할 것이 있었다. 그는 마르시에게 그걸 빚졌다. 이것이 그녀를 위해 그가 할 수 있는 최소한의 일인 것이다.

"아뇨, 아니에요. 오빠를 내버려 둘 수 있잖아요. 오빠가 당신에게 무슨 짓을 했든지 잊어버리고 일어나지 않은 걸로 치면 되잖아요."

"안 돼."

그 한 마디는 성난 고함이나 욕설보다도 더 강렬했다.

"우리가 나눈 것이 진정 의미가 있다면, 조금이라도 신경이 쓰인다면 이렇게 할 수 없어요. 오빠를 내버려 두세요."

"그런 이유였나? 나와 같이 잠잔 게 그런 이유였소? 그래서 날 마음대로 휘두를 수 있다고 생각하는 건가?"

그녀의 손이 따귀를 올려붙였다. 그 찰싹소리가 전쟁을 선포하는 듯 방안에 울려퍼졌다. 눈물로 인해 눈이 따끔거렸다. 그녀는 흥분하여 몸을 획 돌렸다.

"안 돼."

킹케이드가 그녀의 팔을 잡아 돌려세우고는 끌어당겨 안았다. 그녀는 몸부림을 쳤지만 모자만 날아갔을 뿐이었다. 킹케이드가 즉시 그녀의 머리를 쥐고 자신의 어깨에 기대도록 눌렀다.

"우리 사이에 있었던 일은 특별해, 에덴."

그의 목소리는 분노로 인해 여전히 둔탁했다.

"아무것도 그걸 망가뜨릴 수 없소, 당신도 나도."

"그렇다면 부디 좋은 시간을 망치지 말라구요."

그녀의 목소리에는 상처와 분노가 뒤섞인 빈정거림이 담겨 있었다.

그녀를 떼어놓으며 그의 손가락이 어깨로 파고 들었다.

"우린 사랑을 나눴소. 당신도 그걸 다른 식으로 말할 수는 없어."

그는 그녀의 눈 속에서 망설임과 고통을 보았다.

"어떤 거짓말을 해도 그게 변하는 건 아니라구, 에덴."

"그래도 그게 다른 것을 변화시키진 못하죠."

"그래, 그렇소."

킹케이드는 손 힘을 풀었다.

"난 당신 오빠를 찾아야만 해, 에덴. 그리고 당신은 그를 보호해야 한다고 생각하지. 날 막으려 하지 마시오, 그럼 나도 당신을 막지 않겠소. 어때?"

그녀를 풀어놓으며 그가 손을 내밀었다.

"동의하오?"

에덴은 머뭇거렸다.

"난 당신과 같이 갈 거예요."

"당신을 막지 않겠소."

"좋아요."

악수는 받아들였지만, 그녀는 미소를 되돌리지는 않았다.

킹케이드가 떠나려고 몸을 돌리자, 그녀도 모자를 주워 들고 따라나섰다. 거래는 지속되지 않을 것이다. 에덴은 그걸 확신했다. 충돌은 불가피했고, 그때가 되면 킹케이드가 사랑에 관해 했던 모든 말과 암시는 연기처럼 사라져 버릴 것이다.

연기, 그게 다였다. 그녀를 막으려는 시도, 자신의 뜻에 따르도록 하는 시도일 뿐이다.

그녀가 비록 다른 어떤 남자보다도 그에 대해 더 관심을 갖고 있긴 하지만, 그를 사랑하지는 않았다. 그를 사랑하지 않을 것이다. 남자들은 이기적이다. 언제나 자기들이 원하는 것만이 있을 뿐이다. 그들은 여자들이 모든 걸 순응하기만을 기대한다. 여자의 욕구와 갈망이 남자와 일치하는 것이면, 모든 게 괜찮다. 하지만 그렇지 않을 때는 그들은 서로 싸움을 벌인다. 그 싸움에서 여자는 절대 이기지 못한다, 결국에는 말이다.

에덴은 자신에게 그 모든 걸 일깨워 주었다. 르노의 길을 따라 운전하는 킹케이드의 옆모습이 눈가를 가득 메우는 사이, 목으로 올라오는 고통 따위는 무시해 버리고서 말이다. 얼마쯤 가다가 킹케이드는 서둘러 메모지를 확인하였다. 두 블록을 더 가서 옆길로 들어서며 아파트 단지를 따라 더 나아갔다.

그 건물의 주차장 위로 단 한 개의 가로등이 넓은 빛을 던져주었다. 킹케이드는 빈스의 트럭을 발견해 냈다. 그 옆에 러스티의 트럭이 주차되어 있었다. 자신도 그 옆의 빈 공간에 차를 세운 다음 차에서 내렸다.

러스티가 어둠 속에서 나와 그를 맞이했다. 깨끗이 면도한 얼굴에 턱수염으로 가렸던 수많은 주근깨가 모습을 드러내고 있었다.

"맨 위층, 왼쪽에서 세 번째 창문이야. 녀석은 거기 있어. 조금 전까지 창가에 있는 걸 보았어."

에덴은 트럭 뒤를 돌아오며 그 마지막 말을 들었다. 그녀를 알아채고는 러스티가 놀란 표정을 짓다가 설명을 구하듯 킹케이드를 바라보았다. 킹케이드는 아무 말도 하지 않았다.

"에덴, 이쪽은 러스티 워커, 내 친구요. 이쪽은 에덴 로시터."

킹케이드가 손을 올려 그녀를 가리켰다.

러스티가 잠깐 모자에 손을 댔고, 에덴도 간단히 고개를 숙였다. 잠시 후, 러스티가 킹케이드를 향해 돌아섰다.

"어떻게 하고 싶은가? 문이라도 부수고 들어갈까?"

"건물 밖으로 나가는 길이 또 있나?"

"두 군데쯤. 하지만 녀석이 우릴 빠져 나간다 해도, 어디 갈 수는 없을 거야. 내가 트럭을 손봐 놨거든."

"잘 했군."

킹케이드가 씨익 웃으며 고개를 드는 순간 그 아파트의 불이 꺼지는 걸 보았다.

"빈스가 우리에게 올 모양이야."

그는 넓은 주차장과 그 너머 공간을 살펴보고 나서, 주차장과 가장 가까운 입구 옆의 관목을 눈여겨보았다.

"우리 둘다 운동화를 신지 않았으니, 문에서 만날 수밖에 없겠어."

"내 생각도 그래."

킹케이드가 에덴을 쳐다보았다.

"당신도 갈 텐가?"

"물론이죠."

그녀는 그의 옆에서 걸으며 빈스에게 때맞춰 경고할 방법을 궁리하고 있었다.

두 개의 랜턴 스타일 전등이 문 옆 벽돌벽 위로 솟아 있어, 문 앞을 바로 비추고 있었다. 그곳에 도착하자마자, 에덴은 유리문 너머의 환한 복도를 확실히 볼 수 있었다. 빈스가 그들에게로 오고 있었다. 그녀는 문으로 달려가려 했지만, 킹케이드가 어둠 속으로 잡아끌었다. 그와 동시에 러스티에게 반대쪽을 맡으라고 지시를 내렸다.

"날 막지 않겠다고 한 줄 아는데요."

에덴이 그를 뿌리치려 팔을 비틀었다.

"그를 보호하는 일은 그렇지. 하지만 경고하게 놔두지는 않을 거요."

"미리 경고할 수 없다면 어떻게 보호한단 말이에요?"

그를 노려보며 그녀가 되받아쳤다.

"그건 당신 문제요."

그가 문을 쳐다보았다.

빈스가 되는 대로 휘파람을 불며 어슬렁어슬렁 나오는 순간, 에덴이 소리쳤다.

"빈스, 조심해!"

그의 몸이 불현듯 멈추더니 순간 어둠 속의 킹케이드에게 시선이 멎었다.

"어디 가시나, 빈스?"

킹케이드가 어둠 속에서 걸어나왔다. 에덴을 끌고 나와 그 뒤의 나무에서 빈스와 아파트의 입구를 차단하는 러스티를 알아채지 못하도록 신경을 분산시켰다.

재빨리 빈스가 문으로 돌아서다 길이 막힌 걸 보고 다시 돌아서서 에덴을 노려보았다.

"나 있는 곳을 말하다니. 어떻게 네가 그럴 수 있냐?"

"아니야……."

킹케이드가 끼어들었다.

"입 좀 다무시지, 빈스. 자네 동생은 아무 말도 하지 않았어. 할 필요도 없었지. 찾기 어렵지도 않았으니까. 아직도 그걸 모르고 있었나?"

빈스가 공격적으로 맞섰다.

"내 동생과 뭐하는 거야? 하늘에 맹세코, 만약 그 애한테 손이라도 댔다가는 널 죽여 버리겠어."

"벌써 한 번 시도한 적이 있었지, 아마?"

"무슨 뜻이에요?"

킹케이드를 보니 대답을 얻을 수 있을 것 같지 않았다.

"빈스, 이게 무슨 말이야?"

"별거 아냐. 잘난 척하는 거지."

빈스가 비웃었다.

"좋아, 날 찾아냈군. 이제 어떻게 할 거지, 친구?"

"이제…… 우린 좀 달려가야겠지."

"어디로?"

"물론 자네가 제일 좋아하는 곳으로지."

킹케이드의 미소는 차가웠다.

"내가 좋아하는 곳?"

빈스가 눈살을 찌푸리더니 머리를 저었다.

"어디로 데려가는지 알 때까지는 한 발짝도 움직이지 않을 거야."

"넌 내가 말하는 곳으로 가게 돼 있어."

전혀 목소리를 높이지 않았지만, 그것이 더욱 불길하게 느껴졌다.

"오, 그럴까?"

빈스의 윗입술을 따라 땀방울이 맺혔다.

"그래. 사실 어디로 가는지 그렇게 큰 비밀도 아니야. 난 네가 목장으로 돌아가는 걸 얼마나 좋아할지 알거든."

킹케이드는 에덴의 놀란 표정은 쳐다보지도 않았다.

"목장?"

빈스가 코웃음을 쳤다.

"웃기지 마. 난 그 지긋지긋한……. 아, 그게 네가 벌이는 게임이군, 그렇지?"

그가 천천히 고개를 끄덕였다.

"내 인생을 비참하게 만들 계획이지?"

"난 아직 시작도 안 했어, 빈스. 쉽게 벗어나지는 못할걸. 네 동생은 목장을 지키기로 결심했고 넌 그걸 돕기 위해 피가 나도록 일해야 할 거야. 알아듣겠나?"

"알아듣겠군."

빈스가 투덜거렸다.

"러스티."

킹케이드의 시선은 절대 빈스에게서 떨어지지 않았다.

"응."

"이 미꾸라지 같은 녀석을 감시할 눈이 더 필요해. 에덴은 일손을 필요로 하고 있지. 소떼 모는 일은 어떤가?"

"좋지. 별달리 할 일도 없는데."

"러스티를 고용하는 데 이의 있소?"

킹케이드가 슬쩍 에덴을 쳐다보았다.

"아뇨."

하지만 그녀는 여전히 일이 어떻게 돼 가는 건지 알 수가 없었다.

"좋아."

킹케이드가 주머니를 뒤졌다.

"호텔 가는 길은 찾을 수 있겠지?"

"그렇겠죠. 왜요?"

에덴이 눈살을 찌푸렸다.

"내 트럭을 몰고 가서 우리 짐을 가져오시오."

그가 열쇠를 건넸다.

"체크아웃은 커크가 알아서 해줄 거요."

"당신은 뭘 할 건데요?"

"러스티와 난 당신 오빠가 짐 싸는 걸 도와야지."

그녀가 트럭으로 움직일 기미가 없자, 그가 다시 덧붙였다.

"걱정 마시오. 당신 오빠가 꾀를 부리지 않는 한 별 일은 없을 테니까. 그리고 우리 둘이 있으니 그런 일이 생길 것 같지 않군."

"내가 돌아왔을 때 당신들이 여기 있으리라는 걸 어떻게 보장하죠?"

"당신이 내 트럭을 갖고 있잖소."

빈스의 팔을 잡아 그가 문으로 돌려 세웠다.

"자네 짐을 싸도록 하지, 도련님. 우린 한참을 달려야 한다구."

"이 손 치워."

빈스가 팔을 뿌리쳤지만, 이미 킹케이드는 그를 앞으로 밀어대고 있었다. 러스티가 문을 열어 짐짓 고개를 숙이고 한 손을 휘두르며, 빈스를 먼저 들어가라고 청했다.

에덴은 아파트 복도를 걸어가는 그들을 지켜보고 있다가 손에 들린 열쇠를 쳐다보았다. 잠시 더 주저하다가, 이윽고 그녀는 킹케이드의 트럭을 향해 걷기 시작했다.

위층의 아파트는 전형적인 독신 남자의 소굴이었다. 어울리지도 않는 가구와 벽마다 값싼 액자에 끼워진 인쇄물들. 빈 피자 상자와 맥주캔들이 텔레비전 앞의 테이블에 널려 있었고, 의자 밑과 구석구석에는 먼지들이 뭉쳐 있었다. 킹케이드는 방안을 훑어보다가 스포츠 잡지 아래 반쯤 가려져 있는 전화기로 다가갔다.

"내 짐은 저쪽 침실에 있다구."

빈스가 복도를 걸어갔다.

"기다려. 먼저 전화 걸 데가 있어."

킹케이드가 잡지를 옆으로 던졌다.

"전화?"

빈스가 얼굴을 찡그리며 돌아섰다.

"누구한테?"

"디파드. 자네는 시한과 만나지 못했지 않나? 지금쯤 디파드는 왜 연락이 안 되는지 궁금해 하고 있을 거야."

킹케이드가 수화기를 들어 그에게 내밀었다.

"이 시간이면 잠들어 있을 텐데."

"깨워."

"그에게 뭐라고 말해?"

"사실을 말하면 돼. 네 동생은 아직 소떼를 운반할 만한 사람을 찾지 못했고, 가축몰이를 하는 동안에는 규칙적으로 연락하기 힘들 것 같다고 말이야. 하지만 새로운 일이 생기면, 어떻게든 연락을 취할 방법을 찾겠다고 해. 그 말만 하면 되지."

"그때 왜 시한과 만나지 않았냐고 물으면 어떻게 하지?"

"적당히 꾸며대라구. 그 방면에는 도사잖아."

킹케이드가 그에게 전화기를 밀었다.

"자, 걸어."

빈스는 머뭇머뭇 수화기를 받고는 숫자를 눌렀다.

듀크 디파드는 속옷 차림으로 침대 끄트머리에 앉아 있었다. 그의 손은 아직까지 까만 전화기 위에 놓여 있었다. 머리는 깊은 생각을 하는 듯 숙이고 있었고, 회색 가슴털이 전등빛에 은색으로 반짝거렸다.

그는 한밤중에 걸려 오는 전화를 끔찍이도 싫어했다. 제프가 죽은 그날 밤의 기억을 되살리기 때문이었다.

　잠시 후, 듀크는 다시 전화를 들고 시한의 숙소 번호를 눌렀다. 세 번의 벨소리 후에 시한이 잠에 취한 목소리로 응답을 했다.
　"나 디파드야. 방금 빈스 로시터에게 전화가 왔어."
　"로시터?"
　잠시 놀라는 듯 침묵이 흘렀다.
　"맙소사, 왜 이런 시간에 전화를 하지요? 한밤중인데."
　"알아……."
　"뭐라 그러던가요?"
　"이제서야 빠져 나올 수 있었대. 킹케이드란 녀석이 바짝 꼬리에 따라 붙었다고 하더군. 그 녀석이 빈스가 우리에게 정보를 준다고 의심한다는 거야. 녀석이 동생에게 무슨 말이라도 할까 봐 걱정이 된대. 그렇게 되면 동생은 입을 다물 거고 그에게 계획을 말하지 않을 테니까."
　"여자가 뭐라도 할 것같이 들리는군요."
　"잠시 조심하고 싶대. 그러니까 소식이 없더라도 걱정하지 말래. 중요한 일이 생기면 자기가 연락하겠다고."
　듀크는 머리를 긁어올려, 헝클어진 회색 머리를 다듬었다.
　"그 말을 믿으십니까?"
　시한이 물었다.
　"그가 한 말은 일리가 있어."
　듀크가 음울하게 말했다.
　"하지만 무언가 냄새가 난단 말이야."
　"무슨 냄새요?"
　"모르겠어. 느낌일 뿐, 딱 꼬집어 말할 수는 없어."
　"어떻게 할까요?"
　"정신 차리고 기다려야지. 그리고 눈과 귀를 열어놓는 거야. 내일 몇 군데 전화를 걸어서 알아낼 수 있는 것들을 알아보게, 무언가 있다면 말이야."
　"그렇게 하겠습니다."

시한의 대답을 들은 후, 듀크는 전화를 끊었다.

에덴이 주차장으로 들어갔을 때 킹케이드와 빈스는 빈스의 트럭 뒤에 있었다. 빈스의 트럭 후드가 올라가 있었고, 러스티가 그 밑에 고개를 박고는 모터 밑의 무언가를 만지작거렸다. 에덴은 그 옆에 차를 세우고 시동을 끈 다음 차에서 내렸다.

"당신 짐은 뒤에 있어요."

그녀가 킹케이드에게 말했다.

"알았소."

러스티가 후드를 쾅 내리며 걸쇠가 제대로 잠겼는지 확인했다. 그리고는 헌 천조각에 기름 묻은 손을 닦으며 다시 그들에게로 돌아왔다.

"이제 될 거야."

킹케이드가 고개를 끄덕이고 나서 빈스를 쳐다보았다.

"자넨 내 뒤를 따라와. 하지만 다른 생각은 말라구, 러스티가 목장에 도착할 때까지 자네 꼬리에 따라붙을 테니까."

"저런 고물차가 굴러갈 수 있다고 생각하나?"

빈스가 러스티의 트럭 쪽으로 얕보는 시선을 던졌다.

"겉모습만으로 판단하지 말라구, 빈스. 엔진은 괜찮은 걸로 바꿨으니까. 자네 주위를 빙빙 도는 것도 쉬운 일이야."

그가 에덴에게 트럭에 타라고 손짓했다.

"가서 타시오."

"잠깐."

빈스가 항의를 했다.

"왜 내 동생이 당신과 같이 타지?"

"내가 그러라고 했으니까."

20분 후 트럭 세 대는 동쪽으로 향하는 교차로에 올랐고, 르노의 불빛들은 그들 뒤로 멀리 한 점이 되어 버렸다. 에덴은 아파트를 출발한 이래로 한 마디도 하지 않고 있다가 마침내 입을 열었다.

“왜 이런 짓을 하는 거죠?”

“무슨 짓?”

“빈스를 목장으로 데려가는 것 말이에요.”

“당신도 들었겠지, 그가 그곳을 증오한다는 거. 당신 오빠에게는 그게 하나의 형벌이오.”

“그것뿐인가요?”

그녀는 목소리에 섭섭함을 나타내지 않으려고 애썼다.

“그게 다였으면 좋겠소.”

킹케이드는 자신에게 화를 내듯 말했다.

“당신이 개입되지 않았다고 말할 수 있었으면 좋겠다구. 하지만 그렇지가 않아. 당신 오빠를 이대로 용서할 수도 없지만, 당신의 마음을 아프게 하고 싶지도 않소.”

그게 문제였다. 그는 더 이상 격렬한 증오를 불러일으킬 수가 없었다. 그에게 존재하던 칼날을 잃어버리고 말았다. 이제 빈스를 볼 때 그는 에덴을 생각하고 있었다, 마르시가 아니라. 그것이 더욱 그를 죄책감으로 몰아넣었다.

“정말 엉망이지?”

그가 한숨을 쉬었다.

“그렇게 한다 해도 미치겠고, 그렇게 하지 않는다 해도 미치겠고.”

아무 생각 없이, 그는 손을 뻗어 그녀의 손가락과 깍지를 꼈다. 두 개의 헤드라이트가 앞으로 쏟아져 하나로 융합되면서, 하나의 불빛만이 몇 킬로미터나 되는 어둠을 드러내 보였다.

23

　다음날 정오가 되기 전, 그들 네 사람은 빅 팀버 협곡의 캠프로 달려 들어갔다. 그들을 맞이하기 위해 와일드 잭이 걸어나왔다.

　"이제야 나타나셨군."

　그가 에덴을 험상궂게 노려보며 그녀의 말고삐를 잡아 주었다.

　"이번에는 당신이 돌아오지 않을 걸로 생각했지, 디파드가 쫓아 버린 줄 알았어."

　"암소가 날아오를 때에나 그렇게 될 걸요."

　그녀는 안장머리 위로 등자를 걸고 말이 한숨 돌리도록 안장띠를 약간 풀었다.

　"난 암소가 나는 걸 봤지, 네 마리나."

　와일드 잭이 말했다.

　"내 두 눈으로 봤다구."

　"그렇겠죠, 얼마나 마셨나요?"

　빈스가 빈정거리자, 요리사는 분한 듯 호통을 쳤다.

"술 취하지 않았어. 그날 난 침례교 목사처럼 말짱했다구. 그들은 비행기에 네 마리 암소를 태우고 있었어. 네 마리 암소를 싣고 비행기가 날아올랐다구. 그들이 날았어."

"그가 이긴 것 같군, 빈스."

"말도 안 돼. 그건 비행기가 난 거지, 암소가 난 게 아니라구요."

"암소가 어때서? 소들은 땅에 없었다구. 비행기가 날았고 암소들이 그 속에 있었어. 그러니까 암소들도 날았던 거야."

자신의 논리에 반박할 수 없을 거라는 자신감으로 잭이 활짝 웃었다. 그러고 나서는 러스티를 보며 눈살을 찌푸렸다.

"당신은 누구지?"

"러스티 워커예요. 새로 온 사람, 방금 계약했어요."

에덴이 고삐를 돌려받았다.

"이쪽은 우리 요리사예요. 모두가 와일드 잭이라고 불러요."

"안녕하쇼."

러스티가 모자에 손을 댔다.

요리사는 가장 야만적인 인디언식으로 투덜대며 러스티의 주근깨를 유심히 들여다보았다.

"당신의 인디언 이름은 '수많은 주근깨'가 되겠어."

"그렇다고 할 수는 없죠. 난 인디언 이름이 없으니까요."

러스티가 눈썹을 들어올리며 되쳐다보았다.

"이젠 있는 거야."

요리사가 선언하고 나서 문득 에덴을 못마땅하게 돌아보았다.

"필요한 물건들은 갖고 왔나?"

"짐말에 있어요."

그녀는 킹케이드가 이끄는 말을 엄지로 가리켰다.

요리사가 그의 손에서 밧줄을 낚아채고 말을 재촉하였다. 짐말이 처음에는 저항하는 듯 목을 뻗었다가 이윽고 앞으로 걸음을 내딛었다. 요리사가 천으로 덮인 짐더미 위를 더듬거렸다.

"바닐라 가져왔어?"
그가 재빨리 에덴을 쳐다보았다.
"이제 얼마 없는데."
그녀가 미소를 지었다.
"걱정 말아요, 충분히 있답니다."
"잘된 일이야."
그가 갑자기 눈을 가늘게 뜨고서 에덴을 탐색하듯 바라보았다.
"달라 보이는데."
"피곤해 보이는 거겠죠."
"피곤한 게 아니야, 달라. 넌 오랫동안 죽어 있었는데 지금은 변했다구."

그녀가 짜증스레 그를 노려보다가 킹케이드를 힐끗 쳐다보았다. 그녀의 입술선이 딱딱해졌다.
"당신 눈에 문제가 생겼나 보죠."
그녀는 말을 끌고 취사용 마차 쪽으로 향했다.
"내 눈은 독수리와 같아. 멀리 보고 더 자세히 보고, 많은 걸 본다구."
그가 짐말을 이끌고 그녀의 뒤를 따랐다.
"이 눈은 계곡 너머에 있을 때부터 네가 온다는 걸 알았다구."
"그만해요!"
그녀가 호되게 야단을 쳤다.
"이것들을 마차에 싣고 정리하세요."
요리사는 투덜거리며 발길을 옮겼다.
"노인을 존경할 줄 모른다니까. 빌어먹게 슬픈 일이야."
빈스가 그의 뒤를 따랐다.
"당신이 커피라고 부르는 그 까맣고 쓴 물 있나요? 좀 마셔야겠는데."
킹케이드가 말을 몰아 그녀의 옆에 서며, 요리사 쪽을 쳐다보았다.
"그가 바닐라 엑기스 마시는 거 알고 있었군."
"마셔대지 않는 요리사는 본 적이 없어요. 바닐라를 마시면 최소한 제

대로 요리를 하긴 하죠. 하지만 그것마저 마시지 않는다면, 몇 주만에 위
스키 술판으로 나가떨어질 걸요."

밥 워터스가 달려왔다.

"어디 있었죠? 무슨 일이 생겼나 걱정하고 있었소. 사장님이 킹케이드
와 빈스를 낚아올 줄은 짐작도 못했는데. 왜 이렇게 오래 걸렸소?"

"미안해요, 하지만 늦어진다고 연락할 방법이 없었어요. 새로운 사람
을 데리고 왔어요. 이름은 러스티 워커."

그녀가 고갯짓으로 러스티를 가리켰다.

"이쪽은 우리 대장 밥 워터스예요. 할 일을 말해 줄 거예요."

"이 사람도 디파드와의 상황을 알고 있는 거요?"

밥이 묻자, 에덴은 고개를 끄덕였다.

"얼른 커피 한 잔 마시고 말을 타기로 해요. 우리가 담당할 구역을 알
려주세요. 난 당신과 같이 갈 거예요. 같이 살펴볼 게 있거든요."

그녀는 다시 사장의 모습으로 돌아갔다. 어느 모로 보나 사업가로 돌
아갔다고 킹케이드는 생각했다. 그의 익살스런 행동들에 웃음지으며, 회
전목마를 타고, 손가락에 묻은 솜사탕을 핥아먹고, 오리떼들로 인해 즐
거워하며 그와 야성적인 사랑을 나누었던 여자는 다시 안으로 숨어 버
렸다.

30분이 채 되기도 전에, 그들은 말을 타고 소떼를 찾아나섰다. 매일매
일이 다를 것 없는 일과가 시작되었다.

하늘이 여전히 어둡고 별들이 빛나는 동안 침대에서 이끌려 나와, 간
단한 세수를 하고 가장 중요한 커피 한 잔을 마시기 위해 취사용 마차로
터벅터벅 걸었다. 그런 다음 푸짐한 아침식사로 배를 채운 뒤, 진주빛 새
벽녘쯤에 말에 올라 태양이 지평선으로 떠오르기 전에 달려나가는 것이
다. 하루 종일 소떼를 샅샅이 찾아 언덕 밖으로, 협곡 밖으로 이끌어 내
평원으로 몰아넣는다. 그리고 늦은 오후쯤에 캠프로 그들 무리를 이끄는
것이다. 거기서 그날 모은 소들을 분류한다. 매끈한 송아지들은 꼬리표
를 달고 낙인을 찍고, 수컷은 거세를 시킨다. 상처입은 소는 치료를 하

고, 나이 든 소들은 새끼를 뱄는지 확인하기 위해 만져 보는 것 등이다.

열여섯 시간의 고된 육체적인 노동 후에, 식사용 텐트에 도착했을 때 쯤에는 이미 지치고 지친 상태가 된다. 그들은 너무나 피곤한 상태에서 뜨거운 음식을 먹는다. 일상에 유일한 변화가 있다면, 그것은 삼사 일에 한 번씩 캠프를 이동할 때뿐이었다.

유일하게 불평을 늘어놓는 이가 빈스였다. 킹케이드가 주위에 있을 때는 가만 있었지만 킹케이드를 쳐다보는 시선마다 원망과 분노가 담겨 있었다.

시간이 갈수록, 킹케이드는 빈스에 대해서보다 에덴에 대해 더 많이 생각하고 있는 자신을 발견하였다. 에덴은 사장으로서의 역할에 충실했고 절대 한순간도 무너지지 않았다. 다른 어떤 이보다 훨씬 더 많은 일을 하며 모범을 보였다.

그녀는 매일 아침 제일 먼저 일어나고, 제일 먼저 식사 텐트에 왔으며, 제일 먼저 말에 안장을 올렸다. 그리고 가장 늦게 캠프에 도착하고, 가장 늦게 말에서 내렸으며, 가장 늦게 저녁식사를 하고, 잠자리에도 가장 늦게 들어갔다.

킹케이드는 에덴이 피로에 지쳐 비틀거리면서도 자신을 재촉하여 다음 일로 매진해 나가는 걸 보았다. 그것이 다른 일행들에게도 일을 게을리 할 수 없게 만들었다.

자신에 대한 그녀의 행동에 점점 짜증이 커지지만 않았더라면 킹케이드는 아마도 그런 모습에 감탄을 했을 것이다. 하지만 그녀의 시선이나 태도나 말 속에는 아무것도 들어 있지 않았다. 그 모든 것들이 그가 다른 일꾼들보다 더 특별한 것이 없다는 걸 알려주었다. 그녀는 다른 사람들과 똑같이 그를 대했다. 더 친근하지도 더 차갑지도 않았다.

그걸로 족하다고 스스로에게 중얼거려도 보았다. 이런 상황에서는 이것이 최선일 거라고. 하지만 그 시간이 길어질수록, 점점 더 신경에 거슬리며 초조해져 갔다. 2주가 지난 후, 그는 더 이상 참을 수 없을 지경에 이르렀다.

새벽의 어스름이 어둠을 물리칠 때쯤, 킹케이드는 자신의 밤색말에 안장을 올렸다. 다른 쪽에서 기수의 무게로 인해 삐그덕대는 안장 가죽의 신음소리가 들렸다. 그쪽을 바라보니 에덴의 모습이 보였다.

모자테 밑으로 검은 머리카락이 등으로 흘러내려 목덜미께에 묶여 있었다. 날렵하고 똑바른 자세로 앉은 모습이 유연한 힘과 권위를 나타내었다.

하지만 킹케이드는 사업가 같은 외모 뒤에 숨은 생기 있는 여자를 알고 있었다. 웃음짓고 사랑하며 그와 똑같을 정도로 분노했던 여자의 모습을. 헐렁한 남자용 옷 속에 숨은 풍만하고 둥근 곡선들을 알고 있었으며, 그녀가 그 어느 것도 잊는 걸 용납하지 않을 작정이었다. 그는 등자를 제자리에 떨어뜨리고 고삐를 잡아 말에 올랐다.

그의 옆에서 알이 피곤한 몸을 안장으로 올리며 에덴과 합류하기 위해 고삐를 풀었다. 그 말이 움직이기 시작했을 때 킹케이드는 재빨리 알의 앞길을 가로막았다.

"오늘 아침에는 내가 사장과 같이 가겠어요."

알이 부족한 잠으로 인해 퉁퉁 부은 눈을 들어올렸다.

"사장이 그렇게 말했었나?"

자신의 기억력에 자신이 없는 듯 물었다.

"아니, 내가 결정한 겁니다."

알이 어깨를 으쓱였다.

"좋을 대로 하라구. 자네가 같이 가면 난 좀 쉴 수가 있겠군. 자네는 쉬지 못할 테지만."

에덴은 두 남자의 모습을 쳐다보았다. 킹케이드가 다가왔을 때, 그의 결연한 턱과 꿰뚫을 듯한 시선을 알아차렸다. 그는 오늘 아침 면도하다가 생긴 듯 뺨에 조그만 상처가 나 있었다. 그에게서 거의 비누 내음을 맡을 수 있을 정도였다. 그녀의 손 아래서 어떻게 느껴졌는지 너무나 잘 기억나는 그의 피부도. 마음 산란한 기억을 애써 물리치며 그녀는 단호히 마음의 문을 닫아 버렸다.

"오늘은 내가 당신과 같이 가겠소. 알 선배는 러스티와 빈스와 같이 갈 거요."

그는 반대의 말을 기대했지만 그녀는 별다른 반응을 보이지 않았다.

"좋아요. 준비됐으면, 출발합시다."

그녀가 자신의 말을 넓은 지역 쪽으로 몰아나갔다. 안장 가죽의 마찰음으로 킹케이드가 뒤따른다는 걸 알 수 있었다. 그들은 곧장 캠프 밖으로, 황금빛 불길로 떠오르는 태양 속으로 달려나갔다.

"저쪽에 넓은 협곡이 있는데 거기 자연적인 샘이 형성되어 있죠. 어제 그쪽으로 향한 발자국을 몇 개 발견했는데, 먼저 그 지역을 점검할 거예요."

그녀가 약간 멀리까지 나선 후 입을 열었다.

"좋소."

킹케이드는 간단히 대답하고 다시 말했다.

"그래서 당신은 어쩔 셈이오?"

"무엇을요?"

"우리 일."

"우리 일이란 없어요."

그녀는 감탄할 정도로 침착하게 말했다.

"정말이오?"

놀리는 듯하기도 했지만, 그의 목소리에는 신랄한 칼날이 서려 있었다.

"르노에서 함께 보낸 시간, 침대를 같이 한 일이 전혀 없었던 일 같군."

"물론, 그런 일이 있긴 했죠."

에덴은 가능한 한 가볍게 말하려 애썼다.

"그건 유쾌한 에피소드였어요. 이제는 끝났구요."

"에피소드라. 그걸 그렇게 부르기로 결정했소?"

"사실이 그런 걸요."

그녀는 약간 책망하는 시선을 던지며, 속으로는 이렇게 대화를 잘 처리하는 자신에게 찬사를 보냈다.

"아니면 내가 당신을 멍하니 바라보거나 사랑의 열병을 앓는 시선을 보내지 않는다고 해서 실망하셨나요? 내가 사과한다면 도움이 되겠어요?"

"무엇에 대해서? 겁을 내서 미안하다고?"

그녀가 고삐를 잡아당겼다.

"겁이라뇨? 말도 안 돼요."

그가 그녀에게 다가왔다. 말을 세울 때 그들의 무릎이 스치며, 그의 손은 그녀의 안장머리를 잡아 고삐를 같이 움켜쥐었다.

"당신은 아직도 말을 무서워하고 있소."

그의 조롱에 어이가 없어, 에덴은 그를 격하게 노려보았다.

"멋진 시도였어요, 킹케이드. 하지만 그 전략은 두 번이나 효과가 없답니다. 난 그 말을 타 봤고, 역량도 시험해 봤어요. 이제 생각할 시간을 가진 지금, 난 더 이상 그 말을 원치 않는다고 결론을 내린 거예요."

"이유는?"

그가 더 가까이 몸을 기울이며 물었다.

"그 말을 너무 좋아하게 될까 봐 겁이 나오?"

그녀는 필사적인 노력으로 미친 듯이 뛰는 맥박을 억누르며 그의 다이아몬드처럼 딱딱한 시선을 꿈쩍도 없이 받아내었다.

"인정하는 게 어때요, 킹케이드. 당신의 에고가 거절당하는 걸 받아들일 수 없다는 걸 말예요."

"나의 에고는 아무 문제가 없소. 당신이 진정으로 그런 느낌이라는 걸 믿는다면 말이오. 하지만 당신은 거짓말을 하고 있소."

"진실보다는 그렇게 믿는 게 훨씬 더 수월하겠죠."

그녀는 말을 움직이려고 고삐를 잡았지만, 여전히 고삐는 그의 손아귀에 잡혀 있었다. 그리고 에덴은 어린아이들 같은 줄다리기 놀이로 그걸 빼앗을 생각은 없었다.

"당신 마음대로 생각하세요, 난 상관없으니까. 이제 얘기는 끝내죠. 우리는 소떼를 모아야 해요. 일할 시간이에요. 그리고 이건 명령이에요."

"아직 안 끝났소."

그가 말에서 내려 그녀가 어찌해 보기도 전에 땅으로 잡아당겼다.

에덴이 그의 손아귀에서 벗어나려고 두 손과 무릎과 다리로 싸움을 벌이자, 말들이 두 사람에게서 멀리 달아났다. 그녀의 부츠 끝이 그의 정강이에 닿는 순간 그가 욕설을 내뱉었고 어느새인가 그들은 함께 땅으로 뒹굴었다. 그녀가 미처 일어나기도 전에, 그가 그녀의 위에서 온 몸무게로 그녀를 내리누르며 두 팔을 양쪽으로 고정시켜 버렸다. 그녀는 거친 숨을 몰아쉬며 심장이 쿵쾅거리는 걸 느꼈다. 짧은 싸움과 그녀를 억누르는 그의 남성적이고 단단한 육체 때문이었다.

"결말을 내자고, 지금 매듭을 짓자고. 소떼 따위는 지옥에나 가라고 해."

으르렁대는 그의 숨결도 그녀처럼 헐떡이고 있었다.

"이거 놔요."

그녀의 모든 감각을 날카롭게 일으키는 그를 인식하지 않으려 애쓰며, 그녀는 쇳덩이처럼 뻣뻣하게 소리쳤다.

"다시 도망가라고? 그건 안 되지, 내 사랑."

"난 당신을 두려워하지 않아요, 킹케이드."

"아, 당신은 물론 두려워하고 있소. 하지만 내가 아니라, 당신 자신을 두려워하지."

"이런 말 들을 이유 없어요."

그녀가 한 쪽으로 고개를 돌리자, 모래땅에 빰이 긁혔다.

"당연히 들어야 하지."

그녀의 턱을 잡아, 그가 억지로 자신을 쳐다보도록 했다.

"당신은 내가 르노에서 사랑이란 단어를 꺼낸 때부터 달아나고 있었어. 나와 사랑에 빠질 거라는 생각에 겁이 났던 거요, 그렇지?"

"난 당신을 사랑하지 않아요."

“그래, 그리고 그럴 위험도 무릅쓰지 않겠지. 그래서 당신은 돌아온 이후로 계속해서 나와 거리를 유지했던 거였소.”

“할 일이 있었어요. 우린 가축몰이를 하는 중이라구요.”

에덴이 일깨워 주었다.

“그건 당신에게 대단히 편리한 이유가 되었겠지, 그렇지? 그게 아니었다면 어떤 변명을 만들어 냈을지 궁금하군.”

“이건 변명이 아니라, 사실이에요.”

“그게 당신의 또 다른 일면이지. 당신은 다른 사람과 감정적으로 연결되는 걸 두려워해, 사랑이란 신뢰가 형성되어야만 하기 때문이지. 그것이 당신을 가로막는 거요, 비록 당신이 알아 왔던 남자들은 정확히 그런 생각을 불러일으키지 못했지만 말이오.”

“제프에 대해서는 더 이상 말하지 않겠어요.”

그녀는 벗어나려고 다시 몸부림을 쳤지만, 그들은 더욱 밀착되었을 뿐이었다.

“제프만이 아니오. 당신을 내버려 둔 아버지와 돈이 필요할 때만 불쑥불쑥 나타나는 그 쓸모없는 오빠나 몇 달 일해 보다가 더 좋은 목초지로 떠나 버리는 목장 일꾼들 모두가 그랬지.”

“당신은 그들과 같지 않다고 말하려는 거군요.”

그녀가 비꼬듯이 말했다.

“그렇소.”

약간 더 물러선 그의 시선이 강렬하게 반짝거렸다.

“동의해요. 당신은 디파드와 더 비슷하죠.”

그녀는 침착을 가장하며 말했다.

킹케이드의 표정이 우울해졌다.

“빈스. 그게 당신 구실이지, 그렇지? 당신은 우리 사이에 어떤 것도 만들 필요가 없다고 결정한 거요, 나와 빈스의 싸움이 어차피 그걸 죽여 버릴 테니까.”

“글쎄요, 그렇지 않을까요?”

에덴은 간신히 눈물을 참고 있었다.

"내가 그대로 놔둔다면 그렇지 않겠지."

"당신은 바보예요."

그리고 그를 믿는다면 그녀는 더 큰 바보가 될 것이다.

"당신은 겁쟁이요. 상처입는 게 두려워 내 말이 맞는지 틀린지 확인하지도 않는 겁쟁이."

"그렇지 않아요."

"증명해 보시오."

그의 얼굴이 그녀를 향해 내려왔다. 그녀가 마지막 순간에 고개를 돌리자 그의 입술은 뺨을 스쳐갔다. 그러나 단념하지 않고 그녀의 턱을 부비며 내려가 목덜미의 민감한 부분을 건드렸다. 관능적인 떨림을 자극하면서.

그녀는 숨을 쉬기가 힘들었다.

"당신한테 어떤 것도 증명할 필요 없어요."

"나에게가 아니오."

그는 그녀의 귀 뒤 움푹한 부분을 코로 비비며 낮고 유혹적인 목소리로 중얼거렸다.

"당신 자신에게 증명하시오. 이런 느낌을 느끼고 싶지 않은가? 이런 손길을 받고 싶지 않은가?"

애무하던 손길이 멈추고 부드럽게 그녀의 젖가슴을 감아줘었다.

"이렇게 키스하고 싶지 않은가?"

그의 입술이 올라와 설득력 있게 입을 열어 그녀의 잠자고 있던 모든 욕망을 일깨웠다. 의지와는 반대로, 그녀의 입술이 반응을 보였다. 그리고는 얼른 정신을 차리며 그의 키스에서 입술을 떼어냈다.

"이건 사랑이 아니에요."

가슴의 난폭한 고통을 부인하며 그녀가 고집을 피웠다.

"그럴지도 모르지."

그는 그녀의 입술 한쪽 끝에 자신의 입술을 부벼댔다.

"하지만 나는 당신만큼 확신이 서질 않아. 비록 당신에 대해 잘 모르긴 해도, 내가 느끼는 건 단순한 욕망 이상이오."

"진심이에요?"

에덴은 믿지 않으려고 몸을 긴장시켰다.

"사랑은 껐다 켰다 할 수 있는 스위치 같은 게 아니야. 바람과 비슷하오, 볼 수는 없지만 느낄 수 있는 것. 때로는 희미한 살랑거림으로, 어떤 때는 부드럽고 온화한 산들바람과 같지. 아니면 무수한 폭풍우를 동반한 격한 돌풍이 될 수도 있소."

그가 두 번째로 그녀의 입술을 요구했을 때, 그것은 회오리바람이었다. 에덴은 그 소용돌이에 사로잡혀, 온 세상이 빙글빙글 도는 것만 같았다. 귓가에 그 울림을 들을 수 있었고, 혀에서 그 야생의 맛을 느낄 수 있었으며, 해방만을 갈구하는 그 고통스런 압력과 힘을 느낄 수 있었다.

잠시 후, 그녀는 그들의 옷가지를 침대삼아 피곤하게 누워 있었다. 킹케이드는 그녀를 품안에 꼭 안아 주었다. 그의 무심한 손이 그녀의 허리와 허벅지 위로 배회하는 동안 그는 심장박동이 정상으로 돌아오길 기다렸다.

그녀가 살짝 몸을 움직이자, 그의 손은 무의식적으로 그녀를 자신의 옆에 더 꼭 붙들어 맸다. 하지만 에덴은 벗어나려 한 것이 아니었다. 그녀의 손가락이 햇살 속에서 황금빛으로 빛나는 그의 탄력 있는 가슴털을 휘감았다.

"당신 게임을 알 것 같아요."

그들 사이의 침묵을 깨며 그녀가 중얼거렸다.

"그래? 그게 뭐지?"

"당신은 가장 새로운 방식으로 가장 낡은 죄악을 저지르기 좋아하는 거예요."

킹케이드가 낄낄거렸다.

"헨리 사 세에 나오는 그 구절, 나도 인용한 적이 있지."

"그랬나요?"

그녀가 머리를 뒤로 젖혔다.

"응. 셰익스피어의 그런 기분 좋게 자극적인 구절을 인용하는 것으로 사나이가 얼마나 간단히 여자를 꼬실 수 있는지 알면 놀라고 말걸."

그가 의미심장한 표정으로 말했다.

"그건 항상 효과를 나타내지. 하지만 내가 자주 사용하는 게 또 하나 있소."

"그게 어떤 건데요?"

"나로 하여금 당신의 단추 구멍 하나를 풀게 하라."

호색한처럼 두 눈썹을 꿈틀거리는 그의 모습에 에덴은 웃음을 터트렸다.

"어느 극에 나오는 건가요?"

"이런, 내 말을 믿지 않는군."

그녀가 팔꿈치 하나로 몸을 지탱하여 머리카락을 한쪽 어깨 위로 커튼처럼 떨어뜨렸다.

"어느 극이냐구요?"

"헛된 사랑의 수고."

"말도 안 돼."

그녀가 또다시 웃음을 터트리고는 그의 어깨 사이로 드러누웠다.

"그게 그리웠소."

그가 그녀의 팔을 나른하게 쓰다듬었다.

"뭐가요?"

"당신의 웃음소리."

그 말에 에덴은 정신이 바짝 들었다. 현실감이 찾아들었다.

"이런 햇살 속에 더 이상 누워 있다가는 화상을 입고 말 거예요."

일어나 앉아 그의 몸 아래 끼어 있는 셔츠를 잡아당겼다.

"내 옷 주세요. 입어야겠어요."

"화상을 입으면 설명하기가 어색하겠지."

그녀의 셔츠를 내주고 그도 자신의 셔츠로 손을 뻗었다.

옷을 입으며, 킹케이드는 그녀의 침묵을 알아차렸다. 그는 바지 지퍼를 올리고 바지 속으로 셔츠를 집어넣으며 멀리에서 풀을 뜯고 있는 말들을 쳐다보는 그녀의 모습을 지켜보았다. 표면상으로는 아무 뜻 없는 행동이지만, 그는 에덴이 방금 깨부수었던 그 벽을 다시 세우는 중이라는 걸 알았다. 그는 그녀의 스카프를 집어 건네주었다.

"고마워요."

그걸 받아 목에 두르고 느슨하게 묶으면서도 그녀의 시선은 그를 향하지 않았다.

"에덴."

그가 입을 열었다.

"이제 그만."

그녀는 머리를 저으며 긴 한숨을 내쉬고 나서야 그의 시선을 똑바로 쳐다보았다. 그녀의 눈 속에는 고통이 서려 있었지만, 단호함도 함께 있었다.

"지금 난 이런 복잡한 일을 원하지 않아요."

"다소 발전한 것 같군. 적어도 날 복잡한 일로 생각하니 말이오."

"농담하지 말아요, 난 진지해요. 난 당신이나 어떤 다른 남자와도 사귈 여유가 없어요. 이번 가축몰이와 소떼를 시장에 몰고 가는 일만으로도 문제는 충분하다구요. 이 일에 내 모든 에너지를 집중시켜야만 해요. 정신이 분산되는 건 지금 내가 가장 바라지 않는 일이에요."

"내가 정신을 분산시킨다는 얘기군. 계속해 봐요. 그럼 몇 단계 더 올라갈지도 모르니."

그는 화를 내기보다 오히려 재미있어했다.

"그만해요, 킹케이드. 이건 재미가 아니라구요."

"나도 동감이오."

"좋아요. 그러면 이해하려고 노력해 보세요. 난 디파드와 싸움중이에요. 단 하나의 실수도 용납할 여력이 없어요."

"당신 혼자서 싸울 필요는 없소, 에덴."

"이건 내 목장이고, 내 문제예요."

"누군가와 같이 나눈다면, 그렇게 심각하지 않을 수도 있소."

그녀가 머리를 흔들었다.

"나 자신 외의 어느 누구도 믿지 않는 게 나아요."

"그러면 한편으로는 지독히 외롭지. 인생이란 고독과 타협하지 않더라도 충분히 고독한 거요."

"당신은 이해하지 못해요."

에덴이 짜증 섞인 한숨을 내쉬었다.

"당신이 생각하는 것보다는 더 잘 이해하고 있소. 중요한 건 바로 믿음이오."

킹케이드의 말에 그녀는 턱을 약간 더 치켜들었다.

"그건 쉬운 일이 아니에요."

"그보다 가치 있는 것도 없지."

"빈스에 대해서는 잊은 건가요?"

목소리에 풍겨나는 씁쓸함을 어찌할 수 없었다.

"아니, 그리고 잊지도 않을 거요."

그가 대꾸했다.

"우리 되는 대로 놔두는 게 어떨까? 하루에 한 단계씩, 한 단계에 한 걸음씩 말이오."

"당신은 나한테 선택의 여지를 주지 않아요."

그녀는 땅에서 모자를 집어 먼지를 털어내는 것으로 자신의 욕구불만을 토해내었다.

"이건 내 인생이에요. 그 속에 당신을 원하는지 원치 않는지 내가 말할 수 있어야 한다구요."

"너무 늦었소."

그는 그녀의 턱에 손을 대 잡고는 입술 구석에 코를 부벼대며 키스를 되돌리라고 놀려대었다.

"난 이미 당신 인생 안에 있소. 당신 오빠와 함께라 해도, 난 여기 있는 거요.”

그녀는 그의 입술의 따뜻한 열기와 부드러움을 느꼈다. 그가 물러난 후에도 느끼고 있었다.

“당신은 계속해서 밀어붙이겠죠, 그렇죠? 내가 동의할 때까지 그만 두지 않을 거예요. 난 당신과 싸울 시간이 없구요.”

그리고 그녀는 계획이 성공하길 바란다면 그의 도움이 필요하기 때문에 떠나라고 말할 수도 없었다. 킹케이드도 그 사실을 알고 있었다.

“잠시 당신 식대로 노력해 보자구요.”

“그래야 내 여자지.”

킹케이드가 미소를 지었다.

그녀는 말로 향하려다가 성난 표정으로 돌아섰다.

“난 당신 여자가 아니에요. 그리고 분명히 해둘 게 있어요. 난 당신이 이런 얘기를 사람들에게 떠벌리도록 놔두지 않겠어요. 내 등뒤에서 낄낄거리며 은밀한 얘기를 하도록 놔두지 않을 거라구요. 알아듣겠어요?”

그녀의 분노는 당혹스러워질지도 모른다는 공포를 위장하는 것이었다. 킹케이드는 그걸 이해했다.

“난 키스하며 말하는 버릇이 없소, 에덴.”

“그러지 않는 게 좋을 걸요. 그렇지 않는 날에는, 당신을 붙잡아 힘도 못 쓰게 만들어 버릴 테니까요. 무슨 일이 일어났는지 알지도 못할 만큼 빠르게요.”

“할 수 있을 것 같군.”

미소를 억제하려고 애쓰는 그의 입가에 주름이 깊게 패였다.

“사람들 있는 곳에서는 날 만지지 말아요. 내 근처에 오지도 말고요.”

킹케이드가 정색을 했다.

“당신 텐트에 가서도 안 된다는 거요?”

“그럼요!”

“달빛 속에서 산책할 수도 없고?”

“당연하죠.”

"캠프 파이어 너머로 키스를 보낼 수도 없나?"

"오, 맙소사."

그녀는 두 손을 들어올리며 말들을 향해 걸어가 버렸다. 킹케이드도 킥킥거리며 그 뒤를 따랐다.

인정하기는 싫었지만, 에덴은 킹케이드와 같이 일하는 시간이 얼마나 빠르게 지나가며 얼마나 수월하게 느껴지는지 깨달을 수밖에 없었다. 그날 오후 늦게 스무 마리 남짓의 소떼를 캠프로 몰아오면서, 그녀의 근육은 피로감으로 고통을 호소했지만 그녀는 매 순간순간을 즐겼다.

다른 사람과는 한 번도 경험하지 못한 것이었다. 오빠와도 말이다. 킹케이드는 빈스와 달리 고된 일에 대해 투덜거리지도, 더위나 먼지에 대해 욕설을 퍼붓지도 않았다.

킹케이드는 언덕 정상에 올라 그 풍경에 감탄하며 그녀를 쳐다보기도 했다.

"이곳은 정말 굉장하군."

그 또한 이 땅의 아낌없는 아름다움을 보고 있었다. 빈스에게는 항상 끔찍한 황무지에 불과했던 이곳, 오빠는 그 풍부함과 야생적인 아름다움을 한 번도 알아본 적이 없었다.

캠프가 눈앞에 보이고, 태양이 그들 정면에 놓여 있었다. 에덴은 고개를 숙여 말머리가 끄덕거리는 걸 쳐다보았다. 그와 같이 있는 시간을 너무나 즐긴 것은 실수였다.

"이게 습관이 되면 안 돼요."

그녀가 말했다.

"그래, 그럴 것 같소."

쉽게 흘러나온 동의가 그녀를 놀라게 했다. 또다시 말다툼을 벌일 걸로 예상했던 것이다. 슬쩍 옆을 쳐다보자 놀리는 듯한 그의 눈길을 알아챌 수 있었다.

"우리 사이에 무슨 일이 있다는 걸 눈치채일 수도 있소, 그러면 안 되겠지?"

"맞아요."

킹케이드가 씨익 웃었다.

"와일드 잭 말처럼, 그건 빌어먹게 슬픈 일이라구."

그는 말을 달려 뒤처진 소들을 몰아댔다.

여전히 입가에 미소의 여파가 남아 있는 채로 그들은 그날 모아들인 소떼를 이미 캠프에 도착한 다른 무리들 옆으로 몰아넣었다. 에덴은 즉시 식사를 하러 갔다. 킹케이드가 그녀를 쳐다보고 있는데 러스티가 달려와 그의 옆에서 말을 멈췄다.

킹케이드는 그를 힐끗 보고 나서, 다른 사람들을 재빨리 훑어보았다.

"빈스는 어디 있어?"

"자연의 부르심에 응답중이지."

러스티가 텐트에서 약간 떨어진 덤불 쪽을 고갯짓했다.

"녀석이 말썽을 일으켰나?"

"너무 피곤해서 그런 생각조차 못하는 것 같더군. 자네한테는 똑같은 말을 할 수 없겠지만 말이야."

러스티가 그를 찬찬히 살폈다.

"솔직히 말해서 그리 나쁜 기분은 아니야."

러스티는 계속해서 그를 살펴보았다.

"내 눈이 여기 요리사처럼 좋지는 않다 해도, 자넨 달라 보이는걸. 아니 오히려 대단히 만족스러워 보여."

"그런가?"

킹케이드는 미소를 지으며 에덴을 슬쩍 바라보았다.

러스티의 시선이 따라갔다가 순간적으로 놀랍다는 듯 눈이 커졌다.

"그렇게 바람이 분 게로군."

"그렇게 바람이 불었지."

킹케이드가 인정했다.

"지난 이 주 동안 무언가 자네를 볶아댄다는 건 알고 있었어, 생각에 잠겨 우울해 보이더군. 하지만 난 그게 빈스 때문일 거라 생각했다구."

러스티가 모자를 벗고 머리를 긁어올린 다음, 미소를 지으며 다시 썼다.

"나참, 이게 뭔지 알아? 킹케이드 해리스가 사랑에 빠진 거라구."

러스티는 이제야 모든 신호들을 알아차렸다. 그러다가 문제가 있음을 발견했다.

"빈스에 대해서는 어쩔 셈인가?"

"원래 하려던 대로."

"그녀를 잃어버릴 텐데."

"내가 막을 수 있으면 괜찮아."

그렇게 말하면서도 그의 미소는 이미 사라지고 없었다.

24

블랙 록 사막 지대에서 시장으로 갈 소떼를 마지막으로 분류하여 임시 우리에 몰아넣었다.

저녁 식사를 마치고, 에덴은 커피 한 잔을 따라 지친 일행이 모인 불가로 걸어가 자리를 잡고 앉았다.

그녀의 맞은편에 킹케이드가 팔꿈치 하나를 올리고 무릎 한쪽을 굽힌 자세로 비스듬히 드러누워 있었다. 그의 시선이 자신에게 닿았다가 옮겨가는 걸 느꼈다. 단순한 시선 이상은 아니었지만, 그녀는 지난 한 주 동안 표정만으로도 얼마나 많은 대화를 나눌 수 있는지 배운 바 있었다.

밥이 나무를 들어 불타는 통나무들을 쑤시자, 그 불빛이 동그란 안경 렌즈에 반사되었다.

"가축몰이를 끝내는 데 삼 주하고 이틀밖에 걸리지 않다니. 엄청 **빠른** 거야."

"소리쳐 알려야겠어."

알이 외쳤다.

"우리가 이 넓은 지역을 삼 주만에 돌았다는 것도 말이야."

"많은 소를 놓치기도 했지."

그걸 일깨워 주어야 한다는 의무감으로 밥이 에덴을 쳐다보았다.

"우리가 건너뛴 지역에서 그리 많은 소를 찾지는 못했을 거예요."

그녀는 이전에 사용했던 이유들을 반복하였다.

"봄에 찾으면 돼요."

"가을, 봄, 그게 뭐 다를 게 있는지 모르겠군."

빈스가 말했다.

"이 일은 완전히 시간만 낭비한 거야. 시장에 내다팔 방법도 없는데 소떼를 모으는 게 무슨 소용이란 말이야? 우린 쓸데없는 일을 위해 개떼처럼 일한 거라구."

순간 킹케이드가 에덴을 쳐다보았다. 하지만 에덴은 아직 진짜 계획을 얘기해 줄 준비가 되어 있지 않았다. 에덴은 아무 변명도 하지 않았고 모닥불 주위의 침묵은 점점 커져 갔다. 마침내 밥이 일어서서 컵에 남은 커피를 불 속에 던졌다. 지글지글 쉬쉬소리가 나는 동안 그는 빈스를 무표정하게 노려보았다.

"킹케이드가 잘 보았어, 빈스. 자넨 너무 말이 많아."

그는 박차를 짤랑거리며 취사용 마차로 향했다.

"커피 더 마실 사람 있나?"

"나도 한 잔 더 마셔야겠어."

알이 일어서서 그의 뒤를 따랐다.

"지금 맥주 한 잔 하면 맛이 기가 막힐 텐데."

빈스는 밥의 말에 아무 신경도 쓰지 않는 걸로 보이려는 듯 약간 크게 소리쳤다.

"얼음장같이 차가운 맥주 한 잔이 이 작은 축하연에 필요한 거라구. 두 잔이면 더욱 좋고."

"아니야."

킹케이드가 천천히 일어섰다.

"이런 축하 분위기에 필요한 건 바로 음악이야."

"와일드 잭의 라디오를 생각하는 거라면, 잊어버리는 게 좋아. 이런 언덕에서는 아무 소리도 나오지 않으니까."

빈스의 말에 킹케이드는 자신의 친구를 내려다보았다.

"라디오를 생각하는 게 아냐. 자네 아직도 하모니카 갖고 다니나, 러스티?"

"그건 신용카드와 같다구."

러스티가 씨익 웃었다.

"그거 없이는 집을 떠난 적이 없지."

"그럼 준비하라구. 투 스텝을 추고 싶거든."

킹케이드는 밥과 알이 떠난 자리의 불가로 걸어왔다.

"뒤로 물러나는 게 좋겠어, 데크. 자넨 댄스홀 중앙에 앉아 있거든."

"이런, 용서하시지요."

호리호리한 카우보이가 즉시 일어나 러스티 옆자리로 옮겨 앉았다.

킹케이드가 에덴에게 돌아서자, 그녀는 한숨을 쉬었다.

"나도 마찬가지인가 보군요."

"아니."

그가 손을 내밀어 그녀의 머그잔을 빼앗고 일으켜 세웠다. 그의 의도를 짐작할 수가 없었다.

"당신은 내 파트너가 되는 거요. 혼자 투 스텝을 추고 싶지는 않소."

"안됐군요, 난 출 줄 몰라요."

그가 옆의 그루터기 위에 그녀의 잔을 내려놓았다.

"걸을 줄은 알겠지?"

그 동안 러스티는 뒤에서 시험삼아 몇 소절을 불어대고 있었다.

"물론이죠, 하지만……."

"그럼 배울 수 있소. 간단하다구."

"그럴 것 같지 않아요."

그녀가 뒤로 물러났다.

"그러지 말라구요, 사장님. 할 수 있어요."

밥이 김이 모락모락 피어오르는 커피잔을 들고 돌아오며 맞장구를 쳤다. 알도 바로 그의 뒤에 있었다.

"킹케이드 말이 맞아요. 진짜 쉽다구요."

"그래요, 할 수 있어요."

데크가 용기를 북돋우며 박수를 쳐댔다.

"난……."

에덴은 여전히 머리를 흔들었다.

"한 번 시도해 보시오. 느리게 두 걸음, 빠르게 두 걸음만 걸으면 되는 거요. 러스티가 잃어버렸던 음감을 찾는 동안 내가 시범을 보이겠소."

킹케이드의 말에 사람들이 용기를 북돋는 소리가 뒤를 이었다. 에덴은 이들이 지금 보고 싶어하는 것은 권위가 아니라 약간의 인간다움이라는 걸 알아차렸다. 만약 그녀가 거절한다면, 존경심마저 잃을지 몰랐다.

"좋아요, 한 번 해보죠."

"내 옆으로 서시오."

킹케이드가 위치를 잡아 주고, 그녀의 어깨에 팔을 둘러 오른손을 잡았다.

"오른발부터 시작하는 거요. 느리게 한 걸음, 다시 한 번 느리게. 그런 다음 빠르게 두 걸음. 알겠소?"

"그런 것 같군요."

"좋소, 시작합시다."

실수 없이 여섯 번쯤 해보고 나서, 킹케이드가 그녀를 멈춰 세웠다.

"이제는 음악과 맞춰 봅시다. 준비됐나, 러스티?"

그 대답으로, 하모니카의 생생한 음률이 주위를 가득 메웠다. 킹케이드는 박자에 맞춰 그녀의 손을 흔들어 주다가 앞으로 발을 옮겼다.

그들은 작은 댄스홀을 빙글빙글 돌아갔고, 일행은 휘파람과 부엉이 소리로 끊임없는 환호와 야유를 보냈다. 점차적으로 익숙해지자, 에덴은 발에 신경 쓰는 것을 멈추고 그 순간의 즐거움에 빠져들었다.

어깨에 닿는 킹케이드의 팔이 편안하고 친근한 무게를 전했다. 그의 옆에 붙어 있으니 따뜻한 체온이 느껴졌고, 걸을 때마다 엉덩이가 그의 단단한 허벅지를 스쳤다.

"나 잘 하죠, 그렇죠?"

고개를 올렸을 때, 그녀는 찬성과 그밖의 다른 어떤 것이 담긴 그의 눈길을 흠뻑 받고 있었다.

"잘 하는군. 한 바퀴 도는 것도 해볼까?"

"그럴까요?"

그 순간 그녀는 어떤 것이라도 해볼 용기가 생겼다.

"대단한데."

그가 씨익 웃었다.

"좋았어. 빠른 부분에 갔을 때, 당신이 한 바퀴 도는 거요."

그가 설명하고는 다시 덧붙였다.

"걱정하지 말아요. 내가 밀어 줄 테니까."

에덴은 경쾌한 음악에 맞춰 굴러대는 부츠소리와 박수소리를 의식했다. 춤추는 불길이 남자들의 얼굴 위로 아른거렸고, 산 너머에는 커다란 보름달이 떠올라 있었다.

"준비됐소?"

그녀의 불안한 끄덕임에 그가 미소를 지었다.

"좋아, 시작합시다. 느리게, 느리게…… 회전."

그의 손이 그녀를 회전시켰으나, 그녀는 반 박자 늦게 반응하고 말았다. 갑자기 모든 것이 어긋나 버렸다. 타이밍과 박자와 음악 모두가. 서둘러 따라잡으려다가 에덴의 발이 엉키며 놀란 비명이 터져나왔다. 그 순간 킹케이드에게 넘어지고 말았다. 두 사람은 옆으로 비틀거렸다. 그가 웃기 시작하자, 에덴도 같이 웃음을 터트렸다.

그녀가 시선을 올렸을 때, 그들의 눈길이 엉겨붙었다. 그의 얼굴이 가까이에, 고통스러울 정도로 가까이에 있었다. 그리고 그의 입술도…….

그녀의 손가락이 그의 셔츠로 파고 들었다, 그를 원하며. 그의 머리가 아주 조금 가까이 내려왔고, 누군가 기침을 했다.

주위가 고요하다는 걸 알았다. 음악도 없고, 통나무의 탁탁 타는 소리만이 들렸다. 에덴은 뒤로 물러나면서 재빨리 주위를 둘러보았다. 캠프파이어 주위의 얼굴들이 미소짓고 있었다. 그러나 빈스만이 양쪽으로 주먹을 꽉 쥔 채 두 사람을 노려보고 있었다.

"이제 그만해야겠어요."

아무 일도 없었던 척 애쓰며, 그녀는 가볍게 입을 열었다. 아무도 속지 않는다는 건 충분히 알고 있었지만 자존심이 이 난국을 돌파하라고 주장해 왔다.

"하루 종일 일했더니, 이럴 기운도 남지 않네요. 이젠 잠자러 가야겠어요."

그녀의 뺨이 불타올랐다. 그들의 의미심장한 표정에서 도망칠 필요가 있었다. 에덴이 두 걸음을 내딛기도 전에 빈스가 그녀의 옆에 서서 팔꿈치를 잡았다.

"같이 가자."

그녀는 진심으로 그러고 싶지 않았지만, 우스꽝스러운 풍경을 보이는 것 또한 싫었다. 그리고 빈스는 지금 무슨 짓이라도 할 분위기였다. 그의 손아귀에서 간신히 억제하고 있는 분노를 느낄 수 있었다.

그녀의 텐트 가까이, 다른 사람들로부터 멀리 떨어진 지점에서 빈스가 그녀를 멈춰 세웠다.

"그 녀석에게서 떨어져."

그것은 경고나 오빠로서의 충고가 아니었다. 명령이었다.

"뭐라고?"

"모르는 척하지 마. 녀석이 너한테 수작을 부리고 있고 넌 거기 쫓아가고 있어. 네가 그 녀석한테 당장이라도 안길 것처럼 쳐다보는 걸 내가 봤다구. 모두가 봤어."

"아니야."

그 간단한 항의가 거의 질식할 듯이 터져나왔다.

그녀를 쳐다보는 빈스의 얼굴은 분노로 일그러져 있었다.

"녀석은 계속 너와 같이 일했어, 그렇지? 제기랄, 녀석이 그런 짓을 하리라는 걸 예상했어야 했어."

"무슨 소릴 하는 거야?"

"빌어먹을, 녀석은 너에 대해 신경도 쓰지 않아. 널 이용할 뿐이야. 나한테 앙갚음할 수 있도록 네가 자기에게 빠지길 원하는 거야."

"뭐라고?"

그녀는 가슴이 심한 고통으로 죄어드는 걸 느꼈다.

"녀석이 대단히 동정적이었겠지? 네가 부당한 대접을 받았다고 떠들어대면서, 네 얘기를 다 믿는 척했겠지. 물론 교묘하게 말이야. 절대 직접적으로 말하지는 않았을 거야. 대단히 말솜씨가 좋은 녀석이니까."

그의 눈동자가 가늘어졌다.

"나와 얽힌 얘기를 어떻게 늘어놓든? 어떤 방법을 썼지? 나와 관련된 문제와 너와는 아무 상관도 없다고 말했겠지? 넌 걱정하지 말라고, 자기가 알아서 할 거라고?"

그녀는 대답할 수가 없었다. 대답할 필요도 없었다. 그녀의 말없는 표정이 알고자 했던 걸 이미 알려주었으니까.

"나쁜 자식, 빌어먹을 자식."

"왜 이런 얘기를 하는 거야? 무슨 일이냐구? 그 사람이 왜 그런 짓을 하는데?"

"아직도 모르겠냐? 그 녀석 생각으로는, 그게 바로 정의라는 거지."

"이유가 뭐야? 오빠가 무슨 짓을 한 거야, 응?"

"아무 짓도 안 했어. 전에도 말했잖아."

하지만 그녀는 그런 대답만으로 만족하지 않았다.

"오빠가 무슨 짓을 한 거야. 그렇지 않다면 그 사람이 오빠에게 그렇게 단호하게 복수할 이유가 없잖아. 어서 말해 봐, 무슨 일이 있었던 거야?"

그녀는 진실을 말하라고 다그쳤다.

"말하라구, 빈스."

"난 아무 짓도 하지 않았어. 넌 날 믿어야 해. 이번에는 정말 완전히 결백하다구."

그가 자리를 뜨려 하자 에덴이 팔을 붙잡고 늘어졌다.

"그걸로는 충분치 않아, 빈스. 그것만으로는 대답이 안 돼. 무슨 일이 있었는지 알아야겠어. 왜 날 상처주는 게 정의라는 거야?"

"왜냐하면 그 자식 여동생이 자살을 했기 때문에. 알겠어?"

그 한마디에 그녀는 손을 떨구며 한 걸음 물러났다. 그의 대답이 커다란 동요를 가져왔다.

"마르시."

갑자기 속이 텅 빈 듯 구역질이 날 것만 같았다. 약간 정신을 차리고 그녀는 빈스를 쳐다보았다.

"왜? 왜 자살한 거야? 그게 오빠와 무슨 상관이 있는 거구나, 그렇지?"

그는 시선을 피했지만, 그녀가 이미 그 눈의 죄책감을 보고 난 후였다.

"오, 맙소사."

흐느끼듯이 말하며 그녀는 등을 돌려 버렸다.

"에덴, 에덴, 네가 생각하는 그런 게 아니야. 난 그냥 오클라호마에 있을 때 그녀와 몇 번 데이트한 것뿐이라구."

그의 손이 어깨를 잡자, 에덴은 힘껏 뿌리쳤다.

"거짓말하지 마, 빈스."

"그래, 좋아. 여러 번 만났어."

"왜?"

그녀가 빙글 돌아섰다.

"그녀는 절름발이였어. 전혀 오빠 스타일이 아니었다구."

고통이 그녀를 더욱 거칠게 만들었다.

"네가 어떻게 그걸?"

그는 놀란 듯하더니 갑자기 불안해 보였다.

"그런 건 신경 쓰지 마. 내 질문에만 대답해. 왜 그랬어?"

그는 그녀를 똑바로 쳐다보지 못했다.

"레밍턴 파크에서 경마가 있었어. 난 잘못된 정보를 갖고 있었고 마권 영업자 두 명과 깊이 연루가 되었지. 내가 돈을 내지 못하자, 그들 중 성질 급한 한 녀석이 나한테 협박을 해 왔어. 그 일이 일어났을 때 그녀가 거기 있었어."

"그녀가 그에게 줄 돈을 대줬군, 그렇지?"

"난 돈 달라고 한 적 없어, 에덴. 더 이상 도박하지 않겠다고 맹세한 후도 아니었어. 절대 그녀한테 돈을 요구한 적이 없다구."

"그래, 그랬겠지. 자진해서 내줄 때까지 계속해서 암시만 했겠지."

그가 자신에게도 똑같은 수법을 얼마나 사용했었는지 그녀는 기억하기도 싫었다.

"하지만 그녀가 돈을 주었을 때도 난 받지 않았어. 난 그냥 마을을 떠날 수 있을 거라고 생각했어. 그자가 미행할 줄은 몰랐다구. 갑자기 두 명의 사내가 모텔 방문을 두들겼어. 그녀가 갖고 있던 돈을 그자들에게 주었던 거야."

"마을을 떠나려면 왜 그녀를 데리고 갔지? 왜 오빠 혼자서 그냥 떠나지 않았어?"

빈스는 대답을 만들어 내려고 안간힘을 쓰고 있었다.

"자기가 따라오고 싶어했어. 난 어떤 약속도 한 적이 없는데 말이야."

"그리고 그 한마디면 모든 게 합리화되는 거야?"

에덴은 몸이 떨려 오며 거의 울음이 쏟아지려 했다.

"오, 빈스, 그녀가 오빠의 사랑을 원했던 거 몰랐어? 그녀는 돈을 대주면 진짜로 오빠가 자신에게 관심을 쏟을 걸로 생각했던 거야."

"제기랄, 내가 떠날 때는 모든 게 괜찮았다구. 그녀는 이해한다고 말했어. 살아 있었단 말이야. 그런 약을 가지고 있을 줄 내가 어떻게 알았겠냐구?”

그가 성난 목소리로 다그쳤다.

“그래, 오빠는 알 수 없었을 거야. 하지만 그게 어떤 것도 바꾸지는 못해, 그렇지? 그녀는 죽었어.”

에덴은 아무 감각도 없이 자신의 텐트로 향했다.

“에덴…….”

그가 한 발짝 앞으로 나섰다.

“잘 자, 빈스.”

에덴은 텐트로 기어들어 담요 위에 몸을 펴고는 그제서야 눈물을 쏟아내었다. 아무 소리도 나지 않았지만, 마음속 깊은 곳으로부터의 울음이었다. 그녀는 마르시를 위하여, 킹케이드를 위하여, 빈스를 위하여, 그리고 자기 자신을 위하여 울고 있었다.

가축몰이가 끝났으므로, 일행은 해가 뜰 때까지 잠을 잤다. 에덴은 모두가 아침식사를 하러 오기를 기다렸다가, 소떼를 시장으로 몰아갈 거라는 걸 알렸다.

“오늘은 쉬면서 장비도 점검하고 수선할 필요가 있는 건 고치기도 할 거예요.”

킹케이드를 제외한 나머지 사람의 놀란 표정은 아랑곳하지 않았다.

“그리고 우리는 오늘밤 출발해서 블랙 록 사막을 횡단할 거예요. 보름달이니 충분한 빛이 있을 겁니다. 약간의 행운만 따라준다면, 다음 주 첫날 정도에 오레곤에 닿겠죠. 식사를 끝내고 밥, 당신은 나와 같이 앞으로 통과할 길을 살펴보기로 해요.”

그녀의 결정은 토론의 여지가 없는 것이었다. 그 점을 명확히 하기 위해, 에덴은 커피를 들고 자리를 떴다. 자신의 행동이 아직 킹케이드를 마주 볼 준비가 되지 않았다는 사실과는 아무 상관이 없다고 중얼거리면서. 이제 알아버린 사실과는 아무 상관도 없는 것이라고. 하지만 모든 것이 너무나 생생했으며, 고통은 아직까지 그 속살을 드러내고 있었다.

그녀의 뒤를 쫓아와 멈춰 세운 것은 빈스였다.

"설마 진심은 아니겠지, 응?"

그가 믿을 수 없다는 듯이 반쯤은 화난 어조로 말했다.

"진심이야."

"하지만 소떼를 끌고 횡단한다는 건 불가능해, 정부의 땅은 말할 것도 없고 다른 사람들의 소유지를 무단 침입하는 것도 안 돼. 그건 불법이라구. 이런 일을 하려면 허락을 받아야 해."

"어쩌면 그럴지도 모르겠군. 알아볼 생각도 못했지만. 솔직히, 우리가 이 일을 하는 게 법을 어기는 건 줄은 몰랐어."

"멍청하구나."

"아니, 절망적이었던 거야. 디파드는 많은 친구들을 갖고 있어. 정부에 그런 질문 하나만 들어가도 곧장 알려질걸. 내 계획을 그에게 알릴 수는 없어. 나중에 벌금형이나 다른 형벌을 받게 된다면, 난 그에 따를 거야. 하지만 우선은 소떼를 시장에 내다 팔아야 해."

"바보처럼 굴지 마. 그는 네가 하는 일을 알아낼 거야."

"자네로부터는 아니겠지."

킹케이드가 그들에게 다가왔다.

"이번에는 무슨 일인지 말해 줄 기회가 없을 테니까."

빈스의 얼굴이 잠시 빨개졌다가 딱딱해지며 에덴을 비난하듯 노려보았다.

"이자는 벌써부터 알고 있었어, 그렇지? 벌써 네 계획을 이자에게 말했던 거야."

그가 킹케이드도 노려보았다.

"그래서 디파드에게 전화하라고 주장한 거로군?"

킹케이드의 미소에는 차가운 조소가 서려 있었다.

"자네한테 소식이 없어, 디파드가 궁금해진 나머지 여기저기 알아보는 건 원치 않았거든. 현재 상태로는 자네가 아직 가축몰이에 정신없는 걸로 생각할 거야. 내가 말했잖아, 에덴이 목장을 유지하도록 돕게 될 거라고."

빈스는 입을 꽉 다문 채 걸어가 버렸다. 자신이 교묘하게 조종당했다는 사실에 분해 에덴을 킹케이드와 단둘이 남겨 놓는 일도 신경 쓰지 않았다. 하지만 이런 상황은 그녀가 가장 바라지 않는 것이었다.

그녀는 무언가 할 말을 찾았다.

"다른 사람들도 이 일이 미친 짓이라고 생각하겠죠?"

"약간."

그의 표정이 더 따뜻해졌다.

"그들의 모험심을 자극했다는 생각이 들긴 하지만 말이오. 그들에 대해서는 별 문제 없을 거요."

"좋아요. 그게 가장 필요한 거죠."

그녀가 재빨리 몸을 돌렸다.

"전 이만 실례해야겠어요. 할 일이 많거든요."

그녀는 텐트 안으로 들어가 지도를 찾는 척하며 물건들을 뒤져댔다. 킹케이드가 멀어지는 소리를 듣고서야, 제대로 앉아 깊은 숨을 토해내었다. 끊어질 듯한 신경을 가라앉히기 위해서였다.

동쪽 하늘에 높이 떠오른 보름달은 그 주위의 별들마저 빛을 잃게 했다. 어둠 속에 펼쳐진 블랙 록 사막의 황무지가 달빛 아래서 거대한 하얀 빛을 뿜어내었다.

여름날의 열기가 진흙 평원의 모든 습기를 빨아들이고, 쩍쩍 갈라진 바둑판 모양으로 단단해지며 창백한 대리석 같은 표면으로 만들 때까지 구워댔다. 그 위로 말발굽소리들이 밤하늘에 울려퍼지며, 소떼의 혼란스런 울음소리와 안장 가죽의 마찰음이 동반되었다.

에덴은 검붉은 소떼의 무리 속으로 달렸다. 일년생 송아지와 나이 든 암소들이 처음에는 근심스럽게 발길을 떼어놓다가 이윽고 안정을 되찾았다. 그녀는 무리를 계속 움직이도록 했다. 이따금씩 소 한 마리가 달려나갈 듯이 머리를 넓은 사막 쪽으로 돌릴 때면 늙은 개가 가까이 달려들어 막았다.

그녀의 바로 뒤쪽에서 암소 한 마리가 이탈을 했다. 에덴이 쫓아가려고 말을 돌렸지만, 이미 늙은 개가 달려가 그 암소의 방향을 다른 무리들과 합류하도록 돌려놓고 있었다. 다시 말머리를 돌렸을 때, 킹케이드가 그녀의 옆에 와 있었다.

"시작이로군."

킹케이드가 말했다.

"긴장돼?"

"약간요."

하지만 이 순간 그녀가 느끼는 긴장은 좀 다른 종류였다. 소떼를 몰아가기 시작하는 것과는 아무 상관도 없는 것. 에덴은 그들 앞의 한 지점에 시선을 고정시키며 퉁명스레 말했다.

"마르시에 대해 알고 있어요."

긴 침묵 후에, 킹케이드가 의심스러운 듯 물었다.

"진짜요?"

"그녀는 자살했죠. 도박빚을 갚으라고 빈스에게 돈을 주었구요. 어쨌든 빈스가 떠났을 때, 그녀는 견딜 수가 없어서 생명을 버린 거예요. 그리고 그 일 때문에 당신은 빈스를 비난하고 있고요."

"녀석은 그 애의 돈만 가져간 게 아니었소. 살 의지까지 가져가 버린 거요."

악문 잇사이로 그 말이 쏟아져 나왔다. 그는 고통을 숨기기 위해 분노를 이용하고 있었다.

"이제 당신은 빈스가 동생에게 한 짓을 처벌하기 위해 날 이용하고 있고요."

그의 머리가 홱 돌아왔다. 그리고는 그녀의 고삐를 잡아 말을 세웠다.

"당신이 알아 왔던 남자들의 잣대로 날 판단하지 말라고 말한 바 있소. 난 당신 오빠가 아니오. 난 여자들을 이용하지 않소."

"대단히 설득력이 있군요."

아픈 마음을 달래려고 그녀는 더욱더 턱을 높이 쳐들었다.

"하지만 진짜 당신을 믿을 거라 생각지는 않겠죠?"

"제기랄, 그건 사실이오!"

"아무래도 상관없어요. 그게 슬픈 일이죠."

그녀는 가슴에 죄어드는 고통을 완화시키려고 숨을 들이쉬었다.

"빈스가 한 짓은 잘못이었어요. 하지만 그렇다고 당신 동생의 죽음을 책임지라고 할 수는 없어요. 그건 그녀의 선택이었고, 그녀 자신의 행동이었어요. 그 일에 대해 오빠를 비난할 수는 없어요."

"웃기지도 않는 소리."

그녀가 슬픔어린 미소를 말없이 지어 보였다.

"솔직히 당신은 다를 거라 생각했어요. 하지만 당신도 디파드와 똑같군요. 그는 제프의 죽음을 나에게 책임지라고 하죠, 제프가 강간하려 했던 일을 내가 초래하고 용기를 북돋은 것처럼 말이에요. 빈스는 당신 동생에게 약을 준 적이 없어요. 그녀의 손에 놓아주지도 않았어요. 그녀가 자신의 뜻대로 행동한 거예요. 하지만 당신은 그걸 받아들일 수가 없죠. 누군가를 상처입혀야만 해요. 그게 그녀의 행동을 씻어줄 거라 생각하고 있어요."

"당신은 지금 자신이 무슨 애길 하는지 모르고 있소."

그가 거의 야만스럽게 잘라 말했다.

"그럴까요? 당신이 누굴 처벌하려는 건지 스스로에게 물어 보지 그래요. 빈스인가요, 아니면 당신 자신인가요? 평생 짊어질 수 없는 당신의 죄책감 아닌가요? 하지만 당신은 받아들일 수가 없어요, 그래서 누군가 다른 사람에게 모든 비난을 전가시키는 거예요. 당신이 고상하다고 느끼는 방식으로 말예요."

"사실이 아니야."

"아니라구요? 그녀는 사고로 다리를 다쳤어요. 그녀는 벌써 오래 전에 아마 당신을 용서했을 거예요. 하지만 당신은 스스로를 절대 용서하지 못했어요. 이제는 그걸 빈스에게 책임지라고 하는군요. 그건 고상하지 못해요. 뒤틀려 있어요.”

그녀는 말의 엉덩이를 짧게 내리쳐 재빨리 킹케이드에게서 멀어져 갔
다. 눈물 때문에 눈이 화끈거렸다.

동이 틀 무렵, 유령처럼 펼쳐졌던 블랙 록 사막은 그들의 뒤로 물러났
고 소떼는 풀이 많은 곳에 모여 코를 땅에 박고서 노란 풀들을 뜯고 있
었다. 베이컨과 플랩잭(핫케이크류의 과자), 독한 커피향이 마차에서 흘러
나왔다. 킹케이드는 자신의 접시를 채운 후, 다른 사람과 떨어져 혼자 먹
을 수 있을 만한 그늘진 곳을 찾아갔다. 러스티가 어슬렁 걸어와 그의
옆에 앉았다. 킹케이드는 그에게 눈길 한 번 주지 않았다.

접시의 음식을 다 긁어먹고 나서, 러스티는 접시를 옆으로 내려놓고
나른하게 커피를 마셨다.

“이런 사막에서 얼마나 멀리까지 소리가 전달되는지 알면 놀랄 거야.”

그는 샐비어가 점점이 박힌 언덕들을 쳐다보았다.

“호수 한가운데 보트에서 물가에 있는 사람들의 얘기를 듣는 것과 같
지, 바로 옆에 앉은 것처럼 잘 들린다니까.”

킹케이드는 커피를 한 모금 마실 뿐 아무 말도 하지 않았다. 러스티가
미소지었다.

“그녀가 진짜 호되게 나무라더군.”

“자기가 무슨 말을 하는지도 모르는 거야.”

킹케이드의 반응은 짤막하고 짜증스러웠다.

“글쎄.”

러스티는 머리를 갸우뚱거리고는 자신의 접시를 들고 일어났다.

“마르시라도 그보다 더 잘 말할 수 있었을지 모르겠어.”

그 말을 되씹도록 킹케이드만 남겨둔 채 그는 떠나갔다. 이 친구가 쉽
게 삼키기를 기대하지는 않았다. 진실은 거의 언제나 마음에 맞지 않으
니까 말이다.

그들은 오전 내내 소떼가 쉬면서 풀을 뜯도록 놔두었다. 이른 오후에

더 나은 물줄기와 잠자리를 위해 몇 킬로미터를 이동시켰다. 다음 날부터는 여행 기간 동안 내내 이어질 일상적인 일과가 형성되었다. 새벽이 되기 전에 일어나 해가 지평선 위로 떠오르기 전에 말에 타고, 소떼를 몰아 아침의 행진을 시작했다. 정오에는 소들이 풀을 먹고 몸무게를 유지할 수 있도록 두 시간 정도 휴식을 취하였다. 그런 다음 다시 해가 질 때까지 길을 가는 것이었다.

두 번째 날 밤 안장을 들고 캠프로 다가오는 에덴을 킹케이드가 구석으로 끌고 갔다. 그녀를 마주 보는 그의 단호한 얼굴에 차갑고 비타협적인 선이 그려져 있었다.

"당신 소떼가 시장에 나갈 때까지는 그냥 있겠소. 하지만 그 후에는 모든 내기가 끝이오."

"내기라는 건 있지도 않았는 걸요."

에덴도 그와 마찬가지로 차갑고 험악하게 대꾸하였다.

25

길을 떠난 지 6일 후, 그들은 예상보다 거의 하루나 앞서 있었다. 한 시가 조금 지나 출발하면서, 언제나처럼 와일드 잭은 취사용 마차에 장비를 챙긴 다음 따라오도록 뒤에 남겨놓았다.

킹케이드는 러스티와 같이 달리고 있었다. 다시 움직이고 싶어하는 듯이 빠져 나가는 암소들을 다루는 쉬운 일이었다. 그곳은 푸른 하늘로 감싸인 완만하게 구르는 듯한 평원이었고, 언덕 위에서 열두 마리 정도의 영양이 그들 무리를 쳐다보고 있었다.

캠프를 출발한 지 한 시간이 지났다.

밥 워터스가 자기 자리에서 물러나 킹케이드의 옆으로 말을 몰아 왔다.

"와일드 잭의 흔적이 안 보인다고 사장이 궁금해 하는데?"

뒤쪽을 쳐다보며 그가 물었다.

"안 보이는데요. 지금쯤이면 따라왔어야 할 시간인데."

"내 생각도 그렇다구. 돌아가서 무슨 일인지 알아봐야겠어. 도움이 필요할지도 모르지."

"나도 같이 가겠어요."

킹케이드가 말하고는 러스티를 향해 소리쳤다.

"우린 마차를 살피러 돌아갈 거야. 빈스를 잘 지켜보라구."

러스티가 알았다는 신호로 손을 흔들었다. 킹케이드와 밥은 무리에서 떨어져 나와 뒤쪽으로 달려나갔다.

거의 캠프에 도달했을 때쯤 그들은 한 마리 말만이 묶인 취사용 마차를 발견하였다. 다른 한 마리는 사라지고 없었다. 요리사도 마찬가지로 사라져 버렸다.

킹케이드는 말에서 내려 우선 버려진 말이 다리를 다치지는 않았는지 살펴보았다. 그런 다음 마차에 문제가 있는지 주위를 돌아보았다. 밥 워터스는 와일드 잭이 남긴 흔적을 살폈다.

"내가 우수한 추적자는 아니지만."

밥이 눈살을 찌푸리며 서쪽을 쳐다보았다.

"잭이 말을 몰아 서쪽으로 달려간 것 같군."

"이유를 알 것 같군요."

킹케이드가 마차 뒤 바닥에 흩어져 있는 깨진 바닐라 병들을 쳐다보았다. 밥이 그의 곁으로 왔을 때, 킹케이드는 마차 뒤에 매달린 작은 찬장이 열려 있는 걸 살피고 있었다.

"비탈을 오를 때 자물쇠가 고장나서 바닐라 병이 다 쏟아져 버렸나 봐요."

"십중팔구 술집을 찾아갔겠군."

밥 워터스가 짤막하게 욕설을 중얼거렸다.

"틀림없이 있는 힘껏 달렸을 테고 우리에겐 따라갈 시간이 없어. 마차를 놔두고 가져갈 수 있는 음식만 옮겨야겠어."

"뒤에 짐 싸는 안장이 있어요. 이틀이면 오레곤에 도착할 테니, 삼 일분이면 되겠군요. 거기 도착할 때까지 필요한 만큼만 실으면 되겠어요."

"어서 시작하는 게 좋겠어."

밥 워터스가 지긋지긋하다는 듯이 한숨을 내쉬었다.

마침내 무리를 따라잡고 나서, 밥은 에덴에게 상황을 설명하고 결론을 내렸다.

"마차에 메모를 남겨놓았어요. 이 마차가 어느 목장 것이며 돌아올 때 가져갈 거라고. 거길 지나가는 목동들이 버려진 걸로 생각하지 말아야지요."

"운이 좋다면, 아무도 발견하지 못하겠죠."

에덴은 제발 그렇게 되기를 바랐다. 누군가의 호기심이 자극되는 건 원치 않았다. 목적지에 이렇게 가까이 왔는데 말이다.

그날 밤 요리사의 역할은 러스티에게 배당되었다. 하지만 그는 마차용 프로판 가스를 사용할 줄 몰랐으므로, 모닥불을 이용해야만 했다.

"이런 걸 도대체 뭐라고 부르지?"

빈스가 역겹다는 듯 비스킷 하나를 올려 그 밑의 까맣게 탄 부분과 가운데 덜 익은 부분을 보였다.

"먹을 만한 게 못돼."

공격을 받은 러스티가 대뜸 털을 곤두세웠다.

"더 잘 할 수 있으면, 어디 한 번 해보시지."

에덴이 짜증스럽게 말을 잘랐다.

"빈스, 입 다물고 먹기나 해. 우리 중 누구도 더 잘 할 수 없으니까 불평해 봤자 소용 없다구."

혼잣말로 투덜대면서 빈스는 콩요리를 한 스푼 퍼올렸다. 비스킷과 마찬가지로 그것 또한 불에 탄 채 반쯤은 익지 않은 것이었다. 아무도 더 먹으려는 사람은 없었다.

다음날 아침 늦게, 그들은 그 주의 북쪽 끝에 있는 고속도로에 도착하였다. 앞을 살피고 양쪽을 둘러보았지만, 몇 킬로미터 안에 자동차라곤 한 대도 보이지 않았다. 보이는 거라곤 1.5킬로미터 정도 떨어진 곳에 달집으로 지붕을 덮은 주유소 겸 편의점 하나뿐이었다.

밥 워터스가 말을 달리고, 무리가 그 뒤를 따랐다. 그가 에덴의 옆에 말을 세우자, 에덴은 지체 없이 지시사항을 말했다.

"아무것도 없어요. 고속도로 위에 두 명을 배치하고 각각 소떼의 양쪽을 맡도록 하세요. 차가 올 경우를 대비하는 거예요. 서둘러서 통과하고 싶어요. 북쪽으로 일 킬로미터쯤 떨어진 곳에 커다란 계곡이 있으니 거기서 점심을 먹기로 해요."

"알겠습니다."

밥은 즉시 지시사항을 전달하기 위해 뒤로 말을 달렸다.

"이제 이 길을 횡단할 거다. 사장이 앞에서 길을 안내할 거고. 킹케이드, 알, 자네들은 앞의 무리를 이끌도록. 일단 앞의 무리가 길을 건너면 고속도로 위로 위치를 잡는다. 나머지 사람들이 뒤를 맡을 테니까. 꾸물대지 말 것. 빠르게 이동시키라구."

그가 잠시 멈췄다.

"질문 있나?"

아무 대꾸도 없자, 그가 고개를 끄덕였다.

"좋아, 그럼 시작하자구."

앞에 선 일년생 소들이 의심스럽게 도로를 쳐다보다가 별 혼란 없이 길을 지나갔다. 킹케이드는 반원을 그리며 소떼에서 몇 킬로미터 떨어진 지점에 자리를 잡고, 다른 기수들에게 밀려 지나가는 소떼를 지켜보았다.

태양이 곧장 사그라들며 평원 위로 열기를 담은 안개를 만들어 냈다. 그 뜨거운 공기의 흔들거림이 달구어진 도로에서 피어올라, 반대쪽에 있는 알의 모습이 뒤틀려 보였다.

잇사이로 날카롭게 휘파람을 불며, 빈스가 고속도로 위로 달려와 알의 옆에 말을 세웠다.

"알, 돈 좀 가진 거 있나요?"

"약간. 왜?"

알이 조심스레 그를 쳐다보았다.

"저쪽에 편의점이 있잖아요, 피자를 팔 거라구요. 오늘 아침 러스티라는 자가 만든 가죽 같은 걸 먹었더니, 점심 때는 좀더 그럴 듯한 걸 먹고 싶어요. 나한테는 두 개 정도 살 돈밖에 없는데, 모두가 나처럼 배고픈 상태라면 더 있어야 할 것 같거든요. 기부 좀 하겠어요?"

알이 주머니를 뒤져 돌돌 말린 지폐 두 장을 꺼내 빈스에게 건네주었다.

"후추는 뿌리지 말라구. 가스가 나오니까."

"고마워요."

빈스가 말에 박차를 가하며 출발하였다. 반대쪽에 있던 킹케이드는 등자에서 일어서 빈스가 달려가는 모습을 쳐다보았다.

"빈스가 어디 가는 거죠?"

그가 알에게 소리를 질렀다.

"피자 사러."

알도 소리를 질러 대답했다.

킹케이드는 욕설을 퍼부으며 그를 따라가려 했지만 그 충동을 억눌러야 했다. 뒤에서 자동차소리가 들렸던 것이다. 뒤를 돌아보니 차가 천천히 정지하고 있었다.

열 살 정도된 소년이 창문 밖으로 고개를 내밀었다.

"저것 좀 보세요, 아빠! 진짜 카우보이가 진짜 소떼를 몰아간다구요."

킹케이드는 성마르게 뒤쪽의 기수들을 훑어보다가 마침내 러스티를 찾아냈다. 러스티가 알아보며 한 손을 들어올릴 때까지 소리를 치며 팔을 흔들어댔다.

"빈스."

그가 멀리 편의점을 향해 달려가는 말을 가리켜 보였다.

"쫓아가라구!"

러스티가 즉시 말을 몰아 고속도로를 가로지르고는 빈스를 따라 달려나갔다. 마지막 소들이 도로를 건넜고 킹케이드는 러스티가 빈스를 놓치지 않았을 거라고 믿으며 무리 뒤로 따라갔다.

점심 캠프에서, 소떼는 풀이 난 분지에 흩어져 맛있는 풀을 즐기고 있었다. 계곡 입구를 쳐다보며, 시간이 지날수록 킹케이드의 근육이 긴장되어 갔다. 그때 말발굽소리가 들렸다. 얼마 지나지 않아 빈스가 끈으로 묶인 피자 네 상자를 들고 봉우리에 올라섰다. 그 뒤에서 러스티가 안장 위에 스티로폴 상자를 하나 올려놓고 있었다.

"피자와 시원한 맥주다."

빈스가 안장에서 내려섰다.

"이게 바로 먹을 만한 거라구."

데크가 러스티에게서 맥주 상자를 받아 얼른 뚜껑을 열고 얼음에 담긴 여섯 개짜리 한 팩을 집어냈다.

"문제 있었나?"

킹케이드는 러스티와만 얘기할 기회가 생기자 재빨리 물었다.

"아니. 내가 달려갔을 때는 벌써 가게 안에 있었어."

킹케이드는 모자를 벗고 머리를 긁으며 빈스를 살펴보았다. 본능이 이 남자를 믿으면 안 된다고 말하고 있었다. 보이는 그대로 그의 행동을 받아들이면 안 된다고. 에덴이 빈스와 같이 있었다. 모자를 뒤로 젖힌 채, 손에 든 피자 조각과 입 사이에 늘어진 치즈를 먹으려고 애쓰며 웃고 있었다.

"전화 걸었을 것 같지 않나?"

러스티는 잠시 생각에 잠겼다.

"내가 거기 갔을 때는 벌써 피자를 주문했더군. 전화할 시간이 있었을지는 모르지만, 아주 짧게 끝내야 했을 거야."

그가 킹케이드를 쳐다보았다.

"디파드에게 전화해서 우리 있는 곳을 말했을까?"

"그게 그 녀석 생각이었을 거야."

그는 우울하게 결론을 지었다.

"이젠 날 물먹이고 싶은 마음뿐일걸."

"우린 그럼 뭘 어떻게 해야 하지?"
"계속 진행하는 수밖에 없지. 그 외에 할 수 있는 일은 없어."
그가 러스티의 어깨를 툭 쳤다.
"가자구. 다 없어지기 전에 피자와 맥주를 건져내야지."

황금빛 캐딜락이 샐비어 평원을 빠르게 가로질렀고, 그 뒤로 먼지구름이 꼬리를 달았다. 디파드는 운전대를 잡고 바로 앞의 우리들에 시선을 고정시켰다. 그리고 가까이 가자 속도를 늦추며 경적을 울렸다. 그 크고 지속적인 폭발음이 아우성치는 소들과 몰아대는 명령의 소음을 뚫고 전달되었다.

시한은 우리 속에서 벌어지는 작업을 지켜보며 커다란 밤색말 위에 한쪽 다리를 올린 채 앉아 있었다. 경적소리를 듣자, 그의 머리가 재빨리 돌아갔다. 캐딜락을 알아보자마자 그는 안장에 제대로 앉아 차를 맞기 위해 말을 몰았다.

창문을 내린 차 안으로 열기와 먼지가 쏟아져 들어왔다.
"스타한테 방금 전화가 왔어."
디파드의 목소리가 분노로 날카로웠다.
"에덴 로시터가 소떼를 시장으로 몰고 가는 중이래. 지금쯤 오레곤 경계선에 가까이 갔을 거라는군."
시한이 몸을 굽히며 말에서 얼른 내려와 우리에서 일하는 일꾼 하나를 불러 명령했다.
"프래지어, 내 말 좀 살피라구."
그런 다음 차 안으로 들어가 문을 닫았다.
디파드는 간단하게 스타에게 들은 내용을 말해 주었다.
"그 여자가 이런 무모한 짓을 벌일 줄 예상했어야 했어."
"소떼를 몰고 가다니."
시한은 여전히 믿기지 않는 듯이 중얼거렸다.
"경계선에 얼마나 가까이 있답니까?"

“가까이, 스타가 말한 건 그것뿐이야. 삼 킬로미터일 수도 있고 삼십 킬로미터일 수도 있지.”

디파드는 차를 후진시키고 다이아몬드 디의 사령부가 있는 곳을 향해 액셀러레이터를 밟았다.

“피트에게 연락해.”

그가 무뚝뚝하게 말했다.

“비행기에 연료를 채우고 엔진을 가동시키라고 해. 우리가…….”

시계를 쳐다보았다.

“이십 분 안에 간다고.”

쌍발형 비행기의 그림자가 블랙 록 사막의 하얀 저지대를 지나, 그 너머 화강암이 불쑥불쑥 솟아난 산들 위로 떠올랐다.

조종대를 잡은 듀크 디파드가 비행기의 고도를 낮추어 계속해서 시선을 움직이며 아래에 보이는 대지를 샅샅이 살폈다. 움직이는 소떼와 그와 함께 하는 기수들을 찾기 위해서였다.

시한은 오른쪽에 앉아 자신의 쪽에서 주위를 내려다보는 중이었다.

“고속도로 쪽으로 가고 있습니다.”

“알고 있어.”

디파드의 짤막한 대꾸였다.

“뭐가 보입니까?”

“우린 찾아낼 거야. 이렇게 탁 트인 지역에서는 그 많은 소떼를 숨길 수가 없지.”

그들은 고속도로 위로 날아 재빨리 지나쳤다.

“지역을 잘못 잡았을 수도 있습니다.”

“일단은 여길 찾아보는 거야. 발견하지 못하면, 더 넓게 다른 지역까지 둘러봐야지. 하지만 이 길을 택했을 것 같아. 그러면 시간이 좀더 빨라질 수 있으니까. 그녀의 생각은 빠르게 일격을 가하는 것일 테니, 내가 사라진 걸 눈치채기도 전에 빨리 갔다가 돌아올 생각이었을 거야.”

그가 앞으로 고개를 숙여, 높은 초원의 황갈색 풀과 대비되는 검은 줄무늬에 초점을 맞추었다.

"잠깐, 저게 뭐지?"

"어디요?"

시한이 목을 쑥 내밀었다.

"열 시, 거의 열한 시 방향."

디파드가 위치를 알려주었다.

"좀더 내려가야겠어."

"보입니다."

시한이 떨리는 목소리로 말하며 창에 딱 달라붙었다.

"그들이군요."

"다른 목장 사람인지 아닌지 확인해야 해."

디파드는 더 잘 보기 위해 하강하여 낮게 소떼 위를 날았다. 시한이 쌍안경으로 살펴보았다.

"로시터가 맞아요. 저기 있는 게 알이고요. 그가 아직 거기서 일하고 있거든요."

시한이 확실하게 단언했다.

"이제 어디 있는지는 알았는데, 어디로 가는 걸까? 내 생각으로는, 두 가지 선택이 있어. 동부 평야의 판매시장이나……."

"전 아이크 베드포드에 걸겠습니다."

시한이 손가락으로 지적했다.

"그건 저 산 너머에 있지요. 저곳만 넘으면, 그들은 내일 늦게쯤 거기 도착할 겁니다."

더 높은 고도로 삐죽삐죽한 산등성 위를 날아오르니 그 너머 11킬로미터쯤 떨어진 곳에 성냥개비만한 우리에 둘러싸인 건물들이 눈에 들어왔다.

그 지역을 선회하며, 디파드가 살펴보고 나서 동의를 했다.

"자네 말이 맞아. 그녀는 베드포드로 갈 거야."

"이젠 문제 없군요, 디파드 씨."

시한이 만족스럽게 의자 뒤로 기댔다.

"베드포드라면 그녀의 소떼를 받아들이지 말라고 설득할 수 있지요. 여기서 무너지겠군요. 오랫동안 그 소떼가 자기들 풀을 뜯도록 내버려두는 사람은 하나도 없을 테니까요. 펄쩍펄쩍 뛰겠는 걸요."

"나도 알아."

디파드는 다시 한 번 선회를 한 다음 에덴 로시터가 있는 쪽으로 방향을 돌렸다.

산등성이 가까이에서 고도를 낮춰 양쪽으로 연결된 완만한 비탈과 뾰족한 산봉우리 사이의 협곡을 살펴보았다.

"이 주위에서 하루를 보낼 거야. 이 길을 지나갈 거야."

그가 시한이 한 말을 스스로 확인했다.

다시 소떼의 무리가 긴 까만 점처럼 모습을 드러냈다. 디파드가 그쪽으로 방향을 잡더니 소떼 위로 낮게 급강하를 시켰다.

"뭐하시는 겁니까?"

시한이 위를 올려다보는 사람들을 쳐다보았다.

"저들이 알아볼 겁니다."

"알게 하려는 거야."

디파드는 또다시 비행기를 위로 올리며 곧장 다이아몬드 디 쪽으로 방향을 잡았다.

"이제 그녀가 어떻게 할지 알았겠지?"

"네?"

"그녀는 오늘밤 그 지점을 통과해서 아침에 베드포드에 도착하려 할 거야."

"그래 봤자 소용없지요. 그때쯤이면 베드포드는 사장님 손아귀에 있을 텐데요."

"그렇지."

디파드는 만 피트로 고도를 맞추어 균형을 잡았다.

"우리한테 다이너마이트 남은 거 있던가?"

비행기의 낮은 비행에 놀란 소떼들이 흩어지는 걸 다시 모아들이고 안정시키는 데 20분 이상이 걸렸다. 에덴은 소떼의 옆에 선 기수들과 합류하여 거친 숨을 몰아쉬는 말을 휴식시켰다.
"제대로 진정된 것 같군요."
밥 워터스가 말했다.
"그렇지만 다시 움직이기 전에 몇 분 더 여유를 주어야겠어요."
"비행기 안에 디파드가 있었어."
빈스는 험악하게, 내 말을 들었어야 했다는 듯한 표정으로 그녀를 쳐다보았다.
"알아."
비행기 꼬리에 달린 다이아몬드 디의 휘장, 그것이 눈에 띄지 않을 리 없었다.
"우리를 어떻게 찾아냈는지 알 수가 없군."
킹케이드가 슬쩍 빈스를 곁눈질하였다.
"아까 편의점에서 그렇게 빨리 전화할 수 있었을까 모르겠어."
빈스가 분연히 자세를 똑바로 폈다.
"난 디파드에게 전화하지 않았어."
"지금 자질구레하게 따져 보자는 건가?"
킹케이드가 조롱을 했다.
"왜 나라고 확신하는 거지? 와일드 잭일 수도 있잖아? 아니면 밥이 마차에 남겨놓았던 메모일 수도 있고."
말싸움이 더 진행되기 전에 에덴이 중단시켰다.
"디파드가 어떻게 알아냈는지는 중요치 않아요. 이미 엎질러진 물이에요. 그는 알고 있고 우리는 대처를 해야만 해요."
"어떻게?"
빈스가 코웃음을 쳤다.

에덴도 그걸 생각중이었다. 그 비행기를 알아본 후부터 다른 생각은 할 수가 없었다.

"계속 진행해서 오늘밤 통과한다면, 디파드가 베드포드에게 연락하기 전에 판매가 가능할 수도 있어요."

빈스가 그녀를 노려보았다.

"미쳤구나."

"그 길밖에는 없어요."

빈스가 반대 의견을 내놓으려 했지만, 그녀는 지금 그걸 받아 줄 기분이 아니었다.

"오빠와 킹케이드는 데크가 말 고르는 걸 도와주세요."

소떼에서 400미터쯤 떨어진 곳에서 여전히 동요하고 있는 말떼 쪽을 그녀가 고갯짓했다.

"사장 말 들었겠지."

머뭇거리는 빈스에게 킹케이드가 재촉하자, 그는 한 번 노려보더니 빠르게 말을 몰아갔다. 킹케이드도 그 뒤를 따랐다.

"난 소떼 방향을 돌려야겠소."

밥 워터스가 소떼와 나란히 말을 몰았다.

러스티는 주근깨 많은 얼굴을 에덴에게 돌렸다. 그의 입가에 미소가 떠올랐다.

"모두 다 해치웠군요. 다음은 내 차례인 것 같은데."

그의 관찰이 너무나 정확했기에, 그녀는 조금 불편한 마음으로 아닌 척했다.

"왜 그런 생각을 하는지 모르겠군요."

"킹케이드는 가끔 내가 미친 상상을 한다고 말하지요."

그는 그녀의 입술이 긴장되는 걸 보았다.

"그에 대해 얘기하는 게 싫은가 보죠?"

그녀가 부인하기 전에, 그는 얼른 말을 이었다.

"당신이 둘 사이의 문제를 해결할 수 있다면 좋겠소."

"무슨 얘긴지 모르겠어요."

"오, 알 텐데요. 당신은 그에게 아주 좋은 영향을 끼쳤소. 마르시가 죽었을 때, 그녀의 죽음은 그의 모든 따뜻함과 감정들을 다 죽여 버린 것 같았죠. 하지만 당신을 볼 때 그런 것들이 그의 눈에 돌아오는 걸 보았어요."

그것은 그녀가 편안하게 얘기할 주제가 아니었다. 하지만 대화를 끝내 버리고 싶지는 않았다.

"그의 동생을 아나요?"

"난 고등학생 때부터 마르시를 사랑했죠. 하지만 그녀는 날 그런 식으로 본 적이 없었어요. 그녀에게 난 또 한 명의 오빠와 마찬가지였소."

에덴은 그 어조에 쓸쓸함이 담기리라 예상했지만, 단지 유감스러움뿐이었다.

"그렇다면 당신도 오빠를 증오하겠군요, 킹케이드처럼요."

"아니오. 잠깐 동안은 그러려 했지. 한두 번쯤 그런 마음이 들 뻔도 했소. 하지만 그와 함께 있을 때 마르시가 얼마나 행복해 했는지 보았어야 해요. 한 여자를 행복하게 만들 수 있는 남자를 어떻게 증오할 수 있겠소? 그녀는 세상을 다 가진 사람과 같았소."

그가 추억에 잠겨 미소를 지었다.

"하지만……."

에덴은 당혹스러웠다.

"오빠가 떠났을 때 그녀가 얼마나 상처를 입었는데요."

"알고 있소. 또 마르시가 살아 있었다면, 그 이유로 그를 증오하지 않았을 거란 것도 알고 있소. 그녀는 심하게 상처받긴 했지만, 그를 증오하지는 않았을 거요."

"아주 확신하는 것 같군요."

"그렇소. 난 마르시를 알아요. 킹케이드도 알고 있소. 당신이 한 말은 진정으로 그가 감당하기 힘든 것들이었소. 당장은 반발이 크겠지. 하지만 한동안 되씹어 보고 나면, 아마 가라앉을 거요."

"난 킹케이드가 오빠를 그냥 내버려 두기만 바랄 뿐이에요. 다른 것에는 관심 없어요."

그녀는 러스티가 잘못된 인상을 갖는 것을 원치 않았다.

"당신이 그렇게 말한다면 그럴 수도 있겠지요."

러스티가 먼 곳으로 시선을 돌렸다.

"누군가 사랑했던 사람이 죽었을 때 마음속에 어떤 것들이 스치는지 알겠소? 유감스럽고 후회되는 것들뿐이라오. 언제나 했어야 했던 말들, 했어야 했던 행동들 그런 것들을 제대로 실천에 옮겼다면 무언가 달라질 수도 있었을 거라 생각할 거요. 마르시는 항상 조용하고 겁 많은 여자아이였소. 다리를 다치기 전에도 쉽게 친구를 사귀는 편이 아니었소. 그리고 그 후에는…… 그 불편한 다리가 그녀를 더욱 수줍게 만들었소. 킹케이드와 내가 너무 지나치게 보호한 것이 아니었나 하는 죄책감을 느끼곤 하오."

"이해할 수 있을 것 같아요."

"당신 오빠를 만났을 때, 그녀는 활짝 핀 장미와 같았소. 사랑이 그녀를 너무 높이 날아오르게 했고, 실연이 너무 밑바닥까지 밀어붙인 거요. 내가 그녀를 위해 거기 있었는데."

에덴을 쳐다보는 그의 눈동자가 슬픔으로 황량했고, 목소리는 긴장으로 팽팽해졌다.

"그녀가 손을 뻗기만 했으면, 내가 거기 있었을 거요. 그게 나를 제일 슬프게 하는 것이오. 그녀가 손을 뻗지 못했다는 것이. 그녀는 두려워했던 거요. 상처가 너무나 커서 누군가 다른 사람에게 손을 뻗는다는 것이 두려웠던 거요. 그게 가장 필요할 때 말이오. 그걸 기억하시오, 마르시는 그렇지 못했지만."

그가 고개를 숙여 보이고는 천천히 소떼에게로 말을 달렸다. 에덴은 상처 안은 마음으로 그를 지켜보았다.

쓸쓸한 산비탈 위로 검은 소떼의 무리가 움직이고 있었다. 둔탁한 말발굽소리와 함께 이따금씩 돌에 부딪히는 소리가 날카로움을 더했다.

초생달이 떠 있는 어두운 밤이었다. 그들 앞으로 겨울의 숨결을 담은 산들바람이 스쳐가며 그 계절이 멀지 않았음을 경고하고 있었다.

에덴은 무리의 앞부분에서 말을 달렸다.

그 지점의 더 앞쪽에서 별들의 반짝거림에 비치는 밥의 검은 형체를 볼 수 있었다. 그녀의 앞으로 달리는 그를 보니 피로함이 약간 사라지는 것 같았다. 앞의 무리들은 거의 정점을 통과하고 있었다.

발밑의 땅이 평평해지기 시작하고, 그녀 가까이 있던 소떼가 마치 긴 언덕길이 끝났음을 알기나 하듯이 빠르게 발을 움직였다. 그녀의 말도 약간 더 힘을 내었다.

에덴은 미소를 머금은 채 다시 앞을 쳐다보았다. 하늘을 가로질러 별 똥별이 호를 그리며 떨어지는 걸 보고 있는데 산의 굴곡진 부분으로 인 해 시야에서 사라졌다.

갑자기 밥이 말을 돌려 한 팔을 들어올리며 소리쳤다.

"조심해!"

깜짝 놀란 에덴이 말을 다잡았다. 그와 거의 동시에 땅을 내려치는 귀가 멍멍할 정도의 폭발음이 들렸다. 길의 한 옆으로 돌과 먼지들이 까맣게 솟구쳤다.

그녀의 말이 벌떡 일어서며 몸을 비틀어댔다. 땅과 대기가 파편을 동반한 연속적인 폭발음으로 온통 진동을 해댔다.

에덴은 머리를 돌리며 돌진하려는 말등에 매달려 미친 듯이 균형을 잡으려 애썼다. 흩어지는 소떼가 길목을 막아 버렸다. 옆에서 또 다른 폭발이 내리치고, 어디선가 개 짖는 소리가 들렸다.

소떼의 다른 편에 있던 킹케이드는 에덴의 말이 하늘로 치솟아 오를 때 그녀의 창백한 얼굴을 보았다. 말이 내려서며 까만 무리들 뒤로 보이지 않게 되었다. 그녀의 말이 쓰러졌다. 에덴도 쓰러졌다. 그의 목으로 공포가 밀려들어 숨을 턱턱 막아 버렸다.

그는 간신히 말을 조종하며 그 놀란 소떼의 대혼란 속으로 몰아갔다.

그의 시선은 에덴이 사라졌던 그 지점을 떠나지 않았다.

마음 한구석에서 기다려라, 그녀가 금방 다시 일어나 채찍을 휘두르며 까만 바다의 한가운데에 안전한 섬을 만들 것이다라고 설득해댔다. 하지만 시간이 지나도 그런 일은 생기지 않았고, 그의 공포는 더욱 커져만 갔다.

그녀에게 닿기 위해 그는 필사적으로 무리를 통과해 갔다. 채찍을 휘두르고 박차를 가하며 욕설을 퍼부으면서. 반쯤 넘어섰을까 그녀의 말이 사람도 없이 혼자 달려가는 모습이 보였다. 언제 폭발이 멈췄는지는 알 수 없었다. 그저 크게 울려대는 끔찍한 말발굽소리들과 소가죽의 마찰음뿐이었다.

비탈의 아래쪽에서 개가 짖어대고, 소떼를 돌려 그들의 눈 먼 질주를 막으려고 애쓰는 사나이들의 째질 듯한 휘파람과 외침소리들이 들려 왔다.

킹케이드의 눈에 한 사내가 말이 멈추기도 전에 안장에서 뛰어내리는 게 보였다. 에덴이 땅바닥에 미동도 없이 누워 있었고, 그녀의 얼굴은 어둠 속에서 창백했다.

킹케이드는 그 사람이 그녀의 옆에 무릎을 꿇고 나서야 그곳에 도착하였다.

그는 서둘러 말에서 내렸다. 심장이 끔찍하게 두방망이질을 쳐댔다.

"에덴."

킹케이드가 그녀의 옆에 내려앉기도 전에, 빈스가 야만스레 그를 노려보았다.

"물러나! 이 애 근처에 오지도 말아."

빈스는 그녀의 윗몸을 조심스레 안아들었다.

"설마……."

킹케이드는 말을 마칠 수가 없었다. 그런 생각조차 하길 거부했다.

"죽었냐구? 아니."

그 대답은 으르렁거림에 가까웠다. 동생의 얼굴을 내려다보는 빈스의 얼굴 표정과 목소리는 다시 부드러워졌다.

"아니, 이 애는 그냥…… 기절한 것뿐이야."

그녀의 뒤통수를 감싸고 있는 손에서 피가 흘렀다.

"떨어질 때 머리를 부딪혔어. 하지만 맥박은 여전히 강하다구."

그가 고개를 들고 다시 킹케이드를 쳐다보았다.

"애는 살아 있어, 네놈 덕분은 절대 아니지."

킹케이드는 그녀를 안아 직접 괜찮은지 살피고 싶어 미칠 지경이었다.

"네놈이 이렇게 만든 거야. 네놈이 이런 일을 하라고 부추긴 거야. 너란 놈만 없었다면, 내가 어떻게든 설득할 수 있었을 텐데. 난 이 애를 보호할 수 있었어. 제기랄, 디파드가 절대 그냥 놔두지 않을 거라는 걸 알고 있었어. 저 위에 있던 건 그놈이었다구."

그가 정상으로 고개를 쳐들었다.

"다이너마이트를 던진 건 그놈과 그 부하놈이었어. 완전히 미친 놈이야. 내가 이런 일을 막으려고 얼마나 노력했는 줄 알기나 해? 저자는 이 애를 겁주는 것만으로는 만족하지 않을 거라구. 일부러 다치게 할 거야. 저자는 증오심으로 뒤틀려 있어."

밥이 달려와 에덴을 보더니 즉시 말에서 내렸다.

"사장은 괜찮은 거야?"

"괜찮을 거요."

빈스가 그녀를 안고 일어섰다.

"병원에 데려가야겠어요. 말이나 잡아 줘요."

"내 걸 타도록 해."

밥이 자신의 말고삐를 넘겨 주고 에덴을 올리도록 도와주었다.

"나도……."

킹케이드가 그들에게 다가섰다.

"안 돼."

빈스는 다시 무시무시하게 노려보며 잘라 말했다.

"아무도 나와 같이 갈 필요 없어. 소떼나 잡아서 우리에 넘기라구, 할 수 있다면 말이지만.”
킹케이드는 에덴을 안고 말을 달리는 그를 지켜보았다.
“시작하자구.”
밥의 손이 어깨에 닿았다가 떨어져 나갔다.
“소떼들 방향을 어서 되돌려야지.”

26

응급실 유리문에 반사되는 아침 햇살이 눈부셨다. 긴장된 마음으로 문을 밀고 들어서는 킹케이드의 뒤로 러스티가 바로 따라붙었다.

접수대에 앉은 통통하고 붉은 뺨의 간호사가 고개를 들었다.

"어떻게 오셨습니까?"

"난 킹케이드 해리스요. 에덴 로시터를 만나러 왔소. 여기 있을 거요."

"당신이 그 의문의 킹케이드로군요."

그녀의 눈이 밝게 반짝거렸다.

"정신이 들 때마다 몇 번이나 당신 이름을 중얼거렸답니다. 그분 오빠는 당신이 누군지 모르시는 것 같더군요."

"그럼 아직 여기 있는 거요?"

"그럼요, 지금 의사 선생님이 보고 계세요."

그의 몸이 화들짝 긴장했다.

"괜찮은가요?"

"오 이런, 그럼요."

간호사가 부드럽게 웃음을 터트렸다.

"머리에 흉측한 혹이 하나 있고, 약간의 충격에 멍이 든 것 말고는요. 의사 선생님은 단지 퇴원시키기 전에 검사하고 계신 거예요. 별로 선택의 여지가 없으시긴 하지만요. 환자가 이미 떠날 결심을 굳혔거든요. 계속해서 소뗴에 대해서만 얘기하고 있답니다. 저와 같이 가시겠어요? 제가 안내해 드리지요. 의사 선생님도 반대하지 않으실 거예요."

그녀가 접수대 뒤에서 나와 끝 쪽 방으로 씩씩하게 걸어갔다. 문을 살짝 열고 안을 들여다보는 그녀의 머리 위로, 병실 침대의 머리맡과 하얀 가운을 입고 청진기를 목에 건 의사가 보였다. 하지만 에덴의 모습은 볼 수 없었다.

"며칠 두통이 있을 겁니다."

의사가 말하는 중이었다.

"처방해 준 약이 도움이 될 겁니다. 그냥 마음을 편하게 가지려고 노력하세요. 그렇게만 하면 괜찮을 테니까요."

"고맙습니다."

에덴이 말했다. 그녀의 목소리는 힘있게 들렸다. 그의 몸 속에 어떤 떨림이 일어났고 킹케이드는 그것이 무엇인지 잘 알고 있었다.

"이제 떠나도 되나요?"

의사가 재미있는 듯 킥킥거렸다.

"우리가 막을 수 있겠습니까?"

"실례합니다, 의사 선생님. 환자분께 손님이 오셨는데요."

간호사가 끼어들자, 의사는 미소지으며 문 쪽으로 돌아섰다.

"이분은 더 이상 내 환자가 아니오."

간호사가 문을 넓게 열어젖혔고, 킹케이드는 의사가 나가는 것과 동시에 안으로 들어섰다. 에덴이 침대 끝에 앉아 있었다. 그녀는 눈 밑의 피로한 기색에도 불구하고 강하며 생동감 있게 보였다.

갈망의 감정으로 혼란해진 킹케이드는 발길을 멈췄다. 그의 시선이 잠시 빈스에게로 향했다. 빈스의 눈가에는 피로가 역력했다. 수척하고 일그러진 모습에 간신히 신경을 유지하는 것 같았다.

"소떼는 우리에 넣었나요?"

킹케이드가 아무 말도 없자, 에덴이 먼저 침묵을 깨뜨렸다.

"아니, 디파드가 선수를 쳤소."

"그럴 거라고 했잖아."

빈스의 빈정거림은 무시당했다.

"베드포드는 당신 소유의 소떼를 들여놓지 않겠다고 말했소."

그가 청재킷 안으로 손을 넣어 종이 몇 장을 꺼냈다.

"내가 당신 소를 사겠소. 여기 사인할 판매대금 영수증과 수표가 있소."

에덴은 그 종이를 받아 영수증과 수표를 힐끗 보았다.

"너 설마 거기 사인할 정도로 멍청하진 않겠지? 그 수표가 진짜인지 어떻게 알아?"

빈스가 끼어들었다.

"은행에 전화해 보시오. 아마 나한테 그만한 돈이 있다는 걸 확인해 줄 거요."

킹케이드는 그녀를 지켜보고 있다가 마침내 고개를 든 그녀의 시선을 붙잡았다.

"로데오를 그만 둘 때 부러진 뼈만 가지고 나온 게 아니었소."

"펜이 필요해요."

에덴이 말했다.

"여기 있소."

러스티가 찬성의 미소를 활짝 지으며 펜을 들고 나섰다.

"진짜 사인할 생각은 아니겠지?"

"오빠가 확인할 게 있다면 이 후에라도 시간은 있어."

그녀는 사인란에 자신의 이름을 쓰고서 킹케이드에게 영수증을 건네주었다.

그녀의 말 속에 담긴 뜻을 읽기가 어렵자, 킹케이드는 머뭇거리며 서류를 받아 주머니에 넣었다. 말하고 싶은 것이 수백 가지나 있었지만, 그 중 어떤 것도 말로 꺼낼 수가 없을 것 같았다.

"제대로 될 리가 없어."

"잘될 거요. 이제 더 이상 소는 에덴의 소유가 아니고 내 소유요. 그러니 베드포드도 거절할 이유가 없지. 디파드라도 그 점에는 동의할 수밖에 없을걸."

"디파드."

그의 이름이 언급되자, 빈스는 시선을 돌리며 검은 머리 속으로 손가락을 넣었다.

"그 다이너마이트가 터지며 네 말이 쓰러지던 때를 생각하면…… 그놈은 체포되어야 마땅해. 널 죽일 수도 있었어."

"하지만 죽지 않았잖아. 난 괜찮아, 빈스."

에덴이 상기시켜 주었다.

"이번에는 그렇지."

그가 험악하게 말하며 문 쪽으로 달려나갔다.

"어디 가는 거야?"

그가 문에서 멈춰 뒤돌아보았다. 고통과 죄의식에 헤매는 눈동자였다.

"그 자식한테 말해야겠어, 이런 짓을 계속하면 안 된다는 걸 이해시켜야 해. 그자는 신이 아니라구."

"그는 듣지 않을 거야, 빈스."

"그럼 듣게 만들어야지."

그가 문으로 달려나갔다.

"안 돼."

에덴이 벌떡 일어섰다. 머리가 띵해지며 방이 빙글빙글 돌았다. 침대를 부여잡으려 손을 뻗었을 때, 킹케이드의 팔이 손에 잡혔다.

"진정하시오."

그의 손이 허리를 단단히 붙들어 주며, 그녀를 침대에 눕히려고 했다. 그녀는 얼른 뿌리쳤다.

"안 돼요. 오빠를 따라가야 해요. 막아야 한다구요."

"그는 다 자란 성인이오, 에덴. 자기가 하는 일쯤은 알고 있다구."

"당신은 몰라요."

에덴이 그의 손을 밀쳐내며 문을 쳐다보았다. 그리고는 킹케이드의 얼굴로 재빨리 되돌아왔다.

"병원에는 어떻게 왔죠?"

"베드포드에게서 트럭을 빌렸소. 왜?"

"열쇠 주세요."

성마르게 그녀가 손을 내밀었다.

"안 되오."

"빈스를 쫓아가야 해요."

"당신은 운전할 상태가 아니오."

"그럼 당신이 운전하세요, 상관없으니까."

"이봐, 당신은 흥분해 있어."

킹케이드가 진정시켜 보려 노력했다.

"그래요, 흥분했어요. 디파드와는 이성적으로 얘기가 안 돼요. 빈스도 그걸 알고 있다구요. 내가 두려운 건……."

에덴이 얼른 말을 잘랐다.

"당신이 데려다 주지 않겠다면 트럭만 내주세요."

"두려워할 게 뭐가 있소? 디파드는 당신 오빠를 노리는 게 아니고 당신이 빈스를 보호할 필요도 없소."

"그는 내 오빠예요. 도와주지 않을 거면, 비키기나 하세요."

킹케이드의 성질은 인내심 있는 편이 아니었고, 그녀가 거기에 불을 붙였다.

"제기랄, 에덴. 당신은 지금 다쳤소. 혼자서 다닐 수 없다구. 당신은 그걸 인정할 능력이 없는 모양이지만, 나한테는 있단 말이오."

그녀가 입을 열려 하자 킹케이드는 얼른 막아 버렸다.

"오빠, 오빠, 그 말뿐이군. 그자가 우리 둘다를 엉망으로 만들어 버렸소. 나에게는 마르시를 이용하는 식으로, 당신에게는 그 도박빚과 거짓말과 대단찮은 속임수들로 말이오. 그래, 그는 자기 나름대로 당신을 사랑하고 있겠지. 하지만 그게 자기 모습을 변화시키진 못한다구.”

“그리고 그 모든 게 내 오빠라는 사실을 변화시키지도 못하지요. 난 그런 식으로 내버려 둘 수 없어요. 위험을 보고만 있을 수 없다구요. 오빠는…….”

그녀가 또다시 말을 끝맺지 못하고 중단하였다.

“그가 뭘? 다칠까 봐? 내버려 두시오. 그렇게 많은 사람들을 다치게 했으니 자신도 당할 때가 되었소. 당신은 눈이 멀었단 말이오…….”

이번에 말을 멈춘 것은 킹케이드였다. 여러 가지 기억들이 스쳐 지나며 갑자기 조각조각 맞추어지자 모든 그림이 변해 버렸다.

“아니면 다른 사람들 눈이 멀었던 건가? 나를 포함해서.”

“무슨 뜻인지 모르겠군요.”

에덴은 조심스럽고 신중하게 중얼거렸다.

“당신 오빠가 저지를까 봐 두려워하는 것이 그거겠지? 디파드를 죽일까 봐? 그가 왜 그럴 거라고 생각하지?”

킹케이드는 죄의식과 함께 변해 가는 그녀의 표정을 살펴보았다.

“그러지 않을 거예요.”

“그러지 않을 거라고?”

킹케이드는 빈스가 잠복하여 기다리고 있었던 사실을 너무도 잘 기억하고 있었다. 그는 에덴의 어깨를 잡아 러스티에게 밀어내며 주머니의 영수증도 꺼냈다.

“이걸 갖고 있어.”

그가 영수증을 건네고 나서 에덴을 가리켰다.

“이 여자도 여기 붙들고 있으라구.”

에덴이 정신을 차리고 러스티에게서 빠져 나왔을 때는 이미 그는 방을 나서 복도를 성큼성큼 걸어가고 있었다. 러스티가 문으로 향하는 길을 막아섰다.

"난 따라갈 거예요. 당신이 같이 가든 아니든."

그녀가 말했다.

"그 점은 이미 알고 있으니, 진정하시오. 내가 운전하겠소. 하지만 우선은 탈 걸 찾아봐야겠소."

프렌들리 마을로 들어섰을 때 빈스의 차가 일으킨 먼지는 아직까지 공기중에 떠돌고 있었다. 킹케이드는 다이아몬드 디의 목장 트럭 옆에 주차된 황금색 캐딜락을 발견하고 브레이크를 밟았다. 그 거친 행동에 낡은 트럭은 속도를 줄이다가 끼이익 신음을 토해내며 정지하였다.

가게의 문을 열기도 전에, 킹케이드는 분노하여 외쳐대는 빈스의 목소리를 들을 수 있었다. 안으로 들어가 재빨리 상황을 살폈다. 로이가 평소보다는 덜 지루한 표정으로 바 뒤에 있었고, 스타는 금방이라도 조치를 취할 듯이 일어서는 중이었다.

디파드는 중앙의 테이블에 앉아 있었다. 그의 오른쪽으로 시한이 의자를 밀어젖히며 일어섰다. 디파드는 전혀 아무런 동요도 없이 태평스레 성난 남자를 올려다보고 있었다.

"자네 동생은 괜찮을 거라고 직접 말했지 않았나, 빈스."

디파드가 침착하게 입을 열었다.

"그런데 왜 이렇게 화를 내는지 알 수가 없군."

"빌어먹을, 그 애는 내 동생이야."

테이블 위에 주먹을 갖다 대며 빈스가 으르렁거렸다.

"네놈이 그 애를 다치게 내버려 두지 않겠어."

그는 문에 등을 돌리고 서 있었기 때문에 킹케이드를 보지 못했다.

"진심으로 에덴을 보호하고 싶다면, 진짜 제프를 쏜 사람이 누군지 디파드에게 말하는 게 어때?"

킹케이드가 입을 열었다.

뒤로 고개를 돌리는 빈스의 얼굴은 디파드가 입은 셔츠만큼이나 새하얗게 변했다. 그런 반응이 킹케이드의 의심에 확신을 주었다.

"네놈이 무슨 얘길 하는지 모르겠어. 난 거기 있지도 않았다구."

"그래서 그렇게 아픈 표정인가? 고개를 돌려 디파드에게 그 얼굴이나 보여 주지 그래, 빈스?"

빈스의 혀가 빠져 나와 마른 입술을 적셨다. 그는 디파드를 슬쩍 보고는 웃음을 지으려 애썼다.

"웃기지도 않는군. 자기가 무슨 얘길 하는지도 모르는 녀석이야."

"그럴까? 당신 얼굴 전체에 쓰여 있는걸."

킹케이드가 말했다.

"빌어먹을 거짓말이야!"

"그래? 그날 밤 무슨 일이 있었지, 빈스? 제프가 죽은 걸 알았을 때 두려워지던가? 에덴이 너 대신 명예를 지키기 위해 한 짓이라고 하면 더 쉽게 끝날 거라 생각했던 건가? 판사가 동정을 보이지 않을까 봐 겁이 났었나? 감옥에 잠시 있게 되는 것도 두려웠겠지?"

"입 닥쳐. 빌어먹을, 입 닥치라구."

빈스가 주먹을 휘둘러 왔다.

슬쩍 피하자 주먹이 킹케이드의 어깨를 스쳤다. 킹케이드는 상대의 갈비뼈에 재빠른 주먹을 찔러넣었다. 빈스가 옆으로 비틀거리다가 균형을 잡고 미친 사람처럼 다시 달려들었다.

싸움질하는 두 사람에게 정신이 팔려, 러스티와 에덴이 들어간 걸 알아챈 사람은 아무도 없었다. 턱에 맞은 강한 일격에 빈스가 바로 쓰러졌고, 모자는 날아 스타의 발치에 떨어졌다. 에덴이 작은 비명을 외치며 달려나가려 했지만 러스티가 보내 주지 않았다.

"이젠 다 끝났소."

킹케이드가 말할 때, 빈스는 흔들거리며 한 팔로 바를 움켜잡아 일어났다. 그의 다리가 고무로 된 것처럼 흐느적거렸다.

킹케이드는 그의 셔츠 앞자락을 잡아 반쯤은 끌 듯이 의자로 밀어붙였다. 그리고는 몸을 굽혀 양쪽 팔잡이를 잡고 얼굴을 바짝 들이댔다.

"말할 준비가 됐나, 빈스?"

킹케이드는 짧지만 거친 싸움으로 인해 숨을 헐떡이고 있었다.

에덴은 디파드를 훔쳐보았다. 싸울 공간을 주기 위해 뒤로 물러나 있는 그는 성마름과 날카로운 관심을 나타내고 있었다.

"말하라구, 빈스."

킹케이드의 입구석으로 피가 흘러내리자, 그는 손등으로 닦아 버렸다.

"말해."

"개자식."

중얼거리는 빈스의 얼굴이 일그러졌다.

"난 오랫동안 개자식이었어. 자, 이제 말해. 그날 밤 너였지, 그렇지? 넌 레베카를 내려 주고 나서 다시 샘으로 갔던 거야, 그렇지?"

"그래."

간신히 흐느낌의 수준을 넘어서는 대꾸였다.

"더 크게 말해, 빈스."

킹케이드가 명령했다.

"디파드한테 들리지 않잖아."

"그래, 빌어먹을, 그렇다구!"

빈스가 뒤늦은 반항심으로 소리를 질렀다. 킹케이드는 의자에서 물러나 똑바로 일어섰다.

"제프가 트럭에서 에덴을 끌어내고 있었어."

빈스가 황급히 설명했다.

"그 애 블라우스는 찢겨 있었고, 그 애는…… 제프에게 도망치려고 했어. 그놈이 내 동생을 때리면서 담요로 데려가고 있었어. 난 소리쳤지, 동생을 놓으라고. 하지만…… 그 녀석은 웃기만 했어. 그때 트럭에 있던 총을 보았던 거야. 난 그냥 겁만 줄 생각이었는데."

빈스가 주장했다.

"내가 총을 든 걸 보면 에덴을 놓아 줄 줄 알았어. 그런데 녀석이 나한테 다가오기 시작했던 거야, 조롱하며 웃으면서."

킹케이드가 돌아섰고 빈스는 디파드를 마주 보아야 했다. 그가 간청하는 듯이 한 손을 올리며 앞으로 몸을 내밀었다.

"당신이 생각하는 그런 게 아니에요, 디파드. 절대 제프를 쏠 생각이 아니었는데. 한순간 그가 조롱하고 있었고 그 다음엔…… 총을 향해 달려들었어요. 어떻게 방아쇠를 당겼는지 기억나지도 않는다구요. 그냥 총알이 나갔어, 그냥 나갔다구요. 날 믿어 줘요. 그건 정말 사고였어요."

"망할 자식."

디파드가 그를 향해 한 걸음 다가섰고, 킹케이드는 손을 올려 그 움직임을 막았다.

"언제 에덴에게 뒤집어씌울 생각을 했지?"

"그 늙은이…… 제드가 당연히 에덴이 쏘았다고 생각할 때까지는 상상조차 못했어. 그때 그 생각이 떠올랐던 거야."

빈스가 고개를 들었다가 즉시 바닥으로 시선을 내렸다.

"난 감옥에 가고 싶지 않았어."

"그래서 자기 동생을 밀어넣었군."

킹케이드는 역겨워졌다.

"디파드를 교도소장으로, 목장을 독실 감방으로 말이야."

빈스의 고개가 더 밑으로 처졌다.

"처음에는 힘들겠지만 금방 지나갈 걸로 생각했던 거야."

"그런데 그렇지가 않았잖나? 더 심해져만 갔지."

빈스가 고개를 끄덕이고 나서 얼굴을 들었다.

"제프에 대해서 어떻게 알았지? 아무도 짐작하지 못했는데."

킹케이드는 허탈한 웃음 섞인 한숨을 내쉬었다.

"양심의 신호를 알아챈 건지도 모르지. 나도 몰라."

"이제 어떻게 되는 거지?"

빈스가 불안하게 주위를 둘러보았다.

"디파드에게 달려 있지, 내가 아니라."

킹케이드는 몸을 돌려 에덴을 쳐다보고는 그녀의 어깨를 잡아 앞으로 끌어당겼다.

"디파드에게 양심이 있는지 없는지에 따라 다를 거야. 에덴은 희생자일 뿐 아무 짓도 저지르지 않았어."

그는 디파드를 똑바로 쳐다보며 그가 인정하길 요구했다.

"처음에는 오빠의 희생자로, 그 다음에는 당신과 이 주위의 모든 사람의 희생자로 말이오. 자기 생각이 틀렸다는 걸 인정하기는 언제나 힘이 들지. 하지만 빈스가 그날 밤 나타나지 않았더라면, 그래서 당신 동생이 살아 있었더라면, 당신은 그가 강간을 했다는 죄의식에 시달렸을 거요. 나라면 그게 더 견디기 힘들었을 거요. 당신이 덮어 버리려고 무던히도 애를 쓴 이유가 그것 아니었소? 하지만 동생의 결백을 더 크게 소리 지를수록, 죄책감은 더욱더 커져만 갔을 거요."

"네 따위가 그렇게 말할 자격 없어."

시한이 앞으로 나섰다.

"그냥 놔둬."

디파드가 명령했다. 킹케이드는 그런 그를 살펴보았다.

"당신은 이 일에 대해 아무것도 하지 않을 것 같군, 그렇지 않소? 또다시 신문 일면에 온갖 구설수로 장식되느니 차라리 빈스를 그냥 걸어가게 내버려 두겠지."

디파드는 그를 노려보다가 시선을 피했다. 얻을 것이 아무것도 없음을 깨달은 것이다.

빈스는 조심스레 의자에서 일어났다가 머뭇거렸다. 그는 아무 일 없이 떠날 수 있다는 것을 확신하지 못하는 것처럼 사람들을 둘러보았다. 그가 한 걸음 내딛고 다시 또 한 걸음을 내딛었다. 마침내 그가 문으로 향했을 때, 스타가 그의 모자를 집어들고 따라나섰다.

"당신, 이번에는 돌아오지 않을 셈인가 보죠?"

그녀의 목소리는 그에게만 들릴 정도로 낮았다.

"그래."

그가 모자를 받아들었다.

"아이들한테는 자부심을 가질 만한 아버지가 필요해. 난 실패자요, 스

타. 언제나 그랬듯이.”

그가 몸을 돌려 고개를 숙인 채 재빨리 문으로 걸었다. 에덴의 옆에 도착하자, 잠시 발길을 멈췄다.

“미안하다, 동생아. 난 가야만 해.”

“알아.”

오빠가 이 일 후에 따라올 수많은 시선들과 비난에 마주할 수 없다는 걸 그녀는 알고 있었다.

“넌 괜찮을 거야.”

자신에게 확신을 주듯 그가 말했다.

“물론이야.”

그는 어깨 너머를 마지막으로 쳐다보고 나서 문을 나섰다. 그가 떠나 버리자, 라운지에는 작은 동요가 일어났다. 모든 이들의 관심이 디파드에게 옮겨졌다. 그걸 느낀 디파드는 넓은 어깨에 힘을 주며 쳐다보는 시선을 도전적으로 마주 보았다. 묵직한 콧수염 밑에서 그의 입이 긴장되었다.

“여기서 나가지.”

그는 문을 향해 뻣뻣하게 걸어갔다. 당연히 시한이 따라올 거라 확신하고서였고, 그 확신은 틀리지 않았다. 하지만 에덴 곁을 지나면서 디파드의 걸음이 느려졌다. 그는 턱을 약간 더 들어올리며 차갑고 거친 자존심을 드러내었다.

“실수가 있었던 것 같군.”

그런 말을 하는 것이 그에게 얼마나 어려운 일인지, 그래야만 한다는 게 얼마나 분통 터지는 일인지 그의 말투에 뚜렷이 나타나 있었다.

“그래요.”

에덴은 똑같은 자존심으로 대꾸했다.

“하지만 굳이 사과하지는 마세요. 그것 때문에 당신 숨이 막히는 건 바라지 않으니까요.”

디파드의 몸이 눈에 띄게 경직되었다.

“그런 태도는 불필요하군.”

“어쩌면요. 지금 당장은 사람들 눈 때문에 어쩔 수 없이라도 사과를 하고 싶겠죠. 당신이 진심으로 유감스럽게 생각한다면, 난 언제라도 기꺼이 그 사과를 받아들일 거예요.”

디파드의 눈에 분한 기색이 떠올랐다. 그는 에덴을 한 번 쳐다보고 부들부들 몸을 떨며 나가 버렸다.

“한동안은 많은 사람들이 어색해 할 거요.”

킹케이드가 입을 열었다.

“알아요.”

에덴은 어깨를 약간 늘어뜨리며 한숨을 쉬고는 한 손을 들어 관자놀이의 쿵쾅거림을 눌러 보았다. 러스티가 즉시 그녀를 의자로 안내하였다.

“잠시 앉는 게 좋겠소.”

아무 반대도 없는 것이 그 필요성을 증명하였다. 세 사람은 모두 바 테이블에 자리를 잡았고 스타가 다가왔다.

“마실 걸 드릴까요? 맥주? 커피? 아무 거나 말씀만 하세요.”

“커피.”

킹케이드가 말했고, 다른 사람들도 고개를 끄덕였다.

스타는 세 사람을 남겨 두고서 떠나갔다. 러스티가 의자에 등을 기대며 킹케이드를 쳐다보았다.

“빈스가 떠났는데, 그자를 따라가야 하겠나?”

킹케이드는 머리를 저었다.

“그냥 놔둬. 이젠 끝났어.”

그가 에덴을 쳐다보았다.

“어쩔 수가 없었소. 거짓말이 너무나 오래 지속되었던 거요.”

“진실이 밝혀지는 게 최선이었을지도 몰라요.”

그녀가 동의했다.

“왜 그랬소, 에덴? 왜 당신이 제프를 쏘았다고 말했소?”

나름대로 생각하는 바가 있었지만, 직접 그녀의 설명을 듣고 싶었다.

"나도 모르겠어요."

그녀가 가볍게 어깨를 으쓱여 보였다.

"빈스는 날 보호하기 위해 사람을 죽였어요. 그 비난을 감당하는 게 그를 위해 할 수 있는 작은 일인 것 같았지요. 우리 중 누구도 이런 일이 생길 줄은 생각도 못했던 거예요."

"그래, 나도 그렇소."

그 말 뒤로 침묵이 이어졌다. 킹케이드는 그녀의 감정을 간파할 만한 신호를 찾으려 애썼지만, 그녀는 시선을 피하기만 했다.

"빈스가 가버렸으니 난 더 이상 머물 이유가 없군, 당신이 아니라면."

그녀는 신중한 표정으로 머리를 들었다.

"내가 뭐라고 말해야 하죠?"

"내가 머물길 원한다고 말할 수 있겠지, 그게 당신 진심이라면."

"우린 말들을 되돌려 와야 하고 마차도 가져와야 해요. 그리고 목장에는 항상 할 일이 많아요."

"그런 의미가 아니라는 것 알고 있잖소. 만약 내가 머물게 되면, 난 원할 때면 언제든 당신을 쳐다볼 거요. 당신을 안아 키스를 훔치고, 누가 보든 신경 쓰지 않을 거요. 그리고 '네, 사장님', '아니요, 사장님' 따위는 없을 거요."

에덴은 갑작스레 밀려드는 기쁨의 파도를 통제하기 위해 두 손을 맞잡았다.

"난 나를 위해 대신 싸워 주는 사람에 익숙지 못해요."

"오늘처럼 말이겠지. 난 당신을 위해 싸운 게 아니었소. 당신과 같이 싸운 거지. 그건 달라. 내가 여기 머물길 원하오?"

그녀는 그를 쳐다보았다.

"당신이 떠나지 않길 바래요."

"지금으로서는 그걸로 충분해."

킹케이드는 미소를 지었다. 그녀의 눈동자에 떠오르는 기쁨을 지켜보며 자신의 가슴마저 격렬하게 부풀어오르는 걸 느꼈다.

러스티가 의자 뒤에 한 팔을 걸고 두 사람을 향해 활짝 웃었다.

"'끝이 좋으면 모든 게 좋다'고 셰익스피어가 말했던가?"

에덴이 유쾌하게 눈을 빛내며 킹케이드를 쳐다보았다. 그리고 두 사람은 동시에 웃음을 터트렸다. 러스티가 두 사람을 번갈아 쳐다보다가 그들이 더욱 웃어대자 알 수 없다는 듯이 인상을 찡그렸다.

"내가 한 말이 그렇게 우스운가? 내가 무슨 말을 했다고 그래?"

그들은 그저 계속 웃어대기만 했다.

· · · 끝 · · ·

매혹의 작가 리사 클레이파스의
열정의 로맨스

꿈결처럼 다가온 사랑

런던에서 제일 호화로운 도박궁전, 크레이븐스.
이 카지노의 주인은 세상에 이름 하나 없이 태어나 끝내 자신의
꿈을 실현한 냉혹한 사나이, 데릭 크레이븐이다.
소설가 사라 필딩은 자료 조사 차 런던의 뒷골목을 헤매다
괴한들의 습격으로 부상당한 데릭을 구해 주는데…….

나채성 옮김/ 368면/ 8,000원

사랑이 그대에게 다가올 때

영국의 사교계를 온통 휘젓고 다니는 무법자 릴리, 세상에
겁나는 게 하나도 없는 그녀가 알렉스 레이포드 백작과 애정
없는 결혼을 하려는 동생을 구출하려 결심한다. 결국, 동생에게
참사랑을 찾아주지만 이제 동생의 약혼자였던 알렉스 백작의
릴리 길들이기 대반격은 시작되는데…….

나채성 옮김/ 400면/ 8,000원

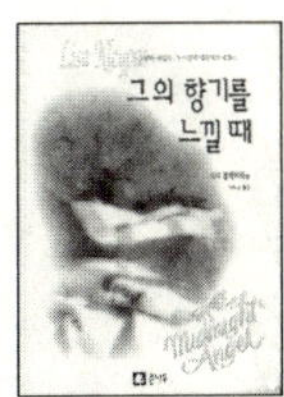

그의 향기를 느낄 때

이국적 신비를 간직한 러시아의 귀족 여인 타샤는 감옥을 탈출,
영국으로 간다. 가정교사로 위장한 그녀는, 매력적이지만 거만한
영국 귀족 루크의 보호 아래 몸을 의탁한다. 그녀의 안전을
위해서라면 그는 위험과 도전을 피하지 않을 사내이다. 타샤와
루크를 위협하는 수많은 난관을 어떻게 이길 것인가?

나채성 옮김/ 416면/ 7,000원

그대 가슴속의 향기

온 유럽에서 가상 부유하고 이국적인 매력을 지닌 러시아의 공작,
니콜라스 안젤로프스키. 하지만 그는 살인자란 오명으로 고문을
받고 고국 러시아에서 추방당한 유배자이다. 그의 상처 입은
영혼은 사랑을 믿지 않는다. 남자처럼 옷을 입고 상처받은
동물들을 돌보는 레이디 엠마 스톡허스트. 그녀는 니콜라스의
신비함에 매혹당하는데…….

허주연 옮김/ 440면/ 8,000원

 신간안내

큰나무가 소개하는 새로운 작가!
케이 후퍼의 신간

전세계적으로 400만 부 이상이 팔려 나간 베스트셀러 작가 케이 후퍼는
새로운 감각과 관능적인 목소리로 독자들을 사로잡는다.

AFTER CAROLINE

조안나는 운 좋게 살아 남았다. 도로에 뿌려져 있는 기름에 미끄
러져서 두 번이나 죽을 고비를 넘겼던 것이다. 의사가 후유증은
없을 거라고 말했지만 그건 오진이었다.

그날 밤 이후, 조안나의 이상한 꿈은 시작되는데…….

꿈에서 그녀는 이상한 장소와 여러 장면을 보게 된다. 조안나는
계속해서 꿈이 일러준 마을을 찾아가 그곳에 묵는데…….

이게 웬일인가? 그곳에서는 조안나와 닮은, 나이도 같은 여자가
얼마전에 교통사고로 죽었다고 한다. 그것도 조안나가 사고를 당
한 바로 그날, 그 시간에 말이다.

차츰 진실을 파헤치며 결국 범인을 잡고 모든 왜곡됐던 것을 바
로 잡은 후 그녀는 그곳에서 새로운 사랑을 꽃피우게 된다.

제인 앤 크렌츠, 아이리스 요한슨이 격찬한 작가 케이 후퍼의
관능적이고 박진감 넘치는 이야기

6월 출간 예정작